ロクヨン

64

全球盛讚推崇

橫山秀夫

經典鉅作

葉廷昭 —— 譯

目次

〈作者序〉

給台灣讀者的問候

人要互動才能發揮人類的價值。
同理，沒人閱讀的書也稱不上真正的書，要有人閱讀才算得上好書。

大家好，我是橫山秀夫。各位台灣的愛書人，很高興認識你們，可能有些人以前也看過我的作品吧。

請容我向各位報告一則好消息，敝人的作品《64》在經過重譯後，推出了全新的繁體中文版本。你們現在手上拿的這本，正是新版的《64》。看到自己的小說受到喜愛、沒有被社會淘汰，這是身為作家最開心的事情。首先我要感謝圓神出版社，還有協助《64》重新出版的相關人士。也希望這一部重獲新生的《64》，可以在各位的心中，昇華為人人愛讀的好書。

趁此機會，我們來談談《64》是怎樣的小說。一言以蔽之，這是一部推理小說，講述一樁十四年來懸而未決的少女撕票案，如何一步一步抽絲剝繭，最後揭穿真相。不過，本書的主角是一名「公關長」，嚴格來講隸屬於警察的管理部門，並非偵辦凶案的刑警。因此，故事導向不會單純往破案的方向走，還會提到警察利用媒體內鬥的情節，以及個人在組織夾縫中掙扎的困境。

自我一九九八年出道以來，寫過不少「警察組織」的小說，《64》是這一系列的集大成之作，也是我耗費十年完成的心血結晶。我深信，深入刻畫一個人受制於組織的心境，可以帶領大家了解警察組織，還有那個時代的社會背景。

如今《64》在世界各國都有出版，尤以歐洲為主要發行地區。我在撰寫小說時，最看重的是人性的共通特質。我也期望台灣的朋友，能透過《64》產生更多心靈上的共鳴。

〈導讀〉

比起過往，我們現在更值得細讀這作品

陳浩基

在介紹《64》這部作品前，我想花一點篇幅，談一下我與作者橫山秀夫前輩認識的經過。

二〇一七年十一月，我受香港國際文學節邀請，與東西方兩位大師級推理作家同台鼎談，西方的是被譽為「蘇格蘭犯罪小說之王」的伊恩・藍欽（Ian Rankin）先生，東方的便是日本警察小說翹楚橫山秀夫前輩。翌年三月，我再度跟橫山前輩聚首辦講座，不過這回地點換成日本東京。

在碰面之前我已拜讀過橫山前輩的作品，他的《第三時效》更是拙作《13・67》的啟發根源，所以有幸跟這位大師見面（甚至同台），我興奮之餘也難免戰戰兢兢。意外的是，雖然橫山前輩筆下有不少冷硬角色，他在照片中也往往掛上嚴肅的表情，本人卻非常親切——在重視輩分關係的日本，作家通常被尊稱為「老師」，橫山前輩卻笑說別用這稱呼（所以我叫他「前輩」）；我在日本遇上與他有來往的編輯，每一位都熱絡地跟他交談，歡快之情溢於言表，比起工作上的夥伴，他們更像是老朋友。橫山前輩處事認真，就連替讀者簽書也用鋼筆慎重地簽名，蓋上印章，再交由助手以紙巾吸乾墨水，重視與每一位讀者的交流。在寫作上，他更讓我感受到「職人魂」，我們私下聊天，他曾慨歎在寫實的社會派推理作品融入詭計不容易，每次創作都煞費思量，他追求卓越的動力，並沒有因為他今天的成就與地位有所減少。

談及以上種種，是因為我認為《64》正正展現出橫山前輩的特質、個性與魅力。

《64》是一部精湛獨特的警察小說。「警察小說」令人聯想到冷硬刑警搗破犯罪集團、捕捉連續殺人魔之類的驚險情節，然而《64》的主軸，卻放在D縣警察組織內部，以刑事部跟警務部的矛盾為骨幹，描寫公關長三上警視面對的困境，包括職場的、家庭的，以至個人的。這故事裡，沒有警察小說常見槍林彈雨的火爆場面，也沒有臥底探員潛藏黑道、陰謀試探的「無間道」式情節。

但是，缺少的只是「槍林彈雨」和「潛藏黑道」，火爆場面和臥底謀略從沒缺席，它們換上另一種形式呈現。

警察組織內部的鉤心鬥角、記者與警察的對立、沉迷權謀的上級與爾虞我詐的部下，引發的衝突和算計比不少警察小說有過之而無不及。《64》最獨特之處，在於它其實是一部「職場小說」，只是這個「職場」是牽涉到公權力、社會治安和人民福祉的警察組織，令讀者無法像閱讀一般「辦公室政治小說」般將自我抽離，畢竟警權的影響力反映在我們的日常生活裡。橫山前輩投身寫作前，從事記者採訪行業十多年，由他這位曾踏足前線的過來人，置身於界線另一邊的警察公關課來敘述故事，顯出無與倫比的真實感外，更道出他對「組織」與「個人」的觀點看法，教讀者反思。

當然，光靠上述的特色，本作頂多被稱為一部好看的大眾小說而已。《64》最精湛之處，就是在這地基上蓋上名為「六四」的綁架懸案的建築。昭和六十四年（一九八九年），D縣發生令人髮指的女童綁架案，十四年來懸而未破。這案子就像亡靈般纏繞著警察、記者與受害者家屬，甚至故事中的衝突與角力，都和「六四」脫不了關係。我們在小說中很容易看出作者對「以組織之名行惡」的大力控訴，針對人性的私欲、自大與犬儒加以批評，但橫山前輩不忘在字裡行間告訴我們，這是一部推理小說，是一部以謎團、伏筆和真相所構成的推理小說。

圓神出版社在二〇二一年的今天重譯這部作品出版，我認為別具意義。近年警權議題在全球各地升溫，我重讀一遍，感受比當年更深。我認為不論警察、記者還是大眾市民，都值得閱讀本作，橫山前輩對權力和人性的剖析，對組織與個人的看法，可說是字字鏗鏘，擲地有聲。《64》在日本出版時獲「週刊文春推理Best 10」和「這本推理小說好厲害」兩大年度排行榜冠軍，它更是首部入圍英國推理作家協會（Crime Writers' Association）國際匕首獎（The CWA International Dagger）的日本作品，足見本作魅力非凡，不囿於國界。這篇導讀文只略微描繪了本作的輪廓優點，想了解這作品如何精湛獨特，還是請您繼續翻頁閱讀，直接投入故事中D縣警的世界吧！

〈導讀〉

一起在苦難中，自由

盧建彰

大找麻煩。

我總覺得創作是種麻煩，而且是大麻煩。

這麻煩不只麻煩，還是自找的麻煩。

麻煩死了。

橫山秀夫先生是位一筆入魂的大師，人性在他的手中總是如此赤裸地被揭露，他的文字與其說只是為了承載故事，不如說是為了給人再好一點的機會，讓每個人在讀過後回頭思索，若是自己在那情境裡又將會有如何的作為、如何的德性。

我每次讀他的作品，總在想，他這次想說的究竟是什麼呢？是什麼讓他願意花那麼大的力氣，枯坐在桌前，面對這種自找的劫難呢？

聽說，他在寫這史詩般的鉅作時，正遇上身心的挑戰，胃疾苦惱著他，睡眠也不是很好，整整花了十年的時間才寫出這本巨大一如組織的作品。對話的似乎是場綁架案，但恐怕真正要談的是在組織裡的個人究竟要如何生存和自處，還有那些被囚禁的心靈，救贖從何而來？還有，他給自己的任務是不是有點巨大？他在盡他的社會責任嗎？想給當代工商社會裡，每個必然要隸屬於某個龐雜組織的小螺絲們什麼樣的提示，好從日復一日、身不由己的路徑裡解放出來？

他這樣地對付自己，給了自己一個難得可以的命題，又拚命想解出答案，當然帶給讀者許多興味，但委實是種自找麻煩，且是大找麻煩。

我不知為何就想起了柯特．科本（Kurt Cobain）。

柯特．科本是頹廢搖滾樂團超脫合唱團（Nirvana）的主唱，長久被胃疾所困擾，影響了睡眠，連創作都有些狀況。他們的歐洲巡迴演唱，他也是幾次都在唱到失聲、虛脫中度過，後來揭露的消息是，當時醫生也警告他不能再繼續用原來毫不保留的方式唱歌，否則將永遠無法再唱，他的回答是FXXX U。

他在一九九二年把一些B面的歌收集而成的專輯《亂倫狀態》（incesticide）裡提到，「如果你是性別種族歧視者，拜託你幫個忙，請離我們遠一點，不要來我們的演唱會，也不要買我們的專輯。」

他的歌曲幾乎都會談到女權、社會不公的社會議題，對於個人的苦悶更是多所著墨，他自己過去在學校裡飽受霸凌，在世界裡也感受到許多不平等的對待。走在別人看來有點叛逆的路上，卻總是談論情感，總是談論生命與死亡的拉扯，談論我們該如何和自己好好相處。雖然是搖滾巨星，卻始終待在一般人生活的視角，探究一般人的苦惱。

這讓我想到一筆入魂的橫山秀夫大師，雖說那獨特明亮的眼，讓大師可以看見人性的幽微，但那何嘗不也給他帶來許多的苦處？踏入社會，面對艱險，並且在文字裡給出安慰，那絕對是種善行，更是種慷慨。

《64》故事裡的角色被十多年前的案子所苦惱，各自在所處的困境裡奮力拚搏，無論是媒體、被害人家屬、警察，都有自己的束縛和背上的責任，更有對抗的拉扯。也因此，案件偵辦本身的推展，變成了一道繩索，時不時地移動，更牽扯了閱讀的心弦，彷彿一起被拉進那謎團的漩渦，更得在那心境裡昇華而尋求救贖。

對了，或許有人會害怕如此大部頭的書，但就請容我這樣介紹吧：

你會害怕享受太久嗎？

你會害怕自由太久嗎？

不會吧？這樣精采的作品，讓角色們的困境時不時地提點我們，眼前的我們固然不是完全的自由，但多少還擁有一定程度的自由。我們雖然身為組織裡的一個成員，但很幸運地，多少還擁有一些自主權，比方說，當下享受這份閱讀樂趣的自主權。

我們也許無法率性地拋下自己的責任，也無法丟棄那些痛苦的包袱，但說真的，小說之所以迷人，就在於那些苦惱如此迫近，卻又意外地不讓我們沾染，因此帶來一種奇特的領會和救贖。

我帶點壞心眼地說，也許某些地方的人們，並沒有這分餘裕，無法盡情享受這份大師帶來的好禮。

苦悶帶來藝術，藝術使人昇華，昇華讓生活容易些。

期待你跟我分享你的閱讀經驗，我想，讀完這書，你會不太一樣。

請容我邀請你，與橫山秀夫大師一起自由地創作，自由地閱讀，自由地在苦難裡，解脫。

D縣警警務部

赤間	警務部部長。認為公關室應該提升警察威權牽制媒體，反對三上對於公關策略的改革。
二渡	警務部警務課調查官（警視）。三上的同期。掌管內部人事。
石井	警務部祕書課課長。
生駒	警務部監察課課長。

D縣警刑事部

荒木田	刑事部部長。D縣刑警的象徵。
松岡	刑事部一課課長（參事官）。看重三上的能力。
糸川	刑事部二課副手。曾經是三上的部下。
落合	刑事部二課課長。警務部出身的高考菁英。

記者俱樂部

秋川	東洋新聞社記者。記者俱樂部的幹事，意見領袖。
手嶋	東洋新聞社記者。個性認真。
山科	全縣時報社記者。無法獨當一面。
梁瀨	時事通信社記者。
宇津木	每日新聞社記者。
袰岩、林葉	ＮＨＫ新聞記者。
高木、掛井	朝日新聞社記者。
富野	Ｄ日報記者。
牛山、笠井	讀賣新聞社記者。
須藤、釜田	產經新聞社記者。
角池	共同通信社記者。

其他

銘川亮次	喝完酒過馬路時被車撞擊，重傷後不治身亡。出生於北海道。
菊西華子	撞擊銘川的肇事者。懷孕八個月，是警務公關室與記者產生爭執的原因。
村串瑞希	美那子的前輩。曾參與六四案件。婚後離開警界。
尾坂部道夫	D縣警前刑事部部長。優秀的辦案能力為人稱道。
大館章三	D縣警前刑事部部長。三上的媒人，受三上景仰。

登場人物介紹

三上家

三上義信	D縣警警務部祕書課調查官（公關長）警視。曾於刑事課任職多年。與二渡同期。欽慕刑事部一課課長（參事官）松岡。
三上美那子	義信的妻子。婚前為縣內知名的美女警察。自女兒離家出走後，日日等著女兒的無聲電話。
三上步美	義信與美那子的女兒。罹患醜陋恐懼症，對於長得像爸爸感到極度自卑與不安，憎恨母親的美貌。因父親反對整型憤而離家出走。

D縣警公關室

諏訪	警務部祕書課組長。在公關室任職五年，善於與記者交手。
藏前	警務部祕書課主任。埋頭苦幹是唯一的優點。
美雲	警務部祕書課課員。公關室最年輕的唯一女性成員。

「六四懸案」關係人

雨宮翔子	昭和六十四年一月五日於自家附近遭到綁架，五天後於廢棄車廠被發現遺體。
雨宮芳男	翔子的父親。綁票事件當時為雨宮漬物的社長。
雨宮敏子	翔子的母親。六年前因腦中風倒下後於去年離世。
雨宮賢二	芳男的弟弟。曾因父親的遺產與芳男發生爭執。
吉田素子	雨宮漬物的員工。曾於辦公室接到綁票凶手打來的電話。
漆原	「六四」自宅班班長。現為Q署署長。
柿沼	「六四」自宅班成員。現為專任調查成員。
幸田一樹	「六四」自宅班成員。事件半年後離職。
日吉浩一郎	「六四」自宅班的通訊技術員。事件三個月後離職。繭居十四年。
望月	「六四」追蹤班成員。與三上同期。三年前回老家接手園藝事業。

D縣警

過內欣司	D縣警本部長。距離警察廳長官的位置最近的男人。

1

飛雪飄散在蒼茫的暮色中。

從計程車下來的訪客，腳不小心絆了一下。穿著警用外套的鑑識人員，已在警局的玄關前久候多時，恭請來訪者入內。一行人走過值班員警的執勤區，穿越陰暗的走廊，從後方出入口來到職員停車場。

停屍間就在腹地中最偏僻的角落，是一棟沒有窗戶的組合式小屋。發出低沉運轉聲的換氣風扇，宣告著有屍體在房內保管的事實。打開門鎖的鑑識員退到一邊，用謙恭的眼神示意來者入內，自己則留在門外。

三上義信甚至忘了祈禱。

他推開停屍間的門，門上鉸鏈發出了聲響。甲酚的味道刺激著眼睛和鼻子，三上隔著外套都能感受到美那子的指尖緊緊扣住自己的手肘。

炫目的光線自天花板灑落，及腰的驗屍台上鋪著藍色的塑料布，上面有一具蓋著白布的遺體。遺體不到成人尺寸，又沒有幼兒那麼小。看到白布底下的遺體介於這兩者之間，三上的心慌了。

——步美。

三上忍住呼喚女兒的衝動，他害怕一旦喊出名字，躺在驗屍台上的就會是自己的女兒。他掀開白布。

底下出現了頭髮……額頭……緊閉的雙眼……鼻子……嘴唇……下巴……少女死亡後蒼白的臉孔，全都露了出來。

一旁的動靜打破了凍結的氣息，三上感覺到美那子把額頭靠在他的肩上，緊扣住他手肘的指頭力道也漸緩了下來。

三上抬頭仰望天花板，從丹田深深吐了一口氣，根本沒有確認身體特徵的必要。從D縣花四個小時轉搭新幹線和計程車前來，確認遺體的身分卻只花了短短幾秒。

三上接到年輕女子投水自盡的消息，才急急忙忙趕來確認。據說，中午過後有人在附近的水塘發現少女的遺體。少女咖啡色的毛髮還帶有水氣，年紀大約十五、六歲，或者再稍微年長一點吧。少女沒在水中泡太久，臉部沒有浮腫的跡象，從臉頰到下巴一帶的纖細輪廓，以及稚氣未脫的嘴形，都保持著生前的樣貌，絲毫無損。

三上覺得這實在太諷刺了，步美想要的就是這種嬌美的臉孔。

事隔三個月，他還是沒辦法冷靜回憶過往。當時二樓的女兒房間發出了聲響，幾乎是要踩破地板的巨大聲響。鏡子被砸個粉碎，步美蜷曲在昏暗的室內，用手痛毆、拍打、抓撓自己的顏面。女兒說，她寧可去死也不要這張臉——

三上對少女的遺體雙手合十。

這個少女也是有父母的吧。大概今晚或明天，她的親人就會來到這裡，面對女兒去世的殘酷現實了。

「我們走吧。」

三上的聲音有些沙啞，喉嚨像是卡了什麼乾硬的東西。

美那子魂不守舍，連點頭都無法，一雙大眼睛像是冷冰冰的玻璃珠。這已經不是第一次了，這三個月來，他們兩次面對跟步美年齡相近的少女遺體。

外頭的天氣變了，飛雪中夾雜著雨水。

三個人影在停車場的陰暗處，吐著白色的霧氣。

「唉，不管怎麼說，幸好啊……」

膚色白皙的局長看上去人還不錯，遞出名片時臉上掛著複雜的笑容。明明不是值勤時間，局長卻穿著制服。旁邊的刑事課長和組長也都穿著制服，或許因為萬一遺體真的是三上的女兒，穿便服前來未免顯得失禮。

三上低頭道謝：

「真的很感謝你們特地聯絡。」

「別這麼說。」

局長的意思是，大家都是警察不用客氣。省下多餘的客套話，局長抬起手請三上到裡面休息，暖暖身子。

三上的背部被輕輕點了一下，別過頭一看，美那子用哀求的眼神看著自己。她想要盡快離開，三上也是同樣的心情。

「實在不好意思，我們打算直接回去，不然趕不上新幹線。」

「怎麼這麼趕，何不住下來呢，旅館我們都安排好了。」

「局長的好意我們就心領了，明天還有事情要辦。」
一聽到事情兩個字，局長低頭看了一眼自己拿到的名片。
——D縣警察本部警務部祕書課調查官「公關長」三上義信警視。
局長輕嘆一口氣，抬頭對三上說：
「應付記者很辛苦吧？」
「呃呃，是啊……」
三上沒有正面回答這個問題。
他想起那些被晾在公關室的記者，各個橫眉怒目的表情。那時，記者們正在激烈質詢警方公告的內容，三上一接起打撈到無名屍的電話，二話不說便直接離席。記者們並不曉得三上的家庭問題，看到他離席立刻群起攻堅。公關長，我們還沒有問完啊，你要逃避問題是嗎——
「您擔任公關很長一段時間了嗎？」
局長滿臉同情，通常轄區警局的公關負責人是副局長或次長，至於小規模的地方警局，都是局長親自面對記者。
「今年春天才開始的，年輕時也接觸過一點。」
「過去一直處理警務工作是嗎？」
「不，我在二課擔任刑警很長一段時間。」
即使這種時候，三上講起過去的工作還是難掩驕傲。
局長似懂非懂地點點頭，想必這裡的縣警並沒有刑警擔任公關長的先例吧。

「精通查案的人擔任公關，記者也比較沒有意見吧？」

「要真是這樣就好了。」

「唉，其實我們也很頭痛，記者動不動就寫一堆五四三的東西。」

局長抱怨完後，板著一張臉對車庫打了一個手勢。一輛黑色的長官車亮起了大燈，三上見狀有點驚慌，他有請外面的計程車稍待片刻，但已經離開了。美那子又點了他背部一下，問題是現在堅持叫車，等於再度糟蹋當地警方的好意，三上可不想這麼做。

車子開往車站，行經陰暗的道路。

「您看，就是這片水塘啦。」

這時右手邊出現一片比夜色更黑暗的空間，副駕的局長迫不及待地開口：

「網路實在是很麻煩，竟然有『自殺名勝十選』這種沒天良的東西。這片水塘不但榜上有名，還被取了一個怪名字，叫什麼誓約的水塘。」

「誓約的水塘？」

「這水塘看上去有點像心形，有人說從這裡跳下去，下輩子就能跟心上人在一起。今天的女孩已經是第四個了，之前還有人特地從東京跑來呢。報紙把這種事情當成趣聞來寫，連電視台都跑來採訪了。」

「真令人頭痛。」

「就是說啊，普通人自殺也能寫成新聞，到底在搞什麼飛機啊。有時間的話，真想跟您請教應付記者的訣竅呢。」

局長一直說個不停，似乎不希望沉默降臨，但也不期待能出現什麼熱絡的對話。三上一邊感謝對方的體貼，卻也沒有心思附和。

自殺的少女不是自己的女兒，但三上心中的苦悶還是跟認屍前一樣並未減輕。他這才明白，當他祈禱女兒平安無事，就形同是在祈禱別人家的女兒死亡。一旁的美那子動都不動，三上感覺她的肩頭縮得比平常更小了。

車子轉過路口，來到燈火通明的車站。站前廣場十分寬敞，還立有幾塊紀念碑，四周沒幾個人影。據說，這是出於政治考量才建造的車站，並非真的符合運輸需求。

「局長，外面下雨，您就不用下車送我們了。」

三上連忙說出這句話，後座的車門也打開一半了，但局長還是早他一步下車，整張臉紅通通的。

「都怪我們提供不確實的消息，害您白操心了。因為遺體的身高和痣的位置很像，我們才想說是不是該通知您來確認一下，還請您見諒啊。」

「局長別這麼說——」

三上非常過意不去，局長緊握他的手說：

「別擔心，令嬡不會有事的。有二十六萬名夥伴全天候注意消息，一定找得到人。」

三上鞠躬致意，目送局長的座車離去。

冰冷的雨水打濕了美那子的後頸，三上帶著精神萎靡的美那子走向車站。前方有駐站派出所的燈光，喝醉的老人坐在路上，甩開年輕員警的攙扶。

二十六萬名夥伴——

局長這句話說得一點也不誇張，舉凡轄區警局、派出所、駐點站，全國各地所有的警察設施都張貼了步美的尋人照片。那些陌生的同袍不分晝夜，打探著「自己人」的女兒下落。警察全體上下同心，這股動員力值得依靠，而且難能可貴。三上一向慶幸自己是這個強大組織的一員，只不過——

轉念及此，三上遍體生寒。

他從沒想過，依賴組織竟會成為自己的弱點。

依賴，就意謂服從——

服從，有時候會讓人氣得血液翻騰。

這些事三上沒告訴過美那子。他發誓要找出失蹤的獨生女，一家人再次團聚。為此，當父親的沒什麼不能忍的。

新幹線月台上響起了車輛到站的廣播。

車內空位不少，三上讓美那子坐窗邊，小聲地安撫她：

「局長也說了，步美沒事的，她好著呢。」

「……」

「很快就會找到人，別擔心了。」

「……嗯嗯。」

「女兒不是也有打電話回來嗎？她其實也想回家，只是拉不下臉，要不了多久就會回來的。」

美那子還是失魂落魄的模樣，美麗的側臉映照在暗夜的車窗上。美那子十分憔悴，也沒心思化妝或去美容院，可是，這樣反而更加突顯出她的天生麗質。美那子要是知道了，不曉得做何感想。

三上的臉龐也映照在車窗上，但他看到的卻是女兒的幻影。

女兒怨恨自己長得像醜陋的父親。

母親美麗的容貌更令她滿腔怒火。

三上把視線移開窗戶。

他說服自己，女兒離家只是一時的，跟出疹子一樣，過了就好了，女兒總有一天會懂事的。就像她小時候不小心做錯什麼事情時，做個鬼臉發完脾氣就會回來了。沒錯，那孩子不可能真的痛恨父母，做出讓他們傷心的事情。

車體在晃動。

美那子靠在三上的肩膀上，不規則的呼吸分不清是鼾睡聲還是啜泣。

三上閉起眼睛。

即使再無奈，自己和妻子在車窗上不登對的身影，依舊在眼中揮之不去。

2

D縣一大早就吹起強勁的北風。

前方號誌是綠燈，但堵塞的車陣遲遲沒有移動。三上放開方向盤，點起了一根菸。附近又蓋起了高樓，逐漸遮蔽擋風玻璃外的山脈稜線。

這座城市有一百八十二萬人，五十八萬戶……三上還記得早報上的人口統計資料，有將近三分之一的人口在D市工作和生活。幾經斟酌後，該地區和附近的鄉鎮市合併，導致地方發展的磁吸效應加劇，本該優先建設的大眾運輸設施，到現在都還沒有著落。電車和巴士的班次很少，交通十分不便，導致路上經常塞車。

——快點動起來啊。

三上喃喃自語，十二月已過五天，今早的塞車狀況特別嚴重。廣播就快要播出八點的報時訊息了，前方已經能看到五樓高的縣警本部。司空見慣的灰色外牆，三上竟有一絲懷念的感覺，真是太不可思議了，明明自己也才去北國轉了半天。

過了一個晚上冷靜下來後，三上才明白這一趟是白跑的，根本沒必要大老遠跑去認屍。步美比一般人怕冷，她是不會往北邊走的，更不可能在寒冬跳水自殺。

前方終於出現幾部車的間距，三上趕緊捻熄香菸，踩下油門驅車前進。

所幸沒有遲到，三上把車子停在職員停車場後，急忙前往本部。他習慣性瞄了媒體專用停車場一眼，不自覺停下腳步。平常這個時段應該空蕩蕩的停車場，今天卻停滿了車子。這代表各家新聞社的社會線記者都到齊了，三上起先還懷疑是不是有重大案件，但他很快就想通了。那些記者是要報昨天的一箭之仇，他們約好一起來，就等著三上自投羅網。

——一大早就想找人吵架啊？

三上進入本部的正門，走沒十步就到公關室了。他一推開房門，門內三人同時抬起緊張的面孔。諏訪組長和藏前主任就在背對牆壁的辦公座位上，女警美雲則坐在靠近門邊的位子。公關室的空間不大，所以大家會刻意壓低打招呼的音量。今年春天，隔壁資料室的牆壁打掉以後，公關室稍微寬敞了一點，可是記者蜂擁而至的時候，一樣擠得寸步難行。

本以為屋內會擠滿記者，不料一個記者也沒有。大感意外的三上，走到背對窗戶的位子上。諏訪主動過來，表情也比平時凝重：

「公關長，呃……昨天的消息……」

三上已經做好心理準備要聆聽記者的相關訊息了，但諏訪提出的問題卻令他始料未及。昨天深夜，三上打電話給直屬上司石井祕書課長，報告認屍的結果。他以為公關室的其他成員也都知道了。

「那邊的警方認錯人了。不好意思，讓你們擔心了。」

此話一出，房內的氣氛頓時緩和不少。諏訪和藏前安心地對看一眼，美雲也恢復精神，起身從架上拿出三上的茶杯。

「對了，諏訪，他們都到了嗎？」

三上輕抬下巴，指著隔壁的記者室。平常他們都稱那裡是「記者俱樂部」，有十三家新聞社常駐記者室。正確來說，那些新聞社的交流團體才叫記者俱樂部。

諏訪的表情又蒙上了一層陰影：

「每一家都到了，他們說要鬥到你下不了台，應該很快就會過來了。」

聽到諏訪這樣說，三上心頭一陣氣血翻湧。

「昨天您中途離席，對外說法是接到親人的病危通知，這點還請您留意。」

三上隔了一拍才點頭表示明白。

若說到聰明幹練的公關人員，諏訪絕對當之無愧。他是警務部出身的警官，在公關室幹了三年。過去擔任巡查部長也有兩年，非常清楚時下記者的生態。儘管他投機取巧的言行令人頗有微詞，但很擅長以虛實交錯的話術擺平記者，連三上也為之讚嘆。這一次諏訪回到公關室任職，應付記者的本事更加爐火純青，也間接拉抬他在警務部內的評價。

同樣是回鍋任職，三上就不怎麼光采。都已經四十六歲了，事隔二十年才被調至公關室。直到今年春天，三上都還是搜查二課的第二把交椅，更早之前是智慧型犯罪搜查組的班長，長年來指揮調查貪污和違反選罷法的事件。

三上從座位上站起來，走到辦公桌旁邊的白板前面。上頭有份文件標示「D縣警公告．二〇〇二年十二月五日（星期四）」等字樣——這是給記者的公告文件，也是公關長每天的第一項確認工作。縣內十九個轄區發生的案件和事故概要，隨時會透過電話和傳真通知公關室。近年來電腦普及，也會以電子郵件通知相關事項。公關室成員得先把內容打成制式文件，再用磁鐵貼在公關室和記者室的白板上。相關內容也會通知縣政大樓的「電視台記者會」，這些舉措都是要方便記者採訪。問題是，「警方公告」往往是警察跟記者產生摩擦的原因。

三上看著牆上的時鐘，已經八點半了，那些記者在搞什麼？

「公關長，抱歉耽誤您一點時間。」

藏前來到三上的辦公桌前，「藏前」本指廣大的米倉，但藏前本人的身材清瘦，跟他的名字完全不搭，連說話也很小聲。

「關於那件圍標的案子。」

「嗯，打聽到消息了嗎？」

「這……」

藏前面有難色。

「怎麼，八角建設的常務還不認罪？」

「這就不清楚了。」

「什麼叫不清楚？」

三上瞪了藏前一眼。

搜查二課在五天前大動作調查議事中心的圍標案件，強制搜索了六間中型建設公司，還逮捕了八名高層，但二課還沒打算正式收網，他們真正的目標是在背後操縱投標的承包商八角建設。三上得知二課偷偷找來八角建設的常務，在轄區警局連日偵訊，若順利逮到「幕後黑手」的話，絕對會登上地方新聞的頭條。二課經手的案件，嫌犯的自白和執行逮捕令多半會拖到深夜，三上擔心開記者會的時間和各家新聞社的截稿期限相衝，才會命藏前事先掌握二課的動靜，以防止混亂的情況發生。

「那八角建設的常務有沒有被找去警局問話？這你也不知道？」

藏前低下頭說：

「剛才我有請教副手……他根本不理我……」

三上大致了解了，二課大概是把公關室當作間諜吧。

「明白了，我會親自去問。」

看著藏前落寞離去的背影，三上吐出胸中悶氣。

過去，藏前曾在轄區警局的刑事二課幹過內勤，三上認為憑著這關係可以套到情報，想來是自己太天真了。很多刑警依然相信公關室會把得到的消息統統告訴記者，當作組織與媒體交易的籌碼。

三上自己也不例外，過去他還是刑警的時候，對公關室也沒什麼好印象。他也跟著碎嘴的前輩說過公關室的壞話，好比罵他們是記者的小弟、警務部的走狗，還把公關室說成準備升等考試的讀書室等等。實際站在第三者的角度，三上也看不慣公關室和媒體沆瀣一氣的關係。公關室的人只會討好記者，帶記者飲酒作樂；來到案發現場就跟看熱鬧的一樣，只顧著跟記者聊天，一滴汗也沒流過。三上從沒把公關室的人當成警方的一員。

所以，當他做刑警第三年接到前往公關室的調令時，整個人都愣住了。他以為自己被蓋上「無能刑警」的烙印，去公關室也是心不甘情不願，他知道自己是個差勁的公關。三上在公關室才做了一年，都還沒學到應付記者的方法，就被調回刑事部。得以回到原本的單位，當然是值得開心的事情，但刑警資歷中這一年的空窗期，他只覺得是人事部別有用心，心中也埋下了對組織的不信任，以及比不信任感更加強烈好幾倍的恐懼。三上害怕再次被調到公關室，像火燒屁股般拚了命工作。不管過了五年還是十年，每到定期人事異動的季節，他就感到不安。可以說，恐懼就是他勤奮的動力，他從未縱情聲色，也沒有懈怠勤務，事業上幹出了一番成績。在搜查一課任職的時代，他一人包辦強盜犯、強制犯、特殊犯等案件，不斷獲得各種獎項。不過，他真正大放異采是到搜查二課以後。他在二課專門負責智慧型犯罪，在本部和轄區內的刑警單位都有一定的分量。

饒是如此，三上也不敢以「天生的刑警」自居。他想忘記過去那段公關的經歷，旁人卻不允許。每次有不能見報的消息刊登出來，上司和同事的視線就會刻意避開三上，他也沒辦法一直用被害妄想來騙自己。尋找「戰犯」的無形壓力總是對著他，那種不寒而慄的恐懼感，只有體會過的人才明白箇中苦楚。即便上司對三上的工作評價很高，他也獲得高升，但尋找洩密分子的行動他一向無緣參與。從這個層面來看，公關室的勤務經驗就跟「前科」沒兩樣。

今年春天，三上接到赤間警務部長的非正式通知，要他擔任公關長。他聽到消息腦筋一片空白，最先想到的也是前科二字。赤間詳述了調任的理由：

「現在的媒體只會放大警方的失誤，貶低警察的威嚴，他們既無正當理由，也缺乏真知灼見，不能再放任他們亂來了。警方過去對媒體太好，他們才會拿翹。我們需要一個作風強硬，對記者有威嚇作用的剽悍人物來當公關長。」

三上無法接受這樣的說法，警察本來就是以「剽悍」見長的集團，作風剽悍的人物並非刑警獨有。把一個只懂得應用刑訴法的勤奮警察，調去處理完全偏離警察本業的工作，讓他擔任組織的看門狗，這樣的人事異動到底有何益處可言？赤間還把這說成「提拔」，理論上警察是當不上公關長這種調查官職缺的，未來還可以升任警視。問題是，三上繼續留在刑事部，兩三年後也同樣能升遷，所以這個莫名其妙的人事異動，打動不了出人頭地的欲望。

顯然「前科」對公關長的人選有很大的影響，在一個職缺有好幾名候補的情況下，為求慎重起見，通常會挑選過去有相關勤務經驗的人，這是警察人事異動的常規。對三上來說，真正的問題不是選他當公關長，而是刑事部同意讓他走。某天深夜，三上下定決心拜訪荒木田刑事部長的官邸，但對方只要他遵從命令，絲毫沒有交涉的餘地。三上又掉回二十年前的泥沼，他懷疑究竟是自己能力不足，還是上頭要求他反省自肅？多年的刑警資歷，反倒加深了他的失望與混亂。

三上要在兩年內回歸刑事部——千頭萬緒都寄託在這句話中，因此他乖乖當上了公關長。三上確實意志消沉，但他並沒有自暴自棄，他再也不會像以前那樣愚蠢地浪費光陰。長年來習慣苦幹實作的身體和頭腦，也不允許他對眼前的課題視而不見。

三上知道改革公關室才是首要之務。

二十年前他見識到的公關環境太偽善了，唯一的目的就是跟記者打好關係，缺乏明確的願景和戰略。當時的公關人員必須鞠躬哈腰，隱藏警察作風，佯裝出對新聞工作諒解的態度。媒體厭倦警察體系的封閉守舊，公關就成了媒體遷怒的出氣包。表面上，公關宣揚「公開透明」和「廣納建言」的理念，但所謂的廣納建言，也只是裝出一副理解的態度，聆聽記者的冷嘲熱諷，讓那些自以為為民喉舌的傢伙，有一個發洩的管道罷了。過去的公關長會自嘲自己只是消波塊，彷彿唯一的工作就是討好媒體，建立起虛偽的關係，緩和媒體對警方的批判。

公關機構成立的時間不長，這也是警方公關不擅於應付記者的原因。可話說回來，訊息公開全交由公關室處理，這一套警察署賦予的行事系統，也沒有深入地方警察當中。負責查案的都是刑事部這些「前線」，警務部代替他們發表業績，背後有削弱其權力的意圖。過去刑事部都是部長和課長直接控管報導，底下的刑警把自己的功績告訴記者也沒人會過問。以前根本就沒有「找戰犯」這種可怕的說法。

第一任公關長曾經感嘆，公關制度就像「黑船」。而刑事部就跟幕末的日本一樣，處於風雨飄搖的局面。組織剛引進公關系統時，刑事部對警務部抱有強烈的敵意，到頭來這種現象也逐漸消失，慢慢被視為一種新的管理制度。不，或許刑事部有意將這樣的制度內化。刑事部已經不再是疏於算計的捕快團體，如今不少搜查幹部只有主管的視野，缺乏實際查案的經驗。他們把新設的公關制度當成代罪羔羊，讓第一線人員沒辦法像過去那樣隨意洩密。用這種方式解讀的話，一切就說得過去了。

事實上，第一線員警確實嘗到了苦果。尤其遇到那些私下跑來打探消息的記者，刑警也變得三緘其口。「去問公關」就像流行語一樣被濫用，刑事單位之間也開始互相牽制，防範情報洩漏。久而久之，烏煙瘴氣的作風引起眾人不滿，公關室就成了洩憤的出口。任何有用的搜查訊息，公關室都拿不到，偏偏機密見報的時候，大家卻要公關室負責。嫉妒和猜忌又加深了敵意，公關室是警務部祕書課的直轄單位，底下成員被當成本部長養的大內密探，所以其他單位也不會給公關室好臉色。

換言之，公關室背負著不幸的原罪，美其名是統一管理資訊的窗口，但獲得的資訊量和速度跟「離島」差不多。願意積極提供訊息的，也只有亟欲宣傳交通安全方針的交通部而已，也難怪那些記者瞧不起公關室。反正公關室只不過是安排記者會的單位，沒什麼好尊重的。另一方面，二樓的警務部長室卻提出不合理的要求，要他們好好控管那些記者。公關室等於是風箱裡的老鼠，兩邊受氣。一下被夾在警務部長室和記者室之間，一下又被夾在刑事部和記者室之間，公關室疲於應對，也就化為有志難伸的單位了。

過了二十年，這樣的情況並沒有太大的改變。雖然公關室也培育出幾個像諏訪那樣優秀的公關人員，但在「上司、基層、媒體」的三方包夾下，頂多是杯水車薪罷了。再加上D縣警方的狀況也較為特殊。其他縣警的公關，在這十年內加速從「室」升格為「課」，幹部職缺增加也助長了升格化。在規模較大的縣警單位，公關變成菁英鍍金的資歷，於是中小型的縣警單位也群起效法、改弦易轍。單位升格後講話才能大聲，這個道理跟個人升遷是一樣的。公關跟第一線部會的關係也變了，彼此開始積極交換訊息，利害關係一致。將調查訊息作為戰略手段釋出，這樣的公關系統才是當今主流。

然而，D縣警的公關單位還是「室」，連人員擴編的消息都沒有，歷任警務部長對單位改革的態度很消極。四年前在指示下，曾有討論過升格的問題，但赤間的上一任部長大黑否決了這項提議。理由是公關室可能跟記者勾結，也不曉得大黑是不是吃過類似的虧，他非常害怕公關人員挾媒體自重，在組織內呼風喚雨。赤間也以人力不足為由，延續維持現狀的方針。D縣公關室的歷史，用矮化、弱化等負面辭彙就能道盡一切。

三上說服自己，當上公關長是要開創一番新氣象，獲得「自治」這個理所當然的權利，就是他當前的目標。直接拜會刑事部是三上的第一步，他需要堪用的搜查情報來作為戰略籌碼，因為第一手消息才是對付記者唯一有用的武器。三上要用情報武裝自己，跟記者建立起互相牽制的「成熟關係」。如此一來，警務部長室的干涉力自然會減弱，公關室才能擺脫三方包夾的困境，這便是三上的公關改革願景。

刑事部自詡為基層單位之首，要打入其中不容易。三上長年待過的搜查二課還好說，搜查一課的口風之緊，令人肅然起敬。他每天早上跑去一課，和各部會在閒聊的過程中查探調查的狀況。另外他還利用過去的人脈，在非勤務時間拜訪刑警中的重要人物。好比在對方沒值班或公休的日子，拿著禮品登門作客。交涉時也沒有多餘的算計，而是直接說出真正的目的，表明自己需要情報來應付記者。至於另一個用意，三上並沒有說出口。他看得很遠，就算兩年後能回到刑事部，他也是有兩次前科的人。因此在擔任公關長的期間，他不能被刑事部視為敵人。無論如何，他得持續透露想法讓對方知道，這是替自己回歸刑事部所做的必要準備。

三上花了兩三個月的時間持續拜會刑警，沒有得到太大的收穫，卻成功營造出他暗自期待的另一種效果。三上這種破舊立新的舉動，吸引了記者的關注，也給他們新的刺激。記者對他另眼相待，他也看出記者的態度有所轉變。嚴格講起來，三上是個很特殊的公關長，他現在任職於公關室，但老本行是搜查二課。幾年後三上可能會擔任刑事部的要職，所以那些記者在他就任以後，頗有觀望和顧忌的味道。畢竟對記者來說，刑事部一直以來都是收集情報「最重要的地方」。三上持續拜會刑警，等於是在告訴那些記者，公關室和刑事部的關係密切。主動接近三上的記者變多了，沒有巴結記者就做到這一點，三上可是第一人。

三上決定利用這個機會，刺激那些記者的想像力。他盡其所能地利用手上稀少的情報，讓記者知道一點事件的動向，並用婉轉的詞彙和微妙的表情變化，對不同家記者做出不一樣的暗示。三上成功引起記者的關注，提升眾人的向心力，一改公關長過去被輕視的地位。逢迎陪笑的關係也不存在了，一有記者跑到公關室打發時間，三上就會擺出撲克臉施壓，讓對方緊張起來。遇到記者提出無知的批評和抱怨，他會嚴正否決對方的說法。相對地，要是有人提出正當的意見，他也樂於聆聽。交涉的時間也沒有限制，公關室不再對媒體阿諛奉承，但在合理的情況下也願意讓步。三上的改革十分順利，過去記者處於絕對優勢的扭曲現象大幅改善，記者本身對這件事也沒有不滿。媒體永遠想得到更多訊息，警方卻只希望對組織有利的消息見報。這兩者的策略方針並不一致，但只要雙方碰頭的時候，彼此之間有那麼一點點的信賴感，就能找到大家都願意接受的妥協點。三上持續做好應付記者的準備，終於對自己的努力有了些信心。

問題出在警務部長室，部長室的干預反而有增無減。赤間部長對三上經營公關室的手法相當不以為然，動不動就質疑他。三上對記者讓步尋求妥協點，部長就批評那是服軟的失敗主義；三上每天跑去拜會刑警，也被說成是眷戀老本行。三上不解的是，既然赤間要的是一個「剽悍」的公關長，那就應該料到他會用上「老本行」的手段。三上確實把這種手段發揮得淋漓盡致，也做出了成效，到底赤間還有何不滿？因此，三上鼓起勇氣發表意見。他告訴赤間，公關室開始發揮原有的功能，在公關的世界與其搬弄詞藻，還不如提供搜查訊息來得有效。提升公關室的情報能力，也是對抗媒體的重要手段。

「夠了，你獲得情報就有可能洩漏出去，什麼都不知道就無從洩密了，不是嗎？」

三上無言了，原來赤間要的只是一個剽悍的「人形立牌」。赤間的意思是，你什麼都不要做也不要想，就用你那一張凶神惡煞的臉嚇唬記者。赤間要的不是應對策略，而是徹底控管，這出自對媒體的極端厭惡。赤間內心扭曲的攻擊性，遠超出三上的想像。

當然，三上也沒有乖乖讓步，否則公關室又要退回二十年前的窘境了。好不容易起步的改革要繼續下去，半途而廢未免太可惜。三上堅持到連他自己都覺得訝異，或許是切身感受到外界的風氣吧。他看到過去刑警時代從沒留意過的觀點，警方和大眾之間存在著難以攀越的高牆，公關室是唯一敞開的「窗口」。媒體再怎麼狹隘自私，警方也不能關閉對外的窗口，否則會完全喪失社會性。

況且，三上的刑警魂也被徹底點燃。若是乖乖當警務部的人形立牌，以後也不用幹老本行了。沒有笨蛋會反抗有人事決定權的主管，否則被派到鄉下的警局，在組織裡馬上就會被遺忘，連刑事部都回不去。可是，換個角度想這也是奇貨可居，如果未來情況有變，自己有機會回老本行，那麼跟部長對著幹的事蹟，便足以消除「二度前科」的風評。要知道，警務部長可是縣警的第二號人物。

三上很謹慎地應對赤間部長，他裝成明事理的部下，克制自己的情緒，只思考如何據理力爭。三上佯裝乖巧聆聽訓示，唯獨在聽到無法接受的命令時，才會用「請恕我直言」來當開場白反駁對方。同時，他也沒忘了提出應付記者的辦法。三上抱著如履薄冰的心情，堅實地進行公關改革的計畫。即使赤間被他氣到怒火中燒，他還是據理力爭。現在回想起來，他明白自己是兵行險招，才會鬥志昂揚。半年來，他沒有迴避赤間的緊迫盯人，這給他一種奮勇作戰的感覺。也許自己沒有贏得戰爭，但也絕沒有輸。只不過——

步美離家出走後，一切都變了。

香菸的煙灰掉到桌上，三上又點了第二根菸。

他望著牆上的時鐘，眼角餘光瞄到藏前落寞的側臉。搜查二課不願提供情報，看來自己的光環也消失了。那些在第一線查案的部門應該知道，藏前是三上的人。

也難怪，畢竟三上不再勤跑刑事部，甚至還聽從赤間的媒體應對方針。

走廊的喧嘩聲變大了。

記者要來了。諏訪和藏前對看一眼後，門也沒敲，記者就進來了。

64

3

沒一會功夫，整間公關室擠滿了記者。

他們分別是朝日、每日、讀賣、東京、產經、東洋，地方上的D日報、全縣時報、D電視台、FM縣民的記者……每個人的表情都很嚴肅，三上光環對他們也沒用了。當中還有人怒氣沖沖地瞪著三上，大多是二十幾歲的記者。放任情緒外露也不覺羞恥，年輕人在這時候特別惹人厭。共同通信和時事通信的記者，也晚一步進來了。NHK的記者在人牆後伸長脖子，半個身體被擠到走廊。加入D縣警記者俱樂部的十三家媒體都到齊了。

「快開始啦。」

眾記者中有人不耐煩地開口，站在最前面的兩名東洋新聞記者逼近三上。當月擔任記者俱樂部幹事的新聞社，會在這種時候先開第一槍。

「公關長，關於昨天你中途離席一事，請好好跟我們說明一下。」

開口的是穿著西裝的記者手嶋，三上的記事本對這個人的評價如下：東洋新聞採訪副組長，H大學畢業，二十六歲，無思想背景，性格認真嚴肅，自認精明幹練。

「根據諏訪組長的說法，你是接到親戚的病危通知才離開的。不過，你也不該在討論過程中，一聲不響地走掉吧？之後也完全沒聯絡，這是在無視我們記者俱樂部嗎——」

「實在很抱歉。」

三上直接打斷對方，他不願回想自己中途離席的理由，也不想被追究。

手嶋看了身旁的秋川一眼，秋川的資料如下：東洋新聞採訪組長，K大學畢業，二十九歲，左派傾向，性格偏執，記者俱樂部的意見領袖。

秋川雙手環胸，擺出一副等著看戲的表情。這個男人習慣交給部下提問，裝模作樣地拉抬自己的身價。

「意思是，你願意為這件事道歉囉？」

「沒錯。」

手嶋再次端詳秋川的臉色，接著轉頭面對身後一票記者，問他們同不同意這種說法。

這件事就不追究了，直接進入主題吧。手嶋在這種無聲的催促下，把手中的影印文件攤在三上的辦公桌上。

〈大糸市內車禍重傷事故報告〉

三上連看都不用看，那是昨天公布給記者的影本。內容是家庭主婦開車分神，被撞的老人身受重傷，全身各處都有損傷。案子本身是隨處可見的交通事故，發表的內容卻有爭議。

「請教公關長——為什麼不公布加害者的姓名？這應該要公布吧？」

三上十指交扣，凝視著手嶋充滿敵意的眼神。

「昨天我也說過了，這名家庭主婦已經懷孕八個月，事故發生後她也非常慌亂。萬一姓名見報的話，不曉得會出什麼岔子。所以，我們才姑隱其名。」

「這算不上解釋吧。報告上也沒有婦人的詳細住址，只說『現居大糸市內』，三十二歲的家庭主婦A。這麼籠統的說法，連真實性都有待商榷。」

「正因為是活生生的人，我們才考量到對母體和胎兒的影響，哪裡奇怪了？」

記者們似乎認為三上的反問態度狂妄，眾人議論紛紛，手嶋也動怒了：

「為什麼警方要考慮這麼多？這樣的顧慮未免太多餘。」

「家庭主婦不是犯罪被逮捕，是老人橫越馬路，沒走行人穿越道，而且還喝醉了。」

「那個家庭主婦也沒注意前方路況吧？況且，你們警方只說老人受重傷，但實際上老人已經性命垂危了。這個叫銘川的老人，現在還昏迷不醒。」

三上用眼角餘光掃視秋川，他到底還要讓手嶋講多久？

「公關長，請回答我們的問題。這起事故的嚴重性無法輕忽，家庭主婦被追究過失也是理所當然的吧？」

手嶋不肯罷休，三上的視線移回他身上：

「所以就要讓她見報，給群眾公審嗎？」

「欸，哪有人像你這樣講話的啊！這不是我要表達的重點，我是說警察擅自隱瞞加害者的姓名和住址不合理。要不要讓姓名見報，我們會考量公益性來判斷。」

「為什麼由我們來判斷不行？」

「這樣容易混淆事實啊，如果警方公布的案件消息或事故內容有誤，或是還有其他後續發展，沒有當事人的姓名和住址，我們要怎麼查證？再者，縣警本部養成這種陋習，底下警局回報案情也會偷雞摸狗吧？講難聽一點，搞不好有人會拿匿名制當掩護，發布虛偽不實的消息；警方也可能利用匿名制隱瞞真相，維護自己的利益啊。」

「隱瞞真相？」

「意思就是說……」

一旁身材高大的記者山科，也跑來插上一腳。山科的資料如下：全縣時報暫定採訪組長，F大學畢業，二十八歲，代議士祕書的第三個兒子，應聲蟲，不成氣候。

「警方拚命隱瞞當事人姓名，我們會懷疑是不是另有隱情啊？比方說，是不是達官貴人的女兒撞到人了，你們才幫忙隱瞞姓名？或是被害人喝醉，就私心偏袒婦人之類的。」

「別胡說八道。」

三上忍不住開口罵人，山科嚇得縮起脖子，房內的氣氛卻瞬間沸騰。

胡說八道的是你們警方吧！你們就是什麼都要隱瞞，才會被大家質疑啦！只要當事人懷孕就可以隱瞞就對了？不是這樣搞的吧？說清楚講明白啊！

三上默不作聲，任由記者責罵，因為一開口自己也會跟著發飆。

「我說三上先生啊。」

秋川終於肯開金口了，他慢慢放下手臂，不再抱胸。那動作分明是替自己醞釀王牌登場的氣勢。

「你是擔心婦女的姓名見報，母體和胎兒若有個三長兩短，警方會被輿論攻擊吧？」

「並不是。只是在某些情況下，加害者也有保留隱私的權利。」

「保留隱私的權利？」

秋川不屑地笑了：

「你是在跟我講加害者的人權嗎？」

「沒錯。」

房內再次群情激憤。

夠了！別講得一副你很明理的樣子！無視人權是你們的看家本領吧！警察有什麼資格跟人家講人權啊！

「你們有什麼好氣憤的？匿名報導是時勢所趨，最近的報紙和電視新聞也經常在用，為什麼警方在調查階段斟酌保密，就要受到指責？」

你這就叫自以為是啦！警察沒有這種權力！你完全不懂什麼是新聞自由吧！匿名制是妨礙人民知的權利！

「好了啦，公關長，你就給我們名字嘛。孕婦要是狀況不好，我們不會讓她見報。」

山科又插嘴了，這一次他還用上懷柔的語氣：

「你講不講結果都一樣啊。就算警方不公布，真有必要的話，我們也會查出對方的姓名和住所。若那個孕婦直接對上我們，她也不好受吧？」

會講這種鬼話唬人的，都是不會認真採訪的記者，所以山科一直「不成氣候」，永遠無法獨當一面。他其實也安於公關制度的現狀，所以當了六年的社會線記者還是沒培養出採訪能力，然而——

這個公關室裡，到底有多少記者看不起山科的小算盤？大家同樣安於現狀，只是程度有別罷了。而這些年輕記者的上司，也命令他們千萬不能放任警察獨斷專行。每一家新聞社都有那種自以為是硬漢的主管，過去警方還沒有公關制度時，那些人就已經追著警察討新聞了。他們看不慣現在的記者依賴警方的公關制度，也斥責部屬不要過度依賴警方。新聞編輯每天向年輕記者灌輸這種觀念，因此他們連匿名問題都要計較。這些記者要的是「戰果」，絕不能兩手空空回去。什麼「報導的使命感」根本不存在，他們要的只是警方妥協，公布婦人姓名罷了。

「公關長，那我們就把話挑明吧。」

手嶋一看到秋川再次雙手環胸，就催促三上從實招來，額頭上也滲出了汗水。

「你到底願不願意公布婦人的姓名？」

「不願意。」

三上立刻拒絕，手嶋也傻眼了：

「為什麼？」

「我們處理事故的員警到場後，婦人哭著央求員警不要告訴媒體。」

「等一下！不要講得好像我們是壞人一樣好嗎。」

「見報就是這麼可怕的一件事啊。」

「你這是在轉移焦點，太卑鄙了吧！」

「隨便你說，我不可能公布婦人的名字，這是D縣警的決定。」

所有記者都安靜了下來，三上也做好被罵的心理準備，沒想到——

「你變了呢，三上先生。」

秋川改用旁敲側擊的戰術，他雙手撐在辦公桌上，神情嚴肅地逼近三上：

「我們對你本來是抱有期待的。你跟前任公關長船木先生不同，不會討好我們，也敢於對上頭表達意見。老實說你剛上任的時候，作風讓我們耳目一新，只可惜你變了。現在你只會強迫我們接受縣警的方針，對我們也愛理不理，為什麼？」

三上沉默了，他瞪視著前方，隱藏自己動搖的情緒。

秋川接著說：

「是你說，公關室是一道窗口的對吧？公關長若跟其他警察一樣對組織言聽計從，那可就麻煩了。沒有人傾聽外界的聲音，沒有人從客觀的角度勇敢反駁組織的意見，警方永遠都是不透明的黑箱組織，我沒說錯吧？」

「窗口一直都有，只是沒你想的那麼大而已。」

秋川瞬間露出失望透頂的表情，三上發現他並非在諷刺或指責自己，而是在說真心話。

秋川看著三上的眼神也變冷淡了：

「就趁這個機會，說說你的想法吧。」

「你要我說什麼？」

「關於匿名問題，你個人的看法是什麼？」

「我的回答只有一個，沒有什麼組織或個人的看法。」

「這是你的真心話嗎？」

三上再次沉默了，秋川也一樣，彼此以眼神互相試探。過了五秒、十秒，感覺像是過了好久好久。

秋川點點頭說：

「我明白了。」

他環顧身後的記者，回頭對三上說：

「接下來這段話，不是對公關長說的，而是對D縣警表達我們記者俱樂部全體的要求。請公布那位婦人的姓名。」

三上用眼神回答——該說的我都說了。

秋川又一次點點頭：

「意思是，你認為公布婦人的姓名後，我們一定會寫出來，D縣警完全不信任我們媒體就對了？」

秋川的語氣似乎在下達最後通牒。

話一說完，秋川轉身離去，其他記者也離開公關室。事情絕不可能善了，狹窄的室內留下不安的氣息。

4

——這是在威脅我嗎？

三上火大地嘆了一口氣，將桌上的公告影本揉成一團丟進垃圾桶。這次的爭執很明顯跟過去不一樣，記者步步進逼，三上還是第一次看到記者如此殺氣騰騰，這一點讓他更加火大。這不過是一起普通的交通事故，又沒有死人。要不是扯到匿名問題，那些記者也懶得理會，連地方小報都不見得會刊登。

公關室恢復成小單位該有的寬敞，諏訪低頭看報，看他表情似乎有話想說，眼睛卻沒有看著三上。藏前和美雲則在寫《公關衛報》的原稿，截稿期限就要到了。大家都在等三上的心情平復下來，不，或許他們在揣摩三上的心思吧。秋川那句話，底下三個人也都聽到了。

（你變了呢，三上先生。）

三上點了一根菸，抽沒兩口就捻熄，還把冷掉的茶水一飲而盡。

這個事實終於被說出來，其實三上早就感覺到了，那些記者早晚會看輕自己。過去的努力都白費了，這種苦悶的情緒在心中渲染開來。應該說，這種想法本身只是自己的一廂情願，就好比在荒蕪之地幻想美麗的風景，畢竟雙方連可以破壞的關係都沒有。三上得到的信賴也是一碰就垮的東西，而他身為公關改革的推動者，也不敢說徹底消除了對記者的偏見。

這次連運氣也不站在他這一邊，匿名制是個很麻煩的議題，聽說全國各地的警察也很苦惱。在改革光環逐漸消失的時期碰到匿名制，只能說是三上運氣不好。放在抽屜裡的文件記載著婦人的姓名，轄區警局傳真過來的報告上有，叫「菊西華子」。但公關室接到傳真不到半小時，副局長就打電話來了。不好意思，那名婦女是孕婦，請姑隱其名。

三上找來諏訪問話：

「你怎麼看？」

諏訪皺起眉頭說：

「記者都在氣頭上。」

「是我害的嗎？」

「不，基本上您的應對沒問題。扯到匿名制度，不管講贏還講輸都討不到便宜。」

「怎麼說？」

「跟記者徹底決裂的話，我們的宣傳媒體也算廢了。可是滿足他們的要求，警方這個搜查機構就跟普通的公所沒兩樣。況且，最近大眾很重視人權和隱私權，所有案件都公布姓名的話，心生不滿的當事人一定會增加，我們承受的輿論壓力也會變大。說穿了，目前要應付匿名問題，也只能繼續跟記者保持沒有交集的對話。得不到戰果的記者，只好持續攻擊警察的公關單位，來勉強保住自己的面子。」

諏訪講得口若懸河，他大概一直很想發表意見吧。

三上也沒認同他說的，直接回答：

「現在的狀況何止是沒交集，一下就鬧到決裂了。」

「我認為還有補救的機會。他們會這麼生氣，主要是對您抱有期待，所以失望和反應才會特別強烈吧。」

諏訪這番話說得毫不婉轉，聽起來像諷刺。看他剛才一副有話想說的樣子，原來就是想講這個。

「您太體諒記者，對方會蹬鼻子上臉的，裝裝樣子就行了。」

在夏季來臨前，諏訪曾經擺出公關專家的態度，對三上發表以上的意見，看得出諏訪對新任公關長截然不同的作風有疑慮。話雖如此，諏訪並不甘於當個「消波塊」，他曾在酒會上對藏前發表長篇大論，也算是故意講給三上聽：

「你明白嗎？上面的幹部想要把媒體當成工具，那是他們的本能，而且也沒有錯。如果媒體說什麼我們都有求必應，那就完蛋了。跟記者接觸要懂得瞻前顧後，要多動腦，好好擬定戰略。要軟硬兼施的操控記者，誘導他們寫出『警察的正義』，替我們向社會宣傳，這才是應付記者的訣竅。」

諏訪的想法和赤間警務部長相近，差別在於他還懂得用「軟」，而不是只有「硬」。他運用的是經驗和技巧，還有專業公關的自信。

三上將身體靠在椅背上。

諏訪回頭去接聽電話了，他的背影看起來很輕快，彷彿重新獲得了活力。三上開始對諏訪抱持一種偏見：自從他到任以後，諏訪在公關室很難放開手腳做事，說不定他認為一個刑警出身的外行公關長，威脅到自己的存在了吧。

——這麼想表現，那就給你表現吧。

無法貫徹初衷的愧疚感，讓三上不得不想辦法改變現狀。且不論彼此的方法誰對誰錯，公關室放棄應付記者，就跟刑警不肯查案一樣。

「麻煩來一下。」

講完電話的諏訪和藏前，一聽到這句話都站了起來。美雲也挪起身子，她不曉得三上有沒有叫自己。

三上揮手示意美雲不必過來，只找來諏訪和藏前。

「你們去緩和那些記者的情緒吧，看哪幾家態度比較強硬的，麻煩你們了。」

「知道了。」

諏訪的反應果然生氣蓬勃，他也沒有尋求更進一步的指示，直接抓起椅子上的西裝外套就離開了，一副統統包在我身上的態度。藏前也跟在後頭，他的腳步就沒那麼堅定。

三上扭了扭脖子，內心的期待遠勝於不安。

記者室是個很特殊的地方，所有競爭對手共聚一堂互相牽制，卻又有一種職場同事的連帶感。對付警察時，那股連帶感會昇華成同仇敵愾的意氣，偶爾會展現出連警方也自嘆不如的向心力，就像剛才那樣。可是說穿了，大家領的是不一樣的薪水，每一家新聞社的方針和社內狀況也不盡相同，每個人嘴上說的和心裡想的未必一致。

全縣時報的山科正好來了，也印證了三上的想法。山科不安地觀察三上的臉色，跟十五分鐘前的態度截然不同。

「有事嗎？」

三上的聲音似乎讓他安心不少，他趕緊陪笑走近三上。

「不是啦，公關長，我覺得您應該委婉一點啦，剛才那樣不太好。」

「哪裡不好了？」

「每一家新聞社都在氣頭上呢。」

「還不是你在煽風點火。」

「唉呀，別這麼說嘛，我剛才也有替您講話不是嗎？」

山科很害怕失去跟警方的密切聯繫，三上的光環在他這種沒本事的記者心中，多少還有那麼一點用處。

「隔壁情況怎樣了？」

三上試著打探消息，山科還裝模作樣地小聲回答：

「就說情況不妙了，東洋新聞的可火了，每日新聞的宇津木和朝日新聞的——」

這時眼前的警用電話響了，三上壓抑著想繼續打聽消息的衝動，接起電話。

「麻煩來一趟部長室。」

是石井祕書課長打來的，聲音還有點雀躍。

三上想起了赤間部長的臉孔，有一種不好的預感。石井會感到開心的事情，通常都是三上不樂見的事情。

「上面的找您是嗎？」

「沒錯。」

三上起身時，發現桌腳掉了一張名片大小的便條，是美雲寫的字。三上站在山科的死角閱讀便條上的內容。

「早上七點四十五分，警務課的二渡調查官來電。」

是同期的二渡真治，三上一看到這個名字，很自然地繃緊嘴角。

三上望向美雲，卻沒有出聲叫她，而是直接捏爛手中便條。二渡打來做什麼？三上刻意跟他保持距離，這一點二渡也很清楚才對。是公務上的聯絡嗎？還是他聽到三上昨天跑去認屍的消息，才以同期的身分打來關心？

三上意識到山科的目光。

「剩下的之後再告訴我。」

山科開心地點點頭，大概是以為自己的懷柔奏效了吧。三上走向大門，他也像跟屁蟲一樣跑了過來。

二人一到走廊，山科就說：

「我說公關長啊。」

「怎樣？」

「昨天您中途離席，真的是接到親戚的病危通知嗎？」

三上緩緩轉過身，山科欠身端詳著三上的表情。

「沒錯——又怎麼了？」

「呃……」

山科吞吞吐吐地說：

「我聽到了不一樣的消息，才想確認一下。」

——這傢伙。

三上邁步前進，假裝沒聽到這句話。山科裝熟拍拍三上的肩膀，進入了隔壁的記者室。就在記者室的門要關上時，三上瞄到幾名記者聚在一起，面色凝重的模樣。

5

除了午休時間外，平常要在二樓走廊碰到其他人並不容易。三上走過會計課、教育課、監察課……各課的大門緊閉，難以一窺堂奧。這裡很安靜，打過蠟的走廊只聽得到三上的腳步聲。

看到門牌上褪色的「警務課」字跡，令人不由自主產生緊張的情緒。

三上打開大門，對正前方的白田警務課長行了一個禮，移動腳步時還不忘用眼角偷看窗邊的調查官座位。

二渡不在座位上，檯燈是關著的，桌上也沒有擺放文件。要不是放假的話，應該是在北廳二樓的「人事室」。據說，明年春天的人事異動已經開始著手安排了，幹部層級的人事計畫是二渡負責的。三上從石井祕書課長口中得知這個消息後，心中一直有個疙瘩。他懷疑自己的人事異動究竟是誰安排的？被調回公關室，真的是赤間警務部長一個人的意思嗎？

三上走過警務課，伸手敲了敲部長室的門。門內的人請他進去，是石井的聲音，跟電話裡一樣，音調比平時高八度。

「打擾了。」

三上一腳踏在厚厚的地毯上。

赤間放鬆地坐在沙發上，用手指摸著突出的下巴。他戴著金邊眼鏡，身上穿著訂製的條紋西裝，斜視三上的目光有些涼薄。今天的他扮相依舊沒變，同樣是菜鳥警察也能輕易聯想到的高考菁英形象。赤間四十一歲，比三上小五歲。像小跟班一樣坐在赤間旁邊的是石井，五十多歲的石井頭髮稀疏，招手叫三上過去。

赤間也沒等三上坐下就直接問：

「昨天很辛苦吧。」

赤間的口吻輕佻，像在問淋到大雨要不要緊一樣。

「不會……因為私事而影響到公務，實在不好意思。」

「這你不用放在心上。來，坐吧。你去那邊，那裡的人有好好招呼嗎？」

「有，局長和其他人都很客氣。」

「那就好，我也會替你道謝的。」

赤間刻意用庇護者的語氣說話，聽起來特別刺耳。

三個月前，三上不得已去找赤間幫忙。他跟赤間報告女兒昨天離家出走，希望動用縣內所有的警局幫忙找人。赤間當下做了一個令人意外的舉動，他直接在三上的尋人申請書上寫了幾句話，並叫石井傳真到警察署，不知道是傳到生活安全局、刑事局、還是官房長官。赤間放下筆後，告訴三上不必擔心，從北海道到沖繩的所有警局，都會在當天收到協尋的特別命令。

三上永遠忘不了赤間當時得意的表情，那不光是警察菁英在展現優越感，而是在期待回報的眼神。金邊眼鏡底下的一雙銳眼，緊盯著三上的臉龐，一向不聽話的地方警察終於屈服了，赤間可不想放過這賞心悅目的一刻。三上打從心底感到膽寒，他明白自己的把柄被抓住了。不過，一個擔心女兒安危的父親，又有什麼其他的法子呢？

謝謝部長，這分恩情我沒齒難忘。三上低頭道謝，頭低的比桌子和自己的膝蓋還低。

「是說，這已經是第二次了吧，親自跑去外地很辛苦呢。」

赤間今天也提起步美的事。

「之前我也說過，你要不要跟轄區的警局多分享一些女兒的訊息啊？好比指紋、齒形之類的，不要只有照片和身體特徵。」

不用赤間提醒，三上也想過這個方法。每次接到聯絡就去掀布認屍，這簡直是種拷問，美那子也快受不了了，但三上還是不願意這樣做。指紋、掌紋、齒形、牙齒治療的紀錄等等，這些都是確認屍體最有效的資訊。但這等於是拜託別人去找女兒的屍體，三上在情感上無法接受。

「請容我考慮一下。」

「快點吧，這樣比較不會白費力氣嘛。」

——白費力氣？

三上動員全身的理性強壓心中的怒火。赤間部長是故意挑釁，要測試三上有多聽話。

三上收斂脾氣，反問赤間找他來的用意：

「部長，請問您找我有什麼事呢？」

赤間的眼神也不再好奇。

「其實呢——」

石井探出身子代為答話，看得出來他很想講，憋得心癢癢的。

「長官要來這裡視察。」

三上一時反應不過來，這個話題完全出乎他意料之外。

「長官視察……？」

「上面的臨時通知，說下禮拜的今天，長官要過來一趟，我們也要忙著應付。唉呀，不曉得有多少年沒碰上長官視察了。」

看著興高采烈的石井，三上只覺得他太可恥了，或許是高考組的部長也在場的關係，這種感覺才特別強烈吧。警察廳的長官是全國二十六萬名警察的頂點，也是地方警察平常沒機會接觸的大人物。然而，大人物來視察有這麼值得高興嗎？這種時候就能看出石井有多膚淺，他對警察廳抱有一股天真的憧憬和敬意，如同鄉下年輕人對都市抱有美好的幻想一樣。

「所謂的視察是指？」

三上以處理公事的思維問話，這兩個人會找公關長過來，應該是宣傳色彩濃厚的視察。

「跟六四有關。」

這次答話的是赤間。

三上吃驚地看著赤間，赤間的眼神透露出意味深長的笑意。

六四——這是十四年前「翔子小妹妹綁票殺人事件」的代號，是D縣警管區內第一起真正的綁票案件。兩千萬贖金被奪，最後只找到七歲少女慘死的屍體，犯人身分不明，至今都沒有破案。那時候三上在搜查一課的特殊犯搜查組，擔任「現場追蹤班」的一員，尾隨家屬的車子前往支付贖金的地點。

厭惡的記憶再次甦醒，三上確實產生不小的衝擊，但他真正訝異的是，赤間這個不懂辦案的官僚，竟然知道刑事部私下流傳的代號。大家都在背後揶揄赤間是「調查魔人」或「資料魔人」，想必赤間當上部長的這一年半，吸收情報的人脈已經深入到刑事部的地盤了。

不過……

三上想的卻是另一個疑問。

六四是D縣警史上最慘烈的犯罪事件，這一點無庸置疑。在高層眼中，六四依舊是相當受重視的懸案。可是，十四年過去了，案件本身被淡忘也是不爭的事實。當初編制多達兩百人的特搜本部，人力也一直縮編，現在只剩下二十五人左右。特搜本部並沒有正式解散，只是警方內部的稱呼已經降為「專任調查班」，追訴期也只剩下一年多的時間。坊間已經沒人關注這起案件，市民也早就沒有提供相關線索了。媒體也只在每年凶案發生的日子，才想到要寫一小篇回顧報導。這起塵封已久的案子，為何會變成長官視察的標的？是打算對社會大眾做做樣子，宣誓警方在追訴期到來前會竭力查案嗎？

「請問視察的目的是？」

三上提出這個疑問，赤間的笑意就更深了。

「長官要來激勵查案的人員，順便對外宣誓我們一定會偵破凶案的決心。」

「可是都過十四年了，長官是意識到追訴期將屆，才特地來視察嗎？」

「從宣傳的角度來看，操作久一點的案件比較有效果嘛。這一次的視察是長官自己提出來的，與其說是對國民宣誓決心，不如說是對內部宣誓決心吧。」

對內部宣誓決心，三上一聽到這句話就全明白了。

——原來是東京那邊的政治問題啊。

大概是這麼一回事，打從去年起警察廳的高層人事就有頻繁的異動。過去多半由警務局的人選出任長官，這一次隔了四任才終於輪到刑事局出身的田邊上任，田邊也宣誓要重整刑警體制。不料，田邊就任半年後，在今年七月因急性高血壓驟逝，繼任者是警務局出身的小塚次長。這本來是順理成章的人事安排，但決定的速度太快，反而更加突顯田邊死亡的悲劇性。第一線員警本就偏袒自家人，他們搞不好會認定警務局是趁田邊去世，再次奪回長官的位置。換句話說，這次視察是小塚的作秀機會，他要告訴第一線員警，自己會繼承田邊的遺志，絕不會輕忽刑事警察。

「那好，我來說明一下具體的視察行程。」

石井拿起便條，三上也急忙拿出記事本抄寫。

「當然這都還沒有決定好啦。呃，長官的車子會在中午來到我們縣內，跟本部長共進午餐後，會去視察佐田町的屍體遺棄現場，在那裡獻花和上香——再來就折回中央署鼓勵特搜本部的成員，接著前往被害者的家裡慰問，同樣去上香致意；離開被害者家屬的住處，在走路回車上的過程中，舉辦開放式記者會——差不多是這樣吧。」

三上抄到一半停了下來：

「開放式記者會？」

這是指站在記者群的中間接受訪問，或是邊走邊接受訪問的形式。

「啊啊、嗯，這是官房長官的指示。這比在會議室召開正式記者會，看起來更有行動派的感覺嘛。」

三上的心一沉，腦海裡閃現那些記者憤怒的臉龐。

「那麼拍照呢？要在屍體遺棄的地方拍嗎？」

「不，要在被害者的住處拍。」

「讓記者進入被害者的住處？」

「空間太窄嗎？」

「呃，不是這個問題……」

「長官在壇前上香祭拜，後方拍出被害者的家屬，上頭的想要在電視和報紙上登出這樣的照片。」

警察組織的最高負責人對家屬宣誓破案決心，確實頗有衝擊性。

「時間有限，你要在一兩天內取得被害者家屬的同意。」

赤間從旁下達指示，語氣恢復成平時命令的口吻。

三上面有難色地點點頭。

「怎麼了？有什麼問題嗎？」

「這……」

照理說，被害者家屬不會拒絕長官慰問，但三上不太好意思親自去找對方談。當初，他跟被害者父母鮮少交談，真正有接觸的是「自宅班」的成員。況且，後來三上也調職了，凶案發生的三個月後，他被調到搜查二課，也沒再接觸六四案件。

「……明白了。我會先找專任調查班的成員，打探被害者家屬的近況。」

三上答話時慎選言詞，赤間不開心地皺起眉頭說：

「沒那個必要吧？你不是認識被害者家屬嗎？不用透過刑事部了，你直接去交涉就好。」

「咦……？」

「這是我們警務的工作，扯上刑事部只會更麻煩吧？你談妥以後，我會幫你跟刑事部長說清楚，在此之前不要張揚。」

——不要張揚？

三上猜不透赤間的心思，不先跟刑事高層打招呼，事後才會更難辦吧？畢竟，這牽涉到六四懸案。

「還有關於媒體的部分——」

赤間也懶得理會三上的疑慮，逕自說下去：

「你以前沒遇過這種事情，我先跟你說清楚。這次的採訪比較沒那麼正式，但這不代表我們允許記者隨意發問。這次採訪視同議會質詢，要做好萬全的準備。否則記者胡亂提問，或是提出什麼意外的問題，搞到長官答不出來那可就難看了。你先去記者俱樂部，讓他們寫下要問的問題。當天提問時間是十分鐘，只有當月擔任幹事的新聞社能派出一人提問。你要告誡他們，絕不可以提出未經審核的問題——明白了嗎？」

三上低頭看著自己的記事本。的確，這件事一定要先跟記者俱樂部協調，但現在雙方的關係奇差，能否安排一場像樣的對談都成問題。

「那些記者今天似乎滿激動的吧？」

赤間看透了三上的憂慮。不對、赤間有眼線，有人隨時向他回報公關室的消息。

「實際狀況到底怎樣？」

「我拒絕回答匿名問題，鬧得挺僵的。」

「這樣處理就對了，千萬不要心慈手軟。你給記者好臉色，他們就會騎到你的頭上。你要壓得他們抬不起頭，我們才是提供訊息的一方，他們只負責接收訊息，你要讓他們明白這一點。」

赤間下達強人所難的命令，還不以為意。

三上不了解這些指示的用意何在，為什麼赤間堅持採取強硬的措施？就算他再怎麼討厭媒體，在警察局訓練出來的官僚思維，應該會選擇最有效率的應對措施才對，偏偏他完全不那樣做。赤間是打從一開始就不相信「軟」的效果，還是連最基本的利弊得失都懶得衡量？

話題差不多告一段落，赤間開始翻找上衣的口袋，像是要找什麼東西似的。

三上瞄了石井一眼，看到他在便條上用紅筆寫了什麼，心情還是很不錯。三上的預感成真，他的心情比進入部長室之前更沉重了。

「那我先告辭了。」

三上收起手冊離席，這一連串的動作或許透露出陽奉陰違的氣息吧，赤間在他要走出房間時說道：

「你們父女長得真像呢，你很疼女兒對吧？」

三上停下腳步，緊張地轉過身來。

赤間手上拿著尋人啟示用的照片。

你們父女長得真像呢——

三上沒有說過女兒離家出走的原因，此刻卻羞憤到整張臉都要冒火，冷靜的面具就要徹底剝落。

赤間看了很滿意。

「關於指紋和齒形資料的事情，請跟夫人詳談吧，我也會盡量幫忙的。」

三上微不足道的反抗，只持續了短短數秒。

「……多謝部長關心。」

三上深深地一鞠躬，全身四處感受到血液奔騰。

6

「我中午可能沒辦法回去。」
「沒關係，不用在意。」
「那妳午飯怎麼辦？」
「放心，還有吃剩的早餐。」
「去篠崎超市買點東西吃吧？」
「……」
「開車去吧，來回也才十五分鐘。」
「不過，有吃剩的早餐……」
「不然，妳訂草月庵的蕎麥麵吧。」
「……」
「就這麼辦吧？」
「……我知道了。」
「嗯，今天就這樣吧。只是，偶爾還是出去一下比較好——」
「老公……」

美那子跟平常一樣，用話中的情緒來表達她的訴求，她想要掛電話。美那子擔心女兒打電話回家時，自己正在跟其他人講電話。家裡的電話已經換成最新款式了，另外還啟用接聽插撥的服務，適用範圍擴大的來電顯示功能也用上了。即便如此，美那子還是無法安心，依舊害怕漏接電話。

「好吧，我掛電話就是了。蕎麥麵要點有營養的來吃，知道嗎？」

「知道了。」

三上掛斷手機，離開城址公園的涼亭。談家務事不能用公關室的電話，而他又不願意在職場偷偷摸摸打回家，所以才會花幾分鐘走到這裡來講。

北風更加凜冽了，三上拉起西裝的領子擋風，弄得像大衣的立領那樣，並且加快腳步走回本部。美那子消沉的聲音依舊不絕於耳，三上心想好歹自己要振作一點才行。步美離家出走以後，美那子拚命尋找步美的消息，在家裡一刻也待不住。她拿著女兒的照片，尋找女兒可能去的地方，憑著為數不多的線索四處問人，連東京和神奈川都去過了。直到一個月前，家中接到無聲電話，美那子才足不出戶。

無聲電話不只一通，那一天總共接到三通，可能是步美想家又不敢開口吧。這種想像在美那子心中不斷膨脹發酵，後來她就整天在家中守著電話了。三上跟她說這樣對身體不好，她也不肯聽勸。換電話沒有獲得實際成效，反倒是美那子的生活完全變了樣。日用品都靠郵購，連晚餐都是跟宅配業者買食材來煮，吃剩的就當隔天的早餐和午餐。不，三上不在家的時候，她大概連午餐都沒吃吧。

到本部附近的超市買兩個便當，利用午休時間回家一趟，這已經成為三上每天的例行公事了。只有這時候他才會慶幸自己不是刑警，擔任公關長晚上可以比較早回家。當然每次有大案子發生時，公關長要比記者更快趕到案發現場，但也不用像刑警時代那樣，連續好幾天住在轄區警局的宿舍裡。通常，三上晚上都能回家陪伴美那子。

然而，三上並不確定自己的陪伴能否讓美那子安心。當他午休回家或較早下班時，會主動幫忙顧電話，好讓美那子出去買東西或散心。美那子嘴上說好，卻堅決不肯外出，那頑固的態度，讓三上想起步美離家出走前，整天窩在房間的樣子。假如藺居的時間長短與女兒心靈被侵蝕的程度成正比，那麼美那子應該也是同樣的狀況。外界有各式各樣的刺激，好比聲光、季節變化、人類的各種活動，去外面總能發現一些東西，暫時遺忘深刻的不安與痛苦。若不是去認屍，三上本該慶幸昨天帶著美那子遊訪北國。

不過……

美那子堅持守著電話的心情，三上也感同身受。步美離家出走兩個月後，他們夫妻被推入絕望的深淵，完全沒有女兒的消息，那幾通電話可說是唯一的希望。

那一天傍晚，北部下起激烈的豪大雨，公關室接到好幾件坍方的訊息，因此三上比較晚回家，三通無聲電話有兩通是美那子接到的。第一通在晚上八點過後打來，美那子接起電話，說了一句這裡是三上家，對方就掛斷了。第二通電話正好是九點半打來，美那子一聽到電話鈴響，直覺認定是步美打的。這一次她仔細聽著話筒的聲音，沒有說話。步美一碰到強勢的反應就會退縮，因此要有耐心。只要耐心等下去，步美一定會先開口。美那子懷著期望等下去，過了五秒……十秒……對方還是一言不發。最後美那子忍不住叫了步美的名字，電話就掛斷了。

美那子歇斯底里地打給三上，三上急忙趕回家，祈禱著女兒再打一通電話。到了快午夜十二點，電話又響了。三上一把抄起電話，在等待對方開口的過程中，三上的心跳加速，直接喊了女兒的名字。是步美嗎？是步美對吧？見對方沒有說話，三上激動大喊：步美！妳在哪裡？快點回來！妳什麼都不用怕，馬上回來就對了！拜託妳快回來！再來的事情三上不記得了，可能一直呼喊著女兒的名字吧，沒多久電話又掛斷了。

三上感到茫然，整個人愣在原地無法動彈。他深刻體認到自己既不是警察也不是刑警，而是一個擔心女兒的父親。刑警生涯中學到的知識也都忘了，他根本沒有仔細聆聽電話裡有什麼聲音。三上沒有買手機給女兒，大概是用公共電話打來的，通話中有聽到細微的聲音，至於那是呼吸聲還是都市雜音，或是其他的聲音，三上想破頭也想不起來。他只留下一點曖昧模糊的印象，連記憶都稱不上，似乎是某種有強弱差異的連續聲響。幻想在腦海中持續膨脹，他想像步美在車水馬龍的深夜街道上，獨自蜷曲在步道旁的電話亭。

那一定是步美。

三上喃喃自語，他完全沒了主意，不自覺地握緊拳頭。

除了步美沒有人會連打三通無聲電話，畢竟電話簿上已經沒有三上家的電話了。三上並沒有住在宿舍，他跟美那子結婚後，搬回老家照顧年邁體弱的父母。那時電話是以父親名義登錄在電話簿上的，後來母親病逝，在六四事件發生後不久，父親也肺炎去逝。成為戶長的三上，按照警察的約定俗成，辦好停止刊登號碼的手續。之後每年更新的電話簿上，都沒有三上家的電話。根據自己擔任刑警的經驗，那些惡作劇的無聲電話和猥褻電話，多半是按著電話簿打的。簡單說，跟一般家庭相比，三上家接到惡作劇電話的可能性極低。

當然，也有可能是對方亂按號碼，剛好撥到三上家的電話，加上第一次是女人接聽，才得寸進尺又打了兩次。尤其組織中知道三上家電話的人很多，幹了二十八年的警察，難免有幾個得罪的對象。可是，列出這些可能性究竟有何意義呢？那是步美打來的電話，堅信這一點是夫妻倆證明女兒還活著的唯一方法。女兒有打電話回家，她在外生活了兩個多月，所以三個月後的今天，女兒肯定也還平安無事，這分希望就是他們的一切。

三上從後門進入本部。

他一直在思考，那三通無聲電話，是不是步美想表達什麼？也許女兒不是有話想說，而是想聽聽父母的聲音？前兩次是美那子接聽的，步美也想聽爸爸的聲音，才會再打第三通電話吧。

三上不時會有另一個想法。步美想談話的對象不是美那子，而是自己。第三次終於輪到父親接電話了，女兒有話想說，無奈還是說不出口。

會不會女兒有話想跟爸爸說，只是悶在心裡沒說出口？對不起爸爸，我不會再埋怨自己的長相了──

三上從出入口走進本部，突然產生強烈的暈眩感。當他意識到熟悉的症狀再度發作時，已經失去了視覺和平衡感。大腦命令他蹲下來，但他的手仍在尋求支撐，手掌只摸到冷冰冰的牆壁。三上靠著牆壁努力撐過暈眩，漸漸地恢復了視覺，他又能看到光線……日光燈……灰色的牆壁……

看到嵌在牆上的鏡子，三上心頭一驚，上面映照出自己氣喘如牛的模樣。一雙往斜上吊的眼睛，還有粗大的鼻子和突出的顴骨，看上去就像外露的岩層。後方傳來高亢的笑聲，三上當下以為自己被嘲笑了。

他屏住氣息觀察鏡中的人影，對方的笑臉一閃而過。原來是交通課的兩名女警，拿著安全宣導教室用的人偶玩耍。

7

三上到廁所洗臉，手掌沾到的皮脂幾乎能把水滑開。

他不看鏡子擦乾自己的臉，一回到公關室，看見諏訪和藏前在沙發上談事情。這兩個人本該潛入記者室查探各家新聞社的狀況，怎麼一起回來了呢？

「隔壁怎麼樣了？」

三上忍不住以尖銳的口吻問話，諏訪一臉尷尬地站起來，方才的自信已不復見。藏前縮起身子回到自己的位子上。

諏訪答話的音量很小：

「不好意思，我們被轟出來了。」

「被轟出來了？」

「讓您見笑了。」

三上受到的衝擊可不小，記者室有不受警方管轄的權利，但說到底那是警方借給各家新聞社，方便他們採訪新聞的地方。他們竟敢把房子的主人轟出來，可見狀況非同小可。

「那些記者這麼生氣啊？」

「氣到有點非比尋常的地步。」

「是東洋新聞煽風點火嗎？」

「是的，他們刻意煽動其他新聞社，刺激大家的情緒。」

三上想起秋川的面容。

（意思是，D縣警完全不信任我們媒體就對了？）

他想起這句令人厭惡的話。

「不能想個辦法嗎？」

「呃呃……我們當然會想辦法解決，只是可能需要一點時間吧。」

諏訪語帶保留，而且不是故意賣關子的說法。換言之，這一次的狀況有別以往，饒是諏訪本領再高也很難對付。

三上坐回自己的位子，點了一根菸，從懷裡拿出記事本。

「長官要來了。」

「咦……？」

諏訪驚訝地張大眼睛，藏前和美雲也停下手邊的工作，抬頭看著三上。

「是視察行程，要去翔子小妹妹的棄屍地點和家屬的住處。」

「什麼時候要來呢？」

「下禮拜的今天。」

「下禮拜！」

諏訪大驚，一會兒他嘆了一口氣說：

「怎麼這麼不湊巧……」

「總之你去通知隔壁的吧。」

三上打開記事本，讓諏訪抄寫長官視察的行程。

「開放式記者會的時間是十分鐘，頂多給他們問三到四題吧。」

「是啊。」

「他們是怎麼決定問題的？」

「一般來說，各家新聞社會先想好要問的題目，再由擔任幹事的新聞社負責統整。是說，每一家想問的問題都差不多就是了。」

三上點了點頭。

「現在通知他們，什麼時候會收到題目？」

「這個……」

諏訪也不敢斷言。這不怪他，畢竟他才剛被轟出記者室。

「叫他們下禮拜之前交上來，上面的說要先看過內容。」

「知道了，我會盡力。」

諏訪一臉不情願，但還是點頭接下任務。

——這下應該沒問題了吧。

三上盡可能抱持樂觀的態度，長官要來視察綁票懸案，這對各家新聞社來說都有相當充分的新聞價值，他們肯定會同意的，「匿名問題」暫時休兵就行了。

走回座位的諏訪，轉過身來不解地問道：

「可是，公關長，為什麼長官現在要來視察六四懸案呢？」

聽到「六四」這個字眼，三上心中激起了一陣漣漪，只是衝擊沒有赤間部長說出口時來得那麼大。

「聽說是要突顯對刑警的重視。」

三上隨口答完後，從位子上站了起來。

案子發生在十四年前，看來當年的代號連沒參與搜查的人都知道。然而在短時間內，連續聽到兩個搜查門外漢說出最隱密的代號，還是喚醒了三上的警戒心。三上剛才在部長室也有同樣的想法，公關室的內情都被赤間知道了，從他到任的第一天起就持續著。

三上沒瞧諏訪一眼，只對他說：

「那隔壁的就拜託你了，我要出去一趟。」

「公關長要去哪？」

「去找被害者家屬，徵求探訪的同意。」

三上望向藏前：

「你有時間載我一程嗎？」

三上鮮少把部下當司機使喚，但他很在意剛才的暈眩，這不是今天才有的症狀，他已經被這毛病困擾兩個禮拜了。

「不好意思，接下來有鐵路警察隊的車內維安採訪。」

藏前怯生生地回答，美雲則在對面伸長脖子，一副自告奮勇的模樣。

三上本想直接拒絕她的好意，可話沒說出口又硬生生吞了回去。美雲對職務的熱忱遠遠高於藏前，她原先是交通課的女警，連駕駛小巴都不是問題。

外面的沙塵很嚴重。

二人走出本部的玄關後，美雲抬起一隻手護住眼睛，逆風跑向停車場。不到一分鐘，公關長專用的座車就開來了。美雲豪邁轉動方向盤，將車子停在上下車的地方。

「妳知道地點嗎？」

三上坐到副駕駛座。

「我知道。」

美雲立刻給了肯定的答覆，驅車前進。

三上心想，或許自己問錯問題了。D縣警沒人不知道「翔子小妹妹綁票事件」的被害者住處，只是美雲太年輕了，三上才無法確定。美雲才剛滿二十三歲，凶案發生的那一年她也才九歲，跟被害少女的年齡相差無幾。而今美雲要載三上前往被害者的住處，這也意謂事件已經過了很長一段時間。

車子開離本部後，他們先到糕餅店買伴手禮。國道上沒什麼車流，車子開到國道和縣道的交叉口往右轉，過一下子就看不到高樓大廈了，路旁的商店也越來越少。很快地，就要抵達整併前的舊森川町。

「呃，公關長。」

美雲看著前方路況對三上說。

「嗯？什麼事？」

「幸好……不是令嫒……」

美雲在講昨天的事情。

「一定會找到令嫒的……一定會。」

美雲的聲音帶著鼻音，眼眶似乎也紅了。

每次遇到這種情況，三上就不知道該回什麼才好。

老實說，他不希望別人管他的家務事。警察和其眷屬的祕密是受到嚴密保護的，對外確實很嚴密，對內卻是人盡皆知，就跟空氣傳播一樣。同事們不時會來關心步美的消息，三上不斷說服自己，同事們的關心是出於善意，但還是很難發自內心感謝對方。赤間貓哭耗子自然不用多說，跟赤間同類的人也不在少數。有些人跟三上不怎麼親密，一見面卻會佯裝哀愁跑來關心。也有人想利用這個機會，修復不甚良好的關係，還有人擺明是要來賣恩情的。這種人特別喜歡獻上虛偽的關懷，只要三上低頭道謝，他們就會露出很滿意的笑容。因此，三上討厭人群，也害怕人群，再也不想跟任何人接觸。然而——

「謝謝。」

這一次，他很自然地跟美雲道謝。坐在一旁的年輕女警，是少數值得信賴的對象之一，這點倒是無庸置疑。

「不會……」

美雲挺直背脊，臉都紅了。

美雲的性情太耿直，有時候連三上都替她感到憂心。會選擇當女警，代表她比一般人更勤勉、也更嫉惡如仇。除此之外，美雲還是非常特別的人。生在這個道德、人情、性關係都混亂無比的時代，她卻給人出淤泥而不染的氣息，長相也是清純美麗，跟年輕的美那子頗有幾分神似。許多單身警察被她迷得神魂顛倒，也是情有可原。記者室中也有不少人想把美雲娶回家，根據諏訪的說法，東洋新聞的秋川便是其中之一。這也是三上沒有利用美雲去應付記者的主要原因。

前方出現一片田園景致，四周只有零星的民宅。在D市的西部邊陲，快要接近鄰村的河川旁邊，有一座看似體育館的巨大醃漬工廠，工廠的腹地內還有純和風的日式瓦房。

雨宮醃漬——這家工廠採用新的銷售模式，把小木桶中的醃茄子和醃黃瓜封裝出售，業績有了飛躍性的成長，屢次被媒體報導。可是從結果來看，犯人會盯上雨宮家或許也跟他們的成功有關。

三上叫美雲把車子停到雨宮家附近的空地上。

「妳在這等我。」

讓美雲坐在被害者的父母面前，是有欠考量的莽撞之舉。如果沒發生那件事，雨宮翔子也該長到美雲這麼大了。

三上下車，走在當時並沒有鋪裝的小路上。

我一定要抓到犯人——

他想起自己以前來到雨宮家，內心滿懷破案熱忱的往事。已經十四年了，想不到自己再次造訪，竟然是為了替組織的宣傳做準備……

撇開這一點不說，三上自己的心情也很複雜。稍微闔眼，步美的身影就會掠過心頭。跟失去女兒的家屬談話，他很難把這件事視為單純的工作。

三上整理好西裝，眼睛盯著「雨宮」的門牌，沒有馬上按下門鈴。

8

剛開的暖氣機發出運轉聲送出熱風。

「好久不見了，別來無恙。」

三上客套婉拒主人招待的坐墊，雙手放在榻榻米上低頭致意。他維持彎腰低頭的動作，將伴手禮推到對方面前。

雨宮芳男稍微點了點頭。

客廳的家具和擺設跟十四年前的印象差不多，只是牆壁有些泛黃罷了。可是，雨宮的外貌變化遠超出了歲月的痕跡，怎麼看都不像五十四歲。不修邊幅的頭髮全都花白了，面容枯槁缺乏生氣，臉頰也消瘦到病態的地步，額頭和眼角長出無數皺紋，像用刀子刻出來一樣深邃。那是一張充滿悲痛與苦惱的面容，那是愛女被殺的父親才有的表情。

客廳的旁邊就是佛堂，佛堂的拉門沒有關，三上無論如何都會看到裡頭的典雅佛壇，壇上有故人的照片，一張是被害者翔子，旁邊還有雨宮的妻子……三上完全不知道，雨宮敏子已經過世了。

請容我上柱香聊表心意吧——三上找不到時機說出這句話。坐在對面的雨宮宛如一具行屍走肉，他的視線停留在三上的胸口一帶，凹陷的眼窩似乎在看別的東西，沒有明確的意識。

三上受不了凝重的沉默氣息，便掏出自己的名片。三上原本期待這一次重逢，雨宮會主動叫他的名字，緬懷一下往日時光。三上心中還有那麼點愧疚，現在的他已經不是刑警，而是公關負責人了。要把這件事告訴被害者家屬，不斷刺激著三上的罪惡感，讓他錯失了遞出名片的時機。

「久疏問候，這是我現在的職務。」

三上看不出雨宮有何反應。

雨宮的右手放在桌面上，手背和指頭乾巴巴的，滿是皺紋。食指的指甲龜裂，指甲和皮膚都有類似出血的黑斑，指尖還像痙攣似的不停抽動。三上擺在桌上的名片，雨宮連碰也沒碰。

在三上看來，雨宮似乎喪失了社交性，變成看破紅塵不問世事的人，說不定他也沒在工作了吧。據說，事件過後雨宮醃漬的經營都交由表親負責。

「雨宮先生。」

三上得先問清一件事：

「請問尊夫人是何時……？」

雨宮茫然地看著佛壇，好一會沒有反應，之後才緩緩轉過頭來，眼神暗淡無光。

「……六年前中風癱瘓……去年才走……」

「是這樣啊……」

三上察覺到雨宮凍結的情緒逐漸軟化，卻不急著切入正題。

「明明還這麼年輕……」

「是啊……就這麼不明不白地去了……」

案子沒破人就死了，雨宮眨眨眼睛強忍淚水，或許是想起了妻子的遺憾吧。

三上看了好心痛，當然這不是他一個人就能解決的案子；況且他只參加初期搜查，跟這件案子也算不上有很深的關係。不過，這不是逃避責任的藉口，他確實於心有愧，每個D縣警察都有同樣的歉意。每次聽到「翔子小妹妹綁票殺人事件」，他們無不感到慚愧。

那一天，昭和六十四年（一九八九年）一月五日——

雨宮翔子跟家人說要去領壓歲錢，中午過後前往附近的親戚家，卻在半路上失蹤了。兩個小時以後，雨宮家接到要求贖金的恐嚇電話。犯人講話沒有口音，聲音略微沙啞，大概是三十到四十多歲的男性。內容跟其他綁票案的電話差不多，大意是你女兒在我手上，明天中午以前準備好兩千萬現金等候指示，敢報警你女兒的小命不保。電話是雨宮本人接的，他懇求綁匪讓他聽聽女兒的聲音，綁匪卻直接掛斷電話。

雨宮百般猶豫，在下午六點過後決定報警。四十五分鐘後，本部搜查一課派出四名「自宅班」成員，偷偷潛入雨宮家。同一時間，日本電信公司的D縣分公司，也已安排好人員進行逆向追蹤。可惜準備工作還是晚了一步，犯人在警方準備好之前打了第二通電話，交代雨宮備妥兩千萬舊鈔，裝在丸越百貨販賣的最大的行李箱中，隔天單獨到指定場所交付贖金。

當初參與搜查的警察無不感嘆，要是錄下犯人的聲音，要是來得及逆向追蹤的話——

晚上八點，D縣中央警局成立了特別搜查本部。半小時後，被指定為「現場追蹤班」一副班長的三上，也前往雨宮家討論隔天交付贖金的相關事宜。那時候，自宅班的成員正在向雨宮夫妻打探消息，例如他們有沒有聽過犯人的聲音？最近有沒有發生可疑的事情？他們有沒有得罪過誰？離職的員工有沒有人手頭拮据？夫妻二人面色如土、表情扭曲，對這些問題毫無頭緒。

漫長的一夜，每個人都目不轉睛地盯著電話。雨宮跪坐在一旁等待，姿勢一刻也沒有放鬆過，直到窗外天空泛白，還是沒有等到第三通電話。敏子則在廚房捏飯糰，捏好了大量的飯糰以後，一次又一次地煮飯捏飯糰，像在祈禱女兒平安歸來一般。無奈……

敏子的祈禱，並沒有上達天聽。

昭和六十四年只持續了短短的七天，被淹沒在平成到來的歡呼聲中，猶如海市蜃樓，但這一年確實存在。犯人在昭和年間的最後一年，綁架殺害了一名七歲的少女，躲進了平成的年代。所謂「六四」象徵的是一個誓約，意思是本案並非平成元年的凶案，我等必將犯人拖回昭和六十四年的朗朗乾坤下。

三上歉疚地看著佛壇，照片中的敏子開朗明快，而且年輕到令人懷疑的地步。照片大概是在她完全想不到會有憾事發生的時候拍的吧，否則一個失去獨生女的母親，不可能有那樣開懷的笑容。

雨宮沉默不語，也沒問三上來訪的理由。雨宮的眼中逐漸失去情緒，又要變回心不在焉的模樣。

三上輕咳一聲，拿定心意，他不能繼續拖下去，讓雨宮躲回自己的世界。

「雨宮先生，今天我來是有要事相告。」

三上思忖，或許自己應該說有要事相求才對。他察覺雨宮的表情有了變化，趕緊接著說下去：

「其實呢，下禮拜我們警方最高階的幹部，希望到您府上拜訪，是警察廳長官小塚。雖然案子已經過了很長一段時間，但我們警方說什麼也要偵破這起凶案。因此，長官要親臨案發現場，提振調查人員的士氣。之後，請您允許我們來給翔子小妹妹上柱香……」

三上只覺呼吸滯礙，越講心裡就越悶。

雨宮低下頭，顯然非常失望。這也沒辦法，案子都已經過去十四年了，事到如今長官才要宣誓破案決心，又有哪個家屬會信？搞不好雨宮早就看出來，警方是要利用這件案子，達到做秀宣傳的效果。

三上也只能硬著頭皮講下去：

「不可否認，事件本身有被淡忘的現象，所以長官才要過來視察。這次的視察被媒體大幅報導的話，或許能再發掘出新的相關訊息。」

過了一會，雨宮低頭致意：

「多謝費心。」

雨宮的聲音聽起來很平靜。

三上偷偷吁了一口氣，一方面是出於安心，一方面是出於欺瞞雨宮的罪惡感。說穿了，被害者家屬根本無法拒絕，透過警方之手抓到凶嫌，是他們討回公道的唯一方法。三上對此有很深刻的體認，就像高層利用他女兒離家出走一事，逼迫他乖乖聽話，他才會跑來這裡說一些空洞的鬼話，替長官安排作秀的機會。

三上拿出記事本，打開在部長室寫下的那幾頁。

「視察預計在十二日禮拜四舉行——」

話才說到一半，雨宮發出了含糊不清的聲音。

三上不解地歪著頭。

聽起來，雨宮是在拒絕長官的視察慰問。

「雨宮先生……？」

「承蒙各位的好意，我心領就好，不必特地勞煩長官前來了。」

不必勞煩……？

三上暗自心驚，沒想到雨宮竟然拒絕了。雨宮依舊是行屍走肉的模樣，但話中隱含著堅定的意念。

「雨宮先生，這是為何？」

「我……沒有特別的理由。」

三上吞了一口口水，他直覺認定事有蹊蹺。

「是我們應對上有什麼不周到的地方嗎……」

「沒有……」

「那為何呢？」

雨宮不說話，連三上的臉孔都不願看。

「誠如我方才所言，長官來視察或許有機會獲得新的訊息啊。」

「……」

「警察廳長官是我們警界的頂點，報章雜誌肯定會大肆報導，電視也會播報相關新聞，引起許多人的重視。」

「難得各位有這個心就夠了……」

「雨宮先生，我們不該放棄獲得訊息的機會啊！」

三上驚覺自己的嗓門變大，趕緊閉上嘴巴。這種事是強求不來的，被害者家屬表示不願意接受慰問，自己就該乖乖退下。反正行程少了拜訪家屬這一段，也不會影響到視察本身的意義，只是宣傳效果差一點罷了。長官視察案發現場和專任調查班，對內和對外也算做了交代。不過——

三上想起了赤間，那個人若知道家屬拒絕慰問，會有什麼反應呢？

三上感受到太陽穴的血管脈動，那股脈動就像時鐘的秒針，細數著兩人沉默的時光。

「今天先告辭了，容我改天再來拜訪。」

雨宮沒有答話，他用手撐著榻榻米起身，稍微頷首致意後就走入房內了。

——為什麼要拒絕呢？

三上看著沒被動過的名片和伴手禮，鞭策自己麻痺的雙腿站起來。

64

9

三上離開本部的這段時間，記者們也有了動靜。

「記者俱樂部總會期間，閒雜人等請勿入內」，記者室的門把掛了一塊厚紙板，上面寫了這麼一句話。

諏訪在公關室內。

「那是怎樣？」

三上用下巴示意外頭，諏訪從座位上起身，一臉要笑不笑的表情：

「他們在討論匿名報導一事，似乎打算對我們發文抗議。」

三上不耐地咂嘴。發文抗議，這還是他到任以來首次遇到的反應。

「視察的事情呢，告訴他們了嗎？」

「是，已經告訴他們了，他們說這件事也要在總會上討論，說不定是想對我們安排的行程表示意見吧。」

三上一屁股坐到椅子上，打開一包新的香菸，現在情況發展比他想像得更糟糕。雨宮芳男拒絕慰問不說，那些記者的舉動也不尋常。長官要親臨視察，視察的還是六四懸案，他原以為各家新聞社肯定趨之若鶩。

三上的頭腦在雨宮家轉不過來，現在終於恢復正常。他盯著桌曆上的「十二日（星期四）」，必須在期限內說服雨宮，攏絡那些記者。

「反正，我今晚會約他們喝酒，聯絡感情。」

諏訪的語氣輕佻，那種不合時宜的態度，反而讓公關室的氣氛更沉重了。諏訪擺脫了三上的制約，本該大顯身手才對，不料才剛復出就踢到鐵板。想來情況不樂觀。

諏訪表面上是新時代公關，骨子裡卻是個權謀家，用的仍是老派的手法。他會泡在記者室談天說笑，套出各家新聞社的心思和動向。記者想玩什麼，諏訪就陪他們玩什麼，象棋、圍棋、麻將統統來，把隨和友善當成賣點。他也常跟記者一起去喝酒，陪他們說一些警察幹部的壞話，博得他們的認同。諏訪沿用這些老掉牙的手法，搭配千錘百鍊的話術和謀略，暗中操弄那些記者，再把自己的支持者轉化為警方的支持者。而且他念的是東京的大學，所以東京和校園生活的話題他也能聊。依他的年紀，在年輕記者面前還能表現得像一個好大哥。諏訪利用這些武器打入記者室，實際感受記者的變化，並配合那些變化塑造出嶄新的公關形象。問題是——

諏訪對年輕記者的印象，跟那些在隔壁召開總會的年輕記者未必是一致的。三上事隔二十年再次接觸記者室，他對記者的第一印象是，記者並非換了一批新血，而是完全變了個樣。也許是女記者增加的關係吧，現在的記者比較沒有油條的氣息。他們的性格嚴謹又有潔癖，簡直到了匪夷所思的地步。新生代記者不喜歡去喝酒，喝了也不會發酒瘋，他們懶得花時間下棋玩遊戲，跟警察在記者室打麻將更是不可能。有些年輕記者自己是記者俱樂部成員，享受著警方提供的各種好處，卻還大肆批評記者俱樂部的制度，認為那是記者和警察利益輸送的溫床。

因此，年輕記者對公關室要求很嚴格，一旦他們自認有理，便會張牙舞爪地展開攻擊，完全不懂什麼叫手下留情；發生一點小誤會就放大檢視，激動地宣揚自己的正當性，急著索求自己要的結果。說好聽叫特立獨行，講難聽叫自私自利、不知變通。他們接受社會上多樣化浪潮的洗禮，因此同一世代的人也未必有相同的氣息。諏訪一向喜歡抓記者的「平均值」，現在這種現象可把他折騰得夠嗆。年輕記者的現況和以往的認知有落差，當他對自己的公關實力自鳴得意時，殊不知背後隱藏著陷阱。前一陣子諏訪曾說，謀略行不通就要靠交易，或許這是他長期面對捉摸不定的年輕記者所透露出來的焦慮吧。

「公關長，您要的東西我找到了。」

美雲抱著剪貼簿走了過來，三上慢了一拍才點頭致謝。在回程途中，他拜託美雲尋找有關「翔子小妹妹事件」的相關新聞剪報。

三上捻熄香菸，目前對付那些記者，只能先靜待他們的下一步了；當務之急是要說服雨宮芳男，這不光是一種義務，他想了解雨宮的內心世界。首先要解開疑問，這樣才有辦法獲得說服的談資。

為什麼雨宮要拒絕長官慰問？

是淡忘事件的關係嗎？

不可能。子女被殺，父母沒找到犯人之前，不可能瞑目。

是對警察失望嗎？

很有可能。D縣警耗費大量時間和人力，卻沒能告訴雨宮抓到犯人的好消息。

是痛恨警察嗎？

不是不可能。縣警對七千多人進行身家調查，其中也包含雨宮的親戚。尤其他的親弟弟雨宮賢二涉有重嫌，連日受到嚴厲的訊問。

三上翻閱著剪貼簿。

雨宮翔子，森川西小學一年級，照片看起來跟幼稚園小朋友一樣天真可愛，拍照時還盛裝打扮，綁好的頭髮上有粉紅色的髮飾，櫻桃小嘴還塗上口紅。那是凶案發生前一個半月，為了慶祝女兒節，特地去鎮上的照相館拍的。雨宮賢二沒有出席那一次祝宴，兄弟二人對繼承亡父遺產互有爭議。當時賢二有經濟上的困難，他經營的摩托車專賣店資金周轉不靈，跟高利貸借了將近一千萬元。

特搜本部會懷疑賢二也是理所當然的發展，事發當天一月五日，翔子吃完午餐就獨自離開家門，目的地是西邊五百公尺外的賢二家。翔子並不曉得遺產繼承的問題，她只是想要一套兒童化妝用品。每年都會給壓歲錢的賢二叔叔，今年卻沒有現身。母親敏子勸她不要去，她仍笑容滿面地跑出家門。周遭多是田園地帶，翔子走的是防風林旁邊死角頗多的道路，同班小男生有看到她的身影，據說就在翔子家和賢二家的中間點一帶。那是翔子最後的目擊情報，後來就沒人看到活著的翔子了。

事後的司法解剖報告指出，翔子中餐吃的年糕湯幾乎沒有消化，這意謂她一出家門沒多久就被殺害了。賢二的妻兒回老家探親，只有賢二一人在家，他說翔子沒有來，他也沒看到翔子，但附近沒人目擊到可疑的人物和車輛，所以賢二長期以來都是主要嫌疑犯。雨宮斷言打脅迫電話的人不是弟弟，警方依舊懷疑賢二。凶手不只一人，這是搜查本部的主流意見，三上從未聽說賢二徹底擺脫嫌疑。恐怕一部分的搜查人員，至今都還把賢二視為真凶。

可是，這些終究只是猜想。

持續了十四年的調查，三上只知道一點皮毛而已。之後增加或減少了哪些嫌疑犯、現在還有多少嫌疑犯，這些具體情報三上完全不知情。尤其縣警懷疑到雨宮的親弟弟身上，讓雨宮對縣警的感想更是難以捉摸。

三上持續閱讀剪報。

剪報上沒有關於賢二的報導，賢二的審訊和調查，只由強制犯搜查組的少數人進行，保密措施做得滴水不漏，沒有洩漏給媒體。報導只記載了案發經過，嫌犯的資訊和搜查的核心訊息都沒有見報。警方下達了最高層級的緘口令。由於事逢「昭和天皇駕崩」的連日特別報導，關於這起重大事件的報導也就特別少。總之，從報紙上很難找出突破雨宮心防的線索。

三上從剛才就一直想到以前的同事，決定離開座位。

「我出去一下。」

諏訪的視線，從報紙上移開：

「請問您要去哪？」

「處理一點私事，隔壁有動靜隨時打我手機。」

諏訪用力點點頭，他以為三上是要去處理女兒的事情。

（扯上刑事部只會更麻煩吧？）（在此之前不要張揚。）

三上打算打破這個禁令，因此不想被赤間知道自己的行蹤。

美雲似乎也想起了步美，很猶豫該不該自告奮勇幫忙開車。三上用手勢婉拒她的好意，一手夾著剪貼簿離開公關室。

三上一來到走廊，諏訪就追了出來，這舉動有些莫名。

「不好意思，有件事要請您裁示。」

「什麼事？」

「今晚，我打算約東洋新聞的秋川去喝一杯——」

諏訪低沉的聲音壓得更低了。

「我可否帶美雲一起去？」

諏訪的眼神是認真的，顯然他是真的沒辦法了，否則三上會往他的胖臉甩一巴掌。

「你帶藏前去就好。」

諏訪低下頭，臉上浮現一抹淡淡的微笑，那笑容像是在自嘲，也可以說是在對三上表示不滿。

10

三上開自己的車子離開本部。

他要去找同期的老友望月，望月在六四事件的初期搜查階段，跟三上同屬「現場追蹤班」的一員，「追蹤二車」就是望月駕駛的。其後，望月依舊待在特搜本部，擔任多重債務搜查班的成員，並持續調查六四懸案。直到三年前父親病倒，望月才辭去刑警一職，繼承家中的園藝事業。這種出於「個人原由」的離職在地方上很常見，離職後同樣要遵守保密義務，但至少比在職時更能打探出一些消息。

三上的心情有點激動，他在公關室看了太多「翔子小妹妹」的報導了。撇開這點不說，這城市有太多六四事件的回憶。車子即將開到葵町交叉路口，三上很自然地看到書店旁邊的藍色看板，看板上的字樣是「喫茶葵」，跟十四年前一模一樣的光景。那家店就是雨宮追著犯人支付贖金的起點。

一月五日，三上在雨宮家一夜未眠，犯人在六日下午四點過後，才打了第三通電話。嫌犯出乎眾人意料，打電話到醃漬工廠的事務所。躲過逆向追蹤和錄音的犯人，自稱「佐藤」，劈頭就問社長在不在。女員工只知道社長在家處理事情，就回答社長今天沒上班。犯人要女員工抄寫字條，傳話給雨宮。內容是，我要在葵町的「喫茶葵」收到約定的東西，時間是下午四點半。

警方推斷那是雨宮前一天聽到的聲音，同樣是沒有口音，聲音略微沙啞，三十到四十多歲的男性嗓音。這位剛好接到電話的員工叫吉田素子，當年三十二歲。後來，警方讓她試聽好幾百名嫌疑犯的聲音。

素子並不曉得事情的嚴重性，直接打到社長家傳話。雨宮夫妻和現場的搜查人員都亂了手腳，因為離犯人指定的時間不到二十分鐘了。兩千萬現金和大型行李箱已經準備好，追蹤用的微型信號器也安裝妥當，雨宮衣領的內側也配有微型麥克風，他還做好了複誦犯人指示的練習，以便之後複誦犯人在電話中提出的要求。不過，已經沒有時間了，從雨宮家到葵町的「喫茶葵」，開車最快也要半小時才會到。

雨宮連滾帶爬離開家門，把行李箱塞進自家的日產汽車裡，火速趕往市區的方向。負責統領「現場追蹤班」的松岡勝俊就躲在車內，松岡披著布條躺在狹窄的後座地板上，準備好應對可能發生的各種狀況。追蹤班的其他四名成員分乘兩輛車，保持十公尺的距離跟著雨宮的日產汽車，三上待在「追蹤一車」的副駕駛座。雨宮身上的麥克風電波很微弱，傳導範圍在高樓林立的區域只有幾十公尺，因此三上的任務就是待在雨宮附近，接收雨宮複誦的犯人指示，並用車內的無線電逐一回報給特搜本部。

雨宮四點三十六分抵達「喫茶葵」，晚了六分鐘才到。雨宮衝進店內，店主握著投幣式電話的聽筒，環顧店內的客人，詢問有沒有人叫雨宮。雨宮發出沙啞的聲音報上姓名，接下了店主手中的聽筒。美那子就坐在數公尺外的窗邊座位，跟另一位刑警搭擋。跟三上結婚的美那子辭去了警察工作，這一次是特別被找來擔任「偽裝行動班」的成員，一大早就待在縣警本部的會議室待命。她一接到犯人通知的贖金支付地點，就跟扮演丈夫的另一名刑警火速趕往現場，比雨宮早到幾分鐘。美那子用眼角餘光緊盯雨宮，但不到十秒鐘的時間，雨宮就放下聽筒衝到店外了。

果不其然，犯人不斷指定不同的店鋪和時間，拖著雨宮四處亂跑。首先，犯人要雨宮開車北上國道，先到「四季水果茶店」和「勝利麻將館」，接著到「純喫茶櫻桃」，越過D市和八杉市的交界處，在一公里外的號誌右轉，前往市道旁的「雙愛美容院」，再左轉繼續往縣道北上。從八杉市一進到大里村，抵達「鄉野蔬菜直銷所」後，又開了五公里前往「大里燒之店」和「宮坂民藝品」。到這裡已經是偏僻的山區了，車子沿著雙子川旁的上坡村道一直開下去，路小到幾乎無法會車。這時天色轉暗，時間已經下午六點了。

現場追蹤班的另一輛「追蹤二車」，接到了停止跟蹤的命令。途中在國道和縣道會合的五輛「迎擊班」車輛，也接到了同樣的命令。雨宮翔子的生死不明，犯人的人數也無法確定，在少有車輛經過的山間村道上，不能有七八台車同時出入。

僅有負責傳遞訊息的「追蹤一車」繼續跟蹤雨宮，大幅拉開車距，坐在副駕駛座上的三上把座椅往後倒，以免被犯人看到。車子在顛簸的坡道開了好一段時間，犯人最後指定的場所是「一休釣客民宿」，位在該縣邊界的根雪山附近。精疲力盡的雨宮，踩著虛浮的步伐去接民宿的電話，犯人對他說：

「五百公尺外有一座橋，橋上的其中一座水銀燈上綁有塑膠繩，你直接在那裡把行李箱往下扔，不想失去你女兒的話，就在五分鐘之內辦好。」

事已至此，犯人指定大型行李箱的意圖再明顯不過了。行李箱就是載運贖金的「船」，所以需要一定的浮力。

雨宮在釣客民宿的停車場調轉車頭，趕回犯人指定的「琴平橋」。偏僻鄉間常有這種蓋得特別氣派的大橋，右邊有一座水銀燈綁著塑膠繩，方向正對著下游。雨宮毫不猶豫把行李箱扔到七公尺下的雙子川中，沉重的行李箱一時沒入水中，很快又浮出水面，慢慢往下游的方向流去，幾秒後就看不到蹤影了。這時候已過午後七點，地點又在山區，一旦超出水銀燈照射的範圍就是一片漆黑，河川、河畔、天空都是黑壓壓一片。

犯人將支付贖金的地點從「點」化為「線」，而且這條黑暗中的線，長達十幾公里，直達下游河堰。

特搜本部立刻派出大量警力搜索雙子川河岸，犯人一定躲在其中某處，但當下雨宮翔子依舊生死不明，警方不敢使用探照燈或手電筒，河岸旁的村道也不能聚集太多警車和搜查人員。最後，搜查人員只好集中在大里村南部的下遊地區，偷偷沿著河岸往北搜索。在黑燈瞎火的狀況下搜尋，也只能靠直覺碰運氣了。

另一方面，特搜本部的成員也太過樂觀，他們認為犯人同樣無法使用燈具，很難在黑暗的河川中找到流動的行李箱。再者，警方也很信賴追蹤儀器，裝在行李箱的信號器運作正常。搜查指揮車上的接收器螢幕，顯示明確的綠色光點，光點正緩慢向南移動。

在那個階段，沒有人注意到搜查上的盲點。

雨宮在琴平橋扔下行李箱，橋下游五百公尺處的右邊河岸，有一個寬度約三公尺的水中岩窟，被稱為「龍之穴」。物體落入那個地方的右岸附近，會被水流帶往洞穴中。當地百姓和泛舟划艇人士都知道那個危險區域。

犯人要雨宮在右邊的水銀燈扔下行李箱，就是要利用地形之便。後來特搜本部多次以同樣的條件進行測試，行李箱丟下十次，有九次都會落入「龍之穴」。犯人就等在洞口前方撈起行李箱，迅速拿走裡面的現金，再將行李箱投入河川。那個時候的信號器精密度不夠，無法察覺這段「靜止移動」的時間。

拿到贖金的犯人離開河岸旁，先躲入山區再跑到周邊的村落，也有可能越過山頭逃到隔壁縣。持續往下游漂流的空行李箱，替犯人爭取到逃跑的時間。行李箱從大里村一路流過八杉市，七日凌晨才卡在D市北部的漁梁踏板。到了這個地步，縣警也無計可施了，他們無法排除犯人出面回收行李箱的可能性，便躲在遠處用望遠鏡持續監視，直到中午時分漁梁的主人前來拉起行李箱，才結束二十小時不眠不休的追蹤戲碼。包含三上在內，許多搜查人員下午才得知「昭和天皇駕崩」的消息。

最後，整起案子以最糟糕的結果收場。警方撈起行李箱的三天後，也就是一月十日，有人在D市佐田町的廢車場，發現雨宮翔子的屍體。由於野狗一直對某輛轎車狂吠，解體廢棄車輛的業者便打開生鏽的轎車後車箱，看到了女孩悽慘的死狀。雨宮翔子的雙手被曬衣用的繩索反綁，眼睛和嘴巴都被貼上膠布，脖子上有被繩索絞殺的暗紫色勒痕。

平成年間的開幕充滿了屈辱，警方不但對犯人恨之入骨，長久以來他們也覺得犯人一併盜走了昭和最後的完美句點。沒有人抬頭挺胸迎接「平成」的到來，電視上持續播放的昭和天皇葬禮，對六四的初期搜查員來說，就是意志消沉的象徵。

三上往右打方向盤。

車子開入市道沒多久，就看到「雙愛美容院」的招牌。

三上想起了雨宮，那一天在琴平橋上，水銀燈照亮了雨宮面無血色的臉龐。當時雨宮的表情充滿期待，並沒有絕望。贖金已經丟下去了，這下女兒能回家了，看得出來雨宮是這樣說服自己的。

跟三上白天看到的雨宮，是截然不同的表情。

如今的雨宮，沒有任何期待，對一切也不抱信賴。

雨宮被奪走的不是感覺或想法之類的，而是活生生的可愛女兒。他只是一直漂流在沒有女兒的世界，時代如何演變都與他無關。

三上踩下油門，提升汽車的速度。

他很難體會雨宮的感受，畢竟步美還活著，跟他活在同一個世界裡。在夾雜著農村和新興住宅區的景色中，三上看到了他要找的大型溫室，溫室閃耀著太陽的光芒。

11

三上把車子停在沒有鋪柏油的道路旁。

一旁的組合屋是花草直銷專區，對面有四座溫室。這是三上第三次造訪此地，前兩次是來這裡買花做人情。當上公關長以後，這是三上頭一次來，算一算將近一年沒來了。

三上找到老友，望月正推著單輪推車，把成堆的肥料袋送進溫室。望月身上穿的暗茶色舶來品外套，算是他過去當刑警時的註冊商標，但他下半身穿的是工作褲和長靴，現在這一身裝扮跟他很相襯。

「望月——」

三上對著老友的背影叫喚，望月一聽聲音就知道誰來了，回過頭時一張圓臉上已露出了笑容。

「還真難得啊。」

「別損我了，我也很忙。」

這一帶風勢強勁，溫室裡卻跟春天一樣溫暖，前後距離也出乎意料的長。大量花苗如同繪畫遠近法的解說圖一樣並排生長，看起來十分壯觀。每一株都有花芽，三上看不出沒開花的植物是什麼花。

「今天是同期聚會嗎？」

望月語帶調侃，順便放了一個木箱在三上腳邊，給他當椅子坐。

「就叫你別損我了，我是真的很忙啦。」

「是喔，公關也很忙啊。」

望月還是跟以前一樣，毫不隱瞞他對警務部的輕視與厭惡。

「美那小妹過得怎麼樣啊？」

「嗯，還是一樣啦。」

「靠，還是一樣漂亮就對了。」

望月是真的心有不甘，他也曾是痴迷美那子的人。

「那小步美呢？應該上高中了吧。」

「是啊……」

望月似乎不知道步美離家出走。三上認為應該先告訴望月這件事，但他今天是來打探消息的。

三上抬起屁股，將木箱往前移動：

「其實，我今天因為六四的事去了雨宮家一趟。」

望月凝視著三上的眼睛回道：

「果然。」

——果然？

三上正想反問是什麼意思，望月接著問：

「去幹嘛？」

「工作。」

「什麼工作？」

「就說是公關的工作了，警察廳的大人物說要去上香，叫我先去安排。」

望月一臉訝異：

「上香算哪門子工作啊？」

「就是這麼回事啦，身在官場，很多事不得不做啊。」

「然後呢，去了以後發生什麼事？」

「雨宮根本不甩我，他說不必請大人物來致意了。」

三上簡短說明自己在雨宮家的遭遇，望月沉悶地聽他說完。

「總之態度相當堅決，一副對警察完全不抱期待的表情，甚至對我們感到氣憤。」

三上試探望月的反應，望月卻點點頭，不置可否。

「他從什麼時候變成那樣的？」

「你這樣問，我也說不準……只是，時間一年一年過去，他也就變得越來越沉默。」

「我們跟雨宮之間是不是有什麼糾葛？」

望月笑了，似乎是對那句「我們」感到好笑。

「喂，我早就辭職不幹了。」

「所以我才來找你啊，多少能透露一點消息吧？」

如今特搜本部縮編為專任調查班，六四懸案的搜查訊息卻絲毫沒有流出。

「他是不是記恨我們調查他的親弟弟賢二？」

「這不可能，雨宮很討厭他弟弟。」

「是因為繼承遺產的事吧？實際上到底是什麼情況啊？」

「賢二那傢伙說他願意放棄繼承權，但要讓他擔任雨宮醃漬的常務，他開的摩托車專賣店撐不下去了嘛。」

「雨宮拒絕他的要求是嗎？」

「沒錯，大概是擔心讓那個敗家子當常務，公司會垮掉吧。」

三上用力點點頭：

「所以結論是，雨宮不可能為了賢二，跟我們縣警產生嫌隙就對了？」

「不可能，這一點我敢保證。」

「那賢二的嫌疑還在嗎？」

「事到如今，也只能說他沒嫌疑了吧。當時他跟黑道有些糾紛，我們也三番兩次對他施壓就是了。」

望月又恢復以前擔任刑警的口氣。

三上嘆了一口氣說：

「不過，都已經過去十四年了，實際搜查狀況到底如何？」

望月冷笑道：

「我怎麼知道啊！我想，應該還是灰色地獄吧？畢竟初步調查太糟糕了。」

灰色地獄，這個陰鬱的形容方式，三上在二課也時有所聞。

簡單說，現在專任調查班有太多「灰色」嫌疑犯，根本不知道該從何查起。主要是案子本身太過重大，警方又在初期搜查階段亂槍打鳥的關係。被列入搜查名單的對象多達七千人，這七千人要由百名警力負責調查，不可能花太多時間去精查每一個人。基本上都是在嫌疑程度不明的情況下，就要轉頭調查下一個新對象了。搜查員的水準也是參差不齊，某些轄區的刑警很明顯素質低落，從鄉下調來的「支援組」當中，還有完全沒辦案經驗的交通警察。日子一天天過去，虛應故事的調查和報告也越來越多，等上頭注意到這個問題時，已經太遲了。整件案子回顧下來，只留下大量嫌疑不明的「灰色」調查對象。事件也過去太久，很難重新調查這批人。況且，搜查員的數量每年都在縮編。

「那起案子發生時，要是尾坂部先生在就好了。」

望月無奈嘆道。

三上也同意這句話。

「確實啊……」

尾坂部道夫是名聲極佳的刑警，指揮調查的本領細膩又實際，深得基層警員好評，三上對尾坂部也十分佩服。八年前，官拜刑事部長的尾坂部卸任，眾人無不扼腕。D縣警倒楣的地方在於，綁票凶案發生的那一年，尾坂部被調到警察廳刑事局任職。每個刑警都捶胸頓足地說，要是尾坂部擔任刑事部長或搜查一課的頭，凶手早就抓到了。尾坂部造就的「不敗神話」，讓大家對他的能力深信不疑。

這樣的現象也不僅限於六四懸案。尾坂部卸任以後，繼任的是警務部出身的藤村，有人批評藤村繼任後，刑事部的執行力大不如前。五年前，尾坂部的愛將大館章三當上部長，刑事部一時有了新氣象，可惜大館當了一年就退休了。其後，D縣警的刑事部長一直到現任的荒木田，幾乎都「不夠稱頭」。刑事部重整至少要等到四、五年後，或是等參事官兼任搜查一課課長的松岡勝俊升任才有可能了。松岡勝俊就是在綁票案發生時，躲在雨宮駕駛汽車後座的警察。那時，他是搜查一課強制犯搜查組的頭頭。

三上心想，松岡擔任部長一定會找他回去。可是，這個一閃而過的直率念頭，也讓三上自己很不愉快。該解決的問題就在當下，等不了四、五年了。

「既然跟他弟弟賢二無關，那為何雨宮討厭我們？」

望月沒什麼反應，他試探性地觀察三上的眼神，隔了一會才說：

「你是知道的對吧？」

三上不解地反問：

「知道什麼？」

望月沒直接回答，而是談回主題：

「有個叫吉田的女職員對吧？雨宮若對我們有嫌隙，比較可能是因為這個女的。」

吉田素子，在事務所接到第三通恐嚇電話的女職員。

望月在轉移話題，但他說出來的消息也引起了三上的興趣。

「怎麼說呢？」

「素子跟賢二交往過，按現在的說法，兩邊都在搞婚外情。我們懷疑她是共犯，也對她施加了不少壓力。」

這個消息三上是第一次聽說，然而——

「那雨宮為什麼要不高興？雨宮討厭賢二，素子又是賢二的女人不是嗎？」

「雨宮不知道他們私下的關係。素子早早就沒了父母，吃過不少苦。雨宮看在大家都是鄰居，就收留她到公司上班，也挺照顧她的。我們連日調查素子，搞到素子神經衰弱，最後辭職不幹了。雨宮要真恨我們，大概就是這個原故吧。」

「這什麼時候的事啊？」

「你調去二課不久的事。」

「喂，雨宮那麼久以前就對我們不滿啦？」

三上大感意外，望月抬起頭若有所思地說：

「也不是……他不是突然變那樣的，而是與我們漸行漸遠的感覺吧。有些人的恨意和怒火，不是會隨著時間膨脹嗎？」

「確實有這種情況。」

「況且，沒抓到犯人才是最主要的原因吧。」

歸根究柢這才是主因，雨宮對無能的警察失望透頂，再也不屑一顧。

看來這一次長官慰問是難以成行了，三上再怎麼展現誠意，也洗刷不了雨宮經年累月的不信任感。這需要一定的時間和處理程序，但長官要在一週後視察，再扣掉跟記者俱樂部交涉的時間，三上沒多少時間說服雨宮。

三上的視線移回望月身上，提出他剛才很在意的問題：

「你剛才那句話是什麼意思？」

「哪句話？」

「別裝蒜了，你剛才講得好像我知道雨宮討厭警方的理由，不是嗎？」

「你才應該坦誠相告吧？」

望月不耐回應，三上這才發現望月的不滿。

「你什麼意思？」

「我叫你坦白來找我的真正理由啦。上面的大頭只是要去上柱香，你怎麼可能急著跑來找我。」

說了望月也不會懂。

三上苦著一張臉，不知該如何解釋。要跟一個當過刑警的硬漢，解釋長官視察的準備工作有多重要，這就等於承認自己是被高層馴服的狗。

「我說啊。」

望月湊了上來：

「你也是來打聽幸田報告的吧？」

三上一時反應不過來。

幸田報告？

你也來打聽？

望月倒是立刻說出了答案：

「我把二渡趕走了，他們就派你來說服我，不是嗎？」

三上張大雙眼。

先前望月說的那幾句調侃，現在聽來意義完全不一樣了。「還真難得啊。」「今天是同期聚會嗎？」「果然。」——原來二渡真治也來了。

二渡來幹什麼？「幸田報告」又是什麼？

聽到幸田這個名字，三上只想到六四懸案中「自宅班」的幸田一樹。

「喂，回答我啊，你們兩個幹嘛偷偷摸摸調查六四的事情？你不是討厭二渡嗎？還是說你調去警務以後，就跟警務當上好朋友囉？」

「等一下。」

三上好不容易才擠出一句話：

「幸田報告是什麼東西？」

「我怎麼知道。」

「跟辭職的幸田有關是吧。」

沒錯，幸田一樹辭職了，在六四發生的半年後，三上的腦袋逐漸跟上話題。

「幸田為什麼要辭職？」

「表面上跟我一樣，實際原因就不得而知了。」

辭職出於個人原由，這句話足以掩蓋一切真相，因此也容易讓人產生不好的聯想。

「那他現在在做什麼？」

「行蹤成謎啊。」

「行蹤成謎……？」

「沒人知道他現在住哪裡。」

「二渡也不知道？」

「嗯啊，他還向我打聽呢。」

「那份幸田報告，是辭職的幸田寫的沒錯吧？」

「就跟你說我不知道了嘛。」

「你的意思是，二渡知道是吧？」

望月從對話中察覺三上並不知情，凝視三上的眼神也不再有敵意。

「你跟二渡不是為了同一件事情來的？」

「這還用問嗎？」

三上不耐地說道。

他的大腦正在快速思考一個問題，難不成赤間部長把一個任務分派給兩個人來做？為了辦好這次的長官視察，另外派了二渡來收集說服雨宮的情報？

——不，先等一下。

這未免也準備得太周到了，這樣安排等於事先料到雨宮會拒絕慰問一樣。

「二渡是什麼時候來的？」

望月尷尬地抓抓頭說：

「上午來的，來之前還打了通電話，沒多久就到了。」

上午……正好是三上拜訪雨宮的時間點，也太快了，並不是赤間把一個任務分派給兩個人來做。照這樣看來——

三上沒有持續思考太久，還有一個疑問打斷了他的思路。

「幸田報告這玩意是二渡提起的是吧？」

「是啊，他問我知不知道誰有那份報告。我就說啦，我根本不知道那是什麼東西，連聽都沒聽過。」

「你真的不知道嗎？」

「夠了喔，三上。」

「二渡相信你的說法嗎？」

「嗯啊，他聽完就老實回去了，還露出一副抱歉打擾你的表情。」

「你就這麼放他回去了？」

「不然咧？」

「你沒問他幸田報告是什麼嗎？」

「當然有啊，但他沒理我，我也不意外啦。警務和監察都只負責問話，從來不回答問題的，他們也不會讓你抓到蛛絲馬跡。」

三上猛地點點頭，他的心是偏向刑警這邊的，但那樣的情緒與其說是憤怒，不如說是嫉妒更為貼切。這件事肯定跟六四懸案有關，二渡這外行人一腳踏進了搜查的神聖領域。一個長年泡在警務部，不懂查案為何物的人，竟然說出了三上和望月都沒聽過的神祕文件「幸田報告」。

不巧，三上懷裡的手機發出震動。他咂了嘴拿起手機一看，是公關室打來的。

「公關長，請您回來一趟吧。」

諏訪刻意壓低音量，三上聽出事態不單純。

「怎麼了？」

「隔壁的說要向本部長提交抗議書。」

12

三上連忙趕回本部。

他打開公關室的大門，卻沒有直接走進去，東洋新聞的秋川就坐在沙發上。秋川本來在跟美雲講話，一看到三上開門就轉過頭來，眼神跟早上一樣冷淡。

三上也坐到沙發上，直盯著對面的秋川，該講的話他也事先想好了。

「你們反應很激烈嘛。」

「是你應對有問題，我們才會這麼做。」

秋川的態度很沉穩。在一對一的情況下，秋川也不會對警察低聲下氣，尤其美雲在場那就更不可能了。

美雲跟人偶一樣，面無表情地編排《公關衛報》的版面。看得出美雲是故意無視秋川，不想給秋川好臉色看。諏訪正好相反，他跟美雲一樣佯裝不在意，只不過他是要隱藏公關室成員動搖的情緒，才把秋川的來訪視為司空見慣的例行公事。

三上的態度跟諏訪相近，他放慢說話的速度，以免嗓音太過激動：

「可話說回來，你一下子就要對本部長提交抗議書，也太莽撞了吧？」

「我不是沒給你機會，你在明天傍晚之前說出那個婦人的名字，我們就取消抗議。」

「你這是在威脅我？」

「別說得那麼難聽，我們也沒辦法，誰叫你完全不理會我們的要求呢。」

「警察有些事情是不能退讓的。」

「我們也一樣，俱樂部的共識不能妥協。」

「你要交給誰？」

「你指什麼？」

「抗議書啊。」

「當然是直接交給本部長了。」

三上額頭都發涼了，這些記者真的打算驚動D縣警的高層嗎？

他點了一根菸，試圖跟秋川交涉：

「就不能降個層級嗎？」

「什麼意思？」

「我的意思是，把發文的對象改成我或祕書課長。」

這是剛才諏訪在電話中教他的，過去記者俱樂部對D縣警發文抗議，從來沒有遞交到課長層級以上。放眼全日本，大概也沒有發給本部長的先例。諏訪說這段話時，聲音很緊張。

秋川臉上掛著皮笑肉不笑的表情。

「三上先生，你這是在拜託我嗎？」

「沒錯。」

「看不出來呢。」

「那我低頭求你，你就願意降層級嗎？」

「不可能，這是大家開會決定的。」

三上用桌子擋著自己緊握的拳頭。

「那不然，就寄在我這吧。」

「寄在你那？你是說我們要交給本部長的抗議書，由你保管嗎？」

三上點點頭，秋川又笑了：

「這樣就沒意義啦，你一定會直接銷毀，不會拿給本部長吧？」

「你們也算充分達到目的了吧？」

無論抗議書交到誰手上，至少留下了對本部長提出抗議的事實。

秋川直截了當地拒絕：

「別玩政治手段了，你公布婦人的名字不就得了？這很簡單不是嗎？」

三上的眼角餘光瞄到諏訪在摸下巴。抗議書由公關長收下，這是折衷的解決辦法。看諏訪的表情，顯然他也決定朝這個方向解決。

「明天四點前請答覆我，依照你答覆的內容，我們會再開會討論。」

秋川準備起身離開，三上伸手制止他：

「那長官視察呢？你們要提的問題準備好了嗎？」

「等匿名一事結束再談吧。」

「我們沒時間了。」

秋川賊笑，彷彿又抓到一個把柄：

「先不說這個，關於我早上問的問題，你可否告訴我真正的原因？」

「你說什麼啊？」

「就是你改變態度的理由啊？這可是我們都很好奇的謎題呢。」

「你還有多餘的心力顧慮這種小事嗎？」

三上反射性地回嘴。

秋川頗感意外：

「這種小事……？」

「你們擔任俱樂部幹事，匿名事件自然是不得不處理，但本行的工作可別忘了，議事中心圍標一案還沒落幕呢。」

秋川的表情恢復了原有的嚴肅。

搜查二課的調查漸入佳境，各家新聞社搶新聞搶得很凶。至今都是讀賣新聞和朝日新聞搶到獨家，東洋新聞一直屈居人後，再這樣下去會輸得很難看。

「那個案子我們也有在跟進。」

秋川被問得煩了，卻也沒有落居下風：

「你不會是病了吧？」

「你在說什麼？」

64

「是不是你身體不適，才改變工作方式？」

三上有股想要暴打對方的衝動：

「如你所見，我健康得很。」

「明白了，那我們也沒什麼好客氣的。」

秋川離開前還偷看美雲一眼。諏訪立刻站起來，對三上使了一個眼色後追了上去，他要約秋川去「AMIGO」喝酒，那是警務部經常光顧的酒店。

三上繼續坐著，好一會沒有站起來。

除了對秋川感到火大以外，還有說不出口的苦楚。

剛才三上那段話等於是在警告秋川：你們玩得太過火小心以後搶不到新聞。三上的做法打破了底線，表面上這是用他以前的刑警身分牽制對方，實則卻是完全不同意義的恐嚇。

——恐嚇他又怎樣？

情緒的震盪，反而讓他狠下心來。

一直被對方壓著打還得了？是對方先語帶威脅的吧？況且，現狀對我方極為不利。記者打中了地方警察的軟肋，對本部長提交抗議書，確實是極具殺傷力的一手。後續交涉沒處理好的話，那些記者很可能會以「長官視察」一事相脅。好比刻意遲交提問摘要，或是在視察前都不肯繳交。要是他們真使出這一招，公關室上頭的祕書課絕對會人仰馬翻。

三上從鼻子呼出一口氣，發出了沉重的低鳴。

三個月前，他對自己的工作可沒有這麼多負面的想像。現在他失去了記者的信賴，還被記者群起圍攻，也沒辦法再相信那些人了。從眾心理是很可怕的，倘若記者們關起門來搧風點火，搞到騎虎難下的局面，那事情就真的無法收拾了。

——這麼想知道婦人的名字，乾脆就給你們吧。

三上的心頭浮現了這個輕率的想法，但他開始認真思考起來。在危急時刻公布菊西華子的名字，解決這次的騷動，或許也是一種逆向操作的手段。反正公布了也不會有實際的損害，記者只是要逼迫警方說出名字而已。三上也一再重申肇事者是名孕婦，而且也受到了不小的打擊。記者總會對「弱者」二字過度反應，他們不敢登出婦人姓名的。哪怕他們真的打算登出來，只要三上壓到明天再公布，那就是「三天前的舊聞」了，根本不會有新聞社想要報導。

當然這還關係到面子問題，改變不公布的方針，等於承認D縣警的處置方式有問題。這一次的事件將會成為先例，未來記者要求公布真名的狀況肯定會越演越烈。但在這個節骨眼上毫無作為，害本部長遭受記者攻擊，那縣警的面子才是真的丟大了。尤其影響到長官視察的行程，可不是丟面子就能了事。

那麼，接受記者俱樂部的要求，做出最大的讓步又如何？赤間不可能同意的，但事情真是如此嗎？跟真正的大事相比，匿名事件只是微不足道的小事，赤間是警察署的人，確保長官視察成功，保護本部長的安寧才是他的首要之務。當他明白這兩大目標遭受威脅，應該就會點頭同意吧？如果懷柔秋川的策略失敗——就用這套說詞說服赤間吧。總之，在為時已晚之前先讓赤間做好心理準備。情況已經不容猶豫，得用上軟硬兼施的法子了。

「我去一下樓上。」

三上起身離開，美雲慌慌張張地走了過來：

「公關長——」

美雲的臉龐通紅，嚴肅的眼神似乎帶有怒意：

「也讓我去 AMIGO 吧。」

三上只覺腦袋吃了一記重擊，是諏訪叫她這麼說的？還是她無法坐視三上的困境，才下定決心這樣做？

「再說吧。」

三上嘆了一口氣把話說完，快步離開公關室，但走沒幾步就停了下來。

他回頭看著公關室的大門。

再說……？

三上急忙走回房內：

「不准去，今後也不准再提。」

三上對一臉憂愁的美雲下達嚴命，口吻強硬到連他自己都訝異。

可是，不良的影響已經出現了。剛才有那麼一瞬間，三上期待美雲利用「女人的身分」解決危機，但他知道自己一定會懊悔很久。

13

窗外的天色已經轉暗了。

同樣是去二樓，三上這次要拜訪的地方，跟去警務課時走的樓梯不同。玄關的紅地毯一路延伸到這邊的樓梯，上了二樓以後右轉，在相鄰的祕書課和公安委員會室的前面，也看得到紅地毯。

三上推開祕書課的大門。

他跟坐在門邊的戶田愛子四目交錯，石井不在課長的位子上。

「課長呢？」

「正在會客室。」

三上看了一眼右手邊的房門，課員說的「會客室」是指「祕書課別室」，通常是用來密談或協商的地方。

「那我留下來等。」

三上踩著地毯，走到房間中央的沙發坐下。這裡的沙發材質和坐起來的感覺，都跟公關室的沙發截然不同。周圍的觀葉植物擺放的位置很巧妙，有掩人耳目的作用，只要坐的位置得當，就不會被其他課員看到。

室內很安靜，但這裡的安靜總是讓三上心神不寧，他很自然地望向房間的左後方。木質紋理鮮明的雙開式大門，就是通往本部長室的入口。門外的「在房」燈號是亮的，代表本部長正在裡頭辦公，課員各個精神抖擻。不，就算燈號顯示「不在」，他們也很少放鬆。舉凡副課長、主任，乃至一般職員，工作態度完全不下於縣廳的祕書課人員。

三上待在這感覺很不自在，他也算是祕書課的一員，只是工作的地點不一樣。把警察廳派來的本部長保護好，「毫髮無傷」地送回東京，是祕書課唯一的職責。

戶田端茶過來給三上。

「課長還要花不少時間是嗎？」

三上小聲請教戶田，戶田歪著頭說：

「課長已經進去一段時間了。」

「裡面還有誰啊？」

「還有二渡調查官。」

直到戶田離去，三上都忘了呼吸。

接著，他緩緩吐出一口熱氣，這是今天第二次跟二渡錯身而過了，怎麼想都不是偶然。照理說，二渡和石井見面，跟長官視察或六四懸案脫不了關係。

三上凝視著祕書課別室的大門，他似乎能穿透大門看到房內那個清瘦的背影，還有那一張五官深邃的臉龐，以及銳利又知性的雙眸。不對……

三上印象最深的，是二渡的另一種眼神。

那已是很遙遠的夏日回憶了。三上想起二渡用雙手獻上毛巾時的眼神，那是一種難以形容的神情。

他們是高中同學，兩人都是劍道社的成員。高三那年他們參加高中生涯最後一次的縣大賽，三上擔任團體戰的主將，二渡則是替補選手。主要原因是二渡的實力不夠，高三、高二的社團成員中，有很多從道場練出來的高手，這也是二渡運氣不好的地方。第一戰，三上使出擅長的「側身回擊」，打敗強校的主將。三上威風八面地回到走廊休息區，全身大汗淋漓，偏偏又找不到一年級準備的毛巾。由於啦啦隊的巴士誤點，學弟都去幫忙搬東西了，火大的三上剛好看到二渡。三上已經想不起當時的細節，他只記得自己用眼神施壓，逼二渡把毛巾交出來。

二渡立刻照辦，他繞到後方走上觀眾席，拿著保冷箱回到三上面前。二渡從保冷箱中取出毛巾，默默獻給三上。而且是按照社團的傳統，用雙手奉上的。二渡直盯著三上，並沒有表現出卑躬屈膝的態度，只是他的眼神不太尋常。二渡的眼神毫無光采，看不出任何意志或情緒，就像一對黑色的窟窿。十七歲的二渡扼殺了自己的意志，控制了情緒，將內在激盪的屈辱、憤怒、懊惱，全都徹底消除了。

幾個月後，三上聽從劍道社畢業學長的建議，去參加警察考試。三上在考場看到二渡的那一刻，驚訝得目瞪口呆。他詢問理由，二渡只回答當公務員挺不錯。一直到現在，三上還是不曉得二渡為何要走上警察這條路。劍道社是個大型社團，想當上正式選手必須踩著夥伴往上爬，在這種肅殺的氣氛中，三上根本沒把初學劍道的二渡放在眼裡。二渡確實很認真學劍，練習從不偷懶，也沒抱怨過什麼，至少應該不是一個會在背地裡扯後腿的人。然而，這純粹是三上的個人印象，記憶這種東西是很模糊的。三上只記得二渡答話永遠是單調的那幾句，好比嗯、是啊、沒錯這類的。高中時代大家身心都還不成熟，三上也沒興趣關注一個寡言無趣的板凳選手，他們二人也沒發生過什麼戲劇性的大事，可以共享青春期的酸甜苦辣。整整三年，他們只是在同一間學校、同一間社團活動室共度過，三上不太了解二渡這個人。

三上的警校畢業成績是第三名，第一名是二渡，三上永遠忘不了當初聽到這個消息有多震驚。不，更令人驚訝的還在後頭。二渡接連通過升任考試，在組織內平步青雲。二渡在警務部門任職，尤其精通人事業務，年僅四十歲就當上警視，創下D縣警最年輕的紀錄，這項紀錄目前還沒有人打破。後來，二渡連續七年擔任警務課調查官，更享有「王牌」調查官的美名，這個職缺稱得上是組織營運的要角。據說高考菁英對二渡的印象也非常好，還把幹部人事草案交給他負責。歷代警務部長都視二渡為心腹，如今他已經是不可撼動的存在，儼然掌握了「檯面下的人事大權」。

三上每次見到二渡，就習慣在背後嫌他幾句，罵他是警務部養的狗。這主要出於刑警的自負和排他意識，並不是純粹的嫉妒。畢竟刑警的世界非常單純明快，大家比較的不是領口上有幾顆星星，是抓過更多壞蛋的人才有資格大聲，而三上在這樣的世界也幹出了一番成績。也許「前科」難以消除，但靠功績足以彌補，刑事部一向需要三上，三上也總是不負期待，二渡的「人事黑手」動不到三上。三上從沒懷疑過這一點，不過——

也許自己真的被擺了一道。

三上刻意不去思考這個可能性，以免內心被猜忌占據，失去在公關室打拚的意義，自制力也將蕩然無存。三上很害怕這樣的未來成真，所以一直不肯正視這個疑問。

讓三上擔任公關長，真是赤間部長一句話就能決定的嗎？

正好是去年的這個時候，有人傳出三上會被調到警察廳的刑事局，三上本人也聽說這是已經確定的人事異動。怎料，實際的異動完全不是那麼一回事，真正升任被調往東京的，是同期的前島泰雄。按照慣例，被調往警察廳的都是未來的部長候補人選，三上等於是在搭上高昇的班機前，被硬生生剝奪了護照。若只是這樣，三上還可以嘴硬地說，自己沒意願去警察廳當官。事實上，三上也確實沒有太失望，他對這樣的自己感到驕傲。問題是，之後他接到調離老本行的人事命令，整個人汗毛直豎。三上最先想起的不光是「前科」，還有多年前的那個夏天，二渡那一雙沒有感情和光芒的漆黑瞳仁。

長達二十八年的警界生涯，三上一向說服自己，人事異動是「上天的安排」，這也是他用來擺脫前科陰影的定心丸。可如今，三上確實感受到有「人」介入的氣息，如果只是不想給記者好臉色，那派前島去當公關長也行。前島和三上一樣，都是在刑事部埋頭苦幹的男人，在強制犯搜查組任職的時間也夠長，真要借用「老本行」的效果，前島比三上更加剽悍。因此，三上懷疑人事異動的內情「不單純」。二渡和前島過去在警校宿舍是室友，據說二人的關係不錯，旁人也看得出他們互相信賴。不曉得現在如何？他們的交情是否超越警務和刑事的藩籬，依然長存呢？

三上聽到祕書課別室有動靜，眼睛飄向房門。隨後大門打開，二渡和石井一起出來了。

三上和二渡也對上眼。

「唷。」

二渡先打了聲招呼，菁英的風貌看起來更加洗練，那個在劍道社每次都敗給自己的板凳選手已經不存在了。

三上很擔心自己能否保持正常的音調：

「聽說，你早上有打給我。」

二渡點點頭說：

「剛才課長告訴我結果了。」

二渡的意思是，他打那通電話是要關心認屍的結果。就不知道這是出於同期情誼，還是身為警務部調查官，必須知道步美安全與否？

幸好遺體不是步美，二渡用眼神表達慶幸之意，卻沒有說出口，直接快步離開祕書課。

三上覺得看到一個整天飛往海外辦公的商務人士。為什麼二渡對六四感興趣？幸田報告又是什麼？三上好想追上去問個明白，但沒有採取行動。當他得知二渡打電話的來意，就失去打聽的興致了。不，應該說他見識到二渡身為警官的氣度，心態上有些畏縮了。冒然提問絕對問不出一個結果，更何況三上現在必須在對方的地盤上周旋。

「來吧，三上。」

回到別室的石井，招手叫三上過去。

「請問二渡來做什麼？」

三上一坐下就開門見山。

「啊啊，他來談廳舍改建的事情啦。明年夏天就要動工了，也該決定臨時的辦公地點了嘛。地點分散是免不了的，中樞要放在哪裡得先想好。本部長待的地方，就象徵我們D縣警的所在地嘛。」

石井不是一個擅長說謊的人，他們要是偷偷討論六四懸案的事，不可能講出這麼通順的說詞。換言之，二渡是越過石井調查六四懸案，而且是赤間直接下達的命令。前面有提到二渡是歷任警務部長的心腹，這樣想是比較合理的推論。

「其實我正想打電話給你呢，你跟被害者家屬談得怎麼樣了？辦妥了嗎？」

三上聽到石井的疑問，思緒才拉回現實。

壞消息不能隱瞞，三上正襟危坐，壓低音量說道：

「這件事我明天會辦好，倒是俱樂部那邊比較難辦。」

「怎麼說？」

三上在石井的眼中看出懼色。

「之前匿名問題一事，他們要對本部長提交抗議書。」

「不會吧，提交給本部長！」

石井當場嚇得面無血色：

「天啊，這不是真的吧？」

「是真的……」

「開什麼玩笑啊，絕不可以讓他們這樣搞。」

「那是他們全體開會決定的。」

「這下糟了，我們不能收到抗議書啦，你快想個辦法解決啊。」

石井的反應像個鬧脾氣的孩子，還一副泫然欲泣的表情。

「他們說公布婦人的名字，就不提交抗議書。」

「這、這辦不到啦，部長不會同意的。」

「總比讓本部長收到抗議書要好吧？這件事搞不好還會影響到長官視察。」

「話是這麼說沒錯，但當初決定要匿名的就是部長啊。」

部長決定的？交通事故發生在Y局的轄區內，三上原以為匿名是Y局的意思。

「坂庭先生打電話來找我們商量，部長才決定姑隱其名的。」

原來是這麼回事。

Y局的坂庭是前任祕書課長，一直任職到今年春天，本部沒有人不認識他。坂庭乖乖當走狗討赤間的歡心，成功取得了Y局局長的寶座，管理底下一百三十多名署員。這樣的待遇簡直就是「跳級晉升」，遠超出一般晉升的範疇。也就是說，坂庭迴避自己身為局長該負的判斷責任。走狗當慣了，連這件事都要尋求赤間的裁決。

要真是這樣，事情可就麻煩了，赤間不會接受部下的建言推翻自己的決定。就算叫他兩害相權取其輕，避免本部長收到抗議書，他也不可能聽勸，說不定還會惱羞成怒。

既然如此，三上只好提出更進一步的方法：

「我們不要寫正式的公告文件，以非正式的方法告訴他們姓名如何？」

接下來這些話，是我自言自語——早些年刑警告訴記者辦案訊息時，都習慣加上這麼一句口頭禪。

三上的意思是，他可以用同樣的方式，口頭告知菊西華子的姓名。這的確是一個不入流的手段，但勉強算得上「疏通」，而不是「屈服」，也不丟組織的面子。自言自語不會留下書面紀錄，也不用擔心成為落人口實的把柄。

「我認為是個好主意，就不知道部長怎麼想了。」

石井誇張地嘆了一口氣。

「總之，請麻煩你告訴部長。」

「我會告訴他，只是他今天出去接待東京來的客人，記者的答覆期限是什麼時候？」

「明天下午四點。」

「我知道了，我會趁今晚或明天一大早告訴他。不過，我也不敢保證結果，你要好好安撫俱樂部喔。萬一他們非得提出抗議書，層級也絕不能越過你、我二人。」

石井壓低音量囑咐三上：

「拜託你辦好啊，我們的本部長可不是普通人。」

石井提起本部長，三上只想起一張模糊的臉孔，他當然知道本部長「不是普通人」。本部長名叫過內欣司，四十四歲，比三上小兩歲。在警察廳擔任會計課長後，才來到D縣任職，按理說明年春天就會回去擔任人事課長。其實任何組織都是同樣道理，掌握人力和資金的人才能攀上頂點，過內是所有同期警察中最接近警察廳長官寶座的男人。

簡單說就是高考菁英中的菁英，這麼「特別的人物」若被剛出社會的菜鳥記者洗臉，胸口還被扔一封抗議書的話，那可是最糟的狀況，千萬不能發生。

「你在笑什麼啊？」

三上訝異抬頭，石井不高興地嘟起嘴巴。

「我？」

「你剛才笑了對吧？」

三上並沒有笑。

「拜託你認真一點好嗎？你不好好辦會出大事的啊。」

三上敷衍地低下頭，離開祕書課別室。本部長室的「在房」燈號依舊是亮著的。

到了走廊，三上才想起自己可能發笑的原因。

本部長被洗臉是最糟的狀況？千萬不能發生？想不到自己會看重這件事，三上剛才的笑容是在自嘲。

石井的本性跟Y局局長坂庭一模一樣，他們都把自己的靈魂賣給過內和赤間，幻想未來幾年內步步高昇，每天得過且過。石井不是害怕失敗，是害怕被上頭視為失敗者。而跟石井坐在一起，用同樣的思維尋求解決之道，這才是三上自嘲的原因。

三上漫步在陰冷昏暗的走廊。

現在三上隸屬警務部，也是祕書課的一員。他確實有從警務的角度來思考問題，管理部門的做事風氣薰陶了他半年以上，這股風氣無意間滲入他的細胞，就跟皮膚會自動吸收肉眼看不見的物質一樣。這不是三上的本意，當初他是真心要改變公關室的，還發誓兩年內要有一番作為。可如今他只有一種徒勞無功的感覺，在這個沒有殺人犯和墮落政客的世界，他付出的精力和心神，遠比逮捕殺人犯和墮落政客還要大，他就像隻無頭蒼蠅一樣，追逐著根本稱不上目標的東西。

想到這裡，三上就心驚肉跳。二渡在這樣的世界打滾了二十八年，三上在這一段漫長的時光中，以刑警的身分光明正大行事，二渡則在這個封閉不透明的黑箱裡，偷偷摸摸地在檯面下行動。二渡究竟創造了什麼？隱匿了什麼？助長了什麼？三上光想就覺得可怕。高中時一次也沒有參加過正式比賽的傢伙，他那瘦弱的身軀當中，究竟練就出什麼樣的行事原理和準則？

簡直是同類中的怪物——

三上已經不在對岸了，不知不覺間他也換上了警務的外衣。他再次穿上警務的外衣前，曾經輕鬆地告訴自己，只要有心隨時都能脫下來，這只是暫時的。但誰又能保證，這些外衣不會越穿越多，徹底違背自己的意願呢？衣服穿久了就變成皮，最後定形成再也無法擺脫的生存方式。

三上有股想要大吼的衝動。

他立刻想起了一個人，這種時候他一定會想起步美。步美在對他微笑，那柔和的笑容浮現在他的腦海中，直到情緒平復下來為止，就如同抑制情感的安全裝置一般。

14

入夜後氣溫驟降。

三上回到家時，已經是八點多的事情了。他在玄關外面找了一下，並沒有看到草月庵的餐具。問美那子為何不訂餐，她一定會說單點店家不肯外送。

「晚餐是湯豆腐和馬鈴薯燉肉啊，味道不錯，看來宅配的食材也挺不賴的。當然，這是妳的廚藝高超啦。」

最近，三上可以很自然地說出這種話。他從沒想過自己竟能用這種聲音說出這些話。三上在工作上投入了大量的時間和熱忱，不管是擔任刑警還是公關長，「家庭」一向是他警察人生的附帶品。

「洗澡水已經放好了。」

「謝謝。」

美那子在收拾餐具，三上偷看她的側臉。美那子看上去很冷靜，沒有什麼異狀。不，才剛去認完屍，她不可能淡忘那個死去的少女。美那子只是不想讓丈夫操心，才裝作若無其事的樣子，三上自己就是這麼做的。

「今天啊，我去見了翔子小妹妹的父親。」

美那子忙著洗碗，三上對她的背影說道。

「……嗯？」

美那子關緊水龍頭，驚訝地轉過身來：

「你去拜訪雨宮先生？為什麼？」

「警察廳的大人物要去慰問，先派我去徵求同意。」

三上談起他以前絕不會談的工作話題，來減少夫妻沉默的時間。對美那子來說，六四懸案不只是傳聞中的案子或報紙上的訊息。她曾經加入「偽裝行動班B」扮演人婦，親身前往「喫茶葵」監視，她還看到雨宮芳男衝入店內的身影。

廚房重歸寂靜，美那子解下圍裙走回客廳，坐到被爐裡。

「翔子小妹妹的父母還好嗎？」

「太太去年走了。」

「這樣啊……真可憐……」

「是啊，連犯人是誰都不知道，就這麼走了。」

三上內心泛起一種比上不足、比下有餘的心態，至少他們沒有雨宮這麼慘。

「雨宮先生一定很失落吧。」

美那子遙想過往，或許是想起那一天雨宮的表情了吧。

「他變得很老。」

「也難怪。」

「是啊。」

「所以，警方已經無心追捕犯人了嗎？」

美那子提問的神情很認真，三上沉吟了一會，望月的那番話言猶在耳。

「嫌疑犯實在是太多了吧。」

美那子輕咬嘴唇：

「可是，犯人是縣內的人啊。」

「大概吧。」

三上點點頭，也同意這句話。

包括綁架的第一現場，還有犯人指定的九家店鋪，乃至投放贖金的地點和棄屍場所，全都在D縣內。犯人很熟悉店鋪的名字和位置，連道路也一清二楚，這要有很強的地緣概念才做得到。因此犯人住在D縣的推論，至今也沒被推翻。

「犯人不只一個吧。」

「嗯，按常理推算是這樣沒錯。」

那時候行動電話還沒有普及，犯人最後指示的地點「一休釣客民宿」位在深山中，要先打電話到民宿，讓雨宮前往「琴平橋」投放贖金，再到下游的「龍之穴」撿起贖金。琴平橋到龍之穴大約有五百公尺，也就是犯人打電話到民宿後，得在幾分鐘內移動到龍之穴等待贖金流入。問題是，周遭沒有民宅和電話亭，換言之除了打電話的人以外，還要有一個回收贖金的共犯——這是特搜本部一貫的見解。三上對此也沒異議，但「有共犯」不代表「共犯之間有對等的關係」。如果是成人綁架成人的案例那也就罷了，用「謀議」的方式綁架殺害一個七歲的少女，這對一個長年幹刑警的人來說，也是非常可怕的猜測。要真有共犯，應該是主犯和從犯的關係，而且主犯是用極為強大的力量支配從犯。

「思考單獨犯案的可能性會比較好吧。」

「什麼意思？」

「刑警的思考架構都是這樣的，喪心病狂的傢伙只有一個，很難想像會有好幾個。」

美那子陷入沉思。

且不論是單獨還是多人犯案，這確實是經過縝密計畫的犯罪行動，而且十分冷酷無情。

美那子思索完，又開口說道：

「犯人知道河川的岩窟和洞穴……往泛舟客的方向搜索不行嗎？」

「這方面還是有在查吧？不過，龍之穴的事情還滿多人知道的。」

事後警方才發現，事件發生的前半個月，D日報的休閒版曾刊登一篇特別報導，標題是

〈「龍之穴」的謎團〉。

「可是——」

美那子的情緒有些激動：

「假如犯人是看了地方報紙才想到那個方法，那果然是縣內的人幹的吧？警方也很努力搜查了，為什麼就查不到犯人呢。」

「話也不能這麼說——」

D縣有五十八萬戶，一百八十二萬人，三上還記得今天在早報上看到的統計數據。都市的人口流入也彌補不了偏鄉的衰退，從這樣的人口和地理條件來看，十四年前的縣內總人口和現在差不了多少。搜查對象鎖定為「三十到四十歲男子」，應該也不下三十萬人。

要查的人這麼多，與犯人有關的線索卻極其稀少。雨宮賢二若是清白的，那麼雨宮翔子就是在前往賢二家的路上被綁，雨宮家跟賢二家之間只有一條路。然而，探查班多次進行地毯式搜查，就是沒有可疑人物或車輛的目擊情報。那一帶是民宅不多的田園地區，本來就沒什麼耳目，如同三上白天看到的一樣。而一月五號那一天，當地人煙又更加稀少了。至於其他兼差的農戶，男性在那一天開始正式上班，前往公司或農業協會辦公，女性則在家中忙著處理新年過後留下的一片混亂。

凶案的物證只有三項，一是綁在琴平橋水銀燈上的塑膠繩，二是貼在翔子臉上的膠帶，三是綁住翔子手腳的洗衣繩。這三項是全國各地都有販售的量產品，基本上不可能從販賣通路查出凶手。警方期待犯人留下足跡，到頭來也沒採到足跡。「龍之穴」附近都是岩地，周圍的山村地區也落滿了櫸木的枯葉。

唯一的線索只剩犯人的聲音，不過犯人打的脅迫電話沒有留下錄音帶，只能依靠那些接聽電話的人來協助調查。包括雨宮芳男，還有事務所的吉田素子，以及在交付贖金的移動過程中，負責把電話轉接給雨宮的九名店主或服務生。警方沒有人聽過犯人的聲音，連「自宅班」的成員也一樣。犯人打第二通脅迫電話時，警方來不及潛入被害人家中布局，隔天犯人打到警方沒有顧守的事務所，是素子接到那一通電話。犯人利用一般店鋪的電話下達通知，警方也來不及在各家店鋪的電話上動手腳。九間店鋪中，警方事先趕到現場的只有美那子前往的「喫茶葵」，而且他們完全沒時間在電話上動手腳。共犯搞不好就在店內監視，警方只好依靠肉眼觀察狀況。

據說凶案發生兩年後，警方找來那十一個接聽電話的人，頻繁進行人聲辨識檢測。樣本有平時行為不良人士、欠下多重債務人士、前科分子、泛舟愛好者、大里村居民、雨宮醃漬離職員工，還有翔子就讀的森川西小學的相關人士，以及經常出入那九間店鋪的業者和常客，連一般人通報的「可疑人士」都列入其中。各搜查班只排除「完全沒嫌疑」的對象，其他人的通話聲則全部錄下來，反覆播放給那十一個人聽。錄製樣本多半經過當事人同意，少部分則是搜查員假裝成電訪員錄下來的。

犯人聲音略微沙啞，講話沒口音，大約是三十到四十歲的男性。雨宮斷言，只要聽到同樣的聲音他一定認得出來。素子和其他幾個人也展現出同樣的自信。可是，十四年來搜查本部沒有任何好消息。

「連電話聲都不行的話，就很難辨了。」

三上說完這句話，才後悔自己講錯話。「電話」這兩字是不能提的，屋內的氣氛變了，美那子只說希望警方努力抓人，眼睛卻盯著小桌子上的電話。

今晚電話依然沒響。

美那子回房休息後，室內變得靜悄悄的。三上把上半身縮到被爐裡躺了下來，他嘆了一口長長的氣，打開電視來看。跟美那子在一起他沒法安心看電視，萬一電視上突然出現離家出走、失蹤、無聲電話、自殺等字樣，他怕美那子的心會崩潰。

有時候，三上覺得步美也是被電視給戕害的。電視上各種綜藝節目、談話性節目、廣告……所有節目都在宣揚外貌有多重要，內在如何根本無關緊要，長得好看人生就會一帆風順。好看的人能得到異性的青睞和光明的前途，活出歡樂又充實的人生。電視不斷鼓吹這是一個重視外貌的時代。

三上很想把責任怪到螢光幕上，是他們慫恿步美，灌輸她虛假的世界觀，害她在低俗空泛的資訊中迷失自我。

小學時步美是個活潑好動的孩子，她很擅長跑步和游泳，學業成績也不錯，跟三上的關係也很親密。或許是平時美那子有說起三上的刑警事跡吧，步美看著父親的眼神總是充滿敬愛之意。

步美升上國中後就變了。不，小六的時候已經有些許徵兆，步美變得很討厭拍照，還把邀請家長到校參觀的通知單丟到超商垃圾桶。她不願意跟三上一塊出門，也不敢跟美那子坐在一起，她對旁人可能會說出口的話很敏感，說不定真的有人對她那樣說過吧。

「妳長得真像爸爸呢。」

「真可惜妳長得不像媽媽。」

國中拍攝畢業照那一天，步美沒去上學，全班和樂融融的團體照外，放了一張步美日後單獨拍的大頭照。照片中她咬著嘴唇不肯抬起頭，班導還特地打電話到家中解釋：「不好意思，我們提醒令嫒很多次了，但她就是不願抬頭。」

步美是推甄上高中的，三上曾經樂觀地相信，女兒上了高中就會懂事，情況一定會有所改善。不，那時候三上接到意外的人事調令，他也不敢說自己真的很關心女兒的狀況。

步美上高中才半個多月，就躲在二樓房間不肯外出，也不肯上學了。三上問她理由，她一句話也不說；三上逼她去學校，她就跟嬰兒一樣號啕大哭。生活也完全日夜顛倒，白天把自己悶在被窩裡，晚上才起來活動，直到天空泛白才入睡。吃飯都在房間裡一個人吃，還有一些奇怪的言行舉止。步美偶爾來到一樓，也不敢讓父母看到自己的臉。她會把脖子往右扭，面對著牆壁，靠牆走過客廳和走廊。後來三上他們才知道，原來步美認為自己的右臉特別醜陋。

美那子十分擔心女兒的狀況，一開始她強忍內心的不安，盡量用普通的態度對待女兒。等到女兒真的足不出戶，美那子再也忍不下去了。她努力說服步美，還開車載步美去市內的教育諮詢中心。諮詢中心推薦步美接受心理諮商，美那子就花一個小時開車載女兒去。步美害怕外在環境，美那子還買口罩給步美戴，讓她躺在汽車的後座上。

幾次諮詢下來，步美終於打破沉默，哭著坦承內心的想法。步美說大家都嘲笑她長得不好看，所以她覺得很丟臉，不敢去學校上課，連走在大馬路上都不敢，親戚家更是死都不願意去。她想拋棄自己的臉、破壞自己的長相。步美越講越激動，她憤恨地踩著地板，用拳頭敲打桌面。

醜陋恐懼症——身體畸形恐懼症——

三上難以接受自己的女兒被診斷出這種可怕的心理疾病。當他看到心理諮商的錄影畫面時，的確受到很大的震撼，但他還是不願把女兒的精神狀態視為「心理疾病」。叛逆期每個人都對自己的外表不滿，步美只是比其他人嚴重一點罷了。不可否認，步美明顯繼承了三上的遺傳基因，長得不是特別討喜，然而用「醜陋」來形容一點也不貼切。隨便在路上抓一個人來問，對方一定會說步美是隨處可見的普通女孩。

因此，心理諮商師強調這是一種心病，父母要給予認同和包容，接受女兒的狀況，尊重女兒是獨立自主的個體。三上只覺得諮商師在講屁話，也沒心思接納建言。另一方面他很火大，女兒竟對一個陌生的心理諮商師數落父親的容貌。失望和不悅的情緒讓三上噁心想吐，他也沒心情跟女兒好好談了。

步美對心理諮商師打開心房後，對美那子也展現出嫉妒與敵意，大概是已經沒必要隱瞞情緒的關係吧。「夠了，別用妳那張臉看我。」步美說出這句殘酷的話之後，就再也不跟美那子說話。有時候步美看美那子的眼神，甚至帶有恨意。美那子狼狽、混亂又鬱悶，看她端食物去步美房間時，那怯生生敲門的樣子實在太可憐了。後來，美那子會呆坐在鏡子前面，什麼事也不幹，彷彿在詛咒自己的容貌。三上氣結難耐，要不是諮商師說步美病了，他絕不會放任步美那麼長一段時間。

終於到了那一天，八月的最後一個禮拜。

整天躲在房內的步美突然來到客廳，一樣扭著脖子面對牆壁說話。她說，我要整形，幫我把以前存的壓歲錢都領出來，整形需要父母同意，你們簽字就好。三上問女兒要整哪裡，

64

他聽得出自己的聲音在發抖。步美靜靜地回答，所有地方都要。眼睛要割雙眼皮，鼻子要縮小，臉頰和下顎的骨頭也要削掉。

這番話聽在三上耳裡，簡直就是不認他這個爹了。三上甩開美那子的攔阻，打了步美一巴掌。步美對著牆壁尖叫，那是三上從沒聽過的，一個女人聲嘶力竭的吶喊。

「你當然不在意！男人長得醜又沒關係！」

三上氣到失去理智，他也忘了女兒有病，直接掄起拳頭毆打女兒。步美跑上二樓把自己鎖在房內，美那子追上去安撫女兒，三上在樓下大罵：別理她！幾分鐘後，樓上響起踩踏地板和物品碎裂的聲音，聽起來極不尋常。三上衝到二樓一腳踹破房門，一走進房內腳底就傳來劇痛。鏡子的碎片散落一地，步美蜷曲在房間的角落，用手敲打、抓撓自己的臉龐。我受夠了！我受夠了！我受夠了！我不要這張臉！我想死！想死！想死！

三上無法接近女兒安撫她。別過來！別過來！你滾！彷彿三上只要走近一步，女兒就會跟鏡子一樣碎成千百塊。

三上和美那子徹夜長談，現在步美完全視父母為寇讎，他們認真考慮讓女兒住院治療。除了仰賴心理諮商師以外，二人也沒其他辦法了。心理諮商師表示明天會過來一趟，要他們先別刺激步美。

心理諮商師來訪的當天傍晚，步美離家出走，沒留下隻字片語。一開始心理諮商師還安慰三上夫妻，說步美的情緒已經穩定下來，再來只要靜觀其變就好。專家的安慰帶給美那子一絲希望，徹夜未眠的她在客廳打盹，步美就是趁那段空檔偷跑出去的。房內的垃圾桶有全新的口罩包裝袋，隨身的物品只有一個運動背包，以及裝在音樂盒中的萬元鈔和零錢。四天後，他們才在D車站附近的步道，找到步美騎乘的自行車。

D車站的公共交通網建設遲緩，但該站仍然是縣內最大的車站。站內有日本鐵路和另外兩家民營鐵路可供搭乘，站前的公車轉運站也有六條發車路線。照理說，戴口罩的少女應該會引人注目，畢竟夏季感冒沒有大流行，一定會有人看到步美才對，至少站務員會看到。無奈這些期待全部落空了，尖峰時段的車站人潮擁擠，穿越自動驗票口的人流速度快到令人難以想像。等待電車和巴士的乘客，多半也只注意自己手中的雜誌和手機。站前派出所的員警也沒印象，步美躲過了所有人的耳目。也許她在步道拋下自行車以後行蹤成謎，並沒有進入車站。

三上質問心理諮商師，憑什麼斷定步美冷靜下來了？三上非問個明白不可，他會留下妻女去上班，也是聽了諮商師的建議。諮商師說要保持平常心面對，才不會刺激到女兒。三上聽了建言，卻換來這般下場，諮商師倒是一點也不愧疚。步美曾說不會再給父母添麻煩，諮商師才以為步美應該沒問題，事後分析起來，那或許是離家出走的暗示。

三上不認為那純粹是離家出走的暗示，他的腦海閃現好幾種不同的解釋。步美可能是故意放鬆大人的戒心，那句話也算是跟父母訣別，暗示尋死的決心。不，步美絕不會自殺，那番話是要放鬆大人的戒心才對。兒女說不會再給父母添麻煩，父母就會放下心來，換言之步美並非一時衝動，而是早有預謀。最好的證據就是，她有帶替換的衣物和錢包。

不過——

我想死！想死！想死！

特殊離家出走案例，赤間提到的「特別處置」就適用這樣的對象。這是指有可能被捲入事件或發生意外的失蹤人口，或是有自傷和自殺之虞的對象。三上不反對將步美列入特殊案例，找「自己人的孩子」也不能排除自殺的可能性，否則搜索行動就會名存實亡，這一點三上知之甚詳。各地方的警力都在全力搜索步美，不只動用派出所警力，連刑事部和生活安全課的人力都用上了，但還是沒有明確的線索。步美離家一個月後，有人建議三上動用公開協尋的手段，三上幾經猶豫後還是拒絕了。自己的照片被刊在大庭廣眾下，這對步美來說無疑是最痛苦的地獄。

螢幕的亮度刺痛三上的眼睛。

上面有五、六個跟步美差不多年紀的少女，穿著幾近半裸的衣服唱歌跳舞，努力吸引眾人的目光。每個少女都直盯著攝影鏡頭，希望獨占觀眾的視線。

如果步美只是離家出走……

如果步美整形只是要獲得異性青睞，被拒絕了就拿父母出氣，還上演離家出走的戲碼，那麼就算步美是多愁善感的叛逆期少女，三上的怒火絕對會大過憂慮，前提是他要確定步美真的不會自殺。十六歲不算是成熟的大人，但也不是小孩了，怎能踐踏父母的尊嚴？反正女兒早晚要離家，關係不好的家庭多如牛毛，親子相殺的人倫悲劇看得還嫌少嗎？或許三上就是用這些氣話，來壓下自己和美那子的煩憂。

不知道美那子是怎麼想的？

她是如何看待這個不願意正視女兒生病的丈夫？

又是如何看待受父親毆打因病所苦的女兒？

美那子沒有責備心理諮商師，也沒有責備自己放鬆戒心睡著，她只是像被鬼附身一樣拚命尋找步美。過去美那子遇到任何事都會跟三上商量，那時候卻不一樣。三上說的話她完全聽不進去，也不肯瞧三上一眼。美那子似乎鐵了心要獨自尋找女兒，當她發現從車站和交友關係下手也找不到人時，就購買大量的女性雜誌，一一打電話詢問有登廣告的整形外科和美容診所。「請問你們有沒有看到戴口罩的少女？身上背著紅色的運動包，有看到的話請務必聯絡。」美那子擔心用電話講不清楚，還連續幾天出遠門拜託對方，足跡遍及東京、埼玉、神奈川、千葉。要不是接到無聲電話，她大概也會去拜託密醫吧。

三上也拜託赤間幫忙。一萬多塊根本幹不了什麼，況且沒有父母的同意，步美也不可能去美容外科，但那終究是尋找女兒的一大線索。齒形和指紋是用來尋找屍體的方法，聯絡美容整形的相關機構，則是找出女兒生存線索的必要手段。三上卻沒有那樣做，女兒痛恨長得像父親的臉孔，這件事他說什麼也不願被人知道，不然一家人太可憐了。三上想保護女兒的尊嚴，女兒罹患心病，以及受疾病影響說出的那些話，三上發誓絕不會傳出家門。只不過——

美那子又是怎麼想的？

他跟美那子之間有種緊張感，就像微弱的電流。夫妻都注意到了，只是刻意視而不見。步美不在了，三上才發現步美的存在抵銷了二人間隱諱曖昧的問題，同時堅固地維繫著夫妻倆的情感。步美帶給他們同樣的目的，讓他們關心對方，祈禱著這段關係不要破裂。

只是，這又能維持多久？

到了午夜十二點，三上拿起遙控關掉電視，爬出被爐。他拿起電話的子機，關掉室內的電燈。

三上走過昏暗的走廊。

他想起了雨宮芳男蒼老的面容……還有頭戴髮飾的雨宮翔子天真無邪的笑容……這是他刑警生涯中的其中一件案例，在步美離家出走之前，他並沒有認真思考過失去子女的父母是什麼樣的心情。

三上放輕腳步走入寢室，將電話子機放到枕頭邊後，鑽入了棉被裡。順便用腳掌勾取小型電暖爐，放到自己的小腿邊。

一旁的美那子翻身了。

三上望向旁邊的棉被，那裡同樣有一個未解之謎。每次他一想到步美痛恨父母的容貌，就一定會想起每個人都懷疑過的問題。

為什麼美那子會嫁給三上？

三上本來以為自己知道答案，現在他卻想不明白了。他聽著秒針的滴答聲，以一種想要看破黑暗的心情，回憶夫妻倆的原點。

15

三上出門前已做好心理準備，今天會是很忙碌的一天。

他一進公關室先看美雲的臉，美雲不會喝酒，每次喝酒隔天都會有浮腫的跡象。看她五官正常，顯然昨天沒有去陪酒。所以，諏訪靠過來的時候，三上也料到他會說什麼了。

「公關長，我失敗了。」

諏訪用沙啞的聲音回報結果，聽得出來他昨天扯開嗓子唱了不少歌，一旁的藏前臉色也很難看。藏前雙目充血，浮腫的眼瞼遮住了半顆眼珠子。

「一點餘地都沒有嗎？」

三上打聽狀況。諏訪不耐地嘆了一口氣，滿口濃濃的酒臭味：

「秋川很堅持要對本部長抗議，不肯把抗議的層級往下壓。聽說他們編輯部有個叫梓的上司，以前是跑社會線的幹練記者，秋川也承受了不少壓力。」

這段話的最後不是單純的報告，而是提供「訊息」的口吻。這麼說來，秋川也是兩面難為就對了？

三上下定決心，要用「自言自語」的方式公開婦人姓名，但石井還沒有告訴他赤間的意向如何。

「那就別理東洋新聞了。傍晚之前你們分頭去說服其他新聞社的成員，試看看能否把抗議書寄在我這，不行的話就問他們，能否寄在祕書課長那裡。」

赤間的意向不明，三上他們只好繼續攏絡記者。其中幾家態度軟化的話，或許就能逼迫東洋新聞妥協了。

記者俱樂部是善變的，各家記者的角力和意圖，往往會牽扯出複雜的變化，報社風氣和記者的心聲相左也是常有的事，因此也容易誤判情勢。朝日新聞、每日新聞、東洋新聞對警方抱持批判的態度，但還是有記者和警方建立良好的關係，甚至比其他家的關係都要好，這端看記者個人的脾性。產經新聞比較「親警察」沒錯，卻也有人跳槽到意識形態並不相容的朝日新聞。再者，有些新聞社只派一個人來俱樂部跑新聞，有些新聞社則派了三、四個人，同一家新聞社的成員也不見得意見一致。東洋新聞的秋川是個奉行公司方針的人，手嶋以前報考過各家知名的新聞社，結果只考上東洋一家，這樣的人是否認同左派的新聞社方針，那就難說了。更何況，像這種問題發生時，很難預料會發生什麼化學變化。唯一能預料的大概只有ＦＭ縣民吧。ＦＭ縣民是俱樂部準會員，由縣府全額出資的御用媒體，不敢違背公家機關。剩下十二家新聞社，就不知道諏訪能說動幾家了。

三上拿起懷中的記事本翻閱。

東洋新聞Ｄ分局主編梓幹雄：Ｔ大畢業，四十六歲，開朗，好大喜功，對警察有好感。

三上還記得那一張膚色黝黑、額頭狹窄的臉龐。Ｄ縣警每個月會跟各家媒體召開一次幹部懇談會，梓幹雄曾經代替重感冒的分局長出席。

這個人值得接觸看看，三上記下梓幹雄後，打給祕書課長。現在不能乾等聯絡了，記者俱樂部的答覆期限是下午四點，雨宮芳男的問題也得盡快處理。

電話是戶田愛子接聽的，她說石井去警務部長室了。

三上拜託戶田轉達石井，請他回來後務必回電，說完就掛斷電話了。三上懷著忐忑不安的心情站起來，走向牆邊的白板確認公告文件。昨晚到今晨有三起交通事故，再來就是小規模的廚房失火，以及吃霸王餐的男子被逮的消息。昨晚Ｄ縣還算平靜，就在三上轉身的時候，座位上的電話響了，他小跑步去接電話。

「三上啊，你去部長室一趟。」

石井只說了這句話，聲音聽起來很沉重。石井不是說來一趟，而是說去一趟，這是要三上自己去聽赤間的說法。

三分鐘後，三上伸手敲了警務部長室的門，房裡只有赤間一人。赤間從辦公桌走到沙發坐下，卻沒有請三上就座。

「你對記者的管理也太鬆散了吧？為什麼放任他們囂張到這個地步？」

赤間一開口就是質問的尖銳語氣。他不知道事情的前因後果，只聽到記者要對本部長提出抗議，也難怪會火大。不過，三上也有說法：

「我按照您的指示，沒有正面答覆匿名問題，記者們的反應卻出奇強硬。我也試著攏絡他們了，只是他們似乎也積怨已深，情況沒有這麼單純。」

三上是站著答話的，赤間還是沒有請他坐下。赤間是在懲罰三上，不是不小心忘記。

「藉口就免了，浪費時間。」

三上也很火大，他沒時間聽赤間說教發牢騷。

「對方說，要撤回抗議就公布婦人的姓名。」

「石井說，你要用自言自語的方式告訴他們是吧，這方法也太懦弱了吧。」

——太懦弱？

三上瞪視赤間：

「這種交易對我們沒實際損失，文件和報紙上也不會留下任何紀錄。」

「不行。」

赤間冷漠拒絕，別有深意地看著三上：

「無論發生任何事情，婦人的名字都不得公布。」

赤間的口吻很詭異，三上想起自己以前審訊詐欺慣犯的往事。犯人隱瞞了好幾樁罪行，一心想要炫耀，但對一個小刑警坦白，面子又掛不住。

於是，三上決定試探赤間：

「聽說，這一次匿名報導是部長您決定的。」

「沒錯，Y局的坂庭找我商量，我替他做了決定。」

「可否請您重新考慮？再這樣下去記者們也不會善罷甘休。長官視察的日期迫在眉睫，這一次就當作是緊急的權宜之計——」

「你還來啊，我叫你想其他的手段，不要依賴那種蠢方法。」

赤間的態度其實沒有他的話語刻薄，三上持續感受到那種詐欺犯欲言又止的態度。這件事背後肯定不單純，坂庭這個不值得信任的人牽涉其中，也讓三上有一種很不祥的預感。

「部長——除了對方是孕婦以外，還有其他匿名的理由嗎？」

「當然有。」

赤間很乾脆地承認了，他似乎也在等三上提問。

「匿名制已經在預定計畫中了。」

預定計畫……？

「中央在討論個人情報保護法和人權擁護法案，這你知道吧？」

「知道。」

記者也常提起這件事，他們說那是限制媒體報導的惡法，絕不允許那樣的惡法通過。

「儘管新聞媒體對此多有怨言，那也是他們自作自受。每次社會上發生重大案件，記者們就拚命搶新聞，帶給被害者更多的傷痛。同業發生醜事他們就刻意隱瞞，或是當成小事來報導。那些傢伙以人權守護者自居，對我們警方多加批判，根本是厚顏無恥的行徑。」

赤間中斷談話，塗了一點護唇膏。

「這兩大法案早晚會通過的，下一步就是推廣匿名制了。我們會說服政府，組成一個犯罪被害者的應對檢討會。到時候還會叮囑一句：未來事件被害者的姓名是否公布，應該由我們警察來判斷。表面上我們只決定是否公布被害者姓名，但只要內閣會議敲定，我們有了名正言順的理由，匿名制的應用即可無限上綱。從初步判斷到最終應用範圍，都由我們來決定。換句話說，在任何場合對記者公布訊息，我們都握有主導權。」

三上終於明白，赤間不改強硬態度的理由。

赤間完全是站在警察廳的角度處理匿名制的問題。不，或許他是站在自己的角度。聽他那得意的口吻，「安排檢討會」和「說服內閣」等策略，都是他日後回歸警察廳要實行的腹案吧。

這下赤間是不可能改變心意了，但三上仍有一事未明。他提出的「自言自語」並沒有違反警察廳的方針，因為警察組織不會承認非公開、非正式的勤務執行。

「聽懂了就退下吧。」

「只有這樣嗎？」

三上忍不住問。

赤間顯得有些驚訝，但他眼鏡下的瞳仁透露出好奇的神色：

「你是什麼意思？」

「肇事婦人匿名的理由，只有這樣嗎？」

三上轉換成刑警的思維，明確點出心中的疑問。詐欺犯的態度依舊存在，這起事件背後還有隱情，赤間也還有話沒講完。

「好吧，我就告訴你。」

赤間笑了：

「老實說，那個孕婦是加藤卓藏先生的千金。」

三上一聽到這個名字，全身上下都緊繃了。

加藤卓藏，國王水泥公司的會長，今年連任D縣警公安委員。

「關說就對了？」

三上心頭火起，口不擇言。

「不，是我們出於好意幫忙的。」

赤間不以為意地說道。

的確，地方上的公安委員形同虛設，純粹是個名譽頭銜，每個月只會跟本部長吃飯閒聊一次，對警察行政毫無影響力。可是，在組織架構上不是這麼一回事，三大委員組成的公安委員會負責指揮和監督縣警本部，這才是赤間留情的原因，不，赤間是用假好心的方式賣對方恩情，在D縣財經界大老的心中，烙下一個到死都不會消失的親警派烙印。

「那位千金是真的懷孕了，坂庭不希望公布這件事。但那是一起重傷事故，萬一傷者家屬鬧上去也挺麻煩，我就採取匿名報導的做法了，這樣你明白了嗎？」

三上沒有回話，內心的驚訝早已化為強烈的憤怒與不信任感。菊西華子是公安委員的千金，為什麼公關長不知道這個消息？

「我不是跟你說過了。」

赤間一副狗眼看人低的表情：

「你直接跟記者交涉，若事先得知訊息，很有可能在表情或態度上露出破綻。什麼都不知道，才能坦然以對啊。」

三上眼前一片昏暗，他一時反應不過來。什麼都不知道……才能坦然以對……是啊，三上在記者面前表現得義正詞嚴，因為他什麼都不知道，才敢保持強硬的作風。

（你們有什麼好氣憤的？匿名報導是時勢所趨。）

（見報就是這麼可怕的一件事啊。）

當時山科語帶調侃地說，搞不好那位婦人是權貴的女兒，三上還氣到痛罵他。

想不到自己被人操弄，演了一齣可笑的爛戲。

三上低下頭來，一股近似憤怒的強烈羞愧感湧上心頭，令他渾身燥熱難耐。

一無所知的三上，道貌岸然地指責那些記者，要說這不是他的本意也確實如此，他只是站在公關長的立場說話。不過，他當時並不是赤間的代言人。婦人的處置不該由媒體發落，縣警的說法也有一番道理，所以三上才會用盡各種話術和方法，想要解決這個毫無意義的紛爭，殊不知——

理虧的是警方，而且一點道理也沒有。

三上閉起眼睛。

赤間說得沒有錯，他之前就提醒過三上了——「什麼都不知道就無從洩密了，不是嗎？」要怪就怪自己愚蠢，竟然忘了這句話。赤間打從一開始就把三上當傀儡，也不是現在才這樣。

「對了，你跟被害者家屬談好了嗎？」

三上沒有答話，他張開眼睛卻沒看赤間一眼。他是抱著明確的自覺，故意這樣做的。大腦不會跟四肢商量，大腦要手腳移動，會直接朝手腳發出移動的命令。這一切對赤間來說是理所當然的事情，也不光是交通意外的事件。為何赤間要繞過刑事部，命令三上直接徵求被害者家屬的同意？赤間派二渡到底要幹什麼？大腦單方面地下達命令，完全沒讓底下的手腳知情。

「怎麼了，答話啊。」

三上堅持不肯開口，手腳也是有神經、有生命的。

坐在沙發上的赤間突然探出上半身，像要故意嚇他一樣，對著三上拍手。

「看這邊。」

三上怒目圓瞪。

內心的安全裝置反射性啟動了，可惜效果不夠。步美的臉龐模糊難辨，幾乎快要被怒火淹沒了。

赤間緩緩移動視線，觀察三上的反應，之後他微笑道：

「有件事跟你說清楚，免得你誤會。聽好囉，別以為你公關長做不下去了，還可以回到刑事部。」

三上想到了辭職兩個字，情緒也激動起來。夠了，到此為止，結束這一切吧。這傢伙就是披著菁英外皮的虐待狂，誰要去舔這種人的鞋子。

步美的臉龐徹底消散，緊接著又浮現了另一個人的面孔。

三上想起了美那子，想起美那子用暗淡無光的哀傷眼神懇求自己。

這一幕劇烈撼動三上的意志。滿天飛舞的雪花、白布、少女死亡後蒼白的容貌、臉色白淨的局長，各種影像猶如走馬燈一閃而過。

美那子指望著二十六萬名夥伴，他們的耳目是美那子唯一的希望。

三上感覺有人在遠處說話。

「被害者家屬怎麼樣了？」

「……」

「我在問你話，回答呀。」

赤間的聲音聽起來變近了，彷彿近在咫尺。

三上抬起頭，嘴唇在發抖：

「我……正在交涉。」

體內的氣勢，隨著說出口的話潰散。

「動作快一點，星期一我們就得聯絡長官了。再告訴你一件事，你當參考就好。加藤委員的女兒撞到的老人家，在一個小時前去世了，記者沒問你就不必說了。我已經有交代Y局的坂庭，你也照辦。」

赤間站了起來，比三上還要矮十公分的視線，竟反過來俯視著三上。

16

公關室的窗口看不見風景。

資材倉庫就蓋在本部廳舍的旁邊，公關室的窗口被倉庫的牆壁擋住。三上將椅子轉了半圈靠在椅背上，茫然看著鏽蝕的茶色外牆。這跟發呆不一樣，三上心想，人生在世大概很少有那種奢侈的時光吧。

重傷事故變成死亡事故了，過去被害者在事故發生的二十四小時內死亡，才算是死亡事故。這是警察的一點小技倆，從數據上來看死亡人數會少一點。後來媒體攻擊這種做法，所以現在才把二十四小時以後死亡的例子，也歸為死亡事故。

警方隱瞞加害者的權貴身分，連被害者死亡也隱瞞了。整起事故「從頭到尾」都由警察杜撰公布內容。

三上聽到後方有聲音，美雲泡了一杯新茶放到三上辦公桌上。美雲身後，有個瘦弱的身影拿著單眼相機準備外出。

「你要去哪？」

藏前嚇了一跳停下腳步，他往回走幾步回答三上：

的自己。

「我要去公園，音樂隊在舉辦小型表演，我去拍幾張照片。」

三上直接破口大罵：

「讓美雲去拍就好！我不是叫你辦好隔壁的事情，去說服一兩家新聞社嗎？」

藏前臉色發白，立正站好挨罵。三上也沒多看藏前一眼，因為他在藏前身上看到了剛才

藏前離開公關室，美雲接下相機後也離開了。

三上打了一通電話後，先喝口茶潤喉，才快步走出房門。

屋外的光景看上去不一樣了。

或許是已經下定決心的關係吧。三上決定當一條狗，當一條警務部的狗，他已經有這樣的覺悟了。現在他明白自己連辭職的選項也沒有，工作內容如何也無關緊要了。乖乖把工作辦好，拿出成果解決問題，如此而已。

也沒什麼好悲觀的，反正過去也是這樣走過來的。三上曾經把挖出女人內臟的變態送上死刑台，還讓貪污包養小三的市長在偵訊室裡下跪道歉，甚至連續二十二天和智商一五〇的詐欺犯大眼瞪小眼，玩心理戰術擊敗對手。三上在刑事部歷經各種考驗，持續做好自己的工作，解決大大小小的案件，他的能力不會比朝九晚五的管理階層差。就當一隻警務部的兇猛獵犬好了，打破所有難關，反咬警務部一口吧。當一隻瘋狗反咬赤間的喉嚨，解決這一切。

三上在走廊移動，看向手錶，時間是上午十點左右，離記者俱樂部規定的期限不到六小時了。

他的頭腦冷靜地思考解決方案。

孕婦的姓名不得公布，也不能用「自言自語」的技倆。那麼，三上下午四點去記者室，也只能用千篇一律的方式拒絕對方。記者們肯定會火大不爽，跑到本部長室對過內提交抗議書。不盡快想個辦法，「不能發生的事情」將會化為現實。

堅持匿名又不會搞砸事情的方法只有一個，就是讓記者俱樂部妥協，把抗議書壓在三上或石井手上，永遠鎖入警務部的保險櫃之中。

秋川說過，俱樂部聽完三上的答覆會再次召開總會。到時候就是決勝的關鍵，三上要設法說服其中幾家新聞社，請他們發揮影響力，建議大家把抗議書交給公關長就好。每一家新聞社的記者雖然各懷鬼胎，但諏訪知道「會屈服的對象」。事前好好疏通一下，幾個穩健派的應該會贊同三上的做法。

問題在於堅持對本部長抗議的強硬派，現階段強硬派壓過了穩健派，重點是人數。不先挖一下幾家強硬派的牆角，投票是沒有勝算的。

——我需要消息。

三上爬到五樓，這整層樓都是刑事部的地盤，有回到老巢的感覺。這裡的氣氛和二樓明顯不一樣。

搜查二課——三上推開老舊骯髒的大門。

糸川一男抬頭望著進門的三上，他坐的副手位置，一直到今年春天都是三上的位子。三上有先打電話確認過落合課長不在；地方警察的搜查二課課長職缺，是年輕高考組的「指定席位」。三上必須挑落合不在的時候過來，否則同為高考菁英的落合，會把消息告訴赤間。

三上叫糸川進入隔壁的辦公室，二人走到更裡面的偵訊室，把門關上。

「昨天承蒙你關照了啊。」

三上拉開摺疊椅，說出了這句話。

「呃，您是指？」

「你對我們家藏前挺溫柔的嘛。」

「不是，我沒那個意思。」

「意思是，沒有給狗吃的飼料就對了？」

糸川的眼神透露膽怯的神色。

糸川比三上小四歲，三上過去擔任智慧型犯罪搜查一組的班長時，用了他三年。糸川能力相當不錯，尤其查帳的本事特別好，在商業高中學到的會計本領，讓他受到重用。

三上一看到對面的糸川坐穩了，就把手肘放在鐵桌上十指交扣，刑警間的對話不需要開場白。

「圍標案辦得怎麼樣了？」

「呃呃、是，挺順利的。」

「你們逮到八個人了嘛。」

「是。」

「今天也有找常務來問話嗎？」

「不清楚耶……」

糸川裝傻。

三上誇張地歪著脖子，八角是縣內最大的建設公司，現在警方開始偵訊該公司的常務了。前天告訴三上這個消息的，正是糸川本人。
三上聽到敷衍的答覆，當然也就加重語氣：
「八角建設的常務啊，你們有找他來問話吧？」
「啊、這個……我想應該有吧。」
——什麼叫應該有啊。
糸川的態度搖擺，他身為課裡的第二把交椅，有沒有偵訊他一定知道。
三上換了一個問題：
「狗仔呢？有人發現偵訊開始了嗎？」
「不，這倒沒有。」
那這條訊息有利用價值，三上面不改色地說道：
「各家新聞社都在追祖川的消息。」
「幸好都是些笨蛋。」
「好像是這樣。」
祖川建設是縣內頗有規模的建設公司，由議員的親弟弟擔任社長，一直都有勾結政要和黑道的傳聞，八角建設十分忌諱這一點，所以沒找祖川建設合作。因此這次圍標的案子，祖川建設是清白的。不過，二課在初步調查階段也有查過祖川建設的嫌疑，再加上落合課長有意隱瞞調查內情，沒有說出祖川建設清白的事實，記者們都被耍得團團轉。
「那好，你們什麼時候能逮到常務？」
三上巧妙地切回正題。

「這就不清楚了。」

「講個大概時間就好，是今天還明天？難不成要等到下禮拜？」

「您這樣問我也……」

糸川一臉困擾的表情，這不像他會有的反應。過去三上常跑刑事課套交情時，只要跟他好好談，再怎麼隱密的情報他都會勉為其難說出來。

「不能告訴我們公關室是嗎？」

「不，也不只是你們——」

糸川說到一半趕緊閉嘴，他驚覺自己說錯話。

三上盯著糸川變紅的臉孔，刑警間真正的對話內容應該是這樣。

不只要對公關室保密，絕對不能讓警務知道。

警務單位跟警務部脫不了關係，這包括了本部長直屬的祕書課，以及調查內部醜聞的監察課，還有負責人事異動的警務課。現在發生了不能被管理中樞知道的事情。按常理思考，應該是圍標案件的調查出了紕漏，刑事部才對自己人下達緘口令。

「有人搞砸了什麼嗎？」

「沒這回事，調查很順利。」

糸川連忙否認。

「那為何下達緘口令？」

「我也不清楚啊，似乎跟案子本身沒有關係。」

「那不然跟什麼有關？」

「總之上頭交代，不管警務的問什麼，一律不准回答。」
一律不准回答？三上懷疑自己聽錯了。
「喂，這到底是怎麼一回事？」
「我真的不知道啊。」
「不能對我說是嗎？」
三上試著要狠，但糸川的眼神顯示他真的不知情。
「麻煩您去問部長啦，我也想知道理由啊。」
這是部長的命令，荒木田命令部下不准跟警務交談，還不告訴他們理由。這種上行下效的強硬作風，簡直跟赤間一模一樣。
「所以，你才請藏前吃閉門羹是嗎？」
「還請您見諒啊。話說回來，三上先生您的來意又是什麼？藏前被趕跑也不是多大的事，您犯不著自己過來一趟啊。公關室消息再怎麼不靈通，您也不用三天兩頭就跑來問圍標案的訊息吧？」
糸川突然轉守為攻。
「只是在替記者會做準備而已。」
「真的只有這樣嗎？」
「不然咧？」
三上沒有欺騙對方的意思，他得知刑事部有異常的動靜，不敢說出自己真正的來意。
「那您應該沒其他要事了吧？我接下來還要開會，先失陪了。」

糸川利用剛才的反問改變談話方向，結束了對話。正好有人打電話來，他抓準機會離開就沒有再回來了。

三上走下樓梯，心中若有所思。

這次談話是有收穫的。

雖然沒有打聽出逮捕常務的預定日期，但至少知道各家新聞社沒有盯上八角建設常務。「常務接受偵訊」一事，足以拿來跟那些記者交易了。

然而，這種積極正面的想法沒有持續太久，三上想起了糸川那句令人費解的話。

（總之上頭交代，不管警務的問什麼，一律不准回答。）

這並不是單純的緘口令，從那強硬的措詞中，聽得出是要徹底阻絕警務部的接觸。

三上想起了赤間昨天說過的話。

「不用透過刑事部了，你直接去交涉就好。」「這是我們警務的工作，扯上刑事部只會更麻煩吧？」「你談妥以後，我會幫你跟刑事部長說清楚，在此之前不要張揚。」

警務部和刑事部之間，究竟出了什麼事情？

全國各地的警務部和刑事部，其實關係都差不多，雙方保持一定的距離，彷彿這是彼此的義務一樣。他們表面上無視對方，私底下都在說對方的壞話。不過「反目」未必等於「對立」，畢竟都是警察，少有瓜葛也就意味著很難發生實際衝突。

D縣警也是一樣的情況，就三上所知，目前警務部和刑事部之間沒有什麼火種才對。

可是……

赤間和糸川的話，就像硬幣的正反兩面，這種一致的結果難道是偶然嗎？

三上頓時起了雞皮疙瘩。

他想起了一個人，那個男人介入就代表事情並非巧合。

是二渡，那個警務部王牌也有奇怪的舉動。二渡正在調查六四懸案，挖掘刑事部最大的污點。果然背後另有隱情，火種不是二課的圍標案，而是一課的六四懸案。

三上呆站在樓梯間不知所措。

樓上是刑事部，樓下是警務部，他現在站的位置，就形同他那不上不下的立場。

17

答覆記者的期限迫在眉睫。

「東洋新聞、朝日新聞、每日新聞、共同通信——這四家是沒指望了，他們堅持要對本部長提出抗議。」

三上、諏訪、藏前三人坐在公關室的沙發上議論。

「願意把抗議書寄在我這的有哪幾家？」

三上提問，諏訪抬起頭回話，沒再盯著筆記本：

「全縣時報、D電視台、FM縣民這三家沒問題。D日報的富野我沒找到他，但九成九沒問題。」

說服本地的四家新聞社，對諏訪來說輕而易舉，只要其中一家在會議上提出妥協方案就夠了。不，四家共同提案是最理想的。

「讀賣新聞和產經新聞呢？」

「讀賣很難說是哪一邊的。他們表面上堅持要抗議，但東洋太過招搖的話，他們似乎有意要讓東洋陰溝裡翻船。產經新聞則表示，寄在警務部長那裡他們可以接受。」

「剩下三家呢？」

「啊、是。」

這次答話的是藏前，或許是剛才被三上罵的關係，他答話的樣子戰戰兢兢的：

「呃，ＮＨＫ、時事通信、東京新聞應該還在看風向吧……他們反對匿名制，只是也沒有一定要提出抗議書的感覺，最後還是會選擇人多的那一方吧。」

三上點了一根菸。

他在大腦裡試算投票結果，「直接對本部長抗議」的有四票，「願意寄在公關長手上」的也有四票，「持保留態度」的有三票，「寄在部長手上」和「立場不明」的各有一票。

這是個很微妙的數字。

「產經不願意寄在祕書課長那嗎？」

「很困難吧，這樣在其他新聞社前面子掛不住。」

三上點了點頭，轉頭對藏前說：

「ＮＨＫ、時事通信、東京新聞再去試一試。你在談話過程中，暗示一下圍標案的偵辦層級上升，用這個消息賣人情給他們。」

「明白了。」

三上又把視線移回諏訪身上：

「你去說服每日新聞，二課盯上八角建設了，透露這一條給他們知道沒關係。」

「是，但依照目前的狀況，攏絡讀賣新聞比較容易。」

「讀賣已經有消息了。」

經三上提醒，諏訪才想起來確有這麼一回事。讀賣新聞和朝日新聞已經寫過圍標案的特別報導，現在最缺消息的是每日新聞和東洋新聞。

「那麼，朝日新聞也不必動了吧？」

「不必，動到朝日新聞可能會有反效果。」

「這麼說也是。」

諏訪隨口附和，馬上又皺起眉頭：

「再來就是東洋新聞了，還是要放著不管嗎？」

「不，我打算直接找他們主編。」

東洋新聞願意妥協那是再好不過了，首先秋川在俱樂部相當有存在感，再者這個月東洋新聞是俱樂部的幹事，這一點也十分重要。東洋新聞願意把抗議書寄在公關長手上，ＮＨＫ和時事通信等其他新聞社也會妥協。問題是，三上和秋川的關係鬧僵，直接在對方面前撒狗糧也未必會上勾。要在所剩不多的時間內扭轉局勢，就只好說服秋川的上司，期待上行下效的效果了。

「還有——」

三上壓低音量，接下來的話他不想被美雲聽到：

「那起交通事故的老人家去世了，你們先了解一下前因後果就好，在隔壁的記者俱樂部開完會以前，千萬不要被他們知道。」

二人先是吃了一驚，之後默默地頷首。

三上望向牆上的時鐘，十一點了。

「開始動作吧。」

諏訪和藏前點頭行禮，起身離開沙發。三上也站了起來，他用拳頭輕輕靠在藏前的背上。

「麻煩你啦。」

三上的言外之意，是對自己剛才衝動罵人一事道歉。藏前轉過身來，發紅的臉龐多了一絲安心的神色。美雲也恢復精神了，她本來在一旁的位子上縮起身子敲打鍵盤，現在她站起來走到窗邊，動作輕盈地打開窗戶讓空氣對流。公關室的四名成員，經常擠在這個狹小的空間裡商量事情，在如此沉悶的密閉空間，稍微一點爭執或誤解，都會令人喘不過氣。

三上回到自己的座位上，打了通電話給東洋新聞的Ｄ分局。運氣不錯，是梓幹雄本人接聽電話的。上次在媒體懇談會上，三上有和對方交換名片，但這是他們第一次交談。三上表明有要事商量，希望能一起吃頓飯。梓幹雄二話不說就答應了，果然是「親警察派」。三上很慶幸對方的答覆，跟自己在懇談會上觀察到的態度一致。

打完電話後，美雲也出去了，室內剩下三上一人。

他的情緒突然沉了下來。

跟新聞社的主編碰面，用情報收買對方，阻止他們對本部長抗議——

三上再次拿起電話，他在出門前有告訴美那子，今天中午沒辦法回去，但還是打了一通電話回家：

「今天記得訂草月庵的東西吃，訂兩份好了。其中一份點大碗的，吃晚飯的時候再熱一下就好，我回去以後吃，好嗎？」

三上把該說的交代完，趁美那子急著掛電話之前，自己就先掛斷了。

美雲拿著熱水瓶走了回來：

「公關長，您沒事吧？」

美雲沒頭沒腦地問了這一句，三上有點意外。

「妳在說什麼？」

「您氣色不太好。」

「我沒事。」

三上冷漠回應美雲，美雲也不吭氣，默默觀察三上的反應。

「公關長。」

「怎麼了？」

「有我能幫忙的事情嗎？」

美雲的聲音聽起來心急意切。

「妳幫很多了。」

「也讓我去對付那些記者吧。」

三上蹬了地板一腳，將椅子旋轉半圈，他無法正視美雲的雙眼。

他背對著美雲說：

「妳就免了。拜託，別讓我為難。」

18

三上在十一點半開車離開本部，這個時間赴會似乎有點早。

梓幹雄指定的見面地點，是東洋分局附近的西餐廳。

「唷，我在這邊。」

梓幹雄已經先到了，還坐在窗邊的位子看報紙。他跟三上一樣四十六歲，上次見面時那張精悍的黝黑臉孔，如今多了一分難以磨滅的病容，大概是天氣寒冷的關係吧。

「不好意思，我來晚了。」

三上低頭致歉，坐到對面的位子上。

「不會不會，是我太早來了。分局的雜事太多，還好三上先生您打電話給我，我才有藉口開溜啊。」

實際坐下來談話，梓幹雄還是充滿朝氣，態度也比上次懇談會更加隨和。

「三上先生，您的事跡我聽過不少。據說您以前擔任二課的班長，抓了三個貪贓枉法的首長是吧？」

「那都是很久以前的事了。」

「您也待過一課吧？」

「是的，一課和二課的資歷差不多。」

「翔子小妹妹的綁票案發生時，您是在哪一課？」

「那時候我正好在一課處理特殊犯。」

「唉呀，那翔子小妹妹的綁票案，您不就剛好有碰到？綁票畢竟是特殊的大案子嘛。我之前在東京也追過不少類似的新聞呢。」

梓幹雄暗示自己幹過警視廳的採訪組長，他不斷炫耀過往的功績，還偽裝成失敗的經驗之談。三上找不到機會說明來意，就在二人吃完咖哩，店家送上飯後咖啡時，梓幹雄搶先切入正題：

「三上先生，您希望我們撤回抗議對吧？」

三上將拿到嘴邊的咖啡杯放回桌上，梓幹雄切入正題的時機太突然，害三上的咖啡差點灑出來。

三上堅硬的雙掌交疊在西裝前：

「是的，我就是想拜託您這件事。能否請貴社高抬貴手，把抗議書寄在我這就好？」

「的確啦，一下子就鬧到本部長那邊，是太過火了。不過，我也不能忽視基層人員的心情嘛。況且，各家新聞社反應都這麼激烈，跟公關室的應對也有關係吧？」

「這一點我不否認，但當事人是一名孕婦啊。」

「您說的我明白，可是——」

梓幹雄開始談起匿名制的問題，他講得頭頭是道，內容卻跟年輕記者說的差不了多少。三上點頭稱是，順便偷看手錶，已經過了下午一點，距離期限剩不到三小時。

「梓先生。」

三上用略微強硬的方式拉回正題：

「您很清楚警方的運作模式，想必也了解對本部長抗議的嚴重性。我不是說警方不接受抗議，只是放眼其他縣市，也都是先交給祕書課或總務課，這才合理不是嗎？」

「嗯嗯，似乎是這樣沒錯。」

三上找到了突破口。諏訪說過，社會線出身的主編給秋川不小的壓力，三上開始認為那是秋川在酒席上推託的藉口。眼前的梓幹雄並不是一個頑固或偏激的男人，難不成，這是在東京打滾過的老練記者，用來誤導三上的手段？

三上乘勝追擊：

「我不是說匿名問題不重要。不過，縣警和記者俱樂部為了這件事情，鬧到以後老死不相往來，這對誰都沒有好處。梓先生，可否拜託您幫幫忙想個辦法呢？」

最後那一句「想個辦法」三上還加重語氣。

梓幹雄若有所思地說道：

「我明白了，三上先生您都專程跑一趟了，我會跟秋川談一談。可是，剛才我也說過，基層人員也有他們的想法。況且，也不曉得秋川聽了我的勸，會做何感想……畢竟您的做法算是越級抗議嘛。」

三上壓抑自己的情緒，點頭承認梓幹雄的說法。他心裡確實有想過要讓秋川也嘗一下被越級抗議的屈辱。

梓幹雄似乎有意模糊對話的焦點，結束這一次會談。

「總而言之，我不敢給您確切的保證，還請您多多擔待啊。」

梓幹雄撂下這句話準備開溜，起身要拿桌上的帳單。

三上伸手按住帳單。

梓幹雄笑了：

「不行不行，怎麼能讓警察請客呢，這樣好像是我來白吃白喝的一樣，不好啦。」

「梓先生，請坐下吧。」

「咦……？」

——給我聽好。

三上用眼神施壓，並壓低嗓子說道：

「請您告訴秋川記者，叫他專心跑圍標案的新聞就好。」

梓幹雄歪著頭凝視三上，好歹他也是幹過警視廳採訪組長的人，一定知道接下來三上要說什麼。

三上要給的訊息，絕對超出他的預期。

「這幾天，八角建設的常務被找來問話，順利的話，幾天內就會逮捕了。」

梓幹雄驚訝得張大眼睛，臉上有幾條表情肌緊繃，也有幾條放鬆。搶到獨家新聞的記者都是這樣的表情，不分新人或資深老手。

其他吃完午餐的客人都離開了，三上在悄然無聲的店內，確信這次交易成立。

19

四點整，三上推開記者室大門，身後還帶著諏訪、藏前、美雲三人。

每一家記者都到了。

三上很訝異來了這麼多人，粗估至少有三十人以上，幾乎是登錄在俱樂部名冊上的所有記者。共用空間的沙發上坐了七、八個人，有些人則是從自家專用隔間搬椅子來坐，還有不少記者沒地方擺椅子，只好直接站著。美雲拿筆清點各家新聞社，他們已經沒有昨天那樣殺氣騰騰了，每個人都是一副「願聞其詳」的表情。

全縣時報的山科，在三上面前用肢體語言表達善意，他大概是不想被其他新聞社看到自己溫吞的表情，才刻意來到最前面。

東洋新聞的秋川和副組長手嶋，站在沙發後面雙手環胸，態度和平常一樣冷淡。至於心境如何就不得而知了，不知道梓幹雄對他們下了什麼命令，他們又是以何種心情參加這一場會議？

每日新聞的採訪組長宇津木，表情看上去很平靜，也許是諏訪的攏絡奏效了吧。ＮＨＫ的袰岩和時事通信的梁瀨，一起站在最後面，跟藏前報告的一樣，會站在那裡代表他們還在看風向。

「每一家都到了嗎？」

諏訪先開口：

「呃，那麼接下來，公關長將回答昨天記者俱樂部提出的要求。也就是Y局轄區內重傷交通事故的第一當事人，是否公布姓名一事。」

三上一站上前，閃光燈就亮了起來，是朝日新聞的高木圓。

「等一下，高木小妹，拜託別這樣好嗎？這又不是記者會。」

諏訪刻意用「俱樂部語言」向對方抱怨，高木以高亢尖銳的嗓音回嘴：

「這是要用在媒體評論專欄上的，我們打算寫一篇匿名問題的特別報導。」

「那請妳從後面拍啦，直接拍臉誰受得了啊，有匿名問題的又不是只有我們。」

諏訪擺平場面後，轉頭看著三上，示意可以開始了。

三上輕咳一聲，拿出準備好的文稿照唸：

「那麼，我現在就回答各位——關於本次的交通事故，我們考量到第一當事人是孕婦，所以不公布其姓名。」

記者們幾乎沒有反應，他們也料到會是這種答覆了。

三上接著又說：

「不過，今後遇到同樣的問題時，我們一定會跟各位懇切商量——以上就是答覆。」

後半段的消毒說詞是三上建議的，十五分鐘前才得到石井祕書課長的許可。

秋川點點頭後，開口說：

「D縣警的想法我們知道了，接下來我們要召開俱樂部總會，還請各位先行離開。」

三上一行人回到公關室，度過了一段漫長的時光。

牆上的時鐘支配著整個房間，三上坐在沙發上，他的對面是石井，石井是擔心結果才特地下來公關室的。諏訪、藏前、美雲三人也是心神不寧，他們都在自己的位子上打電腦或寫東西，每隔幾分鐘就抬起頭來看牆上的時鐘。

四點十五分……二十分……

房門用塑膠製的門擋保留了五公分左右的空隙，這樣才聽得到記者出來的聲音。

該做的都做了。

記者俱樂部即將召開總會之前，諏訪暗中接觸四家在地新聞社，用那一句消毒的話安撫眾人的情緒，並且進行緊急的疏通工作。諏訪希望他們用共同提案的方式，建議其他新聞社把抗議書寄在祕書課長手上就好，同時諏訪也答應，這一次欠下的人情來日必定報答。全縣時報的山科同意了，其他三家也勉為其難接受。用共同提案的方式，強硬派也不敢蠻幹，絕對會被當成正式議題。

「好慢啊，到底要不要緊啊？」

石井說出心中疑慮，一副受不了沉默的表情。

三上默默地點頭。

各家記者大概也是爭執不休吧，共同提案不可能輕易通過，這次情況沒那麼好解決。強硬派會堅持對本部長抗議，想必他們討論不出一個結果，最後會用投票表決。加盟俱樂部的有十三家新聞社，其中七家贊成把抗議書寄在祕書課長手上的話，危機就算解決了。

三上自認是有勝算的，除了本地四家新聞社的基礎票，還有每日新聞社的一票。產經最後或許會基於人情義理，接受降級抗議的提案，把抗議書寄在祕書課長手上，而不是警務部長手上，這樣一來就有六票了。朝日新聞和共同通信應該會堅持強硬態度，但東洋新聞會改弦易轍，選擇默認警方的建議或乾脆棄權，這下情勢就逆轉過來了。ＮＨＫ、時事、東京這一些看風向的，會對東洋的反應大感意外，最後敗興倒戈。這三家新聞社只要有其中一家態度軟化，就達到過半數的七票了。不，在雷聲大雨點小的狀況下，很有可能三家都倒戈，搞不好連讀賣都會贊成警方提議，警方將獲得壓倒性的勝利——這就是三上構思的勝算。

可話說回來，記者們也太慢了，該討論出一個結果了。

三上的焦慮不下於石井，不好的猜想掠過心頭，疑慮隨著時間經過越來越強烈。諏訪真的說動每日新聞的宇津木了嗎？在地的四家新聞社意見一致嗎？藏前有沒有對各家新聞社提供圍標案的訊息？三上甚至開始懷疑，是不是自己有什麼失策的地方？比方說，壓下秋川的計策失效——

這不可能。三上在西餐廳提出的頂級訊息，梓幹雄確實上勾了。

「那我就心懷感激收下這條消息了。」

秋川不得不妥協，就算他平時趾高氣昂，以一流記者自居，說到底也就是組織裡的小齒輪罷了，不可能違抗主編的命令。他也許不會在其他人面前積極同意警方提案，但也不至於堅持對本部長抗議。

換句話說，比較麻煩的還是朝日和共同了。也可能是讀賣新聞的牛山，畢竟牛山很討厭秋川，他看到秋川態度軟化，說不定會故意唱反調。

時間已經四點半了。

寂靜刺激著眾人的耳膜。

四點三十五分……四十分……

這時公關室的五個人一同望向大門的方向，是腳步聲，而且不是一兩個人的腳步聲。

三上率先奪門而出。

已經有十多名記者來到走廊，他們往樓梯的方向移動，後面還有其他記者跟上。秋川就在隊列中段，他注意到三上，主動湊上前。其他記者看到這一幕不再閒聊，也紛紛轉頭看著三上。

三上凝視秋川的雙眼。

——結果到底如何？

秋川面無表情地說：

「接下來，我們要遞交抗議書給本部長。」

三上愣住了，背後還有人倒吸一口氣的聲音。

失敗了。

三上頓感全身無力，就好像花了一整天打造的沙雕城堡，被人一腳踹爛的心境。

秋川靠上來，在三上耳邊說道：

「梓先生肝臟出了問題，下禮拜就要回東京了，你似乎給了什麼餞別禮是吧？他要我向你致謝呢。」

話一說完，那張陰險的笑容拉開了距離。

三上瞪大眼睛。

被擺了一道。梓幹雄聽到三上提供的訊息，只有表達感謝，並沒有真的答應什麼。秋川說那是餞別禮，代表梓幹雄一開始就不打算履行約定。

記者們魚貫走向階梯，秋川的背影也消失在人群中。

站住！

三上想大吼，卻發不出聲音。

他眼前一黑、膝頭發軟，整個人差點跌倒。一旁有人攙扶三上，三上揚起一隻手，剛好搭住美雲的肩膀。

「公關長，您沒事吧？」

「嗯嗯……」

「先坐下吧——慢慢來。」

美雲的聲音聽起來好遙遠，腦袋還有暈眩的感覺，三上用手掌搓揉眼瞼，試圖恢復清晰的視野。

喂！喂！喂！有人跟壞掉的錄音機一樣吼個不停。是石井，石井追在記者身後。

「不要這樣！不要一大群人一起去啊！」

諏訪也氣得破口大罵，馬上就有另一個記者反罵回去。

「這是所有新聞社共同決定的，當然要一起去啊！」

三上忍不住甩開美雲的攙扶。

——所有新聞社共同決定的？這怎麼可能！

三上彎著身子踉蹌前行，他張大雙眼重新聚焦，拖著麻痺的雙腿追上那些記者，美雲也靠了上來，三上再次甩開美雲。

三上來到樓梯處，抓住前面的記者，將他們一把推開，然後再抓住前面的記者。他抬頭仰望樓梯上方，記者團就跟一座高山一樣，最前面的記者可能已經到二樓走廊了。

——絕不能放他們進去。

三上越過每日新聞的宇津木，追上全縣時報的山科。

「公、公關長。」

三上將那張辯解的嘴臉推到一旁，他不斷推開前面的記者，叫他們統統滾開。

到了二樓走廊，三上看到前頭的幾個記者進入祕書課。他放足狂奔，麻痺的雙腿終於跑得動了。全力奔跑的三上超過那些記者，連滾帶爬進入祕書課，五、六個記者早已進到祕書課裡，「在房」燈號是亮的，代表本部長還在辦公室裡。

幾個課員反應機警，趕緊擋在本部長室的門前。平時穿西裝打領帶的儒雅課員，在這一刻都變回警察了。現場響起物品碎裂的聲音，戶田愛子不小心弄掉咖啡杯，整個人呆若木雞。

三上站到課員和記者中間，秋川也來到面前，秋川身後還有二十多名記者壓上來。被他們闖進去就完蛋了，三上死命張開雙手阻擋記者前進。乾掉的唾液卡在喉嚨，他一時說不出話，嘴巴也不住喘氣。三上站穩腳步擋人，眼睛瞪視前方，眼角餘光卻瞄到一個不該在場的人物。

二渡就坐在房間中央的沙發上，望著三上和記者發生衝突。同樣是那種壓抑一切情感，猶如黑洞般的眼神。瞬間的眼神接觸後，二渡不再看著三上。他起身背對三上，穿過記者走向大門，無聲地消失在走廊。

那傢伙想躲池魚之殃。

「三上先生。」

有人叫喚三上，三上回過神來盯著前方。

「請你讓開。」

秋川冷靜地叫三上站到一旁，他手上拿著折成兩半的紙張，是抗議書。

「你一個人進去就好。」

三上壓低音量回應。

秋川以挑釁的目光瞪著三上：

「這是所有新聞社共同決定的事情，當然要大家一起。」

「我們不相信D縣警！」

一旁的副組長手嶋也在幫腔。

「只有俱樂部代表去抗議，那位代表有可能受到警方報復！」

「給我小聲一點。」

身後的門似乎隨時會打開，三上一顆心七上八下。

「只有代表可以進去，其餘的一概不准。」

記者團憤然抗議。

「開什麼玩笑啊！這個豪華的大房間和地毯，都是用人民的納稅錢買來的！沒有什麼地方是我們不能進的！」

「閉嘴！這裡是行政區域！未經許可不得擅入！」

三上用更大的音量反罵記者。

「別管他，闖進去就是了！」

「停下！」

有人發號施令，記者團動了起來。被眾人推擠的秋川一個重心不穩，撲往三上的胸口。

三上伸手推擠眾人，後方也有幾隻手在推他，是諏訪和祕書課成員在施加推力。秋川也是同樣的狀況，三上和秋川扭成一團無法動彈，兩個人的臉頰貼在一起，表情扭曲。

「回去！」

「滾開！」

秋川齜牙咧嘴，彎曲的手肘架住三上的脖子。三上想抓開他的手，卻不小心抓到了別樣東西。

啪擦，大夥聽到了不好的聲音。

三上手裡攢著白紙。

秋川手上也有白紙。

抗議書被撕成兩半。

房裡所有人都安靜了下來。

三上身後的推力減弱，秋川也一樣。

三上用眼睛告訴對方，我不是故意的——

這句話三上並沒有說出口，他只能交給秋川和在場的二十多名記者去判斷。

石井怯生生地辯解：「不是的，這是不小心弄破的。」

秋川茫然看著手上被撕破的抗議書，轉頭望向三上。秋川激動地揉爛抗議書，直接扔在地毯上。

接著，秋川惡狠狠地說道：

「今後我們不會跟Ｄ縣警合作，下禮拜的長官視察你們等著開天窗吧。」

20

轉成靜音的電視，正播放著總結一天時事的新聞。

三上躺在客廳，愣愣地看著螢幕，美那子去休息了。夫妻二人幾乎沒有對話，強烈的挫敗感、屈辱、報復心、懊惱等情緒，三上全都帶回家裡，他沒有在開車回家的途中處理好。

直到現在，他都還有頭皮發麻的感覺。

秋川的爆炸性宣言，後來成了記者俱樂部的共識。那一場騷動過後，記者俱樂部召開了臨時總會，正式拒絕長官視察的採訪報導。石井跑到赤間面前下跪道歉，赤間則以前所未見的激動神情痛罵三上：

「真是丟人，我們Ｄ縣警養了一個無能的公關長，實在太不幸了。」

奇怪的是，赤間沒有解除三上的職務，原因是三上撕破抗議書的舉動，到頭來阻止了記者直接對本部長抗議。那被視為三上在情急下的判斷，而不是不小心造成的結果。記者們認定為「野蠻」的行徑，縣警內部卻視為「臨機應變」，這才是赤間手下留情的理由。

——這組織也太莫名其妙了。

現在才思考這些似乎太晚了，但三上還是不得不去想。

不只是抗議書一事莫名其妙，那時候為何過內本部長沒有走出來？兩邊才隔一片門板，外面鬧成那樣本部長不可能沒發現，更不可能躲著不敢出來。大概是故意裝作沒聽到，眼不見為淨吧。反正門外發生的事不值一顧，純粹是鄉下警察無聊的小爭執，本部長肯定抱著這樣的心態不當一回事。這又是為什麼？很簡單，本部長室不是D縣警本部的其中一個單位，而是「東京警察廳」的單位。

這種不理會民間疾苦的大人物，就是地方警察努力養出來的。底下人只講好聽話，絕口不提壞消息，以確保本部長在任時心情愉快。本部長室永遠都是無菌狀態，完全不了解地方警察的實情和煩惱，每天過著養尊處優的日子。任期到了就拿著企業贈送的貴重貢品，大搖大擺地回到東京。然後，每一任本部長都在卸任會上，說些一成不變的場面話，大意是多虧職員和縣民盛情相待，才得以平安度過任期云云。底下人聽到這句話終於放下心頭重擔，接下來又要忙著蒐集新任本部長的訊息。

三上點了一根菸。

他被迫演了這一齣鬧劇。不，現在他是主動跳下去演的。三上絞盡腦汁，暗中影響俱樂部的決策，甚至還挺身阻擋記者抗議，就只為了保護不知民間疾苦的大人物。他感覺自己墮落到無法自拔的地步，這下當真成了名副其實的警務走狗了。就像本部長的看門狗一樣，對著記者叫囂。他不得不接受這個事實，但被赤間踩在腳下而徹底失去記者的尊重，總得想個辦法討回來，否則就只是一隻喪家犬了。

二渡的臉龐，依舊留在三上的心底。

看到三上被年輕記者欺負，不曉得二渡做何感想？是嘲笑三上丟人呢，還是同情他虎落平陽？抑或當成人事的考評資料，在心中記下一筆？

二渡害怕被騷動波及，腳底抹油逃離了現場。當然，他可能認為那不是自己的工作，才決定不蹚渾水。無論如何，二渡敏銳嗅出危險的氣息，迴避了可能受到波及的危險，這或許是警務人才高明的處世哲學吧。不過——

三上有預感，自己和二渡早晚會起衝突，兩個人目前在同一個棋盤上。六四懸案、幸田報告，這些危險的火種早晚會引爆衝突。這是一場不公平的對決，三上在不了解事件全貌的情況下見招拆招，他甚至不曉得二渡是敵人還是自己人。可是，三上有種確切的預感，他們早晚會起衝突，爆發激烈的鬥爭。

三上看了牆上的日曆一眼。

赤間提出了幾項指示，首先這個週末是「冷卻期」，不得與記者接觸。再來，說服雨宮芳男一事不得再耽擱。下禮拜一、也就是九號，會召開媒體懇談會，三上要在會上說明本次騷動的始末。

連強硬的赤間都不得不選擇暫避記者的怒火，懇談會上加盟俱樂部的十三家新聞社，會有編輯局長和分局長層級的人出席。通常是月中才會舉辦，但赤間刻意在騷動發生後提前召開，藉此攏絡各家新聞社的幹部。否則他們與基層記者同仇敵愾，事情會變得更難收拾。但這一招是否真能安撫那些幹部？三上有權做的僅限於「說明」，而非「澄清」或「謝罪」。

三上在煙灰缸捻熄香菸。

站上火線面對媒體高層是無可奈何，唯獨說服雨宮一事讓他心情很沉重。多拜訪幾次，雨宮也不可能接受長官慰問，三上不知該如何說服心如死灰的雨宮，更不想搬弄計策強迫對方接受慰問。不僅如此，三上對雨宮的關注不減反增，他想知道雨宮為何拒絕？為何雨宮要跟警方保持距離？弄清這一點的話，或許雨宮就願意接受慰問了。事先向「專任調查班」打探消息，勉強還算得上光明磊落的手法吧？專任調查班的人員，應該很了解雨宮的心境變化和現在的想法。另外，荒木田部長下達的緘口令，還有二渡的動向也令人在意。

總而言之，明天再說吧。

三上爬出被爐換上睡衣，放輕腳步穿越走廊，進入盥洗室。

他稍微轉開水龍頭，以涓涓細流安靜洗臉。鏡中有一張疲憊的臉龐，長得也不好看，這個念頭有過無數次了，無奈天生的容貌無法捨棄，他才跟這張臉共處了四十六年。額頭和眼睛底下的皺紋越來越深，臉頰的肌肉也開始鬆弛，大概再過三、五年，就不會有人說步美長得像父親了。

——步美一定還活著。

找不到就代表人還活著，只是躲起來了。步美故意躲起來，警察才找不到人。步美小時候常跟三上玩捉迷藏、鬼抓人，三上下班回到家裡，女兒就像小狗一樣跑過來討抱。

三上猛然一驚，轉身面對後方。

耳邊傳來某種聲音。

他關掉水龍頭，仔細聆聽。

這一次他確實聽到有人按門鈴。

已經快十二點了，三上不假思索衝出盥洗室，心臟劇烈鼓動。美那子也離開寢室，三上一把抓住她的肩膀，先讓她回到房裡，自己再衝過走廊。三上打開玄關的電燈，赤腳踩在玄關的地板上。他鼓起勇氣打開拉門，冷風將落葉吹入室內，來訪者穿著男用的鞋子。是全縣時報的山科。

「晚安，公關長。」

三上回頭望向走廊，美那子也看到是誰來了，穿著白色睡衣的身影回到了寢室內。

三上的視線移回山科臉上，他瞪了山科一眼，卻沒有生對方的氣。山科的鼻子凍得紅通通的，大衣的領子還豎起來擋風，雙手也在搓揉取暖。

「進來吧。」

三上邀對方進門，趕緊關上拉門。

「今天真的非常抱歉。」

山科鞠躬道歉，把下午俱樂部總會上發生的事情飛快說了一遍。他說，大家都被秋川擺了一道。

「那傢伙一開始就高談闊論，說公關室用卑鄙的手段分化各家新聞社，要是大家不團結一致，就著了公關室的道。每日新聞的宇津木也附和秋川，這下其他人也不敢提起降級抗議的話題。而且啊，連在地的新聞社也生氣了，這也沒辦法嘛，他們本來是支持公關室的，沒想到公關室跟強硬派暗通款曲，也難怪他們會生氣。」

三上默默聆聽事發經過，總算明白了原由。當初他聽到「全體贊成抗議」的結果時，可以說是驚怒交集，甚至感到絕望無力。如今聽到山科說明，他能理解這是有可能發生的事。換言之，公關室的計策全部起了反效果，尤其三上對付東洋的手段最為不妥。他越過秋川直接說服主編的戰略，過度刺激了秋川。所以秋川才用最狠的報復手段，不但白拿三上提供的圍標案情報，還揭發公關室在背後動手腳。各家新聞社互相猜忌，被諏訪灌迷湯的宇津木也慌了，大家害怕在俱樂部裡被孤立，才會臨陣倒戈。

「高招啊。」

「您是指秋川？」

「看樣子我很顧人怨嘛。」

這已經不是一句誤會就能了事的問題了。不過，三上忍不住思考，引爆此次紛爭的匿名問題，若是發生在三個月前，又會是怎樣的結果？

這是他在開車回家的路上認真思考的問題。處理匿名問題其實有別的方法，本來這件事會成為三上改革公關制度的試金石，而不是算計或爭面子的工具。若是在三個月前，三上會公布孕婦的姓名，試著相信那些記者的職業道德。他有機會投出直球，看看記者室真正的想法和回應。當然，實際上會不會這樣做還有待商榷，至少三個月前是雙方最沒有隔閡的時期。我方應該先伸出友誼之手，雙方才能達成共識，這樣一來「窗外」才會有不一樣的風景。

「呃，我認為秋川不是討厭您，也不是故意要給公關室難堪。」

山科自以為很了解內情，自顧自地說了起來：

「他的目標應該是高層，也就是高考菁英組。簡單說，他對東大畢業的有自卑情結，才會煽動大家去找本部長抗議，想給那些菁英難堪。他想表現出自己跟菁英是對等的，希望對方重視他。」

「K大畢業已經很了不起了吧？」

「啊啊、基層才會這樣想啦。上次他喝醉時說過，他的父母都是東大畢業的，他從小也一直以東大為目標，沒考上的時候還想過要自殺呢。」

山科講的話可信度不高，三上也沒太認真聽，這時山科突然壓低音量問道：

「對了，公關長，事實真相到底是如何……？」

「你指的是什麼？」

「就是，你們真的在暗中分化各家新聞社嗎？」

山科深夜造訪不是要替自己的倒戈辯解，而是要查清這個疑問。如果公關室真的分化各家新聞社，這就意謂三上有拿情報跟各家新聞社交易。山科察覺到三上有好的情報，而這情報可能已經被其他新聞社知道了。

「你先坐吧。」

二人坐在冰冷的木地板上。

今晚，三上稍微能體會失敗者的心情了。沒有採訪實力的記者，不時得用這種方式深夜拜訪公關室的成員。他們跑去拜訪刑警也套不到情報，只好抱著一絲微薄的希望，看公關室有沒有什麼二、三手的消息。其實這是違反規定的，畢竟公關室成立的目標，就是要提供各家新聞社相同的訊息。山科內心也很掙扎，私下來拜訪公關長，就等於承認自己是無法跟刑警對等交易的二、三流記者。即便如此，山科還是來了。拿不到新聞材料的記者，他們的心情就跟賣不了車子的汽車銷售員，或是簽不到保險契約的業務員一樣。

山科拐彎抹角，或許也是感到可恥的關係吧。

「縣警小姐已經就寢了嗎？」

「是啊。」

「步美妹妹呢？」

「也睡了。」

山科剛到全縣時報工作時，就常跑來三上家裡。山科輕佻幽默的性格堪稱天性，常把美那子和年幼天真的步美逗得笑呵呵。三上很在意自己的「前科」，曾經囑咐美那子不要讓記者進家門，但他洗完澡出來經常看到山科出現在客廳。

三上心中有種難以言喻的情感。「前科」讓他對記者很感冒，但過去擔任刑警時，三上也不會拒絕記者的夜訪。他對記者有一種分不清是同行情誼，還是顧念舊情的情分在。警察和記者的立場雖有不同，然而兩者都在追逐事件的真相，拚命的程度也頗為相似。況且，媒體的報導能讓警方的努力獲得公眾的評價。把自己解決的事件報導剪貼下來，當刑警的都品嚐過這樣的樂趣。沒有記者巴結的刑警，算不上獨當一面的刑警，以前警界高層還有抱持這種觀念的查案高手，三上也剛好在那樣的時代當上刑警。因此他對記者感冒，但並不討厭。

三上從沒想過記者會成為一大威脅。如今，那些記者想盡辦法圍攻他，幾乎害他的飯碗不保。說來也是自作自受，是三上先把友誼之手縮回去的。可話說回來，那些記者做得也太絕了。過去二十八年，三上對待他們的前輩一向不錯，他們卻絲毫不念舊情。三上的情緒近似於怨懟，他覺得記者背叛自己，恩將仇報。

那麼一旁的山科又是如何呢？山科還是跟以前一樣，大話說得很滿，採訪的本事卻不怎麼樣。老實說，山科的境遇也值得同情。全縣時報本來有個叫音部的優秀記者，兩個月前被挖角到讀賣新聞，山科翅膀還沒硬就得扛下重任。

東洋新聞明天的早報，應該會刊出八角建設常務被偵訊的消息吧。東洋新聞堅持要對本部長抗議，反倒獲得了獨家消息。山科顧及三上的面子，接受降級抗議的條件，卻只能眼睜睜看著東洋新聞推出獨家報導。

三上從鼻子長吁一口氣。

現在提供訊息不曉得能否趕上截稿時間？就在三上正要開口時，山科說了一句：

「步美妹妹的鞋子……沒看到呢。」

三上愣住了，連眼睛都忘了眨。

山科低著頭說道：

「我們也能幫上不少忙喔。怎麼說也是在地報社，很多地方都有我們的眼線。」

平板的語氣，夾帶著幾許言外之意。

山科終於抬頭看著三上了。

軟弱的敗犬，竟也露出了脆弱的獠牙。

21

緘口令一事是真的。

一大早，三上打給「專任調查班」的同期刑警草野。他們的關係沒有特別親密，頂多是碰面會一起喝罐咖啡的交情。當三上詢問雨宮芳男的事情時，草野馬上慌張地說自己要外出查案，就掛斷電話了。

禮拜六是非值勤人員的公休日，三上也利用這一天聯絡其他人。他找了四個比較有交情的老朋友，每個人都說自己很忙沒時間，光聽語氣就知道他們承受上頭不小的壓力。三上找的第五個人叫阿久澤，他一聽到來電者是三上，就直接表明自己什麼都不能說，希望三上不要見怪。實際聽到那些人驚恐的聲音，三上不得不承認刑事部是真的吃了秤砣鐵了心，對警務部抱持敵意和厭惡。

三上想起了一個年代久遠的字眼，鐵幕。昨天，他去搜查二課拜訪糸川，起先還懷疑糸川提到的緘口令是真是假，不料卻是千真萬確的消息。荒木田刑事部長並非只對二課下達緘口令，連一課的基層都得照辦。

刑事部如此敵視警務部的理由是什麼？二渡的調查行動觸怒了荒木田？應該不只這個理由才對，有沒有其他的伏筆？三上甚至不曉得整件事的起因是什麼，為什麼二渡現在會盯上六四懸案？或許前因後果是這樣，對刑事部不滿的刑警，對警務部洩漏了「幸田報告」，高層才下達緘口令阻止更多情報外流。跟長官視察也有關係吧，這次視察的目的正好和六四懸案有關，因此成了雙方摩擦的火種。三上設想各種可能，卻想不出一個確切的推論。這也無可厚非，這就形同靠謠言來抓真凶一樣，他手中缺乏決定性的情報。

三上搖搖頭不再細想，前去查看郵箱。平時他一起床就會看早報，今天延後了看早報的時間。

每一份報紙他都看過了，東洋新聞和全縣時報的社會版頭條，果然不出他所料。

〈八角建設常務接受偵訊〉

〈待罪證確鑿將厲行逮捕〉

罪惡感逐漸湧上心頭，無論如何，這一次的獨家消息是公關室洩漏的，而且還是三上親口告訴記者。除了罪惡感以外，還有一種憤憤不平的情緒，三上想起秋川囂張的笑容，以及山科衝回報社趕稿的背影，今天他們一定度過了很愉快的早晨。

就不知這件事對公關室是好是壞了。

沒拿到消息的其他家記者肯定會懷恨在心。且不說東洋新聞如何，他們一定會很訝異完全沒能力和二課交涉的全縣時報，竟然也搶到同樣的獨家。說不定其他記者會懷疑這是公關室的分化手法，也許連東洋新聞都會遭受猜忌。東洋新聞一方面拆穿公關室的分化策略，利用仇警來凝聚各家新聞社，私下卻厚顏無恥地接受交易，背叛記者俱樂部。一定會有記者想到這種出人意表的可能性，如果有人願意把事情鬧大，打亂各家新聞社的陣腳，那自然是再好不過，但事情不會這麼順利。既然是出人意表的事實，誰也不敢隨便點破，沒有證據的指控只會被當成搶不到獨家的氣話，況且三上不肯承認，也沒有人查得出真相。換句話說，這件事不會被各家新聞社追究，表面上十三家加盟的新聞社依舊團結。而猜忌與不滿所造成的怒火，按照過去的經驗都會發洩到公關室頭上。

三上嘆了一口氣，闔上報紙。

他決定派諏訪去探一下消息，部長下達的「冷卻期」僅限於三上一人。下禮拜要重新思考應付記者的方針，在此之前得先了解獨家事件帶來的影響。

「你今天也要上班嗎？」

三上開始換裝，美那子在他身後問道。

「嗯，吃點早餐我就要出門了。」

「不在家休息嗎？你看起來很累呢。」

「我有好好睡覺，不用擔心。這就跟防颱準備一樣，在上面的來視察之前，我得忙著完成準備工作。」

三上用笑容搪塞美那子的疑問，以免她操不必要的心，腦子裡卻在思考該如何打破緘口令。沒有專任調查班的被害者家屬情報，就沒法敲開雨宮的心房。三上打了五通電話，才明白現在很難拿到相關情報。人脈或交情一點屁用也沒有，其他人只要學阿久澤裝可憐，三上就沒轍了。三上該做的不是尋找緘口令的漏洞，而是刑事部下達緘口令的真正意圖，否則很難找到突破點。

走廊傳來警用電話的鈴聲，當初安裝的時候預留了很長的線路，可以把電話拿到客廳或寢室去講。三上拿起聽筒，心中想到石井祕書課長和諏訪。

「不好意思，打擾您休息了。」

是搜查二課的老二，糸川打來的，聲音聽起來有些低沉：

「今天早上那個，是您的手筆嗎？」

糸川指的是東洋新聞和全縣時報的獨家。

「不曉得你在講什麼。」

聽筒裡傳來很刻意的嘆息聲。

「媒體找上你了嗎？」

「剛才有四家新聞社來訪，還接到五家新聞社的電話。」

「他們生氣了？」

「大家當然不開心啊。」

「上頭的呢？」

「咦……？」

「荒木田部長有打電話嗎？」

「還沒有。」

照理說荒木田會被獨家新聞搞得更加神經緊張，結果完全沒有消息。這代表荒木田的注意力在其他事情上。

「呃，三上先生。」

糸川以試探性的語氣說道：

「昨天我們在偵訊室對談，我並沒有——」

三上直接打斷他：

「嗯嗯，你什麼都沒告訴我。所以我啥都不知道，你也沒洩漏任何消息。」

22

三上打了一通電話給諏訪，講沒多久就掛斷，開車離家了。

他打算在沒有事先知會的情況下，拜訪一個叫槌金的人。那位刑警比三上大一期，去年春天接下專任調查班的副班長。兩人雖不太契合，關係倒也稱不上交惡，加上槌金住在祖父傳下來的老家。如今其他刑警受到緘口令的影響，不得與警務部的人員交流，住在宿舍的刑警都很在意周圍同事的目光，三上沒辦法去拜訪那些人。

今天交通很順暢，三上開沒多久就到綠山住宅區。他按照區號標示拐了兩個彎，看到一個熟悉的背影在自家門前洗車。對方轉頭發現車上的人是三上，放假的悠閒表情馬上變回記憶中的臭臉。

「好久不見了。」

三上搖下車窗打招呼，槌金的視線移回至手上的水管。

「你也看到了，我在這麼冷的天氣洗車，就是要載老婆去百貨公司，挑選歲末禮品。」

槌金的言外之意是要三上快點滾蛋。撇開槌金的意圖不說，這句話也令人感受到刑事部不再重視六四懸案。連六四懸案的專任調查班，也享有週休二日的福利了。

三上下車，遞出他途中購買的乾麵條。他知道這樣做，刑警無法拒人於千里之外，槌金勉為其難地讓三上進入客廳。

二人對坐在布製沙發上，三上想要直接切入刑警間的對話，但槌金根本不肯瞧他一眼，顯然他們之間隔著一層「鐵幕」。

「抱歉，在您放假時還跑來叨擾。」

三上先誠懇地低頭道歉，槌金的官階是警部，三上的官階比他大，但刑警的輩分到死都不會改變。

「我今天來，是想請教六四的相關問題。」

「什麼問題啊？」

「雨宮芳男，他跟我們有什麼嫌隙嗎？」

槌金的臉色變了：

「你見過他了？」

「見過了。」

「什麼時候的事？」

「前天。他對我們的態度很冷淡，老實說我挺意外的。」

「那又怎麼了？」

「請問他為何會變成那樣？」

「不知道。」

「您是專任調查班的副班長，怎麼會不知道呢？」
「不知道就是不知道。」
前面的對話都是在確認緘口令，三上隔了一拍後，提出第一個問題：
「刑事部到底出了什麼事呢？」
「什麼事都沒有。」
槌金生氣地回應三上。
「讓我們開誠布公吧，為什麼要禁止跟警務接觸呢？」
「我倒想問你，為何要去見雨宮？」
「警察廳交代下來的工作，長官說要去慰問雨宮家，派我先去做好準備。」
「喔喔，長官要來？」
「請別裝蒜了，緘口令是不是跟這件事有關？」
「我都說不知道了，要問去問部長。」
「聽說是部長親自下的緘口令。」
槌金用力點點頭：
「所以你找基層講是沒用的，明白的話就回去吧。」
「副班長算是基層嗎？」
三上講這句話不是別有居心，但槌金的反應很尖銳：
「是又怎樣？理由你又何必多問，都怪你們故意找碴，部長才會火大下令啊。」
一聽到找碴二字，三上瞬間想起二渡，心中有種不安的感覺。

「請等一下，那句『你們』是什麼意思？也包括我嗎？」

「你想否認嗎？哼，你好意思自稱是要去安排慰問行程？要去拜訪雨宮，照理說應該先知會我們一聲，而不是在背地裡偷雞摸狗。」

「我不是光明正大地來拜訪您了嗎？」

「是啊，你把我的假期毀了。我說啊，你才該去挑歲末禮品吧？警務的對上面溜鬚拍馬很管用不是嗎？」

三上想帶入「刑警間的對話」，槌金卻一再破壞這種對話方式。

「請不要轉移話題，又不是我去見雨宮，部長才下達緘口令的。」

「赤間的心腹也有動靜不是嗎？」

「二渡來過了？」

「你都來了，他來幹嘛？」

「我跟他不一樣，我不知道他的企圖是什麼。」

「你覺得我會相信？」

「所以二渡沒來就對了？」

「是沒來找我，但我一直有聽到風聲，他到處找下面的人問話。」

「找下面的人問話……？」

「有夠瞧不起人的，真是夠了。看到我們跟雨宮鬧翻了，你們很開心就對了？」

鬧翻了——

三上勉力保持冷靜的表情，原來警方和被害者家屬不是有代溝，而是徹底沒來往了。

「你打算怎麼做，要跟本部長報告嗎？沒差啊，你去講吧，反正我不痛不癢。」

「這是部長說的嗎？」

「你指什麼？」

「赤間的手下到處打探六四懸案的消息，要把你們和雨宮鬧翻的事當成把柄，所以不准與警務接觸——這是荒木田部長的說詞是嗎？」

「不然咧？你說給我聽啊。」

槌金反而想知道還有什麼其他可能性，但這純粹是猜測。他和二課的糸川一樣，都不了解荒木田下達緘口令的前因後果。

「所以確實鬧翻了？」

「啥？」

「我們跟雨宮啊。」

「靠，想裝蒜到底就對了？你去找雨宮不就是為了印證這個消息？」

「為什麼會鬧翻呢？」

「哪有什麼理由啊，就是時間久了雙方的關係慢慢變質。抓到犯人的話，他就會紅著眼眶來道謝了。」

沒抓到犯人，這確實是雙方關係變質的一大因素，然而——

「據說，你們當初查吉田素子查得很兇。」

「你又在講哪一齣啊？」

「吉田以前吃過不少苦，雨宮似乎很關心她。」

槌金噘著嘴唇，發出咂嘴的聲音：

「你好歹以前也是刑警，吉田說她在事務所接到犯人的電話，我們當然會懷疑她是共犯啊。」

「『以前』這兩個字很多餘。」

「好啦，那你就不要套自己人的話啊。」

「我們傷害了吉田，雨宮才對我們懷恨在心——有這個可能性就對了？」

「看吧，就說你警務待久，腦筋都鈍了。」

「腦筋鈍了？我哪有——」

「你聽好，雨宮真正疼愛的只有獨生女翔子，不是吉田素子，女兒才是他的心肝寶貝。翔子被擄走殺害，所以我敢跟你保證，那時候雨宮沒懷疑的大概只有他老婆。」

三上的背脊竄起一股涼意，他彷彿嗅到了辦案現場的濃密氣息。

「不對，恐怕他的猜忌從沒有消失過，從他的弟弟到員工都是懷疑的對象。」

三上點頭同意這句話，要是有不同意的人，不管過去或現在都沒資格以刑警自居。

除了案件沒破以外沒有其他問題，雨宮和專任調查班的關係，是隨著時間流逝自然淡化消解。一直調查六四懸案的副班長都這麼說了，那也只有這種可能才對，問題是——

二渡不見得有同樣的想法。

「不好意思，耽誤您放假時間了。」

三上站起來，假裝自己剛好想到某個問題：

「對了，自宅班的幸田辭職了是吧？」

一時間，槌金的眼中浮現戒心：

「是啊，很久以前就辭了。」

「那他的報告呢？」

「什麼報告？」

「幸田報告啊。」

「我才想問你呢，幸田報告到底是啥玩意啊？」

看槌金的表情是當真不知情。二渡質問過他的部下，他才從部下口中得知「幸田報告」的存在。

「我也不知道。」

「你這傢伙，還套我話。」

「聽說幸田音訊全無是嗎？」

「辭職不幹以後，音訊全無的也不在少數吧。」

「有任何線索嗎？」

「不知道。」

「明白了，那我先告辭。」

三上低頭致意，槌金神情嚴肅地湊了上來，三上早已料到他會這麼做。

「如果你從警務部長的心腹口中，打聽到幸田報告的消息，記得告訴我，我會幫你跟上面的說情。」

二人眼神交會。

「你這什麼語氣啊？你總不希望服侍二樓的狗官一直到退休吧？」

「我盡力。」

23

——要找更上面的人談。

三上決定去找搜查一課課長松岡勝俊，握住方向盤的手很堅定。

初步狀況的訊息也掌握到了，跟望月在溫室談到的內容有不謀而合之處。發動攻勢的是警務部，接到赤間命令的二渡在刺探刑事部的軟肋，目標是六四懸案，手上能用的牌則是「幸田報告」。

「幸田報告」究竟是什麼？

從槌金的說法來看，雨宮芳男和專任調查班鬧翻一事，已經不需要過度保密了。當然，刑事部並不樂見這樣的狀況，但他們似乎早就放棄修補彼此的關係了。簡單說，對於早晚會被警務部知道的事實，刑事部是抱持「無可奈何」的態度，甚至根本不當一回事。

三上一手放開方向盤，點了一根菸。

警方和被害者家屬鬧翻不是大問題，「為何鬧翻」才是問題所在，這樣想比較合理。從結論上來看，雙方的確鬧翻了，但事實是雨宮單方面疏離。饒是如此，槌金不承認雙方的關係有任何問題存在，言談也不像在說謊或模糊焦點。只不過——

三上從剛才就在思考一個可能性，上面的或許沒讓槌金知情，那是刑事部的最高機密。很有可能刑事部發生了很嚴重的問題，連六四懸案專任調查班的副班長都沒被告知，而「幸田報告」正是問題核心。那麼，看似蠻橫的「緘口令鐵幕」就有其必然性，只有少數高級幹部才知道祕辛。因此，荒木田下達緘口令，也沒對專任調查班說明原因。

前方已經能看到幹部的宿舍了。

對象是三上的話，松岡應該會據實以告，至少三上是這麼期望的。過去三上在轄區警局的刑事課當差時，曾在松岡手下幹過兩年，松岡也很欣賞三上的辦事能力和人品。綁票案發生時，松岡還找三上參加自己率領的現場追蹤班，他絕不會把三上當成警務部的走狗。

三上將車子停在後方停車場，那是一座三層的公寓式宿舍，共十五個家庭入住，都是本部的課長級人物和家眷。三上不想被其他住戶看到，倒不是顧慮到松岡的立場。如果說二渡掌握了「檯面下的人事大權」，那松岡就是「檯面下的刑事部長」了。儘管警務和刑事屬於不同部會，但課長級的幹部都知道實際的搜查總指揮是誰。況且松岡兼任參事官，層級也比其他課長要高。這種幾乎跟刑警結下不解之緣的硬漢，在組織裡有很強烈的存在感。就算有警務成員偷偷造訪，大家也會裝作沒看到。好在高考菁英的情報網管不到這裡，搜查二課課長落合又單身，住在房間比較少的其他宿舍。

可是，三上下車後還是低著頭快步前進，爬樓梯也刻意壓低腳步聲。他知道松岡住在三樓的三〇二號室，門牌上標示著「松岡」二字。三上趁自己還沒猶豫前按下門鈴。

沒一會功夫，門內傳來女人應門的聲音，房門也稍微打開一道縫隙。是穿著毛衣的郁江夫人，她對三上的來訪很驚訝：

「……三上先生？」

「夫人，好久不見了。」

「是啊，好久不見了。」

郁江連忙解開門鍊，眼角擠出了很深的皺紋。郁江本來是女警，也認識美那子，但三上很久沒有跟她說話了。

「冒昧打擾實在抱歉，我有事情要跟參事官一談，請問他在家嗎？」

「不，他稍早去辦公了。」

「有案子嗎？」

「好像不是。」

沒有案子卻在假日出勤，三上有不好的預感。

「我明白了，那我先告辭了。」

三上轉身準備離去，郁江小聲地叫住三上。三上回過頭來，郁江皺起眉頭擔心地問道：

「呃……令嬡有跟你們聯絡了嗎？」

郁江的疑問並沒有觸動到三上敏感的神經。三上只感覺到一股親近之情，緊繃的肩膀也放鬆了。松岡在家中有談到步美，他們夫妻二人都很關心步美的安危。

「之前她有打電話回來。」

三上放寬心，說出了步美的消息，郁江聽了睜大眼睛問道：

「什麼時候的事情呢？她是從哪裡打來的？」

「一個多月前，也不知道是從哪打的，她一句話也沒說。」

「一句話都沒說……？」

「是啊，打了三次電話，都沒有說任何話。」

郁江有點猶豫該回答什麼才好，表情近似狼狽，她大概是想到「惡作劇電話」吧。

「那我去本部找參事官了。」

三上抱著尷尬的心情回到車上。

方向盤的操作也沒有剛才沉穩，他開始懷疑自己的心，郁江的疑惑也直接反映他真正的想法。那只是惡作劇電話，三上無法否定這種可能性，但為人父母這樣想簡直是罪過。三上又多了一個不能告訴美那子的祕密。

十五分鐘後，三上在縣警本部的停車場拉起手煞車。他一進本部就先前往玄關的值班室，櫃台的小窗口有一位年輕刑警。年輕刑警看三上的眼神很冷淡，三上懷疑這是不是自己的心理作用。他先跟對方打招呼，再打開值班室的門，半個身子探進去拿掛在牆上的公關室鑰匙。出了值班室以後，三上走到櫃台看不到的死角，加快腳步一口氣衝上樓梯。

五樓刑事部的樓層靜悄悄的，一點聲音也沒有。走廊盡頭就是搜查一課，那裡是三上的老巢，卻已經不是他可以隨意走進去的地方。三上調整呼吸稍微打開一道門縫，房間的正後方，松岡就坐在背窗的課長席上，看著手中的文件，身旁再無其他人。

「打擾了。」

「唷。」

三上應該算是意外的來訪者，但松岡一點也不驚訝，還招手請三上入座。三上低頭道謝，沒有坐滿整張沙發。他心想，今天真是幸運的假日，如今刑事部祭出了拒人於千里之外的鐵幕，要在假日的搜查一課跟松岡單獨交談，幾乎是不可能的事。

「你怎麼知道我在這？」

「我拜訪過您府上了。」

「是嗎？讓你多跑一趟啦。」

松岡十指交扣，用眼神詢問三上有什麼話要說。看他的表情，似乎也知道三上的來意。

三上被松岡恢弘的氣度震懾住，沒辦法立刻表明來意。松岡是搜查總指揮，也是尾坂部道夫的接班人，身上卻絲毫沒有驕傲的態度。那是見過世面的眼神，公正又溫和，源於無可動搖的信心。三上很渴望自己也有那樣的眼神。

「走到哪都吃閉門羹，真是頭痛啊。」

三上講話時還面帶笑容，對他來說松岡就像一個年長的大哥。三上想起過去在轄區警局的刑事課任職時，兩人關係親密的回憶。

「我想也是。」

松岡也以輕鬆的態度回應，表情卻未見笑容。

「一課和二課都行不通。」

「那是當然，不然我們可就麻煩大了。」

「參事官也贊成緘口令嗎？」

「沒錯。」

松岡直截了當地承認，三上再也笑不出來。他本來以為，緘口令是荒木田部長的獨斷之舉，松岡心裡也是千百個不願意。無奈事實並非如此，這個檯面下的刑事部長也贊同拉下鐵幕，代表這確實是整個刑事部的方針。

「請告訴我，到底發生了什麼事？」

三上放低音量詢問松岡，松岡很意外地看著三上：

「你不知道嗎？」

松岡的言外之意是，赤間沒有告訴你嗎？就這麼簡短的一句對話，道盡了三上在警務部的地位。

「我是真的不知道。」

松岡的眼神蒙上陰鬱的神色，那是憐憫之情。

三上並不覺得可恥，他升上警視只是名義上成為警務部的人，並不是赤間真正的部下。

「我並不打算出賣自己的靈魂。」

三上誠懇地表明心意，松岡只有眨眨眼，沒表示意見。或許松岡把這句話當成訴苦或輸誠吧。

三上將身子往前挪，縮短彼此的對話距離：

「我知道事情的火種和六四懸案有關。」

「是嗎？」

「我也見過雨宮芳男了，他跟我們鬧翻了。」

松岡默默地點頭。

搜查一課課長也承認了，但接下來才是問題所在。三上往桌面上探出身子：

「為什麼會鬧翻呢？」

「無可奉告。」

松岡的聲音很沉重，看樣子這是緘口令的底線。

「幸田報告究竟是什麼？」

「無可奉告。」

「刑事部下達緘口令，是那份報告的關係嗎？」

「無可奉告。」

「這件事跟長官視察有關，沒錯吧？」

松岡沉默了，代表和視察確實有因果關係。

「去問赤間吧。」

松岡沉靜地說完後，從位子上站了起來。

「請等一下。」

三上也跟著起身：

「我跟二渡不一樣，也沒打算跟他一樣。」

松岡默默地凝視三上，眼中的憐憫之情更盛了。

「參事官，拜託了，請告訴我吧。」

「……」

「刑事部和警務部之間，到底發生了什麼事？」

「知道了又怎樣？」

三上激昂的情緒被這個疑問震住，連思緒也放空了。他不曉得松岡是什麼意思？是在問他會挺哪一邊嗎？三上一顆心熱血沸騰，這個問題根本不必多想，他當然挺刑事部。本來這句話就要說出口了，不過——

從他喉頭發出來的，只有乾硬的嘆息聲。

全身雞皮疙瘩都起來了，三上覺得自己終於恢復理智。他一大清早就想方設法獲取說服雨宮的談資，來造訪松岡也是為了這個目的。三上在實現赤間的計畫，雖說他有不得不為的理由，但這一刻他確實是以警務部成員的身分，在進行諜報活動。

三上不敢說自己會挺刑事部，也不該說。一旦說出口，他就會變成既非獸類也非鳥類的蝙蝠，失去人類該有的品格，淪為什麼也不是的牆頭草。

三上低頭看著地板。

他對松岡抱有天真的期待，松岡一家很關心步美的安危，而松岡至今也把三上當成自己的屬下。過去在松岡手下做事的回憶襲上心頭，壓抑已久的刑警心也如河水決堤。三上與松岡只隔著一張桌子，讓他誤以為這是自己和刑事部的距離。

「好好想一想長官來視察的理由吧。」

三上聽到這句話，猛然抬起頭。

這是怎麼回事……？

松岡背對三上，雙手插在西裝褲的口袋裡，慵懶地扭扭脖子。三上如受雷擊，他這才想起來，那一招「自言自語」也是跟松岡學來的。過去在轄區警局的刑事課任職，若有記者可能寫出錯誤的報導，松岡一定會擺出這樣的姿勢，用肢體語言示意對方。

三上的腦筋很混亂，赤間告訴他長官視察的理由，一來是對國民宣誓破案決心，二來是對內表明長官對刑警的重視。然而，松岡卻說——

這時，現場發出巨響，荒木田部長打開大門，晃著高大的身軀走了進來。部長立刻注意到三上，不善的眼神更加充滿敵意。

「公關單位的來幹嘛？」

荒木田的語氣幾近憤怒，三上背脊緊繃，不知該如何回答才好。

「是你幹的好事吧？」

荒木田以猜忌的眼神盯著三上。

「今天早上的東洋新聞和全縣時報，是你跟糸川暗通款曲洩漏出去的吧？」

「沒有的事……」

「不然是誰洩漏的？」

「今後我會開始調查。」

「今後開始調查？」

「是。」

「也罷，很快就會知道真相了。」

荒木田的聲調突然沉了下來，三上從他倉促的表情變化中，看出他不想再浪費時間。荒木田帶著松岡，走向裡面的部長室。

「閒雜人等滾出去。」

荒木田冷酷地下達逐客令，關上部長室的大門。

刑事部的主管和副手假日都待在刑事部。這已經不是戒嚴狀態，根本是備戰狀態了。

24

北風吹打在三上的臉頰上。

三上回到車內，不耐地發動汽車引擎。他沒有馬上開車離去，而是先拿出懷裡的香菸，點燃後吞雲吐霧。三上隔著駕駛座的窗戶，凝視自己剛才進出的縣警本部。

心跳的鼓動尚未平復，三上回想著松岡說過的話。

「好好想一想長官來視察的理由吧。」

現在已經可以肯定，刑事部的異狀和六四懸案的視察脫不了關係，松岡是這麼暗示的。三上很早就猜到了這個可能性，但想像獲得印證，還是帶給他很大的震撼。

這代表小塚長官的視察另有隱情，除了赤間告訴三上的理由，長官視察還有另一個密而不宣的原因。也可以說那才是真正的目的，D縣警的警務部協助警察廳達成意圖。顯然「幸田報告」對刑事部有不利的影響，會造成嚴重的打擊。這麼說來，表面上要安撫刑事警察的長官視察活動，背地裡隱含著完全相反的目的。

不過，三上還有一事不明。為什麼警察廳會盯上D縣警的刑事部？警察廳真正的目的具體來說又是什麼？

松岡說有問題去問赤間，但問了也得不到答案，赤間肯定只會說，視察理由就是他之前說的那樣。對於長官視察，赤間言談間只有強硬的命令語氣，沒有「詐欺犯吊人胃口」的態度。再說了，赤間本來就不信任三上，他只是有步美這個人質罷了。一旦沒有家庭包袱，他認為三上會立刻拋棄警務的身分。

三上捻熄香菸。

被迫往來於兩個對立的派系，也讓他深刻體認到人事部門的蠻橫無理。如今刑事部和警務部的關係惡化，三上在兩方人馬眼中都是不可信的對象。實際上，兩方人馬斷絕了他的訊息來源，讓他陷入情報真空的狀態。

三上覺得自己的情感好像也腐朽了，剛才荒木田叫他滾出去，如果是幾天前聽到這麼露骨的排斥，他一定很心寒；可是剛才那句話，在他聽來純粹是洩憤的屁話。至於松岡又是如何看待以往的屬下？三上不敢說自己挺刑事部，但松岡還是給了他一點暗示。就不知這暗示是出於同情，還是逼三上表態之舉？松岡是不是想告訴三上，只要他了解真相，就會明白刑事部的正確性？

三上看了一眼儀表板上的時鐘。

已經下午一點了，心中的焦躁和義務感越來越強烈。到底該怎麼做，才能獲得說服雨宮的談資呢？胡亂採取行動也打破不了緘口令，這一點光看荒木田滿臉怒容就知道了。荒木田充滿強勢的攻擊姿態，誓要排除警務部的一切干預，沒有要防守的意思。沒錯，鐵幕不只是用來防守，刑事部在鐵幕後正準備反咬一口。

「先查清楚幸田報告吧。」

三上嘆了一口氣，喃喃自語。

他不清楚報告的內容，連這份報告是否存在都不確定。不過，二渡確信有這份報告，而且抓準這個重點直搗刑事部中樞。果然，幸田報告才是關鍵。刑事部叛亂的原因、雨宮拒絕長官慰問的隱情、長官視察的真正用意，幸田報告是解開這三大謎題的「金鑰」。

「幸田報告」應該是指「幸田一樹撰寫的報告」才對。六四凶案發生時，幸田任職於本部搜查一課的強制犯搜查組，警方一開始安排四名「自宅班」成員潛入雨宮家，幸田就是其中一人。想必他們在雨宮家惹出了麻煩，喪失雨宮的信賴，而幸田報告中載明了真相。

三上心想，自己的推論雖不中亦不遠矣。

六四凶案發生後才半年，幸田就辭去了警察的工作，這也印證了三上的推論。表面上幸田辭職是出於「個人原由」，但實情是他寫下了在雨宮家發生的事情，所以被迫辭職。也有可能是辭職以後，報告的存在才被揭露出來，鬧到現在還餘波盪漾。

不過……

三上回憶十四年前的往事，當年他也在現場。綁票案發生的當晚，三上被編入現場追蹤班進入雨宮家待命，一直到隔天下午四點，都跟自宅班還有被害者家屬在一起。至少那段時間裡沒有發生什麼問題。是三上沒注意到呢，還是他離開以後才出事的？

既然是幸田寫的報告，那去問幸田就是了。問題是，望月說幸田下落不明，刑事部也不曉得幸田身在何方。無法掌握禍端，所以才害怕二渡明查暗訪吧。

總而言之，自宅班成員一定掌握了很有價值的訊息。只要跟當時的成員打聽，自然就推敲得出報告內容了。幸田是何時下落不明的？警方有多少關於幸田行蹤的線索？這些情報他們大概也知道。

三上凝視著半空思考。

自宅班的四名成員率先潛入雨宮家，班長是漆原，副班長是柿沼。這兩個人來自三上所屬的本部搜查一課特殊犯搜查組，第三名成員正是幸田。幸田原屬強制犯搜查組，據說是熟悉雨宮家周邊地理才被找去的。另外還有一個科搜研的新人，負責電話錄音和監聽儀器。三上想不起那個人的名字，只記得是個戴無框眼鏡的研究員，從日本電信的先進技術部門轉為警察的特殊人才。

漆原後來出人頭地成為Q局的局長，當年的職缺是特殊犯搜查組組長。三上在底下擔任組長代理，倒也沒有當他部下的感覺。特殊犯搜查組總是分成兩班各自行動，漆原和三上分別指揮不同小組。他們對綁票事件並沒有太深刻的認知，死背硬記的搜查教學範本和幾個老舊的搜查器材，幾乎就是所有的事前準備。他們只碰過黑道擄走房地產商人，或是家暴丈夫監禁離婚妻子的事件，沒有遇過綁走幼童勒索贖金的案例。也不曉得是幸或不幸，特殊犯搜查組處理的案件種類較少，心力多半花在轄區刑事課應付不來的大型業務過失案件上。六四發生前不久，三上的團隊在忙著調查大樓火災的業務過失致死案件，該案共有十七人死傷。漆原每天都跑地檢署，替採掘砂石造成的坍方事故立案。兩人在同一個團隊工作，彼此也沒有推心置腹。漆原對三上的「前科」比誰都感冒，動不動就聊起美那子，問起三上夫妻間的床第之事，頗有找碴的味道。

可是，漆原擔任自宅班班長盡心盡力，他以沉著冷靜的口吻安撫激動的雨宮，還鼓勵雨宮憔悴的妻子，向他們打聽出搜查初期所需的情報。所有人一整個晚上都在等犯人的電話，家中的氣氛異常緊繃，但雨宮和漆原的對話沒有不融洽的地方。漆原勸雨宮去休息一下，雨宮感謝漆原的關心，卻婉拒了休息的建議。漆原則告訴雨宮，那一天跟綁匪周旋會很辛苦，為了女兒他應該好好休息。雨宮最後聽從了建議，終於稍微放鬆下來。至少在那個階段，被害者家屬和警方是有培養出互信關係的。

後來發生了什麼事？為何雨宮不再信任警察呢？要說服漆原開口是不可能了。且不論漆原人品好壞，他從年輕就在刑事單位昂首闊步，當上局長以後，凝聚的歸屬意識不會被輕易撼動。

那麼副班長柿沼呢？

沒聽說他有被調去處理其他案子，三上沒記錯的話，柿沼從特殊犯搜查組被調到特搜本部以後，仍然留在規模縮小的「專任調查班」查案。十四年都沒有異動確實不正常，但這也說明了六四懸案何等重大。柿沼外表弱不禁風，為人卻古道熱腸，他的反應奇快，還有足以跟建築師相提並論的建築構造知識。三上和他在不同小隊，也鮮少有喝酒談心的機會，可是他對三上應該沒什麼壞印象。唯一美中不足的是，柿沼處於一種沒辦法把六四懸案當成往事談論的立場。他至今仍是專任調查班的一員，想必只會更加重視緘口令。

三上突然想起柿沼穿藍色工作服的模樣。

沒錯，柿沼偽裝成修理瓦斯外漏的工人潛入雨宮家，幸田也是同樣的打扮，二人忙著和特搜本部通訊。無線電不斷傳來指令，那時候用的是尚未普及的行動電話，體積也比無線電還要大。他們操作那些機器，向特搜本部逐一回報雨宮夫妻告知的訊息。入夜以後，自宅班以外的其他搜查人員，也繞到醃漬工廠後方的死角潛入雨宮家，三上就是這麼做的。有人忙著協助柿沼等人，也有人拿了翔子的照片和日用品就離開了。松岡也有到場，還對雨宮做出了仁至義盡的保證，萬一犯人要求家屬運送贖金，松岡保證自己也會躲在車內隨行。另外，本部在凌晨還派了女警陪伴雨宮夫人。雨宮敏子持續在廚房捏飯糰，女警就在一旁陪伴。

鈴木瑞希也有到場，她是輪班陪伴夫人的其中一名女警，比美那子大一期，三上過去在轄區內的刑事課任職，也跟她共事過。三上半個月前才見過她，美那子接到無聲電話後，始終不肯離開家門。三上出於擔心，只好拜託美那子以前在職場上的大姊來幫忙。

瑞希在雨宮家的一舉一動，三上記得很清楚。她是在案發的隔天下午現身的，那時候她穿著圍裙幫忙清洗碗盤，還輕拍雨宮夫人的背以示關懷。除此之外，她還忙著分發茶水給每個人。三上離開雨宮家時她還在，女警的觀察力不容小覷，說不定她在雨宮家有察覺到什麼問題。

——對了，那個人叫日吉。

三上偶然想起科搜研的成員姓名，日吉是自宅班的第四名成員，是個沉默寡言又不起眼的人。他一直待在盤式錄音機旁邊，等著犯人不知何時才會打來的電話。他的臉色很蒼白，畢竟他的身分是技術人員，這也不能怪他。日吉是警察職員，並非負責查案的警官，值勤時間大多待在研究室裡。除非手上的案子需要盡快獲得專業建議，否則第一線人員不會要求技術人員到場幫忙，更不會讓他們擔任調查員參與搜查。日吉的加入純粹是特例，特殊犯搜查組的成員都受過錄音和監聽儀器的操作訓練，身負其他任務的漆原和柿沼沒空操作，大不了再從特殊犯搜查組找一個人也就夠了。會找日吉參與的唯一原因，就是他曾在日本電信任職。D縣警第一次碰到「真正的」綁票事件，多少也慌了手腳，第一步為求周全，才會枉顧搜查準則招募日吉，期待他發揮專業技能。當然，也有可能是特殊犯搜查組只有辦過業務過失的經驗，上頭擔心辦案不力才會找日吉加入吧。

——換句話說，這也許是一個突破口。

三上開始看到希望了，他跟日吉完全沒有交集，但那種人不會看幾分交情說幾分話。科搜研是刑事部的單位，職員的脾性卻很接近學者，況且他們和警察內部的權力鬥爭無緣，搞不好科搜研的職員根本不把祕密當一回事。原則上科搜研的成員不會有異動，日吉應該還在研究室任職。

三上克制自己雀躍的心情。

首先向鈴木瑞希打探消息吧，大約十年前她和銀行職員結婚就辭去女警的工作了，姓氏也改為村串。在短期內連續麻煩對方，三上也感到過意不去，但他也想趁這個機會，感謝她上次的幫忙。上次打電話給瑞希，瑞希當天就來三上家裡，跟美那子促膝長談。女警的世界很小，大家都有相當深厚的情感。再者，瑞希跟美雲讀同一間高中，也算是美雲的大學姊。

三上從懷裡拿出手機，可惜電話簿中沒有「鈴木」或「村串」。三上不耐地咂嘴，猶豫了一會後，決定按下快速撥號的「3」號鍵，而不是打回家中。

「我是美雲。」

聽得出美雲是因為接到三上的來電，才用拘謹的口氣說話。

「抱歉打擾妳休息，可否告訴我村串家的電話？」

「村串……？」

「瑞希學姊啦，村串瑞希。妳之前說過，妳們會互相寄賀年卡對吧？」

「啊、是的，請稍等一下。」

打回家問美那子，一定會被追問理由。三上沒時間詳談，也不想讓美那子操心。

「抱歉讓您久等了，您準備好紙筆了嗎？」

「麻煩妳了。」

三上抄好電話準備掛斷時，美雲連忙說道：

「公關長——有我幫得上忙的地方嗎？」

「妳已經幫了忙，好好休息吧，禮拜一開始會很辛苦。」

記者們神色不善的表情掠過三上心頭，禮拜一又是應對的關鍵時期。

三上搖搖頭掛斷電話，撥打便條上的電話號碼。今天是禮拜六，瑞希的丈夫應該在家，

三上也顧不了那麼多，直接按下撥號鍵。

「您好，這裡是村串家。」

瑞希接的電話，聲音聽起來有點喘。

「妳好，我是三上——呃，妳還好吧？」

「啊、不好意思，我剛才在陽台，所以是跑來接電話的。」

「這樣啊，那妳現在方便說話嗎？」

「美那子怎麼了嗎？」

瑞希的語氣變得很嚴肅。

「不，不是美那子的事。上次多謝了，妳真的幫了大忙。」

「昨天美那子有打給我。」

「咦……？」
「她沒跟你說嗎？」
三上一時語塞，這出乎他意料之外。美那子接到三上的電話只想趕快掛斷，她竟然會主動打給其他人？
「她沒跟我說，昨天我滿忙的。」
「所以，你不是為了這件事打給我囉？」
「不是的，過去的案子有些事想請教。」
「是不是跟六四有關？」
三上吃了一驚，但對方以前是D縣警的女警，聽到過去的案子當然會先想到六四懸案。
「妳直覺真準，可否請妳指點一二呢？」
「是很複雜的事嗎？」
「嗯，滿複雜的。」
「那你要不要來我家一趟？村串和佳樹都去踢足球了。啊，還是你在很遠的地方？」
「沒有，我在警局附近。」
「那就來一趟吧，我也有話要跟你說。」
瑞希最後那一句話，讓三上決定見面詳談，他很好奇美那子為何打給瑞希。
「好，我十分鐘後到。」
三上知道村串家在哪裡，他轉動方向盤離開停車場。
前方走過一個清瘦的男子，三上大感意外，是二渡。二渡頂著一張撲克臉進入本部，假日出勤是要去警務課嗎？還是去「人事室」？現在荒木田和松岡都待在刑事部長室，他總不會——

二渡進入本部玄關的玻璃門，關閉的玻璃門閃耀晶亮的光芒。三上轉移視線，慢慢踩下油門。

在遊戲盤面上移動的兩個棋子逐漸逼近對方，究竟會起正面衝突，還是其中一方被排除？目前三上還不知道這場遊戲的獲勝方法。或者應該問，這場遊戲有終點嗎？要滿足哪些條件才算抵達終點？

25

村串家的客廳很大，三上只能說服自己，銀行員都過得不錯。

「妳先生不在，我來沒關係嗎？」

「沒關係啦，請坐，我這就去泡茶。」

跟半個月前相比，瑞希的臉和身形似乎胖了一圈，可能是在家裡比較放鬆的關係。

「不用麻煩了，我也趕時間。」

三上話才說完，廚房的料理台就傳來瑞希的笑聲。

「你唷，說話都只顧自己。」

「事到如今改不過來了啦。」

瑞希身上有一種爽朗又大而化之的開放氣息，三上很自然地放鬆下來。她有一張大餅臉和小眼睛，沒有一個部位符合美女的標準。三上卻認為這樣才好。很久以前三上中心就有類似的感想，如今這個想法變得更加強烈，也顯得別有深意。

「後來美那子怎麼樣了？」

瑞希放下泡好的茶，詢問美那子的近況。

「昨天妳們不是聊過了？妳的看法呢？」

「她沒什麼精神呢。」

「妳們聊了些什麼？」

「嗯，不是什麼大不了的話題啦。」

三上感覺瑞希在避重就輕，似乎是在猶豫該不該說出來。

「她平常狀況怎麼樣？」

「有時候狀況還不錯。」

「意思是也有狀況不好的時候？」

「不，比以前好很多了。」

「有出去走走嗎？」

「還是沒有。」

「之後你們也沒接到電話了吧？」

「沒有。」

「我的想法是這樣啦。」

瑞希話先講一半，表情若有所思。

「妳的想法是什麼？」

瑞希的眼睛盯著三上：

「真的可以說嗎？」

「沒關係。」

「你們接到的無聲電話，真的是步美打來的嗎？」

繼郁江夫人之後，瑞希也說出了三上心中的疑惑。

「沒錯，那是步美打來的。」

「我跟你說，之前我忘了告訴你們，其實我們家也有接到無聲電話。大概是三個禮拜以前的事吧。禮拜天村串接到那通電話，喂了好幾聲都沒有回應，後來他也火了，直接嗆對方我們認識警察，後來對方主動掛斷電話。總之，我們家也有接到——」

「你們接到幾次？」

三上用疑問打斷瑞希。

「一次而已，可能對方怕惹到警察吧。」

「我們接到三次，而且還是同一天，我們家電話可沒有登記在電話簿上。」

「這美那子有告訴我，可是我們家也沒有登記在電話簿上啊，都十幾年沒有登了。你也知道村串長那副德性，他年輕的時候很怕娶不到老婆，所以趁早花大錢買下這間公寓，結果我就被他拐到了。」

三上皮笑肉不笑，他不曉得村串長怎樣，但這個話題他聽了開心不起來。

「然後啊，我問過村串，他說家裡的電話只有前幾年有登記，因為推銷員常打來煩，他才去取消掉的。你看那一本新的電話簿，上面確實沒有我們家的電話，但我們還是接到無聲電話。況且啊，現在跟以前不一樣，願意登記電話的人已經少很多了，畢竟也沒什麼意義，只是替自己找麻煩罷了。」

「這倒是。」

瑞希指著櫃子邊，那裡擺了一本沒在用的電話簿「D縣中部・東部版電話簿（二〇〇二年）」，一看就知道現在的電話簿越來越薄。話說回來，比起跟附錄一樣輕薄的北部版和西部版，還是有好幾倍的厚度。

「你們有得罪人嗎？」

「不敢說沒有啦，也有那種無理取鬧的。銀行辭退的人不在少數，對那些人來說沒被辭退的都很可恨吧？」

「也許吧。」

「不過啊，現在這世道怪人特別多，也有那種亂打電話取樂的傢伙吧。對了對了，美雲的老家也有接過無聲電話，之前我們討論『女警集會』時有聊到。」

「所以呢？那又如何？」

三上開始在意時間了。

「所、以、說，我覺得不要太在意無聲電話比較好。不然再這樣下去，美那子的身心會出問題的。」

「可是——」

「我知道，你們認為那是步美平安無事的唯一證據。當然，她肯定平安無事，這我敢打包票。步美是警察的孩子，全日本的警察都在尋找她的下落，絕對找得到人，她絕對會回來的。所以，美那子身心都要保持健康才行，你也要好好照顧她啊。跟你說，那幾通電話沒有聲音，讓美那子非常痛苦，她覺得那是步美在跟她道別。」

三上看著瑞希的雙眼問道：

「這些話……是美那子告訴妳的？」

「對啊，昨天她跟我說的，我聽了有點擔心，才主動跟你提這件事。我勸你們最好改變一下觀念，你要試著跟美那子說，那幾通電話可能不是步美打的，如果是步美打的，她不會默不作聲。」

三上眨了眨眼，腦海裡浮現美那子落寞的面容。

不願長談的美那子，竟然主動打給瑞希。在來瑞希家的路上，三上思考過美那子是不是因為看到少女的遺體，心裡承受莫大的痛苦，才會打給瑞希。現在看來三上猜對了一半，那個躺在塑料布上一言不發的少女，無聲地向這個世界「道別」。

瑞希的擔憂，也是三上最深層的憂慮。不能相信美那子表面上的樣子。她認為那幾通電話是女兒打來道別的，當她開始那樣想就會深信不疑，最後抑鬱寡歡。

「明白了，我會想想的。」

「那就好，我也會主動打電話勸她。」

「不好意思啊。」

「別客氣啦，我希望美那子過得幸福嘛，請務必讓我幫忙。」

這句話聽在三上耳裡，多了一種負面的意思。彷彿在說美那子以前遭遇過不幸，所以才希望她過得幸福。

三上過去也有同樣的感受，瑞希似乎了解自己不懂的美那子。都這種時候了，三上作為男人的思緒反倒比身為父親和丈夫的還要敏感。

「你去過雨宮家了對吧？」

瑞希突然改變話題，三上一時反應不過來。瑞希說美那子在電話中有談到這件事。

「你想問什麼？我在雨宮家也只待了半天而已。」

「妳什麼時候去的，又待到什麼時候？」

「我是綁票案發生的隔天，也就是一月六日中午過後才到的。那時候，你也在場嘛。」

「嗯。」

「我一直待到晚上九點，才跟七尾小姐換班。啊，七尾小姐現在過得怎麼樣？」

瑞希提到的七尾，是唯一升任警部的女警，長年來在警務課擔當組長。

「不清楚，我跟她不熟。」

「你們都是警務部的不是嗎？」

「單位不一樣。我只聽說，她升上警部後就不苟言笑了。」

「想必很操勞吧，女警要努力往上爬很辛苦的——啊、不好意思，你還要問什麼？」

三上想到了好幾個疑問，但他只選了最直接的一個。

「妳在雨宮家的那段時間，雨宮家的人和自宅班成員有沒有發生爭執？」

「你怎麼會問這個？」

「這說來話長。簡單說，我前天去拜訪雨宮芳男，對方不怎麼領情，好像對我們警方滿反感的，我想知道原因。」

瑞希觀察三上的眼神。

「奇怪了，這跟公關有什麼關係啊？」

「我不是說了嘛，說來話長啊。」

瑞希笑著回答：

「你骨子裡還是個刑警，自己有什麼消息絕口不提，只會叫人家提供線索給你。警務不是應該用情報來交易情報嗎？」

「別鬧了啦。」

被稱作刑警，三上感到很彆扭。

「實際上到底怎樣？自宅班和雨宮家的關係。」

「我記得自宅班有漆原先生、柿沼先生……」

「還有幸田和日吉。」

「嗯～」

瑞希像個大男人一樣雙手環胸。

「我那個時候非常緊張，你在現場應該也知道才對，雨宮家的丈夫提著贖金離開前的那段時間，氣氛緊張到根本沒辦法好好呼吸，你覺得有可能發生爭執嗎？」

這一點三上也有同感。

「後來呢？入夜之前沒有發生什麼嗎？」

「唉唷，不要一臉這麼可怕的表情啦，是在審問我嗎？」

三上露出苦笑，瑞希要真是嫌疑犯，再厲害的刑警也拿她沒轍。

「妳別開玩笑了，快幫我想想。」

「我想……應該沒有吧……你指的是什麼樣的爭執啊？」

「例如自宅班的成員，有沒有跟夫人吵架之類的。」

「雨宮夫人去世了喔。」

「嗯，我去拜訪才知道的。」

「七尾小姐有通知我去參加喪禮，畢竟我們也去陪伴過夫人，雖然才半天而已。對了……自宅班的成員都沒去致意耶。」

三上驚訝反問：

「一個都沒有？」

「對啊。嗯，我想想喔，他們確實沒發生爭執。雨宮夫人和自宅班成員沒有起爭執的理由啊。」

「等一下，柿沼也沒去參加喪禮？」

「我沒看到人。」

「擔任班長的漆原也沒去？」

「至少我是沒看到啦，我本來以為他們會到，還四處張望了一會呢。」

這太匪夷所思了，且不說辭職的幸田和科搜研的日吉，之後持續待在專任調查班的柿沼怎麼可能沒去呢？漆原也一樣，就算他出人頭地當上局長，過去身為自宅班的負責人也不該如此不厚道。況且，婚喪喜慶對警察來說，是無論如何都要出席的場合。

或者應該換個角度思考，他們不是不想去，而是不能去？果然，自宅班有不敢踏進雨宮家的理由。

「我們的人還有誰去參加喪禮嗎？」

「有啊，松岡先生和專任調查班的人都有去。」

「他們的神情如何？」

「當然是很沉痛啊，因為沒抓到犯人嘛。」

「那雨宮的態度呢？」

「他一直低著頭，跟行屍走肉一樣……對來弔唁的人沒什麼反應。」

「有獻花或花環嗎？」

「我記得沒有警方提供的。」

搞不好是雨宮拒絕了，不然照理說會有用本部長名義獻上的花。

「啊、對了對了。」

瑞希突然叫道：

「有件事我想起來了。」

「跟獻花有關嗎？」

「不是啦，是另一件奇怪的事情，跟雨宮夫人沒有關係。不是有個科搜研的成員嗎，就那個戴眼鏡的……」

「他叫日吉。」

「對對，那個日吉哭了呢。」

「日吉哭了？」

「對啊，自己一個人縮在房間角落哭了。」

三上差點跟不上瑞希跳躍的話題，她不是在講喪禮，而是十四年前的雨宮家。

「他為什麼哭？」

「這就不清楚了，雨宮家的丈夫奪門而出以後，過了一會日吉在盤式錄音機上低著頭，我以為他累了在打盹，就稍微低頭看他的臉。結果發現他的眼眶都紅了，我問他怎麼了，他當場哭了出來。」

三上頸部的肌肉緊繃，這似乎是他頭一次掌握到具體事證。

「然後呢？」

「我嚇了一大跳，幸田就趕緊跑過來，叫我先去一邊。之後他拍拍日吉的肩膀，在他耳邊說悄悄話。」

「幸田說了什麼？」

「我沒聽到，應該是在安慰日吉吧。」

三上回憶自己進入雨宮家的景況，那時日吉的臉色蒼白如紙，處於極度緊張的狀態，想必還發生了其他事情。

「多謝妳啊，那我走了。」

三上一口氣喝光涼掉的茶，站了起來。

「你要走啦，抱歉沒幫上你——」

「有想到什麼的話，歡迎妳打這支電話。」

三上給瑞希一張便條，上面寫著手機號碼。

「你是指美那子的事嗎……？」

「美那子和六四，都麻煩妳了。」

「我知道了。不過，六四懸案的事我已經把知道的都——」

「妳聽過幸田報告嗎？」

「幸田報告……？那是什麼？幸田寫的報告嗎？」

「當我沒說吧。」

三上說這話時，逕自走到玄關，並沒有看著瑞希。

「聽我一句勸，不要太專注處理那件事。」

瑞希的忠告自後方傳來：

「美那子只有你，你是她唯一的依靠了。」

不知怎的，三上無法老實接受瑞希的勸告。

「打擾妳了。」

「有事再打給我吧。」

或許是因為守住了好姊妹的祕密，瑞希的小眼睛綻放出一絲驕傲的神采。

26

三上走向車子，腳邊吹起的旋風夾雜著枯葉。

會在人前落淚的男子性格脆弱，肯定會輕易招供。三上精神為之一振，坐上了汽車的駕駛座。他拿出手機打給南川，南川是小他兩期的本部鑑識課職員。兩人是同鄉，每年都會一起喝幾次酒。

「你好，我是南川。」

「我是三上，不好意思，打擾你休息了。」

「啊，你好。」

南川的聲音不太自然，三上心裡有不好的預感，卻還是硬著頭皮說下去：

「有件事要向你請教一下。科搜研有個戴眼鏡的叫日吉對吧，你知道他的住址和電話號碼嗎？」

「不，我不清楚。」

「不清楚？真的假的？」

「我跟那群人沒交情啊。」

「最好是啦，你們跟科搜研情同手足吧。」

三上步步進逼，心中卻難掩失落。連那些鑑識專家也跟警務對立了嗎？

「不能說的話你老實講就好。」

「不好意思，我不能說。」

「什麼時候接到的命令？」

「昨天突然下達的。」

「你不知道理由對吧？」

「三上先生，你知道理由嗎？知道的話請告訴我吧。」

「你去問荒木田吧。」

三上火大的收起手機，發動車子前進。

等不到禮拜一了，三上要聯絡科搜研的所長，打探出日吉的住處，今天直接去拜訪他。搞不好科搜研也不保持中立了，只能期待所長是個單純的學究，沒有警察的心眼。

三上只花七分鐘就開回縣警本部，這是今天第二次到本部了，在玄關值班的刑警探出頭來觀察三上。三上也懶得理會，走進室內打開鑰匙箱，掛勾上沒有公關室的鑰匙，這代表有部下來到本部。他順便瞄了一眼警務課的掛勾，鑰匙也不在，這麼說二渡還在本部內？

本部關掉一半的走廊電燈節省能源，三上穿過走廊進入公關室。果不其然，美雲在自己的辦公桌，身上還穿著制服，她趕緊站了起來。

「妳怎麼來了？」

「是，公關衛報的截稿期限要到了，我想多完成一點進度。」

桌上有《公關衛報》的校樣和照片，匿名騷動導致進度延宕應該是真的，但三上不認為美雲會特地為了這點小事假日出勤。

「剛才打給妳，真是不好意思。」

「不會。」

「妳找藏前來幫忙吧。」

三上坐回自己的位子，用鑰匙打開最下層的抽屜，拿出幹部官舍的警用電話號碼表。科搜研的所長姓豬俣——號碼表上有警用電話和一般電話的號碼。還是打警用電話好了，打一般電話豬俣大概也不認識三上。先打警用電話讓對方有心理準備，再表明自己是公關長，立刻切入正題吧。

三上伸手要拿警用電話，剛好看到美雲的側臉。他按下號碼，說服自己就算被美雲聽到也不會怎麼樣。

電話響了幾聲後，是豬俣本人接聽的，豬俣比三上大五歲左右。

「抱歉打擾您休息了，我是公關長三上。」

「啊啊，你好你好，工作辛苦了。」

豬俣答話的態度，就像慈祥和藹的老爺爺。

「有件事情要跟您確認一下，您底下有個叫日吉的職員，可否告訴我他的住址？」

「啥？我們沒有職員叫日吉啊。」

「沒有嗎？」

三上忍不住拉高音量，他看了美雲一眼，美雲低頭動著筆。

他貼近話筒又問了一遍：

64

「您確定嗎？」

「我可是所長，我不認識那就代表沒這個人。是不是其他單位的，你記錯了？」

三上又想到鐵幕這兩個字，他專心聆聽豬俣的口吻，語氣很正常。

「有沒有人員異動或調職的可能呢？」

「我擔任所長以來都還沒有喔。」

講到這裡，三上總算想起豬俣的來歷。豬俣是在七、八年前當上所長的，縣警特地準備了一個職缺，將豬俣從D工科大學挖角過來。

「不好意思，所長您來縣警服務是什麼時候的事？」

「八年前。」

「當時也沒有叫日吉的人嗎？」

「我還沒老到犯傻呢。」

豬俣的口氣有些不高興，三上倒也不在意。

「那麼，真的很抱歉，能否請您提供一下十四年前的職員名冊呢？」

「什麼？你要十四年前的名冊……是嗎？」

「是的，科搜研那邊應該有所屬長官的保管資料才對。」

「呃，你突然提出這種要求……本部那邊沒有留資料嗎？」

「沒有，我們沒有製作綜合名冊，以免被極左團體或邪教組織利用。」

「啊，原來如此。」

聽得出豬俣動搖了，三上乘勝追擊：

「這件事滿緊急的，您那邊沒有名冊的話，可否請教一下資深的職員呢？有任何消息麻煩您聯絡公關室，敝姓三上。」

「好，我知道了，我去打聽看看。」

「還有一件事，那位日吉先生可能已經離職了，他離職的時期和理由，以及這方面的原委都麻煩您打聽一下。」

不只幸田辭職，連日吉也一樣。

電話講完以後，三上才明白事情的嚴重性，整個人不自覺地緊張起來。日吉至少已經辭職超過八年了，他或許跟幸田一樣，都是在六四懸案還沒被淡忘時辭職的。問題在於，日吉為什麼要辭職？跟他在雨宮家哭有關嗎？

美雲起身走向櫃子，似乎是在考量什麼時候要上茶。

三上看了牆上的時鐘一眼，下午三點十五分了。不曉得豬俣多久才會回覆，對方畢竟不是警官，三上也說不準。

美雲端著放有茶杯的托盤走了過來。

「聽說，妳的老家接過無聲電話是嗎？」

三上不假思索就問了這個問題，美雲顯得有些意外。

「是村串告訴我的，那是什麼時候的事？」

「啊、是有這回事，差不多一個月前。」

「有幾次無聲電話？」

「家人說接到兩次。」

「都是同一天嗎？」

「是，家人是這麼跟我說的。」

「這樣啊……」

三上回話時，聲音聽起來有點茫然。

美雲家接到無聲電話的時間跟三上家一樣，都是一個月前。而且同樣不只接到一次，瑞希家是三個禮拜前接到的，時機也挺接近。這個時代怪人特別多，瑞希的說法也不見得毫無根據。兩個相同的偶然事件同時發生，真的會讓人懷疑最近是不是有神經病到處亂打無聲電話。

三上輕嘆一口氣，眼前的警用電話正好響起，時鐘顯示才過了二十分鐘左右。他望著美雲回到座位上的背影，接起了電話。

「啊，我是豬俣，你要的消息我知道囉。」

豬俣的聲音很雀躍，三上在心中叫好。

「請告訴我。」

「我有找到名冊，呃呃，是日吉浩一郎對吧。」

「還有其他姓日吉的人嗎？」

「沒有沒有，姓日吉的就一個而已，之前在物理研究室任職。呃，那我現在回答你的問題喔。他住在D市大澄町一二五六番地，電話是——」

三上抄著住址和電話，又一次在心中叫好。四位數的番地住址是頗有年代的住宅區，肯定是日吉的老家，光看名字日吉應該是長子。換句話說，他現在也很有可能住在大澄町一二五六番地這個地方。

「我也問過比較資深的職員，他辭職是在十四年前，就是綁票案發生的時候。」

三上倒吸了一口氣，用力握緊話筒。

「是的。」

「那件凶案發生後，他休息了三個月左右，之後就以自願離職的方式辦理辭職了。辭職的理由不得而知，但那個叫日吉的職員，聽說綁票案發生時，有被調去被害者家中支援——呃，你有在聽嗎？」

「有的，我在仔細聽。」

「被調去支援的時間不長，只是回來後非常失落，都不跟其他人說話，後來就沒有來上班了。還有，他在科搜研待了兩年左右，來這裡之前在日本電信公司待了快一年。我打聽到的就這點消息了。」

「非常感謝您的協助，真的獲益良多。」

三上誠心道謝，將抄有住址的便條塞進胸前口袋。

27

從本部到大澄町，約莫十五分鐘的車程。

這一帶有許多格局氣派的老宅院，每一戶都有專業園藝師打理的庭院。三上把車子停在兒童公園旁，太陽也快要下山了，他看著住宅地圖的影本，不自覺地加快腳步。

轉角不遠處的瓦房就是日吉的老家，石造的門柱上崁有「日吉」的門牌，跟其他住宅相比日吉的老家特別大。粗壯的松樹枝越過圍牆長到馬路上，房子旁邊還有一棟白色的倉庫。車庫的鐵捲門是拉下的，看那個大小至少能停好幾台車。

原來是有錢人家的少爺，三上產生一股輕蔑之情，期待感也蕩然無存。日吉在科搜研才待兩年，之前在日本電信待了一年，想必是那種一遇到挫折就辭職的人吧。三上還不知道他在雨宮家哭泣的理由，就已經覺得不是什麼大不了的事了。

三上輕嘆一口氣，繞到後門按壓門鈴。那是類似大正時代或昭和初期的碗型門鈴，沒有對講機或攝影機的功能。

考量到這間宅院很大，三上靜待了一會，門內傳來木製涼鞋的踏步聲，一位頭髮花白的年邁婦女，打開小木門低頭走了出來。看穿著和身段並非幫傭，可能是日吉的母親吧，身上散發出陰鬱的氣息。婦人訝異地仰望三上，冷冷問道：

「請問你哪位？」

三上先向婦人鞠躬致意：

「冒昧前來叨擾實在過意不去，我是縣警本部祕書課的三上。請問，以前在科搜研任職的浩一郎先生在家嗎？」

「嚇！」

日吉的母親張大眼睛，足足有剛才的兩倍大。

「縣警？你來做什麼？」

「我有事情想跟浩一郎先生詳談。」

「詳談？有話要說的是我才對。你們對我兒子做出那麼過分的事，事到如今還有什麼話好說的？」

「夫人，我能理解您的憤怒。」

三上反射性地採取低姿態，在日吉的母親看來，她的兒子是受了不平的待遇才辭職的。說不定是她的兒子太軟弱，才會有這種惱羞成怒的情緒，但日吉本人和其家人都認為他們才是受害者。

「我說的難道不對嗎？」

日吉的母親一臉不甘心的表情：

「我兒子本來在日本電信負責通信方面的工作，有一次你們警方查案尋求他的協助，他念在你們缺乏相關知識，才投身警界貢獻一己之力。結果——你們讓他去處理綁票案。」

日吉夫人顧慮到鄰居的眼光，請三上先進門。木門關上後，三上來到一處被高牆和灌木包圍的角落，灌木幾乎跟人一樣高。明明已經是冬天了，這裡卻很潮濕。

日吉的母親壓低音量說道：

「你們不可原諒，竟然讓我兒子直接去面對那麼殘酷的案子。他不小心犯了一點錯，你們還罵他無能。你們都沒家人的嗎？警察是這麼過分的組織嗎？做父母的辛苦拉拔孩子長大的心情，請你們體會一下。你們傷害我兒子，毀了他的人生，要怎麼負這個責任？」

三上很猶豫該回應哪一句話才好，日吉夫人情緒激動、忿忿不平，三上差點以為這是最近才發生的事情。

「我就是打算跟浩一郎先生賠罪，順便請教一些問題，那件事也有很多我們還不明瞭的地方。」

「什麼叫你們還有不明瞭的地方？」

日吉的母親勃然作色，氣到嘴唇都在發抖：

「你們不知道自己做了什麼嗎？」

「請問是誰罵令郎無能的呢？」

「這件事你們比我清楚吧。」

「夫人，請您告訴我吧，我們是有心要調查的。」

「一定是跟他一起執勤的長官啊。那孩子只說自己犯了錯，是個無能的廢物，剩下的什麼也沒說——」

意思是日吉也沒告訴家人真實的情況。

「所以，浩一郎先生說自己無能，並沒有說別人罵他無能，是嗎？」

「你到底想講什麼？要不是有人罵他無能，他怎麼會那樣說自己呢。那孩子太可憐了，整個人變得無精打采，也不怎麼吃飯，每天都提心吊膽。一定是你們說了很傷人的話才會變成那樣。」

每當日吉夫人說出「你們」這兩個字，三上心中就會激起一陣漣漪。

「令郎有沒有說他犯下了什麼錯誤呢？」

「他什麼都沒有說，我反倒想請教你，我兒子到底做錯了什麼？肯定是有人推諉卸責逼他背黑鍋吧？」

三上點點頭，表現出感同身受的模樣，似乎沒法從對方身上打聽出任何消息了。

「那我直接去請教浩一郎先生吧，請容我見令郎一面。」

「不可能。」

日吉的母親直截了當地拒絕。

「五分鐘就夠了。」

「他不見任何人。」

「任何人都不見？」

「沒錯，任何人！連自己的家人也——」

日吉的母親摀住嘴巴，圓睜的雙眼也溢出了淚水。

三上感到氣息窒礙，只好等待對方開口，幾個不好的猜想也掠過心頭。

母親用哭紅的雙眼凝視著三上：

「十四年了……整整十四年……他辭掉研究所的工作以後，就一直把自己關在房間裡……也不跟我和丈夫說話，你們就是傷他這麼深。」

三上抬頭仰望天空。

日吉成了繭居族。

這個最糟糕的結果，三上不是沒有想過，但衝擊還是出乎意料。

「請問，令郎今年貴庚？」

三上暫時放下工作，主動關心對方。

「三十八歲，下個月就三十九歲了。真不知道該怎麼辦才好……我們以後要如何是好啊……」

日吉的母親掩面哭泣，啜泣聲傳入三上耳中。

一開始日吉的母親抱怨警方毀掉她兒子的人生，三上還以為是誇大其詞，如今這種輕慢的心態被徹底推翻，更讓三上深刻體認到現實有多沉重。

「那麼，夫人您是怎麼跟令郎溝通的呢？」

日吉的母親瞪了三上一眼：

「跟你說了又能怎樣？反正你們根本不在意，現在才來貓哭耗子——」

「其實，我女兒也有過類似的情況。」

三上打斷對方的談話，說出隱私有一半是為了工作，這也令他心痛不已。

「內人也吃了不少苦，女兒完全不跟我們講話——」

「她後來有走出來嗎？」

這次換日吉的母親打斷三上：

「令嬡後來有離開房間嗎？」

「……有。」

三上更加心痛了。步美確實離開房間了，只不過——

「你們是怎麼做到的？」

日吉的母親眼巴巴地望著三上，他有些不知所措。對方整張臉靠過來，那是寧可死馬當活馬醫的表情。三上很後悔說出這件事，可話都說出口了，又不能剝奪對方的希望。

「……我們互相說出了心裡話。」

我不要這張臉！我想死！

你當然不在意！男人長得醜又沒關係！

三上感覺到自己的血液在逆流，腦袋也開始發麻。他用力站穩腳跟，做好面對暈眩發作的心理準備。也才幾秒鐘的事情，三上說服自己不用擔心，並接著說道：

「我們也有帶女兒去接受心理諮詢，女兒終於肯打開心房。」

母親似懂非懂地點點頭，最後悄然垂首，失望之情溢於言表。都十四年了，早就已經不是要不要去心理諮商的問題了。

「您和令郎之間，都沒有什麼心靈上的交流嗎？」

三上對著失落的母親搭話。

「……沒有，我每天從門縫底下塞書信進去，但他從來沒有回我。」

「那麼，您有採取過比較激烈的手段嗎？」

「一開始丈夫試過幾次……情況反而越來越嚴重……」

三上看著那位母親脆弱又消瘦的肩膀，心情在工作與私心之間擺盪。

「可否讓我也寫一封信呢？」

「嗯嗯……請自便吧。」

日吉的母親答話時早已心不在焉，無助的眼神直盯著窗簾緊閉的二樓窗戶，那裡大概就是她兒子的房間吧。

家庭餐廳週末的人潮不如以往，窗外早已夜幕低垂。

坐在吧台的三上注視手錶，時間正好五點半。剛才點的香料飯和咖啡也送來了，但他雙手環胸凝視桌上的信紙，沒有享用食物跟飲料。信紙是他在來這裡的途中去超商購買的。跟信紙一起買的香菸，也抽掉五根了。三上告訴日吉的母親，他會在今天把信紙放入郵箱中，請母親轉交給日吉本人。說完三上就告辭了，但他想不出該寫什麼才好。

三上嘆了一口氣，靠在椅背上。

日吉是想貢獻一己之力，才主動加入警界的，他求的是一個社會正義。三上也想相信這樣的說法，但這理由實在太冠冕堂皇。才工作一年就轉職，照理說心態沒有那麼單純。說他動機不純或許過分了一點，但當時警察對電腦犯罪的知識不足，或許可以當作逃避上一份工作的藉口，又不會傷到他的自尊心。

可是，日吉的自尊心終究在辦案現場崩潰了。

我犯錯了。我是無能的廢物。

日吉在緊急情況下被派到雨宮家，還犯下嚴重的過失，最後承受不了自責的念頭，毀掉前程。不可否認，這是他從小嬌生慣養，心靈太脆弱所致，但他母親說兒子被惡言糟蹋，似乎也同樣是事實。有人在日吉犯錯後落井下石，用憤怒又殘酷的言詞，判他「禁錮十四年」的刑罰。

是擔任班長的漆原嗎？用消去法來看也只有他了。俠義心腸的柿沼應該不會欺負弱者，幸田也不可能，瑞希說幸田還去安慰哭泣的日吉。

日吉犯的錯到底是什麼？

日吉在雨宮家負責操作錄音器材，三上首先想到的是錄音失誤，日吉是否沒有錄到犯人講電話的聲音？若真是如此，確實是無可彌補的大錯。這代表當初高層打破慣例，派遣一個研究員到現場協助辦案是錯誤的決定。不過，事實並非如此。日吉連失誤的機會也沒有，犯人打電話到雨宮家時，四名自宅班的成員還沒抵達雨宮家。等自宅班潛入雨宮家後，犯人沒有打電話到住家，因此日吉連錄音的機會也沒有。

倘若不是錄音有誤，那會是什麼樣的失誤呢？日吉責備自己無能，會這樣妄自菲薄肯定是犯下嚴重的過錯……是很致命的失誤嗎……？三上想不出什麼具體的事例，是不是日吉在現場接獲了其他命令，負責處理錄音以外的特殊工作？或者，是無關勤務工作的意外？說不定失誤本身沒什麼大不了，只是剛好發生在綁票案上，日吉才會過於自責。

不過……三上的腦袋裡冒出了更多想法。

幸田跟這件事又有何關聯？三上看不清這個最重要的部分。假設幸田報告記錄了日吉犯下的過錯，那為何幸田要這麼做？是義憤填膺嗎？上級肯定有下封口令，心生不滿的幸田才會決意告發，把真相寫出來。會不會是出於懺悔？幸田認為日吉犯的錯是自宅班所有人的責任。無論出於哪一種理由，難道幸田就沒思考過，這樣做可能會毀掉一個年輕人的前途嗎？

還是說，他的心念堅定到什麼都不在乎了？

三上不了解幸田的為人，幸田和日吉的關係又是如何？日吉的母親懷疑，自己的兒子替人背了黑鍋。三上有一個不好的猜測，日吉的失敗會不會是幸田的指示引起的？幸田假裝安慰日吉，實則私下阻止日吉坦白。這是有可能的，三上一開始沒有懷疑幸田出口傷人，純粹是瑞希塵封已久的記憶中，對幸田有那麼一絲好印象。

答案就藏在日吉心中，成功打開他的心房，就能了解幸田報告的原委了。

三上點起第六根菸，還喝了一口咖啡，準備在信紙上下筆。該怎麼寫才好？要寫什麼來獲得日吉的信賴？日吉繭居十四年，絕不只是出於自責。日吉害怕警察，也痛恨警察。現在有警察替他安排一個宣洩管道，要他放心說出心裡話，他會信嗎？

三上遲遲無法下筆，也沒有心情下筆，徒然浪費了十幾二十分鐘，額頭也冒出汗水。三上越急著下筆，腦袋就越是空洞。

──天啊。

終於，三上放棄了。一個字也寫不出來的無力感，實在不堪負荷。三上原以為打開別人的心房很容易，他在偵訊室裡突破了無數罪犯的心防，揭穿所有的謊言與真相，讓他們無所遁形。三上靠的是力量，警察這塊金字招牌的強大力量。

他的視線再度移回信紙上。

現在需要的不是力量，而是語言，能夠直指人心的語言。

偏偏三上完全沒有這樣的東西，如果他有這樣的語言，父女之間也不會形同陌路了。過去三上只把語言當成武器，一種細心研磨後，用來突破對方心防的心戰武器。在工作以外的場合，他也是抱著同樣的看法。這輩子他從沒有認真想過，該如何用言語打動人心。

「幫您換一杯熱咖啡好嗎？」

三上聽到有人在對自己說話，訝異地抬起頭來。轉過臉一看，女服務生歪著頭等他回應，看起來應該是打工的學生。可能是還不習慣工作吧，服務生的動作和笑容跟一般的待客禮節有些落差。

「謝謝，麻煩妳了。」

三上拿起湯匙插入冷掉的香料飯，因為服務生似乎很在意他一口都沒吃。沒有食欲的時候，他會想起以前父親的戰友來訪，在談笑間說出戰時的那段經歷。父親的戰友說，過去他們在戰場上只要有東西可以吃，就會覺得自己重新活過來了。三上吃了一口香料飯，才想起忘記吃中餐，在日吉家暈眩發作，肯定也是忘了吃飯的關係。吃了一半，三上放下湯匙，不吃太飽，以免回到家吃不下晚飯。

三上又點了一根菸，吃完飯雖然沒有活過來的感覺，但亢奮的情緒煙消雲散了。他吐出煙圈，用工作時的思維來判斷現況。要說服日吉是不可能的，乾脆忘了日吉，直接試探漆原和柿沼吧，順便打聽一下幸田的消息。挪到桌邊的信紙空空如也，看著實在刺眼，可惜也沒時間了。要真有那麼一點希望的話，試一試倒還無所謂，但執著於完全沒指望的事情，只是在浪費時間和心力，根本稱不上工作。

三上把信紙塞進包包裡，伸手要拿帳單。

「還要再喝一杯咖啡嗎？」

三上聽到中規中矩的招呼聲。

「謝謝，不用了。」

三上沒回頭直接道謝，卻聽到對方的笑聲。他有些意外，以為服務生在嘲笑自己的容貌，所以只用眼睛偷瞄對方，來到旁邊的是剛才的服務生。

「那想喝咖啡的話，請隨時吩咐喔。」

這句話很真誠，不是剛才那種中規中矩的說詞。三上不能理解，自己都說不需要了，為何服務生還這麼說呢？他回頭看著對方，那個服務生長得不漂亮，眼睛小小的，還有一個朝天鼻。

「啊，我太煩了是嗎？不過總覺得滿開心的，打工以來這是第一次有人跟我道謝。」

服務生又笑了，三上看著對方離去的背影，不知該做何反應。這件事給他一個奇怪的感想，彷彿那位服務生是某種意志的化身。

三上又把帳單放回桌上，整整一個小時都沒起身。

他持續盯著信紙，卻沒有拿起筆，花了不少時間閉目沉思。腦袋感覺不是自己的，一點也不值得依靠，而且睡意也越來越濃。只有模糊的意象在眼中搖曳，日吉在類似樹海的地方茫然徘徊，樹木間隱約能看到步美的身影。他們都迷失在森林中，恐怕三上也是。

本來要寫一封說服的書信，實際下筆卻成了簡短的訊息。

「請讓我知道你在哪裡，若是我到得了的地方，我去找你。」

虛耗的光陰就這麼結束了。

三上順便寫下家中和手機號碼，將摺好的信紙塞入信封中，拿起帳單去結帳。他尋找剛才那位服務生的身影，不曉得是被隔板擋住，還是已經下班了，外場到處都看不到人。

29

車上的音響播放著七點的廣播新聞。

等紅燈的時間感覺好漫長，看起來像補習班的建築物燈火通明，學生也被放了出來。女高中生穿著深藍色大衣，脖子上圍著方格圍巾，手上戴著粉紅色的毛線手套，跟步美冬天的打扮沒什麼兩樣。她們騎著自行車，一個又一個穿越汽車旁邊。

（美那子非常痛苦，她覺得那是步美在跟她道別。）

三上開車回家，沒有前往本部。他說服自己，把那封信交給日吉的母親以後，剩下的工作用家裡的電話處理就夠了。

美那子晚餐準備了醬煮魚和醃菜，還溫言慰勞三上。辛苦了，你今天比較早回來呢，飯菜我再拿去熱一遍。

美那子的聲音聽起來很有活力，話也比平常多，看得出來她是刻意表現出開朗的模樣。三上肚子不怎麼餓，畢竟除了剛吃下去的香料飯，胃裡還沉了一些沒消化完的問題。不過，開心的話語還是很自然地脫口而出，三上稱讚飯菜很香。美那子的溫柔體貼，就好比穿透雲層的陽光。

聊著聊著，三上終於明白美那子跟平常不一樣的原因了。

「聽說，你今天去拜訪瑞希小姐是嗎？」

開飯沒多久，美那子就先提問了。

「妳有打電話給她？」

「傍晚瑞希小姐有打來。」

三上有一股想咂嘴的衝動，瑞希也太長舌了。

「有件事想問她，才過去一趟的。」

「她說，你看起來很辛苦。」

三上笑著回答：

「她太誇張了啦，只是我不擅長處理公關事務罷了。」

「還是當刑警比較好嗎？」

「都差不多啦，公關對身體比較沒負擔就是了。」

「做公關比較勞心吧？」

「所以我才說都差不多啊，在公家機關上班，怎麼可能清閒。」

三上答話時依舊保持笑容，美那子卻嘆了一口氣：

「可是，都被調到警務單位了，還要處理翔子小妹妹的案子……」

「村串告訴妳的嗎？」

「是你說的，你忘了嗎。你跟我說，警察廳的高層要來，所以你才去雨宮家拜訪。」

三上動了動筷子，平時他只是為了對話而對話，講過的事情一下就忘記了。

「是不是遇到困難了？」

「是不太順利啦，雨宮不願意接受長官慰問。」

「你說的高層，是警察廳長官？」

美那子吃了一驚，三上連忙解釋：

「純粹是長官一時興起，來外地遊山玩水啦。」

「不過，這又是為什麼？」

「嗯？」

「雨宮先生，怎麼會拒絕長官慰問呢……」

「沒抓到犯人嘛，任誰都會討厭警察的。」

「非得由你說服他嗎？」

美那子的表情有點凝重，她當過女警，知道長官來訪有多重大。

「就盡力而為囉。說服不了的話，請長官視察案發現場就好，沒啥大不了的。」

「可是……」

「別擔心啦。」

「瑞希小姐跟我說了。」

美那子坦白說道。

「說什麼啊？」

「她說你看起來很辛苦，但實際情況如何，還是我這個做妻子的才有辦法了解。」

「那婆娘，講得一副她很懂的樣子。」

三上用口出穢言來掩飾動搖的心緒。

他知道瑞希的意圖，美那子的注意力都放在深不見底的黑洞中，瑞希是在轉移美那子的焦點。或許瑞希認為，讓美那子多關心丈夫，對美那子來說也是一種救贖。瑞希看透了他們夫妻間的代溝，三上多少有點不是滋味，但今晚美那子難得沒有表現出失魂落魄或心不在焉的模樣，三上自然湧現出感激之情。

因此，他決定鼓起勇氣挑戰禁忌：

「今天村串告訴我，她家也有接到電話。」

「什麼電話？」

「無聲電話啊。」

美那子的臉頰抽動了一下：

「……是嗎？」

「嗯嗯，跟我們接到的日子差不多。」

三上說話的語氣失去了抑揚頓挫，反而使氣氛緊張起來。

「她家接到幾次？」

「一次。」

「這樣啊。」

美那子沉默了，三上不曉得該如何看待這段沉默。美那子是覺得這件事跟自家無關，還是懷疑這兩者的關聯而感到不安？三上本來還在思考，如果美那子的反應不是太糟，他打算把美雲家也接到兩次無聲電話的事說出來。可是轉念一想，好像太殘酷了。

「我們接到的一定是步美的電話啦，畢竟都打了三通。」

不得已，三上選擇顧慮美那子的心情。可話一說完，他又在心裡咒罵自己。這樣好嗎？得出跟平常一樣的結論，那你提出這件事的意義何在？

「是說——」

搞不好，那純粹是惡作劇電話。

這句話才剛到喉頭，三上又吞了回去，他果然還是說不出口。一想到美那子聽到這句話的表情，他怎麼也說不出口。況且，三上自己也難以接受這樣的可能。是，其他人也接到無聲電話，僅此而已，何必推翻原先的猜測呢？不管是步美打的，還是惡作劇電話，這兩者同樣都是猜測，相信好的猜測不就得了？現在失去信心，夫妻倆就形同失去了方向。

不過——

要排除不好的猜測，三上就得跟美那子好好談談，步美不說話究竟有什麼意義。除了「道別」以外，夫妻倆需要別的理由。三上需要一個合理的情節讓美那子明白，所謂無言的道別也只是另一個不好的猜測罷了。

「步美那傢伙，一定是怕被我罵，才掛斷電話不敢開口。」

三上這段話講得不夠自然，美那子的表情有些複雜。她大概是在思考步美不說話的意義，以及三上重提這件事的理由。

「不過呢，步美也算達到目的了。她想聽我們倆的聲音，才會打回來的。」

「我猜……她只想聽你的聲音。」

美那子嘀咕道。

「什麼意思？」

「我都接了兩次電話，她還再打一次，代表她是想聽你的聲音。」

「別說傻話了，她聽到妳的聲音兩次，心滿意足了。」

「不是的。」

美那子的嘴唇在顫抖：

「步美不想聽到我的聲音，也沒有話要跟我說。就算有——」

「別說了。」

三上不自覺拉高嗓子。聽到自己說重話的聲音，他反而慌了：

「別胡思亂想，這樣想下去會沒完沒了的，對吧？」

美那子點點頭，幾乎就要抬不起頭。

「那是步美打來的。當然啦，有些部分還有待商榷，不是也沒差，反正步美一定過得好好的。只要她過得好，有沒有電話都無所謂啦。」

三上硬是下了結論。

「這麼說也對。」

美那子抬起頭，試著露出笑容。

「對吧。」

就在三上說得振振有詞的時候，電話響了。美那子的身體似乎動了一下，因為響的不是走廊的警用電話，代表那不是工作上的聯絡。

「啊，我去接就好。」

三上刻意放鬆語氣，上半身挪到小茶几上看液晶螢幕。來電顯示是市內電話，但三上不記得那個號碼。他緩慢地拿起子機，以免緊張的情緒被美那子看穿。電話一接起來，熟悉的聲音便灌入耳中。

「喂，三上嗎？」

是石井祕書課長打來的，三上很想罵人，有事不會打警用電話嗎？

「請問有什麼事？」

三上也懶得畢恭畢敬。

「被害者家屬那邊，你辦妥了嗎？」

「正在處理。」

「在家處理？」

石井這句話不只是諷刺。昨天，石井對赤間下跪道歉，離開前他還對三上罵道：我可不想陪你一起死。

「請稍等一下。」

三上小聲地告訴美那子，是祕書課長打來的，說完就拿著子機前往走廊。但他心中還是掛念著一個問題，不曉得美那子是怎麼想的？剛才自己說的那番話，有沒有稍微卸下美那子心頭的重擔？

三上來到寒冷的寢室。

「讓您久等了——關於說服雨宮一事，我已經有眉目了，明天就會試試。」

「意思是還沒說服就對了？」

——知道還問？

「你這樣我很困擾欸。」

「我會盡力。」

三上打開寢室的電暖器，他覺得不要馬上回客廳比較好，就找個地方坐了下來。反正今晚要打警用電話到Q局局長官舍，三上想盡早結束通話，但石井打來的用意不只是嘲諷。

「禮拜一的媒體懇談會，你要負責澄清匿名問題對吧。」

「我記得不是澄清，而是說明經過。」

「都一樣吧。」

石井的語氣難得強硬：

「接下來呢，我們要打電話召集各家新聞社。只有你的澄清不太夠力，得做一點樣子給人家看才行。總之，說什麼也得讓他們撤回抵制的決定。」

「做樣子是什麼意思？」

「很簡單，就是多提供公關服務的意思。好比在深夜或假日，傳真各類案件或意外事故的快報給各家新聞社。對方想要資料的話，就用電子郵件傳給記者。」

三上發出了沉重的鼻息，他是有聽說其他警察本部提供快報的服務，但那是人力充足的公關課才做得到的事，編制才四個人的公關室根本辦不到。不，更重要的問題是——

「這是課長的意思嗎？」

赤間部長不可能提出這種方案，在這種情況下提供新的服務，等於是跟記者俱樂部低頭道歉。

「不，是白田先生提議的。」

「警務課長提的？」

三上頗為訝異，警務課長雖是警務部的頭號課長，但沒有權力過問祕書課的事。

「他也會出席懇談會，所以很關心這件事，他知道我們跟俱樂部鬧僵了。」

「可是，用這麼顯而易見的討好方式，記者那邊也不會領情吧。」

「那些記者不會領情，但分局長層級的人物，沒有基層記者那麼衝動嘛。這種交易還是有效的，可以滿足他們的自尊心。」

「都提前召開懇談會了，他們也該明白警方很重視匿名問題吧。」

「這你就不懂了，我們提前召開懇談會，對方自然會期待我們讓步或道歉啊，我們也要準備相應的大禮嘛。」

三上忍住嘆氣的衝動：

「這樣的大禮似乎太過了，真的寄資料給記者，他們會越來越墮落。到時候別說他們懶得跑新聞，搞不好連詢問案件或意外事故的電話都不打了。」

「喂喂，記者墮落也沒差啊，對我們來說是好事。」

「夜晚和假日都要值勤的話，公關室需要增添人手，目前的編制應付不來。」

三上講這段話的用意是要結束對談，石井卻用酸溜溜的口吻說道：

「很難想像一個長年幹刑警的人，竟然會說出這種話。明知不可為而為之，這不是你們刑警的做事態度嗎？」

——別不懂裝懂了。

「這件事部長同意了嗎？」

一瞬間，石井的氣焰消失了，顯然他沒告訴赤間。

「部長不會同意用低姿態交涉的。」

三上用赤間來封石井的嘴，這就好像在偵訊室訊問犯人，對犯人提起親人的話題一樣，有刺激罪惡感的作用。不過——

「沒問題啦，先知會一下各家新聞社就行了。我在電話中透露服務的內容，你在懇談會上講些動聽的話刺激他們的想像。你就說，今後會努力充實公關服務。用這種說法，部長也不會追究啦。萬一部長生氣了，我們就說那是空頭支票。」

「空頭支票？」

意思是光說不練就對了？

「白田先生說，這樣部長也會同意。」

換言之，石井思慮周嚴，沒有忘了攏絡白田警務課長。昨天下跪道歉一事，對石井是很大的傷害，他害怕失去赤間的信賴，多替自己買了一份保險。赤間總有一天會回到警察廳，但當地出身的白田，在退休前都會穩居D縣警的高層。

「總之，安然度過媒體懇談會是首要之務。當然啦，也不是說完全拿空頭支票騙人，但那終究只是口頭上的約定嘛。實際上要提供什麼服務，以後再慢慢盤算就好。」

三上也沒心情回嘴了，今晚他又跟石井一起打小算盤，不斷湧上心頭的怒意還夾雜了幾分自嘲。

「那就這麼說定囉，麻煩你啦。」

「……」

「你有在聽嗎？」

「……」

「跟你說，你應該也明白，匿名問題已經到了緊要關頭。長官來視察以前沒處理好，我們兩個可就──」

「可否請教一件事？」

三上下定決心反擊。打破困境的關鍵，跟媒體懇談會一點關係也沒有。

「什麼事啊，問得這麼嚴肅。」

「警務課的二渡有奇怪的舉動，對此您有頭緒嗎？」

「奇怪的舉動？我沒聽說啊，什麼舉動？」

「他在調查翔子小妹妹的案子。」

「這是怎麼一回事？那不是他該管的事情吧？」

三上心想，所以我才要問你啊。

「跟我們這邊沒關聯嗎？」

「關聯……？」

「我的意思是，是不是赤間部長命令的？」

「應該不是吧，二渡他現在忙著處理廳舍重建的事情啊。」

「但他確實有在打探消息，警務單位的王牌四處打探六四懸案，搞得刑事部的態度越來越強硬。」

「這我不知道喔，完全沒聽說過。」

石井畏縮了。

「那白田課長呢？他的舉動跟平常有什麼不一樣嗎？」

「在我看來沒有啊……你是說，他讓二渡去處理什麼事情囉？」

「我想問的是，赤間、白田、二渡這三人在這件事上有沒有關聯？」

「白田先生碰到有風險的事情，一定是裝蒜到底，眼不見為淨。他那個人不會扛責任的。」

三上在心裡暗罵，石井你好意思說別人？

「你很在意的話，何不直接去問二渡呢？你們是同期，高中也參加同一個社團對吧？當然啦，你們分別在刑事和警務單位執勤，長年來也沒什麼交集，但現在你也是警務單位的人了，去找他問一下不就得了？」

「我是這麼打算。」

三上掛斷電話，石井空泛又虛偽的談話，令他一時間怒火難消。

他想起那個服務生說過的話——總覺得滿開心的，打工以來還是第一次有人跟我道謝。明明是今天才聽到的，感覺卻像很遙遠的回憶。三上認為自己實在太蠢了，竟然會相信語言能打動人心。寫給日吉的那封信也一樣，一個繭居十四年的人，跟外界阻絕一切聯繫，光靠言語怎麼可能說服得了。

三上猛然起身來到走廊，他一把拿起警用電話，另一手扯著線路回到房間。

Q局局長官舍的警用電話號碼，三上已經事先記下來。他想到了一個非得用電話才能辦好的事，簡單說就是攻其不備，用套話的技巧撼動漆原的心防。當上局長的漆原雖久未站上第一線辦案，但原本就是優秀的刑警，直覺也相當敏銳。面對面攻防的話，三上手中有多少牌都會被看穿，因此才要用電話。

三上看了鬧鐘一眼，八點十五分，時間正好，漆原大概也吃完飯洗好澡在休息吧。三上拿起聽筒按下官舍號碼，同時吞了一口口水。

電話響了三聲，是漆原本人接聽的。他一聽到來電者是三上，聲音也高了八度：

「唷，好久沒聯絡啦。」

「久疏問候，實在抱歉。」

「對了，最近過得如何啊？你還是跟以前一樣，跟老婆過得很快活嗎？」

這是防禦性的刺探，漆原先讓三上以為他跟以前一樣沒有變，心中卻在揣摩三上打來的用意。

「你又過得如何呢？」

「很爽啊，轄區的警局沒啥壓力，底下的警員都會幫我把事情辦好。」

「真令人羨慕呢，也請找我去當刑警吧。」

「哈哈，你要真有那個意願，我也可以考慮一下啦。是說，你怎麼會突然打來啊？總不會是公關上的聯絡出了什麼岔子吧？」

「不，有件事我想請教一下，才特地打這通電話。」

「喔喔，什麼事啊？別賣關子了，說吧。」

「其實，今天我去見過日吉了。」

三上隨口說出這句話，豎起耳朵聆聽對方的反應。

「日吉……？」

「之前待在科搜研的日吉浩一郎啊，在六四的第一線犯了大錯辭職那個。」

漆原頓了一下，又變回若無其事的語氣：

「啊啊，好像有這麼一個人，他犯了啥大錯啊？」

這次換三上沉默了幾秒。三上說出自己去見日吉一事，漆原卻沒有被唬到，甚至還反問所謂的「大錯」是指什麼，看來漆原依舊寶刀未老。

三上心一橫，決定進一步試探：

「就是自宅班潛入雨宮家的時候啊，他不是負責錄音嗎？」

「然後咧？」

「日吉犯了一個致命的失誤。」

「喔喔，然後咧？」

「你罵他無能廢物，他才辭職的。」

「然後咧？」

漆原握有對話的主導權，不做任何反應，逼迫對方開口，這是刑警慣用的伎倆。

「日吉受到了很大的傷害，離開科搜研以後，整整繭居十四年，這你知道吧？」

「是喔，然後咧？」

「我跟他說——他想對我懺悔或抱怨，我都願意聽。」

「嗯，然後咧？」

漆原在試探他手中究竟有多少牌，三上也快掰不下去了。接下來要是轉得太硬，沒有拿捏好虛實交錯的比例，漆原肯定會嘲笑三上。

「聽說，日吉抱著錄音機痛哭對吧，當著雨宮夫妻的面。」

三上無力改變對話流向，他聽到漆原吸了一口氣湊近話筒講話的聲音：

「所以咧？日吉懺悔了嗎？」

三上沉默了，他講這話沒關係嗎？三上用沉默威嚇對方，可惜被看破手腳了。

「完全聽不懂你在說什麼耶，你所謂的大錯到底是指什麼？我罵日吉無能？我可不記得自己說過這種話。」

漆原明白自己處於優勢，講話語氣也變了：

「唷，你是在哪裡聽到這假消息的？而且，為什麼你要做這種監察的事情？公關長是警察清廉正直的宣傳人員吧？」

「我不認為是假消息。」

「我跟你保證，這絕對是假消息啦。到底是誰跟你胡說八道的啊？」

「我看幸田報告才知道的。」

三上乾脆放手賭一把。

「你說什麼……？」

漆原的聲音多了幾分猶豫，這似乎是兩人交手至今，他頭一次出現像樣的反應，但——

「原來如此，你跟二渡是一夥的吧。」

三上感覺自己鼻子中了一拳。

「昨天他也沒先知會一聲，就跑來我局裡，打聽幸田報告的事情。」

三上的血液沸騰了，一招決勝負的奇襲作戰，原來在打電話以前就注定失敗了。二渡直接造訪警局，讓漆原有了強化心防的時間。漆原一接到三上的電話，腦袋就已經做好應戰的準備了。他閃避三上的疑問，掌握對話的主導權，同時準備好反擊的說詞。他說，你跟二渡是一夥的吧。

「看來你也變成窩囊廢了，竟然會跟警務的走狗聯手。」

「跟他沒關係。」

「反正你們的飼主都是赤間嘛，就算有差別，也不過就是名字不同罷了。」

漆原表面上以嘲弄三上為樂，真正的心思卻不得而知。二渡都直接侵門踏戶了，三上懷疑他是否真有那個閒情逸致嘲弄自己。

「有一點我敢斷言，幸田報告上有記載自宅班的失誤，而這個失誤足以讓你丟飯碗。」

「你看過了？」

漆原立刻反問三上，三上一時語塞。

笑聲震動三上的耳膜。

「不存在的東西你是要怎麼看啊？」

那是確信自己必勝的笑聲，因此三上想到了另一個可能。幸田報告不存在，曾經有過、但已經不存在，這就是漆原從容不迫的原因嗎？

「聽你唬爛是還滿有趣的啦，改天有其他段子再打給我吧。」

都走到這一步了，三上也沒法退縮。

「是看過的人告訴我的。」

「誰告訴你的，二渡嗎？」

「名字我不能說。」

「好啦好啦，那你直說啊，會害我丟飯碗的致命失誤是什麼？」

三上咬著嘴唇，漆原提了一個三上不樂見的問題。

「怎麼了，說啊？」

「現階段我還不能說。」

漆原又笑了：

「學人家當監察也該適可而止吧，我要掛囉。我是看在以前的情面才陪你聊的，但部長直接裁示不能跟警務有任何瓜葛。」

三上抓住對方的語尾反擊：

「原來你也是走狗嘛。」

「你再說一遍？」

「雖然不知道緘口令的理由，但你也乖乖聽話了不是嗎？」

漆原沉默了一會，發出了咂嘴的聲音：

「你想惹火我就對了？」

「我是在請教你，你知道理由的話我洗耳恭聽。」

「我倒想問你，要聽到什麼樣的答案你才會高興？」

這話聽起來有種虛偽的味道。

漆原是刑事部最高機密的當事人，理應知道機密的內容。不過，事情到了這個地步，漆原卻說他不曉得D縣警的最高機密，難道他也被蒙在鼓裡？若真是如此——

「如果長官收到幸田報告，你覺得會發生什麼事？」

「長官……？你在胡說八道什麼？」

起作用了。

「你也知道，下禮拜長官會來視察吧？」

「那又怎樣？」

「沒有視察行程，也不會有緘口令，刑事部要徹底消除幸田報告存在的痕跡。」

「聽不懂你說的，你到底想表達什麼？」

「你怎麼會不懂呢？對方是警察廳，真的出事荒木田部長保不了你。」

「喂、你——」

「他會把所有責任推給自宅班，他就是那樣的人，我深有體悟。」

「……」

漆原的沉默，讓三上多了一絲期待，不料——

「你還在恨部長嗎？」

——他在胡說什麼？

「人事異動不可能每個人都如願以償，不要一直記恨好嗎？乖乖蹲個兩、三年，你會有好消息的。」

三上聽得出來這是對方挑釁，他卻無法當耳邊風。

「你搞錯了。」

「你痛恨荒木田，就遷怒到刑事部頭上是嗎？然後連我也要受池魚之殃就對了？你這是在給我添亂。」

「我沒有。」

「那你為什麼要打這通胡鬧的電話？」

「那是因為——」

「我知道，職責所在嘛。我問的是，你是不是真的沒私心？還是假借職務之便，想要給荒木田和刑事部一點顏色瞧瞧？你敢說沒有嗎？」

「沒有。」

三上極力否認，聲音在腦殼裡迴盪。

「沒有那就表現得像樣一點啊。的確啦，荒木田只是一個嗓門大又愛發號施令的傢伙，但他畢竟是上級。你想回來做事的話，好歹對部長和刑事部表達一點敬意，做到這點才有資格談。」

漆原的話語傷了三上，好在沒有傷到要害。三上改變了提問的方向：

「上面的叫你不要參加葬禮是嗎？」

「葬禮？誰的葬禮？」

「雨宮敏子的葬禮，你知道她過世了吧？」

「嗯嗯，聽說了。」

「為什麼你沒去？你可是自宅班的班長。」

「那一天……」

「刑警沒有不去的道理吧？」

漆原欲言又止，乾脆保持沉默，或許是被說中痛處了。從任何人的角度來看，漆原在雨宮家的表現都很完美。

「上面的命令你不准去，以免刺激到被害者家屬，我有說錯嗎？」

沉重的呼吸聲如同野獸的低吼，威嚇著三上的耳朵。

「幸田報告究竟在哪裡？」

「夠了。」

「你寧願丟掉飯碗，也要保住那個愛發號施令的傢伙嗎？」

「無聊的妄想，別熱衷這種鳥事了，好好度過你的夜晚吧。」

語畢，漆原掛斷了電話。

三上趕緊伸手要按撥號鍵，但最後還是沒有重打。緊繃的神經鬆懈下來，似乎也沒辦法再旋緊了。當寂靜降臨，漆原的存在變得像故人一樣遙遠。

強烈的疲勞感排山倒海而來，蓋過了徒勞無功的感覺。三上自己也明白，這種刺探瓦解不了對方的防禦。不管漆原有沒有心理準備，結果都不會差太多。饒是如此，二渡的魯莽還是令人火大。二渡應該也不認為自己有辦法當面拿下一個優秀的刑警，他純粹是去試探漆原的反應，捉摸箇中虛實。其實，這才是傲慢的想法。一個在警務單位平步青雲的人，自以為能看透刑警的內心，下場就是被漆原看破手腳。也不是只有這一次，二渡拿著幸田報告的幌子到處招搖，不斷刺激刑事部的怒火和戒心，根本就是亂槍打鳥。三上很懷疑，二渡真的是優秀的調查官嗎？

漆原一定輕易躲過試探了，他打算把一切埋藏在心底，死也不說出口。另一方面，漆原似乎也看準事情不可能鬧大。三上拿長官視察要脅，多少讓漆原感到不安，但他畢竟是個難纏的對手，不可能露出馬腳。

剩下的目標只有柿沼了，三上開始思考下一個計畫。老實說三上也沒勝算，柿沼現在依然是專任調查班的人，三上的年齡和官階都比他大，用打電話的方式逼問，他大概也只會採取低姿態示弱，懇請三上高抬貴手。唯一的希望，就是賭他的古道熱腸了。要成功刺激柿沼古道熱腸的一面，得親自見他才行。

——等明天吧。

三上撐起沉重的身子站起來，將警用電話放回走廊的電話台，佯裝若無其事的表情回到客廳。

美那子在看電視，這景象令人懷念。不曉得是美那子內在起了細微的變化，還是努力裝出來的？

「工作是不是有什麼困難？」

「啊啊、沒什麼。」

「你先洗澡吧。」

「妳先吧。」

「我有點感冒……」

「那就去休息吧，今晚我不會再用電話了。」

三上忽然想到五年、十年後的生活，夫妻倆的對話還是跟今天一樣。彼此互相關心卻又假裝一切正常，這樣的相處模式，變成了日常生活的一部分。

三上花了很長的時間泡澡，他到客廳喝了一點酒，喝完前往寢室。

美那子已經進被窩了，電話子機也跟平常一樣擺在枕頭邊。小夜燈的燈泡，在美那子纖細的後頸染上一層橘光。

三上總覺得，美那子並沒有睡著。

他想起漆原說過的話，好好度過你的夜晚吧。

當他在泡澡，還有在客廳喝酒的時候，這句傷人的話始終在耳邊揮之不去。

夫妻倆很久沒有性生活了，他們一同生下步美，也一同見證步美如何毀掉自己。從那以後，他們就沒有再享受過魚水之歡，也不再期望新生命的到來。

三上鑽進被窩，偷偷嘆了一口氣。

他和美那子本來想要兩個小孩，這算是他們之間沒有明講的共識。直到步美出生，慢慢長大，這個共識也跟著煙消雲散。三上感覺得出來，美那子不想要第二個小孩。步美長得像三上，美那子可能擔心萬一第二個孩子也是女孩，而且長得像他，那該如何是好？

三上閉起眼睛。

他想起了年輕時的往事，那時候他在搜查一課的竊盜犯特搜組任職，美那子在別館的交通規制課擔任內勤。河岸一帶的職員停車場發生多起破窗竊盜事件，事關警察聲譽，高層命令特搜出動逮捕人犯。美那子的車子也同樣遭竊，三上有找美那子打探消息。他無法正視美那子的臉龐，只記得她的聲音。隔年，他們被分配到相同的轄區警局，頂多只是點頭之交的關係。對三上來說，美那子是很耀眼的存在，也是他一輩子不會有交集的對象。沒想到，有一天美那子突然送給三上一個祈求交通安全的護身符。她說，如果不嫌棄，請收下這個……美那子笑得很靦腆，這件事實在太出乎意料，三上甚至忘了道謝。

三上聽到美那子入睡後平穩的呼吸聲，兩人明明近在咫尺。

然而，三上今晚依舊在心中，問她那句說不出口的話。

——妳後悔嫁給我嗎？

30

禮拜天早上，三上還沒九點就開車出門了。

六四事件發生時，柿沼才剛結婚，住在中央町的公寓型家庭宿舍。自從他加入自宅班潛入雨宮家以來，就一直留在六四懸案的專任調查班。後來也沒有人事異動，想必還是住在以前的房子。

宿舍外觀很像市府營運的中層國宅，通稱「中央待機宿舍」，總共有六棟。三上曾經造訪過一次，印象中柿沼家在最右邊那棟的一樓。三上下車前戴上棒球帽和眼鏡變裝。為防止邪教散播宣傳刊物，集合式的郵箱已經廢除了。事實證明，記憶是很不可靠的東西。三上找了一會，才在右邊數來第二棟的二樓，發現寫有「柿沼」的門牌，門牌上還登記著柿沼的夫人芽生子和三個小孩的名字。

昨晚，當上Q局長的漆原肯定有打電話封柿沼的口，三上做好心理準備按下門鈴。門內傳來女性的應門聲，大門只打開一條縫，還有帶上門鍊。

「請問是哪位？」

芽生子探出頭來，三上懷疑自己是不是看錯了，芽生子的容貌幾乎跟以前一樣年輕。

「妳好，我叫三上。很久以前，我在特殊犯搜查組任職的時候——」

三上話還沒說完，芽生子就先開口了：

「啊、我記得！那時先生承蒙關照了。」

芽生子穿上涼鞋走出大門，她跟村串瑞希有種相近的特質，長得不是特別漂亮，開朗的笑容卻有耀眼的風采。柿沼舉辦婚宴時，恰巧三上的母親過世不克參加，所以三上只見過芽生子兩次。一次是搜查一課舉辦「慶祝柿沼結婚會」，另一次是幾個夥伴拜訪柿沼的新居。三上將近十五年沒見過芽生子了，芽生子卻保養得很好，說是二十多歲也沒人會懷疑，根本看不出來是三個孩子的媽。

「我經常聽到三上先生的傳聞喔，你是不是也覺得耳朵癢癢的？」

三上面露苦笑，他猜應該是「美女與野獸」的傳聞吧。

「我們家那口子一喝酒，就會提起你的事情。他說你是真正的刑警，所謂的刑警就是指你這樣的人。」

三上只當芽生子在說客套話，芽生子卻矢口否認：

「是真的喔！他說在一課和二課都幹出成績的，只有你一個人。而且還跟我解釋這是多麼了不起的一件事。」

「他太抬舉我了。」

三上在意旁人的耳目，進到門內穿鞋的地方。房內傳來腳步聲，一個看起來像小學低年級的女孩子，還有差不多要上幼稚園的孩子跑了出來，比較小的那個看不出來是男生還女生。走廊裡邊，還有一位少年在打量三上，大概已經上國中了。

「先生今天不在嗎？」

三上察覺他要找的人不在，提出了試探性的疑問，芽生子抱起最小的孩子，嘟著嘴巴抱怨道：

「他呀，剛剛才出去的，差不多十分鐘前。」

「是去中央署嗎？」

六四懸案的調查雖已名存實亡，但特搜本部還是設置在D中央署。

「不，他不是去署裡，應該是其他工作吧。」

「最近專任搜查班的成員，也有休六日對吧。」

「是啊，也不知道算不算好事。犯人對小孩下那樣的毒手，真希望快點繩之以法。」

芽生子看著懷中的小孩，三上從小孩的笑聲聽出那是女孩子。

「我們家那口子，結婚以來就一直在查那件案子，我好像跟刑案結婚一樣。抓不到犯人的話，他實在太可憐了。到時過了法律追訴期被調走，他會留下一輩子的遺憾。」

三上深有同感。

「我們家那口子說，三上先生要是回到刑事部，說不定就能抓到犯人了。」

三上聽了好心痛，他心中還有另一個自己，正在俯瞰自己現在的所作所為。

「我相信妳先生一定抓得到犯人，他比任何人都了解事件全貌。」

「要真是這樣就好了，到時候他連升三級我就沒話說了。」

芽生子大刺刺地笑了，三上趁對方放下心防時問道：

「昨晚，漆原先生有打電話來嗎？」

「啊、有，還有一位叫二渡的也有打來。」

三上早已料到答案，表情依舊鎮定：

「這是第一次嗎？」

「不是，漆原先生滿常打來的，我們家那口子偶爾也會打給他。」

「我是指二渡的電話。」

「啊啊、確實是第一次沒錯。二渡先生不只打電話，深夜還跑來我們家呢。」

二渡的動作之快，連三上也大感意外，又被二渡搶先了。

芽生子的表情也沉了下來：

「我們家那口子說，對方是警務的高層，那位二渡先生到底是什麼人啊？」

「妳的意思是？」

「他假裝自己不在，沒有見二渡先生。」

「是這樣啊……」

「請問，是關於監察的事情嗎？」

三上趕緊裝出笑臉：

「不是的，那個人跟我同期，是負責人事業務的。一定是來談人事相關的問題吧，妳先生也十四年沒異動了嘛，可能是來打聽一下，看他有沒有什麼意願吧？」

芽生子把謊話當真了。

「唉，他真笨，早知道應該見對方一面的。」

「可能妳先生想調去其他單位吧？」

「我想是吧。他每次喝醉就會用無奈的口吻說，自己會被冷凍到追訴期。」

冷凍，代表這是有人刻意為之。

芽生子懷中的小孩，拉了拉媽媽的頭髮，三上趁芽生子分神時提問：

「妳先生有帶手機對吧？」

「不好意思。」

芽生子抬起頭重新面對三上，用單手做出了一個致歉的動作：

「我們家那口子再三交代過，不能告訴別人。」

「是，我明白。」

每個刑警都會告訴自己的家人，千萬不能透漏手機號碼，哪怕對方是警察也一樣。

三上低下頭準備告辭，芽生子又說了：

「不過，他大概是去那裡了吧。」

「咦？」

「松川町有一家叫德松的超市，你知道嗎？」

「知道，旁邊還有小鋼珠店。」

「對對，就是那一家。他的車子可能停在那裡的停車場附近，我每隔兩天會去德松採買補貨，最近看到他的車子好幾次。」

是在盯哨嗎……？

「車子就停在大馬路上嗎？」

「啊、停車場的入口就在大馬路轉進小巷的地方。不過路面滿寬敞的，車子停那邊不會妨礙到其他用路人喔。」

芽生子想袒護丈夫，卻搞錯了重點。

「他一個人在車裡嗎？」

「是啊，或許是在盯什麼可疑人物吧。有一次我找他說幾句話，他還兇我，叫我不要靠近呢。」

看來芽生子又要被先生罵了，她沒有洩漏手機號碼，卻洩漏了行蹤，保密功夫只做半套根本沒意義。儘管是芽生子自己說出來的，利用對方的善良還是讓三上過意不去。

「那我過去一趟。」

「就麻煩你自己跑一趟了。不好意思，難得你特地過來。」

「請別這麼說，冒昧跑來打擾是我不好。那麼夫人，我去德松找他，就當是我剛好路過的吧。」

芽生子喜笑顏開，對三上說：

「那就拜託你了，不然我又要被罵了。」

芽生子很爽快地答應，想來他們的家庭一向和樂融融吧。

三上轉身要走，隨即又掉過頭來：

「請問妳先生的車子是?」
「是深綠色的日產天際線，已經很舊了。」
「謝謝，改天有空我再登門拜訪。」
三上聽到有人跟自己說掰掰，又一次轉過頭來。一張兼具夫妻二人特徵的可愛小臉蛋，害羞地埋進母親的胸口裡。

31

三上看到黃色號誌，在交叉口右轉。
他沒有完全相信芽生子說的話，如果柿沼一個人待在車上，那就不是正式的盯哨行動。車子在外環道路行進的過程中，三上不斷思考柿沼究竟去那裡做什麼。
三上開入松川町，這一區有許多郊外特有的大型店鋪。十二月的街道人聲鼎沸，人與車的動作都又快又急。「德松超市」的巨大看板想不看到都難，三上在前面的路口左轉，進入店鋪旁邊的馬路，接著又在十字路口右轉，繞到後方。
他不經意採下剎車。
——柿沼真的在這裡。
道路左邊，有五、六台車停在家電量販店的牆邊，最前面就停著一輛深綠色的日產天際線。

三上放開油門讓車子慢慢滑行，從後方接近那台車子。他先看排氣管，排氣管噴出一點白色的煙霧。三上繼續開車靠近，隔著後窗觀察車內。稍微往後放倒的駕駛座上，有一顆理著短髮的腦袋。三上開過對方車子旁邊，用眼角餘光掃視車內。他看到一個男人的側臉，是柿沼沒錯，他正專心地盯著前方。前方十公尺處是德松的停車場入口，兩個穿著制服的保全，手持紅色指揮棒忙碌地引導來客車輛。

柿沼似乎在確認來客的臉龐或車輛，但三上很快推翻了這個想法。柿沼的車子離停車場入口太近了，還停在五、六台車子的最前面，客人坐在車裡也看得到柿沼。按照盯哨的教戰守則來思考，柿沼注視的地方，應該在停車場入口的十五公尺外，也就是小鋼珠店後門。或者，是對面住商混合大樓的出入口一帶。

三上連續兩次左轉，繞過巷弄的轉角，再一次繞回那五、六台車的後方。他把車子停在最後面關掉引擎，開門下車。芽生子說，柿沼很敬重三上，這句話讓他的心情很沉重。他抱著前往偵訊室的心情，走向柿沼的汽車。三上來到柿沼的車子邊，用指節敲敲駕駛座的玻璃，看得出來車內的柿沼嚇了一跳，還張大眼睛看著三上。

三上用嘴形示意對方開門，柿沼連忙打開車門鎖。車子就停在牆邊，三上沒辦法進入副駕駛座，只好打開後座的車門坐進去。他一把抓住副駕駛座的椅子，探出身子觀察柿沼的側臉，柿沼面色鐵青。

「你在這裡做什麼？」

三上不給對方思考的時間，柿沼支吾其詞，一句完整的話也說不出來。

「你在等誰？還是在盯誰？」

柿沼應該是在盯哨或確認某個人的行動，但實際坐上柿沼的車子，從擋風玻璃看出去的景象又不符合任何一者。車子離德松的停車場入口太近了，這等於是在拜託別人看自己的車。相對地，這個位置離小鋼珠店和大樓出入口又太遠，很難用肉眼鎖定特定人物。

「三上先生，我要離開了。」

柿沼突然說出這句話以後，放下手剎車，推動自排車的排檔，踩下油門發車前進。三上在同一時間拉起手剎車，車子急行後又瞬間急停，害他們的身子都往前傾。車子發出急煞的聲音，其中一個負責引導車輛的保全人員，一臉驚訝地回過頭來。

三上坐回後座說道：

「我不是來打擾你工作的，你繼續沒關係。」

「不，已經結束了。」

結束了？這是怎麼一回事？

「我叫你繼續，我也希望六四的犯人逮捕歸案。」

三上聽到柿沼吞了一口口水。

「我來是有其他事情，你看著前方沒關係，耳朵聽我講就好。」

「請問是什麼事呢？」

三上凝視後照鏡，在鏡中看到柿沼的雙眼，柿沼卻不敢看三上。

「之前科搜研有個叫日吉的人，昨天我去了他老家一趟。」

三上老實說自己只是去了一趟，沒有說見到日吉。

柿沼眨眼的速度變快了，接到漆原的警告電話後，他有料到三上會找上自己，但終究無法徹底控制生理反應。

「我聽日吉的母親說了，日吉在雨宮家犯了嚴重的失誤，還被漆原班長痛罵無能——沒錯吧？」

「我、我不知道。」

柿沼連答話都走音了。

「日吉離開警界，之後繭居在家十四年，這你知道吧？」

「……不清楚。」

「你們在雨宮家的第二天，日吉哭了對吧？」

後照鏡中的柿沼，眼珠子不停地動來動去：

「這我不清楚。」

「有人看到了，幸田還去安慰日吉，你又做了什麼？」

「不記得了……應該是忙著聯絡本部。」

三上又一次探出身子，逼近柿沼的臉龐，柿沼的耳根子都紅透了。

「你聽過幸田報告嗎？」

「沒聽過。」

柿沼答話的速度太快了，半開的嘴唇也在發抖。

「幸田寫下了日吉犯錯的事，沒錯吧？」

「我都說了——」

「漆原害怕丟掉飯碗，壓下犯錯的事實，還有幸田報告。」

「我說了，我真的什麼都——」

「你寧可犧牲下面的人，也要保護上頭是嗎？」

三上把希望寄託在這句話上，柿沼的脖子用力繃緊，浮出皮膚的頸動脈持續突跳著。

再來就看柿沼怎麼回覆了。

過了一會，柿沼開口說：

「……我不懂您的意思。」

三上沉重地嘆了一口氣，柿沼嘴上否定，但他的反應承認了三上的推測。三上也料到會有這種發展，柿沼身在濁流的對岸，一個古道熱腸的人跨不過那道坎。

「我可以離開了嗎？」

柿沼的音調很不自然，手也放到手剎車上。

「繼續你的工作啊。」

「都結束了。」

「什麼結束了？」

「工作結束了。」

兩人的對話牛頭不對馬嘴，焦躁的氣息在狹窄的車內瀰漫開來。

「那我開車了。」

「不准開。」

三上的語氣很強硬，大腦試圖告訴他某些事情。

「這裡太引人注目了，我們去別的地方談吧。」

「是你刻意停在引人注目的地方吧。」

實際說出這句話，三上有了更深的體會。柿沼是故意這樣做的，他不顧跟監的方法論，刻意停在引人注目的地方。

柿沼畏縮的雙眼，瞄了鏡中的三上一眼：

「我送您去取車。」

「我的車就停在後面，談完了我自己會下車。」

「還沒談完嗎？」

「還沒。」

三上已經沒有可用的談資了，繼續嚇唬柿沼也非他所願。三上想起芽生子的臉龐，以及柿沼家的三個小孩。柿沼也跟三上一樣，為了家人他們都不得不放棄原則。

三上的情緒逐漸萎靡，放棄的念頭宛如層層疊疊的浪濤湧現。不過，實際退一步來看，三上很在意剛才牛頭不對馬嘴的談話。柿沼裝蒜到底又沒有露出馬腳，但警戒心非但沒有鬆懈，還隨著時間經過越來越緊繃。看得出柿沼呼吸不順，手剎車也放下了一半，他想要盡快離開這個地方。

不，不對。

柿沼不是要盡快離開這個地方，而是要盡快帶三上遠離這個地方。

為什麼？

三上抬起頭，再一次觀察擋風玻璃外的景象。

「還有其他問題的話，請說吧。」

柿沼講話的速度變快，這是遭遇具體危機的人才會發出的聲音。

「三上先生。」

「……」

「沒有要說的事情，就請您下車吧。」

柿沼整個身體轉過來，阻擋三上的視線。三上推開他的身體，凝視正前方。

「三上先生，已經夠了吧！」

柿沼接近哀嚎的聲音，也無法打斷三上的集中力。三上感覺自己的視線逐漸聚焦到某一個點，就好比在熙來攘往的街道上等人，好不容易在人潮中認出熟人的面孔一樣。

三上認出了幸田一樹。

兩名保全在德松的停車場入口引導來車，其中一人就是幸田。幸田頭上的帽子壓得低低的，歷經十四年的風霜，外貌也有很大的變化，但確實是他沒錯。細長的雙眼，高眺的鼻樑，狹窄的嘴角，每一項特徵都符合三上記憶中的印象。

柿沼落寞地低下頭，看到他絕望的表情，三上的錯愕更多了幾分真實感。

遮羞布被揭開，謎底也揭曉了。

原來柿沼不是在盯哨，也不是在確認某人的行動，而是在恐嚇幸田。柿沼故意把車子停在幸田面前，曝露自己的身分，恐嚇幸田不准把雨宮家發生的事情說出去，否則警察絕不會善罷干休。

想必柿沼會定期出現在幸田面前，讓幸田知道監視會半永久地持續下去，這才是柿沼真正的「工作」。

三上不寒而慄，他對著柿沼落寞的背影說：

「你一直在做這件事嗎？」

「……」

「真的嗎？你整整十四年……」

柿沼抱住自己的腦袋，發出痛苦的低吟。他遵從了上面的命令，這個恐嚇裝置就是漆原有恃無恐的依據。

「打擾你了，剩下的我去問幸田。」

三上握住車門的門把準備下車，柿沼發出驚叫後轉過身來，通紅的雙眼噙著淚水：

「求您放過他吧。」

「你有資格說我嗎？」

「……是，您說的沒錯。不過，事情不是您想的那樣，我已經沒有威脅或監視幸田了。這純粹是習慣，對我和幸田來說都是一種習慣。」

「習慣……？」

「整整十四年做一樣的事，自然會養成習慣。我知道他在，他也知道我有來，就是這樣而已。我們不會有任何交流，就是一種沉默的共識，所以我和他才能撐過來。」

柿沼深深地低下頭說：

「拜託了，三上先生，請不要把事情鬧大。幸田被您套話很有可能說溜嘴，到時候我不得不跟上面的報告。」

三上沒有同意柿沼的懇求。

「我一直都看在眼裡，幸田離開警界以後吃了很多苦，始終找不到好工作。雖然他是自願離職的，但外界都會用有色眼光來看待離開警界的人。尤其幸田說辭就辭，也沒有拿到縣警的介紹信。他換了好幾份工作，全都是肉體勞動的粗活。好在他也結婚生子了，最近生活好不容易才安定下來。所以——」

「到底發生了什麼事？」

「咦？」

「你們在雨宮家，到底發生了什麼事？不想讓幸田說，那就由你來講。」

「三上先生……」

柿沼無言了，臉上盡是失望的神色。

「我跟你一樣，來這裡都是為了工作。」

「……」

「我今天沒見到你，也沒跟你交談——你說吧。」

柿沼閉起眼睛，無力地搖搖頭。

三上準備推開車門，柿沼抓住他的手腕，力道十分強勁：

「我跟幸田，都是有家室的。」

「我也有。」

三上也抓住柿沼的手腕：

「你聽好，我這輩子絕不會出賣你。你、我、幸田，我們三人會平安無事，我們的家人也不會受牽連。你還有更好的方法嗎？」

柿沼沉默了很長一段時間。

他抬起頭，哀傷地注視著停車場上的幸田，接著慢慢把臉轉過來，緊咬的嘴唇終於稍微張開了。然而，他又花了一段時間，才說出下一句話：

「……我們沒錄到犯人的聲音。」

咦？三上發出了疑惑的聲音。

「錄音機沒有啟動。」

三上的腦袋一時轉不過來，沒錄到犯人的聲音？錄音機？柿沼在說什麼？

「這是怎麼回事？你們到場的時候不是已經——」

「其實犯人還打了另一通電話。」

三上倒吸了一口氣，難不成——

「就是您想的那樣，犯人打到雨宮家的恐嚇電話，除了對外宣布的那兩通以外，其實還有另外一通，那一通我們沒有錄到。」

這些話就像耳鳴一樣，刺激著三上的耳膜。

「那是三上先生你們快要到雨宮家之前發生的事。犯人打了第三通電話，我們都做好準備了，錄音和反向追蹤也都安排好了，可是……」

柿沼吞了吞口水，神情很難受。

「電話一響，雨宮先生情緒太過激動，差點不顧我們的交代直接拿起電話。我們趕緊阻止他，並且聯絡日本電信公司，日吉也在同一時間按下錄音鍵。然而，錄音機沒有啟動，帶子也沒有開始轉動。日吉陷入恐慌，反覆地按壓啟動鈕，但帶子還是沒有轉。電話聲持續響個不停，雨宮先生大概是害怕犯人掛斷電話，就在混亂中接起來了。」

雨宮接了電話？三上的刑警思維立刻有了反應。

「他跟犯人交談了？」

「是。」

「犯人說了什麼？」

「犯人說──你沒有報警吧？我一直在監視你。雨宮先生表示自己沒報警，還懇求犯人讓他聽聽女兒的聲音，但犯人直接掛斷電話。由於通話時間太短，來不及反向追蹤。」

「跟前面兩通電話的聲音一樣嗎？」

「雨宮先生說都一樣。」

「你也有聽到犯人的聲音吧？」

柿沼遺憾地搖了搖頭：

「犯人的聲音只有雨宮先生聽到。」

「你不是有戴耳機嗎？」

「我和幸田本來都有戴，但我們後來摘下耳機協助驚慌的日吉。當我們還在確認電源和錄音帶的鬆緊狀況時……雨宮先生就接起電話了。」

說完這段話，車內再也沒有任何聲音。

三上身為公關長的思維，慢了好幾拍才開始運轉。

警方隱瞞錄音失誤的事實，而且沒有讓社會大眾知道──綁票殺人案的嫌犯還打了另一通電話。

這種事不應該發生，也絕不能發生。三上明白事情的嚴重性，身體也開始發抖。

「是誰決定隱瞞的？」

「……」

「別浪費時間了，快說。」

「……是班長。」

「漆原是怎麼說的？」

「這件事不需要往上報，雨宮也能理解，總之死都不能說出去。」

「他用了什麼話術逼迫雨宮接受嗎？」

「不，我想沒有。雨宮先生講完電話後，還跟我們幾個道歉，說他不該自作主張接起電話。」

剛講完電話會這樣想，不代表永遠會這麼想。

「時間一久，雨宮的想法也變了，他無法原諒你們錄音失誤，所以跟警方的關係也惡化了是嗎？」

「上面的不准我接近雨宮家，雨宮先生的變化我並不清楚。不過，事件開放報導後，報章雜誌都有刊載詳細的案發經過，雨宮先生一定也知道我們隱瞞了那一通電話。」

或許是這麼一回事，雨宮唾棄的不是錄音失誤，而是D縣警隱瞞真相一事。

「電話是幾點打來的？」

「正好七點半。」

也就是三上抵達雨宮家的一個小時以前，當時三上沒有察覺任何異狀。不，那是綁票事件的被害者住處，有發生什麼異狀也不足為奇，就好像三上看到日吉臉色蒼白，也只認為那是太緊張的關係。

「你們是怎麼跟日本電信說的？」

失誤歸失誤，警方畢竟有拜託日本電信進行反向追蹤，因此不可能放著不管。

「我們聯絡日本電信，說那一通電話是打錯的。」

「這也是漆原的指示？」

「是。」

「漆原是接到別人的指示才這樣做的嗎？」

「沒有，在那個狀況下，所有事情都是班長直接發落。」

換言之，這一切都是自宅班闖出來的禍，但——

「幸田報告又是什麼？」

原以為柿沼會做出最後的抵抗，不料他很乾脆地說：

「我也不知道那正確來說到底是指什麼，總之幸田非常憤慨。贖金被奪以後，幸田直接頂撞班長，他說錄音失誤是所有自宅班的責任，大家應該回報本部接受懲處。班長反過來訓斥幸田說，事情都已經發生了，得罪社會大眾一點意義也沒有，要談論幼稚的正義感等抓到犯人再說。我……我也勸幸田忍下來，我非常理解他的心情，只是我太軟弱、太害怕了。班長說了，把事情抖出來對搜查也沒幫助，我還欺騙自己班長說的有道理。後來幸田就不跟我們說話了，案子也朝更壞的方向發展，翔子小妹妹的屍體被人發現……我看到幸田痛苦地抓著自己的胸口。到後來，幸田也不肯善罷甘休。我們從雨宮家撤退以後，幸田在報告書寫下錄音失誤的始末，送到刑事部長的官舍。」

有這回事？

柿沼說的是真的？十四年前整件事就已往上報，刑事部長也知道被隱瞞的事實。自宅班隱瞞的祕密不是現在才死灰復燃，案發時刑事部首腦就知道錄音失誤了。然而，事實沒有昭告天下，幸田報告被壓下來了。不但如此，事後高層還認同漆原的行為，告發真相的幸田辭職不幹，沒有受到慰留，帶頭隱瞞的漆原卻步步高升，一路幹到局長。

整個組織都牽涉其中，D縣警隱瞞事件的真相，這才是「幸田報告」的真正內容。

「幸田不光是有正義感，而且也是個重情重義的好人。每到翔子小妹妹的忌日，他一定會去墳前上香祭拜。去年雨宮夫人逝世，他也悄悄去上香……」

「所以你才被冷凍嗎？」

「咦……？」

「我是在說你，監視幸田的人非你不可，所以你才被冷凍？」

「……是，聽說這是歷任刑事部長的重點交接事項。」

「我懂了。」

三上答話時，心中盡是鄙夷之情。他的眼角餘光瞄到保全人員的制服，保全的長褲被寒風吹得烈烈作響。

離開警界十四年……幸田忠於自己的良心，反倒落得這樣的下場……

「他一定很痛恨警方吧。」

三上說出心中的感嘆。

對此，柿沼表示否定：

「不，我想幸田應該是心懷感激的。」

「心懷感激？」

「這是他第一份正職工作，班長動用關係幫他找到的。」

聽柿沼這麼說，三上沉吟了。的確，保全公司都是警界相關人士開的，一般來說像幸田這種「危險分子」不可能獲得保全的工作。這不是善意，而是要徹底斷絕不確定的因素。漆原故意施恩，讓幸田再也無力反抗，況且把幸田安插在保全公司也方便監視。隨便打一通電話就能知道幸田每天在哪裡值勤，永遠掌握他的行蹤。

「是幸田跑去跟班長下跪，求班長幫忙的。」

柿沼用手摀住自己的眼睛：

「他對班長說，請原諒我，幫幫我，讓我的老婆孩子過上普通的生活吧。」

幸田選擇了服從……真是太可悲了，三上不是不能體會這種心情。警察和保全，只是穿的制服不一樣罷了。

幸田在寒風中微笑，戴著手套的雙手握著紅色指揮棒，一面跟車窗內的客人交談，一面對客人鞠躬哈腰。幸田完全失去了獠牙，已經不是什麼危險分子了。然而，柿沼還是會定期露臉，或者應該說，柿沼是被迫去看幸田的下場。這一面鏡子也有恐嚇柿沼的作用——膽敢說出真相的話，就會落得跟幸田同樣的下場。整整十四年，擔任監視者的柿沼，心中也被烙下了跟幸田一樣大的恐懼。

三上有一股衝動，想要解放他們二人。

「我要走了，最後再問你一件事，為什麼日吉在雨宮家哭了？」

「這……他覺得自己難辭其咎。」

「只有這樣嗎？」

柿沼的表情扭曲了。

「漆原說了什麼對吧？」

「……是。」

「告訴我。」

「……班長說了翔子小妹妹的事。」

「他怎麼說的？」

「他說——翔子小妹妹萬一有個三長兩短，就是你害的。」

32

三上不自覺地加重踩油門的力道。

跟柿沼道別後，三上走縣道一路向東，打算去見雨宮芳男。他不曉得自己掌握的情報，能否用來說服雨宮接受慰問，但至少有了再次拜訪的資格。當然，三上真正想去的不是雨宮家，他想直接跑去Q市的局長官舍，一把揪住漆原的脖子問罪。

三上有種反胃想吐的感覺，得知這個訊息，他無法在心中架起一道屏障隔絕情緒。那些情緒也不光是憤怒，更多的是遺憾。當初警方有錄音的機會，錄音成功的話，就可以公開犯人的聲音，再配合聲紋鑑定比對有嫌疑的男性。

三上用手掌氣憤地拍打方向盤，各種負面情緒持續湧上心頭。

犯人打來的恐嚇電話沒有錄到，那時候公布這個消息會發生什麼事呢？贖金被犯人奪走不說，最糟的是雨宮翔子的命也沒救到，而在搜查過程中，警方還遺漏了跟犯人直接相關的重要證據。理由竟是錄音機沒有運作，勢必會引來輿論撻伐，警方高幹都要引咎辭職，辭職大概也滅不了火。除非破案，否則不管經過多少年，媒體都會拿這件失誤說嘴，在警方的傷口上撒鹽。沒有錄到犯人聲音一事，將不斷受到公審。不過——

現在警方犯下的罪狀更加嚴重。

這不是事過境遷的傷疤，如今繃帶下仍然隱藏著血淋淋的創口。警方在偵辦最重大的撕票案件時，犯下了無可挽回的失誤，甚至動用組織的力量隱瞞真相，欺騙了社會大眾整整十四年。要是現在媒體知道這件事，做成新聞報導出來——

光想就令人害怕，錄音失誤再怎麼嚴重，終究是無心的過失，但隱瞞真相是蓄意的。不但如此，為了隱瞞犯錯的事實，連犯人打來的電話也一併隱瞞，徹底埋葬跟事件核心有關的搜查情報。這是搜查機構不該有的犯罪行為，被抖出來的話，D縣警絕對無法辯解。這跟主動公開搜查失誤不同，承受的批判難以相提並論。

另外，綁票事件還牽涉到「報導協定」這個很敏感的問題。三上擔任公關長後，熟讀過全國的新聞報導對策資料，因此他很清楚事情的嚴重性。

過去媒體報導綁票事件絲毫不顧道德和原則，後來經過深切的反省，才產生了所謂的報導協定。綁票事件的犯人，一定會恐嚇被害者家屬不得報警，如果電視和報章雜誌報導警方出動的消息，那麼被害者的小命將不保。是故，綁票事件發生時，媒體會做出協定，在確認被害者安危或逮捕犯人以前不會採訪，也不會報導案情。媒體自我約束，警方則必須彌補訊息上的空白，即時提供各家新聞社案情和搜查進展，問題就出在這一點上。

報導協定是媒體之間的「業內協定」，不是警方和媒體的協定。然而，案子是不是危及被害人性命的綁票案件，是由警方判斷，締結協定的事務手續也由警方主導。警方會先向記者俱樂部說明案情，要求各家新聞社締結協定，通常媒體也會「遵從」要求，因此從旁觀角度來看，形同「警方和媒體締約」。媒體討厭公權力介入的特質，往往讓行事系統更加複雜，但說穿了，就是媒體主動跟同業締結協定，同時也跟警方立下「紳士協定」的意思。

雙方是基於尊重人命的觀點立約，契約內容卻比較接近等價交換。對警方來說，媒體若不接受要求，他們會很困擾，媒體一旦接受要求，警方才可以無後顧之憂專心查案。而對媒體來說，這等於是自行限制報導自由，影響國民知的權利，可是他們也能反過來利用這一點，疾呼監督公權力的重要性。況且警方吃人嘴軟、拿人手短，媒體得以要求警方徹底公開搜查的相關資訊。冷靜思考一下就會發現，這對媒體是非常有利的契約，他們什麼事都不用做，警方就會主動提供大量的搜查訊息。問題是，沒有記者會這麼想。每次綁票案發生後，媒體就出動一、兩百名記者和攝影師趕往現場，一副來勢洶洶的模樣，偏偏那些人又受協定約束無法實地進行採訪，只好擠在封閉的記者會現場。時間一久，記者便產生一種是警察害他們無法採訪的錯覺，心中的挫折感也越來越大。他們覺得自己勞苦功高，不惜限制報導自由來協助警方，因此在協定生效期間，如果警方吝於提供訊息，所有記者就會陷入歇斯底里的狀態，對警方發動瘋狂的攻勢。

那麼，六四懸案的狀況又是如何？不消說，那時警方和媒體也立下了協定。不過，D縣警隱瞞犯人打來的電話，放棄了提供情報的義務，幾乎是以最惡劣的形式背棄雙方的約定。無論匿名問題之後如何發展，D縣警和媒體的信賴關係，會因為這起十四年前的事件而徹底崩塌。媒體將以充滿敵意的報導，摧毀警察組織的權威和信譽。可是，這都還只是暴風雨的前兆罷了。六四懸案的記者會有許多媒體人參與，當年的菜鳥現在也都獨當一面了，在全國各地擔任分局長或主編，還有人在新聞社本部擔任要職，這些人也都是當事者。他們肯定會對D縣警的背叛感到錯愕又憤怒，一同發出批判。所有批判會透過新聞社發聲，成為嚴厲的媒體評論，對警察廳構成威脅。尤其時機也非常不湊巧，國會正在審議個人資訊保護法案和人權擁護法案，在野黨得勢不饒人，媒體全力煽動輿論，搞不好會影響立法成敗。

——太愚蠢了。

三上重重地嘆了一口氣。

漆原絕對是罪該萬死，一個地方上的小警部逃避責任，害整個警察組織陷入險境。不，真正的戰犯是當年的刑事部長久間清太郎，他默許個人犯罪，讓整件事惡化成組織犯罪。幸田投書部長官舍，那是發自內心的吶喊，久間卻壓下這件事。那個裝模作樣又自詡知性派的傢伙，真正遇到案子一點辦法也沒有，是他贊同漆原的現場判斷。

是，沒錯，這一切都是為了保護組織，畢竟事件本身和失誤情節都太重大了。久間得知這件事的時機也不湊巧，錄音失誤發生的幾天後，雨宮翔子的屍體也被人發現，D縣警早已承受猛烈的炮火。在那個時機站上攝影機前，坦承警方沒有錄到另一通電話是很困難的事，不過──

講難聽一點，就是明哲保身罷了。久間卸任前夕，已經決定好要到警察的外部組織安享晚年了。不管中間有何情由，留下來的結果只有一個，一名高級幹部為求自保，送給繼任者一顆危險無比的炸彈。如果久間認為，這件事內部處理就壓得下來，那他就跟當年流傳的風評一樣愚蠢。事實上，幸田這個吹哨者依舊存在，被害人的父親雨宮也知道真相，這個沉睡的巨人隨時可能甦醒。

這無疑是「負面的遺產」。柿沼說，這是歷任刑事部長的重點交接事項。久間在卸下部長一職時，把真相告訴下一任部長──室井忠彥。室井忠彥得知錄音失誤、隱瞞事實、幸田報告這些事，想必十分震驚吧。可是，室井一聽到這件事，當場就變成了共犯。否則新部長上任的記者會，馬上會變成引咎辭職的記者會。室井乖乖地吞下毒計，不，想必在他那一任還強化了保密的措施。室井命令漆原監督柿沼，要柿沼去監視和恐嚇幸田。持續讓自宅班成員互相監視，是防止祕密外洩的措施之一，所以柿沼「不得異動」也成了重點交接事項，更是刑事部的最高機密。一直到現任的荒木田部長，這件事總共傳了八代。

三上的心情很凝重。

這八任部長中，也有尾坂部道夫，連那個號稱優秀指揮官的大館章三也在。他算是三上和美那子的媒人，三上視他為「刑警之父」。當然，他們也沒辦法怎麼樣，隱瞞真相的風險和隱瞞的時間是成正比的。他們拿到的這顆炸彈早已醞釀強大破壞力，即便沒有明哲保身的念頭，也只能默默地吞下去。

可話說回來……

三上有種無力感，連尾坂部和大館都無法斬斷負面的鎖鍊。三上曾相信刑事部的正義、驕傲、傳統，如今看來那些都是蓋在沙地上的樓閣。

或許是他長年擔任刑警，感受也特別深吧。

時至今日，社會大眾是以現實又冷酷的眼光在看待警察，警察被當成利欲薰心的組織，跟民間機構別無二致。現代人對警察的要求，既非正義也不是親切感，而是作為一個保障人民安全的「機器」，一個盡快排除生活中危險因子的高性能機器。尾坂部和大館算是符合人民期待的機器，他們默默地偵破各類案件，盡可能隔離更多罪犯，淨化普通人生活的環境。就算一腳踩在刑事部的淤泥中，也專注地完成警察的本務，沒有被淤泥汙染。他們持續累積破案的數量，最終也證明了刑警存在的意義。

現在的刑事部沒有那樣的能力，大館四年前卸任後，連續兩任部長都是警備部出身。荒木田在機動隊執勤的時間，也比擔任刑警的時間更長，他升遷的速度雖快，辦案能力卻一點也不出色。數字是騙不了人的，大館卸任以後，殺人凶案除了犯人自首和現行犯被逮以外，有半數以上都破不了。松岡擔任搜查一課的課長以前，連一件案子都沒有破。

未來也不會有「稱頭」的刑事部長。D縣警的刑事部長一職，是透過在地人才選拔的警察能當上的最高職缺。刑事部領導當然是由精通刑事工作的人來擔任比較好，但除非像尾坂部或大館那樣，擁有連其他縣警都讚嘆的強大本領，否則一般地方刑警幾乎不可能透過升任考試繼任部長。荒木田預定明年春天卸任，下一任刑事部長的有力人選，據說也是警務部出身的梨本鶴男。

饒是如此，組織同樣會運作下去。地位會影響一個人的性情，且不見得是好的影響。一個缺乏刑事經驗和功績的人，當上部長以後，也會有那麼一丁點刑事領導的格調。這種人會以誇大不實的語氣，炫耀著少到可憐的功績，一遇到案子就跟興奮的猴子一樣大聲嚷嚷，被真假難辨的搜查訊息耍得團團轉，身心染上刑事部的色彩，彷彿過去的經歷都不存在。荒木田算是最典型的例子，現在他深信自己是名副其實的刑事部代表，因此排斥警務部跟排斥殺父仇人一樣，還把刑事資歷比自己多好幾倍的三上，說成閒雜人等。

三上搖下駕駛座的車窗，讓冷風吹在臉頰上。行道樹只剩下些許葉片，北風在光禿禿的樹木上刮出聲響。

總之，三上試著轉換思維。

他已經看透荒木田的想法了。荒木田察覺長官視察另有隱情，因此受到很大的震撼。而二渡在查探幸田報告的消息，也正好傳入荒木田的耳中。荒木田肯定覺得，二渡把手伸到自己揣在懷裡的炸彈上。在驚慌和恐懼的催化下，荒木田猶如被逼急的老鼠，一夜之間築起了緘口令的高牆。被逼急的老鼠當真敢咬貓嗎？不，先不說荒木田敢不敢，松岡是不會默不作聲的，事關刑事部的命運，那個人連警察廳都敢得罪。

至於二渡的動靜——或者說，赤間率領的警務部有何用意，三上也大略猜出來了。警務部要排除D縣警內部的阻礙，達成警察廳的目的。盯上六四懸案或許是達成目標的手段，挖出刑事部深藏的缺失，找出更大的弱點相脅，以不戰而屈人之兵的方式達成目標。他們打的應該是這樣的算盤。

不過，現在三上知道六四懸案隱藏的炸彈很有可能顛覆整個D縣警後，他是越來越看不懂二渡的作為了。再這麼刺探下去簡直是自尋死路，胡亂打聽幸田報告，等於是在公開炸彈的存在。警務的調查工作一向講究「低調」，這個原則也適用人事和監察業務。更何況，警務調查官是負責掌握警察風評和應對訴訟的危機管理專家，一個以保護組織為己任的人，竟然把組織曝露在風險下，這沒關係嗎？事情一旦鬧大，警察廳乃至全國二十六萬名夥伴，都不會給D縣警好臉色看，D縣警也將無地自容。屆時D縣警不僅會失去發言權，還會被迫進行內部肅清，在警察這個大家庭的監視下度過漫長寒冬。走到這一步，D縣警與死無異，照理說這是二渡最害怕的狀況才對。

不，先等一下。

誰敢保證二渡的調查有進展？直到今年春天都在刑事部任職的三上，十五分鐘前才終於摸清幸田報告的真相。二渡接觸柿沼的嘗試失敗，漆原就更不用說了，目前刑事部禁止和警務人員接觸，沒有人會在敵方王牌面前露出破綻。高層也不可能透漏訊息給下面的人，二渡根本沒有門路，離真相應該還很遙遠。二渡知道的訊息，頂多就是從別處聽說有一個叫幸田報告的東西罷了，不可能熟知內情。二渡不曉得當中的危險性，才會隨便拿這張牌來刺探那些刑警。

轉念及此，三上的思緒停頓了。

從別處聽說……？從誰口中聽說的？

看似合理的推論，根基被動搖了。

幸田報告是歷任刑事部長暗中傳承的接力棒，可不是流言蜚語散布的祕密，二渡究竟是從哪裡聽來的？又是誰告訴二渡的？是下令調查的赤間嗎？赤間知道六四這個代號，部長層級的情報收集能力不是基層能夠測度的，但這又說不過去。願意討好人事高層的職員或許所在多有，但沒在本部流傳過的代號，如何傳進赤間耳裡？

三上越想越不明白，二渡詭譎的作為卻在他心中不斷發酵。二渡知道了不該知道的事情，說著不該說出口的祕密。三上的腦海中，不斷閃現那一雙扼殺自身感情的黑色瞳仁。那個男人的一舉手一投足，不可能沒考慮到風險。三上開始有不一樣的想法：二渡能坐上王牌的寶座，就是他一刻都沒有疏於風險管理的證據。

——換言之，二渡是刻意為之。

二渡相當清楚幸田報告的危險性，也許他不知道報告的內容，但肯定猜得出那是很危險的東西。前因後果二渡應該早就調查過了，自宅班的兩名成員辭職，幸田音訊全無，日吉則繭居在家十四年，被害者家屬和縣警老死不相往來。這些訊息湊在一起，不難猜出冠有幸田之名的祕密報告，不是普通的報告。二渡嗅出火藥的味道，尤其跟六四懸案有關，一個沒弄好，D縣警就完蛋了。二渡明知風險，還加重調查的力道。

為什麼？

他的立場使他必須這樣做。

對二渡來說，他效力的組織不光是D縣警。警務部和握有公安的警備部一樣，都是警察廳的地方直營店。二渡既是D縣警的調查官，也是警察廳的棋子。二渡在組織內平步青雲，成為相當特別的存在，高考組的長官也視他為心腹，對他信賴有加，因此他的行動勢必受到上級組織的影響。四天後長官就要造訪了，二渡得在此之前壓制刑事部，做好跪迎東京裁示的準備才行。時間不多，手上的武器又只有幸田報告，二渡只好無視D縣警的風險，粗暴地拔刀開道了。

這次的推論比較有說服力，就跟滲透的水流一樣，很自然地流入心中各個角落。二渡跟三上都陷入了困境，而且同樣心急意切。那張冷若冰霜的面具底下，其實也在死盯著日曆和時鐘，四天後長官視察就是決勝時刻，也是最終期限。

——原來是這麼一回事。

三上終於認清問題了。這一次的視察，會激化刑事部和警察廳的抗爭，三上本來只有這種粗淺的錯誤認知。但事實不是那樣，這是一場短期決戰，倒數計時已經開始了，視察當天就是決勝之時。視察本身就是執行的階段，既不是作秀也不是儀式。小塚長官要親自達成真正的目的，在視察過程中做出重要發言，肯定是這樣沒錯。

問題在於發言的內容，長官到底要說什麼？

跟六四懸案有關？還是警方隱瞞案情？這太亂來了，長官自己都會引咎辭職的。如果不是六四懸案，那又會是什麼？刑事部還有什麼瑕疵？是有其他問題嗎？有什麼問題觸怒到警察廳嗎？三上推敲不出來，刑事部具體的「受罰」內容是什麼。

突然間，三上內心一凜。

他不曉得長官打算說什麼，不過，長官發言的時機地點他卻知之甚詳。地點是雨宮家，時機是在那裡舉行的開放式記者會。

三上猛然回過神，大腦對前方的紅燈產生反應，命令他踩下煞車急停。車子大幅越過汽車停止線，好在四周沒有其他人車。這裡是田園地區的小型路口，車子開到區域合併前的舊森川町一帶，離雨宮家只有幾分鐘的車程。

三上好想直接折返，他看清了自己在這整件事中扮演的角色。說服雨宮，讓雨宮回心轉意，這不單是安排視察行程的一部分。長官要利用開放式記者會，昭告天下如何「處置」刑事部。文字和電波的力量，會使發言成為無可動搖的結果。假如這就是警察廳要的，那三上等於是在親手組建刑事部的絞刑台，讓這一場高潮秀更有演出效果。因為，視察當天統籌採訪現場，也是公關長的職責。

前方燈號變了，三上踩下油門前進，在看到雨宮醃漬物的工廠時，他忍不住將方向盤調頭。三上知道沿著河畔旁的道路前進，有一座小型的親水公園。公園裡有楊樹和樟樹，還有一些運動設施，外加老舊的公共電話亭。除了樹木長得很繁盛以外，所有景象都跟十四年前的記憶一模一樣，電話亭還留著。手機普及以後，電話亭多半都被拆除了，但六四凶案發生後，附近也沒有居民會帶小孩來公園玩，或許大家也遺忘這座公園了吧。

三上把車子停在電話亭旁邊。

再也無法回歸刑事部的憂慮，就要化為現實了。三上刻意忽視自己對刑警工作的熱愛，可是當他發現自己再也當不回刑警時，那股熱愛說什麼也無法忽視。

三上向赤間屈服純粹是逼不得已，他吞下所有辛酸委屈，披著服從的外衣。然而，他並沒有捨棄希望。步美總有一天會回家，赤間也會被調回東京，一切都會時來運轉。到時候就可以脫下服從的外衣，當一個公關改革的先驅，抬頭挺胸地回歸刑事部。這是他在心中想過無數次的念頭。

不過，刑事部不會原諒三上。他幫助警務，與警務共謀，背叛了自己的老巢。脫下服從的外衣，也只會現出他身上背叛者的烙印。事情發展到這個地步，槌金的那句話聽起來特別有感觸——你總不希望服侍二樓的狗官一直到退休吧？

那乾脆毀掉刑場的絞刑台吧。

三上兀自點了點頭，接納了心中誘惑的低語。

放棄說服雨宮，慰問行程也就泡湯了。不，從現狀來看，不管三上有沒有說服，雨宮都不太可能接受慰問。再一次訪問雨宮，也只是要給赤間一個交代罷了。然後，不要積極說服雨宮，慰問行程和開放式記者會就沒了。長官還是會有重大發言，地點大概是案發現場，或是在專任調查班的面前。總之效果不佳，跟在被害者家中發表的效果完全無法比擬。若換成別人擔任公關長，刑事部斷難逃最壞的下場。三上至少還能抱著一絲悲哀的期望，祈禱自己的努力傳入刑事部的耳中。

不消說，赤間肯定怒不可抑，但他不會料到三上故意扯後腿，頂多只能責備三上無能說服雨宮。不，即使他看穿三上扯後腿，能施予的懲處也有限，不會跨過那道界線。赤間可以拿步美來威脅三上，卻不能傷了「自己人的女兒」。無論赤間和三上的關係如何演變，赤間親自下達的尋人命令，都會持續發揮完美的效用。簡單說，情況如何演變端看三上的意思。當初赤間傳真尋人命令到警察廳，那分恩情，那分殘破的憐憫，都是要收服三上的手段。三上明知如此，也還是一直壓抑自己的反抗心。如今三上改革公關的願景失敗了，只要拋開這分顧忌，他在赤間面前也沒有畏縮的理由了。當然，三上害怕自己的人事命令被惡整，扯後腿的行徑被看穿的話，馬上就會被下放到偏僻的轄區。不過，被下放而當不了刑警，至少也比「身敗名裂」要好多了。與其背叛刑事部換取自己在警務部的一官半職，還不如到偏僻的轄區從頭來過。困難的路終究也是路，繼續待在警界服務，步美就永遠是「自己人的女兒」，二十六萬名夥伴一定會幫忙找人。

這時，懷裡的手機發出震動。

三上看液晶螢幕，是家裡打來的。美那子怎麼可能打來呢？三上疑惑地按下通話鍵：

「怎麼了嗎？」

「對不起，打擾你工作了。」

美那子講話很快，情緒也有些激動。

「出什麼事了？」

「我有事要跟你說，步美打來的那一天是十一月四號對吧。」

三上一時想不起正確日期，但美那子都這麼說了，那肯定是十一月四號沒錯。

「是啊，是那一天沒錯。」

「村串家接到無聲電話的日子，是十七號禮拜天。」

「妳打電話問過了？」

「嗯嗯，因為我一直想，就打去問瑞希姊了。所以，那兩通電話是不一樣的。」

「不一樣？什麼不一樣？」

「步美的電話是三十四天前打的，瑞希姊他們家的電話是三個禮拜前打的。」

「我就是這麼說的吧？」

「哪有，你說兩家都在同一個時期接到電話。」

美那子的語氣頗有責備的意味。

「不是嘛，一個多月和三個禮拜，其實差不多——」

「才不是同一個時期，兩邊的電話差了快兩個禮拜，完全沒有關聯啊。」

美那子打來就是為了這件事，三上感到愕然。原來美那子從昨晚就一直在思考這件事。

「妳說的對，確實沒有關聯。」

三上好不容易才擠出這句話，美那子似乎嘆了一口氣，之後又急著掛了電話。

電話講完，耳根子又恢復清淨。

三上打開駕駛座的窗戶，讓車內的空氣對流，外面傳來河水潺潺的聲音。不過，他還是有種呼吸困難的感覺，就好像氣管被掐住一樣。三上張開嘴巴，想要好好深呼吸一下，結果卻嗆到了。

他忽略了一個重點，心靈也受到極大的震撼。

調去偏僻的轄區任職，美那子是不可能跟他一起去的。美那子會在家裡守著電話，等待步美有朝一日歸來。那麼，要丟下美那子自己一個人赴任嗎？留美那子在家中，自己到偏僻的山區重新來過？

三上自嘲，到了這個地步還想在組織裡尋找容身之處，未免也太天真了。竟然拿女兒的不幸當藉口，幻想自己的刑警生涯能有一個壯烈的結局。為什麼一開始沒有想到呢？萬一被下放到偏僻的轄區，跟美那子各分東西，一家子就再也無法團聚了。

三上握緊拳頭敲打膝蓋。

他問自己，難道你忘了嗎？你不是發過誓，不在乎當警務的走狗嗎？

「一定要說服雨宮。」

三上命令自己達成任務。

33

結果雨宮芳男不在家。

三天前，三上才見識到雨宮哀莫大於心死的模樣，所以沒料到他會外出。事實上，雨宮是獨居的鰥夫，說不定採買和伙食都得自己張羅。三上繞到玄關旁看了一眼停車場，裡面只停一台腳踏車。看不到汽車並不代表雨宮遠行，這附近沒有像樣的商店，更何況D縣的大眾運輸系統不多，住在市區的人也需要車子代步。

三上又開了十五分鐘的車，來到縣道旁的家庭餐廳休息。跟昨天去的家庭餐廳是同樣的連鎖店，只不過店面比較大，裝潢也全部翻新過，看上去十分氣派，但禮拜天中午店內的位子還有一半以上是空的。

從剛才開車到現在坐下來休息，三上一直在思考該如何說服雨宮。然而，他的思緒不夠敏銳，想不出什麼好法子。雨宮不在家讓三上多少鬆了一口氣，這種感覺比較接近討厭的考試科目延期，而不是獲得擬定戰略的時間。

「請問客人決定好要點什麼了嗎？」

一個像家庭主婦跑來兼差的中年女服務生，不曉得是不是遇到什麼倒楣事，前來幫三上點餐的態度有些不情願。三上想起昨天那位女服務生，感受到前後兩者的落差，但在這種連鎖店可以看到兩種截然不同的真實面貌，或許也算非常罕見的偶然吧。

三上點了咖哩飯和咖啡。

鬆一口氣歸鬆一口氣，三上也不希望在沒有勝算的情況下拜訪雨宮，所以才會跑來店裡思考對策。沒有第三次機會了，今天失敗的話就沒時間了。當然，這一次拜訪跟上次不同，上次三上什麼內情都不曉得，這一次他從柿沼身上獲得許多情報。自宅班和雨宮之間，隱瞞了一通「不存在的電話」。自宅班錄音失誤，甚至還隱瞞失誤，這很有可能就是雨宮態度決絕的原因。話雖如此，要拿這份情資當突破口得特別小心，現在這顆炸彈有能力造成D縣警的致命傷。三上主動提起這件事刺激雨宮，實在是很危險的賭注。那該怎麼辦呢？像上次一樣搬出虛情假意的理由，雨宮肯定連眉頭都不會皺一下。

三上吃著服務生送來的咖哩，能吃的時候就要多吃一點，畢竟未來會發生什麼事誰也說不準。以前父親的戰友來訪，會笑笑地給三上巧克力，還有當時很罕見的冰淇淋蛋糕。父親的戰友還會叫三上快點吃，以免冰淇淋融化。想起往事，覺得咖哩吃起來味道特別甜，味覺的記憶帶有幾分幸福的滋味。

——雨宮都吃些什麼呢？

三上決定先從這裡開始思考，試著去揣摩對方的心情。套一句刑警的說法，就是嘗試跟嫌犯同化，看透對方的心理變化，然後推導出「突破心防的說詞」，抓準時機一擊致勝。

三上點了一根菸。

錄音失誤就發生在雨宮面前。可是，雨宮非但沒有責備自宅班成員，還對自己擅自接起電話一事道歉。

有這樣的心境也無可厚非，雨宮當時要仰賴警方的協助，自宅班要求他配合指示，他為了救回獨生女只好乖乖答應。任誰都看得出來，自宅班成員做事很認真。被害者家屬和自宅班成員團結一心，耐心等待犯人打來的電話。後來電話果真響了，看到錄音機失靈，雨宮應該只感到焦急，連生氣的心力也沒有吧。太晚接起來搞不好會觸怒犯人，且接起來也許有機會聽到女兒的聲音。總而言之，要是這通電話掛斷就完蛋了，雨宮克制不了自己的衝動，忍不住接了起來。

自宅班事前一定有測試錄音器材，在準備階段錄音器材是正常運轉的，因此錄音失誤應該不是機械故障，而是暫時性的接觸不良，只要雨宮再忍耐一下，沒準就有機會錄下「犯人的聲音」。電話掛斷後，雨宮也有注意到這一點，他不顧警方的指示，毀掉了寶貴的線索。影響了與自宅班的連帶責任，想必他也很自責吧，所以才會對自宅班道歉。那確實是雨宮真心誠意的道歉，問題是——

那時候，雨宮深信自己的女兒能活著回來。

香菸的煙灰掉到膝蓋上，三上趕緊用手拍掉煙灰，拿起菸灰缸捻熄香菸。他在做這件事的時候，腦筋也沒忘了思考。整整十四年，雨宮不可能只顧著自怨自艾。雨宮有足夠的時間細細回想事發經過，深入琢磨每一個細節。

雨宮是如何看待錄音失誤的？報導協定解除後，電視新聞也有報導整件案子的始末，但新聞中沒有提到那一通恐嚇電話。誠如柿沼所言，雨宮知道警方隱瞞那一通電話，為的是迴避輿論的批判。

翔子的屍體被發現後，自宅班的工作就算結束了。本該和被害者家屬齊心協力的自宅班成員，離開了雨宮家。在雨宮眼中，自宅班就像鬥敗逃跑一樣。之後，自宅班的成員再也沒露面，連去年敏子去世也沒有現身聊表心意。

這些事情會以什麼樣的形式，深藏在雨宮的內心深處呢？或許在女兒死亡的打擊下，早就顯得微不足道；也有可能跟女兒的死亡有關，所以凝聚成很深刻的怨念。若是後者，三上能用的戰略只有一個，就是誠心道歉。仔細想一想，這十四年來沒有人請求雨宮的寬恕，三上自己就負責過六四懸案的初步搜查行動，也有資格代表D縣警謝罪。對著雨宮和佛壇上的母女倆謝罪，不必說理由，雨宮自然能聽得明白。

「請問還需要咖啡嗎？」

三上聽到這句話訝異地抬起頭，剛才那位臭臉的服務生，這會兒用親切又開朗的聲音來問要不要續杯。三上本來以為，服務生一定是把家裡的情緒帶到職場上，但看這位服務生的態度變化之大，說不定是在職場上有外遇的對象。眼前的女人看起來就像一個忙於討生活的家庭主婦，可是換個想法打量一下會發現，她身上散發著一種魅力。有時候偵訊室裡也會發生類似的狀況，一個表面上扁平空洞的嫌疑犯，會在某個時間點變得深厚而立體。筆錄上記載的姓名，會從單純的記號轉變成有血有肉的活人。跟這位服務生不同的地方在於，帶來變化的不是某個帥哥善變的態度，而是偵訊的警官機關算盡的一句話。

三上又續了半杯咖啡。

謝罪有辦法撬開雨宮的心房嗎？是有這個可能。雨宮曾經相信警察，也許他多年來都在等待警察良心發現，向他誠心道歉吧。問題是，三上能否好好做到這一點？為了步美，也為了一家團圓，三上要把道歉拿來當武器用。不過，這意謂他要用虛情假意的道歉，來欺騙一個永遠失去家庭的男人。

——我非做不可。

三上伸手拿帳單時，手機發出震動。三上心想，又來了？他一開始想到美那子，但實際看到來電顯示，這種不耐煩的心情卻是另一個人帶來的。

「雨宮說服得如何啦？」

石井祕書課長的聲音，聽起來比昨晚更急迫。

三上環顧四周，壓低音量說：

「還沒有說服成功。」

「你還沒去見他？」

「雨宮不在家。」

「那你人在哪裡？」

「就在附近。」

「剛才部長打電話來，很關心你的進展。」

赤間也知道期限將近了，他瞞著刑事部採取行動，想要盡快架起「刑場」，不料被害者家屬的抵抗超出他的預期。

「明白嗎？部長打來催了。」

「我明白。」

「那你就緊盯著雨宮家，我總不能對部長說，你沒見到人吧。」

瞧三上不講話，石井做作地嘆了一口氣說：

「你真好，都不用直接面對。」

可能是訊號不穩，電話講到這裡就掛斷了，之後再也沒有來電。

石井要「直接面對」的不是被害者家屬或事件的相關人士。石井對六四內情一無所知，也沒有心思去了解，卻同樣躲不過整件事的波瀾。三上想起手持指揮棒的幸田，還有一臉苦楚的柿沼，最後又想起日吉的母親雙手掩面。

（翔子小妹妹萬一有個三長兩短，那就是你害的。）

三上翻找包包，拿出昨天買的信紙。

「不是你的錯。」

三上只寫了這麼一句話，他不是真的想拯救日吉。

做好事，總會有好報的。

這句話是父親的口頭禪，也就是行善積德、善有善報的意思。父親沒講得這麼文雅，主要是書讀不多的關係，因此才用比較通俗的講法。

三上喝光變溫的咖啡，從座位上站了起來。

老實說，三上已經分不清什麼叫好事了。他張望店內，想看看那位笑逐顏開的服務生還在不在，就當討個好采頭，可惜看不到對方的身影。

天氣變得越來越差，才下午兩點四周就暗下來了。

雨宮家的停車場上有車子回來了，三上走過時摸了一下引擎蓋，是冷的。不曉得是雨宮外出時間不長，還是風勢太冷的關係。

三上按了門鈴，雙手撫平西裝上的皺紋。很長一段時間都沒人應門，三上懷疑是不是沒人在家。等了一會玄關的拉門終於開了，是雨宮。雨宮面無表情，消瘦的臉頰依舊是槁木死灰的氣色，但散亂的白髮有修剪過，顯得比三天前多了一點生氣。

「不好意思，又一次冒昧打擾。」

三上深深一鞠躬，雨宮沒有答話，滿是皺紋的雙眸，靜靜詢問三上的來意。

「可否再與您談談呢？」

「……」

「拜託了，不會耽誤您太多時間的。」

隔了一會，雨宮輕嘆一口氣：

「……請進吧。」

「感激不盡。」

三上跟隨著瘦弱的背影，跟上次一樣來到客廳，這一次他在坐下來之前說道：

「可否讓我上柱香聊表心意呢？」

三上做好了被拒絕的心理準備，不料雨宮默默地點點頭，走進了隔壁的佛堂。三上暗自鬆了一口氣，就在這個時候，他瞄到「幸田」這兩個字，不由得大吃一驚。掛在牆上的信件袋裡，有一封寄件人是幸田的書信。

三上心念一轉，難不成這就是「幸田報告」？那一封被送到刑事部長官舍的報告書，也有寄給雨宮？所有隱藏在檯面下的事情都被抖出來，所以雨宮才——

其實是不是幸田報告都不重要了，即使幸田沒寫這一封報告，雨宮也早就看透警方隱瞞真相的作為了。因此，三上才來道歉，也得到了上香的機會。雨宮在蠟燭上點火後，轉身面對三上。

三上低頭行禮，走進了佛堂，腳底感覺到榻榻米的冰冷溫度。他挪開紫色的坐墊，在佛壇前跪坐下來，謝罪的話語也已經到嘴邊了。

他雙手合十，抬起頭凝視著佛壇。並排的牌位前方，擺放著翔子和敏子的照片，照片中的二人笑得很燦爛。

那燦爛的笑容，在三上的眼中逐漸模糊。

三上表現得很狼狽，情緒完全跟不上心情的變化。當他察覺眼眶發熱，淚水早已不住地往外流了。

三上簡直不敢相信，他根本搞不清楚自己為何哭泣，只好趕緊拿手帕擦拭眼睛和臉頰。拿取線香的指尖也在顫抖，連續兩、三次都沒有抓好線香。同時，他察覺到雨宮在斜後方觀察自己，想必演技再好的人也無法表現得這麼自然。

三上把線香放在蠟燭上點火，指尖的顫抖還是沒有停止，線香前端遲遲沒有點燃。雨宮家母女倆笑咪咪地看著三上，他的眼眶又溢出了淚水。這一次淚水沒有滑落臉頰，而是直接掉到榻榻米上。他好想逃離現場，不明就裡的哭泣似乎是在褻瀆母女倆的靈魂。

好不容易上好香，三上雙手合十，額頭靠在雙手上，他是要忍住啜泣的聲音才這樣做的。

三上完全沒心思祈禱，連替故人祈禱都做不到。

他調轉膝蓋，面對身後的雨宮，雙手拄在榻榻米上面，臉也沒有抬起來。模糊的視野中只看到雨宮的膝蓋和雙手，雨宮的食指吸引了他的注意力。那宛如血珠的深色指甲，看起來就像雨宮深重的怨念。

淚水流個不停，準備好的說詞也全忘光了。

三上在榻榻米上叩首：

「真的非常抱歉，我改天再來。」

三上講話的鼻音很重，他猛然起身向雨宮行禮，快步穿越走廊前往玄關。

就在他穿好鞋子的時候，後方傳來雨宮的聲音：

「您不是有話要說嗎？」

「這……我還是改天再來拜訪好了。」

三上頭也不回地邁開步伐。

「上次您說過，東京有達官貴人要過來是吧？」

雨宮此話一出，三上停下腳步。
「我無所謂，就請那位達官貴人過來吧。」
三上緩緩轉過身，雨宮站在走廊的中間，低頭看著三上。
「……真的沒關係嗎？」
「是禮拜四對吧？我會恭候大駕。」

35

哭完後，三上的眼角有一種乾澀的感覺。
現在他開車前往市區，目的地是赤間警務部長的官舍，腦袋裡也只想著前往目的地。
三上的心情有些起伏不定，剛才他確實是用眼淚攻勢軟化雨宮的態度，只不過那並不在他的意料之中。為了妻女，他不介意使用任何手段，或許是這種想法在心裡作祟的原故吧。雨宮被人情打動了，三上的淚水被雨宮視為謝罪的舉止，終於讓雨宮回心轉意。但三上對自己感到害怕，他是在沒有自覺的情況下，用淚水收買被害者家屬的心。
好在遠離雨宮家以後，三上的心情也逐漸平復。且不說過程如何，至少獲得成果了，也找回快要放棄的一縷希望。車子來到官舍所在的高級住宅區，透過雲間的陽光灑落在三上的胸口。那種不太寫實的景象，帶給他一股近似安心的感覺。他不懂自己是怎麼搞的，為何會突然在人前哭泣？過去不管在任何情況下，他都沒有見過那樣的自己，未來也沒信心面對那樣的自己。

趕著跟赤間報告結果，也是出於算計的行動。前天，赤間痛罵三上無能，兩個人的關係始終沒有改善。三上不敢保證在長官視察以前，能順利跟記者俱樂部和解。記者不肯參加開放式記者會，被害者家屬接受長官慰問也沒意義。因此，在說服雨宮的這個階段，三上要先拿下赤間正面的評價。他得徹底當一條警務的走狗，否則壓抑不住對刑事部的愧疚。處刑的刑場準備好了，三上必須知道長官視察的目的是什麼，刑事部的罪與罰又是什麼？要打聽出這兩個問題的答案，免不了要去見赤間一面。

多棟部長官舍並排的街區，瀰漫著假日的寧靜氣息。三上將車子停在路肩，走了十公尺左右，按壓警務部長官舍的門鈴。

「三上……？你來這裡做什麼？」

前來應門的赤間，聲音聽起來很不高興，或許是對三上不抱任何期待的關係吧。高考組的警官很討厭同事在休假來訪，但赤間很在意說服雨宮的進度，還特地打去罵石井不是？

「關於說服雨宮一事，我要向部長報告。」

「咦？你說什麼？」

對講機的收音功能似乎不太好，沒多久玄關的門打開了。赤間跟平時判若兩人，臉上沒有戴眼鏡，身上的裝扮也很休閒，只有長袖毛衣和西裝褲，一眼就能看出下垂的肩膀和扁平的胸口。三上再一次體認到，赤間的威嚴都是靠漂亮的西裝和金邊眼鏡撐起來的。但赤間一開口，還是平時那個赤間：

「你這樣突然跑來讓人很困擾，不能先跟石井知會一聲嗎？」

「雨宮芳男接受慰問了。」

三上很快講完這句話，赤間才露出了感興趣的表情，還請三上進到穿鞋子的地方。赤間自己站在比較高的地板上，腳上還穿著拖鞋，顯然沒有要讓三上進來家中的意思。

「長官可以到被害者家中，也有機會上香，沒錯吧？」

「已經徵得雨宮的同意了。」

房內傳來女人的笑聲，赤間大概是利用假日把東京的妻子和孩子接過來。看得出來赤間不太高興，一定是很討厭私人空間夾雜著異物的感覺吧。

「然後呢？有找到停車的地方嗎？」

「前院有足夠的空間，停幾台車沒問題。」

「前院太近了，有沒有辦法讓長官離開雨宮家以後，稍微走一段距離再碰上記者？」

「房子前面的道路寬度也夠。」

「這整個場景，後方拍得到被害者家屬的住處嗎？」

赤間很執著於這些細部安排，三上更加篤定，警察廳無論如何都要在六四懸案的被害者住處發表訊息。

「電視畫面的構成很重要，長官上完香以後，會神情嚴肅地在戶外接受記者提問——畫面能安排成那樣嗎？」

「我想應該沒問題，從道路那一邊拍攝的話，房子就會在長官的身後。」

「你要確定才行，前一天排練一下，做好萬全的準備。」

赤間並沒有慰勞三上的辛勞，但看他眉開眼笑的表情，顯然心情很不錯，也沒打算談起記者俱樂部杯葛採訪一事。可能赤間認為，明天在媒體懇談會上，跟那些分局長層級的人物談妥條件，情況就會緩下來了。還是說，他有什麼密而不宣的方法？

房內又傳來笑聲了。

「講完了就回去吧，我還有——」

「部長。」

三上打斷赤間，有些事他非問個清楚不可。

「不好意思，請容我請教一個問題。」

「說吧。」

赤間瞄了房內一眼，情緒也有點急躁。

「長官發言的目的究竟是什麼？」

赤間的眼神一瞬間動搖了，但也僅此而已。

「你在說什麼？請不要隨便亂講話，長官是要回答記者的疑問。」

「這我清楚。」

惹赤間生氣非三上所願，但——

「這件事刺激到刑事部了。」

「喔喔，是這樣嗎？」

「刑事部正處於一觸即發的狀態，幸田報告的事被抖出來，他們非常火大。」

「幸田報告……？」

赤間不解地歪著頭，他是在裝傻嗎？還是真的不知情？二渡沒有回報赤間？這種事有可能發生嗎？

「我不懂你在說什麼，解釋清楚。」

「我是說——」

三上把本來要說的話吞了回去，如果赤間真的不知情，說出來反而只是在添亂而已。三上只想知道，長官視察真正的目的是什麼。

「身為一個公關長，我想釐清現況。還請告訴我警察廳真正的用意。」

「你也該學乖了吧。」

赤間一臉不耐煩：

「你知道又有什麼意義？公關室就像牆上的擴音器，不是播放室，只有少數人有手握麥克風的權力。」

牆上的擴音器，少數人的權力。三上聽到這幾個字眼，不曉得該做何表情，低下頭來看著自己的腳，就在這時候——

「爸爸，還沒好嗎？」

一個水靈杏眼、體格嬌小的少女，穿著白色的襪子來到走廊，應該才初中一、二年級。少女一看到三上，就俏皮地躲到柱子後面。

赤間立刻換上親切和藹的笑容：

「抱歉抱歉，再一下下就好，等我一下喔。」

「再拖下去就要開始囉。」

「沒問題的，從開場到上演還有一段時間。」

「可是，媽媽說路上可能會塞車。」

「好好，我知道了，那妳們先去車上等吧。」

三上也不好意思再待下去了，反正也打聽不出什麼消息，便行禮準備告辭。

「那我告辭了——」

就在三上轉身要走的時候，耳邊傳來竊笑的聲音。他瞄了笑聲傳來的地方，那個躲在柱子後面的少女，只露出一隻眼睛看著三上，還用手摀住嘴巴憋笑。

三上頓時有種難以言喻的情緒。

全身上下也起了雞皮疙瘩，他似乎能從少女的眼中看到自己的臉龐。既不是鏡子、也不是照片中的自己，而是別人眼中的自己。

三上體會到步美的心情。

他好想找東西遮住自己，少女新月狀的可愛眼眸，感覺就像惡魔或罪犯的眼神。

戶外的天空，彷彿隨時都會下雨或飄雪，天上蓋著一層厚厚的雲，不管下雨或飄雪都不足為奇。

三上回到車裡，懷裡的手機發出了震動。剛才在赤間家好像也有震動，螢幕顯示是村串瑞希打來的。

警務部長官舍的鐵捲門打開了，三上聽到聲音抬頭一看，一輛銀白色的轎車緩緩開出車庫，手握方向盤的人正是赤間，副駕駛座上坐的是雍容華貴的夫人，後座還有兩顆小腦袋在晃動。車子開過三上旁邊，三上反射性地低下頭。

他只用眼睛偷瞄上方和側面的後照鏡，赤間的車子越開越遠，後車燈亮了起來，接著開過轉角。然而，他還是覺得有幾雙嘲弄的眼神在凝視自己。

懷裡的手機又發出震動，三上這才擺脫負面思緒，按下通話鍵。

「你在工作對吧？要不要我晚點再打給你？」

講是這樣講，但從她的聲音聽得出來，她想要立刻跟三上說話。

「不用，我現在有空，什麼事？」

「美那子打電話給我，大約一個小時以前。」

「嗯。」

這個話題在三上的意料之中，因此三上在安心之餘，也多了幾分鬱悶。

「她打來問我無聲電話的詳情。講到後來啊，她似乎很堅持那是步美打來的電話，跟我們家接到的不一樣。」

「嗯。」

「我問你喔，你跟美那子好好談過了嗎？」

「談過了啊，有沒有效果就不知道了。」

「意思是只有反效果？她跟我講的時候，也不太客氣呢。」

「抱歉吶。」

「你什麼意思啊？」

三上心想，自己的說法是不是太敷衍了？

「沒有反效果啦，不用擔心。」

「真的嗎？一想到美那子可能一個人鑽牛角尖，我就好擔心。跟你說，我有接到松岡家的電話呢。」

聽到松岡這兩個字，三上頗為意外。

「你誤會了啦，不是參事官，是郁江夫人打來的，你有去官舍拜訪對吧？」

「是啊。」

「然後，郁江夫人也不認為那是步美打的。她說，你有告訴她無聲電話的事情，但她還是有點存疑。」

看來女警之間的情報網路，透過電話互通有無了。三上的心情更鬱悶了，畢竟外人談論自己的家務事，就算不是三姑六婆在嚼舌根，本質上還是會偏離單純的關心。

「我們打聽了一下，很多人家裡也有接過無聲電話。聽說，參事官的老家在兩個月前也有接到喔。」

「這樣啊。」

「我說啊，你們夫妻倆要不要再好好談一下？」

「知道了。」

「你就試著跟美那子好好聊一聊，要是她依然堅持那是步美打來的，那你就別說了。否則夫妻之間有距離可就糟糕了。反正是我教你這樣做的，要把我講成壞人也沒關係，總之多多呵護她吧。」

或許瑞希是出於真正的關心，三上卻無法老實接受她的建議，畢竟連親姊妹也不會做到這種地步。

「你有在聽嗎？」

「有啊。」

「生氣啦？」

「誰生氣了？」

「我怕你生氣啊，現在覺得好像是自己太雞婆了。」

「妳別放在心上，反正她要怎麼想都是自己決定。」

「什麼意思啊？」

瑞希疑惑反問，三上不耐地咂嘴：

「我的意思是，誰跟她講都沒用，她不會改變自己的意思。」

「你講的話特別有分量啦，美那子是真心相信你的，你要有點信心嘛。」

聽得出瑞希話中有話，三上目前待在幹部官舍座落的住宅區，難不成她要在這裡透露「美那子不為人知的一面」？

「妳說的我知道了，還有其他事嗎？」

「唉唷，先等一下嘛，你是不是不想管了？感覺從一開始就這樣，為什麼？你跟美那子是不是有什麼問題？是我害的嗎？」

「就說跟妳沒關係了。」

「可是——」

「我們一直都有問題啦，老實說我根本不知道她在想什麼。」

「是步美離家出走以後才……」

「不是，從以前就這樣了。」

三上說出了原本沒打算說的祕密，瑞希沉默了一會後，嘆口氣說：

「那我跟你說，美那子是怎麼想的。」

「不用了。」

「我一定要說，我不想看到夫妻在應該團結一心的時候產生誤會。再小的誤會也一樣，尤其你們過去一直都有問題。」

「我以前是幹刑警的，家裡的事情本來就——」

「你知道我指的不是這回事，不要轉移焦點啦，我明白你在想什麼。的確，你們倆結婚大家都很訝異，還說那是D縣警七大難解之謎的其中一個。你們在同一個轄區任職的時間並不長，刑事課和交通課也沒有交集。那些想追美那子的男人，真的很不甘心，他們都懷疑你到底是用了什麼手段。不過，你自己也不知道，你究竟是如何贏得美人心的對吧？」

三上的心被壓得喘不過氣。

「那我就告訴你，之前你們在同一個轄區警局任職——」

「不用告訴我了。」

「你就乖乖聽我說嘛。美那子曾經因為一件難過的私事，哭了一整晚。可是你也知道，她對工作的責任感比誰都強，所以沒有把那樣的心情帶到職場上。美那子重新調適自己，用化妝的技術隱藏陰鬱的表情，在職場上也很正常地跟大家打招呼，很正常地處理工作。中午跟同事吃飯聊天，臉上也沒有一絲不開心的情緒，大家都沒注意到她私下出了什麼問題。沒想到啊，下班時她在側門遇到你，你關心她要不要緊。就這麼一句話，後來美那子就開始關注你了。她跟我說，沒多久她給了你一個保佑交通安全的護身符。」

三上完全不記得這件事，一點印象都沒有。

「那件事——」

三上不假思索地說道：

「應該是我瞎矇到的吧，純粹是想吸引她的注意力，才胡亂說點什麼的，不然我哪來的千里眼看得那麼透澈啊。」

「好啦，不要顧左右而言他。都聽到這裡了，你也該好好了解一下美那子哭整晚的原因吧？」

三上激動地咳了起來，平撫喉嚨後叫瑞希別再說了。

「怎麼能不說？如果我不把這件事情說清楚，那我打破約定告訴你這段往事，不就沒意義了嗎？我先跟你說，事情不是你想的那樣，但也不是那種可以拿來在婚宴上講的感人話題。美那子的朋友自殺了，是高中時跟她一起參加書法社的同學。書法社的成員感情都不錯，畢業以後偶爾也會約出來碰面。那個自殺的朋友，在桌上留下了凌亂的幾行字，說不要讓美那子知道。」

「……不要讓美那子知道？是指自殺的事情嗎？」

「大概是不想讓美那子來參加葬禮吧，美那子是這麼解讀的。對方家長也很疑惑，多次打電話給美那子，詢問她們之間出了什麼問題。其實完全沒發生什麼，美那子忙於工作，已經好一段時間沒跟那個人碰面了。可是，她確實指名道姓寫出美那子。朋友去世，還寫下遺言不希望美那子知道。守靈夜那天美那子還是去了，只是她一定如坐針氈吧。明明失去朋友很難過，卻搞得好像自己不能難過，也不能來致意一樣。後來美那子也沒出席除穢儀式，就回到宿舍哭了一整晚。」

連珠炮一樣的話語，終於停了下來。

「自殺的理由是什麼？沒有寫出來嗎？」

「都沒有，只聽說那個人跟丈夫分居，結婚三年沒有小孩。分居的原因就不清楚了，但自殺的原因應該跟分居脫不了關係。那個人的丈夫，本來就讀美那子她們學校附近的一間男校，也是書法社的成員。兩個人是在同一個校區的聯合集訓上認識的，談了一場轟轟烈烈的戀愛才約定終生。聽說男方長得很帥，頭腦很好，也相當受女孩子歡迎。接下來是我個人的猜測啦，那個帥哥可能是在集訓上對美那子一見鍾情吧。因此，美那子的朋友花了很大的心力，才追到那個帥哥。好不容易結婚了，原以為自己得到了全世界的幸福，不料婚姻生活並不順遂，又失去了愛人相伴，在想要尋死的時候想起了美那子。或許她在人生的最後想做一點報復，才會寫下那樣的話吧。」

這段話聽起來不像單純的想像。

「夫妻分居……意思是，這件事跟美那子有關？」

「唉唷，就跟你說不是那樣。我的意思是，有那麼漂亮的女人在身旁，其他女人會感到不自在。就算書法社的帥哥沒有喜歡美那子，她朋友也會心生猜忌和不安。像我們這種平凡無奇的女人，都能感同身受。這樣你明白了嗎？從頭到尾都是她朋友在鑽牛角尖，而且還沒發現是自己的妄想。那個人拚命跟美那子競爭，拉大了彼此的差距，最終獲得勝利，高興得不得了。結果結婚才三年就撐不下去，也不曉得是男方的問題還是怎樣，總之四處怪來怪去，對人生絕望，看到美那子幸福美滿、悠哉度日，就心生怨恨，打算把自己的不幸傳染給美那子吧。」

幸福美滿，悠哉度日？

「為什麼要對美那子──」

「自始至終美那子完全不知情。美那子誠心祝賀那個朋友結婚，根本沒想過對方在跟自己競爭，也沒想過自己輸了之類的。這都是那個人單方面的忌妒和怨恨，我猜對方也發現自己自討沒趣，才會開始懷疑，如果沒有美那子，自己會不會跟那個男人結婚吧。她一定覺得是美那子慫恿自己，毀了自己的人生，否則不會寫下那麼殘酷的遺言。另一層涵義，就是希望丈夫來參加葬禮的時候，內心追悔莫及，在罪惡感的打擊下痛哭流涕。她不願讓美那子介入他們夫妻間死別的場面，以免丈夫的注意力放在美那子身上。總之，不管是哪一種可能性，都很差勁就是了。」

確實是很差勁沒錯，但瑞希能體會那種心情，三上聽出了這樣的言外之意。

三上沉默以對，瑞希突然笑著說：

「唉唷，你也別當真，這都是我的想像啦，想像。這也代表美那子很特別，會讓人家做出那種聯想。我也吃了她不少苦頭啊，美那子警校畢業後分發到我底下，我還以為自己在做惡夢呢。我當時想，別鬧了，為什麼妳要跑來當女警啊？幹嘛故意走辛苦的路，是想在工作上找到成就感嗎？都這麼得天獨厚了，也太貪心了吧？以前我們幹女警的時候，人家都把女警當吉祥物，所以我們拚命工作，想要獲得認同。那種形同吉祥物的漂亮女孩，誰都不希望她加入啊。講是這樣講啦，我們自己也是滿享受特殊待遇的，也不會不開心。可惜後來也沒特殊待遇了，因為美那子吸引了所有年輕男性的目光嘛。身為她的上司，罵她或稱讚她都顯得別有居心，這已經不是棘手可以形容了，我根本無力處理了好嘛。」

瑞希又笑了，她也知道自己說了不該說的話。

「還有啊，有件事我也是現在才說得出口，以前在職場上我們排擠過美那子。我也曾經參與過，只有一下下而已。不過，美那子非常堅強，絲毫不受外界的雜音干擾。她骨子裡就是一個熱衷工作的人吧，就某種意義來說，比男人還要熱衷工作。所以我很佩服她，居然有美女不會利用自己的外貌優勢。也是在那個時候，我才知道她是個耿直的好女孩。只不過，我還是很難把她當成可愛的晚輩來照顧。畢竟從旁人的眼光來看，長得漂亮還是有不少好處嘛。偶爾我們心情不好的時候，也會懷疑她是不是假裝沒看到那些好處，或是特別工於心計什麼的。直到我聽說她要嫁給妳，才算真正喜歡上她這個人。起初我也很難相信，還以為她在騙人呢。啊、請你不要介意，我不是說她嫁給你很吃虧啦，你以前也是年輕有為的刑警嘛，況且我也明白她送你護身符的原因。總之，你們倆結婚的消息，徹底改變了我對她的看法。美那子選擇你以後，女警之間的氣氛也變得很融洽。你的評價倒是一落千丈就是了，大家說你平常一副只對刑案有興趣的態度，結果還不是拿美女沒轍。」

三上噴笑，嘴角也放鬆了。

瑞希講到最後，三上只有專心聽，沒有再胡思亂想。瑞希離題的理由，他也不再多想了，美那子面臨的無妄之災，還有那些陰慘的想像，他只當成是喜歡的童話故事中難得會出現的討厭情節，也沒再深究了。三上感覺臉頰滑過一道暖流，心裡的亮度和剛才截然不同，瑞希講的往事確實有很大的效果。因此，要不是三上剛好抬起頭看到一個重要人物，他還會繼續陪恩人講電話。

「抱歉，改天再聊吧。」

三上收起手機，拔下車鑰匙，打開車門下車。這一連串的過程，他的視線一刻也沒從二渡身上移開。

37

兩人都是同一個棋盤上的棋子，三上對於彼此偶遇已經不驚訝了。

二渡也一樣，他走在一整排官舍座落的街道上，朝三上的方向走來，表情和走路的速度始終沒變。二渡跟平常一樣穿著西裝，是有事要找赤間嗎？不，說不定是從其他官舍走出來的。三上第一眼瞄到二渡的時候，二渡的身後有本部長官舍和刑事部長官舍。倘若他是來找過內本部長，那麼三上可以理解。赤間不曉得幸田報告，二渡可能是接到本部長的「直接命令」才行動的。

三上一下車就等著二渡過來，等到雙方距離拉近，三上才開口說道：

「赤間部長出門了。」

二渡依舊默默地走過來。兩人近距離碰頭，二渡的表情很凝重，眼神似乎在躲避三上。

「這麼認真工作啊。」

三上直視二渡的雙眼，說出上面這句話。二渡凝視著前方，只說了一句彼此彼此，頭也不回地走過三上身旁。

——這傢伙。

三上回身追了上去，跟在二渡苗條背影的斜後方，一直走到警務部長官舍的外牆盡頭，兩人才肩並肩走在一起。二渡轉過十字路口進入小巷中，一輛深藍色的小轎車，就停在前方不遠處一條比較寬敞的路上。

「你跟本部長密談嗎？」

二渡沒有答話。

「不回答嗎？也太不給面子了吧？」

「抱歉我趕時間。」

看得出來二渡沒有說謊。

「我知道幸田報告是什麼玩意兒了。」

三上講這句話的用意，是要震懾二渡，不料二渡還是沒有停下腳步。他縮小步伐抽出口袋裡的車鑰匙，按下遙控解除車門鎖。

「你打算怎麼處理刑事部？」

二渡伸手要開車門，一句話也沒說。

「你等等。」

三上嗓子一沉，擋到車門前方。

「我說我在趕時間。」

二渡皺起眉頭，三上也做出同樣的表情。

「我也一樣趕時間。」

「那你快去做你該做的事。」

「長官來這裡到底要說什麼？」

「這跟你沒關係。」

「當然有關係，我可不想在一無所知的情況下，幫你毀掉刑事部。」

「這都小事。」

三上懷疑自己聽錯了。小事？二渡說這是小事？

他壓低音量對二渡說道：

「你聽我說，幸田報告是潘朵拉的盒子，強行打開別說刑事部不保，連D縣警都可能毀於一旦。」

「那又怎樣。」

「你說什麼？」

「讓開。」

64

二渡不屑地說完後，再次伸手要開車門，三上抓住他的手腕說道：

「你要出賣D縣警，讓東京得利？」

二渡以驚人的力道甩開三上的手：

「別用你偏狹的觀念來評斷我要做的事，警察是整個生命共同體，沒有分縣警或警察廳。」

這句話完全出乎三上意料之外。二渡強行推開三上，苗條的身體滑入駕駛座，隨後引擎也發動了。

三上開口叫他等一下，無奈車子發動的聲音蓋過了三上的話語。

三上往前走了幾步，立刻放足狂奔。他跑到自己車上發動引擎，二渡走的大馬路有很多紅綠燈，現在還追得上。

有句話三上很在意。

警察是整個生命共同體。這就是二渡的行事原則嗎？犧牲手腳或斷尾求生也在所不惜，為了大義可以對刑事部的危機不屑一顧，甚至不介意自己所屬的D縣警蒙受其害。問題是，警務派的在這場騷動中，用的是什麼冠冕堂皇的大義？警察是純粹的搜查機構，過去現在未來都是如此，刑事部是警察機構的骨幹，扼殺刑事部的力量有何大義可言？說穿了就是「東京」蠻橫專制，輕視地方警察罷了。肯定是少部分的高考菁英，整天坐在搖椅上幻想警察該有什麼樣的姿態，還把那樣的幻想強加在別人身上。

三上急轉方向盤開到大馬路上，他仔細觀察前方，在前兩個紅綠燈的位置捕捉到深藍色轎車的影子。

其實三上很清楚，自己跟二渡合不來。然而，他對二渡還是有一絲期待。在這個講究服從的組織裡，也許有人跟自己一樣身不由己。兩個人只要一碰面，就會在對方身上看到自己的糾結，二渡表面上再冷酷，想必也無法一直保持撲克臉。

可惜三上完全看錯了，二渡絲毫沒有迷惘，連羞恥和恐懼也沒有。照理說，二渡的行動也受制於自身的立場，但他的話語中隱含無可動搖的信念，根本不是身不由己。這種近乎潔癖的冷酷，讓三上動搖了。跟二渡碰面，三上只看到自身的糾結，他感嘆自己的際遇，同情自己的委屈，所以期待在對方身上找到一點慰藉。三上發誓要為家人行動，也放棄了重回刑事部的希望。可是，他並沒有頓悟重生，他的心境還差遠了，依舊感到身不由己。明知事情早已毫無轉圜，卻還苦惱有沒有其他的辦法，整個人沉浸在自我憐憫的情緒中，看不透自己的職務有何意義。三上覺得太丟人了，他這才發現自己沒那麼了不起，做夢也沒想到自己是如此軟弱的男人。不過——

想著想著，三上心中激盪出一股強烈的情緒。

如果春天沒有接到人事異動，繼續待在搜查二課的話，又會是怎麼樣呢？或者，以刑警的身分前往東京高就，情況又是如何？

至少堅強的假象不會剝落吧。只要還待在刑事部的地盤裡，他一輩子都不用面對自己的真面目，永遠都是那個自豪的刑警。他曾是刑警中的擎天大樹，而不是旁枝末節。他深信自己會在法治的大地上扎根，持續增加破案的年輪，在腐朽以前鞠躬盡瘁。不料這種獨一無二的真實生涯，竟然被一張薄薄的人事命令瓦解，不但失去了自己擅長的工作，連一向公私分明的界線也被打破了。上級利用他關懷女兒的親情，還拿他的家人相脅，甚至讓他對自己產生了不該有的猜忌。他開始懷疑自己做這些事，是否真是為了女兒和妻子？

——該死的冷板凳候補。

三上猜想，二渡一定是要報當年夏天受辱之仇，不然本來已經要去東京任職，怎麼會突然被打回票？除了二渡暗中動手腳以外，沒有其他可能了。二渡隨便動一根手指，就劃掉了三上的名字，把高升的門票交給關係親近的前島。前島的刑警之路變得光明璀璨，三上卻被放逐到沉悶窒礙的空間中。不，那不是放逐，二渡把三上拉到自己的主場糟蹋，好讓三上知道自己已經今非昔比。

綠燈亮起的同時，三上重重踩下油門，超過旁邊的黃色轎車切入右車道，接著又加速超過卡車，切回左車道。三上和二渡的深藍色轎車隔了差不多十台車的距離，正好天色也暗下來。三上把遮陽板拉下來，蓋到眼睛一帶，單手解開脖子上的領帶。他不斷超過前方的車輛，以免錯失跟蹤的機會。路上到處都是技術不熟練的駕駛，不是車速慢到不可思議，不然就是開得亂七八糟，三上得耗費很大的精神越過他們。一陣加速和減速後，三上和深藍色的轎車只剩下四台車的距離，幾乎稱得上跟蹤的教學範本了。

——虧他還是警察，被跟蹤了也不自知。

二渡是棲息在管理部門深潭中的魔物，那又怎樣？三上可是陰溝裡的閻王，專門撈起人類欲念深重的汙泥，將那些汙泥加熱翻攪，不眠不休地過濾乾淨。刑警對三上來說不只是一份職業，更是他血肉的一部分。即使二渡對三上沒有私怨，一個不了解刑警本質的人，憑什麼掌管警察的人事權？

三上急轉方向盤變換車道，從深藍轎車的後窗看到二渡的腦袋。二渡說他趕時間，究竟他要去哪裡？又要跟誰見面？三上決定跟蹤到底，逼問出二渡真正的目的。

二渡的轎車在前方路口左轉，轉入河邊的舊公路，那一條路單邊只剩下一線道，三上隔著兩台車子持續跟蹤。四周再也看不到大樓，左手邊則是一整片河岸地帶。道路沿著蛇行的河川左右蜿蜒，三上繞過彎道時，跟前方的兩台車錯開，看到了二渡的轎車車尾。前方的休旅車踩下煞車，這表示前面的二渡減速了。二渡打了右轉方向燈，等對向來車通過後，在十字路口右轉。

三上也跟著右轉，他慢慢轉彎以免被二渡發現。接著，他看到深藍轎車在前方第一個路口左轉。四周是老舊的寧靜住宅區，跟到這裡，三上總算猜到二渡要去哪裡了。不，與其說是猜到，不如說他想起了誰住在這一帶。

——不會吧？

三上屏住氣息，慢慢驅車前進。深藍轎車轉入小巷中，三上看到了衝擊的景象。轎車停靠在紅葉石楠修剪成的外牆邊。

二渡纖瘦的背影，走進了刑事部之神尾坂部道夫的家中。

朦朧的冬季斜陽，慢慢沉入西方。

三上開回河岸地帶的運動場，在停車場埋伏等候。他注視著馬路，看二渡的深藍色轎車什麼時候開走。

三上的腦袋也沒閒下來，他在模擬二渡的動線。剛才在官舍一帶發現二渡時，他以為二渡是去拜訪過內本部長，搞不好是從刑事部長的官舍出來的。換言之，二渡突襲敵方大將荒木田，試圖撼動對方的心防。無奈荒木田相應不理，只好把目標上升到卸任的部長。可能二渡也發現歷任部長都有參與隱瞞，才會來個擒賊先擒王吧。

動線算是想通了，但尾坂部是歷任部長中備受尊崇的大人物。從不同層面上來說，尾坂部跟高考組一樣，都是D縣警高攀不起的人。通常不會有人跑到那種大人物家，還自以為能打聽出什麼消息。那麼，二渡是在碰運氣嗎？還是他以為自己是天之驕子，看不起其他單位，才有這種膚淺的想法？不管怎麼說，時限逼近確實讓二渡的行動更大膽了。

——尾坂部不會理他的。

三上瞄了一眼儀表板上的時鐘，四點四十分，二渡進入尾坂部家十五分鐘了。三上才剛算完時間，深藍色轎車已經開過眼前的馬路。車內的人是二渡沒錯，街燈一瞬間照亮了二渡的側臉，三上沒有看錯。二渡的表情很僵硬，想必真正的對談不到十分鐘就結束了。這也難怪，尾坂部不可能讓警務部的人待太久。

三上開車前往尾坂部家，他要揭穿二渡鬼祟行動的目的，順便向尾坂部打聽出長官視察的用意。尾坂部肯定知道幸田報告，還有一切的內幕。二渡也有同樣的想法，才會直接去找尾坂部。

三上要在十字路口右轉的時候，懷裡的手機發出震動。他先轉過十字路口，把車子停到路邊接電話。電話是石井祕書課長打來的，三上不耐地發出咂嘴聲，按下通話鍵。

「喂，你是什麼意思啊，三上。」

石井的口氣出奇的差。

「出了什麼事嗎？」

「你好意思問我？剛才部長打電話給我，雨宮那件事你解決了是吧？」

三上因偶遇二渡，完全忘了跟石井報告。

「不好意思，我正好在忙。」

「不過你有跟部長報告對吧？為什麼要越級報告？你不會先打一通電話告訴我嗎？你事情辦好我卻不知道，這叫我面子往哪擺啊？」

「以後我會注意。」

三上講這句話的意思是要結束談話，但石井沒有聽出來。

「你純粹是想直接跟部長報告你的功勞對吧，你們刑事部怎麼樣我是不清楚，這一套在我們這不管用啦。」

三上也沒認真聽石井說話，石井跟他不在同一個戰場上。

「警察沒在分刑事部或警務部。」

「嗯？你說什麼？」

「以後我會注意。」

三上重複同樣的話以後，掛斷了電話。順便嘀咕了一句：這都是小事。

接著三上打開車頭燈發動車子前進，轉過前面一個路口，車燈照亮了鮮豔的紅葉石楠。他跟二渡一樣把車子停在外牆邊，快步走到玄關。一看到寫有「尾坂部」三個字的門牌，三上的身體就僵住了，喉嚨也有種乾渴的感覺。他沒有事先知會要來拜訪，也沒當過尾坂部的直屬部下，照常理說是沒資格叩門的。然而，現在D縣警處於非常時期，只在警務部混過的人都能來了，沒道理長年幹刑警的不能來，三上鼓舞自己按下門鈴。

等待的時間感覺好漫長，玄關的拉門終於打開，一位盤起白髮，看起來很有氣質的老婦人出來應門，這是三上第一次見到尾坂部夫人。

三上機靈地鞠躬行禮，好讓尾坂部夫人一眼就看出自己是警察。

「冒昧打擾實在抱歉，敝姓三上，在縣警任職。」

三上遞出名片，夫人用雙手慎重收下。兩名警察接連冒昧來訪，夫人倒也不驚訝。

「您是……公關長是嗎？」

「是的。」

「請問您有何要事呢？」

「我有事情想找部長商量，才冒昧來訪。」

卸任了同樣是部長，這一點到死都不會變。
「明白了，我這就去通報，請您稍等一下。」
夫人進去後沒多久又出來了，並請三上進入家門。三上走過冰涼的走廊，跟著夫人來到客廳，雙腿異常緊繃。
「打擾了。」
三上以清晰有禮的口吻打了聲招呼，感覺自己像是個菜鳥警察。
尾坂部就坐在長桌後方，他卸任已經八年了，年齡六十八歲。臉頰和脖子一帶因為老化消瘦許多，凝視三上的眼神卻依舊銳利，身上還散發著以往的壓迫感。
「坐。」
三上遵照指示彎腰坐下，他婉拒了夫人拿來的坐墊，做出了不太標準的跪坐姿勢。尾坂部雙手環胸，實際和尾坂部碰面，三上才發現對方有很強烈的存在感。
「冒昧前來叨擾，還請部長寬恕。我是公關長三上，直到今年春天都還在本部的搜查二課擔任副手——」
「直說你的來意。」
「是。」
三上強行切換腦海中的說詞：
「我來是想請教一下，警務課調查官二渡真治，方才來拜訪部長的原因。」
三上直接挑明來意，尾坂部還是用眼神問他所為何來。
「相信部長您也知道，D縣警目前處於混亂的局面。四天後長官要來視察六四進展，刑事部和警務部在檯面下鬧得不可開交，幾乎是一觸即發的狀態。」

三上看不出尾坂部的反應。尾坂部的表情，像是在搜查會議上等待部下報告一樣。

「小塚長官似乎會做出對刑事部不利的發言，二渡要替長官排除障礙，所以不斷試探刑事部的成員。」

「……」

「我猜測這應該也是他來拜訪部長您的原因。」

「我只告訴他，我什麼都不知道。」

尾坂部的語氣毫無抑揚頓挫，三上的腦袋一時放空，緊接著內心泛起了一股親近之情。尾坂部的意思是，他對二渡不屑一顧。三上和尾坂部過去都是刑事部的人，同袍之間的對話算是成立了。

「請問二渡跟您說了什麼呢？」

三上滿懷信心提問，卻換來尾坂部再次沉默。

「實不相瞞，東京方面實際會採取什麼樣的動作，我還沒有掌握到。如果部長您知道，還請指點一二。」

尾坂部的沉默更加深沉了，現在提出「幸田報告」不曉得事情會如何發展？尾坂部也是隱瞞真相的共犯，他會憤而離席嗎？

只能賭一把了，二渡肯定也是這樣做的。

「二渡提起了幸田報告，我說得對不對呢？」

「你身為一個公關長，為何要插手這件事？」

三上愣住了，尾坂部是出於自保才提問的嗎？還是在談論祕辛之前，他想先摸清楚三上的底細？剛才，尾坂部說他沒有理會二渡，三上被這句話打動，甚至對這個房間裡濃密的刑警氣息感到很自在，因此完全忘記尾坂部一定會問起自己的立場。

「我——」

三上的手掌滲出汗水，無論尾坂部的真意如何，既然對方都問了，三上必須回答才能繼續這場面談。

「的確，我目前在警務部任職，也不得不遵從所屬長官的命令。關於這次的事，我並不知道警察廳的目的，但我明白自己被利用了。可是——」

可是，我沒打算出賣自己的靈魂。上面這句真心話，三上沒有說出口，話才剛到嘴邊就煙消雲散了。這種話已經很難說是真心話了，說出口對局勢也於事無補。動不動就被情感綁架，在刑事和警務之間擺盪，等於是重新墮入糾結的泥沼，看著自己對刑警的熱情還有對家人的愛互相拉鋸。

三上拋開糾結的情緒，他來這裡不是尋求懺悔或救贖的。

「身為公關長——身為一個安排視察現場的人，我想知道自己應該知道的事情，這就是我的想法。」

「知道了你又能怎樣？」

「銘記於心，做好分內的工作。」

「意思是，你想以刑警的身分，在警務的世界走下去是嗎？」

「不，我已經——」

話說到一半，三上轉念又想，他是出於對二渡的反感才來到這裡的，一再表明自己是警務部的人未免太過滑稽。尾坂部說的沒錯，三上骨子裡的刑警本色是揮之不去的，就算他出賣了自己的靈魂，血肉也終究是刑警。他只是在本能上想要證明自己跟二渡不一樣。他相信尾坂部會趕走二渡，但不會趕走自己。

「部長您說得是，已經養成的習性是無法改變的。不管我當上什麼職位，都不可能放棄對刑警的熱愛。」

「你想回去嗎？」

「這我不否認，只是——」

「你只是想輕鬆一點吧？」

「……輕鬆？」

「刑警是很輕鬆的工作，全世界最輕鬆的工作。」

三上懷疑自己的耳朵。尾坂部說，刑警是輕鬆的工作？不、他指的應該是環境吧？是這層涵義才對。處理刑案工作，可以做最真實的自己，找回辦公桌上的功績和榮耀。

尾坂部放下雙手，不再環胸：

「回到你的崗位上。為了明天浪費今日的光陰，是一件愚蠢的事。」

三上聽糊塗了。

「今天的光陰留給今天，明天的光陰留給明天。」

三上感到愕然。為了明天浪費今日的光陰，這是話中有話？難不成尾坂部認為，眼前的公關長是來打探對刑事部有利的消息，替日後回歸刑事部埋下伏筆？尾坂部是這樣想的？三上不能理解的是，如果尾坂部真這樣想，那為何不願意配合？公關長幫助刑事部，這對死守六四真相的歷任刑事部長來說，不是求之不得的好事嗎？尾坂部難道不覺得，提供三上情報對事情的發展有利嗎？還是說，他不肯在一個新任警視面前示弱？三上沒資格跟他站上同一個競技場？是這麼回事嗎？不，也許整段對話打從一開始就沒意義。尾坂部只是在劃清界線而已，三上和二渡都是警務部的人，尾坂部把他們都視為刑事部的敵人，拒於千里之外。

尾坂部站了起來，三上被迫做出決斷。

「請等一下。」

要留住尾坂部，只有一句話管用：

「您應該知道幸田報告的真相。萬一公諸於世，部長您也名聲不保。」

尾坂部俯視三上，眼神相當平靜。那是一種彷彿大澈大悟，在很久以前就已經放下一切的眼神。

「回到你的崗位上，偶然的際遇有可能影響你的一生。」

「刑事部也許會被毀掉。」

直到最後，尾坂部都沒有理會三上的問題。

——尾坂部要逃避嗎？

尾坂部離開了客廳，三上只感覺一陣微風掠過臉頰。腳步聲越來越遠，夫人端著茶靜靜地走入客廳。或許招待來客喝茶，是尾坂部家的規矩吧。

「請用茶吧。」

夫人的語氣似在慰勞三上。

三上感覺自己的背脊和膝頭放鬆了，整場談話也才十分鐘左右。想來二渡也在失去了主人的客廳，獨自品嘗茶水的苦澀吧。

39

外頭空氣冰冷，三上發現自己的臉頰很燙。

和二渡之間的情報戰，在尾坂部這一回合算是平手，但二渡知道警察廳的本意，三上只解出了幸田報告的內容。他試著虛張聲勢，二渡卻沒有想談的意願。尾坂部則是跟岩石一樣不動如山，不僅如此——

回到你的崗位上。

偶然的際遇有可能影響你的一生。

強烈的疲勞感，讓三上想著要回家了。回程途中，他順便前往日吉浩一郎的家，把寫好的書信託付給日吉的母親，信中只寫了一句「不是你的錯」。柿沼已經說出事件的始末了，繼續跟日吉接觸也沒太大的意義，但置之不理難免愧疚，好歹要把這封信送過去。

家中有魚肉和炒青菜等著三上享用，美那子雖沒有笑臉迎人，至少表情還算柔和。三上原以為美那子會立刻提起無聲電話的事情，但或許是白天講過電話的關係，穿著圍裙的美那子沒打算重提這個話題。

開飯不久，美那子問道：

「今天有什麼好事嗎？」

突然聽到這句話，三上困惑地眨了眨眼睛：

「我的表情給人這種感覺嗎？」

「是啊，多多少少。」

若真是如此，那肯定是看到美那子的反應，所以放寬心的關係吧。不，應該不只這樣。村串瑞希談起的往事，填補了他們夫妻倆的空白拼圖。儘管當時心中泛起的暖意被其他憂慮打亂，但幾小時前聽到美那子年輕時代的故事，已經成為三上無可取代的回憶了。三上開始覺得，自己急著回家不光是疲勞的原故了。

「不過，你的表情還是很疲憊，工作不好處理嗎？」

「也沒有，解決了一大難關，雨宮芳男願意接受長官慰問了。」

三上心想，美那子應該也會認為這是好事，不料美那子不解地反問：

「真的嗎？他不是拒絕了？」

「之前是那樣沒錯。」

「那他怎麼又接受了呢？」

三上也不好意思說自己在佛壇前落淚的事情。

「大概是感受到我的誠意了吧。」

「也對，想必是這樣吧。」

美那子溫言相慰，臉上依舊掛著不解的表情。

三上也重新思考雨宮為何改變心意。警方搜查時犯下失誤，事後還隱瞞真相，雨宮也知道這一次的長官慰問，純粹是警方的宣傳活動罷了。三上的醜態確實讓雨宮有些感觸，假如他是在翔子的遺照上看到步美的身影才落下男兒淚的話，那倒也算情深義重。或許痛失愛女的雨宮，也從三上不尋常的舉止中察覺到什麼了吧。問題是——

三上哭泣的當下，真有想起步美嗎？他在開車回家的路上，不斷檢視自己的內心，卻沒有找到一個肯定的答案。

「我去聯絡一下工作上的事。」

三上對著洗碗的美那子說完這句話，就拿起手機前往寢室了。

不管雨宮心裡怎麼想，總之長官慰問的課題解決了。明天又要想辦法應付記者，在長官來視察以前，又要經歷一連串辛苦的談判交涉。換句話說，三上得回歸崗位了，這件事害他產生一股反胃感。尾坂部的意思，是要三上回到自己的崗位封閉心靈，對警察廳的行動不聞不問嗎？三上看不透尾坂部的真意，光看結果，三上也同樣吃了閉門羹。話說回來，尾坂部說的那句話，又不像是要逃避三上的質問。

——搞不懂啊。

三上打開寢室的電暖爐，一屁股坐了下來。他看了鬧鐘一眼，時間正好七點半。石井祕書課長還在生氣吧，之後也沒再打電話來了。要說三上完全不在意明天的媒體懇談會，那肯定是騙人的，但他還是決定先打電話給諏訪。反正所謂的媒體懇談會，只是各家媒體和縣警高層講客套話的場合罷了，公關室該摸清的是那些記者陰晴不定的動向。前天，記者們說要抵制長官視察，赤間警務部長刻意安排的冷卻期，不知道有沒有緩和他們的氣焰？

打去諏訪的官舍，只聽到通話中的聲音。

三上拿著手機直接躺在榻榻米上，總覺得對這一切有種疏離感，腦海中浮現諏訪拚命打電話給記者的景象。諏訪很清楚自己的職責，他抱怨歸抱怨，對公關工作還是有熱忱，但公關真是他的天職嗎？

尾坂部說，偶然的際遇有可能影響你的一生。這句話是真理，一個人會從事什麼行業，擔任什麼職務，其實多半是偶然的際遇，跟動機或心路歷程沒什麼關係，這也是無可否認的事實。三上成為刑警也是偶然，他確實是自願當刑警的，但同輩中自願的人多如牛毛，跟他們相比，三上是否更適合當刑警？這個問題恐怕只有天知道。說穿了，這都要看運氣和上司的想法，還有人事如何安排。然而，三上卻成了為刑警而生的男人，把刑警視為人生和血肉的一部分——

尾坂部是在對三上膨脹的刑警意識嗤之以鼻嗎？說不定他回顧過往生涯，也發現是偶然的際遇造就了自己的人生吧。他說刑警是全世界最輕鬆的工作，如果他是在講三上太自負，那這句話也是真理吧。公權力的威勢，會讓一個普通人獲得超乎尋常的力量。三上也曾想過，自己若在其他領域究竟會是什麼樣子？

三上一掌拍在榻榻米上撐起身子，手指按下重撥鍵。這一次打通了，接電話的是諏訪的老婆，她說丈夫外出工作了。三上立刻打諏訪的手機，聆聽著撥號聲，內心抱著幾許期待。

「您好，我是諏訪。」

諏訪一接起電話，三上就聽到卡拉ＯＫ的聲音。

「我是三上，你現在在哪裡？」

「啊、公關長好，我在AMIGO跟記者套交情啦。」

果然，諏訪也放棄假期，專注在自己的工作崗位上。公關室接連碰上匿名問題、記者抗議書、抵制長官視察，現在三上也得回到他真正該奮鬥的崗位了。

「藏前也跟你在一起嗎？」

「是的、是的。」

聽諏訪說話的語氣，他顯然喝了不少酒。

「有哪幾家到場？」

「請等一下喔。」

諏訪來到店外，電話裡傳來車水馬龍的聲音。

「對了對了，請問被害人家屬那邊處理的怎麼樣了？」

「處理好了，長官可以去拜訪了。」

「那太好了！辛苦您了！」

「你那邊情況如何？」

「啊啊、是，這個嘛，我用幫媽媽桑慶生的名義，邀請所有新聞社一起來喝酒——其實媽媽桑下個月才生日啦——算了，這不重要，總之現在記者那邊守備嚴密。」

守備嚴密，意思是只有穩健派的記者賞臉參加酒會。

「有哪幾家來？」

「呃，有共同、時事、ＮＨＫ、東京。地方上的則有Ｄ日報、全縣時報、Ｄ電視、ＦＭ縣民。」

「朝日、每日、讀賣都沒來嗎？」

「很遺憾都沒來。」

「產經和東洋呢？」

「產經也不行，這件事處理好之前都不會跟我們喝酒了。東洋的秋川本來有要來，我跟他說美雲也會到，他講得好像會到一樣。」

三上差點開口罵人，但他忍了下來，沉穩地問道：

「美雲也在嗎？」

「她自願來幫忙的，而且態度很堅決，我們只好帶她來了。」

聽諏訪的口氣，他也沒有過意不去的意思。

「這件事之後再說，告訴我後續吧。」

「簡單說，秋川講得好像他會到一樣，結果卻沒有出現。剛才我打去新聞社分局找人，分局的人說他外出採訪，所以明天早報可能會刊登什麼大新聞吧，不曉得是不是跟圍標的案子有關。」

酒會的隔天早上刊出獨家新聞，這也是常有的事。

「現場的氣氛怎麼樣？」

「咦？您說什麼？」

「就是那些記者，到底有沒有要抵制長官視察？穩健派的是怎麼說的？」

「啊啊、對對，問題就在這裡。」

諏訪不只講話口齒不清，連腦袋都開始昏沉沉了。

「大家基本上都認為抵制太過火了，畢竟長官視察很有新聞價值，沒有人不想採訪。最好的證據就是，他們在記者總會上說要拒絕採訪，但今晚再問他們，他們好像以為抵制的只有開放式記者會的行程。」

「意思是，有好處還是要拿就對了？」

「對，長官來了他們同樣會報導，拒絕出席記者會只是要給我們難堪。是說，這也是做做樣子吧，開放式記者會才是重點嘛，這對我們和那些記者都一樣。大家其實都想參加開放式記者會，普普通通地完成採訪工作。只不過……」

諏訪壓低音量說：

「照現在情況，他們不可能幫忙。」

「要怎樣才肯幫忙？」

「這……」

諏訪欲言又止，看樣子來參加酒會的記者對三上非常不滿。

「快說吧。」

「首先，他們要求公關長正式道歉，包括書面和口頭道歉……另外，本部長或警務部長也要口頭道歉，非正式的道歉就行了。聽他們的說法，似乎這兩樣都要辦到才行。還有——」

「還有啊？」

「強硬派的說，也不用道歉了，直接換掉公關長就好，大概是東洋的吧。」

諏訪剛才表現得很猶豫，結論倒是一下子就說出口了。

「他們要搞掉我飯碗就對了？」
「強硬派有一部分人是這麼想的。」
「那你的看法呢？」
三上想先聽聽諏訪的真心話。
「這個嘛，說穿了是那些記者太得寸進尺，接受他們的要求，保證會沒完沒了。可是憑良心講，記者的要求我也不是不能理解，弄掉公關長的飯碗是太過分沒錯，但沒有正式的道歉他們面子也掛不住，而且上面的也有給他們壓力。總之重要的是場面功夫，弄個像樣的場面出來，穩健派的就會放棄抵制了。」
三上只覺得脖子被掛上了鈴鐺，而且還是被自己的部下掛的，而不是記者。
「我道歉的話，穩健派真的會放棄抵制嗎？你回想一下抗議書的表決結果。」
「當然這也不保證絕對管用，不過我們死也不能讓抵制活動發生，有什麼方法都要盡量去試對吧？」
三上盯著半空沉思。
對付記者也有刻意不作為的空間，就跟他說服雨宮的方法一樣。不採取任何行動，記者們就會抵制採訪，小塚長官將失去發言的場合，暫時解除刑事部的危機。可是——
這一次跟說服雨宮不同，三上的情緒並未掀起波瀾，他甚至不需要用家人來鼓舞自己。容許抵制行動等於放棄公關職責，這也意謂斷送公關室的生命。
「就當我正式道歉好了，記者俱樂部的勢力會如何變化？」
「這應該不用擔心，有前例可循。道歉並不會讓公關室的立場弱化，雙方的關係反而會變好，我們也更好做事。」

諏訪的語氣接近說服，他的意思是，公關長道歉也沒啥大不了。

「這件事不會往上傳嗎？」

「您的意思是？」

「部長不會同意讓公關長道歉，萬一被二樓的知道，部長一定會阻止的。」

三上的意思是，這全看你諏訪的本事了，他要看諏訪會如何答覆。

諏訪也明白三上的意思：

「我想是不會往上傳的，應該沒問題。」

「那好，我會考慮。」

三上答話時還嘆了一口氣，之後又深吸一口氣：

「美雲還在嗎？」

「嗯。」

「我說過不要叫她陪酒的，馬上讓她回去。」

「公關長，就說這是美雲的意思了——」

「我說，讓她回去你聽不懂嗎？」

三上動怒，諏訪也不說話，感覺得出來他並不服氣。

「有意見就說出來。」

隔了一會，諏訪恢復冷靜的口吻說：

「請您不用擔心，我會負責照顧她的。我們只是讓美雲帶動現場氣氛，沒有要她陪睡或幹嘛的意思。」

一把怒火幾乎要噴出三上的瞳孔：

「王八蛋！哪有警察用美色處理問題的！你要我下跪或切腹都沒關係，立刻讓美雲回去，聽到沒有！」

諏訪也沒有退縮：

「公關長，請您體諒一下吧，這是美雲的意願。您不讓她應付記者，她就只剩下打雜的工作了。我也勸她不用來，我說過這是您的意思，要她忍一忍。可是，美雲說我們這樣是在歧視女性，她也想要做一樣的工作。」

歧視女性？三上沒想到美雲會說這樣的話。

或許，美雲那時候就看穿三上的意圖了。之前處理記者問題進退維谷的時候，美雲表示自己也想去參加酒會。三上一時期待「女色」的作用，可能就是那一瞬間的猶豫，給了美雲參與的藉口吧。

「叫美雲聽電話。」

「她喝了不少。」

「叫她聽電話。」

三上等了好幾分鐘，期間，千頭萬緒在他腦海中一閃而過。

「我是美雲。」

美雲的聲音不大，但不是害怕才壓低音量。

「我說過妳不准參與的，為何要違背我的指示？」

「這不是妳的工作。」

「……」

「我也是公關室的成員。」

「一課的內勤人員，也不會去追捕殺人犯。」

「我也想幫忙。」

「妳已經幫很多忙了。」

「我不這麼想，完全沒有這種感覺。」

三上吁了一口氣，下定決心說出心裡話：

「我承認，我曾經想用女色去攏絡那些記者。但我想用的是其他年輕女子，不是妳。」

美雲也堅持己見：

「我是受過訓練的警察，我來這裡是在執行勤務。」

「那些男人不會這樣想。」

「反正我是女人的事實不會改變，如果您認為我在利用自己的身分，那也無所謂。明知公關室出了大麻煩，我無法視而不見。我很清楚自己的職責是什麼，我也認為公關室是警方與外界聯繫的窗口，關於報導的事情我也有在學習，我可以跟記者們深入探討相關問題。男人之間容易針鋒相對的議題，我也能冷靜討論，他們也願意聽我講。」

「別拿這種場面話來搪塞我。」

「說場面話的是您才對，公關長。」

——我說場面話？

三上握住手機的力道加重了：

「我何時說場面話了？」

「請下指令給我，我去打聽情報，髒活我也願意做。」

「妳喝醉了吧？」

「我沒醉。」

「妳要真想一展長才，就辭掉警察的工作吧。憑妳的能力和覺悟，走到哪裡都能幹出一番成績。」

「我是想當警察才從事這份工作的，這份工作讓我感到驕傲，也很有成就感。」

「那妳應該清楚，能在這一行幹下去的只有男人，有時候連男人都做不久。」

「您這種說法，太狡猾了。」

三上瞪大眼睛：

「我狡猾……？」

「待在公關室的人，都明白您現在有多辛苦。有些事情光說場面話沒法解決，得弄髒自己的雙手才行。您深感苦惱，卻又不得不那樣做，甚至強迫自己接受那樣的做法。您命令組長和主任去做髒活，其實內心根本不願下那樣的指令，您厭惡自己那樣做。這些大家都看在眼裡，可是——」

美雲急切的語氣開始顫抖：

「請不要讓我當您的替代品。把所有漂亮的事情都推給我，讓我一個人不受任何汙染，您用這種方式欺騙自己還保有赤子之心，太狡猾了。我不想成為替代品，那太難受了，我也想打開一扇對外的窗口。」

三上抬頭看著上方。

所有的火氣似乎都煙消雲散了。

美雲說手機快沒電了，三上依舊一句話都說不出口。

40

三上到浴室泡澡，已經是十點以後的事了。

他想，怎麼才十點？今天真是漫長。

今天，三上找到了柿沼，逼柿沼說出真相……也看到了幸田現在的下場。之後他在雨宮家落淚，讓雨宮回心轉意。接著，又向赤間回報任務完成。瑞希打來告訴他美那子的過往。再來他偶遇二渡，還跑去拜訪尾坂部。寫給日吉的信，也託付給日吉的母親了。美那子問是不是發生了什麼好事？美雲還說他狡猾。

千絲萬縷的情緒在內心交錯，沒有一件事常駐心頭。好多張臉孔和話語互相糾纏拉鋸，只留下一片茫然模糊的印象。

長官視察的真正目的……雨宮的想法……二渡的行動準則……

這下連思考能力也不靈光了，已經搞清楚的問題和還沒搞清楚的問題，兩者的界線也逐漸模糊。全身的疲勞滲入熱水之中，只要一閉上眼睛，睡魔就會悄悄逼近。

戶外寒風狂嘯，毛玻璃被吹得嘎嘎響。三上懂事的時候，這間房子就很老舊了。

父親曾說要重建房子。

母親也說，總有一天要重建。

三上想起往日情景，夕陽照入家中，榻榻米曝曬在陽光底下，電風扇左右擺動。圓桌上擺有啤酒瓶和蛋糕店的紙箱，父親的戰友來訪，頭髮剃得短短的，有一張赤銅色的臉龐，戰友抖著身子笑呵呵，他看著三上，雙眼炯炯有神。

「喔喔，小鬼頭，你長得很像父親呢！」

戰友笑了，赤間的女兒也凝視著三上。從柱子後方，從車子裡面，從四面八方。從教室的角落，從樓梯的上方，從兒童公園的長椅上，偷偷窺視。起先兩個人，再來變成三個、四個，少女們殘忍地動著嘴唇，靠在一起摀嘴竊笑。

三上在心裡自言自語，喂，別以為我沒有發現。

步美蹲在一旁，用雙手摀住顏面，就像在玩鬼抓人當鬼一樣。成千上百的嘲弄眼神，來自四面八方。四周昏暗不清，唯獨步美蹲踞的地方有聚光燈灑落。

三上反問那些惡意：你們知道自己在幹什麼嗎？

（你們父女長得真像呢，你很疼女兒對吧？）

為何赤間要說那種話？他自己也有女兒不是嗎？他也有疼愛的女兒不是嗎？為何要嘲弄步美的不幸？他沒人性嗎？連女兒也要教成沒人性的惡鬼嗎？只教自己的女兒明哲保身，然後就什麼都不管了？

唉……

多做好事……

三上輕輕撐開眼皮。

窗戶又被吹響，戶外的風勢轉強了。三上改建過這棟房子，但這扇窗……

戰友對三上說，你長得真像父親呢！母親笑了，看她的表情似乎也同意這句話。父親稍微露出泛黃的牙齒，那是一種分不清是苦笑還是害臊的表情。

（加油啊，多做好事，總會有好報的。）

對了，父親說了這句口頭禪，那個戰友聽了嚎啕大哭。要離開的時候，戰友綁完鞋帶站起來，回頭時整張臉哭得唏哩嘩啦。

想必他失去了很多夥伴，也殺了很多人吧。

後來那個戰友就沒再出現過了，他像對待親生兒子那樣撫摸三上的頭，還花大錢買巧克力和冰淇淋蛋糕請三上吃，那麼他的人生有碰到什麼好事嗎？

父親他……又是在人生哪個階段，得到那種體悟的？實際上又是如何呢？他做好事真有得到好報嗎？是小時候得到的體悟？還是在戰地得到的體悟？難不成是在市府清潔中心長年服務得到的體悟？

爸，我完全沒有這樣的體悟啊。

三上的父親沒什麼存在感，印象中總是待在母親的身後。不是那種大搖大擺，把養兒育女都丟給老婆管的態度，而是靜靜地待著，深怕搶了母親光采的感覺。三上也把父親的地位擺在母親後面，母親不在家的時候，三上跟父親相處不太自在。父親沉默寡言，總是一副眉垂目闔的模樣，五官、手掌、指節都很粗糙，三上不太習慣跟那樣的父親相處。印象中，父子倆也沒什麼比較親密的接觸，只有五官是父子。父親的血統凌駕母親的基因，留下了自己基因勝利的證據，只可惜他到六四那一年去世為止，都沒辦法跟兒子交心。

（小鬼頭，多吃點吧，不快點吃冰淇淋就要融化囉。）

三上享用了蛋糕，但他沒有笑。他在玄關偷偷看到男人哭泣的模樣，覺得對方活該。反正生下來的是男孩子，母親也就沒有太嚴肅看待三上不好看的事實。然而，三上第一次帶媳婦給爸媽認識時，母親的反應比父親還要慌張。起先母親的眼神游移不定，之後她眨了眨眼重拾冷靜，一雙銳眼直盯著三上。三上還記得，母親以前懷疑他吞了買菜找的零錢時，就是那種眼神。那眼神就像在說，你真的沒做虧心事嗎？

一想到這裡，三上笑了。

媽，妳這樣想也太過分了吧。

對了對了，三上會加入附近的劍道教室，也是母親的主意。母親期望兒子長成正直的好孩子，算術或寫字好不好反倒其次。劍道的練習很辛苦，要不是戴上護具有種興奮感，三上是不可能堅持下去的。面罩上的金屬橫條護框，限制了本來的視野，也讓呼吸感更加濃密，有點類似躲在紙箱製的祕密基地。三上沒有變身英雄的欲望，但穿上劍道護具或許也滿足了那樣的童心。面罩的直條護框遮住了他的鼻樑，十三條橫條護框分割了他的五官。戴上面罩時只看得到雙眼，剩下的部位都與黑暗同化。那稱不上是臉，劍道也不需要臉面，而且可以單方面觀察別人，不用被人觀察。當三上長了青春痘，開始在意異性眼光的時候，那個又臭又狹窄的護具裡，反而是他待得最安心的地方。

有母親的期望，有這張臉龐，有劍道的栽培，這一路走下去就是警察的道路。

該說是必然嗎？

還是偶然呢？

三上擰乾毛巾擦臉，粗糙的觸感傳達到掌心。

劍道讓他學會禮儀，身體也鍛鍊得不錯，但心態呢？他學到了什麼？又鍛鍊了什麼？他具備平常人該有的正義感和競爭心，所以抬頭挺胸當上警察，以刑警身分大展拳腳。問題是——

三上聽到微弱的耳語在反問自己。

刑警成了你的新面孔是嗎？

你只是剛好拿到一張面具，僥倖戴了二十年以上吧？

（刑警是很輕鬆的工作，全世界最輕鬆的工作。）

刑警這個職缺可以當作人生的保護傘，也許這才是尾坂部的意思吧。全世界的人都知道刑警不是輕鬆的工作，小說、電視劇、紀錄片大量灌輸刑警有多辛苦、多悲哀，每個人都以為自己很了解刑警的辛酸。只要說自己是刑警，對方就會肅然起敬，其他什麼也不用講，確實非常輕鬆。況且刑警這份工作，會讓人輕易遺忘現實中的辛酸和悲哀。因為刑警永遠不乏獵物，過去在轄區警署任職，松岡也曾經這樣鼓舞部下。他說，不要抱怨自己的工作，要樂在其中，我們可是領薪水在打獵呢。

姑且不論理性怎麼想，至少刑警沒有嫉惡如仇的本能，他們有的只是狩獵罪犯的本性。三上也同樣如此，每天的工作就是找出嫌犯，圍捕對方，逼對方認罪。這種日子過久了，內心會失去個人的特色，只留下帶有光暈的刑警色彩。沒有人會抗拒這樣的變化，大家都積極染上濃烈的刑警色彩。狩獵不只是為了生活，對於想要留在獵場的人來說，狩獵是他們唯一的樂趣，也是最棒的娛樂。

去問幸田就知道了，那個人失去狩獵的權限，淪落為被獵的一方，辛苦工作就只為了養家活口。問他就知道了，刑警到底是不是輕鬆的工作？

三上嘆了一口很長的氣。

過去只顧著享受打獵的樂趣，現在報應來了。事到如今才想摘下刑警的面具，人生幾乎快要散架了。誰說面具底下一定有真面目？搞不好真實的自我早已不存在。三上過去有一年的「前科」，那一年讓他深刻了解，刑警工作根本與痲藥無異。藥效過了以後，就算沒看到蟲子爬滿牆壁的幻覺，也得終日面對放大的恐懼和自卑感。

「你想以刑警的身分，在警務的世界走下去是嗎？」

三上對這一句話，又有更深的體悟。

四天後長官就要來了，眼下保持理智比什麼都重要。他得安分待在警務陣營的旗下，來保護家人的安全。刑警之心在淌血又如何？那才是理智尚存的證據，不用勉強整理自己的情緒。就這樣忍受痛苦，嚴肅地完成公關長的職責吧。

想是這樣想，三上的心頭卻餘波盪漾。

他反問自己。喂，你這麼鬆懈沒關係嗎？長官打算說些什麼，又會帶來怎樣的後果，你還不知道不是嗎？

三上想起了自己的媒人，從尾坂部身上打聽不出消息，那就去問大館吧。大館是其中一個隱瞞真相的刑事部長，但撇開這點不談，他也是地位僅次於尾坂部的卸任部長。這樣的人會事先得知長官視察的內情，一點也不奇怪。大館今年初中風病倒，三上在夏天送禮拜訪時，得知大館在家裡努力復健。三上被調到公關室，大館也深感遺憾，他還嚅起麻痺的嘴唇說，要替三上向荒木田抗議。

三上心想，大館會開口的，我去問他一定會開口。

忽然間，三上的心情平靜下來了，亢奮的情緒逐漸冷卻，彷彿被吸乾了一樣。

跑去問大館，是不是太殘酷了？大館卸任四年了，整件事對他來說還不算塵封的過往。大館很照顧三上這個部下，甚至還主動當媒人，被三上揭開瘡疤想必很難受吧？真的要拜訪他嗎？大館才重病初癒，還在學習站立和行走，拿這件事去逼問自己的恩人，是想害他早日歸西嗎？

二渡肯定不會手下留情吧？二渡會毫不猶豫地按下門鈴。不，也許他早就按過了。

在警務部王牌侵門踏戶之後跑去拜訪，三上也不需要說明到訪的理由。只要默默地凝視大館的雙眼，靜靜地等他說出「遺言」就好，等他說出遺言就好……

三上搖了搖頭。

好一段時間，他茫然仰望著蒸氣氤氳的天花板。

不曉得美雲怎樣了？她還在 AMIGO 嗎？

……您這種說法，太狡猾了。

……請不要讓我當您的替代品。

她是用什麼樣的表情，說出這幾句話的？

三上在聽美雲說話的過程中，起先有一股火大的情緒。因為美雲是仗著女人的身分，才能說出那些話。美雲一下子打破了三上的禁忌，還說出他最不想聽到的話。三上最不希望聽到美雲說那些話。

失望和衝擊當然不小，但這跟受到打擊又不太一樣。有點類似自己在找的東西，原來近在眼前的感覺，一方面感到訝異，一方面又對自己的粗心感到傻眼。美雲一直都在三上的面前，她的話不多，但耳聰目明、頭腦清醒，這一點三上比誰都清楚。

不過……實情不是美雲說的那樣。

聽到美雲說自己狡猾，三上才終於明白，他不是拿美雲當替代品，也不是把自己的赤子之心託付給美雲。三上只是想保護美雲，一個保護不了妻小的男人，希望在擔任上司的一到兩年內，好好保護美雲這個部下。

想要保護對方，這也是把對方當替代品嗎？也是罪該萬死的「自我滿足」嗎？終究是種狡猾的作為嗎？

或許強迫對方不受汙染，跟散布病菌是一樣的行為吧。美雲對職務充滿熱忱，卻在其他方面對其本身的天真缺乏自覺。三上很擔心美雲說自己願意去幹髒活，這樣的她未來會往哪個方向走呢？

「我也想打開一扇對外的窗口。」

今年春天，三上提起「窗口」這個說法時，美雲的表情顯得不太認同，她深信小派出所才是警察便民的窗口。後來在酒會上，美雲說出了自己的心聲。她認為全國的派出所員警只要誠懇對待人民，大家對警察的印象和評價自然會上升。

那麼，美雲現在身為公關室的一員，究竟想要打開什麼樣的窗口呢？

是她看開了嗎？攏絡記者，便能對千百萬人民宣揚「警察的正義」。願意賣警察面子的記者越多，越能進行大規模的形象操作，這是全國派出所員警再努力也辦不到的事。因此，美雲才去AMIGO陪酒，撇開場面話來談現實，美雲的作為就是這個意思吧？

諏訪一定會贊成這種方法，在酒會上玩弄權謀話術，是他平日用來對付記者的方法，也跟高層想要支配媒體的戰略方向一致。「窗口」則不一樣，既不是戰略也不是對策，而是擔憂警察封閉自恃的憂患意識。那是日常生活中的一種小習慣，當警察和媒體僵持不下時，或許應該思考一下是不是有其他的出口？事先打開一道心靈的窗口，讓內外的空氣對流，期待著爭執以外的新氣象發生。

三上真正在意的，不是美雲如何理解這個概念，而是他第一次談到「窗口」時，心中的動機並不單純。三上本來打算在兩年內回歸刑事部，他需要一個心靈上的寄託，來保持戰戰兢兢的勤務態度。如果那句話不是真心，只是說服自己的藉口，那他等於開了一扇虛假的窗口給美雲看。

不對……

先不說初衷為何，三上確實多次認為公關長是很重要的職缺。在步美離家出走以前或以後，這一點都沒變過。

「老公——」

三上聽到美那子的聲音，一時有些慌了，他以為自己泡澡泡到睡著。

「你沒事吧？」

美那子在洗臉台，她擔心三上怎麼洗那麼久。

「啊啊，我這就出來。」

三上答完話，卻沒有馬上從浴缸起身。

他並不覺得身體泡暖了，感覺自己應該沒有洗那麼久才對。自從步美離家出走，舉凡洗澡、上廁所、漱洗，這些日常生活中的步調都亂了套。三上曾經一股腦地拚命刷牙，也沒在思考步美的事情，就只是慣性地移動牙刷而已。可是，當他回過神來，又會對著鏡子自言自語，問步美冷不冷。

三上從沒想像過女兒死去的模樣，他不悲觀，也沒有故作堅強。他不斷告訴自己，步美還活著。

然而……

剩下的，他無法想像。

步美還活著，那她人到底在哪裡？步美行走坐臥的身影，三上完全想像不出來。步美認定全天下人都嘲笑自己的醜陋，她不想被任何人看到自己的臉孔。三上無法想像這樣的步美在外生活的具體情況，錢哪裡來？住的地方呢？通常女高中生離家出走，都跟打工、男朋友、夜生活脫不了關係，但步美的情況不一樣。既然不一樣，她是如何在外生存的？

當街友嗎？二十六萬名警察連結成的警網，不可能沒發現年輕的女街友。是有人收留步美嗎？誰收留她了？要是有人敢收留一個十六歲少女，卻沒有通報警察和她的父母，那傢伙才是真正的犯罪者。

所以，三上不去思考那些細節，他也不給美那子思考的機會。步美好著呢，剩下的事情一概不提，三上會強制結束相關的對話。美那子永遠只談無聲電話，也不談女兒「現在」過得如何，因為三上只准她談這個。步美握著公共電話的聽筒，是夫妻倆唯一能想像到女兒在外的身影，也是他們唯一該有的想像。

「她會回來的。」

三上跟平時一樣說出這句話，向自己尋求認同。

女兒在外怎麼生活都無所謂，她肯回來就好，剩下的總有辦法處理。

「回來吧。」

也許是明天回來，也許是後天，還是更久遠的將來？

不要為了明天浪費今日的光陰……？尾坂部不也是那樣嗎？

誰又不是那樣呢？大家都在為了明天浪費今日的光陰。

這叫愚蠢？胡說八道。浪費又怎麼了？玷汙今日的光陰也無所謂，只要能過上更美好的明天。

秋川說，你變了呢，三上先生。

我沒變，一點都沒變。

瑞希說，你要好好照顧美那子。

我會的，絕不會放她一個人。

美那子沒有傷害步美，步美也不是故意要讓美那子難過。

凝結的水氣在黑暗的玻璃上留下一道淚痕，三上的眼皮變得好重，這一次睡魔來得又快又急。

那個交通安全的護身符放哪去了？

三上只覺眼前一片漆黑。

黑暗中，有一雙手。

身穿日式結婚禮服的美那子，一臉寧靜溫和的笑容，向三上伸出雙手。

41

果不其然，週末假期一結束就出事了。六點的鬧鐘還沒響，三上就被赤間警務部長的電話吵醒。

「你看過東洋新聞的早報了嗎？」

「沒有，還沒看。」

「快去看。」

赤間一副要發火的語氣。

三上人還在棉被裡，他答應赤間晚點回撥就掛斷電話了。三上在睡衣外披上一件浴袍，前往外面的郵筒拿早報。東洋到底寫了什麼？他最先想到的是圍標案的獨家消息。但這點小事赤間不會特地打電話來。難不成跟匿名事件有關？公安委員的女兒，身懷六甲的婦人撞死了老人。

「報上寫了什麼消息是嗎？」

三上拿著報紙走回來，一進客廳就看到美那子。美那子正打開電暖爐，憂心忡忡地皺著眉頭。

「好像是吧，麻煩幫我泡杯咖啡吧？」

三上委婉地請美那子迴避，自己打開東洋新聞的早報。他一翻開「縣版」，就看到一個斗大的標題。

〈用商品券當遮羞費〉

〈警方的拘留管理大有問題〉

三上一看到標題，額頭冒出冷汗。整篇報導他看了一會，發現那是全國版的摘要報導拿到縣版上做的詳細介紹。三上趕緊打開社會版，找到了極具衝擊性的標題，只是沒有縣版的標題那麼大。

〈D縣警猥褻女性拘留者〉

三上看得兩眼發疼。

報導指出八月在D縣北部的F署，發生了一起猥褻醜聞。某位三十多歲婦女犯下竊盜罪被逮捕，擔任拘留所看守的五十歲巡查長，深夜多次撫摸該名婦女的胸部和下半身。

三上再一次打開縣版，動作盡顯焦躁不耐。

巡查長以利誘哄騙的方式犯下罪行，他聲稱自己有權幫婦人減少刑期。後來，法庭判該名婦人緩刑，婦人被釋放後不甘受騙，要求巡查長道歉。據說，婦人表明要去警署抗議，巡查長還拿價值十萬元的商品券，乞求婦人不要告訴上司。

三上一拳打在報紙上，沒有證據不可能寫出如此詳盡的報導，胃酸逆流到喉嚨一帶。雖說警察是一個與善良無緣的組織，但沒想到會有這麼卑劣的人披著警察的外衣。

三上接著打開其他報紙，其他報都沒有同樣的新聞，這是東洋新聞的獨家。看樣子諏訪的直覺是正確的，這是爽約沒去酒會的秋川幹的好事。

可話說回來，為什麼昨晚沒有鬧大呢？通常記者決定在早報刊登這種大新聞之前，會在前一晚造訪警方幹部，確認消息的真偽。該不會是在截稿前才掌握消息，急急忙忙刊在報紙上的吧？也有可能是對報導極度自信，不需要求證吧。假設真是這樣好了，不給警方一點心理準備，日後採訪沒準會被刁難，怎麼說也該先知會一聲才對。然而，今天的早報不一樣，光聽赤間火大的語氣，就知道東洋新聞沒有事先通知。

是故意的嗎？

故意不履行告知的道義，要讓D縣警迎接一個糟糕透頂的早晨？有可能，現在的秋川充滿攻擊性，確實有可能幹下這種事情。

不、更令人在意的是——

三上淺嘗了一口美那子端來的咖啡。他拿起警用電話，打到警務部長官舍，電話才響一聲赤間就接起來了。

「我看過報導了。」

「是在本部跑新聞的記者寫的。」

赤間很篤定。

東洋有專門跑F署管區的通信部記者，是個年過六十的約聘記者。剛才那位記者打給F

署的小保方署長，說他也是看了早報才知道那件事，還問署長是不是真的，一聽就知道是在找藉口。

「署長事先也不知情。」

小保方署長馬上把巡查長叫到官舍質問，巡查長坦承罪狀，署長召集刑事課成員，以特別公務員暴行凌虐的嫌疑，執行緊急逮捕。目前本部也派出監察官前往F署，上午九點會在F署舉辦記者會，整起事件已經發展到這種地步了。

「我不懂的是，為何警務課長、監察課長，還有我，都沒接到記者的電話。這種情況非常罕見，我要聽你的見解。」

大腦從來不會向四肢徵詢意見，這代表赤間受到的打擊不小。醜聞上了全國版，說不定赤間也是被警察廳的電話吵醒的。

「我認為是記者培養已久的情報源提供的消息。」

「我沒問這個。我的意思是，為什麼攻擊警務部的新聞會在這個時機出現。」

——果然。

這是一則給警務部難堪的新聞，三上讀完報導也心生猜忌，懷疑是刑事部轉守為攻，放出消息給東洋新聞。

因為這是拘留所的相關新聞，最有嫌疑的就是刑事部。拘留管理表面上是警務部管轄的業務，但實際上是刑事部的勢力範圍。過去有人權團體批評警方，說拘留所形同監獄，更是造成冤獄的溫床。所以，警方在組織架構上把拘留所和刑事部分開，避免遭受人權團體批判。可是，D縣警底下的轄區警署，沒有任何一個拘留所是單靠警務人員管理的。許多實習刑警或有刑警經驗的人，掛著警務課員的職銜擔任看守。平時他們會注意拘留者接受完審訊後，回到房內有什麼特別的動靜，再逐一回報給刑事課。簡單說，刑事部掌握拘留所內的大小情報，一旦拘留所的管理出問題，「掛名」的警務部就要承擔責任。刑事部或許沒能力揭穿警務中樞的醜聞，畢竟警務中樞不透明的程度形同黑盒子，但拘留所的醜聞，刑事部要多少有多少。問題是——

當真是刑事部幹的好事嗎？

三上不願相信，赤間卻對此深信不疑，如此他便不能說出差太多的答案。

「我想這是刑事部對我方的牽制行動。」

「牽制？這擺明是在威脅。放出拘留所的消息，是打算跟我們同歸於盡吧。」

同歸於盡……？

不對，那一則新聞完全傷不到刑事部。五十歲還在當巡查長的人，要不是超級濫好人，再不然就是組織裡的廢物。查案才是刑警的重要業務，那種人沒有查案的經驗。刑事部挑了一個外人當祭品，推警務部上去承擔砲火。從這個角度來看的話，推斷刑事部是幕後黑手倒也合理。

「原因跟你有關吧？」

三上愣住了。

——跟我有關？我怎麼了？

「我不懂部長的意思。」

「不是你在背地裡瞎攪和，為刑事部帶來沒必要的刺激嗎？」

三上差點痛罵赤間胡說八道，真要這樣講的話，二渡才是那個瞎攪和的人。

「我不記得自己做過那樣的事。」

「那麼，你是故意刺激刑事部的囉？」

「咦？」

「有人說你私下接觸刑事部的人。我是禁止你跟他們接觸的。」

三上氣得咬牙切齒，原來是這麼一回事。赤間不告訴他長官視察的用意，卻要他擔上背信的嫌疑。

「我沒做過於心有愧的事，我只是收集公關長應該知道的訊息。」

「那好吧，為了你的家人著想，這件事你可得加把勁處理好。媒體懇談會的說明我就交給石井去做，你專心查出這篇報導是怎麼來的，順便做好善後的工作。小保方署長那也需要派人支援，你派個公關室成員去參加F署的記者會。記者問了哪些問題，你們又是如何答覆的，這些都要盡快跟我報告，明白嗎？」

赤間說完直接掛斷電話，不給三上答話的機會。

三上察覺美那子就在身後，所以輕輕放下話筒。赤間在言談中提起三上的家人，無非是要確認手中的韁繩是否有效。

三上盯著手中的警用電話，電話又響了。

是諏訪打來的，呼吸聽起來有點急促：

「公關長，您看過東洋的早報了嗎？」

「看了。」

「果然是秋川幹的好事吧。」

「是啊，那傢伙死命給我們添亂。」

「對不起，是我疏忽了。」

諏訪向三上道歉，三上卻想起昨晚的電話。昨晚他罵諏訪不該帶美雲去陪酒，但眼下緊急的大問題蓋過了尷尬的情緒。

「全縣時報和其他幾家新聞社，都問我那篇報導是不是真的。」

「你就告訴他們，報導寫的大致上是對的。巡查長被緊急逮捕了，透露這一點給他們知道沒問題。」

「咦？已經逮捕了？」

「嗯嗯，逮捕了。」

「所以真相跟報導寫得一模一樣？」

「是這樣沒錯。」

諏訪嘆了一口很長的氣。真正的警察都能體會諏訪的心情，那是一種不願再看到組織丟人的無奈反應。

「東洋以外的新聞社反應如何？」

「有幾家特別激動，要求我們盡快召開記者會。」

「記者會九點在F署舉行，你能到場嗎？」

「沒有問題，我先去公關室探一下各家新聞社的動靜。」

諏訪正要掛電話，三上叫他等一下：

「秋川的訊息來源，你怎麼看？」

三上的言外之意是，你是否認為是刑事部洩漏的？這個問題是在試探諏訪和赤間有沒有互通消息，以及諏訪是否知道長官視察檯面下的騷動。

「呃呃，這……」

諏訪一時語塞，狼狽地答道：

「不好意思，請給我一點時間，我四處去打探一下。」

三上只說了一句有勞，就放下聽筒了。

這種刺探部下的行為，讓三上覺得自己很薄情。諏訪並不知道檯面下的騷動，況且在懷疑諏訪和赤間的關係之前，他和諏訪的關係也沒好到哪裡。赤間告訴三上的情報有限，從不讓三上了解大局，三上對待諏訪也是如此。不只諏訪，三上對藏前和美雲也一樣。

想到這裡，三上一陣心虛。

八個月前他暗自決定，兩年內要回歸刑事部，所以也懶得在警務單位培養部屬。如今回過頭來看，他很後悔自己做了這個無可挽救的決定。

42

上午七點半，三上就到縣警本部了。

諏訪比他早一步抵達公關室。美雲也已經在座位上了，正忙著打電話，側臉看上去有點浮腫。美雲轉過頭，行了一個注目禮。看她幾乎素顏的淡妝，這是某種決心的表態嗎？

這時諏訪跑過來擋住了三上的視線。

「我現在派藏前去隔壁打探消息，可能會有因禍得福的轉機。」

三上明白諏訪的意思，這陣子東洋接連刊出獨家報導，而且今天早上刊的還是最有價值的獨家醜聞，其他新聞社的記者被徹底比了下去。所有新聞社在匿名問題上立場一致，結果帶頭的東洋卻獨享甜頭，這無異於趁亂偷跑的背叛行為。被比下去的其他記者，一定會懷疑團結合作有何意義。

「他們內部關係應該會鬧僵，要拉攏穩健派不是問題。順利的話，搞不好可以誘導他們放棄抵制長官視察。」

三上不置可否地點了點頭。

東洋的奇襲確實有可能改變局勢，但諏訪的表情卻沒有他的語氣那麼篤定。昨晚，諏訪堅持「公關長道歉」是唯一打破僵局的辦法，難道才過一晚他就退縮了嗎？瞞著赤間部長私下行動，這對一個在警務部當紅的警察來說，是風險相當高的抉擇。三上也沒有要責備諏訪的意思，只是有點掃興罷了。說到底，諏訪跟赤間終究是同一種貨色。

「公關長早。」

美雲起身對三上行禮，三上剛才看到她講完電話。美雲的下顎不自然地往內縮，舉止也頗為僵硬，看得出來她想為昨夜的失禮言行道歉。可是，她那複雜的眼神卻告訴三上，她不打算為自己去陪酒道歉。

「我收集了一些看守的相關資料。」

諏訪又擋住了三上的視線，手上拿著幾張傳真和人事檔案之類的文件。

「栗山吉武，五十歲，您認識嗎？」

三上回答不認識，大家在同一個組織待久了，可能多少有聽過對方的名字，但刑事部的相關人員中沒有這個人。

「畢業以後，幾乎只擔任過派出所和偏鄉的駐點員警。老了之後跟上頭抱怨自己腰痛，才被調到拘留所任職。」

諏訪的意思是，這傢伙也不是警務部的相關人員。

「賞罰紀錄呢？」

「沒什麼值得一提的地方，年輕時弄丟遺失物品的文件，被記了一筆而已。」

「風評怎麼樣？」

「我剛才問F署的人，風評不太好。為人陰沉善妒，又莫名其妙地喜歡耍大牌。只不過臉長得還不錯，在一些沒生意的酒店滿有女人緣的。」

三上越聽越心煩。

「犯下竊盜案的女子，又是什麼貨色啊？」

「也不是什麼好東西就是了。」

林夏子，三十七歲，本來是按摩店小姐，現在跟闖空門的小偷交往。她的情夫犯下竊盜累犯罪，正在服刑。

三上不屑地笑了：

「這是哪門子狗男女啊，林夏子也是闖空門被抓嗎？」

「是扒竊，她趁女大學生在車站買票時，偷走女學生的包包。」

三上扭扭脖子，稍微思考了一會。

「虧他會老實認罪。」

「咦？」

「我是說栗山，商品券上又沒寫名字，跟署長說那女的含血噴人不就好了？」

「據說，林夏子手上握有證據。一開始她跑去跟栗山鬧，說要告訴栗山的上司和妻兒，栗山被鬧得沒辦法，只好寫一封道歉信了事。」

這是決定性的證據，東洋知道這件事嗎？知道道歉信的存在，當然可以自信滿滿地寫下這篇報導，不用去找警方幹部確認真偽。

「這麼說，也有可能是林夏子放出消息的？」

諏訪先看了頭頂一會，眨了幾次眼睛後，再次注視著三上：

「這應該不可能，林夏子收下了商品券，她去找栗山抗議只是想拿到好處。主動透露消息給媒體，豈不是替自己找麻煩嗎？」

「那秋川的消息來源是誰？」

諏訪這次立刻給了答案，跟剛才講電話時不同：

「大概是刑警那邊透露的，至於是誰就不清楚了。」

「說說你推論的依據。」

三上面不改色地問道。

「是F署的警務職員告訴我的，他們不曉得栗山做出那種事情。況且警務單位的人向記者透露拘留所的醜聞，根本是自殺行為，絕對不可能。」

「這對刑警來說也一樣吧，他們可不認為拘留所是別人管的。」

「拘留所表面上終究是警務單位管轄，大家保密教育做得很徹底，不是說說而已。」

看諏訪的表情，他真正想說的是，我們警務人員和刑警不同，口風很緊。

只不過，他換了一個說法，表情倒是沒變。

「或許林夏子在接受偵訊時，對刑警透露栗山的猥褻行徑吧。」

「然後刑警不小心告訴狗仔是嗎？」

諏訪也看出三上不高興，但他還是湊近三上說道：

「我的意思是，刑事課的人反應不尋常。」

「反應不尋常？怎麼個不尋常法？」

「呃，F署的署長看了早報以後很慌張，立刻下達緊急召集令，所有署員都提早到F署執勤。但那些刑警一點也不驚訝，好像早就知道一切，卻故意裝蒜。」

「哪個刑警在驚訝時會表現出來啊。」

三上嘴硬不肯承認，心裡卻認同諏訪的見解。林夏子是特種行業的小姐，她的情郎又是小偷，在F署的刑事課絕對是出了名的犯罪情侶。這種人很習慣接受偵訊，跟初犯可不一樣，若是被看守欺負了，肯定會向刑警哭訴。不對，事情在那個階段沒有鬧大，代表林夏子是用旁敲側擊的方式透露的，沒有明講。總而言之，刑事課成員都知道栗山猥褻拘留者的傳聞，私下也透露給本部和其他警署的刑警。

照此推斷，這消息果然是刑事部透露的。刑警間私下互傳的訊息，想必荒木田部長也略知一二。荒木田命令F署的刑警調查真相，並利用發行量高達八百萬份的《東洋新聞》，對警務部做出最有效的威脅。

三上再一次打量諏訪：

「你認為消息的源頭是F署的刑事課？」

「是的。」

「所以秋川是跟其他小單位打聽出來的？」

「不是打聽，是刑警主動流出消息。秋川這個人很有名，在本部待過的人都認識秋川這號人物。」

「為什麼要主動流出？」

「會流出這麼大條的消息，代表有人希望署長下台。據說，小保方的個性龜毛到病態的地步，很多人都對他不滿。」

原來如此，這就是諏訪推斷刑警流出消息的依據。確實有可能，但諏訪要是知道長官視察背後的騷動，應該會有不一樣的論述。

要開誠布公就得趁現在了，三上直接告知重要訊息，才能讓諏訪心悅誠服地當自己的部下。不過，三上本身也沒掌握事件核心，不太方便開口。只談情勢險惡的大局，等於是命令部下一起扛屍袋，而且還不告訴他裡面裝的是誰的屍體。

「那我該出發了。」

諏訪低頭看了一眼手錶，抬起頭表明離去之意：

「另外，有件事要跟公關長您商量一下。」

「說吧。」

「小保方署長沒開過這種記者會，最好教他幾招比較好。」

話講到一半，諏訪改用悄悄話的音量說道：

「在記者會快要結束時，或是在跟記者閒聊的時候，偷偷讓小保方署長透露一下林夏子的本性。只要說出林夏子在特種行業待過，情郎又是服刑的小偷，肯定會有幾家新聞社失去報導的興致。就算達不到這種效果，各家新聞社的晚報內容，也會寫得比較謹慎。」

三上輕嘆一口氣：

「有記者懷疑是女方色誘看守是嗎？」

「有人提出這樣的疑問那是再好不過，到時候署長不說話，交給記者自由想像就好。」

這的確是一個好方法，三上卻很難拍手贊同。

「叫署長保持沉默沒關係，但不要誤導那些記者。哪怕林夏子真的色誘看守，栗山依舊該死。不要讓記者以為我們徇私偏袒，不然報導只會寫得更難看。」

三上講到後來語氣有些激動，這時候電話響了。

「記者室的情況怎麼樣啊？」

是石井祕書課長打來的，諏訪在一旁等待指示，三上抬起下巴，示意他可以直接離開。

「目前還沒什麼動靜。」

「是說，麻煩事真是一樁接著一樁啊，害我得去媒體懇談會道歉。」

石井應該在生三上的氣，奇怪的是他聲音聽起來很開朗。

「我記得是去說明經過，不是道歉。麻煩課長了。」

「知道了，我會處理好的啦。」

「F署的醜聞剛被抖出來，可能懇談會現場也會帶點火藥味。」

「沒問題啦，本部長不用到場參加。」

這一點三上也料到了，本部長是不能出席的，爆出這麼低級下流的醜聞，媒體一定會要求本部長道歉。若如此，赤間或白田警務課長就要代為出面道歉來保護本部長。只不過，老經驗的記者也知道警方會用這種招數，怎麼可能允許本部長缺席呢？

三上對正要離開公關室的諏訪抬起手示意。美雲轉頭看向三上。

「請問本部長缺席的理由是？」

「媒體懇談會是下午一點開始對吧，我們在同一時間安排巡查長的懲戒委員會。讓那些記者以為本部長在忙著善後，也比較有說服力對吧。」

石井的語氣很得意，或許是他的建議被採用了吧。

「部長有說什麼嗎？」

「部長也贊成這個方法喔。」

「我是說，部長對東洋的獨家有什麼看法嗎？」

「也沒有，很不高興倒是真的。」

三上沒再多問，直接掛斷電話。到頭來，石井完全在狀況外，上頭沒告訴他警察廳真正的意圖，他還在衷心期盼達官貴人到來。

三上拿起桌上的電話。

他打到大館章三的家中，也沒打算解釋什麼，只想表明今晚過去拜訪。他還沒有做好傷害媒人的心理準備，卻不得不採取行動，因為三天後就是長官視察了。

三上聽著回鈴聲，同時望向美雲，他沒有明目張膽地盯著，而是先望向牆壁再慢慢轉移視線。美雲以熟練的指法敲打電腦鍵盤，注意力卻放在三上的身上，她在等他打完電話。

三上心裡有點難受，忍不住別過頭。美雲要求三上無視她的女性身分，盡量發揮她的價值，三上才知道用女人不容易。一直到昨天為止，美雲都堪稱是模範部下，如今喪失一個模範部下的感覺，伴隨著痛心湧上心頭。當上司的都想要好使喚部下，這一點可不是赤間獨有的毛病。

大館家沒人接電話，大概夫人陪著大館去散步復健了吧。

三上在打電話時，藏前也進來公關室了。他一看到三上放下話筒就走了過來，從他浮腫的臉龐不難看出昨天喝了不少酒。

「隔壁情況如何？」

「各家新聞媒體都去Ｆ署參加記者會了，在他們離開以前，氣氛滿緊張的……有兩、三家新聞社瞞著東洋，好像在商量什麼事情。」

「怒不可抑是吧。」

「是的，差不多是那樣。」

藏前的語氣不太有信心，他到現在還沒有探清記者虛實的本領。

「秋川在嗎？」

「今天還沒看到，手嶋直到剛才都還在。」

「你有碰到秋川的話，叫他過來一趟。」

「明白了。」

三上該說的都說完了，藏前杵在原地沒有離開，似乎還有話要說。

「怎麼了？」

「呃……是關於銘川亮次的事情。」

「銘川……？」

「就是發生交通事故去世的老人家。」

三上總算想起來，他有叫藏前去了解一下前因後果，但他也是說說而已，並不期待藏前真的回報。

「你查出什麼了？」

「其實銘川老人是北海道出身。」

看得出來藏前在等待三上驚訝的反應。

「而且是北海道的苫小牧，從小家境貧寒，連小學都沒有好好上過。不到二十歲就來到東京打拚，在魚漿加工廠幹了四十年，呃，年紀七十二歲，也就是說已經退休十二年了。八年前太太去世，在東京這邊又舉目無親，只好一個人住在集合式公寓，靠著年金度日。土地不是銘川的，只有房子才是。」

三上傻眼，這就是藏前認定的「前因後果」？

「事故的狀況呢？」

「啊、那個……死因是內臟破裂造成失血過多。事發現場沒有目擊者，只能根據肇事者的說詞，斷定是銘川老人橫越馬路……銘川老人在事故現場附近的小酒攤喝了一點酒，離他家沒有多遠。小酒攤的老闆說，銘川老人每次只會喝兩杯燒酒，那是他每個月一次的享受。老闆也聽說了事故的消息，對老人去世深感遺憾。老闆說，銘川老人那一天喝得很愉快，要是再早五分鐘或晚五分鐘離開就好了——」

「接著查吧。」

秋川突然走進公關室，三上強行打斷談話。

「昨晚沒到真是不好意思，我也想一起去喝酒的，只可惜公務纏身。」

秋川以溫柔的語氣對美雲攀談，平時面無表情的美雲，對秋川報以微笑，還說改天有機會再喝一杯，這也讓三上非常不高興。

「我正好要找你。」

「這樣啊，真是我的榮幸呢。」

秋川開著玩笑，一屁股坐在待客用的沙發上。每個記者寫出獨家新聞的隔天早上，都是一副「辦完事的表情」。每次看到那種夾雜倦怠和滿足的表情，三上都不禁懷疑，獨家新聞對那些記者來說，是不是比任何一種欲望都更接近性欲呢？

三上也同樣坐上沙發。

「週末剛過就來這麼一齣啊。」

「純粹是工作罷了，其他新聞社的反應如何呢？」

「去問手嶋不就得了。」

「也是——那麼，你找我有什麼事？」

秋川逐漸恢復平時冷淡的表情。現在想想，這是二人在祕書課起爭執以來，第一次面對面交談。

「為什麼沒找幹部確認就登出來了？」

「要不要找幹部確認，那是我們的自由吧。」

「消息來源呢？」

「消息來源？蠢問題，這不像三上先生會問的問題啊。」

「F署有人投書是嗎？」

「得了吧，你也知道我不會講，何必明知故問。」

「刑事部長給的消息吧？」

三上拋出真正的答案，秋川沒講話，這代表答案正確。不過，秋川也只是慢慢地眨一眨眼睛。

「這樣沒問題嗎？」

「三上先生是什麼意思？」

「免費的最貴。」

三上刻意用尖銳的語氣說出這句話，秋川的臉頰抽搐了一下，很接近膽怯的反應。像秋川那樣的記者很清楚，別人白給的情報有多可怕。白拿情報等於欠下人情，一不小心就會落入被攏絡或利用的陷阱。

秋川誇張地嘆了一口氣：

「原來你不是要談道歉的事情啊。」

「抗議文一事，公關長必須跟記者俱樂部道歉，我以為你是要商量相關事宜的。」

「胡說什麼呢？」

秋川沒去參加酒會，但他有聽說諏訪在拚命找記者疏通。

「我道歉的話，你們就不會抵制長官視察嗎？」

「我本來想告訴你，這是不可能的事。」

「你確定其他新聞社也是這樣想嗎？」

秋川表情扭曲，發出咂嘴的聲音：

「三上先生你完全不了解狀況呢，如果一條獨家新聞就會破壞彼此的關係，那記者俱樂部早就不存在了。」

這話一半像自信，一半像虛張聲勢。

秋川起身離開沙發：

「我去分局了，有事找我請打那邊的電話。」

「不去F署了嗎？」

「手嶋去就夠了，我等著這邊的記者會。」

「這邊的記者會……？」

三上望向藏前，美雲也正好在視線中，看他們的表情都不知道有這回事。

「這邊沒有要開記者會啊。」

「喔喔、是這樣啊。」

秋川也不意外，一派輕鬆地離開了公關室。

整件事背後有隱情，肯定還有什麼不單純的企圖。是秋川個人的企圖嗎？還是說，東洋新聞會在懇談會上發難？或者是——

三上陷入了沉思，東洋的獨家消息是荒木田給的。對此三上十分篤定，他從秋川不尋常的態度中，察覺到刑事部在檯面下暗行詭計。

43

下午一點，媒體懇談會開始了。藏前和美雲一同前往圓桌會議室，藏前擔任記錄人員，美雲則幫忙準備茶點。三上獨自在公關室待命。

前往F署的記者們也沒有回來，署長在記者會上放出的干擾訊息廣收奇效，諏訪打電話告訴三上，各家新聞社都在忙著打探林夏子的消息。那些記者大概是想找出東洋的報導有何缺失吧，但林夏子握有看守的道歉信，各家新聞社終究是徒勞無功。饒是如此，諏訪還是達到了原先的目的，警方在晚報的截稿時間前，成功營造出一種東洋報導不能盡信的氛圍。跟醜聞本身的嚴重性比起來，各家新聞社「落井下石」的報導會顯得含蓄許多。

三上放下話筒，他打了好幾通電話，大館家都沒有人接。看樣子大館夫婦不是去散步，而是去醫院或復健設施了吧。

三上要拿香菸的時候，看到桌面上的資料夾，那是藏前離開前留下的資料。裡面夾著字跡工整的報告書，是剛才談到的銘川老人的調查資料。三上其實不太有興趣，但他對藏前下錯苦功的堅持有點好奇。

藏前就是很典型的事務人員，性格認真嚴謹是唯一的優點。過去在轄區警署的刑事二課擔任內勤，填補長期因病曠職的人力短缺，此外，他還待過交通課和地域課，也有在本部的厚生課處理文書的經驗。藏前是貨真價實的警察，並非一般行政人員，巡查部長的考試也通過了。只可惜，他在各單位都被當成好用的工具人，所以沒有自己的「專業」。沒有專業的人在組織裡永遠出不了頭，藏前就是最好的例子。但他剛才談話時的態度積極流暢，報告書也寫得很仔細，很難想像平常甘於當諏訪副手的人，會有這麼高的熱忱。或許，藏前對自己父親那一輩的人，有什麼特殊的情感吧？無論理由是什麼，在公關室面臨大風大浪的這一段時間裡──

「我回來了。」

公關室的房門被打開一半，是美雲。以往她都是等懇談會結束才離開會議室，但三上有預感今天她會提早離開，也就不怎麼驚訝了。

「懇談會情況如何？」

三上主動向美雲搭話，美雲在自己的辦公桌前挺直身子答話：

「石井課長扛下了說明的職責。」

「他說了些什麼？」

「匿名問題還有充實公關室的服務。」

「媒體的反應呢？」

「懇談會才剛開始，還沒有人發言，會議室很安靜。」

這次懇談會，地方報社派編輯長參加，大型新聞社就派總局長或分局長到場，沒有一家是派代理人出席。

「那些媒體自稱『四季會』妳知道嗎？」

「是，有聽過這個稱呼。」

「由來妳不知道吧？」

「這就不清楚了。」

「之前只有十二家，一年也是十二個月嘛，所以就叫四季會。後來ＦＭ縣民加入，他們還很煩惱該怎麼辦。好在ＦＭ縣民只是準會員，就當作只有十二家了。」

三上講這段話的用意，是想幫助美雲放輕鬆，美雲的表情卻依舊僵硬，也許三上自己就不太放鬆吧。沒辦法，這不是理智可以消化的事情，畢竟三上被年輕部下頂撞，而且還是被一個女孩反駁到啞口無言。他知道是自己逼美雲走到這一步的，但實際在職場上面對卻又不願意接受這個現實，更何況——

果不其然，美雲沒有放過這個道歉的好機會：

「公關長，昨晚——」

三上要她別再說下去，聽一個沒有錯的人道歉是最可悲的事情了。

「對了，妳去 AMIGO 有什麼感想？」

美雲的表情有些困惑。

「我不是在諷刺妳，只是想知道妳實際去應付那些記者，有什麼想法罷了。」

64

「……是，我學到很多。」

「妳學到什麼？」

「我跟那些記者聊了很久，多少掌握到他們的感性了。」

「感性？」

美雲怯生生地點了點頭：

「我剛來到公關室的時候……其實最訝異的是那些記者尖銳的態度。讓我想到以前在轄區警署取締交通違規的往事，違停或超速的人會有各種不滿的情緒，有人表現得很不耐煩，也有人譏笑或冷嘲熱諷。其中也不乏對我們發脾氣的違規駕駛，那些駕駛會很激動地說，我們是為了取締而取締，純粹是想達成業績。那時候我才知道，原來警察對人民來說也是一種必要之惡。記者的態度跟那些人很像，看到記者平時充滿攻擊性的態度，我覺得他們並不認同警察的工作，對警察的本質也有偏見。可是——」

「等一下。」

三上忍不住打斷美雲，某個左耳進右耳出的字眼，再次吸引了他的注意力，還刺激到內心的厭惡感。

「妳說，警察是必要之惡？」

美雲的表情有點膽怯，似乎不理解三上的疑問何在。

「我的意思是，對市民來說是有這樣的層面。」

「他們只是被開單不爽，又看妳是女警，才會反脣相譏吧。」

「不過，有業績壓力在是事實。」

「違規停車會阻礙消防車和救護車，這也是事實吧。」

「我之前取締交通違規，也是這樣說服自己。可是……取締違規跟我過去在派出所執勤不一樣，我對那樣的工作並不感到自豪。我也曾經認真思考過，警察是不是一種必要之惡。」

美雲早晚會栽跟頭，就算她撐過這一次的考驗，也遲早會被組織壓垮。

「判斷一件事不要夾雜私人感情，這裡不是妳家，我也不是妳爸，組織更不是妳老媽。」

美雲凝視三上，連眼皮都沒有眨一下。過了一會，她顫抖地吐出一口氣，將手掌放在胸口上，平復自己的情緒。

「繼續談 AMIGO 吧。」

「……是。」

「記者也覺得警察是必要之惡，妳想說的是這個？」

美雲趕緊搖頭否認：

「不，那是我誤會了。確實記者們對警察抱有戒心，也把抑制警察濫權視為自身義務，但他們沒有懷疑過警察的必要性，這跟記者平常近距離採訪凶案也有關係吧，他們沒有否定警察的存在，甚至還擔心警察的執行力衰退，會對社會造成不良影響。至少我是這樣感覺的，如果真是如此，那就還有希望。」

「希望？」

「就是您說過的，開一扇窗。」

美雲這句話，讓三上有種被人直指內心的錯覺。

「現實卻是這副德性，公關室並沒有成為警察的窗口。」

美雲點點頭，但沒有開口，看得出來她在忍耐。

「妳之前不是說，派出所才是警察的窗口？」

「我是有說過。」

「對外行事開明，跟人民的生活也有密切聯繫，妳是這個意思吧。」

「是的，但不只是這樣。派出所員警每天都透過他們的勤務，向世人證明警察的本質是良善的。立志當警察的人都是如此，大家都希望服務人群，讓這個社會更加美好。年輕的派出所員警不會隱藏自己的正義或使命感，我認為這分直率也影響到了那些記者。」

三上放下戒心聽美雲說，原以為她是要彌補過去取締人民所留下的遺憾，不料話題像迴力鏢一樣繞回了核心。

「妳說記者怎樣？」

「沒有記者會在派出所耍大牌或針鋒相對，記者們受到派出所真摯的氣息感召，當下都會忘卻競爭，恢復原有的平靜理性。派出所有一種單純與真摯，能喚醒那些記者本來應該擁有的正義和使命感。」

三上沉默了一會：

「意思是，公關室沒有那種單純與真摯就對了？」

美雲不說話，手肘到指尖一帶都很僵硬。

「有意見就直說。」

「……」

「又是夾雜私人情緒的評論嗎？」

「不是。」

美雲立刻反駁，話聲卻有點走音。她難受地吞了一口口水，抬起頭說：

「光靠戰略是無法打開一扇窗的，只會讓爭執加劇而已。」

三上佯裝面無表情，擺出雙手環胸的動作。

「接著講。」

「是──媒體的因應全由公關室一手包辦。在多數記者眼中，公關室不只是一道窗口，同時也代表警察。如果公關室只用戰略來操控記者，我擔心他們會以為玩弄權謀就是警察的本質。面對記者或許可以再自然一點，不用那麼工於心計。我明白沒有戰略無法因應媒體，但真想打開一扇窗口的話，不要過度使用戰略才是最好的戰略。」

三上閉起眼睛思考這一段話。

那種感覺就好像置身於血腥的殺人現場，卻聽到有人高喊不要殺人一樣。把派出所那一套用在公關室，別說開啟一道窗口了，只怕連在牆上鑽出一個小針孔都做不到。兩人之間的觀念落差，讓三上感到很無力。美雲講得再有道理，只不過是一個正常的公關室在想辦法因應媒體時該有的態度；如今的公關室被捲入高層的鬥爭中，幾乎要喘不過氣，根本不適合這樣的思維。

不過──

有能力打開一扇窗的，是美雲這樣的人。她不再相信北風與太陽那種天真的故事，心中卻又夢想著有一天要達成痛快的夢想。這跟她的性別或單純個性無關，美雲經過一夜蛻變之後，三上在她身上看到了各種可能性，一種化腐朽為神奇的可能性。美雲可以輕易打動記者的心，在功名和競爭的混沌泥沼中，保持著青澀的笑容，找出閃亮的初衷。三上很清楚美雲才是正確的，戰略無法感動人心。三上走的路徑跟美雲不同，甚至深陷在雪崩中動彈不得，但他希望自己跟美雲仰望的是同一座山巔。三上並沒有忘記初衷，握手要雙方互相伸出友善的手才做得到，現在的警察聰明過頭了。

「公關長。」

美雲鄭重說道：

「拜託了，請允許我繼續接觸那些記者吧。」

三上先是咂嘴，隨後露出苦笑，事到如今才來徵詢同意，不嫌晚嗎？美雲說，她不介意幹骯髒的工作。昨晚這句話，三上聽在耳裡依然痛在心裡，但美雲剛才也說了，沒有戰略才是最好的戰略，所以她是不會亂來的。

「每個禮拜要參加一次擒拿術的練習。」

「咦？」

「那些記者沒對妳毛手毛腳，或是要帶妳回家吧？」

美雲先是驚訝，接著笑逐顏開：

「都沒有，他們可能覺得我是個可怕的女人吧。」

「是很可怕。」

三上嘆口氣說完這句話後，瞄了一眼牆上的時鐘，再過五分鐘就要兩點了。藏前還沒有回來，以往懇談會都是這個時間結束的。美雲也看出三上在想什麼，她恢復嚴肅的表情對三上行禮，表明自己去處理會後的善後工作，便離開公關室了。

三上靠在椅背上點了一根菸，享受著久違的暢快呼吸。

過了一會，三上笑了。他想起美雲離開前，用什麼樣的眼神看著自己。那是沒有距離感的眼神，透露出感謝和親密之情，有點類似女人跟男人同床共枕後，所流露出的甜膩；也有點像赤間的女兒學會用眼神說話的愉悅。每個人都有屬於自己的各種特質，部下也是人。

三上自己當了二十八年的部下，他很清楚沒有一個部下是真心服從的，也沒有一個上司是真正了解部下的內心。然而，每個上司都自以為是上帝，一有新的部下就思考如何發揮對方的利用價值，並擅自替所有部下分門別類，貼上自己比較好理解的單純標籤。

在家中也一樣。

沒錯，在家中也一樣。

三上在家庭生活中，也給妻女貼上了標籤，一個溫良賢淑的妻子，和一個愛撒嬌又溫柔的女兒。這樣的標籤一貼就是五年、十年，既沒有確認也沒有修正。

實際上，步美究竟是一個怎樣的人呢？

三上的身體僵硬緊繃，那是暈眩症狀的前兆。

視野逐漸轉暗，開始天旋地轉。三上打開手肘趴在桌上，忍受大腦激烈晃動的感覺，步美面無表情的影像依舊佇立眼前。

公關室只聽得到秒針移動的聲音。

這一次的暈眩發作，跟以往一樣只有短短五分鐘。症狀平復以後也沒什麼異狀，就跟腳抽筋又好了一樣，因此三上從沒想過要去看醫生或住院檢查。

到了兩點半，藏前和美雲還是沒回來，也沒人通知他媒體懇談會結束的消息。大概是討論到匿名問題的關係，「四季會」的成員在那裡高談闊論吧，可這也拖太久了。

這段時間大館家的電話打通了，三上報上姓名，夫人發出像少女一樣興奮的聲音：

「哎呀，好久沒聯絡了。」

「久疏問候，實在不好意思。」

「沒關係啦，你們工作忙嘛。美那子和步美還好嗎？」

「……好，托您的福。」

三上不想讓身子不好的大館操心，沒有說出家裡的問題。不過，步美離家出走已經三個月了，照理說大館也該聽到風聲才對。既然沒聽到，不難想像一個幹到部長層級的人，在退休後的生活有多孤獨。

「啊，你有什麼事嗎？我丈夫正在休息啦，好像復健滿累的。真是，都不知道到底是去幹嘛的。」

三上聽到夫人的開懷笑聲，看來退休後的孤獨也代表著生活的安穩。過去夫人給人一種默默跟在丈夫身後的印象，或許現在她終於卸下一些不為人知的重擔了吧。大館退休後，夫人變得比較開朗外向。

「部長的身子還硬朗嗎？」

「很不錯啊，說話還不太流利就是了。等他醒來，我請他打電話給你吧，當然是我幫他撥電話啦。」

夫人開了個小玩笑，自己也笑了。

「其實——要是部長的健康狀況許可，今晚我想去拜訪一下，這才是我打來的用意。」

「真的嗎？他一定會很高興！」

這時，三上眼前的警用電話響了，夫人也聽到了。

「好，那我會轉告他的。」

「不好意思，我不會逗留太久，去之前我會再打一次電話。」

二渡似乎還沒去拜訪過大館。三上掛斷電話，伸手拿起警用電話，他以為是諏訪或藏前打來的。

「我漆原。」

三上腦海中的景象全變了。

漆原打來做什麼？三上打給漆原是前天的事，當時他還不知道幸田報告的真相，被漆原折騰得夠嗆。

「有什麼事嗎？」

三上講話的語氣沉了下來，一方面是出於警戒，另一方面是出於厭惡感。這個人自作主張壓下了犯人的脅迫電話，隱瞞自宅班成員的錄音疏失。而且還把雨宮翔子死亡的責任推到日吉身上，徹底毀掉日吉的人生。最過分的是，他讓幸田和柿沼互相監視，時間長達十四年之久，自己卻厚顏無恥地榮升警察署長。

「怎樣，你心情不好？」

「有事請明講，我可沒有署長這麼閒。」

「哈哈，昨天被老婆拒絕了是吧。」

漆原也沒有像平常那樣繼續碎嘴，就在三上打算掛斷電話時，漆原以急切的語氣問道：

「你對幸田做了什麼？」

三上吃了一驚：

「幸田？你是說幸田報告的幸田？」

三上故意拖延對話，漆原卻步步進逼。

「你見過他對吧？」

三上還搞不清楚狀況，一時答不上來，難不成柿沼主動回報那件事？

「你見過他對吧？喂，說話啊。」

接下來的談話必須謹慎，否則後果不堪設想。三上想起柿沼和他妻子的臉龐，以及妻子懷中的小孩。

「王八蛋，你還想裝蒜就對了？」

「……」

「說啊！你對幸田做了什麼？」

三上告誡自己冷靜，現在驚慌失措的是漆原，不是自己。

「我什麼也沒做。」

「夠了，柿沼有看到你。」

三上終於搞清楚狀況，柿沼對漆原的說法是，他有看到三上。

「他在哪裡看到我？」

「哪裡都無所謂，你承認吧。你確實見過幸田，對吧？」

「是又怎麼樣呢？」

三上以近似肯定的方式反擊，頭腦也恢復冷靜。

「你們談了些什麼？」

「我有必要告訴你嗎？」

「你有種再講一次……」

漆原撂下這句話後，就沒再開口。三上聽到漆原沉重的呼吸聲，過了一會，漆原改用刑警的方式問話：

「是你讓幸田人間蒸發的對吧？」

三上眨了眨眼，釐清思路。

果然，幸田不見了。長官視察迫在眉睫，得知事件全貌的幸田行蹤成謎。三上最先想到的是柿沼的困境，監視對象不知去向，他一定很煩惱該不該回報漆原，所以才會抖出三上的名字。他對漆原的說法是，他有在停車場看到三上和幸田接觸。

「我沒有慫恿他逃跑，更沒有藏匿他。」

「你知道他在哪裡吧？」

「我不知道。」

「那你說，你究竟跟他說了什麼？」

「我只是剛好在超市的停車場看到他，就上去問候他過得好不好，可惜他忙著工作，我們根本沒機會聊天。」

「奉勸你一句，說謊是不會有好下場的。是你說了些什麼，他才會不知去向的吧。」

「你確定他真的不知去向嗎？他還有老婆小孩不是？」

「是我在問你問題。」

「我聽不懂你在說什麼，請問我做了什麼，幸田才會不知去向？」

「就是你……」

漆原語塞了。

「你不是也有打電話給我，胡說一些幸田報告的事？」

「既然是胡說，他又何必逃呢？」

「你這混帳……」

應該是二渡攪局吧，二渡成功接觸幸田，逼他說出報告的真相。不過，真的只是如此？若是，幸田只要裝傻就行了，何必急著逃跑呢？是長年被漆原玩弄，所以被恐懼支配了嗎？幸田好不容易才獲得普通人的生活，當然不希望放手。或許是害怕二渡翻出舊帳，才暫時躲起來避風頭吧。這個假設不無可能，但堅守祕密才是對刑事部輸誠的手段，很難想像他會躲起來威脅漆原和柿沼。

「你去見部長。」

「咦？你說什麼？」

就在三上反問漆原時，藏前打開房門走了進來。看他的表情就知道媒體懇談會有異，明明三上還在講電話，他卻直接走到三上面前。三上先伸手制止他開口，之後同一隻手再縮回去遮住話筒。三上壓低音量問道：

「不好意思，我剛才沒聽清楚。」

「我叫你去見部長。」

三上果然沒聽錯，荒木田要再次質問自己囉？

「喂，你有沒有在聽啊？」

「你指哪一位部長？」

三上想聽看看，漆原會如何回答。

漆原以沉靜到很詭異的地步答道：

「我們的部長只有一個，不是嗎？」

「見了部長又怎樣？」

「見了你就明白，立刻去五樓。」

「真不巧，所有部長級的幹部都去參加媒體懇談會了。」

漆原火爆地掛斷電話。

三上放下話筒的心境，活像在封印一隻惡鬼。他先瞄了一眼時鐘，才轉頭望向藏前，時間是兩點五十五分。

「怎麼了？」

「呃，這個——」

藏前皺起眉頭，一副難以啟齒的表情。

「會上有媒體要求，警務部長應該為今早的醜聞事件召開記者會道歉。」

——什麼？

「哪一家說的？」

「東洋的野野村分局長。」

野野村利一，自視甚高，就只差沒把新聞業的金字招牌掛在脖子上行走。

「其他家的態度呢？」

「他們其實沒有很積極贊同，只是也找不到反對的理由。接下來要準備記者招待會，所有人要立刻到部長室集合。」

三上茅塞頓開，就像海水退潮現出底下的岩礁一樣。

他終於明白秋川那句話是什麼意思。

我等著這邊的記者會……

45

準備會議三上遲到了，他在離開公關室的時候，正好碰到諏訪回來。二人在公關室門口交換訊息，記者們也紛紛回來了。三上掃視那些記者，連忙走上樓梯，等他進入警務部長室時已經擠滿了凝重的面孔。有赤間部長、白田警務課長、石井祕書課長、生駒監察課長。三上原以為二渡也在，但室內並沒有二渡的身影。果然，二渡在處理其他要務，按推斷應是過內本部長下達的特別命令。

赤間瞪視著白田問道：

「為什麼你二話不說就同意了？你只要說我們會檢討是否召開記者會不就得了。」

「真的非常抱歉。」

白田的臉上毫無血色：

「我想，順利辦成長官視察才是首要之務。當下拒絕媒體的要求，節外生枝也不是什麼好主意。」

「所以你推我去死就對了？」

「我絕無此意……」

三上的膝頭放著一本筆記本，藏前有寫下媒體懇談會的對談內容，三上在進入部長室之前稍微看了一下。

野野村：「提起自家報導的獨家新聞，聽起來或許有自誇之嫌，但可否請警務部對F署的事情發表高見呢？」

白田：「對此事我深感遺憾，我們會嚴正檢討——」

野野村：「啊啊、不用在這裡說，請召開正式的記者會。前年D縣警的拘留所也有人自殺對吧？警務部長應該對全體縣民說明一下，關於拘留制度的問題才對。」

若是在平常講這種話，三上只會認為東洋是在替自家新聞錦上添花。警務部長是縣警的第二號人物，若警務部長正式召開記者會道歉，其他新聞社對這則報導也無法冷處理。恐怕是警方在F署的記者會上，公開林夏子的人格操守有問題，才會引來東洋新聞的報復吧，這是藏前對這整件事所記錄下的看法。當然，三上另有不同的見解。

荒木田刑事部長應該有對秋川煽風點火，指責警務部的人尸位素餐，並且要求野野村在媒體懇談會上發難。荒木田利用東洋的早報發動突襲，接著又射出第二支利箭。他把警務部長拖到記者會上，就是要讓警務部知道刑事部也動了真格。這一切都是安排好的局，荒木田不只煽風點火，還要求東洋在媒體懇談會上發難，來交換那一條獨家新聞。秋川同意了交換條件，沒有深思荒木田的用意。或許，秋川以為這純粹是組織內常見的派系鬥爭，就接受要求了吧。不對，最頂級的獨家新聞就在眼前，秋川因此失去正常的判斷力，跟刑事部締結了短暫的同盟關係。方才秋川說，我等著看這邊的記者會，這句得意忘形的預告就是雙方暗通款曲的鐵證。光看秋川如此輕忽大意，就知道他只是推動局勢的一枚棋子。

「俱樂部的記者們反應如何？他們知道這件事了嗎？」

赤間看著坐在最旁邊的三上，不只眉毛和眼睛氣得往上吊，連金邊眼鏡的鏡框看起來都往上吊了。

「各家記者都從F署回來了，出席懇談會的幹部已經通知他們，他們有在討論記者會的時間和各項事宜。」

「這麼說，真的要開就對了。」

聽赤間的說法，他似乎還不能接受這個事實，真是不乾脆。

「我有派組長去打探消息了。」

「你打電話問他。」

三上點點頭，先向在場眾人小聲說句抱歉，接著才拿出手機打電話。

諏訪馬上就接聽了。

「現在情況如何？」

「記者希望四點召開記者會。」

「地點呢？」

「在記者室就行了。」

「四點要在記者室召開記者會。」

三上先複誦一遍，讓與會者知情，接著看一眼手錶，時間是三點二十五分。

「他們有事先講好要問什麼嗎？」

「似乎是沒有。東洋以外的其他新聞社沒什麼興致，看他們的態度，有拍到部長道歉和低頭的畫面就夠了。」

三上擔心其他人聽到諏訪的聲音，把手機用力壓在耳朵上。

「意思是，沒有整個俱樂部共同提出的問題就對了。」

三上翻譯了諏訪的說法，赤間焦躁地探出身子問道：

「現場有安排攝影機嗎？」

「有沒有安排攝影？」

「有，剛才記者會有提出申請了。」

三上默默地頷首，赤間把拳頭壓在額頭上，抬頭仰望天花板，大概是想像自己上電視出糗的景象吧。

「天啊，這豈不是讓他們稱心如意嗎？」

讓刑事部稱心如意。

三上偷瞄一旁的白田，赤間那一句「他們」意味著真正的敵人，白田卻沒有太在意那個字眼。看白田的表情，他以為那一句「他們」是指東洋和記者俱樂部。這個事實令三上大為震驚，連白田也是一無所知。白田好歹也是D縣警的頭號課長，連赤間底下的警視都被放逐在情報圈之外。還是說，石井私底下說的壞話是真的？白田真的放棄自己的職責，選擇眼不見為淨？

赤間用力嘆了一口氣，參雜著憤怒和認命兩種情緒。

「沒時間了，做好記者會的準備吧。生駒先生——拘留者自殺是我上任前發生的，我的上一任說那不是大問題，應該沒錯吧？」

「是的。」

生駒抬起頭答話，眼神單純到不像一個監察官該有的神情。

「那是非常特殊的案例，我們判斷那並非拘留管理體制有問題，也沒有對職員處分。事發當時記者多半也接受我們的說法，沒有刊載批判性的報導。」

生駒說的沒有錯，三上過去在搜查二課，也看過那件案子的報導。

吃霸王餐被捕的中年男子，深夜在T署的拘留所內自殺身亡。該名男子背對著看守躺在地板上，將內衣拉出衣領，連同拳頭一起塞進嘴裡窒息死亡，算是非常特殊的案例。值夜班的看守以為男子在睡覺，直到男子死亡超過三小時才發現異狀。照理說夜班看守免不了要擔上監視疏失的責任，但同房內的其他幾名拘留者也沒發現異狀，他們還作證指出，該名自殺男子連一點痛苦的聲音都沒發出來。至此，輿論的風向變了，監察課向記者公布調查結果，堅持事故發生時難以察覺異狀。況且，該名男子盜領公款獻給酒家小姐，東窗事發後還丟下家人獨自逃亡，最後還在拘留所一了百了。記者們甚至對警方表示同情，他們都說T署實在運氣不好。問題是——

這件事還有不好的傳聞。

據說，看守沒有認真盯著監視畫面。男子窒息後痛苦得抖動雙腳，看守卻在打瞌睡沒有看到。換言之，可能是T署隱瞞真相，或者是監察單位放水以保全組織顏面。警方要弄到其他拘留者的證言也不困難，反正拘留者會擅自揣測警方的意思，警方也不需要冒險誘導拘留者做偽證，畢竟討好警方就不用在裡面蹲了。這是每個被關的人心中的願望，根本連算計都稱不上。想來那些拘留者敏銳察覺到署內的氣氛，主動當「乖孩子」協助辦案，T署和監察也服下了那一帖無害的毒藥。

三上觀察生駒的側臉。

生駒露出清澈的眼神斷定該案沒有問題，但心中是否真的坦蕩蕩就不得而知了。生駒今年春天才從警備二課調到監察課，所以有可能真的不知情。另一種可能是，他吃定了自己可以用不知道當藉口，故意省下了那段後話。

赤間環顧與會眾人：

「聽好了，東洋會強調警方接二連三爆發醜聞，想把事情鬧大。萬一這幾件事變成明天早報的頭條，那可是最糟糕的狀況。」

三上感覺身上的雞皮疙瘩都起來了，他的腦海裡浮現了「最糟的狀況」。該不會，東洋新聞也知道看守打瞌睡的事情吧？

「以本部長的名義，發出重振綱紀的通告吧。」

赤間做出了決斷：

「本部長的通告有新聞價值，各大新聞社都會用來當頭條，東洋的意圖也就不攻自破。前年的自殺事件即使沒問題，這次F署的事件卻難辭其咎。我要在記者會上嚴厲指責那一名犯錯的職員，下達懲戒免職的處分——石井先生，處分已經執行了嗎？」

「是的，剛才就辦好了。」

「那好，告知已經處分的事實以後，我再向縣民道歉。再來就是公布本部長的通告，就說本部長已經通知D縣各署，務必遵循拘留管理規則，執行妥善的勤務工作。一公布完我們就醞釀出記者會到此為止的氣氛，東洋一定會針對T署提問，到時候我再次強調，T署執行勤務並無過失，這樣就不算連續爆發醜聞了。」

三上心裡想的是，這麼做才是正中東洋的下懷。不，是正中刑事部的下懷，第三支箭已經搭在弦上了，就等著赤間否認T署的過失，再一箭貫穿他的心臟。東洋將在記者會上說出看守打瞌睡的傳聞，要求D縣警重啟調查。吃上這記回馬槍，赤間肯定狼狽不堪，那糗樣會登上各家電視台的晚間新聞，連警察廳高層都看得到。

不對……

三上想到了另一套劇本。

刑事部不見得會抖出T署的醜聞，隱瞞反而會讓醜聞變成更加棘手的麻煩，就好比六四懸案一樣。刑事部現在要的不是大動作的威嚇，也不是驚動社會的騷動，而是一個在檯面下交易的機會，以及在交易場上用來威脅警務部的利刃。也就是說，赤間在記者會上否認T署的過失，會被刑事部當成把柄，在暗地裡發動攻擊。赤間才剛對全天下否認過失，刑事部只要在他耳邊，悄悄說出看守打瞌睡的事實，威脅要告訴記者就行了。

第三支箭是「致命的一箭」。

雙方會不會真的放出這一箭，說不定會變成一場懦夫博弈。雙方都握有彼此害怕的「致命一箭」，刑事部也懷疑對方是否掌握了幸田一樹作為人質。

（去見部長吧。）（見了你就會明白。）

三上想起漆原說過的話，荒木田會坦白到什麼地步呢？

「距離記者會還有十五分鐘。」

石井說。都到這種時候了，他還不忘彰顯自己是精明幹練的部下。

赤間宣告散會，只留下三上一人，三上也料到了。

「快過來。」

其他人一關上門，赤間就招手叫三上過去。

三上挪到白田剛才坐的地方，近距離面對赤間，看到赤間的青筋和血紅的雙眼。

「有查出消息流出的來源嗎？」

三上直接點頭，並沒有多加猶豫，反正只是把赤間心中的猜測說出來罷了。

「是荒木田部長放出消息的，應該是他直接告訴東洋的秋川。」

赤間揮拳敲打桌面。咚……咚咚咚咚！

「可惡！果然是他！」

三上心頭一凜，身子也隨之緊繃，赤間齜牙咧嘴的表情讓他聯想到野獸。

沒多久，房內又響起赤間恢復冷靜的聲音：

「那麼，野野村分局長的發言也是刑事部長指使的囉？」

「十有八九是這樣沒錯。」

「該死的傢伙！無恥！」

赤間又一次憤恨咆嘯，他沉默了一會，抬腳用力踹向桌子，他的情緒就像反覆拍岸的浪潮。赤間縮起身子，凝視地板的某一點，他緩緩張開緊握的拳頭，試圖冷靜下來。

「跟你說，還有很多事情等著我回去警察廳辦好，我懶得在這鄉下地方浪費一絲力氣。我得為國家貢獻才行，不然就沒意義了，為什麼他們就是不明白呢？」

怒火再次襲上心頭，赤間的臉都氣紅了。

「簡直可笑，他們以為這樣就能威脅到我嗎？道歉記者會不過就是一齣鬧劇，我根本不痛不癢。」

赤間的反應，看起來可不像不痛不癢。

這樣的局面是赤間始料未及的，警察廳的計畫是發動閃電攻勢，事先隱瞞長官視察的真正目的，到了視察當天再傳達「旨意」。因此，赤間盡量不放出任何消息，他只操弄三上一人，享受著把三上當奴隸使喚的快感，沒有派白田和二渡辦事。不料，情報竟然洩漏了，刑事部察覺到警察廳的意圖，這是赤間第一個失算。決意反抗的刑事部發動有效的反擊措施，這是第二個失算，赤間陷入了困境之中。長官視察在即，D縣警的醜聞卻被報導出來，觸怒了警察廳的高層。不但如此，亡羊補牢的戰略也不奏效，還搞到要開道歉記者會。赤間這個高考菁英的統馭能力會受到質疑，不，評價會一落千丈。接下來刑事部在記者會上安排的陷阱，絕對會讓赤間落入這樣的境地。

該不該提醒赤間呢？從房門關上的那一刻，三上就在思考這個問題。

當然，這都是三上的猜想而已。不過，他腦中推演出來的計策實在太過凶險，很難說是單純的想像。明知刑事部設下了陷阱，要眼睜睜看著上司去送死嗎？

這時部長桌上的電話響了，是石井打來的。赤間說了一句明白以後掛斷電話，從位子上站起來。

「早點結束這齣鬧劇吧。」

三上把迷惘擱在心裡，站起來追上赤間的背影。二人離開部長室，在走廊前進。三上和眼前的男子沒有任何情義可言。但看著對方去送死，三上仍覺得是背信之舉，愧疚感也逐漸淹沒其他情感。

這一次三上的心沒有向著刑事部，他找不到保護刑事部的理由。是被刑事部放逐的關係嗎？還是見識到六四懸案汙穢不堪的一面呢？都不是，因為他不曉得警察廳真正的目的。三上想不出刑事部會蒙受什麼樣的災難，他試著站在刑警的角度來思考，還是很難把自己視為當事人。

可是從另一個角度來看，他就覺得自己是當事人了。刑事部踐踏了他的工作，讓他萌生一股被害的感覺。刑事部侵犯了他的工作領域，把陷阱安插在公關室管轄的業務範圍。荒木田拿媒體當槍使，將公關當作主要戰場。可話說回來——

三上沒有憤怒的情緒，所以他注意到了，隱藏真心的那一層皮剝落了。什麼知情不報的愧疚感，還有對刑事部的厭惡，都是事後才加上去的藉口。三上走下樓梯的時候，心中想的只有一件事。赤間瘦弱的背影就在眼前，趁現在說出刑事部的陷阱，拯救一個惶恐不安的異邦人，會發生什麼事呢？

赤間會改變對三上的看法。

三上將成為赤間的心腹，再也不必擔心被下放了。

部長——

就在三上要開口之際，赤間轉過頭來說：

「記者會上，你也一同道歉吧。」

赤間的口吻稀鬆平常。

三上凝聚的決心也潰散了。

——道歉？對誰道歉？有啥好道歉的？

「你要對記者俱樂部道歉，匿名問題惹出的麻煩，就趁這次一併解決吧。看你要下跪道歉還是要幹嘛都行，總之讓那些記者撤回抵制採訪的決定。」

三上無言了，赤間輕易跨過了自己設下的底線，絕不能對媒體示弱的底線。

「他們不肯買帳的話，你就說今後所有案子都會提供真名，反正視察成功就行了。等視察結束以後反悔，你們愛怎麼吵就怎麼吵。」

三上懷疑自己的耳朵。

開空頭支票——這跟白田胡亂答應要提供公關服務可不一樣。匿名問題是最為敏感的議題，赤間卻叫三上用最不該用的手段去解決。

「你這什麼表情啊？」

赤間語帶嘲弄，眼神和嘴角卻毫無笑意：

「忍個三天就行了，不用擔心。不管刑事部如何掙扎，禮拜四就是他們的死期。」

46

記者會在肅穆的氣氛下進行。

「——本部查清事件的前因後果，並於今日召開了懲戒委員會，檢討栗山吉武巡查長該受到的處分。顯然他犯了一個警察不該犯的錯，F署也執行了緊急逮捕的法律措施，因此即刻下達免職處分，在此利用這個機會向各位報告。」

參加記者共二十三人，攝影機有五台。赤間警務部長坐在準備好的長椅中央，幾乎是照稿子唸。由於事前沒時間撰寫文稿，赤間手上只有簡單的小抄。坐在一旁的白田警務課長偶爾會寫點東西，遞上補充的內容。

三上站在房內的角落觀察記者，除了東洋的二人組，剩下的記者都是一副喪家之犬的表情，只是程度各有差異罷了。剛才三上進入室內，記者們也沒給他臉色看，氣氛跟上禮拜截然不同。諏訪說的沒錯，只要凝聚各家新聞社討厭東洋的共識，或許他們會推翻抵制長官視察的決定。赤間也不勉強三上對記者俱樂部道歉了，要不要道歉全看三上的意思。開出永不兌現的空頭支票，確實可以避免記者們抵制長官視察，但依照目前的狀況，不需要用這種下下之策，三上對撕毀抗議書道歉就行了。

三上也沒有認真思考該如何道歉，他腦海中想著公關戰略，情感的重心卻不在這裡。

禮拜四就是刑事部的死期。

三上的大腦深處亮起了紅燈。到頭來，他並沒有告訴赤間記者會上有何陷阱，赤間那一句「死期」實在太過震撼。

起先三上還懷疑是不是自己想太多。赤間在平常的精神狀態下，不可能會說出那樣的話。如今赤間的自尊心受創，在警察廳的立場也受到威脅。刑事部害他吃大虧，他說那句話也許是象徵報復的決心，要說是洩憤也未嘗不可。可是，三上腦內的紅燈持續閃爍，亮度還有增無減。假設那句「死期」並非誇大，那麼具體來說會是什麼？單純的衝擊或不利，不符合這麼沉重的字眼。三上真正聯想到的是毀滅和終結。

「本部長很重視這一次的問題，即日起已通知縣下十九個警署執行適當的拘留管理，以免再有類似的情況發生。」

赤間對白田使了一個眼色，二人同時起身。儀式的時間到了，攝影機的炮陣蓄勢待發。

「我們在此對國民、縣民，還有被害婦女和相關人等致上最深的歉意。未來D縣警全體同仁將會盡忠職守，努力挽回各位的信賴。」

二人低下頭來，現場響起按下快門和閃光燈的聲音，光線亮到活像異次元空間。

幾秒後，赤間先抬起頭，再來才輪到白田。二人坐回椅子上，白田神情緊繃地環顧在場所有記者：

「有問題的話歡迎提問。」

三上凝視著秋川，舉手提問的是一旁的手嶋：

「前年拘留所也曾發生自殺事件對吧？前後兩次出事，是不是拘留管理體制有什麼根本上的問題呢？」

秋川透過手嶋的嘴，履行了他和荒木田的密約。

「所謂根本上的問題是指什麼呢？」

白田一隻手放在耳朵邊，反問手嶋這個問題，手嶋苦笑道：

「比方說，你們是不是輕視拘留管理的工作，沒有安排優秀的人才呢？」

赤間制止白田，搶先答話：

「沒這回事，我們很清楚拘留管理業務的重要性，也盡可能安排優秀的人才去處理。前年的自殺事件，拘留者用的是非常特殊的自殺手段，屬於極為罕見的案例，我們最終判斷管理員並無疏失。」

赤間中計了。

三上緊盯著東洋的兩名記者，他們也沒打算繼續提問。手嶋在筆記本寫東西，秋川雙手環胸，態度游刃有餘。

三上悄悄嘆了一口氣。

「看守打瞌睡」一事隱而未發。不、搞不好秋川沒獲得這個訊息。倘若刑事部要在檯面下使用這張牌，沒必要在昨晚告訴秋川這件事，為求安全起見，瞞著秋川才是正確的做法。攏絡了記者俱樂部的採訪組長，不代表他們敢小看東京的大型新聞社。一下子透露兩條有內情的消息，東洋可能會無視秋川的立場，直接踢爆D縣警的內部鬥爭。

「還有其他問題嗎？」

白田用表情宣示記者會到此告一段落，現場再無其他記者舉手發問。這是為了東洋新聞召開的記者會，每個人都是一副不爽的表情，沒人有興致參與。

「那記者會就到此為止。」

赤間和白田站起來，向眾人行禮後走向房門。看二人的背影，他們大概以為自己平安度過風波了，應該要到晚上才會發現自己中計。

三上也離開記者室，仍不清楚自己心向何方，他就像個雙重國籍的人一樣。不，一個沒有國籍的人被迫談論愛國，原來是這樣的感覺。

（去見部長。）

還不行，要先處理好記者的問題。三上強迫自己改變思考方向，他決定等處理好再去見荒木田。他要以公關長的身分要求會面，而不是接到通知就乖乖去見對方。不用職務當擋箭牌很難保持心情平靜，「刑事部死期已到」這句話的真正意義，肯定就寫在荒木田臉上。

47

三上把部下找來辦公桌，連美雲也叫來了。三上要求他們在今天之內，弄清楚其他十二家新聞社的意向。現在俱樂部瀰漫著一股厭惡東洋的氣氛，趁這個機會提出「公關長道歉」的解決手段，又會有幾家取消抵制呢。

「把那些還在看風向的牆頭草，拉攏到我們這一邊。拉攏到足夠的票數後，務必讓他們明天召開總會決議。」

三上無意間加重語氣，最後他看著諏訪的眼睛補充道：

「你們不用擔心，讓公關長道歉也是部長的意思。」

諏訪吐出了憋在胸口的氣，拍拍雙頰鼓舞自己重新振作起來。接著，他對一臉緊張的藏前和美雲說，一定要扭轉局勢，讓記者們取消抵制採訪的決定。

走廊傳來了腳步聲，諏訪轉身離開三上的辦公桌，以隨和的態度迎接來訪的記者。是全縣時報的山科，以及時事通信的梁瀨。

「諏訪先生，要給您多少啊？」

「啊啊，給我這樣就行了。」

諏訪豎起五根手指，跟記者算清昨天喝酒的費用。山科掏出錢包時，還欠身看著三上，他想感謝三上透露圍標案的消息。

「山科先生，你歌喉好棒喔。」

美雲拍了山科的馬屁，或許奉承別人對她來說是件需要勇氣的事吧，瞧她臉頰都紅了。

「咦咦！我嗎？」

山科指著自己的鼻子，露出了害臊又開心的笑容。山科還自言自語地說：沒有啦，我的歌喉哪有很好。

「小梁啊，跟你商量一件事。」

諏訪突然開口，神情嚴肅地邀請梁瀨到沙發上坐下。梁瀨不解地歪著頭，山科也收起了臉上的笑容，他在懷疑為什麼諏訪沒有叫自己。

梁瀨一臉疑惑地坐到沙發上。諏訪貼到他身旁，幾乎要把他擠到邊邊上去。

「繼續昨晚的話題吧。你說我們願意道歉的話，整件事就會告一段落，小梁你是這麼想的對吧？」

諏訪的表情和語氣都很溫和，身為穩健派代表人物的梁瀨，仍舊不改困惑的表情：

「呃呃，是沒錯啦……」

「感恩啊，長官視察的記者會要是辦不成，公關室所有人都要請辭了，說不定我們還會丟飯碗呢。」

山科站在原地望向沙發，諏訪也不理會，只顧著說服梁瀨：

「麻煩你去勸一下其他新聞社吧。說實話，你們也想好好採訪長官對吧？開放式記者會有畫龍點睛的效果啊。」

「嗯～可是，抵制是全體一致通過的決定，至少記者會是一定要抵制的。」

「總是會有改變既定事項的權力啊，明天再召開一次嘛。」

「可是……」

「那時情況非比尋常嘛，大家在本部長室前鬧得不可開交，你們才會跳腳的對吧？我有說錯嗎？」

「話是這樣講沒錯啦，但全體決議的結果很難輕易推翻的。」

「你要害我跟藏前丟飯碗嗎？美雲也會被踢回派出所喔？」

「拜託別給我壓力啦，我真的沒那個意思，但有些新聞社的記者也承受了上頭的壓力。尤其這一次爭執的原因是匿名問題，也有幾家新聞社非得看到縣警讓步才肯罷休。」

「你也聽說了吧，我們會提供更多公關服務，而且也願意好好道歉，這不是已經展現誠意了嗎？」

「這我也知道啦……」

「我說啊。」

一旁的山科插話了：

「我可以幫忙提議，召開俱樂部總會喔。」

諏訪裝出不耐煩的語氣：

「我是在拜託小梁啦。」

「啊我不是說了，我可以代替他提出動議。反正召開總會就行了吧，很簡單啊，結果怎樣我不敢保證就是了。」

諏訪盯著梁瀨沒有答話，不久梁瀨嘆了一口氣，算是敲定了這件事。

「好吧，小山肯提議我就跟進。」

三上知道諏訪手腕高超，實際目睹才覺得他才幹過人。兩家新聞社共同提案，一定能順利召開總會。

山科二人的背影消失在走廊，諏訪三人開始討論要如何說服各家新聞社。讓記者撤回採訪抵制，雖然勝算不高，好歹看到了一絲希望。

三上離開座位：

「我去一趟二樓。」

三上並沒有說謊，他確實有事要找白田課長。

諏訪三人只行了一個注目禮，並沒有在意三上要去做什麼，這讓三上感到孤獨。

三上在警務課待不到五分鐘。

此番前來的用意，是向白田課長打聽二渡的手機號碼。白田卻反問，怎麼三上連同期的電話號碼都不知道？不過，白田的質疑也僅止於此，他瞄了一眼沒人在的調查官辦公桌，歪著頭翻找記事本中的號碼。正所謂見微知著，三上終於明白，凡事不過度深究就是白田的處世哲學。

三上打開走廊盡頭的鐵門，來到逃生梯撥打剛入手的號碼。去見荒木田刑事部長前，他想先掌握幸田的消息，看看二渡有沒有接觸幸田，是否知道幸田的去向。

二渡沒有接電話，不曉得是忙著跟本部長會談，還是本來就不接未知來電？三上直接掛斷電話沒留語音訊息。講電話這種事情，一向是先打的一方比較有利，等對方拿回主導權回撥，就換我方屈居弱勢了。

——好，那就兩手空空去吧。

三上折回走廊，前往刑事部長的辦公室。他不敢說自己完全披上了公關長的皮，情緒也稱不上冷靜。他爬樓梯上五樓，沒有坐電梯，情緒上的波動還是有增無減。三上對荒木田這個人極為不信任，心裡卻始終對刑事部感到愧疚，彷彿那是他的原罪一樣。他的立場模糊搖擺，赤間又說禮拜四是刑事部的死期。三上漫步在五樓的走廊，內心五味雜陳。窗外的太陽還勉強掛在天上，遲遲沒有下山，灰暗的厚重雲層蓋住了整片天空。

刑事部搜查一課——

三上用力推開房門，暗自期待松岡在。然而，課長的座位上沒有松岡的身影，旁邊倒是有人，座位上的御倉伸長脖子看著三上。御倉比三上小兩期，三上遠遠就看到對方神情緊繃。他想起某個人對御倉的評價，心臟跟螞蟻差不多大，只比跳蚤好一點。

三上用拇指指著部長室。

「部長找我。」

御倉默默起身，快步走去敲部長室的門。他張大耳朵聆聽門內的回應，稍微打開一道門縫探頭進去。之後御倉縮回腦袋，開口請三上進去，眼睛卻沒正視三上。

今年春天以後，三上就沒進過刑事部長的辦公室了。至少上一次人家准他進入，是看在他好歹以前也是刑警。

「打擾了。」

三上在地毯前鞠躬致意。

「唷，你終於來啦。」

荒木田發出明快的招呼聲，他摘下老花眼鏡，晃著高大的身軀走向沙發。荒木田的表情跟平時別無二致，但掀開那一層假象，底下的表情一定跟漆原一樣，處於備戰狀態吧。

「別這麼拘束，坐吧。」

三上一坐下來，荒木田就打開玻璃製的香菸盒，請他抽菸。

「不必了。」

「你戒了嗎？」

「沒有。」

「你那邊情況怎樣？」

荒木田先行試探，三上佯裝不解，迴避了這個問題。

「我是指二樓，應該忙得雞飛狗跳吧？」

「這……就不清楚了。」

「喂，搞什麼啊？你不就是為了這種時候才暫時待在那邊的嗎？」

三上從同一個人的口中，聽過完全相反的說法。閒雜人等給我滾出去——

「漆原署長叫我來一趟，現在我來了，請問有何貴幹？」

「別急，聊一會你就知道了。」

三上感到很不自在。他心裡想的是，自己被放逐到警務單位八個月，難不成荒木田是在測試他有沒有變節嗎？

「在公關室工作很辛苦吧？聽說你跟狗仔鬧得不可開交。」

「查不出東洋的訊息來源才頭痛。」

三上試著做出反擊，荒木田瞇起眼睛說道：

「你想說，消息是我放出來的？」

「您打算和赤間部長談判？」

「他叫你過來問的嗎？」

「並沒有。」

「我不會見他的，我才不想看到那個小頭銳面的傢伙。他在東京不過是個小角色，對付他也無濟於事。」

這話聽起來像是在說，第三支箭是對著警察廳射的。三上想起到刑事局任職的前島，荒木田打算利用前島設下陷阱嗎？

「請問參事官去哪了？」

「嗯？松岡怎麼了？」

「參事官不在位子上。」

「你也知道，他只知道查案，不適合玩政治。今天他也去激勵專任調查班了。」

玩政治？——荒木田竟然說這叫玩政治？

「松岡說過，希望你來擔任班長呢。」

三上反射性地關閉自己的情緒反應。

荒木田卻露出很滿意的表情，三上有些心慌。荒木田肥碩的身軀慢慢探到桌面上，他十指交扣，小聲地說道：

「比較有機會的是中央署的刑事官，明年春天位置會空下來。」

三上聽到這句話，五臟六腑有種飄飄然的感覺。緊接著，房內響起了充滿威脅性的聲音：

「我只問你兩件事。」

荒木田也不演了，露出貪得無厭的鬥爭嘴臉。

「幸田在哪裡？」

「不知道。」

「你不知道，但二渡知道。」

「這我不清楚。」

「幸田有沒有被警務掌握住？有還是沒有？」

「不知道。」

「那去打聽出來啊！」

三上不說話了。

這不是單純的恐嚇，荒木田是在問三上，你到底站在哪一邊？

三上自忖，別小看人了。他沒有真的成為警務部的人，卻也不打算當荒木田的棋子。中央署刑事官，空口白話誰都會講。即使荒木田是認真的，誰敢保證荒木田的要求可以越過警務部的人事權？

「是誰命令你尋找幸田？」

「偶然遇到的。」

「你對他說了什麼？」

「打個招呼罷了。」

「你從他身上打聽出什麼消息？」

「我跟他打招呼而已。」

「那你來幹嘛？」

咦……？

「我在問你，為何要來見我？」

「是您叫我來的。」

「只有這樣嗎？」

「這是公關長的職務，不然再這麼鬧下去，只怕會把媒體也扯進來——」

「你其實內心很期待吧？」

「期待什麼？」

荒木田沒講話，表情卻說得很清楚，他要三上捫心自問。

根本不需要捫心自問。

三上全身上下還殘留著鮮明的快感。他已料到荒木田會給出刑事部的職缺，也期待事情如此發展。可是，他並不是想做交易才來這裡的。一切都已經太遲了，三上替赤間做了太多事情，不管他有什麼苦衷，事到如今也沒臉回去見刑事部的弟兄了。況且，三上自己也有了心境上的轉變，本來他做夢都想著要回歸刑事部，現在這個願望已經淡化。因此，他期待的不是實際的利益交換，而是赤裸裸的誘惑。荒木田曾經毫不留情地踢掉三上，他要親口聽到荒木田求他回來，替自己出一口惡氣。

「我不會虧待你的，替我辦好這件事，我絕對會調你回來，跟赤間同歸於盡我也在所不惜。」

三上直盯著荒木田，用沉默表明自己的心意，答案是ＮＯ。

荒木田發出咂嘴的聲音打破沉默：

「等你明白東京那邊的意圖，你就不會是這種態度了。」

三上吃了一驚，這個問題他是打算最後再問的，他也不認為荒木田會回答。

——荒木田願意說出來嗎？

「第二件事。」

荒木田又談回正題，跟翻書一樣說變就變。

「你似乎有騷動師的天分呢。」

「騷動師……？」

「就是在慶典上刻意引發騷動，炒熱現場氣氛的小丑。不是有那種收錢辦事、煽動群眾暴亂的專家嗎。你應該也知道吧？你跟那些狗仔鬧得不可開交，之後還在祕書課上演全武行。狗仔們氣得要抵制長官視察不是嗎？」

「那不是我刻意為之，而是不可抗力的因素造成的。」

「那你就刻意去做，繼續跟那些狗仔鬧下去，死命激怒他們，一定要讓他們抵制長官視察。」

——什麼？

三上也露出了不善的眼神：

「我不認為有這種必要。」

「意思是，你覺得狗仔不會抵制就對了？」

「我是說，身為一個公關長我不會煽動記者。」

「我是在問你狀況，狗仔撤回抵制的可能性是高還是低？」

「要他們撤回不容易，但也不是完全沒辦法。」

「那你靜觀其變就好，這樣你的良心也不會受折磨。」

「辦不到。」

「老巢變怎樣你都不在意就對了？」

「你們在我頭上開槍，我卻連你們開戰的理由都不知道。」

房內再次陷入沉默，比剛才更漫長、更凝重的沉默。

荒木田高大的身軀動了一下，他嘆了一口氣，縮回身子靠在沙發上，氣勢也萎靡了。

「那我告訴你吧。」

荒木田的語氣很平靜：

「聽完警察廳真正的用意，你再好好思考自己該怎麼做。」

三上點了點頭，抓住膝蓋的手掌也加重了力道。

「長官打算下達沒收處分。」

荒木田瞪直了眼，說出三上亟欲知道的答案。

「刑事部長的職缺會被高考組奪走，D縣警的刑事部會成為東京的屬地。」

49

三上的雙腳虛浮無力，完全沒有踩在地上的感覺。

他找不到其他可以去的地方，便打開走廊盡頭的鐵門來到逃生梯。太陽早已下山，風勢也變強了，但他一點也不覺得寒冷。寒風奪不盡他身上持續翻湧的熱血。

長官要奪走刑事部長的職缺。

結局早就注定了，視察六四懸案的戲碼不過是之後補上的。小塚長官會親自來到D縣，前去慰問被害人家屬，宣誓逮捕犯人的決心。之後在開放式記者會的過程中，長官會表明警察廳制定的補救策略。也就是讓高考組的優秀人才當上刑事部長，跟警察廳維持密切聯繫，徹底發揮D縣警的辦案能力，偵破這一起懸宕已久的案子。

說穿了這都是詭辯，高考組的菁英當上刑事部長，塵封已久的案子也不會有進展。新官上任三把火，只會把第一線搞得亂七八糟，浪費時間和人力做一堆沒用的報告。警察廳也知道這起案子破不了，他們把六四懸案放在砧板上只有一個用意，就是用一個冠冕堂皇的藉口奪走刑事部長的職缺。等到案子破了或是追訴期過了，刑事部長的位置仍然會是高考組的囊中之物。

這實在太殘酷了。

高考組占據刑事部長職缺，這樣的警察本部，放眼全國也找不到十個，而且就算有也都在大都市。至於其他大多數的地方警察，長年來都是「當地人」擔任刑事部長。警察廳對地方警察的支配方式，很接近國家警察的制度。縣警最大的本部長和副手警務部長，全都是高考組的菁英擔任，涵蓋公安單位的警備部長也一樣。再這麼支配下去，恐怕會動搖地方自治的理念和定義。刑事部長一職，是讓地方警察不至於被外人掏空的最後一處堡壘。

最重要的是，沒收部長職缺會傷害到底下人的情感。對當地土生土長的警察來說，刑事部長一職不只是重要職缺，也是他們出人頭地的頂點，其象徵意義就好比聳立鄉間的靈峰。也許不是每個人都當得上部長，但當地人的代表總會站上那個位置。這種共通意念帶來的心理影響是無法估計的，就好像生長在富士山附近的人，在談論自己的人生時不可能不談富士山一樣。現在東京不斷加強對地方的支配，地方警察之所以對自家縣警還有光榮的認同感，就是因為自己的同胞一路從基層幹起，終於當上組織裡的最高幹部，跟那些高考菁英平起平坐的關係。

地方警察只剩這一點尊嚴了，東京連這一點都要奪走，逼迫地方警察徹底屈服嗎？

三上抬頭仰望夜空，一點星光都沒有的黑夜，吞噬了冰冷的寒風。

（禮拜四就是刑事部的死期。）

警察廳早就盯上D縣警了吧，D縣一直都沒有稱頭的刑事部長，未來幾年也不會有。六四懸而未決十四年了，這十四年來，全國各地發生的所有綁票殺人案中，只有這一起是沒有偵破的懸案。D縣警確實有理虧之處，但就算刑事部人才不足，留下了重要的懸案，這樣的「罪過」真的有必要處以「極刑」，奪走在地人的刑事部長嗎？

歸根究柢，為什麼警察廳過去沒有奪走地方警察的刑事部長職缺？搜查二課是刑事部長管轄的單位，警察廳卻早在二課安排了指定職缺，把年輕的高考組課長派到全國各地。表面上是要避免貪汙和賄選的舉報標準不一，才派出高考組聯繫地方和警察廳。其實不用這麼拐彎抹角，一開始動用強權把刑事部長的職缺拿走，豈不是一兼二顧嗎？然而，警察廳卻沒有那樣做，上面的人很清楚，對中小規模的地方警察而言，刑事部長的職缺是一大瑰寶，更是精神上的支柱，所以才不敢直接下手。這不是考量到基層的心情，而是單純的危機管理，地方警察的反抗是不可輕忽的風險。再者，奪走基層的驕傲，架空地方警察的實權可能會影響到辦案的士氣。於是乎，不能動到刑事部成了心照不宣的共識。從這個層面來看，刑事部長一職維持了警察廳和地方警察的平衡。

那麼，為何現在要打破平衡？

警察廳料到地方警察會反抗，事實上刑事部也採取了激烈的反抗措施。D縣警是留下了六四這個把柄沒錯，但警察廳真有足夠冠冕堂皇的理由，可以撕毀雙方一直以來的共識嗎？

想必沒有吧，欲加之罪何患無辭，但那些都不是事實。

這比較接近霸權主義，或是上級部會的本能。說不定東京那邊在下一盤大棋，要奪走地方自治的實權。上面的也顧不得顏面，要達成國家警察的真正企圖。拿D縣警開刀應該只是牛刀小試吧，其他中小規模的縣警，由自家人擔任刑事部長的縣警一定會惶恐不安。一件沒解決的案子，就會成為職缺被沒收的理由。這樣的先例會種下猜忌的種子，不斷強化基層對警察廳的恐懼。難道這才是警察廳真正的用意？殺一儆百？拿D縣警刑事部開刀，只是要讓大家知道國家警察雷霆手段的謀略？

凜冽的風勢吹打三上的側臉。

（D縣警的刑事部會成為東京的屬地。）

三上握緊雙拳，握到手掌隱隱生疼。

他的血液在沸騰。那是刑警的血液，這種強烈的情緒沒有其他可能了，刑警的激情將他整個人化為了憤怒的拳頭。

50

本部長辦公室的燈號還是亮著的。

三上直接走到祕書課長的位子，拳頭依然握得很緊。保持在常溫的室內，感覺就像三溫暖一樣悶熱，吹在臉上的暖風幾乎讓他喘不過氣。

石井課長把椅子轉到側面，手上拿著電視遙控操作，一副漫不經心的模樣。傍晚的新聞就要開播了，他要看赤間部長的道歉記者會。

「咦？你怎麼來啦，三上？」

「我有緊急的事情要見本部長。」

石井一聽到三上的來意，驚訝地睜大眼睛：

「你有什麼緊急的事情啊？」

「我必須當面跟本部長談。」

「別說傻話了，到底是什麼事情？你跟赤間部長談過了嗎？」

「他不見人影了。」

來祕書課之前，三上已經先去過警務課了。白田課長同樣拿著電視遙控器，小聲地說部長應該是不想看新聞才離開的。

「總之你有什麼事跟我說吧，有必要的話我幫你轉達。」

三上已經受不了跟石井說話了，他向石井行了一個禮，逕自走向本部長室。

「喂、喂、等一下──」

石井扯開嗓子大叫，三上也懶得理會，伸手敲了木質紋理的大門。門內的人小聲答話，說了一句請進。

「三上！」

石井驚慌大叫，從辦公位子上衝了出來：

「等一下，三上——」

石井抓住三上的手腕，三上一把甩開後，用力推了瘦弱的石井一把。石井踉蹌後退，一屁股跌坐在地上，他錯愕地看著三上。

三上甩頭不再理會石井，推開本部長室的大門。

「打擾了。」

所有課員都從座位上站了起來，不過已經太遲了。三上進入門內，反手帶上房門，沉重的關門聲阻絕了外部的紛擾。

本部長室的氣氛跟外面完全不一樣，空間寬敞到幾乎能開一場小派對，連採光都是柔和的間接照明。一整套皮革沙發有十二個座位，每個座位都有舒適的扶手。地上鋪著作工精細的厚地毯，這裡是D縣警內的東京，警察廳的分部，所以三上才要來此一趟。

過內欣司坐在自己的辦公座位。

對方毫不掩飾地打量三上全身上下。三上來過這裡兩次，除了打招呼以外，兩人從未有過像樣的對話。

「呃，你是三上對吧？擔任公關長的。」

過內的語氣很柔和，三上沒透過石井通傳就闖入室內，他也沒責備三上的無禮。

三上給了肯定的答覆，身後又響起了敲門聲。三上被打開的大門擠到一旁，進入室內的石井整張臉跟猴子一樣紅。

「本部長，實在萬分抱歉，我這就叫他出去——」

三上打斷石井的話：

「我此番前來是有要事相談，請本部長與我單獨一談。」

「你！」

石井動怒仍不忘壓低自己的音量。

過內比對二人的反應，露出感興趣的表情：

「石井啊，你就退下吧。」

「可是，本部長——」

「沒關係，我偶爾也想聽聽其他人真正的聲音。」

「這、現在已經是您的下班時間了。」

「我都說沒關係了，你就別計較了。」

過內瞪了石井一眼，石井嚇得側過身子，活像被鞭子抽到一樣。

「我、我明白了，那就以五分鐘為限，時間到了我會通知本部長的。」

「談完我會主動鳴笛的。」

石井無話可說，他恭敬地向本部長一鞠躬，有禮到很滑稽的地步；關上房門之前，還用眼神懇求三上不要亂講話。

「那好，三上你坐過來吧。」

「是。」

三上靈活移動雙腿，全身血液奔騰令他健步如飛。

他沒有坐滿整張沙發，而是只坐在邊緣，過內的臉龐近在咫尺。過內有個充滿知性氣息的寬額頭，還有粗大的眉毛和冷靜的細長眼眸。

「你要找我談什麼？」

「有個問題務必要請教本部長。」

「你是有問題要問，不是有事情要談？」

過內的眼中失去了幾分好奇的光采，或許他以為能聽到基層不滿的心聲吧？

「也罷，你就問吧，我一定知無不言。」

三上低下頭表達謝意，視線集中在過內的鼻樑。荒木田提供的情報不見得是真的，既然赤間不在，那只好向這個人打聽了。

「我想問的事情，跟您對二渡下達的命令有關。」

「二渡？我最近沒見到他啊，應該沒拜託他什麼事情才對。」

本部長在裝蒜嗎？

「禮拜四長官就要來視察了。」

「嗯。」

「據說，長官會在視察過程中宣布，未來本地的刑事部長，將由警察廳合乎資格的人才擔任。」

「是這樣沒錯。」

這句話刺痛了三上的胸口，過內輕易說出了難以啟齒的痛。

「那又怎麼了嗎？」

「可否請本部長告知理由？」

「理由？跟那一起少女綁架案有關啊，長官要宣示警方破案的決心。」

64

「意思是，那只是暫時的措施是嗎？」

「你這話是什麼意思？」

「綁票案一旦塵埃落定，刑事部長一職會回到本地人手上，我這樣理解對嗎？」

「這就不一定了，應該也還沒決定吧，等長官來你再問他吧。」

「也就是說，這有可能是永久的措施對吧？」

「我說了，不一定。有些地方是警察廳的人和當地人才輪流擔任刑事部長，總之要看狀況而定。」

「您的意思是，要看有沒有人才？」

「可以這麼說，人才很重要。從人才的角度來看，這裡的刑事部有點問題。」

三上的失望之情有增無減，片面的猜想逐漸構成完整的真相，他已經證實荒木田提供的情報了。

D縣警的刑事部會成為東京的屬地。

三上往前挪動身子：

「刑事部對此非常不滿。」

「似乎是這樣啊。」

過內也不當一回事。

「刑事部也採取了強硬的手段。」

「赤間就是去東京處理那件事啊，剛才警察廳內部流傳了奇怪的黑函。」

三上大吃一驚。

「上面記載了D縣警沒有見報的醜聞，與其說是奇怪的黑函，不如說是爆料炸彈吧，用意應該是要阻止長官視察。」

第三支箭已經射出去了。荒木田是否下令給前島，要他擔任騷動師呢？

「真想看看官房長官會如何應對。」

過內講得一副事不關己的態度。

「有句俗話是這麼說的，別讓甘迺迪前往達拉斯。」

「達拉斯……？」

「其實這句話是在講一個智囊該有的見識。君子不履險地是最理想的境界，但現實中的君子往往喜歡冒險，尤其喜歡前往險地。這時候就很考驗智囊的判斷力，智囊除了要保護上級的生命安全，還必須有精準的眼光，判斷上級前往目的地是否會有不良的風評，至少從這次的事件來看，智囊需要這樣的能力。」

過內不再眨眼，似在等待三上提問。

「您是說，本地相當於達拉斯？」

「我希望這裡不是。假如來這裡的風險太高的話，長官官房那邊也會有打算，但在東京召開記者會，根本沒有宣傳效果和說服力。」

換句話說，上面的想要強渡關山？

不、先等一下，過內沒有談到媒體要抵制採訪，搞不好他們不知道這個消息。可能是赤間太有自信，以為取消抵制是很容易的事情，才壓下訊息沒有報告。過內和警察廳要是知道抵制的事，又會採取怎樣的行動呢？長官親涉龍潭虎穴，很可能被媒體拆掉台階，而且刑事部的反抗行動還拉攏了媒體。一旦官房長官得出這樣的結論，會把D縣視為達拉斯嗎？

「那好，你也問得差不多了吧？」

過內說道：

「今晚我還要陪市長吃飯呢，我得給那老狐狸灌迷湯，讓他多吐一些預算出來。」

看過內的表情，似乎也懶得再跟三上聊下去。三上一眼就看出來，過內已經跟翻書一樣迅速轉換腦中的思維。

三上怒不可抑，過內沒有考量到地方警察的痛，連一丁點也沒有。

「請問，您徵詢過刑事部的意見了嗎？」

三上接著說下去：

「對任何組織來說，管理職缺都有其重要性。有人想搶，底下的人自然會想保住，尤其在沒有事先知會的情況下，就更是如此了。」

過內顯得有些意外：

「為什麼你要這麼激動？刑事部對公關單位來說，也是一大麻煩吧？刑事部他們把自己看得太了不起了，凡事跟情報有關的事都想隱瞞，直接改變他們的頭是最快的辦法。警務和刑事互通有無，彼此做起事來也更方便。」

聽完這段話，三上真心認為赤間或許還好一點。赤間的行為是故意讓對方難堪才那樣，好歹比這個男人更有人味。

「直到今年春天，我都在刑事部任職。二十四年的刑警經驗告訴我——」

「啊啊、難怪。」

三上以為過內接下來會說，難怪你會替刑事部說話，但過內並沒有那樣講。

「鞋子，你的鞋子。你剛進來的時候，我就在想你的鞋子怎麼會髒成那樣。」

——鞋子？我的鞋子很髒？

突然間，三上一時不知該做何反應。他先看看自己的腳，仔細觀察左右腳的皮鞋，鞋子很正常，看上去也很乾淨。過內到底看到了什麼？鞋子本身確實舊了，但美那子每天都有用鞋刷保持清潔，汙損的地方也用鞋油擦過，一點髒污也沒有，頂多就是今天走路沾上了一點灰塵，沒有那麼光亮而已。

「你多久穿壞一雙鞋啊？」

過內已經改用閒聊的方式說話了：

「跟你說，我喜歡的鞋子會一次買兩雙，只是一直都穿不壞，沒穿過的那一雙都放到發霉呢。」

三上還在看自己的鞋子，連眼睛都忘了眨，他看到美那子蹲下來擦鞋的景象。過去三上穿國家配給的合成皮鞋，後來才自掏腰包買比較舒適的鞋子來穿。美那子從來沒有忘記幫他擦鞋，就連步美離家出走後也沒忘。三上在玄關穿上的鞋子，永遠保持乾淨晶亮。美那子刷完鞋子，把三上的鞋子擺好後，都會露出笑容。

三上自問，我到底在幹什麼啊……

體內的深處發出了顫抖，漸漸地傳遍四肢，彷彿身上的魔法慢慢解除了。三上現在才發現自己太大意了，他未經赤間許可直接闖入東京的地盤，還不顧石井攔阻，要求和本部長單獨對談。更誇張的是，他還對這位高考組的菁英提出質疑，對方可是未來的警察廳長官，普通基層難以企及的貴人。

三上腦袋發麻，眼睛發黑。然而——

這種感覺很接近快感，並沒有不快的感受。

「現在的刑警都穿運動鞋了，一年會穿壞好幾雙。」

三上對答如流。

「喔、是這樣啊。」

「因為一心只想著要抓犯人。刑警做事靠的是一股熱血，不是邏輯。」

過內歪著頭聽三上說下去。

「請您諒解，刑警是在各大山頭間奔波的獵人，聽不懂都會的語言。」

「在各大山頭奔波是嗎？你比喻得很巧妙呢。」

「刑事部長就是最高峰，自己抬頭仰望的高峰被奪走，刑警會不知所措、意氣消沉。」

過內冷笑道：

「那種滿肚子壞水的傢伙，也配當最高峰？況且，他是警務出身的吧？」

「我是在談象徵，不是在談個人。越到偏鄉，精神象徵就越重要。」

「原來如此。」

過內的聲音變了：

「你想對人事安排下指導棋就對了？」

三上腦袋裡的麻痺感依然大於恐懼，但長年在階級社會打滾，上行下效的紀律早已滲入骨髓，上級稍微發狠，他的身體就會反射性緊張起來。

「跟你聊天挺愉快的，改天有空再麻煩你了。」

過內的身體向後一仰，伸手按壓辦公桌上的呼叫鈴。

「本部長——可否請您向警察廳建言？請他們重新考慮這件事。」

三上話還沒說完，石井就衝進本部長室了，身後還帶著幾名眼色不善的課員。

過內臉上掛著像繪畫一樣的笑容。

三上站起身來，恭敬地向過內鞠躬致意。

「請本部長三思！」

石井下令把三上攆出本部長室，幾個課員伸手抓住三上，以驚人的力道將他往外拖。在掙扎的過程中，三上聽到了過內的聲音。過內吩咐石井，從今以後不得讓三上進來。

三上被帶到緊鄰祕書課的別室，桌上的小型電視正播放著赤間的新聞影像。石井似乎連看到電視上的赤間都會怕，還特地壓低音量怒罵三上：

「你根本胡鬧！你對本部長說了什麼！」

三上大喊放手，粗暴甩開幾名課員，身體跟熱火一樣滾燙。

「說清楚！你跟本部長說了——」

「跟你說也沒屁用！」

電視的畫面亮得很刺眼，赤間在畫面上低頭致歉，身上盡是閃光燈的光芒。

「你們這些傢伙懂個屁，整天只知道討上面的歡心，連自己腳下要塌了都不知道。」

「不懂的人是你！你惹火本部長是想怎樣？倒楣的是D縣警，所有人都要遭殃！」

「蠢材！就是有你這種人，我們才會被看不起啦。這是我們的縣警，怎麼可以讓那些傢伙恣意妄為！」

三上一拳打向電視螢幕，赤間扭曲的表情墜入黑暗中，化為無數的碎片飛散。

51

真正該打的另有其人。

三上奪門而出，在走廊下快步前進。他用力推開警務課的大門，門板撞擊的聲音嚇得許多課員抬起頭來。

二渡人呢——

二渡不在，辦公桌依舊沒人。白田課長也不在，負責管理女警的七尾友子轉動椅子，站起來問三上：

「你的手怎麼了？」

三上才發現自己的右手一片血紅，食指的拳骨到手背開了一道傷口，鮮血滴落到地板上。

「二渡在廳舍裡嗎？」

「二渡人在外面。」

七尾答話之前跑到牆邊的櫃子，櫃子裡有紅色的十字標章。

「他什麼時候回來？」

「今天直接回去，不會回來了。」

三上走過警務課辦公區，連門也沒敲就闖進警務部長室。室內還有濃郁的古龍水味，彷彿赤間才離開沒多久。七尾抱著急救箱衝進來，俐落地拿出消毒液和繃帶，她伸出手對三上說：

「我替你包紮吧。」

「我自己來就好。」

「你就別推辭了。」

「妳放下就好！」

三上把七尾趕走，從急救箱拿出脫脂棉。他把脫脂棉放在傷口上，再張嘴咬住繃帶纏緊脫脂棉。三上一邊打理傷口，一邊走向沒人的辦公桌，粗魯地坐在桌上。他拿出手機調出二渡的電話號碼，用辦公桌上的電話打給二渡。這可是警務部長的直通電話，二渡不可能視而不見。

電話響了幾聲，終於接通了。

「這就是你說的小事嗎？」

三上也不廢話，直接開門見山：

「我得知東京的企圖了。如果這也叫小事，那對你來說什麼才叫大事？」

「你聽誰講的？」

「本部長。」

「我沒問你這個，是誰跟你說我的電話號碼？」

「媽的！你有沒有搞清楚狀況啊！他們不是要搞垮刑事部，而是要搞垮D縣警。你明知如此還助紂為虐嗎？」

二渡沒有回話，電話裡只傳來腳步聲、喧囂聲，還有車子的關門聲。

「二渡——」

「我說過了，警察是一整個生命共同體，沒有分縣警或警察廳。」

「那都是東京那群狗官的屁話，刑事部長的職缺被奪走，地方自治根本名存實亡。」

「你冷靜一點，情況不會變糟，效率反而會更好。」

效率？

這個字眼讓三上想起過內本部長說的話。改變他們的頭是最快的辦法，警務和刑事互通有無，彼此做起事來也更方便。

三上總算搞懂了，這次他稍微看出了二渡真正的意圖。他本來以為二渡的用意是要削弱刑事部，徹底強化警務部的支配權，但不是這麼回事。警察廳的旨意和過內的命令，也不是影響這個男人決策的關鍵。

「你會怕嗎？」

「我怕什麼？」

「刑事部長的位置。」

二渡不說話了，他沒有反問三上是什麼意思，代表三上說中了他的痛處。

二渡自己比誰都清楚，才四十歲就升上警視的人，生涯中最後的職缺肯定是刑事部長，這是已經注定的結局。「檯面下的人事決策者」會變成「檯面上的刑事部長」，這個諷刺的事實將在十幾年後成真，二渡怕的就是這一點。他處理警務工作的能力超群，但完全不具備查案的本領，當上刑事部長意謂他要面對一群陽奉陰違的部下，成為毫無實權的象徵領袖，跟其他幾任一樣留下「不稱頭」的罵名。這對一個長年來掌握組織實權的人來說，是很難接受的現實吧。因此，警察廳突然說要「沒收職缺」，這無疑是二渡的福音。

「怎麼了？說話啊。」

「我聽不懂你在說什麼。」

「你怎麼會不懂，我在講你的烏托邦計畫。」

二渡深得東京那邊的信賴，凡是在Ｄ縣警當過官的高考菁英，都把這位精通人事和管理的在地人才當成「好用的王牌」。到時候警察廳派其他人出任刑事部長，情況也不會有任何改變，反正終究只是官僚。新的部長會依賴這個深受警察廳信賴的人，不會聆聽刑事部基層的建言。二渡就是抓準這一點，才甘願隱身檯面下。他可以當個比較小的生活安全部長，以提出建議的方式影響刑事部決策。捨虛名而取實利，這才是二渡的行動原理。二渡長年來動用人事權，設計諸多警察的人生，同時也一直在思考如何替自己的警界生涯畫下句點。

「回答我，你要出賣Ｄ縣警，建立自己的理想國嗎？」

「問一些我聽得懂的問題。」

「你要跟警察廳狼狽為奸，當地下皇帝是嗎？這是一個在地菁英該做的事嗎？」

「我要掛電話了。」

「你要真有王牌的自覺，那就像個王牌一樣拿出點氣魄。我的意思是，與其讓高考組的狗官來當刑事部長，不如你來還好一點。」

二渡發出了很意外的聲音，他喃喃地說道：

「喔？我來當你不介意？」

三上凝視半空，似乎能看到二渡那雙昏暗的瞳仁。他想起二渡當初遞上毛巾時，那種異樣的感覺。

「你也別想得太嚴重，那純粹是一個符號，誰來當都一樣。」

三上一時跟不上二渡的思維。符號？他是指刑事部長嗎？

「你真的是D縣警的人嗎？」

「不管誰當頭，刑警同樣會做好該做的事，不是嗎？」

「上面的頭好不好是一回事，好歹終究是自己人。那些非親非故的高考菁英純粹是來沾醬油的，根本當不了刑事部長。」

「一個月就會習慣了，兩個月就會徹底融入其中，所有人事異動都是如此。」

「少自以為是了，你們人事部門做的，只是不負責任地胡亂分發罷了。」

「你不就是一個好例子嗎？」

「什麼？」

「你在本部長室前面，拚了老命阻擋那些記者不是？」

三上的呼吸停頓了。

「在旁人眼中，簡直就是最稱頭的祕書課職員呢。」

三上氣得咬牙切齒，繃帶也開始滲血：

「你有種再說一次。」

「別誤會，我是在稱讚你。」

「有種你看著我的眼睛再說一次！現在立刻給我來部長室！」

「你這一點始終沒變呢。」

二渡笑了。

「接受現實吧，這裡不是劍道社了。」

52

不管是兌水的酒還是加冰塊的酒，三上喝起來都跟白開水一樣，一點也喝不醉。

這一家用半間民宅改裝而成的小酒館，名為「月並」，是年過六十的老夫妻開的。刑事部和警務部都不會有人來，算是三上少數的私藏店鋪。老闆曾拜託派出所協尋走失的愛犬，三上就是在那時候認識對方的，算一算也有二十五年的交情了。老闆娘的個性跟山豬一樣衝動好強，老闆也是那種心直口快的類型，所以夫妻倆常在吧檯內吵架，從三上認識他們到現在都是這樣。三上一向坐在吧檯邊的位子，看著夫妻倆鬥嘴他是既無奈又羨慕。

老闆關心三上的繃帶是怎麼回事，三上說是毆打上司留下的傷，老闆娘聽了開心得蹦蹦跳跳，老闆則是一臉擔憂的表情；夫妻倆態度上的落差，自然是免不了再吵一架。

三上也知道自己幹了一件蠢事。

麻痺感退去以後，只剩下後悔的情緒跟屍體一樣癱在腦海裡。當他一聽到刑事部長的職缺要被沒收，整個人頓時熱血沸騰。之後的行為算不上率性而為，力諫本部長一事難道真是出於刑警的熱血嗎？地方上一個小警視的意見，根本不可能改變警察廳的決定，力諫一點意義也沒有。明知如此，三上還是做出了這種壯烈的行為，主要是想減輕自己對刑事部的罪惡感。或許這種觀念讓他陷入了自我陶醉的情緒中，大腦才會分泌亢奮物質吧。

當時三上完全沒想到家人，他激動得失去自我，也忘了家人的存在。他趁赤間不在時闖入本部長室，光這一條罪就足以被下放了。而且他還推倒石井，破壞祕書課的器材。要不是三上自己受傷流血，石井為人軟弱膽怯，現在他早該被帶到地下室的監察課做筆錄了。真的在意家人，他就該告訴赤間刑事部設下的陷阱。面對荒木田的誘惑時，也該放聰明一點假裝同意才對。萬一瞎貓碰到死耗子，刑事部在這一場抗爭中幸運獲勝，他才能替自己留下「中央署刑事官」的位置。到中央署任職就不用搬家了，三上可以在老家跟美那子一起等待女兒歸來。

喀啷、喀啷，冰塊在杯子裡流動。

為了家人，三上什麼事都忍下來了。

不，事實並非如此，三上重視的只有自己，家人只是他的擋箭牌罷了。每次在組織裡立場不利，他就會拿家人當藉口，打出忍耐牌來度過難關。三上非常清楚，沒有家人他也活得下去，但在組織裡失去容身之地，就再也沒戲唱了。除非他接受自己的本性，否則到死都沒辦法談論自我。

三上感到內心的醜陋扭曲。

——那麼，二渡又是如何？

二渡那種人就有自我可言嗎？那傢伙就有健全的家庭嗎？就他一個人公私分明，回到家還能流露真情至性的一面？不可能吧，會把刑事部長當成一個符號的人，怎麼可能回到家就變成好丈夫和好父親？他只是擁有家庭這個符號罷了，那種人一定有想像過一家之主換別人來當的景象。因此，二渡絕對不會讓別人看穿自己，更不可能親口說出真心話。然而，仔細觀察還是能從他身上看出一絲端倪。二渡不忌諱黑暗，甚至願意走向黑暗；他永遠不會走到陽光下，而是用沉積已久的黑暗吞噬陽光，這才是二渡的本性。三上也知道二渡這種性情的原點是什麼，是那一雙壓抑自身感情的陰暗眼眸。還有那年夏天，二渡在體育館對自己立下的誓言。內心被劍道社束縛的人不是三上，應該是二渡才對。

三上察覺懷裡的手機發出震動，或許已經震動很久了。

他想起好幾個可能打來的人，但每一個都猜錯了。慌慌張張打給他的人，是搜查二課的副手糸川。糸川一打來就談起圍標事件，八角建設的常務經過偵訊後，警方終於掌握確鑿的罪證，也拿到逮捕令了。不料警方還來不及逮人，常務就口吐鮮血，被送到醫院治療。三上很訝異搜查二課會吐露內情，但整件事還有後續發展。讀賣和產經新聞掌握了警方即將逮人的消息，主動告知會寫出這則報導。搜查二課請他們暫緩報導，讀賣和產經卻拒絕要求。明天早上消息見報，必定會有一番騷動，這才是糸川打來通報的原因。

三上想到了荒木田刑事部長。他看了一眼時鐘，打電話給諏訪，時間是晚上八點四十五分。諏訪人在「汪汪亭」，那是他最近找到的人妖酒吧。據說，他們幾個打探不出記者俱樂部的消息，美雲便急中生智，召開了一場「社會研討講座」。諏訪的語氣有些拖沓，大概是三上離開本部之前，沒有說出手上的繃帶是怎麼來的。不過，等三上提出逮捕令的話題後，諏訪的語氣又恢復正常了。諏訪表示，難怪獨賣的牛山和產經的須藤沒有參加酒會，接著他壓低音量說，這一次的獨家新聞，或許會讓攏絡記者的努力付諸東流。

三上下達指示，要諏訪明日一早告訴他結果，交代完就掛斷電話了。沒有了電話中的嘻鬧聲，卻躲不掉店內卡拉ＯＫ的聲音。大約有十多名年紀不一的男女，坐在鋪有地毯的小包廂裡，看上去應該是上班族。根據店主的說法，那些人是在提早召開年終尾牙。

三上有點坐不住，諏訪、美雲、藏前這三人應該在一起吧。公關室的所有人力都用來說服記者取消抵制，這是理所當然的事情，畢竟三天後長官就要來視察了。公關室的職責就是應付記者，此時不做更待何時呢？

——三上問自己一個問題：你到底想怎麼做？

這個問題讓他的呼吸產生熱度。

說穿了，就是要不要讓Ｄ縣警成為危險的達拉斯？

（看你要下跪道歉還是要幹嘛都行，總之讓那些記者撤回抵制採訪的決定。）

（繼續跟那些狗仔鬧下去，死命激怒他們，一定要讓他們抵制長官視察。）

荒木田不可能善罷甘休的，這不是一個警務部出身的部長在裝腔作勢，這一次的試煉會讓荒木田成為一個真正的刑事部長。不消說，那純粹是一種神形俱似的假象，可對荒木田本人來說，卻是貨真價實的現實。況且這是一場「保衛戰」，「正當防衛」這四個字讓荒木田的心中充滿熱血。再說了，荒木田也是要顧面子的，他害怕成為最後一任在地的刑事部長。

「最後」這兩個字，總是帶有一股淡淡的哀傷，成為最後一任在地的刑事部長，等於是他被警察廳抓到一個沒收職缺的把柄，這會害他在D縣警的歷史上留下無能的罵名。

赤間同樣無路可退。刑事部的叛亂行動被警察廳知道了，爆料炸彈甚至還落在東京，觸怒了那些高層。萬一被烙下缺乏統馭力的烙印，赤間的前途就完蛋了。現在的赤間是一頭負隅頑抗的野獸，一定會不計一切追求結果。不過——

那兩個部長的問題根本無關緊要。

——重點是你該怎麼做？你想怎麼做？

當然，三上想要保住刑事部長的職缺。他的理性在大聲疾呼，但全身上下的血液已經缺乏激情了。搖擺不定的心情，被禁錮在兩難的監牢裡。事到如今還要拿家人當藉口，繼續猶豫下去嗎？還是說，精明的算盤早已在無意間打好了？反正刑事部是贏不了的，三上有意站在勝算高的那一方，猶豫大概就是出自這分膚淺的心態吧，不然還有什麼可能？難道是失去戰意舉白旗投降嗎？或者，自己的心早已遠離刑事部和警務部，徹頭徹尾成了一個沒有國籍的異鄉客？

不對……

三上不是沒有國籍，他有該負的職責。情感不斷激盪他的情緒，公關長的自覺並沒有從他腦海裡消失。當下的情況正是如此，真正該做出決斷的，不是他個人的身分，也不是以前的刑警身分。

他真正該想的是，D縣警的公關長該怎麼做？

（他們不肯買帳的話，你就說今後所有案子都會提供真名。）

開空頭支票，騙那些記者取消抵制，光想到這方法就讓三上起雞皮疙瘩。以後要是再發生匿名問題，那就徹底完蛋了。記者們絕不會原諒這樣的背叛行為，為了解決一時的麻煩而放棄公關室的未來，這樣做對嗎？

（你靜觀其變就好，這樣你的良心也不會受折磨。）

言猶在耳的這句話，重新勾起了三上的怒火。荒木田叫他當騷動師，破壞長官視察的行程。就算「死守刑事部」是D縣警的正義，荒木田對公關室提出的要求卻絲毫沒有正義可言。部下們在人妖酒吧拚命說服那些記者，難不成要叫他們乖乖回家睡覺嗎？叫他們什麼都不用做，眼睜睜看著記者抵制採訪嗎？強迫部下放棄職務，拉他們一起當毫無作為的幫凶？三上做不到，也不該做。

三上終於明白這兩難的局面有多難解，無論他倒向赤間或荒木田，結果都是一樣。他完全沒有盡到公關長該盡的職責，公關室由內而外徹底瓦解的景象，清楚地浮現在他眼前。

這時候三上想到的是「窗口」，組織的權力鬥爭封鎖了對外的窗口，也一併隔絕了外界的光芒。三上壓抑不住內心的焦慮，他得在刑事部和警務部之間選邊站，但當真只有這兩個選擇嗎？作為一個公關長，沒有第三條路可走嗎？

三上意外想起了雨宮芳男。想起雨宮純屬意外，因此三上產生了一個錯覺，他以為自己看到了打破兩難局面的光芒。

三上感覺自己的血液在逆流。

（警察廳長官是我們警界的頂點，報章雜誌肯定會大肆報導，電視也會播報相關新聞，引起許多人的重視。）

這段話是三上親口說的，用意是要讓被害人的父親抱有期待，接受長官的慰問。不，這樣講不對，雨宮早就看清警方了。他知道警方隱瞞犯人打來的電話，對警方也有怨懟。雨宮看穿長官視察只是警方作秀的手法，也懶得聽三上說明。他對警方不抱任何期待。沒錯，雨宮不是被三上說動才接受慰問的，他純粹是被三上的淚水打動，或是被煩到受不了才接受。

可是……

這段話確實是三上親口說的：

（這次長官視察被媒體大幅報導的話，或許能再發掘出新的相關訊息。）

三上舉杯飲酒。

這果然是一道意外的光芒。三上受不了兩難局面的摧折，偶然抬頭仰望夜空，看到天邊劃過了一道流星。三上該重視的不是刑事部或警務部，而是他跟外人立下的「約定」。心中的天秤開始傾斜了，長官的採訪一定要辦成，警界領導的聲音必須化為文字和電波，這一切都是為了雨宮，也是為了替自己的發言負責。

沒錯，這是顯而易見的藉口，三上和雨宮之間才沒有什麼約定存在。若欺騙記者是取消抵制的唯一方法，那麼這就不是公關長該走的第三條路，純粹是刑事部和警務部之外的第三個極端選項罷了。算了，無所謂，極端就極端吧。這次就用被害人家屬當藉口，來個改弦易轍吧，這也很像自己會用的解決方式。

老闆娘語帶調侃地說，三上一個人傻笑，肯定是想起了毆打白痴長官有多痛快。老闆在一旁叫老闆娘別多嘴，他說三上想一個人靜靜喝酒，看表情就知道了。

夫妻倆又開始吵了，三上調轉椅子背對吧檯，鋪有地毯的包廂，氣氛似乎很熱絡。帶頭的五十多歲男子，正高聲唱著走音的民謠。男子的部下們在一旁附和叫好，態度依舊卑微謙恭，其他幾個年輕女子差不多想閃人了。三上對諏訪、美雲、藏前都抱有期待，只要記者們在總會上取消抵制，就算是皆大歡喜的結果了。三上掰出來的藉口會畫下一個完美的句點，公關室也得以倖免於難。其中一個女子和三上四目交錯，女子笑了一笑，跟旁邊的女性朋友交頭接耳。

三上別過頭咬住一根菸，跟老闆吵到一半的老闆娘，拿出打火機幫三上點菸，打火機的火跟火焰放射器一樣強。坐在旁邊的男子來搭話，三上之前也碰過一次，隱約記得對方好像是醫生。事實上，男子重考三年都沒考上醫科，只是在祖父傳下來的綜合醫院擔任事務長罷了。三上也懶得解釋繃帶是怎麼來的，就說是因為有暈眩的症狀，不小心跌倒受傷。沒想到說謊反倒給自己添了麻煩，三上又得說明他有哪些症狀。男子一臉嚴肅地聽三上解釋，還推斷三上可能罹患了梅尼爾氏症，要他想一想是哪隻耳朵先有症狀。三上頗不以為然，明明不是醫生還學人家診斷？但他還是下意識地摸摸左耳。

三上叫了計程車回家，老闆娘笑著跟三上道別，老闆也很關心三上。年輕女子的視線像波紋一樣渲染開來，目送三上離開。

三上在計程車裡，不自覺地摸摸左耳。他想起電話冰冷的觸感，步美一句話也沒說，只留下聯絡的痕跡。三上總算想通步美的用意了，步美大概是在逼迫三上反省。你身為一個父親做了些什麼？你有好好了解女兒嗎？

三上下車後在自家門口看到山科，才發現自己喝得很醉，而且心情壞透了。

廢物，一定是在汪汪亭沒看到讀賣和產經的採訪組長，才心生不安跑來探虛實的。不，他應該以為自己有機會套出什麼獨家消息吧。沒有幫忙找到步美，卻自以為能再次嘗到甜頭的嘴臉。山科用卑微的笑容和受凍著涼的動作武裝自己，慢慢走近三上。三上威風八面地站在原地，伸出受傷的那隻手，一把抓住山科的圍巾。三上向山科凍紅的耳朵說道：你他媽的別誤會了，我不是擔心女兒才給你圍標案的訊息，而是看你跟沒人要的狗一樣才可憐你的。

三上推開愣住的山科，開門走進家裡。美那子立刻出來迎接三上，她正要說山科來訪，一看到三上的繃帶就不講話了。三上脫下鞋子，順便解釋自己是不小心跌倒受傷的。美那子沒有相信這個說法，卻也沒再追問下去。她佯裝若無其事的模樣，說大館夫人在八點左右有打電話過來。

三上忘了呼吸。

他看一眼手錶，已經十點了。

（去之前我會再打一次電話。）

三上渾身哆嗦，從渾噩的夢裡驚醒。用酒精和喧囂麻痺自己的時光結束，取而代之的是伴隨著痛苦的現實。

三上的腦筋一片空白，他穿越走廊進入客廳，抓起電話子機撥打大館家的號碼。撥到一半手指停了下來，怎麼也想不出完整的號碼。他用拳頭敲打自己的額頭也想不起來，最後還翻閱了記事本。

三上跪坐在榻榻米上，聆聽著回鈴的聲音。

他爽約了，對方還是自己的媒人。他主動打電話說要去拜訪，卻忘了這件事。當荒木田告訴他警察廳的企圖，他的大腦就已經對大館不屑一顧了。不，他本來就不期待大館會提供什麼訊息。連步美離家出走都不曉得的人，怎麼可能知道長官視察的隱情。明知如此，他還是打了那一通電話，來緩和自己的不安。因為他不做點什麼就靜不下來。

大館家的電話有人接聽了。

「哎呀，三上先生！聽到你的聲音真是太好了。」

夫人的聲音跟白天一樣親切，但已經沒有白天那樣開朗了。

「對不起，是我疏忽了，真不知道該怎麼道歉才好。」

「沒關係啦，你工作忙嘛。那我叫他聽電話，他一直在等你呢。」

電話中再也沒有夫人的聲音，安靜的時間感覺好漫長。

再一次傳入三上耳中的並不是說話聲，而是有點類似雜音的微弱喘息聲。或許大館剛才在打瞌睡吧，也有可能是身體不好還勉強醒著的關係。

「部長——」

「啊……啊啊……我是大館……」

三上拚命跟大館道歉，完全沒有提起「要事」。三上說他只是很想念部長，近期一定會過去拜訪。他在道歉的過程中，大館的喘息聲沒有中斷過，有時還喘得很厲害。三上擔心大館的身子撐不住，想要趕緊結束通話，大館勉力說出了一句話：

「……謝謝、謝謝你……打電話來……」

大館的聲音聽起來很開心。

三上用手摀住自己的眼睛，電話掛斷後還是保持跪坐的姿勢。

D縣警過去的刑事部長大館章三，那個人的心中是否充滿著驕傲？或者，所謂的驕傲不過是黃粱一夢？組織給了他什麼，又奪走了什麼？

三上的心平靜下來了。

D縣警將要失去刑事部長。

跟雨宮的「約定」也將煙消雲散，他不能仰賴一個荒唐的藉口來做出決策，他需要一個真實的理由，一道超越兩難困境的光芒。

53

「十三家新聞社，有七家準備取消抵制。只不過——」

三上在廚房的桌邊接聽諏訪的電話，他一夜未眠，在這裡等待天明破曉。經過一整晚漫長的反思，三上得出了一個答案，卻不知自己是否真能辦到。諏訪的這通電話，就是在他沉思的時候打來的。

「只不過，這是昨晚的情況。今天早上事情鬧這麼大，約定也作廢了吧，他們根本沒心情召開總會。」

諏訪的聲音有些自暴自棄。

早報的內容釀成了前所未有的風暴。讀賣和產經新聞依照通告，刊出了〈警方準備逮捕八角建設常務〉的斗大標題。不但如此，事前悄無聲息的朝日和每日新聞，也在早報刊出了獨家報導。朝日報導N署的交通官替外甥壓下超速案件，這則新聞確實也有衝擊性，但最令人震驚的是每日的報導：〈前年拘留者自殺，看守疑似打瞌睡？〉。

三上七點就到公關室了，諏訪、藏前、美雲三人也先後趕到。一群記者跑來要求公關室盡快召開記者會，公關室成員忙著跟那些記者爭論。赤間警務部長今天沒來本部，石井祕書課長只來公關室看一眼，沒留下任何指示或建議就離開了，恐怕是被記者們的氣焰嚇到，或是看到三上包著繃帶的關係吧。三上也沒請示上級，決定直接安排記者會。他打電話聯絡相關部會，跟他們討論報導內容和應對措施。接下來協調好各部會的時間，依序安排搜查二課、交通指導課、警務課召開記者會，每半小時為一個階段。等行程全部安排好，已經八點半左右了。

三上似乎能聽到荒木田部長的嘲笑聲。他先讓赤間公然說出警方管理毫無缺失，之後再來一記「看守打瞌睡」的回馬槍。而這記回馬槍，不見得要由開第一槍的東洋來報導，任何一家來報導都有同樣的效果，分散給好幾家來報導反而比較安全，外人很難看清刑事部真正的意圖。

圍標案的逮捕訊息也是荒木田刻意放出去的吧，警方替自家人壓下交通違規一事，說不定是N署的刑警提供的。荒木田自己就是騷動師，他打出了「看守打瞌睡」這張王牌後，還接連射出好幾支利箭；這些劍指警察廳的爆料炸彈，數量和殺傷力都不容小覷。

上午痛苦的時光過得很漫長，公關室和記者室都處於熱火朝天的狀態，三場記者會氣氛火爆異常，記者們爭先恐後提出尖銳的質問，警方答話稍有遲疑，就被記者罵得狗血淋頭。到了晚報的截稿期限，還有記者們互相飆罵。後續的發展沒人料得準，四家新聞社同時刊出獨家報導，究竟會帶來什麼樣的化學反應？有的新聞社昨天才刊出獨家，今天卻被其他家搶先；也有新聞社刊出一條獨家，卻連續輸了後面兩條；還有那種連續三條獨家都沒搶到的新聞社。憤怒的作用力和反作用力複雜交錯，唯一可以肯定的是，大家討厭東洋的單純狀態已經不存在了。記者們跟著魔一樣瘋狂寫稿和打電話，沒人有心思提起總會的話題。山科和梁瀨有沒有履行約定也是未知數。

三上在辦公桌吃著遲來的午餐，好不容易等到記者們離開公關室，部下也都出去打探消息了。公關室只剩下三上一人，耳朵只聽見自己啃麵包的聲音。現在想想，自從長官視察的騷動浮上檯面後，他就沒有在中午時分回家。不曉得美那子午餐吃什麼？該不會什麼都沒吃吧？

「你那邊狀況緩下來了嗎？」

赤間在下午兩點左右打電話來。赤間說他人還在東京，要晚上才趕得回去，三上總算實際感受到赤間的困境了。

「看守打瞌睡一事你們怎麼處理的？」

「白田課長召開記者會，強調目前還在調查當中。」

赤間稍微緩過一口氣，但沒有放鬆太久。

「那件事處理得怎麼樣了？」

「嗯？」

「記者抵制長官視察的事，他們取消抵制了嗎？」

赤間的聲音小到三上幾乎聽不見，可能旁邊有其他人在吧。

「我還沒跟記者俱樂部提。」

「為什麼？」

「早報的風波未平，記者們也陷入一片混亂。」

「那你道歉了嗎？」

「還沒。」

「你告訴他們警方未來不會匿名了嗎？」

「前面也說過了——」

「快點告訴他們！蠢材！」

三上閉起眼睛，在腦海中俯瞰著東京行政中樞的高樓大廈。

「明白了。」

語畢，赤間掛斷了電話。

三上點了一根菸。

他的心情很平靜，赤間的命令沒有帶給他新的負擔。荒木田說的那些話，感覺也跟他沒什麼關係，他已經決定不倒向任何一方了。組織內的權力鬥爭沒有什麼正義可言，但每一個警察都有明確的職責。派出所有派出所的職責，刑警有刑警的職責，公關長也有公關長的善與惡。

偶然的際遇有可能影響你的一生。

三上似乎領悟這句話的意思了，他是D縣警的公關長，不管這是一時的職務或一輩子的職務，都是無可動搖的事實。

香菸的煙霧熏到眼睛，三上隔著煙霧看到諏訪進入公關室。

「情況怎麼樣？」

「稍微冷靜下來了，但那些記者一句話也不肯說。」

「總會呢？」

「不太可能開了，山科說他有提出來，就不曉得是真是假。」

「反正我道歉也沒人會聽。」

諏訪默默地點頭。

「找藏前和美雲過來吧。」

「咦？」

「我有話要告訴大家。」

話才剛說完，藏前就進來公關室了。他先走到自己的辦公桌，再拿著資料夾走過來。

「什麼事？」

「時事的梁瀨說，山科根本沒有幫忙提出——」

「我不是問你這個，而是問你手上的資料。」

「啊，這是那位銘川老人的檔案，算是補充資料吧。」

三上也料到藏前手上拿的是什麼，諏訪聽了則是一臉傻眼的表情。

「有很重要嗎？」

三上問了這一句，藏前困惑地歪著頭說：

「呃，這就不清楚了……不過……」

「不過什麼？」

「對銘川本人來說，應該很重要吧？」

這句話讓三上感到些微衝擊。

對本人來說很重要。今天早上天空開始泛白時，三上也得出了同樣的結論。他想到了雨宮的變化，第二次去造訪雨宮時，他的頭髮和鬍子都修乾淨了，跟之前判若兩人。說不定是三上的話語打動了雨宮，就算三上沒有在佛壇前落淚，可能雨宮也準備接受慰問了。雨宮修整了自己荒蕪的內心，理髮和外出這兩件事，也許對雨宮來說很重要吧。

換句話說，雙方的約定是存在的。當然，三上只把這件事當成一個想像記在心裡。無論有沒有這個約定，他都已經決定要怎麼做了。第三條路，對三上來說很重要的路。

「叫美雲過來吧。」

公關室的門把上掛著「會議中」的告示牌，本該來者不拒的公關室，如今拒絕其他外人來訪。這是三上擔任公關長以來，第一次掛上牌子擋人。諏訪和藏前坐在對面的沙發上，美雲搬了張摺疊椅坐過來，她用跑的趕回公關室，呼吸還很急促。

「匿名問題我想做個了斷。」

三上開門見山，掃視眾人的面孔。

「我們跟隔壁的關係變差，長官視察被抵制，歸根究柢都是匿名問題造成的，說是元凶也不為過，所以我要徹底斷絕禍根。」

徹底斷絕禍根？諏訪聽了皺起眉頭。

「我要終止匿名制度，今後原則上都會公布真名。」

三人聞之色變，諏訪抬頭看了天花板一眼：

「這樣做的話，上面的……」

「是上面交代的。」

「真的嗎？部長說可以公布真名？」

「他要我開空頭支票，讓那些記者取消抵制。」

諏訪驚訝地往後仰，但他立刻拉回身子，乾咳一聲說道：

「這麼說，您要欺騙俱樂部囉？」

「不——原則上公布真名比較好，至少我是這麼想的。」

「……公布真名比較好？」

「沒錯，我要利用上面的假許可，開創公布真名的先例。」

諏訪的顏面肌肉抽搐，藏前則是大感意外，只有美雲聚精會神地凝視三上。

「意思是，您要騙上面的，而不是俱樂部？」

諏訪再度向三上確認，聽得出他的話中帶有怒氣。

「只是用來修正匿名的原則罷了。」

「修正？您這是修惡吧。我不能理解，為何您不惜欺騙上面的也要幹這種蠢事？凡事都公布真名才叫不負責任吧，公布那個孕婦的真名沒關係嗎？少年犯罪呢？您要無視少年法嗎？跟黑幫有關的案子呢？一般人的姓名見報，會成為黑幫的報復對象吧？自殺呢？殉情事件呢？萬一當事人是有精神疾病的病例怎麼辦？不能都交給媒體判斷吧？」

「這就是我們公關室存在的意義，也是我們的工作。基本上公布真名，在需要斟酌的情況下努力跟那些記者商量，說服他們用匿名的方式報導。你仔細想想，我們的匿名制度和媒體的匿名報導，在判斷標準上有落差嗎？只要我們的公關手段合乎情理，那些計較人權和隱私的記者也不敢走太偏的。」

「這純粹是您的期望吧？您自己也吃了媒體不少虧不是？他們只是一群佯裝親善團體的烏合之眾，隨時可能失控逾矩。」

諏訪象徵這個公關室的歷史和現狀，不說服他一切都無從改變。

三上探出身子靠近桌面，雙手十指交扣。

「我想試著信任他們。」

諏訪瞪大雙眼：

「信任他們？您要信任那群人？」

「沒錯，捨棄多餘的戰略，信任他們。我想試看看，能否拉近彼此的距離。」

「算了吧，這不是相信人性本善就可以解決的問題。對我們警察來說，媒體是應該控管的對象。不管是匿名制還是其他問題，我們必須在資訊上常保優勢，否則無法有效控管。」

「這真的是你的想法嗎？」

「您這話是什麼意思？」

諏訪也把臉靠過來，頗有挑釁的意味：

「我在這裡跟記者交手五年了，我很清楚俱樂部失控有多可怕。」

「你的可怕是指什麼？有造成什麼實際的損害嗎？你只是害怕組織不樂見的情況發生而已吧？」

諏訪點頭如搗蒜：

「那當然，我是D縣警的一員。組織不樂見的情況我本來就該未雨綢繆，組織既然已經決定了方針，就該照著方針行動。」

「那不是D縣警的方針，而是東京的旨意。」

「這我明白，所以才更不該反抗。我們每個人並不是單獨的個體，不是嗎？」

三上用力吸了一口氣，實際互相詰問之後，他終於明白自己該跟部下說些什麼。

「上面的會變，但職責不會變。公關的問題該由我們公關室決定，由我們這幾個公關室的成員決定。」

諏訪搖搖頭回答：

「上面的旨意就代表整個組織，無視組織的公關行為稱不上公關。」

「組織也是靠個人組成的，為何個人的決策不能代表組織的決策？」

「您這根本是在強詞奪理。」

諏訪的說詞也不再客氣，他惱火地瞄了三上的繃帶一眼：

「請您考慮一下自己的立場。公關長一旦宣布今後都公布真名，這就會變成D縣警做出的承諾。」

「那是當然。」

「給出去的權利是很難收回來的。給了再收回來，反對聲浪會比完全不給還要大上好幾倍，甚至幾十倍。」

「我不會收回，今後都公布真名。」

「您當然無所謂，反正自己的意見過關您就心滿意足了嘛。可是之後呢？明年春天您拍拍屁股走人，我們公關室卻得永遠受制於您的承諾。」

「你認為我只會幹到明年春天？」

「請別再裝了，您就是看準這一點，才打算公布真名的吧？您無視上級直闖本部長室，還在祕書課大鬧，明年春天肯定會被下放，所以才——」

藏前跟石像一樣僵住，美雲緊張到耳朵都紅了，好像被罵的是她一樣。

「公關長，讓我們談點實際的話題吧。」

諏訪改用說服的語氣對三上說：

「大家一起想個不必欺騙上級和俱樂部，又能取消抵制的手段吧。首要之務是道歉，總之道歉很重要。對方不肯接受，我們也照樣道歉，乾脆下跪道歉吧。我會陪您一起，也會叫藏前和美雲一起下跪道歉。至於匿名與否就用模稜兩可的方式回答，讓記者以為我們有讓步就行了。您就說，今後會朝公布真名的方向努力，盡可能順應俱樂部的意思。那些記者也想採訪長官，即使知道我們虛應故事，也可能會接受的。」

「你是為了提供建議，才來當警察的嗎？」

「咦？」

「那未來呢？下一次、下下一次同樣不做決定，把你的警界生涯統統用來提供建言？」

諏訪氣得咬牙切齒：

「模稜兩可也是一種決定，我是抱著覺悟提供建言的。」

「你只是在拖延問題吧，這麼做會害到之後的人。」

「我的意思是，有些問題選擇拖延也是一項重要的決定。況且，我不認為公布真名就是正確的決定。不然那個孕婦怎麼辦？您不也認為隱匿其名是正確的決定嗎？」

「我本來是那樣想，直到我發現菊西華子是國王水泥的千金。」

聽到這個消息，三個人無不張大眼睛。

「這、這麼說……」

「沒錯，上面的知道她是公安委員的千金，才刻意壓下來的。」

好一段時間沒有人開口，諏訪用強詞奪理的說法，扛下隱瞞的責任：

「……搞不好這也是正確的決定，公安委員受到傷害，組織也同樣會受到傷害。」

「你認真的嗎？」

三上凝視諏訪，諏訪報以一個扭曲的笑容：

「公關長，您果然是刑警呢。」

「你什麼意思？」

「你們刑警對組織的事情完全不感興趣，不管組織受害或瓦解，都跟你們沒關係。你們看不起查案以外的工作，甚至嗤之以鼻。就某種意義來說，你們跟高考組一樣混蛋。」

「你認為我是那種人？」

「不是嗎？您只是來公關室沾醬油的吧？這裡只是您回歸刑事部之前，一個暫時安身的地方而已。您看不起公關的工作，純粹是不得已才硬著頭皮幹下去。可是，也有人是靠這一行吃飯的，大部分的警察做的都不是查案的工作。您被趕出警務部也不痛不癢，因為您總有一天會離開這裡，所以才敢像那些高考組的一樣，講這種不負責任的話。」

三上已經不生氣了，他心中只有一種莫大的悲哀。上司對部下貼標籤，部下也同樣給上司貼了標籤。三上來到公關室任職，過去的刑警資歷反倒成了「前科」，在這裡工作了八個多月，諏訪對三上的印象完全沒有改觀。

三上深深嘆了一口氣：

「順便再告訴你們一件事——我們的刑事部長一職，之後會由警察廳指派。六四視察只是障眼法，長官是要公布這則消息才來的。」

諏訪愣得張大嘴巴，他慢慢抬頭仰望上方，連嘴巴都忘了合攏。

「我沒想過自己可以回去，有人叫我放任記者抵制長官視察，我拒絕了。」

外頭有人敲門，但誰也沒起來應門。敲門聲再度響起，還是沒有人起身，隔一會腳步聲離開了公關室門口。

「我贊成組長的方案。」

美雲突然開口：

「匿名問題應該用模稜兩可的方式來解決。」

「我……我也有同樣的想法。」

藏前也附和道：

「我會陪您一起下跪道歉的，不管能否取消抵制，至少……」

至少能給三上留一條退路。

不過，三上心意已決：

「戰略的話題就甭提了。有時候，所有的退路都被斷絕後，才看得到該走的路。捨棄戰略也是一條路，一條相信外部世界的道路。」

藏前不認同，本該認同的美雲也不同意。

「你們不懂嗎？警察繼續剛愎自用，路只會越走越偏。而且完全沒有迂腐的自覺，會一直腐敗下去。那些記者再怎麼不值得信賴，外面的世界再怎麼骯髒污穢，都比警察繼續剛愎自用來得好。」

三上手掌的傷口隱隱生疼，他不自覺地握緊拳頭。美雲也握住自己的膝頭，手掌和膝蓋都在顫抖。藏前嘆了一口長長的氣，徬徨地注視一旁的諏訪。

三上放鬆拳頭活動手指。

「諏訪。」

諏訪沒有答話，三上只看得到他的脖子。諏訪彎腰低頭，看著自己的腳邊。

等了幾秒，諏訪還是沒動靜。

「剛才我講的這些話，你當沒聽到就好。」

三上起身。

「你們也一樣，接下來我要去隔壁了，我回來之前你們在這等著。」

「您要對刑事部見死不救嗎？」

諏訪抬頭仰望三上，聲音很虛弱：

「您的覺悟我明白了，但這樣做真的沒關係嗎？您對那裡有很深厚的感情吧，讓高考組的為所欲為，您不會不甘心嗎？」

三上走向大門，說道：

「這裡才是我的職場，高考組和刑事部休想為所欲為。」

55

三上離開公關室，還來不及思索就走到記者室了，每次他都希望在走廊多走一會。這一次他毫不猶豫地推開隔壁的房門。

房內有不少記者，其中幾個人轉頭看著三上，卻沒有一人搭理他。各家新聞社的成員都聚在一起談話，獨賣的牛山、笠井、木曾亞美……產經的須藤、釜田……ＮＨＫ的袰岩、林葉……朝日的掛井和高木圓……東洋的秋川也在跟手嶋竊竊私語，每日的宇津木一雙腳搭在桌上，像在鬧脾氣似的。共同通信的角池慵懶地躺在沙發上，其他幾家的成員也幾乎都在，只是安靜得很詭異。已經刊登過獨家的新聞社，又被其他新聞社搶先刊出兩條獨家，沒有人稱得上勝利者，渴求新聞的飢餓感互相拉鋸，很難揣摩他們各別的心態。大家都注意到三上進入，但沒有人上前攀談。如今三場記者會結束，記者們已經對公關室沒興趣了。

三上也懶得管這麼多，直接扯開嗓子：

「有話要告訴你們——請確認一下十三家是否都到齊了。」

三上是對著東洋的人說的，話才剛說出口，前方讀賣新聞的牛山拿著筆記本站了起來。牛山吁了一口氣，一副興趣缺缺的表情，從三上的身旁走出記者室。產經的須藤很沒誠意地說了一句抱歉，同樣朝房門走。其他幾個記者頂著冷冰冰的面孔，穿過三上的身旁。三上正要叫他們等一下，身後的走廊有人說話了。

「太不給面子了吧，小牛。公關長都說有話要告訴你們了。」

是諏訪的聲音，牛山反駁道，反正公關長一定是來求我們取消抵制的吧？我們才沒時間聽這種廢話呢。諏訪安撫牛山，拜託牛山和須藤給點時間，並且保證三上要說的是很重要的事情。

沒一會功夫，諏訪拍拍牛山和須藤的肩膀，二人總算肯回來了。其他記者也是一臉心不甘情不願地回來，藏前站在那些記者身後，美雲也跟著進來了。美雲反手關上房門，跟諏訪他們一起擋在門前。

三上再一次挺身面對眾多記者，心情跟剛才截然不同，他感覺得到背後有一股力量在支持他。

「請問現在是怎樣？」

先開口的人是手嶋，一旁的秋川坐在椅子上，兩眼直瞅著三上。其他記者也同樣不滿，他們質問三上：你是要把我們禁足嗎？你憑什麼這麼做？

「大家都到齊的話，我有事情想告訴你們。」

「道歉就不必了，請回吧。」

手嶋的口氣很冷漠，一副在代替所有人發言的口吻。事實上，其他新聞社也沒人表示意見。全縣時報的山科在後方，三上也瞄了一眼時事通信的梁瀨，但光看現場的氣氛，沒法期待他們幫上忙。

「我不是來道歉的。」

「那你來幹嘛？」

「告訴你們匿名問題的新方針。」

「新方針？」

手嶋先瞄向一旁的秋川，再環顧室內眾人，最後又看著三上：

「所有新聞社都到齊了，有事就說吧。」

三上點點頭，他感覺得到身後的部下很緊張。

「今後，公關室公告的案件，原則上會公布真名。」

所有人都愣住了。

三上的話引起一眾記者譁然，秋川開口回話，其他人才安靜下來。

「條件呢？」

「沒條件。」

「要我們取消抵制是嗎？」

「我說了，沒條件。我確實期待你們取消抵制，但這不是交換條件。」

記者再次議論紛紛，牛山的聲音特別響亮：

「怎麼突然想到要改變方針啊？」

「這是經過深思熟慮的判斷，我相信各位的良知，才決定這麼做的。」

「是上面的意思嗎？」

「是我的意思。」

「這麼說，上面的不同意，也有可能改口就對了？」

「不會改口。」

雙方靜默了一會，牛山旁邊的木曾亞美舉手發言：

「不介意我們跟赤間部長確認吧？」

「不介意，但他今天不在。」

「三上先生。」

秋川重新掌握對話主導權：

「為什麼是原則上公布真名，而不是一律公布真名？」

三上直視著秋川回答：

「在某些情況下，我們會徵求俱樂部的同意，對當事人姑隱其名。」

「徵求我們的同意？你這麼說我不太懂，麻煩解釋一下，什麼情況下會這麼做？」

「我不會說出性侵案的被害人姓名，更不可能在白板上刊出被害人的詳細個人資料。如果你們非逼我這麼做，那我寧可不幹公關長。」

「這——」

64

秋川一時說不出話來。

「這是極端的例子吧？我們擔心警方會擴大解釋、無限上綱。這個案子是例外，那個案子也是例外，那豈不是跟原來沒兩樣？」

「你們需要了解性侵案被害人的姓名和住址嗎？」

「我不是那個意思——」

「假設我們在這裡談妥公布真名的方向，解決雙方的意氣之爭，你們應該也會冷靜下來思考對吧。我的意思是，不要讓警方告訴你們標準，而是你們自己好好思考一下，到底有沒有必要知道當事人的姓名？哪些資訊是你們真正應該知道的？」

「你這講法未免太自大，說穿了是想對我們洗腦吧。這種說法我們不接受，除非去掉『原則上』這幾個字。」

「那這件事就當我沒說。剛才我也說過了，我是相信你們的良知才提出來的，你們若完全不相信D縣警的良知，那我們也無法訂立規則。」

「自知理虧還無理取鬧是嗎？」

這時，有人叫秋川先等一下，是NHK的採訪組長袰岩。

「這件事值得考慮吧？」

隔了一會，山科和梁瀨也附和了。

「對啊，直接拒絕不好吧。」

「原則上公布真名，已經是很大的進展了，雙方有坐下來商量的餘地啊。」

共同通信的角池也表示贊同：

「公關長都說到這個分上了，我們也好好討論一下吧。」

穩健派的順水推舟，大家紛紛附和。是啊，一起討論，召開總會嘛。沒錯，召開總會表決要不要接受吧。秋川很明顯動搖了，他張開嘴巴，卻一句話也說不出來。其他的強硬派也默不作聲，看他們的表情似乎也同意這麼做。這下大勢底定了，就在三上鬆口氣時，有人開口了：

「讓我們看看證據。」

所有人轉頭盯著發話者，是朝日的高木圓。

「證據……？」

「你說今後要公布真名，空口白話要我們怎麼相信？請拿出證據，證明你說的是實話。現在就告訴我們，大糸市那一場交通事故，肇事孕婦的姓名和住址。」

這番話聽在三上耳中，猶如天神的神諭，而且還是破壞之神的。

「等一下，高木小妹！」

諏訪發出了驚呼聲：

「為什麼要舊事重提啊？那件事早就結束了不是嗎？現在知道孕婦的身家資料，也早就沒有新聞價值了吧？」

「並沒有結束，本來這一次的爭執就跟孕婦的身分有關，都怪警方不肯讓步，事情才會鬧到這個地步。這件事情不說清楚，哪有資格談論以後的發展？」

「可是——」

諏訪無話可說，眼神也不夠堅定，更加突顯高木這番話的正確性。情勢再次轉變，強硬派和穩健派都同意高木的說法。他們認為高木說得沒錯，是警方沒有讓步在先，應該先聽完孕婦的身分再召開總會。秋川再一次抓到表現的機會，他用雙眼仔細確認周遭的反應後，站起來朗聲說道：

「各位──那麼，我們再次要求公關室公布孕婦的姓名，應該沒人有意見吧？」

所有記者大喊附議。

秋川轉頭面對三上，臉上還帶著一絲輕蔑的笑容：

「就是這麼一回事，空口白話誰都會講，請先展示你們D縣警的良知。」

三上閉起眼睛，眼瞼微微抽搐。他幾乎能聽到諏訪、藏前、美雲的心跳聲，其實他也很清楚事情會這樣發展。然而，這不是出於制敵機先的危機意識。三上早已做好心理準備，真的有心打開對外的窗口，就得狠狠斬斷自己跟組織的一些聯繫。

他張開雙眼說道：

「沒問題，我接受你們的要求。」

後方的部下大叫，還用力拉住三上。

三上說要去拿資料，說完就離開記者室了。三名部屬圍繞在他身旁，一進公關室諏訪就激動大叫：

「您真的打算說出來嗎！」

「已經沒退路了。」

「不行，這種處理方式太不妙了。萬一記者發現孕婦是國王水泥的千金，一切就完蛋了啊。」

「可是，姓氏又不一樣，搞不好……」

藏前心存僥倖，諏訪對他破口大罵：

「那些傢伙沒有那麼好騙！」

三上打開辦公桌的抽屜，拿出他要的文件，以及藏前剛才給他的資料夾。

「公關長，請別衝動。」

諏訪擋住三上去路，神色激動異常：

「這跟性侵案的受害者一樣，請告訴那些記者，你不能說出孕婦的名字。」

「這樣爭端永遠無法解決。」

「公關長——」

美雲雙手合十，求三上回心轉意：

「我錯了，我不該說什麼不需要戰略之類的話，是我太幼稚了！」

三上對著低頭道歉的美雲說道：

「聽高木那樣說以後，我終於明白了。待在房裡是打不開窗口的，得自己到外面去打開才行。」

三上穿過二人的攔阻前往走廊，諏訪一把抓住三上的肩膀：

「這是我最後的建言，公關長。請別這麼做，公布這則消息您的飯碗不保。」

「我會努力保住飯碗的。」

「您一定會丟掉飯碗的，一切都會結束。」

諏訪加重手掌的力道：

64

「我……我之後……還想繼續在您手下做事。」

走廊再也聽不到任何聲音。

三上抓起諏訪的手，輕輕放下：

「你要真這麼想，就讓我去吧。」

諏訪死心，低下頭不再說話。美雲雙手掩面，藏前則像幽靈一樣茫然站在原地。

三上握住記者室的門把，另一隻手拍拍諏訪的胸口。

「你們送到這裡就好。」

「公關長——」

「這一次乖乖待著。如果你是上司，接下來的場面你也不會帶部下去的。」

記者們好整以暇，他們的眼神就像等待指揮棒落下的交響樂團成員。

「那好，我現在開始公布。」

三上一開口，所有記者一同打開筆記本。

「大糸市交通事故的肇事者——名叫菊西華子。雛菊的菊，東西南北的西，華麗的華，孩子的子。年齡三十二歲——住在大糸市佐山町一丁目十五之三。」

底下響起動筆的聲音，幾秒後聲音驟停，所有人抬起頭來。匿名的屏障打破了，這是D縣警記者俱樂部搶下真名的勝利時刻，三上卻沒有感受到記者們興奮的情緒。他們只有一種大夢初醒、意興闌珊的表情，連東洋的秋川都是如此。

「還有補充資訊。」

三上說出這句話，決心大步走向「外面」。

「菊西華子是國王水泥會長，加藤卓藏的千金。」

起初沒人有反應，直到他們想起加藤卓藏的身分，各個勃然變色。

喂、國王水泥的加藤……對了！他是公安委員啊！所有記者的眼神頓時殺氣騰騰。

「難怪你們要匿名嘛！」

「這我不予置評。」

「你說什麼！」

好幾個記者氣得站起來大罵。開什麼玩笑啊！你們警察也太腐敗了吧！每日的宇津木、讀賣的牛山、產經的須藤，都對三上破口大罵。

「先等一下。」

三上站穩腳步，繼續說道：

「不管她是不是公安委員的千金，我的判斷基準都不會改變。肇事者懷孕八個月，而且事故發生的當下受到不小刺激，處於驚恐的狀態。因此，我要再次請求各位，在報導這起大糸市交通事故的時候，不要公布菊西華子的姓名和住址。」

記者的怒吼蓋過了三上的聲音。三上和秋川四目相對，秋川以一種分不清是冷酷還是凶狠的眼神盯著三上。

「還有一件事要告訴各位。」

記者們聽到這句話都安靜下來，露出期待新獵物自投羅網的眼神。

「大糸市交通事故的第二當事人銘川亮次，在事故發生的兩天後，也就是十二月六日，在收治的醫院去世了。」

「不是吧。」

「你們連這則消息都隱瞞了嗎？」

「這我不予置評。」

這一次記者們沒有大鬧了，緊張的氣息早已蕩然無存。其中一個記者說，這整件事荒唐到聽不下去，傻眼的表情迅速傳染到每位記者身上。原先站起來抗議的記者，也一屁股坐回椅子上。大家都在罵，原來這就是真相，垃圾縣警。

秋川倦怠地站起來，彷彿房內負面氣息的化身。

「D縣警果然不值得信賴，我們無法跟D縣警好好交涉。很遺憾，這就是結論。」

「不要只會搬這一套陳腔濫調出來。」

三上鏗鏘有力地說出了心裡話：

「不信任組織沒關係，我也不是要你們去相信那種虛無空泛的東西。我是擺脫D縣警的束縛來到這裡的，請你們擦亮眼睛看清楚，我這個人到底值不值得信任。」

「等一下，三上先生——」

「也請你們放下自己的頭銜吧，什麼東洋、讀賣、每日、朝日，我也沒辦法跟這些莫名其妙的組織對話。」

「夠了，到此為止吧。」

「我是賭上自己的前途站在這裡的，好歹聽我說完！」

秋川是最後一個照辦的，其他記者維持著癱坐的姿勢，沒有瞧三上一眼，但耳朵都在聽三上接下來要說什麼。

「你們有沒有毛病啊？警方都已經公布真名了，為什麼不好好珍惜？為什麼要輕易捨棄成果？你們想跟警方永遠鬥下去嗎？這就是你們的期望？我下定決心公布真名，也把該說的都說了，這樣還不行嗎？D縣警骯髒腐敗，不值得信賴，所以也不跟我握手言和嗎？你們希望整件事回到原點，重新跟警方展開沒意義的爭論？如果是的話那你們自便吧，用組織的立場跟組織對抗，跟你們總編回報這裡發生的事情，去跟我的上司抗議吧。上面的馬上會換一個新的公關長，你們就跟新的公關長重新吵一遍匿名問題。」

記者室一點聲音都沒有，幾乎跟沒人的空間一樣安靜。記者們同樣維持癱坐的姿勢，同樣沒有瞧三上一眼。有人閉起眼睛，有人用拳頭壓住額頭。也有人盯著地板，盯著自己的雙手，盯著手上的筆記本，盯著某一處……

「大糸市交通事故的相關訊息，到此全部公布完畢。」

說完這句話，三上改變了心意，繼續說下去：

「不對，我還有一點要補充。」

三上從資料夾中抽出文件。

「是去世的銘川亮次的相關資料，死因是內臟破裂導致失血過多。事故發生前他在附近的小酒鋪喝了兩杯燒酒。」

看著文件上記載的內容，三上好想把老人的生平說出來。

「銘川出身北海道的苫小牧，自小家境貧寒，連小學都沒有好好上過。還沒二十歲就來到本縣找工作，在魚漿加工廠幹了四十年，一直做到退休。退休後靠著年金度日，八年前太太去世，夫妻倆又沒有孩子，在本縣和附近幾個縣都舉目無親，自己一個人住在集合式的小公寓——」

三上也不曉得底下記者有沒有在聽，但他還是接著唸下去：

「銘川沒有土地所有權，只有房子是他的。興趣是在花盆種種蔬菜，平常既不賭博也不玩小鋼珠，每個月會到附近的小酒鋪『武藏』喝一次酒，當作對自己的犒賞，而且多半只喝兩杯。」

三上翻到下一頁，是剛才藏前給的追加資料。

「依照店主的說法，銘川是在五年前開始光顧的，習慣一個人默默喝酒。隨著年紀漸長，酒量也越來越不好，最近會開始說自己的往事。銘川曾說，他有一個溫柔的母親，只可惜在他八歲那一年，罹患流行病去世了。他不太願意談起自己的父親，上頭還有一個姊姊，但姊弟倆失聯多年。銘川沒有清楚說過自己的經歷，只說他一開始是去東京打拚。故鄉苫小牧有五十年以上沒回去過了，他一直隱瞞自己色弱的視力缺陷，因此在職場上也沒法跟同事打成一片。他對紅色系的顏色辨識度不高，但對藍色系的顏色異常敏銳，真正的夢想是當一個專門拍攝天空和海洋的攝影師。」

三上的鼻子有種酸楚的感覺。

「銘川說，認識老婆是他生命中最幸運的事情。他薪水並不多，還生了兩次重病，一直以來給老婆添了不少麻煩，但老婆還是心甘情願為他付出。夫妻倆會一起去各大溫泉勝地旅行，只可惜他沒機會帶老婆出國玩。銘川替老婆蓋了一座很漂亮的墳墓，根據他的說法，除了買房子以外，那是他人生中最大的一筆開銷。老婆死後他每天過著看電視的生活，大多是看綜藝節目。他對綜藝節目也沒什麼興趣，只是想感受一點熱鬧的氣息。」

三上不小心發出了哽咽的聲音。

他終於明白匿名制度罪孽深重的一面，匿名不只隱藏了菊西華子的姓名，還有銘川亮次這個人活在世上的證明。雖然銘川的人生最終留下了不幸的結局，但匿名制度剝奪了他人生唯一一次見報的機會，剝奪了別人看到報紙後替他哀悼的機會。

三上繼續唸下去：

「聽店主說，事故發生當天銘川的心情不錯。幾天前他買完東西回家，發現未接來電的燈號在閃爍，來電者沒有留下語音訊息。這些年沒有電話推銷員或打錯電話的人，銘川很少接到電話。家中用的是老舊的電話機種，也不曉得是誰打來的。店主看到他歪著脖子，不斷思索是誰來打的，那模樣看起來很開心。」

資料上寫的都是對銘川本人來說很重要的事。

最後兩行是親屬核對結果，三上唸得心如刀割：

「經北海道警方核對，銘川的姊姊已經去世，警方也代為聯絡銘川的遠房親戚，但沒有人願意領回遺骨。」

三上拿著資料的手，無力地垂下。

記者們還是癱坐在椅子上，但所有人都看著三上，雙目炯炯有神。

所以，三上才想說出他本來不打算說的話。而這些話，只有內心坦蕩才說得出口。

「我希望各位採訪這次的長官視察。至於被害人家屬是否期待這次報導會帶來新的線索，老實說我並不清楚。不過，被害人家屬願意接受採訪和慰問，請你們回應被害人家屬的這分心意吧。」

57

一結束，三上頓感身心俱疲。

他靠在椅背上休息，公關室瀰漫著「聽候發落」的氣氛。剛才諏訪應該有偷聽記者室內的動靜吧，三上一回到公關室，諏訪恭敬行禮，對三上說您辛苦了。美雲紅腫的雙眼像剛哭過一樣，她說了些什麼三上聽不太清楚。唯獨藏前——

藏前在辦公位子上盯著電腦螢幕，擺出一種有點落寞、又有點困惑的表情，跟房內的氣氛相符。要說是一種擬態也未嘗不可，藏前不是刻意為之，也不是明哲保身才這樣做，純粹是一個屈居組織底層的事務人員所具備的自然態度。

說來諷刺，沒有特別熱衷公關工作的藏前，才是把「內」「外」分界看得最清楚的人。公關室和記者室，表面上是不一樣的存在，但從宏觀的角度來看，兩者是住在同一座水井裡的青蛙。諏訪這位公關高手，還有三上和美雲都忘了抬頭仰望藍天，只顧在井底尋找答案。真正的「外界」不是媒體，而是銘川和雨宮這些人，大家都忘了這個理所當然的道理。

那些記者又如何呢？他們有發現自己也是井底的共犯嗎？公關室和記者室同樣沒人關心老人的死活，記者們有勇氣接受這個事實嗎？他們太拘泥孕婦的真實身分，早已不在意能否寫出報導。如果他們有打一通電話到醫院或公所，又豈會忽略老人去世的事實呢。傷痛要銘記在心，才有辦法往前走下去。對外的「窗口」要雙方共同合作才打得開。

諏訪回來傳遞隔壁的訊息：

「沒有記者去跟上面的抗議。」

這樣啊。

「現在他們召開總會了。」

這樣啊，要在總會中決議了嗎？

三上發現自己眼睛張不開，這也難怪，他從昨晚就沒有闔過眼。會想起自己昨晚沒睡，就代表他已經一腳踩進睡魔的陷阱了吧。

爸爸，還不行喔。

眼睛還不行張開喔。

不行，還沒喔。等一下，再等一下喔。

啊，爸爸，你這樣太奸詐了啦！都說還沒了！

有人搖晃三上的身體。

三上張開眼睛。他自問：我可以張開眼睛了嗎？

「公關長——」

諏訪的臉龐近在眼前：

「記者們都來了。」

三上撐起上半身，發現一塊粉紅色的小被單自肩口滑落。他的大腦判斷，辦公桌前面站了一群男子，人數眾多。

三上看了牆上的時鐘一眼，自己睡了三十分鐘，不、是四十分鐘才對。

他再一次望向記者，秋川、宇津木、牛山、須藤、梁瀨、袰岩、山科、角池、浪江……十三家新聞社的採訪組長都到齊了。

三上用雙手拍拍臉頰，把椅子拉好坐正，面對一票記者。

秋川默默地遞出文件。

三上也默默地收下文件。

〈開放式記者會的預定提問內容．D縣警記者俱樂部〉

記者們取消抵制了。

三上聽到旁邊的諏訪吐出了積鬱已久的悶氣。文件上記載了五項預定的提問內容，稍微看下來都是一些很稀鬆平常的問題，例如長官視察的感想或今後的搜查方針等等，沒有什麼夾雜惡意或敵意的內容。

「我們不需要新的公關長——這是記者俱樂部的共識。」

這句話是山科說的，山科收起了嘻皮笑臉的態度，表情正經到令人刮目相看的地步。放眼望去，每張面孔都精悍無比。秋川也不再掛著諷刺或冷笑的表情，看起來就只是個熱心工作的年輕人。

三上感覺一陣微風吹過臉頰，他以為身後的窗子打開了，回頭一看卻沒有。

「還有，這份資料還給公關長。」

秋川在桌上放下一式兩份的文件，是藏前製作的銘川亮次的報告。三上離開記者室前，把公告文件和這份資料一起貼在白板上。

「我們會當作沒看到這份資料——因為採訪是我們的工作。」

這樣啊。

三上點了點頭，凝視著秋川的雙眼。三上自認伸出了友善的手，對方雖沒有一把握住，至少也沒有不屑一顧。秋川給了一個態度軟化的眼神後，轉身離去。其他採訪組長也跟三上點頭致意，隨著秋川離去。三上對他們每個人行注目禮，記者們離開公關室，雙方沒有勝利者也沒有失敗者，這樣的光景不曉得有多久沒見到了？

房門關上的那一瞬間，諏訪奮力高舉拳頭，用肢體語言表達痛快之情。美雲也靜靜地拍著手，露出喜極而泣的表情站了起來。藏前安心地嘆了一口氣，腰也彎了下來，結果諏訪沒跟他擊到掌。

三上把椅子往後挪，撿起掉在地上的小被單，遞給原來的主人。美雲跑過來領取，三上順便對她說：

「妳應該感到驕傲，這就是沒有戰略的戰略所帶來的成效。」

「公關長——」

三上沒理會美雲感動的表情，他伸長脖子對藏前說：

「唷，藏前啊，你去教那些記者採訪的訣竅吧。」

諏訪聽了大笑兩聲，三上跟諏訪對上眼，他抓準機會對諏訪說：

「諏訪——多謝你啊。」

三上說完後，將椅子調轉面對後方的窗戶，好讓部下以為他是在隱瞞害臊的情緒。他看著放在膝蓋上的文件，上面有一道稀鬆平常的疑問——追訴期只剩下一年多，請問長官有想到什麼具體的解決方案嗎？

公關領域沒有危險因子，吊死刑事部的絞刑台已經完成了。

三上盡了身為公關長的職責，卻也失去了許多東西。接下來長官視察將近，三上還會失去更多，但他的內心不再猶豫。不安和悔恨都沉澱了，好在心頭上還有那麼一點坦蕩，算是唯一的救贖了。

後方傳來部下們歡笑的聲音。

三上享受這短暫的一刻。

他終於在刑事以外的單位，擁有了自己的部下。

還沒到五點，三上就離開了縣警本部大樓。

理由是他接到美那子的來電，美那子的聲音聽起來很急躁。家裡又接到了無聲電話，跟上次不一樣的是，這次家中的電話有來電顯示功能，號碼顯示是D市內的電話。

三上直覺認定那不是步美打來的。不，應該說是他冷靜自制的習慣，避免自己陷入空歡喜一場的局面。夫妻倆不能同時懷抱期待，否則期望落空的後果非常可怕。然而，三上的身體還是很老實，他握住方向盤的手掌冒汗，還加重踩油門的力道，連續闖了幾次黃燈。

美那子在玄關等待三上，緊張得面無血色。大門是開著的，這樣房內的電話一響，兩人都聽得到。

「步美肯定就在附近。」

美那子兩眼發直，對三上說出這句話。

「先進屋子裡吧。」

三上前往走廊拿起電話主機，拉著電話線把主機拿進客廳。他也懶得脫下外套，直接坐在榻榻米上操作電話。液晶螢幕顯示出電話號碼。

的確是D市內的電話號碼沒錯，總共有十位數。三上看了皺起眉頭，總覺得這號碼有種眼熟的感覺，好像最近才看過。他最先想到雨宮芳男家的電話號碼，只是他不希望說出不確定的訊息，潑美那子冷水。

「妳接到電話時情況怎樣？」

「跟上次一樣，一言不發就掛斷了。」

「妳接起電話時，有報上名字嗎？」

「沒有，我沒講話。」

換句話說，那並不是打錯的電話。有些人打錯電話就直接掛斷也不道歉，但接聽電話的人一言不發，好歹打電話的人也該問一下是誰接聽的才對。

「通話持續多久時間？」

「我也不曉得，很短就是了。我喂了幾聲，對方就掛斷了。」

「通話中有聽到什麼聲音嗎？」

「聲音……？應該是沒有，我什麼都沒聽到。」

「所以對方可能從家裡打來的。」

電信公司有大肆宣傳來電顯示服務，大家都知道現在的電話有這項功能。不懷好意或是打來惡作劇的人，照理說會隱藏自家的電話號碼才對。果然是雨宮打來的嗎？雨宮並不關心外界的事物，不知道新的電話有這項功能吧。可能他要打來討論長官慰問的相關事宜，一聽到女人接起電話就慌忙掛斷。當然，這個推論也適用在步美身上，步美應該做夢也沒想到自己家裡的電話，會多了來電顯示的功能。搞不好步美有話要對三上說，不，也許步美這一次也用無聲的方式刺探父母的心思吧。

三上拿起電話說：

「那就回撥看看吧。」

「咦？」

美那子似乎沒想到這個選項。

「我要回撥這個號碼，這樣就知道是誰打來的。」

講著講著，三上臉頰的肌肉緊繃了起來，美那子也是一臉緊張的表情。之後，她才回過神來，盯著自己的丈夫說：

「嗯嗯，就這麼辦吧。」

「幫我倒杯水好嗎？」

三上解開領帶，打發美那子去廚房，他利用這段時間偷偷打開記事本。不對，那不是雨宮家的電話，難不成步美真的在D市？

美那子拿著水小跑步回來，三上是真的很渴，大口喝下美那子遞上的水。喝完以後他拿起話筒，按下回撥鍵。

三上先做好對方可能是步美朋友的心理準備。電話回鈴響了好幾聲，美那子也跪坐在榻榻米上靠了過來。

對方總算接起電話，隔了一拍三上才聽到女性的答話聲：

「你好，這裡是日吉家。」

三上發出了詫異的聲音。

想不到電話打到了日吉浩一郎家中，那個原本在科搜研任職，最後繭居在家的年輕人。

「喂，請問是哪位？」

「不好意思，我是前幾天有去貴府叨擾的三上。」

三上原以為日吉出了什麼事，日吉的母親才會打來求助，但——

「請問有什麼事？」

日吉的母親似乎很訝異三上打來，三上對這反應也很困惑。

「呃，我是看來電顯示有貴府打來的號碼，所以才回撥給您的。」

「我不懂你在說什麼，請問是怎麼一回事？」

三上按住話筒，悄悄對美那子說是工作上的電話。

「大約在半小時前，我這邊的電話——」

三上解釋來電顯示的功能，日吉的母親反應很狼狽。

「可是，剛才我出去買東西……」

所以真相是，日吉本人趁家人不在時打了那通電話。三上在前天和三天前，有把寫給日吉的短信交給他母親。日吉的母親也告訴三上，那兩封短信都塞到兒子的房門底下了。這下三上終於明白，日吉讀了那兩封短信，打了信上所寫的電話號碼。

「請問，令郎還在房裡嗎？」

「……應該是吧。」

「可否請令郎接聽呢？」

「這、這不方便吧……」

日吉的母親拿不定主意，也許她不希望一家子的生活起波瀾吧。就算現在的生活是一場噩夢，持續了十四年也會變成司空見慣的日常。

「夫人，您應該把這件事當成一個轉機才對，是令郎主動打電話過來。」

三上不得不說出心裡話：

「過去有發生過這樣的事嗎？令郎有主動打給其他人嗎？」

「沒有，一次也沒有……我不在的時候他有沒有打，這我就不知道了。」

「那麼，貴府的電話有無線子機嗎？」

「咦？啊、有。」

「那請您告訴令郎，我打來找他了，之後請把子機放在門外。如果他願意開口，我會試著跟他談一談。」

「我明白了。」

日吉的母親突然發出激動的聲音說：

「拜託你了，真的拜託你了。」

三上聽到拖鞋的腳步移動聲，聽得出來腳步很急促。腳步聲爬上樓梯，終於停了下來。電話中傳來母親呼喚兒子的聲音，語氣放得很軟，卻又帶了點怯懦。隔了一會，響起了子機放在地板上的聲音，拖鞋的腳步聲也逐漸遠去。

接下來，三上什麼聲音也沒聽到，安靜到耳朵很不習慣。他彷彿能看到放在地板上的電話子機，就這麼過了十秒……二十秒……三十秒……三上耐心地等下去，集中所有心神聆聽任何細微的聲音。這時美那子的臉龐闖入他的視線中，關心他到底怎麼了。三上伸手制止美那子開口，動作強硬到像在趕人一樣。

因為他聽到電話裡有聲音，應該是日吉開門的聲音。然後是雜音，日吉抓起了子機。三上以為自己貼住話筒的耳朵，被人捏了一把。

話筒又傳來關門聲……還有日吉坐到椅子或床上的聲音……三上確信日吉把子機帶到房內後，便開口說：

「你是日吉對吧。」

日吉沒有答話，三上等了一會，連呼吸聲都聽不到。

「我叫三上，在縣警擔任公關長，你剛才有打給我對吧？」

「……」

「你也不用驚訝，現在的電話——」

話才說到一半，三上想起一件事。日吉之前在日本電信電話公司的先進技術部門工作，在他變成家裡蹲以前，就已經是資訊相關的高手了。日吉的房中有電腦，知道現在的電話有來電顯示機能也不足為奇。明知如此，他打來時卻沒有隱藏自家的號碼。

——這麼說，那通電話是他的求救訊號？

「你看了我的信對吧？」

「……」

日吉的人生停頓了，一直停留在凶案發生那一天，在雨宮家被漆原詛咒的那一刻。漆原對日吉說，翔子小妹妹萬一有個三長兩短，那就是你害的。

「我在信上也說了——那不是你的錯。」

三上聽到了類似吸氣的聲音。

「日吉啊。」

「……」

「你有在聽吧？」

「……」

之後話筒就沒有傳來任何氣息了。不過，日吉肯定有在聽三上講話，他屏住氣息等待三上的下一句話。

三上告訴自己，一定要說出打動日吉的話來。日吉誤信漆原的話，以為自己害死了翔子小妹妹，三上得用自己的話打破日吉封閉十四年的心房。

三上閉起眼睛，吸了一口氣說道：

「那真的是非常不幸的案子。」

三上先用這句話開頭。

「對被害人還有她的父母，乃至她的朋友、學校、整個地區，甚至對D縣警來說都是非常不幸的案子。」

「……」

「對你來說也一樣，那真的是非常不幸、非常倒楣的案子。科搜研的成員本來不必去案發現場，不料你卻被帶去被害人家中。測試正常的錄音器材，在正式錄音時竟然沒有正常運作。而且，自宅班的班長還是一個最差勁的人渣。每一個環節都走了霉運，事態也往最壞的方向發展。翔子小妹妹去世了，我明白你很痛苦，我也明白你自責的心情。不過，害死翔子小妹妹的是犯人，不是你。」

「……」

「的確，犯人的聲音沒錄到，那是不小的失誤。但有件事你要搞清楚，那個案子的搜查行動並非只有一個失誤，而是有好幾個失誤，多到根本數不完。我沒騙你，凡是稱得上搜查的行動幾乎都失誤了，一大堆失誤導致了那樣的結果。D縣警沒有救到翔子小妹妹，也沒有抓到犯人，這是D縣警的責任，不可能是某一個人的責任。你覺得自己有責任那很好，證明你是一個正直的人。可是，你不該把組織的責任全攬在自己身上，那是不可能的事，而且那種想法也太自負了。責任應該所有人一起分擔才對，每一個參與搜查的人都該公平承擔一樣的痛苦和愧疚感。這樣你懂嗎？」

電話的另一端宛如真空狀態，正常情況下不可能有這麼完美的寂靜。換句話說，日吉用手掌按住了通話口，而且是用非常強勁的力道，按到手掌發麻的程度。日吉確實有在聽，全身上下都在專心聆聽。

「也不知道你記不記得，我也有去被害人家裡，跟雨宮先生還有他的妻子碰面。雨宮先生開車交付贖金時，我還跟在後面接應。雨宮先生到橋上投下行李箱，是我親眼所見。現在回想起來，我依舊會心痛。每次經過犯人指定的那幾家商店，我心中就會浮現過往的悔恨和不甘。沒錯，我只有那種時候才會心痛，沒有像你那樣永遠感到心痛，但這心痛並沒有消失。我沒有遺忘，也不可能遺忘，更不願意遺忘。我、幸田、柿沼多少都有這分情感，我們沒資格互相安慰，翔子小妹妹和她的家人，也不會允許我們那樣做。所以，我們只能默默分擔這一切。我們到死都要背負那樣的愧疚感，既不能喊苦，也不能替自己找藉口。你一個人背負得再多也不夠，若大家不一起背負的話，翔子小妹妹無法長存人們心中，這才是分擔真正的意義。」

「……」

「你有在聽嗎？你有在聽對吧？」

這是一種對著黑暗大叫的心境，那片黑暗或許是茂密陰暗的森林，或許是陽光難以抵達的深海。三上不曉得日吉心在何方，因此第一封信才寫道「請讓我知道你在哪裡，若是我到得了的地方，我去找你」。

「你是有話想說，才打給我的吧？」

「……」

「說句話吧，不管什麼話我都會聽。」

「……」

「為什麼不說話呢？」

沉默壯大了黑暗的勢力範圍，連三上都要被吞入黑暗中了，那是一種近似恐怖的情緒。

「十四年了，已經過去十四年了。」

「……」

「人心不可能逗留房中十四年，所以我才寫信給你，問你在哪裡。你所在的究竟是什麼地方？是天堂？地獄？還是深海？上空？為什麼要孤立自己呢？我會認真聽你說的，你就說來聽聽吧。其他人到不了你所在的地方嗎？家人也不行嗎？」

「……」

「我是在家庭餐廳寫那兩封信的，一開始也不曉得該寫什麼才好，煩惱到最後才寫下那樣的內容，那是我最真誠的想法。我想知道，你究竟在什麼樣的地方，請告訴我吧。」

「……」

「我該怎麼做才能見到你？告訴我去見你的方法。不行的話好歹讓我聽聽你的聲音，一句話也好。求你了，說說話吧——」

噗的一聲響起，電話被日吉掛斷了。

步美——

三上放空了，靈魂彷彿也被日吉帶走了。

那不是步美。

三上只是覺得那好像步美，也許每一個沉默的世界都是連繫在一起的。

他也忘了放下聽筒，只從丹田深深吐了一口氣。重振心神以後，三上再次打回日吉家，是日吉的母親接的。他告訴日吉的母親，日吉同樣沒有說話，但日吉的母親聲淚俱下，不斷道謝。

三上渾身發軟，連要站起來的力氣也沒有，所以沒有即時注意到美那子。美那子在廚房的餐桌旁，背對著三上坐在椅子上。那模樣孤獨得令人膽寒，美那子是在掛念步美。不，大概是看到丈夫不斷呼喚別人家兒子，心中頗有微詞吧。

三上看著自己的手，那隻趕走美那子的手……三上膽怯了，他起身走到廚房，要坐在美那子對面需要莫大的勇氣。美那子抬起頭來，像在抵抗重力一樣艱辛。

「很難處理的事嗎？」

美那子也不是真的想問，三上裝出一副自己也不願意講電話的表情。

「之前有個男的在科搜研任職，參與六四調查的時候發生了一些事情，後來就一直繭居在家。」

「是嗎……」

「都繭居十四年了，他母親也夠可憐的。」

「……」

「希望他的人生能出現轉機。」

「你真的很了不起呢。」

語畢，美那子用雙手摀住臉，三上才看出美那子在諷刺他。

「美那子……」

三上忍不住伸手去抓美那子纖弱的肩膀，美那子往後縮，三上什麼都沒抓到。

美那子的拒絕令三上害怕，他看著美那子長髮下的面容，一時想不出該說什麼才好。三上無能為力，只好悄然放下自己的手。

懷裡的手機發出震動，模糊的震動聲在廚房迴盪。三上不得已拿出手機，是諏訪打來的電話。

「赤間部長回來了，說要請您過去一趟。」

「這樣啊。」

三上起身背對美那子。

「您有空過來嗎？」

三上緩緩繞過廚房流理台，在洗碗槽前面轉過身來看著美那子，美那子看上去就像悲傷的聚合體。

「不行，我沒空。」

「我明白了，那我代您向部長報告。我會告訴部長，您已經答應記者廢除匿名制，記者也同意取消抵制了。」

「抱歉啊，麻煩你了。」

該說的事情已經說完，諏訪卻沉默以對，沒有掛斷電話，三上壓低音量說：

「剛才那通電話沒什麼要緊，你也幫我跟藏前還有美雲說一聲吧。」

「……明白了。」

三上收起手機回到位子上，這次換美那子起身準備晚餐。廚房響起菜刀細微的切菜聲，美那子的背影充滿孤寂感，活像一個替自己準備晚餐的老嫗。

吃晚餐的過程中，還有吃完飯到客廳休息的那段時間，夫妻倆都沒有對話。三上打開電視機，找了一個在播放益智問答的頻道。美那子待在他眼角餘光的位置，眼睛凝視著跟畫面無關的地方。電話不是步美打來的，諷刺三上的那句話，想必也傷到了她自己。三上急著想說點什麼，但他清楚記得美那子剛才拒絕的態度，不敢真的開口，他滿腦子都是村串瑞希說過的話。瑞希說，三上曾經關心過美那子，美那子才開始注意三上。他不禁懷疑，自己是否真的有對美那子表示過關心？該不會那是瑞希編的故事吧？兩人結婚以後，他也不記得自己有沒有關心過美那子。夫妻倆一起生活了二十年以上，他卻沒法肯定自己是否察覺過美那子心境上的變化，並且主動表示關心。

到了晚上十一點，美那子說要去睡了，三上也表明自己累了一天，該去休息了。他認為現在陪伴美那子是一件很重要的事，夫妻倆共同祈禱女兒平安無事，不代表他們之間會有超越夫妻藩籬的特別情感。任何夫妻之間都有這種脆弱和不堪的一面，現在潛藏在三上和美那子之間的，也是類似的困境吧。

寢室的溫度冰寒刺骨，美那子連小夜燈都關掉了，放在枕邊的電話子機沒入黑暗中，連一絲顏色或殘存的輪廓都看不到。三上在棉被中放輕呼吸，保持固定姿勢不敢翻身。美那子細微的呼吸聲傳入耳中，三上只覺胸口煩悶，似乎連氧氣也變稀薄了，根本睡不著。五分鐘感覺起來跟一小時一樣長，美那子大概也是同樣感受吧，她輕輕地嘆了一口氣，聽起來像是受不了冷戰所發出的嘆息聲。

「睡不著嗎？」

三上利用黑暗壯膽，對美那子搭話：

「外頭風停了呢。」

「……嗯嗯。」

「太安靜也睡不著。」

「也對。」

「抱歉啊。」

「幹嘛道歉？」

「那時候我電話講太久了，而且還那麼專注跟別人的兒子講電話。」

「……」

「善有善報嘛，多做好事總會有好報的。」

「……」

「妳後悔嗎？」

三上察覺美那子轉過身來了。

「……後悔什麼？」

「後悔嫁給我。」

夫妻倆沉默了一會。

「你呢？」

「我？——我怎麼可能後悔呢。」

「……那就好。」

「妳呢？」

「我從來沒後悔。」

「是嗎？」

「我沒後悔，你怎麼說這麼奇怪的話。」

美那子的語氣有些憤怒，聽起來像是顧慮三上的感受才那麼說的。三上認為自己毀了美那子的人生，在千百種人生當中，害美那子走上了最糟糕的一種。這種自責的念頭像大浪一樣排山倒海而來。

「妳以前其實不用辭職對吧？」

「你在說什麼？」

「我們結婚以後，妳不是辭去女警的工作嗎？那樣真的好嗎？」

「為什麼要問這個？」

「村串說過，妳以前當女警時比誰都認真。」

「即使沒結婚，我也會辭職的。」

「咦？」

「我並不適合當女警。」

不適合？這說法三上還是頭一次聽到。

「我倒不這樣想。」

「一開始我很努力沒錯，真的以為自己在濟世行善。」

「妳確實對社會有貢獻啊。」

「不，過了一陣子我終於明白，我只是想得到眾人的關愛才當女警的。」

三上在黑暗中張大雙眼。

「所以，我沒辦法真心喜歡這個社會。任何案件、事故，還有那些自私自利的人，一切我都討厭得不得了。我純粹只是想搏得別人的好感，想被大家感謝才當警察的。當我明白這一點以後，就不曉得該怎麼走下去了。我很害怕，人民的安全我保護不了，我甚至開始懷疑，自己以前怎麼會想守護治安。不過——」

美那子停頓了好一段時間。

「我覺得自己應該可以守護好一個小世界，打造一個幸福的家庭。我相信自己至少能辦到這一點……」

美那子說到最後哽咽了。

三上趕緊爬起來，把手伸進隔壁的被窩裡。他尋找美那子纖弱的手臂，將美那子的手掌牢牢握在掌心中。美那子也握住三上的手，力道卻十分微弱。

「那不是妳的錯。」

「……」

「步美她病了。」

「……」

「說不定是我害她生病的。我沒有努力去了解她，我以為小孩子放著不管，自己就會長大了。」

「……」

「還有我這張臉也不好，害她吃了不必要的苦。」

「不是的。」

美那子打斷三上的自責。

「這也不是誰對誰錯的問題，或許我們本來就做不到吧。」

三上腦袋轉不過來，什麼叫我們本來就做不到？

「這是什麼意思？」

「就算我們有心了解步美，也不見得就能了解她，父母不一定了解自己的小孩。」

三上愕然：

「妳在說什麼？我們跟步美生活了十六年，她是妳辛苦生下來，我們一起拉拔長大的女兒——」

「這跟時間長短沒關係，不懂的事情再怎麼努力去理解，也是不會懂的。父母和子女是不一樣的個體，有無法理解的部分也不奇怪啊。」

「妳的意思是，步美生在我們家是個錯誤？」

「我沒這麼說。我只是在想，也許步美真正需要的不是我們，而是另有其人。」

「妳的另有其人是指誰？」

「一定就在我們不知道的地方吧，一個願意接受步美最真實的樣貌，不會對她有過多奢求的人。一個願意默默守護她，不會要求她改變的人。那個人的身邊才是步美的歸宿，步美在那裡才能自在活下去。那個人不是我們，所以步美才選擇離開。」

三上聽得心如刀割，他不明白美那子到底想說什麼。難道美那子自暴自棄，要放棄步美了嗎？還是她打算把希望寄託在別人身上？不對，想必是黑暗的氛圍害她胡言亂語罷了，一個非本意的小小念頭，在黑暗的世界慢慢增長，益發囂張跋扈。

「我不明白妳的意思。」

三上躺回枕頭上，原本牽著的手也在無意間放開了。

「我懂，因為我自己也是那樣。從小到大，那個家沒有我可以寄託感情的地方，一直以來都是那樣。」

「妳也是那樣……？」

「我的父母看起來感情很融洽對吧？其實他們的關係非常不好。我爸跟一個女部屬交往很久，我媽情緒始終不太穩定。後來我媽去世，過幾年我爸再婚，你不是說好在有個人願意照顧我爸嗎？他再婚的對象就是那位女部屬。」

三上很困惑，這件事他從沒聽美那子提過。難道這就是美那子很少跟父親聯絡的緣故？不過——

「妳爸的家庭狀況跟我們不一樣吧？」

「當然不一樣，況且我不是因為父母關係不好，才不想待在家的。畢竟我是長大以後才知道那些錯綜複雜的關係，父母也都對我很好。不過，我還是很孤單，我從沒對父母說過真心話，也不認為他們能了解我。我知道說了也沒用，也不曉得為什麼，反正我就是知道。放學回家後，明明我媽就在家裡，我卻覺得自己好像回到空蕩蕩的房子。我媽只會問我在學校過得如何，我不用聽就知道她會問什麼，答案也早就準備好了，那種互動真的很空虛。我爸回來也是一樣，我始終感覺不到家裡有人。現在我想得起來的家中景象，只有透入窗戶的陽光和微風，還有縫線脫落的沙發，或是櫃子上的灰塵而已，都是一些看不到家人的景象。」

三上凝視著黑暗，他越聽越不能理解美那子的故事和步美有何交集。他那一顆困頓的腦袋之所以能勉強找到這兩者的關聯，主要跟美那子的心路歷程有關。美那子跟雙親處不來，又渴求其他人的關愛，因此選擇了受人敬愛的職業。直到當上女警以後，美那子才發現自己真正的心，再也無法忽視自己的原點，最後無心在警界服務。要真是如此——

妳要不要緊？

三上過去那一句無心的問候，或許美那子是真的聽到心坎裡了吧。那時候美那子的好友自殺，她難過的哭了一整晚，但隔天還是武裝起自己的心房。美那子覺得三上看穿的不是她難過哭泣，而是她那孤獨的人生。她從小生長在一個「陌生的家庭」，始終擺脫不了孤獨的詛咒，終於有一個人理解她，對她說出那感同身受的一句話。

這儼然是美那子的錯覺，也有可能她明知是錯覺，卻把這當成了上天的啟示。所以，現在美那子才會在三上身邊，在這個留不住女兒的家中坐困愁城。

美那子沒再說話，三上也閉起眼睛，黑暗變成了更加深沉的無光世界。美那子睡了嗎？還是她也在凝視黑暗呢？房內好安靜，就在三上遺忘時間、遺忘自己在棉被裡的感覺時，美那子又開口了：

「希望那家人的孩子走得回來。」

「嗯？」

「科搜研的人啊，希望那個人回得來。」

回來……

「是啊，希望如此……」

「也許你辦到了。」

「辦到什麼？」

「說不定那個人需要的，就是你吧。」

三上已經懶得思考，也沒法思考了。他嘆了一口氣，意識也墜入了黑暗之中。

他做了一個噩夢。

父親的戰友挺直身子，行了一個陸軍式的禮，整個人哭得唏哩嘩啦。

是誰殺的！

為什麼要殺了她！

全裸的雨宮翔子躺在巨大的貝殼中，臉龐和雙手發出七彩的光芒。仔細一看，才發現那是美雲的面容，蒼白的鼻子和嘴唇已經開始腐敗。

我不要這張臉！我想死！想死！想死！

唉，明明是想得到眾人的敬愛才當警察的。

唉，連這唯一的心願都無法實現。

真可憐，實在太可憐了。

父親的戰友喃喃自語，暗自啜泣。父親和母親也哭紅了鼻子，年幼的三上也在雙親的腳邊哭泣。破鏡無法重圓，年幼的三上發出了絕望的嚎啕大哭。

59

今天早上，美那子也把皮鞋擦得很光亮。

明天就是長官視察了，三上提振心神走出家門，今天發生任何事情都不奇怪。總之，目前各家報紙沒有異狀，每一家都在追蹤報導昨天的獨家新聞，看不出刑事部有發動新的「攻勢」。

三上一到公關室，發現了第一個異狀。藏前和美雲去採訪D縣警新廳舍的丈量工程，諏訪一臉鬱悶地等待三上到來。

「您聽說那件事了嗎？」

「聽說什麼？」

「昨天深夜，有一則消息傳遍了整個刑事部。」

「消息？」

「大意是，警務部勾結警察廳，要奪走刑事部長的職缺。所有刑事單位都知道了，連轄區警署的基層也收到了。」

騷動師——荒木田打算策反所有的刑警嗎？

「你聽誰說的？」

「我同期有人擔任刑警……對方很生氣，還罵我叛徒。」

三上家連一通電話都沒接到，一路從警務單位幹上來的諏訪，成了刑警憤恨的對象；而以前做過刑警的三上，則成了刑警唾棄詛咒的對象，遠比憤恨要嚴重得多。可能荒木田告訴那些刑警，三上出賣了刑警的靈魂，來換取功名利祿吧。

「諏訪。」

諏訪正要走回位子，三上叫住他：

「昨天有件事忘了問你，實際上你是怎麼想的？」

「您的意思是？」

「刑事部長換成高考組的來當，你真的認為彼此互通有無，做起事來會比較方便嗎？」

「這……」

諏訪皺眉苦思，說道：

「確實是有這樣的優點沒錯啦……可是，該怎麼說呢，這份工作本來就有一些不好處理的部分。」

諏訪尷尬地說完後，反問了一個問題：

「公關長，您的看法又是如何呢？自己的老巢被高考組的占據，您能接受嗎？」

三上笑了一下說：

「別問了，我不能接受又怎樣？刑事部沒抓到六四的犯人是千真萬確的事實，況且查案的執行力連年衰退，所以才會被警察廳盯上啊。別人靠實力搶走我們的東西，我們也只能用實力搶回來。以前神奈川就發生過這樣的事情，你聽說過嗎？有一個在地的優秀刑警一路往上爬，擠下高考組當上了刑事部長。一個在地刑警成功撼動了警察廳，警察廳認為不讓那個人當上刑事部長，會傷害到組織的體制。」

「這個故事我聽過，但也純屬特例吧。在地的刑事部長只有那一任，那位部長卸任後同樣都是高考組的職缺。」

「高手後繼無人嘛。如果後續有其他查案高手，也許又是不一樣的未來。」

諏訪同意這句話，卻還是發出咂嘴的聲音：

「高考組的部長一直增加，我還是滿不甘心的。」

這句話給三上一種感覺，彷彿自己在異鄉聽到了母語。諏訪似乎不是顧慮三上的感受才這樣講的，也許他的腦袋被灌輸了警察的階級觀念，但在當上D縣警巡查的那一天，他的心中可能始終都有一分激昂的歸屬意識，以及對鄉土的熱愛吧。

「你先跟隔壁的談好明天的採訪程序吧。」

三上結束談話，拿起直通電話打到雨宮芳男家。打給雨宮主要是想再次確認和提醒，談論明天的慰問行程反倒是其次。

電話響了好幾聲，正好藏前回來了，不久後美雲也現身。美雲向三上行了一個禮，三上也用眼神回禮。美雲的表情看起來特別有活力，大概是昨晚做了那個噩夢的關係吧，腐爛的臉孔全都復原了。今天一早起來，三上茫然思考著妻女沒有在夢中出現的涵義。現在想一想，夢中的美雲應該是發揮自我犧牲的情操，代替三上的妻女受難吧。美雲也是想得到眾人的敬愛才當女警的，總有一天她也會跟美那子一樣，心靈產生問題吧。三上認為那個噩夢是在暗示這樣的危機。得出結論以後，三上才離開家門不再解夢。

雨宮芳男沒有接電話，三上隔了一段時間重打幾次，都沒人接。他的腦海裡浮現出無人的客廳，迴盪著電話鈴聲的寂寞光景。上午九點二十分，雨宮還沒起來嗎？

三上收起記事本站了起來，這時桌上的警用電話響起，把他留在位子上。是赤間警務部長打來的，要三上立刻去二樓一趟。

三上也不急著去，三名部下神情陰鬱地目送他離開，他卻絲毫沒有不安或害怕的感覺。現在的自己跟過去這八個月不一樣了，會這樣想就代表真的不一樣了吧。昨天就是三上重生的起點，他不再是操線傀儡了。他以D縣警公關長的身分，真誠面對「外界」，並且貫徹自己的信念履行職務。今天的光陰他只用在今天，不追求虛無飄渺的明天，刑警的制服、外皮、血肉也一併捨棄了。失去了原來的歸宿，他才明白在這裡任職的現實有多麼重要。不正視眼前的現實，又豈能看到下一個現實呢？的確，刑事部長的職缺被警察廳奪走，三上是有滿腔怒火。不過，做人不該放任情感扭曲現實，更不該讓怒火或快意恩仇支配心智。

警察有該做的職務，不管上面的派多少高考組來當部長，這才是真正的現實，才是不變的事實。警察該負的職責一向扛在我等基層的肩上，警察廳根本就沒有做實事的警察。整天跟一個連實體都沒有的概念較勁，迷失自己該負的職責，算不上真正的警察。

警務部長室一點聲音也沒有。

石井祕書課長也被叫來了，他駝著背坐在沙發的邊邊，照理說他有注意到三上進來，卻沒有轉頭瞧一眼。

赤間也只動動眼珠迎接三上到來。三上感覺得出來，才短短一天的時間，赤間變得很憔悴。赤間臉上再無一絲從容的氣度，凌亂的毛髮也是勉強壓平的，手指還在沙發上的扶手敲個不停，不難想像他在東京承受了多大的壓力。

「我正在跟石井談話。」

三上坐到位子上，瞄了石井一眼。石井低著頭，嘴巴開開的，連眼睛都沒眨一下，似乎是聽到了什麼很震撼的訊息。

「據說，刑事部的人打到祕書課長的官舍，講了一些氣話。所以呢，石井才跑來向我確認電話內容的真偽。」

三上聽懂了來龍去脈。

「請問是什麼樣的電話內容？」

「有一則消息在刑事部流傳。」

「什麼消息？」

「明年春天，本地的刑事部長將由警察廳的人來擔任，明天長官就會來宣布了。」

三上默默地凝視赤間，赤間也用試探的眼神凝視三上。

「你知道對吧？」

「知道。」

「那刑事部的人，有打電話到你家指責你嗎？」

「不，沒有。」

「這麼說來，你跟他們狼狽為奸囉？」

三上沒有答話，但他知道自己眉頭深鎖。赤間也不再盯著三上，似乎是有意迴避雙方爭執的場面。

「我不是在責備你，諏訪告訴我，你成功說服了那些記者，這一點我給予高度的評價。只不過——」

赤間再一次瞅著三上：

「你為什麼要擅闖本部長室？聽說你對本部長表達意見，請本部長說服警察廳撤回沒收職缺的決定是吧？」

三上看著赤間的胸口一帶，赤間重提三上的衝動之舉，三上的情緒卻已經沒有當時激昂了，他想不到任何藉口或是反駁之詞。

「到底哪一邊才是真正的你？」

「……」

「選邊站吧，明天就是長官視察了。」

赤間扯了一下領帶，探出身子對三上說：

「三上，你到底明不明白？長官就要來了。長官不是單獨的個體，也不單是一個政府單位的首腦，而是整個警察組織的象徵。這個象徵被臭雞蛋砸到，你覺得會發生什麼事？這跟你們也有很大的關係。你有沒有想過，自已當警察享有多少特殊待遇？你和你的家人、親戚、遠親近鄰，都被一層看不見的薄膜守護著，不受世間的侵擾。私生活也是如此對吧？跟工作無關的場合，地方上的居民也對你另眼相看吧？大家可能有些怕你、疏遠你，但沒有人會想得罪你。他們心底都想跟你保持良好的關係，這樣有事情就能找你幫忙或利用你。這就是權威，人們都把治安這種麻煩事推給警察，只想專心過好自己的生活。保護你和你家人的那一層薄膜，不是警察建立起來的，而是國民的刁蠻習性衍生出的手段罷了，純粹是對雙方都有利的共同幻想。」

赤間吸了一口氣，繼續說：

「這代表只要國民不高興，那一層膜隨時都會破掉。也不用舉什麼革命故事為例，一旦國民產生疑心，被賦予的幻想破滅，任何權威或權力都會黯然失色。因此，我們要慎重保護權威才行。這就是溫而厲，威而不猛，恭而安的道理。警察比其他組織要來得強大，必須保有一種慈祥守護國民的形象，長官就是這種戰略的看板。把長官這個精神象徵推到更高的層次，比什麼都重要，千萬不能作踐長官的身價，組織內鬥更是荒謬至極。看看日本的皇室就好，近來有一些號稱與皇室有關的藏頭縮尾之輩，竟然做出有辱皇室之舉，提供八卦雜誌各種低俗的消息。結果呢，下場是什麼？皇室的權威和神祕性完全比不上過去了。再這樣下去，會變得跟英國王室一樣低俗。警察也是一樣，少部分愚蠢之徒試圖在水壩上鑿出洞口。他們是想把自家醜聞昭告天下嗎？還是自以為英雄好漢，對抗組織的象徵啊？那些人簡直瘋了，親手破壞保護自己的權威，這無疑是自殺行為！刑事部的酒囊飯袋連這一點都不懂！」

赤間講到嘴角都是口沫，依然不肯停下來：

「再說了，刑事部的反抗究竟所為何來？難不成他們以為，長官是在懲罰他們沒抓到綁票案的犯人嗎？根本搞錯了好嗎！現在各個領域都邁向全球化，分界也逐漸模糊，地方上的刑事部接受警察廳控管是必然的結局。自從手機和家用電腦普及後，社會也完全變了樣，連犯罪多元化這個字眼都已經落伍了。網路犯罪彈指之間就能跨越國界，在地球上擴散蔓延。很快地，就不是家家戶戶都有一台電腦，而是人手都有一台電腦的時代。電腦會成為各種犯罪的媒介和溫床，你聽得懂我在講什麼嗎？地球上會發生一場劃時代的改革，地方上的刑事部不能再秉持著唯我獨尊的態度，把持著案件不放了。地方與東京要經常保持聯繫，構築出一套系統和全世界的警察合作。長官只是要拿掉地方和東京的藩籬罷了，現在地方上的刑事部長一職，已經淪為在地人享有的名譽職缺，我們只是要把它換成真正的指揮官，一個有高度視野的指揮官。這樣一來下面的也會改變，地方可以直接吸收東京的知識和訊息，讓底下所有人共享。到時候那些食古不化、短視近利的刑警將被淘汰，我們能培養更多優秀的刑警，解決各種先進前衛的犯罪事件。然而——」

赤間看了石井一眼：

「有好幾個人說，他們要破壞長官視察，跟警察廳、警務部同歸於盡。刑事部那群人已經喪失理智了，與野獸無異，也不曉得他們會幹出什麼傻事來。」

赤間的語氣失去平穩，看得出來他真的很害怕。縱使他渴望功名，也絕對爬不上警察廳的官場陡坡。只有像過內那種毫不懷疑自己會成功的人，才有辦法站上金字塔的頂點。

「三上——你又是怎麼想的？你會容許刑事部荒腔走板的行徑嗎？」

三上長嘆一口氣：

「若說長官是警察的象徵，那麼刑事部長也是D縣警的象徵。」

赤間摘下眼鏡，手掌在微微發抖：

「這就是你的回答嗎？」

「我只是在闡明現狀，身為一個公關長，我不會幫刑事部作亂。」

「那你就老實說吧，你一定知道某些訊息對吧？刑事部到底打算幹什麼？」

「我不知道。」

「你怎麼可能不知道？你一定有聽到消息。」

「我的立場得不到有用的訊息。」

「我自認還滿照顧你的，你可別讓我失望。」

「我不是在為你賣命。」

三上忍不住反駁赤間。

赤間瞪大眼睛：

「三上，你果然——」

「還有其他事要交代嗎？」

「你……！」

「沒有的話我要去雨宮芳男家了，我還得告訴他明天的行程。」

赤間的眼神渙散，隔了一會點點頭，重新戴起眼鏡，雙手交扣放在膝蓋上。

「嗯嗯，你去吧，做好萬全的準備吧。」

三上從位子上站起來，就在他低頭行禮的時候，看清楚了赤間的表情。赤間壓低頭部，三白眼直盯著三上不放，活像野生動物準備攻擊獵物的動作。

「對了，你下定決心要公開令嬡的指紋和齒形紀錄了嗎？」

三上也不驚訝，現在對赤間來說，握住三上的把柄就等於握住自己的生命線。

三上再一次對赤間行禮，這最恭敬的禮，算是替這八個月畫下句點。

「感謝部長關心，這段時間也多謝部長費心關照。」

語畢，三上抬起頭，接著往下講：

「不過，也請部長不要忘記，萬一日後部長的千金離家出走，到時候幫忙找人的是全國二十六萬名基層員警，不是東京那些高官。」

三上也沒看赤間的反應，頭一甩就離開部長室了。

他在走廊大搖大擺地踱步，石井跟在後面。原以為石井的腳步聲會直接進入祕書課，不料石井追了上來。

「三上，我們無能為力啊。」

石井的語氣和表情悲憤莫名，雙拳也在腰部一帶悄悄地握緊：

「真的無能為力啊，人事不是我們底下人能掌握的，一點辦法也沒有。」

想必石井年輕的時候，也曾經發誓要守護自己的故鄉吧。

三上並不認同石井說的話。

饒是如此，三上也沒有立刻走下樓梯。他目送石井無力的背影消失在祕書課的大門裡，如同日暮西山的蒼涼光景。

60

雨宮芳男不在家。

人不在，車子也不在停車場，玄關的大門是鎖上的。三上等了大約三十分鐘，雨宮還是沒有回來。三上在名片寫下拜訪的事項，夾在郵箱的投放口，大意是下午還會再過來一趟。一絲不安掠過三上的心頭，他不是懷疑雨宮反悔，而是不明白雨宮接受慰問的真意，所以感到不安。

三上回到公關室，部下們聚在沙發談事情。三人圍著地圖和照片進行最後確認，地圖上還寫著明天的視察行程。諏訪具有深厚的公關經驗，他用輕鬆的口吻，提醒其他二人該留意的重點事項。例如，記者帶菜鳥攝影師同行該如何因應，離開棄屍現場時是否該知會一聲，前往中央署的搜查本部視察時，有沒有足夠停車位給各家記者，視察路線上有沒有其他單位發出施工通知。藏前來不及抄完所有的注意事項，舉措有些慌亂；美雲則像一個能幹的妹妹，面對二人提問總能給出更加完善的資訊。三上的一顆心也跟著放鬆了，一如往常的職場光景，卻有著不同以往的親近感。

三上也回到自己的位子上，確認明天的行程。

中午時分——長官抵達，與本部長餐敘。

一點二十分——長官前往佐田町視察棄屍現場，獻花上香。

兩點十五分——長官前往中央署激勵特搜本部。

三點〇五分——長官前往雨宮家慰問，上香。

三點二十五分——在雨宮家前舉辦開放式記者會。

長官就快來了。

三上點了一根菸，閉目沉思。

刑事部怎麼樣了？他們不可能安分地等待明天到來。荒木田把警察廳的真意告訴全縣的刑警，D縣即將化為危險的達拉斯。荒木田的下一步，不，最後一步究竟是什麼？

上午度過了緩慢悠閒的時光，悠閒到令人有點焦燥的地步。記者很少來公關室，也沒人打電話來。諏訪回報準備工作已經完成，順便補充一句，前提是沒有突發狀況的話。公關室十分平靜，並沒有接到本部發生異狀的訊息。

中午，公關室成員一起叫外賣來吃。三上吃著溫熱的蕎麥麵，心裡想著美那子午餐吃什麼。昨晚美那子的心理狀態又是如何呢？要解讀昨晚的床頭夜話實在太困難了。那一場夫妻間的對談似乎非常重要，三上卻覺得自己墜入了類似寓言故事的奇異世界。

（也許步美真正需要的不是我們，而是另有其人。）

午後的時光同樣閒閒沒事幹，三上甚至很後悔，早知道就買便當回家給美那子了。三上沒聽說荒木田有動靜，也沒接到赤間的聯絡。到底是暴風雨前的寧靜呢？還是在三上無從得知的環節上，雙方早已分出勝負、雨過天晴了？

到了下午兩點，三上起身準備前往雨宮家。去隔壁偵查的諏訪回來了，他困惑地對三上說：

「公關長，我想去五樓一趟。」

「你去五樓幹嘛？」

「呃，獨賣的人抱怨，他們打去搜查一課打聽竊盜案的統計資訊，結果搜查一課一直在通話中。」

「是打去刑事企畫組嗎？」

「應該是，之後他們又打給副手，副手那邊卻沒人接聽電話。」

平時三上不會在意這點小事，唯獨今天例外。

「那你去看一下。」

三上有種不祥的預感，他目送諏訪離開後，拿起警用電話撥打刑事企畫組的號碼。果然是通話中的聲音，三上掛斷後撥打副手號碼，也跟讀賣遇到的情況一樣。電話響了好幾聲就是沒人接，太詭異了。御倉不在位子上的話，照理說附近的內勤會幫忙接電話。

三上乾脆撥打搜查一課課長的號碼，依舊沒有人接聽。打去刑事部長室，話筒還是只聽得到回鈴的聲音。松岡、荒木田都不在，電話響了十聲、十五聲都沒人接聽。

三上勸自己冷靜下來，並撥給搜查二課的副手。向糸川打聽消息就好，一課和二課中間只隔了一個鑑識課，一課有大動作的話二課一定會發現。

三上做出最壞的打算。果然，二課也沒有人接。

他抬起頭對部下說：

「麻煩你們去二課和鑑識課一趟，機動搜查隊也去。」

藏前和美雲已經起身，他們忘記跟三上行禮便直接跑出公關室。

三上改撥鑑識課的號碼，手指在微微顫抖，鑑識課也沒人接。他翻閱警用電話表，打到機動搜查隊的本隊，機動搜查隊在搜查二課的旁邊，電話一直是通話中。

眼前的電話響了，是諏訪打來的，聽得出諏訪的呼吸很急促：

「太奇怪了，一課只剩下一個人留守。」

「只剩一個人留守？」

「是，就剩一個年輕的內勤接聽電話。」
「刑警辦公室你看過了嗎？」
「看過了，都沒人。」
「去問內勤課員人都去哪了。」
「可是，課員一個人要接好幾支電話——」
「找時間問。」
三上掛斷電話，再次拿起警用電話的聽筒。這次他打到機動搜查隊的西部分駐隊，就在他等到不耐煩的時候，電話終於打通了。
「您好！這裡是機動搜查隊西部分駐！」
對方幾乎是用吼的答話，一聽就是年輕人。
「我是本部的公關長三上，你們隊長在不在？」
對方沉默了一下。
「隊長現在沒辦法接聽電話。」
「為什麼？」
「隊長不在。」
「你們隊長人在哪？」
「不清楚。」
「不清楚？」
「不好意思，這邊還有其他電話要接聽——」

三上手邊的電話也響了，他一把掛斷警用電話，拿起手上的電話接聽。美雲壓低音量回報狀況：

「鑑識課只剩下佐竹指紋鑑定官，正在通話中。」

藏前也打來回報：

「呃，二課這邊，辦公室只剩下落合課長一個人。他緊張得要死，還對著電話大叫，說課員怎麼都不見了，到底跑哪去了。」

所有人丟下高考組的課長消失了。

是放棄職務嗎？不對，這明擺著是要叛亂了。

三上渾身汗毛直豎。

整個刑事部都消失了。一課、二課、機動搜查隊、鑑識課都不見了。

三上不敢相信這是事實。

他急忙衝上樓梯，正巧在樓梯間碰到倉皇下樓的石井祕書課長。

「三、三上！聽說搜查二課放空城——」

三上沒有停下腳步，他推開石井繼續往上衝。

來到五樓，三上氣喘吁吁在走廊前進。各課不斷迴盪著電話鈴響的聲音，藏前和美雲在走廊上不知所措，想必是被趕出來了吧。他們注意到三上，趕緊跑過來。

「你們去刑事部的專用車庫，看誰的車子還在、誰的車子不在，統統都要跟我報告。」

三上腳步不停，在錯身而過的時候對他們下達命令。之後三上加快腳步，打開搜查一課的大門。空曠的室內只有兩個人，諏訪嚇了一跳回過頭來，他在刑事企畫組的區域，但態度顯然有些膽怯，身在敵營讓他失去了平時的氣勢。年輕的內勤正在講電話，內勤右手握著話筒，一旁的桌上還放著另一個話筒。

「對不起公關長，那個人電話一直接不完……」

諏訪悄悄對三上說，內勤只是在做單純的事務聯絡。三上點點頭，故意站到內勤人員的正面，強迫對方注視自己。三上只記得這位內勤叫橋元，一看就知道橋元動搖了。橋元別過頭，轉身背對三上。三上開口叫人，對方也沒反應。

三上用力按下電話的掛勾，直接把通話中的電話切掉。

「你、你幹什麼……！」

橋元轉過頭來瞪大眼睛，三上切掉另一支電話以後，湊近橋元問道：

「部長在哪裡？」

「我不曉得。」

「參事官呢？」

「不清楚。」

「課員都去哪了？」

「都去工作了。」

附近辦公桌的電話響了，三上擋住橋元接電話。

「請讓開，這樣我沒辦法工作。」

「反正包括部長在內，整個刑事部都沒人工作吧？」

「我們有在工作。」

「在哪裡工作？」

「我說了，不清楚。」

「上面的有沒有交代，萬一接到重要的電話要跟誰聯絡？」

「沒有交代。」

「這樣是要怎麼做好留守的工作？」

「不勞費心。」

「你聽好，留守也是共犯。」

「共犯？」

橋元發出了詫異的聲音：

「你們跟警察廳才是共犯吧！」

「媽的！有什麼怨言直接跑來跟我們抱怨啊，怎麼可以殃及無辜群眾？整個刑事部故意放空城，殺人和強盜案件都不管就對了？你們這也配叫警察？」

「你沒資格說我們！」

「我找你上面的講，他們人在哪！」

「誰要告訴你啊！」

橋元一副打死也不肯招供的態度。

這時裡面的辦公桌電話響了，三上讓開一條路給橋元去接電話。跟下面的鬧也只是浪費時間罷了，三上抱住諏訪的肩膀說道：

「你繼續監視他，之後他講電話肯定會露出蛛絲馬跡。還有，有警部以上的人出現立刻通知我。」

三上話一說完，手機發出震動，是藏前打來的。

「車庫我去看過了，呃，機動搜查隊的車子都不在，強制犯搜查組的車子也幾乎不在，機動鑑識車輛也不在。」

這跟平日的景象別無二致。

「幹部的車子呢？」

「幹部的——啊，請等一下。」

換美雲跟三上報告車庫狀況。

「刑事部長車、參事官車、搜查指揮車都在車庫裡，鑑識課長車和機動搜查隊的隊長車也在。」

所有幹部都還在本部。

「電話先別掛。」

三上沒有掛斷手機走出搜查一課，他來到走廊盡頭，抵抗風壓打開逃生梯的鐵門。正面是北廳舍還有連接北廳舍的通道，右邊的三層樓建築是交通部別館，還有資材倉庫的紅鏽色屋頂。三上把身子探出扶手往下看，正對中庭的車庫前方，有藏前和美雲微小的身影。

「四周有動靜嗎？」

三上拿起手機問話，美雲馬上回答：

「車庫附近沒有其他人。」

不，有人。

不在車庫周圍，交通部別館附近有三個人影在晃動。人影穿越中庭，似乎扛著什麼筒狀的東西。是地毯？模造紙？還是大型地圖呢？人影轉入死角，消失在別館的後方。

人影行進的方向是死胡同，再往前走就是一整面圍牆，唯一的通路只剩別館後方的逃生梯而已。交通部各單位只有使用一、二樓，三樓則是講堂。

三上再次拿起手機發號施令：

「美雲，妳回公關室照常執勤，順便叫藏前到搜查一課的辦公室。」

三上掛斷電話，打給諏訪：

「我派藏前去你那了，跟他交接完以後，你過來講堂。」

「講堂？這麼說——」

「我們要找的人，應該就在那裡。」

62

刑事部占據講堂，堅守不出。

三上衝下逃生梯，鞋底踏出的金屬聲傳導到頭蓋骨。強烈的震動從雙腿傳遍全身，感覺身體的一部分快要散架了。

三上跑過中庭，從正面的玄關進入交通部別館。他豎起耳朵聆聽，聽到上方有腳步聲，因此改搭搬運貨物用的電梯，沒有使用樓梯。還來不及調整好呼吸，電梯的面板顯示已經到三樓了。電梯抵達三樓的鈴聲響起，電梯門一打開，三上看到講堂雙開式的大門，以及禁止閒雜人等進入的告示，還有兩名男子凝視著自己。眼神不善、滿臉虯髯的是暴力組織對策室的蘆田組長，另一個留著小平頭的年輕人上半身異常發達，三上並不認識。年輕人本來要對三上敬禮，蘆田對年輕人說了幾句話，年輕人便作罷。

就是這裡，肯定沒錯。

三上盯著兩個看門的人大步前進，蘆田上前攔阻三上。雙方越走越近，蘆田的眉頭也鎖得越緊，最後他伸出雙手請三上止步。

「不好意思，請留步了。」

蘆田的遣詞用字很恭敬，但聲音和表情卻幾近威嚇，三上一直走到對方雙掌碰到自己的胸口才停下腳步。蘆田比三上高半顆頭，過去發生和暴力組織有關的詐欺事件時，蘆田總是縮起身子畢恭畢敬地向三上求教。無奈蘆田的性格異於常人，睡過一晚之後什麼恩怨情仇全都會忘光光，在這樣的場合，蘆田的性格也讓三上感到火大。

「不問我來幹嘛的？」

「沒那個必要。」

「閃開。」

「上面的交代了，不能讓閒雜人等進入，請別介意。」

「你他媽的說誰閒雜人等？」

「你不喜歡這個說法，那我換一個？」

「講啊。」

「警察廳的走狗滾回去吧，真是太丟人了。長年來吃刑警這碗飯的人，也不曉得拿了什麼好處，竟然說翻臉就翻臉。」

三上沒認真聽，他的注意力都放在講堂的大門上。裡面現在是什麼情況？怎麼一點聲音都沒有？距離大門還有六、七步之遙，小平頭謹慎地站在雙開式大門的中間。

「我沒那個閒工夫陪你耗，讓我跟上面的談。」

「請回吧。」

「部長和參事官都在裡面吧。」

「無可奉告。」

蘆田裝傻的動作給了三上可乘之機，三上低頭看著自己包覆繃帶的右手，右掌暴起直取蘆田的頸部，牢牢抓住喉嚨一帶。三上雙腿發力，逼得蘆田高大的身軀後仰。蘆田伸手要抓三上的手腕，三上改以左掌擒住蘆田的手。小平頭發狠衝了過來，三上等的就是這一刻，他雙手用力往後收，放開蘆田的喉嚨，再把踉蹌的蘆田推到小平頭身上。接著三上腰一沉，迅速繞到二人的側面，躲過粗大的臂膀攔截，利用衝刺的力道一腳踹開講堂大門。

門一開，視野豁然開朗。

眼前的景象只能用壯觀來形容，三上的雙眼將這個無比單純的感想傳遞到大腦。講堂內所有人被踹門聲嚇到，轉過頭來盯著三上，裡面少說有五十到一百人，不，應該更多才對，整個講堂都被擠滿了。寬敞的空間擺滿了所有人都夠用的長桌，有人抱著紙箱，也有人在移動白板，還有人在設置通訊器材，或是在地板上攤開地圖——每個人的眼睛都瞅著三上不放，活像時間暫停了一樣。當中不是只有刑警，三上還看到鑑識課長，鑑識課長的旁邊則是生活安全課的副課長。機動隊的副隊長在後邊，另外還有地域課長、交通規制課的副手、汽車警察巡邏隊的隊長。

除了警務部以外，D縣警所有的單位都據守在講堂內，不是只有刑事部而已。

這個事實令三上大受震撼，現在縣內變成什麼樣子了？警察系統還有發揮作用嗎？事件發生有人處理嗎？警車的外勤應對呢？日常巡邏呢？派出所接獲報案怎麼辦？交通事故誰來處理？

是這樣嗎？這就是荒木田率領的D縣警所用的殺手鐧嗎？這已經不單是刑事部的反叛行為了，荒木田以D縣的治安相脅，試圖撼動警察廳的高層，逼迫他們中止長官視察。這麼做簡直瘋了，如果三上的推測屬實，D縣警的行為無異於政變。

三上來不及踏入講堂之中，後方有人架住他不放。耳邊傳來蘆田破口大罵的聲音，蘆田叫三上休想胡鬧。

「我都看得一清二楚！」

三上對著講堂大叫，隨後小平頭飛快關上大門，惡狠狠地看著三上。

「你是機動隊員嗎？」

對方也不否認。

「那你現在立刻歸隊！你們領國家的薪水不是來保護自家人的！」

三上激烈扭動脖子，卻絲毫甩不開後方的箝制。

「蘆田，你放手！」

「我怎麼可能放手。真受不了，竟然用那種骯髒的手段闖進來。」

「手段骯髒是你的拿手絕活吧。」

「別鬧了，底下的年輕小伙子在看呢。」

「給我放手。」

「那你別再鬧了。」

「誰鬧了？」

「沒有下次了，請你安靜離開吧。」

三上還沒見到最重要的人物，也就是荒木田刑事部長，以及松岡參事官兼搜查一課課長。他們剛才也在裡面嗎？還是——

三上聽到了腳步聲，是諏訪爬上樓梯的聲音。小平頭反應過度，擺出像摔角手一樣沉腰扎馬的姿勢，諏訪大吃一驚，蘆田倒是跟諏訪打了聲招呼。

三上的身體恢復自由，還被蘆田推了一把，往前踉蹌幾步。

「唷，諏訪，帶你的老闆回去吧。」

聽蘆田說話的口吻，他們可能是同期或同鄉。諏訪卻一言不發、態度畏縮，跟剛才待在搜查一課時一樣，所以三上才叫他過來。公關的王牌害怕刑警，未免太不像話了。

三上招手叫諏訪過來，順便扭一扭自己的脖子和肩膀。蘆田放手以後，三上才知道自己被用多大的力道架住。現場的氣氛並沒有緩下來，小平頭擺出固若金湯的守勢，連一隻螞蟻都不放過。蘆田摸摸被三上掐過的脖子，四肢卻已蓄勢待發。蘆田年輕時是參加過國民體育大會的柔道高手，問題是——

三上也不能夾著尾巴逃跑，他無法想像自己待在公關室乾著急的模樣。

三上一把抱住諏訪的腦袋，在他耳邊舉起一隻手說悄悄話。

「快去二樓的廁所。」

「咦？」

「我要棒子。你拆掉拖把的前端，將棒子拿來給我。」

諏訪全身抖了一下，三上一把推開諏訪，諏訪踩著不穩的步伐下樓梯。蘆田看到諏訪的窩囊樣，冷笑道：

「要打小報告請自便，還是要找援軍來啊？」

三上與蘆田正面對峙。

「你們就這麼恨我們嗎？」

蘆田又是冷笑。

「你們不過是趨炎附勢的小蝦米，真正可恨的，是東京灣那些貪得無厭的大鯊魚啊。」

「你們就是太弱才會被吃，你聽過獵物抱怨的嗎？」

蘆田的眼神變了。

「你說這話是認真的嗎？」

「有本事就偵破所有懸而未決的殺人案啊，去抓那些市長級政客撈油水啊。不然杜絕所有黑幫也行，辦得到沒有人會叫你們交出部長的位置。」

「見利忘義！竟然墮落成東京的傳聲筒。」

「見利忘義的是你們這些混蛋！一個小小的權位也眷戀成這副德性。喂，回答我啊，你們辜負一百八十二萬的縣民，就只為了守住一個小職缺是嗎！」

「你講什麼！我們哪有辜負縣民！」

「你乾脆回警察學校重讀一遍，警方不維護治安就只是一個暴力組織而已。這個暴力組織還披著公權力的外皮，比你整天對付的黑幫還要惡劣！」

三上瞄了身後一眼，諏訪回來了，還頂著一張蒼白的面孔。瞧他不自然的走路方式，三上確信他身後藏了一支木棍。

「丟過來！」

諏訪反射性扔出木棍，下一秒三上已經握住木棍了。木棍有點太長，倒也堪用。方才三上用右手掐住蘆田，也證明自己受傷的右手還能動。

「靠！」

蘆田叫苦，看得出來他慌了。柔道家很清楚劍道的威力，小平頭的反應卻不一樣，絲毫沒有懼色，大概是機動隊的鬥魂被點燃了吧。小平頭憤怒提肩，一副要衝過來搏命的姿態。要打倒小平頭很容易，有沒有不傷人的壓制手段呢？

三上擺出架勢面對小平頭，雙掌緊握手中棍棒。那一瞬間，二渡穿著劍道服的身影掠過三上心頭。二渡在幹什麼？他沒壓制住刑事部，還讓刑事部徹底失控。現在他舉白旗投降，無計可施了？

「扁他！」

蘆田發出怒吼。

小平頭收緊下巴，粗大的雙臂在面前交錯鞏固防守。這代表他要用體格優勢硬接三上的刺擊或斬擊，對三上發動攻勢。小平頭瞪大雙眼，像小山一樣發達的肩部肌肉抖動，眼看著就要殺過來了。就在三上繃緊全身毛孔準備應敵時，小平頭身後響起了喀擦聲。

講堂的門開了，現場劍拔弩張的氣氛，變成了另一種不同的緊張感。門內走出一男子，是搜查一課副手御倉。御倉的態度昂揚，怎麼看都不像膽小如鼠的人。御倉出來不是要平息門外紛爭的，他的眼中只有三上一人，完全沒瞧小平頭或蘆田一眼。

「我有話要告訴你。」

「什麼話？」

三上沒有放下木棍，御倉走到三上的劍圍外。

「是部長要我轉達的。」

「我在等你開口啊。」

64

「請跟那些媒體締結報導協定。」

這話聽在三上耳裡，彷彿是很不合理的要求。

「你在說什麼？」

「現在發生綁票案件了。」

「……綁票？」

「是，犯人自稱『佐藤』，要求兩千萬贖金。」

三上眨了眨眼。

佐藤……要求兩千萬贖金……

深沉的血色染紅三上的視野，雨宮翔子死亡的容顏憑空浮現。

六四的亡靈現身了。

三上依序望向蘆田、小平頭、御倉，每個人的表情都告訴他，那是千真萬確的事實。

刑事部並不是據守在講堂裡放棄勤務工作。當中的白板、通訊器材、地圖、大量的搜查人員，全都是在做準備。綁票案的特搜本部就設置在這座講堂裡。

哐啷。

三上手中的木棍滑落，隨著落地聲響起，腦海中深信不疑的推測也土崩瓦解了。

63

六四懸案。

D縣警曾經立下誓言，一定要把犯人拖回昭和六十四年逮捕歸案。平成年間轉眼已過十四個年頭，這個誓言始終沒有履行，如今竟是往日的幽魂主動找上D縣警。綁票案的犯人同樣叫佐藤，也同樣要求兩千萬贖金。這是模仿六四懸案？還是犯人唯恐天下不亂，故意用同樣的手法做案？或者——

三上把御倉拖到講堂旁邊的小房間，諏訪手抖得厲害，連要打開摺疊椅都有困難。

「把案情交代清楚。」

三上一坐下就跟御倉討個說法。

御倉站著答話，沒有坐下。

「玄武市內，一名女高中生被綁架了。」

女高中生——

三上腦海中對六四懸案的印象扭曲了，被害人不是小學生，而是跟步美同年紀的女高中生被綁架。玄武市位在D縣中央地帶，人口大約十四萬，在D市東方十五公里的區域，屬於G署的轄區。

「請看。」

御倉從西裝口袋拿出兩張裝訂在一起的文件，三上一眼就看出上面印有制式的文章。

〈致D警察本部記者俱樂部

締結報導協定之相關事宜

二〇〇二年十二月十一日・D警察本部刑事部長〉

三上一把扯下文件。

「二〇〇二年十二月十一日，G署轄區發生附件中提及的綁票事件，眼下我等正在進行調查。唯本次事件的採訪和報導，恐危及被害人之生命安全，是故本次事件的採訪和報導，將訂立下列的協定內容。報導協定生效期間，將由刑事部幹部公布搜查過程。

如下

一、近期內不得採訪或報導本次事件。

二、當警方發現或保護被害人，或是警方判斷採訪和報導不至於危及被害人生命安全的情況下，刑事部長將與記者俱樂部幹事，商議解除協定之事宜。

三、解除協定之事宜談妥後，由記者俱樂部決定解除時機。

四、倘若事件懸而未決，雙方必須長期締結協議的情況下，記者俱樂部幹事得以隨時和刑事部長商議協定內容。」

三上快速看過一遍後，翻到下一頁，他想知道的是「附件」的內容。

〈玄武市內女高中生綁架勒贖案件概要〉

一反前面的制式化文件，附件內容是用雜亂的字體寫成的。

「被害人——C女（十七歲），玄武市內自營業A男（四十九歲）和主婦B女（四十二歲）的長女，私立高中二年級學生。」

三上一看到匿名紀錄，臉頰抽搐了一下。

「接獲報案時間——十二月十一日上午十一點二十七分。縣警本部通訊指令室接獲被害人父親A男的報案訊息，得知其女遭到綁架。」

三上看看自己的手錶，現在是下午兩點三十五分，報案後已過三小時了。三上盯著附件繼續看下去。

「犯人的威脅電話狀況：

第一次來電——十一日上午十一點〇二分，A男家中接到C女的行動電話來電（由B女接聽）。犯人以氦氣或其他方式變音，說出恫嚇之詞並要求贖金。

『妳女兒在我手上，想跟妳女兒團聚的話，明天中午以前準備好兩千萬現金。』

B女打到A男的工作場所，A男撥打一一〇報案。

第二次來電——同一天下午十二點〇五分，犯人手法與第一次來電相同，經過變聲後同樣用C女的行動電話聯絡被害人家屬（急忙趕回家的A男接到來電）。

『我是剛才打電話的佐藤，贖金全都要用舊鈔，裝在丸越百貨販賣的最大行李箱中，隔天單獨到指定場所交付贖金。』

目前警方正在積極調查，以上。」

三上一時說不出話來。

這起案子跟六四懸案太像了，犯人同樣叫佐藤，同樣要求兩千萬現金，同樣要求被害人家屬準備舊鈔，同樣要在明天中午以前備妥，同樣要用丸越百貨販賣的最大行李箱，同樣要求被害人家屬單獨交付贖金。而且第一通電話沒有報姓名，之後才自稱佐藤，連這一點也如出一轍。

唯一的不同是，六四懸案的犯人講話沒有口音，聲音略微沙啞，大約是三十到四十多歲的男性。不，這次犯人使用變聲手法，是否不同猶未可知。

難不成是同一人物再犯？但這份文件中沒有足夠的資料推翻這個猜測。三上直覺認定兩件案子的犯人不同，六四的犯案過程沒有為惡取樂的要素，是「全力以赴」奪取鉅額贖金的「賭命」犯罪。那個犯人不可能重現一次犯案，來誇示自己的存在。如果同樣的犯人再次犯案，一定會細心去除跟六四有關的一切要素，避免兩起案子的搜查訊息被警方串聯在一起。

一想到這裡，三上終於清醒了。

這是平成的案件，並非昭和年間的懸案再現。現在發生了新的綁票案件，跟六四不一樣的綁票案件。綁票案發生在此時此刻，不，已經過了三個多小時了。

「請盡快和記者締結報導協定。」

御倉直截了當地提出要求，口氣毫不婉轉。

盡快締結協定?三上抬頭瞪了御倉一眼：

「虧你說得出口啊。」

「嗯？」

「接獲報案已經過了三個小時，事到如今拿出這一張破紙，你認為那些記者會乖乖吞下去嗎？」

「這不是問題吧，只要我們告知記者俱樂部有綁票案發生，協定就算自動成立了。」

「是啊，你說得沒錯。」

這是要避免正式協定締結之前，有新聞社利用空窗期去搶新聞，問題是——

「如果無法締結正式協定該怎麼辦？萬一那些記者互相討論的結果，是拒絕跟警方締結協定的話，到時候就隨便記者採訪，連暫時的協定都不具約束力。你聽好了，媒體願意自我約束有一個大前提，那就是警方要盡快提供詳細的搜查情報。」

「我這不是提供了嗎？」

三上拍了拍手中的文件說：

「這東西比大綱還不如，把三小時的詳細事件經過和搜查狀況交出來。記者們得知綁票案發生，東京那邊會有數百名記者和攝影師過來。你別以為用這種輕忽敷衍的態度，可以控管綁票案的報導。」

「我並沒有這樣想。」

御倉也不高興地回嘴：

「有必要的話，我會補充所知的訊息。」

「好啊，那你現在補充。先說出真名，被害人到底是誰？」

諏訪趕緊拿出記事本，但他沒東西可寫。

「我不能說出姓名。」

「你再說一次？」

三上也發火了，他研究過大量的綁票案件資料，從來沒有任何一個搜查本部用匿名制公布案情的。

「為什麼不能說？」

「這是不得已的處置。」

「那你把不得已的理由說出來啊。」

「這可能是模仿六四的惡作劇。」

「惡作劇？模仿六四作案就一定是惡作劇嗎？」

「不是。」

「不然咧？行動電話是被害人的沒錯吧。」

三上看著文件上的其中一行字，「A男家中接到C女的行動電話來電」。這是篤定的形容方式，意味著被害人家中也有使用來電顯示功能，而且警方也請電信局比對過通聯記錄了。既然如此——

「你們有證據可以推斷，犯人拾獲少女的手機，或者手機是偷來或搶來的？」

御倉搖搖頭，發出沉重的鼻息：

「不，現階段還不能否定少女犯案的可能。」

少女犯案？三上困惑了，意思是少女在自導自演囉？

「C女平日品行不佳，只有缺錢或需要換洗衣物時才會回家。學校也只是勉強保留一個學籍而已，不論白天夜晚都跟豬朋狗友混在一起。事實上，C女前天晚上離家後就不知去向了。可能是跟惡劣的男性朋友自導自演，或是受到教唆。雖不清楚C女是真的想奪得兩千萬，還是在惡作劇，但我們判斷她有可能做出這種事。」

三上可不接受這種說法。

「少女才十七歲，你認為她男朋友會知道十四年前的懸案？」

「現在只要有一台手機，誰都可以在五分鐘內認識年過五十的大叔或黑幫分子。況且，年輕人更有機會了解六四，用電腦搜尋過去的綁票案件，可以找到一大堆六四的資料。畢竟那是沒破案的成功犯罪，也許他們會想拿來參考。」

三上對御倉的說法嗤之以鼻，這番話太空泛了，簡直是用推測和想像拼湊出來的內容。

「你所謂的不得已，只有這樣嗎？」

「這樣就夠了吧，現階段公布未成年的C女姓名，到頭來發現是C女自導自演的話，事情可就無法挽回了。」

「公布？你別誤會了，只是在非公開場合提供記者姓名罷了。一旦締結報導協定，在協定解除以前媒體連一個字都不能外洩。就算後來發現綁票案是一齣鬧劇，媒體也不能違反少年法寫出C女的名字，少女的名字根本沒有見報的風險。」

「怎麼會沒有風險呢？報導協定解除後，媒體一定會跑到少女家採訪，這可是女高中生自導自演的綁票案，牽涉到金錢、異性關係、家庭倫理敗壞，這都是媒體最喜歡的題材，電視台和週刊狗仔也會插一腳。不管少女的名字有沒有曝光，C女一家都會成為媒體的攻擊對象，搞不好還會上吊自殺。」

這些話三上聽膩了。不，他自己也說膩了。

「公關室就是要避免這種情況才成立的，交給我們來處理。」

「這次事件太重大了，人們對綁票勒贖案的狂熱關注，還有對自導自演的憤怒都會聚焦在C女的身上。」

「就是因為事件重大，我才叫你交給我們處理。如果不是自導自演怎麼辦？報導協定沒談妥才可怕好嗎？」

「所以我們才用兩手策略，把能公開的案情摘要先說出來，但不公開被害人姓名，我剛才就是這麼說的。」

「真名是不可或缺的，你不敢講無所謂，讓我去見部長。」

「這件事情是交給我處理的，沒有其他人負責。」

御倉講話時平心靜氣，三上找不到見縫插針的機會。看來一碰上重大案件，膽小如鼠的人也會多點膽量。

三上看看自己的手錶，焦慮的情緒遠大於憤怒和不滿。情況正在持續惡化，目前記者連發生綁票案都不知道，D縣警接獲報案已過了三小時二十四分，這已經算是隱瞞案情了。

三上拆下文件夾，將記有事件概要的那一張交給諏訪。

「拿去抄。」

「咦？」

「寫好以後告訴所有的新聞社。」

諏訪的眼神流露出恐懼：

「匿名公布嗎？」

「沒錯。」

諏訪的眼神呆滯了，他肯定已經在想像記者們暴怒如狂的光景。三上昨天才答應記者未來不再匿名，結果今天就要背信了。而且綁票事件，可是媒體一致認定的超級大案。

「諏訪。」

「不、不過……」

三上當然也記得昨天的事情。

（給出去的權利是很難收回來的。給了再收回來，反對聲浪會比完全不給還要大上好幾倍，甚至幾十倍。）

（我不會收回，今後都公布真名。）

對外的窗口又要關上了。

眼下情況刻不容緩，三上還有其他必須盡快公布的理由。媒體的情報搜索能力是不容小覷的，每一家新聞社在縣內都有獨自的情報網。萬一他們的情報網發現玄武市內有異狀，在不知道是綁票案的情況下四處查訪，被犯人察覺到的話——

三上的眼中浮現步美哭腫的臉龐，這件案子不一定是自導自演，應該說不可能是自導自演，這樣想才正確。在這個當下，一個十七歲少女的性命正在鬼門關前徘徊。

「快點抄！五分鐘內發出第一篇通告，讓協定生效！」

「可、可是，匿名公布絕對無法締結正式協定，記者們會群起暴動，不可能跟我們坐下來談的。」

「告訴他們，之後會發第二篇、第三篇通告，你先替正式協定做好準備。」

「這、這太強人所難了，我——」

「快去！我一定會想辦法弄到真名，你要撐到那個時候！總有一天你會成為公關長，你非做到不可！」

房內靜悄悄的。

諏訪呆若木雞地看著三上，接著渾身無力坐到椅子上。他緊咬嘴唇，拿下文件抄寫在記事本上。

三上抬起頭，視線對準御倉。

「我不會說出真名的。」

御倉搶先設下防線，但三上拿出記事本和筆，用另一種思維問不一樣的問題：

「犯人的性別都不曉得嗎？」

「咦？」

「犯人不是有變聲嗎？被害人的母親是怎麼形容的。」

「啊……」

「別吊人胃口了，我沒時間。」

御倉一臉不服氣的表情，點點頭說：

「被害人的母親表示，聽不出犯人的性別。」

三上抄寫御倉的答覆，順便問下一個問題：

「口音呢？」

「也不清楚，畢竟是變造過的聲音。除非口音真的很重，否則是不會有印象的。」

「犯人第一次打去被害人家中，沒有自稱佐藤對吧？」

「被害人母親說沒有，但她當時情緒很激動，記憶力不見得可靠。」

「犯人有沒有說——不准報警，否則就要撕票？」

六四的犯人有說這句話，還是在第一次來電時說的。

「據說沒有。」

三上瞄了一眼諏訪的雙手。

「犯人沒說不准報警……但家屬隔了二十五分鐘才報警，他們在幹什麼？」

「被害人的父母回撥C女的手機好幾次，而且也很猶豫該不該報警。雖然犯人沒說不准報警，他們還是擔心報警後女兒會被撕票。據說，夫妻間有討論過這件事。」

諏訪闔起記事本後站了起來，三上也停筆撕下抄寫的內容，連同締結協定的文件一起交給諏訪。

「交給你了。」

諏訪堅定地點點頭，看得出來他已經有心理準備了。諏訪小聲地說，他會等待三上提供後續情報，說完就小跑步離開房間了。

三上也下定決心，沒有挖出被害人真名絕不回去。就在三上準備跟御倉再次交鋒時，懷裡的行動電話發出震動，是石井祕書課長打來的。

「三上，情況怎麼樣了——」

「發生綁票事件了。」

「……綁票？」

「詳情容我稍後說明，我已命諏訪回公關室，請派人接應他。」

三上單方面交代完便掛斷電話。電話掛斷之前，石井尖銳的嗓音撼動他的耳膜。

「這樣長官就沒法來視察了啊！」

三上把手機摺疊起來放在桌上，現在他才想起有長官視察這一回事。

石井可不一樣，沒有被綁架這個字眼的魔力迷惑。只有掛著警察頭銜的辦事人員，才會把當下發生的大案和明天的活動聯想在一起。

的確，石井說得沒錯，小塚長官明天來不了D縣了。

全新的綁票案正如火如荼進行調查，長官在此危急關頭竟前往案發現場，視察十四年前的綁票懸案，再也沒比這更蠢的事情了。那該怎麼辦？把視察名義改成臨陣督軍，強行按照原定計畫前來？還是乾脆趁這機會，達到實際支配的目的？好比帶著刑事局的高幹前來，指揮特搜本部查案，讓警察廳主導地方化為既定事實？不，風險太大了。萬一沒抓到犯人，警察廳就要陪D縣警一同殉葬，滑天下之大稽，從此再也無法沒收地方職缺。長官視察了不起延期或中止，除非事件火速偵破，否則明天長官不可能來。

三上也沒有太大的感慨，他的心中沒有失望、安心，或喜悅之情。這個人算不如天算的結果，讓他覺得實在太諷刺了。六四的亡靈毀掉六四的視察，讓D縣化為達拉斯的，既不是刑事部也不是D縣警，而是犯人「佐藤」。

「還有其他事嗎？」

御倉的語氣頗為不耐。

三上再次凝視御倉，這一次三上望向御倉的雙眼，試圖看透對方的內心。這個膽小鬼意外的有膽識，而且現身以來一直是這種態度。儘管案子可能是自導自演，綁票案發生也才三個半小時，參與搜查的幹部怎會如此冷靜？三上不願多做聯想，但那些刑警還是有心存僥倖的態度吧？外頭碰巧吹起救命的神風，多虧綁票案發生，長官視察也告吹了。

「沒有其他疑問的話，我就告辭了。」

「怎麼可能沒有其他疑問，我晚了三個半小時才得到情報。」

三上惱火地說出這句話，重新打開記事本。

「接著講——你說母親有打給女兒，當時什麼情況？」

「電話都打不通。」

「現在也打不通？」

「是的，電池似乎拆掉了，連一點微弱的電波都沒有。」

「電信公司是哪一家？」

「DOCOMO。」

「有聯絡到被害人平時的友人嗎？」

「父母連女兒的朋友叫什麼都不知道，一個都不知道。」

三上翻了一頁。

「放任主義嗎？」

「是溺愛，他們在女兒中小學時干預過甚，才導致女兒行為偏差。」

「這誰講的？」

「公家機關的心理諮商師，之前父母有帶女兒去諮詢。」

這話三上聽著有點刺耳。

「前天晚上被害人為何回家？」

「拿換洗衣物。」

「當時的情況呢？跟平常有沒有不一樣的地方？」

「據說女兒都沒跟家人講話，這一點倒是跟平常沒兩樣。」

三上又翻一頁。

「事件發生之前，有任何徵兆嗎？」

「好像有接到幾通無聲電話。」

三上又一次覺得刺耳。

「接到幾通？」

「這就不清楚了……目前還在確認。」

「什麼時候接到的？」

「大約十天前。」

「對方的號碼呢？」

「號碼？」

「他們家不是有來電顯示嗎？」

「啊、對，無聲電話是用公共電話打的。」

三上幾乎要想起家裡的事，心情也早已沉浸在其中。

「還有呢？」

「被害人的母親說——她有看到黑色的廂型車停在住家附近。」

「何時看到的？」

「三、四天前。」

「有得罪過人嗎？」

「據說是沒有。」

「行動電話有報失嗎？」

「咦？」

「女兒有沒有跟派出所報失？」

「這我們沒問，但女兒有報失的話，也不會發生這起案件了吧。」

「你們有問全縣的派出所嗎？」

「呃、這……」

「這是你們該做的吧？別只問手機，搞不好派出所是收到整個包包。」

御倉敷衍地點點頭，並不怎麼關心這件事。

三上又翻一頁，接著問道：

「自宅班幾點進入被害人家裡？總共派了多少人？」

「正確的時間不方便說……人數總共五人。」

「第二次電話有錄到嗎？」

「來不及錄。」

「犯人從哪裡打的？」

「什麼意思？」

「我在問你，是哪裡的基地台收到訊號的？收訊範圍是基地台的半徑三公里。你們跟電信公司確認過了吧？」

「這……我只聽說在縣內。」

御倉故意裝傻，難不成有什麼意圖？

「查清楚，之後告訴我。」

「我會問看看。」

「父母是做什麼生意的？」

「呃……說了會被鎖定身分，不方便透露。」

「是不常見的職業或商店嗎？」

「嗯，差不多是那樣。」

「工作地點在哪裡？」

「玄武市內。」

「家境如何？」

「勉強湊得出兩千萬。」

「被害人有兄弟姊妹嗎？」

「有一個妹妹。」

「幾歲？」

「十一歲，小學六年級。」

「小學六年級……」

三上不再動筆。犯人綁走高二的姊姊，而不是小六的妹妹？

「沒錯，這也是我們懷疑C女自導自演的原因。」

御倉的口氣顯得很得意。

「你們就沒想過，也許犯人計畫得不夠周到？或者一開始是出於猥褻目的，也有可能是被害人熟識的對象犯案。這種可能性非常多吧？」

「呃，這麼說也是沒錯。」

御倉對三上的說法沒有太大興趣，剛才三上提到物品報失的話題，御倉也是一副不在乎的態度。

太奇怪了，事件才發生不久，他們也太篤定是C女自導自演了吧？這也是三上始終覺得御倉的說法毫無「真實性」的原故。

是不是另有隱情？好比特搜本部握有決定性的事證，可以證明這是自導自演的案子。若是如此就可以合理推斷，御倉之所以老神在在，主要是對案情過於樂觀，而不是長官視察中止的關係。

三上闔起記事本。

「為什麼沒通知警務單位？」

「我不懂你的意思。」

「講堂裡有警備、生活安全、交通課的幹部。事件一發生你們就召集這些單位，但警務過了三個半小時還在狀況外，這是為什麼？」

「純粹是緊急性的問題。」

御倉對答如流：

「如果現場留下什麼證物，我們得派機動隊搜索進行周邊搜索。交通單位可以在路上假裝取締超速，確認車牌號碼或用路人的指紋。生活安全——」

「後勤呢？」

三上打斷御倉鬼扯。

「成立特搜本部查案，總要用到錢和裝備吧？」

「這我們沒想到，但這跟搜查不一樣，事後總有辦法處理的。」

「公關問題有辦法事後處理嗎？是部長跟你說，晚一點再想報導對策是嗎？」

「這……」

御倉被嗆得啞口無言，三上真的說中了？

「你們是故意不知會警務的，我沒說錯吧？」

「這是誤會。」

「我要是沒來，你們打算隱瞞警務到什麼時候？」

御倉不講話了。

「你們知道自己在幹什麼嗎？現在有一個女高中生失蹤，她家裡接到恐嚇電話，你們卻想著跟破案無關的事情。這算哪門子的搜查行動？你們放任組織的紛爭影響查案，還利用這起案子，以為這樣就能報復警察廳嗎？還是自以為在下達最後通牒？到底要多腐敗才幹得出這種鳥事啊？」

「腐敗的是你們吧？」

三上也不理會御倉的嘲諷，逕自說下去。

「你們確信這是自導自演，乾脆來個假戲真做，對吧？」

「我們不清楚這是不是自導自演，只是說有這個可能性罷了。我們也沒有思考破案以外的事情，更沒有排擠警務單位，那是你的被害妄想。該不會是你們於心有愧，才會以小人之心度君子之腹吧？」

「那你為何給我匿名的案情摘要？」

「理由我說過了，這有可能是未成年少女自導自演，哪怕機率再低──」

「我沒在跟你談媒體！我是在問你，為什麼被害人的真名連自家人的公關都要瞞！」

這時桌上的手機發出震動。三上用眼神逼迫御倉留下，順便拿起桌上的手機，是藏前打來的。

「公關長，我知道松岡參事官在哪裡了，他坐強制犯搜查組的車子進入G署。」

「確定嗎？」

「是，剛才刑事部一次五、六支電話在響，我忍不住幫忙接，結果是G署的警員打來的──」

「知道了，你回去公關室支援諏訪。」

三上結束通話，看御倉的表情，他已經準備好答案了。

「說啊。」

「你們不是可以分享重要資訊的夥伴，警務部出賣D縣警向東京輸誠。」

「這種屁話我聽多了，既然你說你們有認真查案，那就公布被害人的真名。」

御倉輕嘆一口氣，冷漠說道：

「這跟你們沒關係，你們一輩子也不用知道。」

三上沉默了。

這就是警察的本性，剛愎自用。過去三上也是同樣的德性，他擔任刑警這麼多年，也不把剛愎自用的風氣當一回事。不過——

現在，他有了「對外」的思維。

（這跟你們沒關係。）

（你們一輩子也不用知道。）

記者們聽到這兩句話，一定會反問一個問題。

自營業主A男，還有他的家人B女和C女——這一家人真的存在嗎？

沙塵飛入三上的眼中。

三上坐上汽車，揉著自己的眼睛，同時瞄了一眼儀表板上的電子時鐘。時間是三點十五分，他拿出手機打到公關室，電話一接通就傳來混亂的噪音，憤怒的叫罵聲此起彼落。開什麼玩笑啊！快點公布真名啦！昨天是在唬我們就對了！記者們輪番逼問諏訪，三上光聽電話裡的聲音就能感受到記者們步步進逼。

電話是美雲接聽的，三上只聽得清楚是女人接電話，所以判斷應該是美雲。

「聽得到我說話嗎？」

「喂？請問您聽得到我說話嗎？」

「綁票案的消息，有告訴每一家新聞社了嗎？」

「不好意思，我這邊聽不太清楚。」

三上拉高音量喊到：

「臨時報導協定生效了嗎？」

「啊、是——」

一陣窸窸窣窣的聲音響起後，噪音稍微變小了，美雲可能鑽到桌子下講電話了吧。

「臨時協定生效了。可是很多新聞社表示，除非我們公布真名，否則他們絕不承認雙方的協定。再不公布真名，他們就要叫玄武市的同事探查消息了。」

「臨時協定終究是協定，別讓他們毀約。」

「那些記者說，警方隱瞞了整整三個半小時，沒資格說他們。而且，他們的人之前才去G署採訪交通事故的案子，打算再去一趟。」

「不行，叫他們的人不要接近G署，那是違反協定。」

「組長正在拚命說服記者。組長一再告訴他們，警方是考量到被害人自導自演的可能，才延遲公布的，但沒有人願意聽他解釋。記者們都非常火大——」

「拿紙筆抄第二份通告。」

「請、請等一下。」

噪音的音量上升，隨後又下降了。

「我準備好了。」

三上唸出他從御倉口中套出的情報，期間不斷聽到記者的叫罵聲。公關長躲去哪裡了！馬上叫過來啊！三上不在現場，無疑是火上加油。

「就這樣，妳快交給諏訪。」

「請問，有問到被害人的真名嗎？」

「還沒。」

「……」

聽得出來美雲很失望，估計諏訪也快撐不下去了。

「叫諏訪再撐一下。」

「那公關長呢？您有辦法回來嗎？」

「我要去G署，妳偷偷告訴諏訪就好。」

「您什麼時候會回來？」

美雲的語氣心急意切，現階段三上也沒法給一個答覆，畢竟能否見到松岡參事官都還是個未知數。

「講個大概就行了，請問您幾點會回來——」

「妳叫藏前去縣政府廳舍的管財課。」

「咦？」

「西廳舍的六樓，有一間足以容納超過三百人的會議室。妳叫藏前去借那間會議室，充當召開記者會的地方。管財課問起，就說有大案子要召開記者會就好。廳舍的地下停車場也叫他們空出來，到時候東京和鄰近縣市的採訪車輛過來，要有足夠的容納空間。」

「明白了，我會轉達——那我要做什麼呢？」

「徹底告知各家新聞社哪些事情不能做。叫他們聯絡東京本社，派來的採訪車千萬不能有新聞社的旗子或標誌，戶外轉播車的小耳朵也要偽裝。採訪車輛不得開進玄武市內，也不得開進縣警的停車場，更不可以做出在路上報導的招搖之舉。車子一定要停在縣政府廳舍的地下停車場，再搭乘貨梯偷偷上六樓。」

「現在——現在那些記者不會聽我的。」

美雲的語氣幾近哀號：

「我說了也不會有人理我，現在不是能溝通的狀態啊。」

「妳各別去找每一家新聞社，一一告訴他們。」

「記者們都說絕不會締結正式協定，還一直破口大罵，也不肯聯絡東京本社。」

「他們聯不聯絡，東京那邊都會派人過來採訪。每一家都會把手下的所有記者派來，搞不好已經出發了。」

「……」

「與其浪費時間思考，不如趕快行動！這件事關係到一個十七歲少女的生死。我們公關室抓不了犯人，目前能做的只有一件事，就是好好約束媒體，別讓媒體害死那個少女。」

三上也沒等美雲答話，直接發動引擎。

美雲說她明白了，會盡力一試。記者們的怒吼蓋過美雲的聲音，但三上還是聽出她堅定的決心。

三上趕緊驅車前進，離開枯葉紛飛的縣警停車場。車子在縣道上往東行進，沒塞車的話不用三十分鐘就到G署了。

這件事關係到一個十七歲少女的生死。

三上自己說出這句話，心中卻有那麼點複雜的味道。不是因為他用這句話來激勵美雲，也不是因為御倉說自導自演的可能性，害他喪失對C女的關心。三上確實感同身受，他想起了步美的笑容，還有雨宮翔子死去的面容。高中生的制服、女兒節的髮飾、路上的年輕女孩、服飾店內的紅色大衣，各種視覺影像和記憶情感互相交錯，讓他確實感受到一個陌生少女的心跳和體溫，不過——

這鮮明的觸感中，有那麼一絲雜訊。

被害人一家真的存在嗎？

三上橫打方向盤，一口氣加速超越前方的兩台汽車。

特搜本部太確信C女自導自演，也就是先斷定結果是自導自演，才反向推測案情。御倉泰然自若的反應，甚至讓三上有這種感覺。按常理推斷，刑事部一定有「暗藏重要情報」。既然有證據能斷定是自導自演，那這就已經不是案子了，也沒必要成立特搜本部。可是，刑事部大張旗鼓地占領講堂，一方面宣稱「這起案子可能是自導自演」，一方面又要求公關室和記者締結報導協定。如此就能破壞長官視察，這才是刑事部的真意吧？把C女當成騷動師，利用偶然發生的自導自演綁票案，大肆煽風點火。

三上叼了一根菸，正要點火的手卻停了下來。

——真的只是這樣？

這真是偶然的結果嗎？

整件事太湊巧了，三上才會心生疑竇。為什麼偏偏發生在今天？長官要來取走刑事部長的職缺，前一天竟剛好發生刑案。而且還是地方上十年都不見得會發生一次的綁票案，犯人還模仿六四的手法，像是要諷刺長官視察一樣。犯人要求被害人家屬，明天中午以前要準備好贖金，明天中午正好是小塚長官預定抵達的時間。犯人的恐嚇方式是模仿六四沒錯，但整件事的發展真的是巧合嗎？

該不會，這是更大規模的自導自演，只是偽裝成C女下的手罷了？

三上踩剎車停紅燈，點燃嘴上叼的香菸。

被害人一家真的存在嗎？

假如，這次的綁票事件是自導自演，而且還是刑事部的「最後一計」，那麼被害人一家存在與否，答案既是肯定也是否定的。那「一家人」確實存在，但並不是綁票案的「被害人」。三上很清楚全力以赴的警方有多可怕，所以才會有這種想法，警方要安排假的被害人一點也不困難。三上不敢相信警察真的會做這種事，但他很清楚警察想做絕對辦得到，這也是他無法停止想像的原因。

三上的腦袋開始模擬整齣戲的大綱。這次事件是綁票案，首先要設定「被害人的老家」。日本電信公司這個外部單位會留下通聯記錄，因此不能用警察家的電話來當被害人老家的電話。同理，警察的親戚或相關團體的電話也不能用。最快的方法，就是找上潛在的「協助者」，也不一定要找地下組織的人。像那些欠警察恩情，被警察抓住把柄的人，或是人生被警察支配的人，只要動之以情說服那些普通人，就沒有洩密或背叛的風險。表面上過著普通生活的夫妻，最適合參與這一次的自導自演。

三上想起在講堂顧門的蘆田，想起對方凶神惡煞的眼神。在暴力組織對策室任職的蘆田，曾經「救了」一個差點全家上吊的旅館業者。經營旅館的丈夫性好漁色，結果中了仙人跳，不斷被地痞流氓勒索。年輕的妻子也被流氓強暴，還拍了影片和裸照。受害夫妻偷偷找蘆田求救，蘆田也私下解決了這件事。他告訴那些黑幫分子，只要別再找那對夫妻麻煩，就不會追究他們犯下的恐嚇和強暴罪。三個月後，警方到黑幫事務所抄出了兩把手槍，蘆田還獲得本部長表揚。夫妻的生活重拾平靜，旅館並設置了供蘆田使用的特別套房。三上還聽說，房中的保險箱裡，有那個妻子被強暴的照片和錄影帶。

那對夫妻並不是特例，很多夫妻隱瞞重大的犯案經歷，或是欠下大筆債務，一旦祕密曝光就很難過正常的社會生活。警察當得越久，這類「協助者」就吸收得越多，尤其刑警更是如此。每個人都有不可告人的祕密，不然也不會有這麼多案件發生了。要安排被害人的「父母」一點也不難，再來——

三上捻熄香菸，踩下油門前進。前方都是汽車，他切進左線車道，超到卡車的前面。

再來，夫妻之間最好有一個女兒，兒子也沒關係。講極端一點，就算夫妻之間沒有小孩，只要持有三支手機就夠了，其中一支就當作「C女的手機」。警察可以用那支手機打恐嚇電話，在職刑警不敢直接下手的話，找已經離職的刑警，或是其他協助者來演犯人就好。

還有另一種可能性。「很少回家的C女」確實存在，她不知道自己的父母是協助者，那這起綁票案，就是利用她「行蹤不明」編成的戲碼。若按照這齣戲來演，C女前天夜晚離開家以後，手機就在某個地方「弄丟了」。不管手機是放在包包或隨身攜帶，人總是有輕忽大意的時候，睡著時也比動物更沒戒心。偵辦竊盜案的刑警精通各式各樣的竊盜手法，要偷手機絕對易如反掌。也許C女有向派出所報失手機，也有可能通報失竊。總之，特搜本部不主動接納這一則情報，C女就還是「被犯人綁架」的狀態。

這些情節早已超出想像範圍了，三上明知這是妄想，卻無法一笑置之。

理由在於，刑事部隱匿了被害人一家的姓名。

在寬廣無垠的匿名世界中，再怎麼荒誕無稽的故事也有一定的真實性，每一個假名都不具意義，任何人都能在匿名世界中肆意而行。現在三上終於明白，為何記者害怕匿名制度簡直到了有被害妄想的地步。匿名制度用來編故事可謂無往不利，那種容許無限可能的虛假制度，跟荒誕的妄想沒什麼不同。

三上習慣性地降低車速。

他的眼角餘光看到「喫茶葵」的看板，十四年前那裡是追蹤犯人的起點。倘若這起案子真是犯人模仿六四，不是警方自導自演，那麼明天這家店裡，會跟十四年前一樣擠滿偽裝成情侶的便衣警察。

反之，如果是刑事部自導自演，店內肯定沒有什麼客人。整件案子不會發展到交付贖金的階段，反正把綁票案拖到明天中午，也就是長官預定前來的時間，長官視察就注定告吹。不對，結果大概今天就會揭曉。當D縣警接到中止視察的通知，案子就會迅速解決。

三上加快車速，現在三點三十五分，前往G署比預期的更花時間。

特搜本部達成目的後，就得進行「善後工作」。也就是給出令人失望的訊息，讓那些被利用而不自知的媒體乖乖吞下去。首先，警方會公布「已成功保護C女，一切都是C女自導自演」的消息，因此事先暗示「自導自演」的可能性，這個時候就會廣收奇效。警方只要在記者會上，公布一些令人傻眼的愚蠢訊息就好。比如，這次事件純粹是C女要惡搞父母，沒有共犯或特殊關連。C女在網路上抄襲了六四懸案的手法，變聲用的氦氣是在派對上抽獎抽到的。接著再讓C女發表道歉聲明就行了。

被害家庭可以仗著C女未成年，要求警方匿名，媒體也不可能直接報導出來。記者也只好無奈寫下沒料的報導，說明D縣發生自導自演的綁票案，把警方和媒體耍得團團轉。媒體的採訪熱情將蕩然無存，也不會有追蹤採訪的意願。就算有心想追下去，可用的線索也太少。媒體只知道案發地點在玄武市內，C女就讀私立高中二年級，十七歲，其父從事自營業。公家機關和學校都必須遵守保密義務，不然直接讓那一家人遠走高飛也是個辦法。況且他們有匿名的神力相助，家族的年齡和就學狀況未必和警方公布的資料一致，就連C女是否存在都無法肯定。

（這跟你們沒關係，你們一輩子也不用知道。）

事情最後會發展到這個地步，社會大眾和媒體一概「不必知情」。

選擇綁票案來操作，就一定要安排成自導自演才行，這是三上推算後得出的結論。在破案前絕不對外洩漏任何情報，整件案子會撼動警察廳，但終究是茶壺中的風暴。沒有一個人會受傷或失去性命，自導自演的案子也很好收尾，不會驚動到社會大眾。一來有破壞長官視察的威力，二來又能撇得一乾二淨。也只有自導自演的綁票案，才有這種一兼二顧的作用。刑事部很快就會正式收網，警察廳準備面對狂風暴雨的侵襲。當警察廳高層發現這是D縣警刑事部的「最後一計」時，受到的震撼肯定無與倫比。

沒錯，刑事部會讓警察廳了解這一點。

事後繼續隱瞞警察廳，等於不讓敵對國家知道我國成功開發核武的事實。要逼迫警察廳徹底斷了「沒收職缺」的念頭，這次行動才有意義。刑事部會以某種方式「自白」，讓警察廳再也不敢提出「視察六四懸案」。這等於是遞上一顆血淋淋的人頭，逼對方做出決定。警察廳會怎麼做呢？默默地收下人頭埋起來？還是拿荒木田開刀以儆效尤呢？

三上的視線往上方移動。

遠處已看得到G署建築物的頂端了，日本國旗正在隨風飄揚。時間是四點〇二分，或許是陰天的關係，四周天色也暗了下來。

——參事官是戳破謊言的針。

三上在口中喃喃自語，松岡一定能刺破他腦海中不斷膨脹的妄想氣球。不消說，松岡絕不會做這種卑劣的搜查行動。嚴格講起來，這種觀念就是松岡灌輸給三上的。松岡曾說，警方握有上帝的權柄，水再髒，也不代表我們能弄髒自己的手。不要因為沒犯人可抓，沒功勞可享，就做那種卑劣的搜查行動。

沒錯，G署是搜查的前線基地。松岡這一塊「查案招牌」若在G署，馬上就可以破除刑事部自導自演的推論。

松岡一定在G署，三上祈禱他在。

能否套出被害人的真名，其實端看松岡的良心，因此三上是有勝算的。不管刑事部有沒有證明C女自導自演的證據，松岡一向認為自己闖的禍要自己解決，未成年闖禍他也不會縱容。三上只要動之以情、曉之以理，松岡就有可能說出真名。而且，他也有那個權力直接說出來，不必請示上級。

三上又點了一根菸。

這次他不會重蹈覆轍了，直闖刑事課只會像剛才在講堂那樣吃閉門羹。該怎麼跟松岡單獨碰面呢？要在綁票案發生的當下，找機會跟搜查指揮官一對一談話，這或許比套出被害人的真名還要困難。

三上瞪視前方，G署廳舍近在眼前，他卻卡在車陣中動彈不得。時間是四點〇八分，不，三上不耐咂嘴的時候，已經四點〇九分了。

他想起了諏訪。

這是他第一次清晰憶起部下的臉龐，而不只是想起一個模糊的印象。

——諏訪，等我。

三上捻熄了沒抽幾口的菸，打開大燈，調成遠燈模式。他用力轉動方向盤，衝到對向車道，全速衝過停滯不前的車陣。

真名有其重大的意義。

套出真名不光是為了公關室。三上絕不放任「匿名」這頭怪物，以人心的猜忌為餌，肆意成長茁壯。

65

三上把注意力集中在聽覺上。

他聽到水滴的聲音，聲音保有一定的頻率，每隔幾秒就會滴在洗手台的排水口上。

三上來到G署四樓的廁所，偷偷躲在內部的隔間。這個隔間角度不好，無法從門縫看到進來廁所的人，聲音是他唯一判斷的情報。腳步聲、嘆息聲、咳嗽聲、哼歌聲、一群人進入廁所的腳步聲，還有說話聲。

過去三上在二課任職，產經新聞的記者常用這一招堵到他。三上曾經問對方，到底如何判斷進來廁所的人是誰？當時對方笑而不答。直到三上接獲調往公關室的人事命令，去跟對方打招呼時，對方才終於告訴他真相：三上先生，你洗手都會把水龍頭開到最大。

松岡一定會洗臉。很多人都會洗臉，松岡還有另一個習慣，關完水龍頭以後，他會用力甩手，就像甩掉雨傘上的水滴一樣，咻。以前二人一同在轄區警署任職，三上就聽過那樣的聲音，而那也是三上在等的聲音。

三上低頭看手錶，時間四點五十五分，潛入G署已過三十分鐘。好冷，館內的暖氣沒有吹到廁所的角落。三上立起西裝的領子，搓揉自己的雙手驅寒。

打開手機，沒有來電通知。震動模式同樣會發出聲音，所以三上直接啟用飛航模式。一到G署，他就在車裡打電話到公關室，說明自己一時半刻無法接聽電話。電話響了好久，最後是諏訪接聽的，公關室依然充斥記者的怒罵聲，三上快速交代完後，只問了一個問題：

「你們有接到視察中止的聯絡嗎？」

「並沒有。」

諏訪是故意用不敬的口氣說話，以免被記者發現通話對象是三上。結束通話前，諏訪說了一句：

「總之，快把零件拿來。」

這時，有聲音打斷了他的回憶。

三上豎起耳朵仔細聽，走廊有腳步聲，步伐挺快，正在接近廁所這邊。人來到廁所的入口前面……可惜沒有進來，腳步聲變得很急促，往樓下去了。

在這半小時裡，進來廁所的只有五個人，而且都集中在前面十五分鐘。或許是刑事課的人吧，他們在裡面的會議室開搜查會議，三上是這麼解讀的。

不必證實松岡是否在場，三上的妄想就不攻自破了。車子一開進G署廳舍後方的職員停車場，三上便茅塞頓開。停車場內停滿了轎車款式的搜查車輛，明眼人一看就認得出來，大概是從各地收到召集趕來的吧。放眼望去，光是本部強制犯搜查組的車子就有四台，輕型和小型車輛一台也沒有。職員通勤用的車子都停到其他地方了。

長年來擔任刑警的人，都見識過這種「真正的」查案光景。這也讓三上想起大動作搜查的保密有多困難，如果這是荒木田主導的「自導自演」綁票案，那麼在威脅警察廳之前得徹底保密才行。要做到這一點，相關訊息就只能提供給一部分的搜查幹部，這也意味著要欺騙來到G署幫忙查案的所有刑警。例如，在不公開被害人姓名的前提下，命令那些刑警偵查綁票案件。或者，公開被害人的姓名，但從頭到尾都不告訴底下的人這是自導自演。這兩種方法都是險棋，成功的機率太小，風險又太大。刑警對謊言和陷阱是很敏感的，陣前爆發的怒火和不信任感，會衝擊到自家人。保護刑事部的策略，反而會弄巧成拙。

那麼要告訴所有搜查人員，這是自導自演的綁票案嗎？不可能，小規模搜查也就罷了，大規模搜查這樣做簡直是找死，荒木田也明白這個道理。每個刑警都有一套自己的規範和行事準則，現在「沒收職缺」的消息搞得人盡皆知，刑事部上下一心，砲口一致對準警察廳，但不是每個刑警都會參與自導自演。陸續一定會有退出的刑警，祕密是保不住的。任何時代都有幸田那種清高的刑警。

換句話說，刑事部的大部隊調度得宜，就是最好的證明。

三上望向聲音的來源。

有腳步聲。

這一次不必豎起耳朵仔細聆聽，是一群人的腳步聲。會議結束了，一群人朝廁所的方向走來。砰，有人開門的聲音，三上反射性地縮起脖子，有兩個人進來廁所。不對，後面還有一個人。

「領帶拆掉比較好吧。」

「是啊。」

這幾個人的聲音三上沒聽過，他們都在解手。走廊凌亂的腳步聲都往樓下去了。

有人打開洗臉台的水龍頭洗手，有兩個洗手的聲音，剩下的那一個呢？水聲停了，好幾個腳步聲往門口走去。先走的那兩人說了一句待會見，是對剩下的那一個說的嗎？剩下的那一個沒有答話，是用點頭回禮嗎？那應該是「地位比較高的人」。腳步聲緩慢移動，水龍頭又被打開，同樣是洗手的聲音。然後……還有洗臉的聲音。是松岡嗎？水龍頭關起來了，三上專注聆聽，手指就放在門鎖上，隨時準備開門。

砰，又有人進來了。進來的那個人，似乎先打了一聲招呼。三上沒有開門，他沒聽到甩水的聲音。也有可能是被開門聲蓋過，總之外面有兩個人，他也沒法出去。

腳步聲前往走廊，沒多久另一個人也出去了。

再來又是漫長的等待。

六點……六點半……七點……三上也記不得自己看了幾次手錶，手機還是沒有來電通知。不曉得諏訪怎麼樣了，他把持住局面了嗎？藏前和美雲把事情辦好了嗎？記者有遵守暫時協定嗎？為何赤間和石井沒有任何指示？

現在又有一個人出去了，出入廁所的頻率挺高的。不過，三上依舊沒聽到「松岡特有的聲音」，是他聽漏了嗎？還是松岡根本不在這裡？迷惘和焦慮不斷擴大，身體也凍僵了。三上坐在馬桶蓋上，偶爾站起來活動四肢。跟過去長時間跟監相比，這算不上什麼，但自己待的隔間隨時可能有人來敲門，每次有人進來廁所，三上便心驚肉跳。

七點十一分，三上剛確認手錶後廁所的門就開了。喀、喀、喀，不疾不徐的腳步聲，步伐沉穩而規律。三上眼睛都亮起來了，他不記得松岡走路的方式，也沒在意過松岡的步伐和腳步聲。但——

三上直覺認定來者就是松岡。

那個人解完手，腳步聲在室內移動。水龍頭被打開，響起了洗手和洗臉的聲音。洗完後水龍頭被關上，水聲停了。三上把耳朵靠在門縫專心聆聽。

咻。

三上靜靜地離開隔間，一出去就看到對方的肩頭，還有甩完水滴的手刀。

「參事官——」

這個男人何時才會露出驚訝的表情？松岡回過頭來注視三上，神態自若地打了聲招呼，順便瞄了三上右手的繃帶一眼。

總而言之，松岡確實在這。「地下刑事部長」就在搜查的前線基地。

三上走近松岡，凍僵的雙腿在發抖。

「請容我冒昧在此等您前來，我有話要告訴您。」

「怎麼了，幹嘛學狗仔啊？」

「我想不到其他能見到您的方法。」

松岡從長褲口袋中拿出手帕，擦拭濕潤的臉龐。

「你也知道我忙，長話短說吧。」

三上點點頭，說道：

「請告訴我被害人一家的姓名。」

「不能說。」

松岡毫不猶豫地拒絕了，但也不是完全不顧念情分的口氣。

「您也清楚，綁票案隱匿被害人的姓名，媒體是不會受控管的。各家新聞社都說，他們不會和警方締結報導協定。」

「這就是理由嗎？」

「咦？」

「這就是你來這裡的理由？」

「是的。」

「我記得你說過，你沒有出賣自己靈魂的打算。」

松岡的眼神透露出嚴厲的神色，他指的是雙方在搜查一課的辦公室交談的內容。那時候的三上，還很在意自己的立場該往哪邊靠。

「你知道長官視察的目的了吧。」

「荒木田部長告訴我了。」

「都知道了，你還要幫警務工作，替他們盡忠？」

「我不是為了警務或警察廳，這是公關長該盡的職責，請您諒解。」

「是嗎？」

「我知道您不信，但也只能請您相信。這確實是公關長的職責所在。說服媒體締結報導協定，收拾混亂的局面乃當務之急。沒有問到真名，我沒法回去。」

松岡歪著脖子問道：

「有這麼重要嗎？」

「咦？」

「我是在問你，這件事值得你跑來廁所蹲點嗎？」

三上深吸一口氣說：

「從刑警的角度來看，或許這是很愚蠢的工作吧。公關本來就不是警察的本務，我以前也是這樣想的。逮捕犯人才叫維護治安，外面的世界純粹是我們的獵場。不過，現在我的想法不一樣了，全日本有二十六萬名員警，每個人各司其職，刑警只是其中之一。大部分員警做的都是無人聞問的幕後工作，沒有上帝的權柄。然而，他們也有屬於自己的驕傲，也多虧大家夙夜匪懈完成職務，這個巨大的組織才得以順利運作。公關室也有公關室的驕傲，刑警雖然笑我們和媒體暗通款曲，但我並不引以為恥。對自己人阿諛奉承，關閉對外的窗口，這才是真正的恥辱。」

松岡雙手環胸，斟酌著三上的說詞，以及他的真心。

「我沒有出賣自己的靈魂。可是，我對刑警工作也沒有眷戀了。這件事無關刑事部或警務部，我只是要完成自己的工作——」

話說到一半，廁所的門被打開了。有一個看起來像刑警的傢伙走了進來，三上趕緊轉頭迴避，就在他擔心自己身分穿幫的時候，松岡扭扭脖子對來者說：

「抱歉，你用下面的廁所吧。」

「啊、是。」

男子訝異地行禮，之後快步離開現場。

三上用眼神表達謝意，並且再一次表明決心：

「公關室嚴格來講是半官半民，因此和刑事部自然有意見相左之處。處理綁票案自有一套規則，包括警方該遵守的規則，還有媒體該遵守的規則。讓雙方遵守規則是我們公關室的職責所在——請您公布被害人一家的真名吧。」

松岡放下雙手，眼神依舊銳利：

「這就是你來廁所堵我的原因？」

三上用力點頭。那一瞬間，還有其他思緒掠過他的心頭：

「不——不只是這個原因。現在我的部下還在本部奮鬥，我得幫他一把。」

松岡抬頭思索了好一會，看得出他也是千頭萬緒交錯。

突然間，松岡背對著三上，雙手插入口袋中。

這是用自言自語透露情報的姿勢。

三上如受雷擊，他嘀咕了一句抱歉，趕緊拿出記事本抄寫。

「目崎正人。」

松岡的音量壓得很低：

「眉目的目，長崎的崎，正義之人的正人，四十九歲。」

目崎正人。

「經營體育用品店，住址是玄武市大田町二丁目二四六番地。」

三上拚命抄寫自己聽到的內容，字也歪七扭八。抄完一段後，他等著聽下一段，卻再也沒有下一段了。

三上猛然抬頭，松岡轉身重新面對他，雙手也抽出口袋了。

怎麼回事？夫人B女的姓名呢？還有最重要的被害人C女的姓名呢？

「我能說的只有這樣。」

「可是，這——」

「你聾了嗎？」

松岡的聲音隱含一股威壓的魄力，但三上也有不能退縮的壓力。

「請您重新考慮一下，沒有C女的名字無法締結協定。」

松岡沉默了。

「協定泡湯的話，數百名記者和攝影師將不受控制，必定妨礙搜查行動。」

「……」

「我在本部聽說，這件案子可能是C女自導自演。我在公布C女的姓名時，一定會嚴厲警告那些媒體不可洩漏。況且，他們也很清楚，未成年的名字是不能說也不能寫的。」

「我不能講。」

「這是為什麼？」

「人啊，有些話能講，有些話不能講。」

——這跟人有什麼關係？

松岡的說法聽起來有點奇怪，感覺像是硬掰的，這也讓三上起了疑心。三上不再懷疑這是「刑事部自導自演」，但「順水推舟」的可能性還在。該不會刑事部明知這是C女的自導自演，卻刻意隱瞞真相，還大張旗鼓地當成真正的綁票案來辦，逼迫警察廳中止長官視察。

三上非得問清楚這位D縣警的刑警翹楚，也是他視為兄長敬愛的對象：

「您已經確定這是自導自演，所以才無法說出真名——是這樣嗎？」

松岡沒有回答，是不能回答嗎？

三上的情緒激動了起來：

「警察廳要奪走刑事部長的職缺，我也非常氣結。可是，如果你們明知這是自導自演，還順水推舟利用這件事，那不管有何理由，這都是卑劣的搜查行動。」

「有句話是這麼說的，只有用卑劣的手段，才能讓卑劣的人幡然悔悟。」

三上懷疑自己聽錯了，松岡是要他照字面上的意思理解嗎？

松岡輕笑道：

「別板著一張臉，案子確實有可能是自導自演，但我們也不敢肯定。現階段，我有派人去查證了。」

「那麼——」

「別再說了。」

松岡眼神一厲：

「再來是你們的工作了，拿出你們公關室的驕傲，讓我看看你們如何控管狗仔。」

三上的氣勢被壓下去了。松岡目光如炬，他無法直視松岡的眼神，視線落在了對方的胸口一帶。

再來是你們的工作了——松岡的這句話也點醒了三上。的確，松岡已經很夠意思了，三上也有了收穫。被害人父親的姓名住址都知道了，妻子和女兒的姓名想辦法查就好。當然，松岡應該不是那個意思，但三上也下定決心。他低頭看錶，時間是晚上八點十分，不能再拖了。現在盡快趕回本部，才是最重要的任務。

三上抬頭看著松岡，雙腳併攏低頭致謝：

「多謝參事官，那我回去了。」

「等一下，我也有件事要拜託你。」

三上愣住了，松岡竟然有事要拜託他？

「明天一整天，讓美那子來幫我們吧。」

三上又嚇了一跳。

「女警的人數不夠，而且髮型都是一個樣，我需要其他看起來不一樣的女人來幫忙。」

松岡指的是，要美那子明天擔任偽裝搜查班的人員。

三上不曉得該如何回答。確實美那子看起來不像女警，也不像幹過女警的人，過去也有偽裝搜查的經驗。十四年前她在「喫茶葵」親眼目睹雨宮芳男衝入店內，松岡想必是念在美那子有經驗，才指名要她來幫忙。三上也想幫松岡一把，替搜查盡一分心力。不過，這不是三上自己一個人的問題，現在的美那子幫不上忙，這個重擔對她來說太殘酷了。

三上正在尋思拒絕的說法，松岡又開口：

「聽說，她都不肯離開家是吧？」

三上覺得自己的心被人偷捏了一把。原來，是松岡夫人透露的。松岡夫人和村串瑞希通過電話，所以知道美那子的狀況。

「去外面活動活動比較好，我明白她想等電話的心情，但救人一命這個理由，她應該也能接受才對。」

三上驀然垂首，松岡的話說入了他的心坎。他想起美那子的臉龐，這是要美那子為陌生人出力，而不是為步美出力。

「也不勉強，明天早上七點，七尾會在本部的講堂接應。」

三上咬著自己的嘴唇。

他對刑警已經沒有眷戀——這句話收不回來了，他也不打算收回來。然而，他內心還是有一大遺憾。

真想再體驗一次，替這個男人工作的感覺。

記者風暴離開公關室，不曉得往哪裡移動了。

公關室盡是被暴風侵襲的痕跡，辦公桌和沙發被推到牆邊，椅子也東倒西歪，無數的紙張散亂一地。

室內只剩下諏訪一人，看上去像變了個人似的。他的眼珠滿布血絲，眉毛也往上吊，短髮全豎了起來，猶如怒髮衝冠。可是，跟真正的變化比起來，這些細部的變化根本算不上什麼。諏訪身上散發出剽悍的氣息，那是一種潛力全被激發出來的表情。不是去蕪存菁的感覺，而是搶下某種戰果的神情。

「公關長，您辛苦了。」

諏訪的聲音也很疲憊，跟選戰結束的候選人差不多。

「你也是啊。」

「被害人父親的姓名奏效了，多虧有那個名字，情勢才開始好轉。」

五十分鐘前，三上在G署的停車場打電話回報訊息。

「正式協定有望締結嗎？」

「剛才，各家新聞社打電話商議了。可能得花點時間，但今天之內應該就有結果。」

「真的啊？」

三上頗為訝異，他反問諏訪：

「你只提供被害人父親的名字，記者就接受協定了？」

「C女的名字被查出來了，每一家用上各自的採訪手段，得知少女的名字。」

原來如此，是這麼一回事。

記者要求警方公布C女的姓名。據說，記者們不斷抨擊公關室和講堂的特搜本部。甚至跑去警務部長室和本部長室大鬧，但沒有一個單位肯透露被害人家族的姓名。群情激憤和焦躁不安的氣氛持續了好幾個小時，各家新聞社害怕對方在背後搞小動作，陷入了互相猜忌的泥沼。儘管暫時協定已經生效，但終究不是正式協定，大家當然會懷疑別人偷跑。該不會只有自家新聞社沒去偷挖新聞吧？其他家是不是已經挖到被害人姓名了？記者的情緒極度不安，就只差沒有恐慌症發作了。

當此風口浪尖上，公關室透露了「目崎正人」這個名字，記者們無不見獵心喜。他們跟三上想的是同一件事，也就是從姓名、住址、職業，來挖出一家妻小的姓名。不管協定是暫時的還是正式的，探查被害人一家的訊息都是違反協定的行為。諏訪當然有提出抗議，但記者憤然反駁，要求警方公布姓名來換取媒體合作。也有新聞社高呼，誰敢破壞協定就踢出記者俱樂部，可惜最後還是不敵主流意見。多數新聞社表示，探查被害人姓名不算挖新聞，打電話採訪也沒風險，不然只採訪玄武市公所或工商協會也行。採訪規範被記者們擅自扭曲，鬧著鬧著所有新聞社都查到被害人一家的姓名了。接下來情況急轉直下，本來所有新聞社不肯締結正式協定，如今各家的本社都準備締結了。特搜本部還沒公布被害人C女的姓名，媒體卻棄守匿名問題的堅定立場，轉而和警方協調合作。

——原來媒體跟警方也沒兩樣。

媒體也受制於東京高層的想法，說穿了就是競爭心作祟。媒體厭惡採訪權利被束縛，但又害怕被競爭對手搶先，於是用更強大的束縛套在對手和自己身上。

「這是被害人一家的名字。」

諏訪遞出一份文件，這是他從記者口中套出來的，也問過G署的警務課員，獲得了對方的證實。

目崎睦子（四十二歲）

歌澄（十七歲）

早紀（十一歲）

歌澄，日文讀音KASUMI——三上唸著這個名字，語感和步美的AYUMI有幾分相似。目崎正人、睦子、歌澄、早紀，這些名字擺在一起，就是實實在在的「一家人」。三上內心浮現了另一種感慨，真希望這次事件是歌澄自導自演，他的父母一定很擔心吧。

三上甩甩頭，問起其他部下：

「另外兩個呢?記者會的會場安排得如何了?」

「藏前安排得差不多了,就留在原地顧守會場,警務課和祕書課派了十個人幫忙。美雲在地下停車場管制東京來的車輛,厚生課和效率管理課也有派人幫忙。」

也是,沒有其他單位支援,事情根本辦不成。松岡說,七尾會在講堂接應,意思是刑事部徵召了警務課的女警擔當組長幫忙。實務上的要求打破了部會的藩籬,各部會合作雖然晚了一步,但整個D縣警總算做好了迎戰「真正綁票案」的準備。

二渡在幹什麼?人又在哪裡?三上完全沒有頭緒。是去支援綁票案嗎?還是依然在搞視察的相關問題?

「你有看到二渡嗎?」

「您說調查官?沒有,我沒看到。」

「記者會的會場呢?」

「調查官去那裡的話,藏前應該會提起才對。」

「這樣啊……」

「我替您找人吧?」

「不用了,沒關係。」

三上用這句話來轉換自己的思維。

「記者會的會場已經來很多人了嗎?」

「東京那邊派了上百個記者過來,人數還會繼續增加吧。」

「我們的記者呢?」

「我們的？」

諏訪笑了，起初是微微一笑，最後忍不住張開嘴巴大笑。

看得出來他緊繃的情緒慢慢釋放了。三上想起父親戰友誇張的笑聲。原來，忘了如何歡笑的人才會那樣笑。

三上苦笑說道：

「也對，把他們講成自己人是我不好。」

「啊，不好意思，一不小心就笑出來了……」

諏訪小聲道歉，順便用雙掌搓揉自己的臉，恢復嚴肅的表情。

「記者部隊都去會場了，各家的採訪組長跑去盯講堂，但刑事部不准他們進去，我想他們再過不久也會去會場吧。」

「記者會的行程安排呢？」

諏訪望向辦公桌，用手指夾了其中一張手抄文件。

「呃，報導協定締結以後，現階段每隔兩小時開一次記者會。休會期間案情有任何發展的話，我們要提供相關資料。若有重大情事發生，好比再次接到犯人的恐嚇電話，就要立刻召開臨時記者會，還沒締結正式協定也要照辦。」

「每隔兩小時開一次不可能吧。」

「所以我才說是現階段，第一天會有這種要求也無可厚非。」

「俱樂部很堅持是嗎？」

「是的，他們說警方隱匿了目崎歌澄的名字，所以要完整說明案情和搜查進度。」

「真要完整說明，兩小時根本不夠，搞不好會開到隔天早上。搜查指揮官形同被軟禁，這可不是鬧著玩的。」

「關於這一點……」

諏訪的表情沉了下來：

「刑事部的人說，記者會由搜查二課落合課長負責。」

「開什麼玩笑啊？」

三上不小心罵了出來。綁票案的記者會一向是刑事部長或搜查一課課長坐鎮的。這次松岡親上前線，照理說要由荒木田負責。結果，現在派了職位更小，而且不負責綁票案的二課課長來面對媒體。更何況，落合是沒有實務經驗的年輕高考組，根本沒辦法做好綁票案的質詢對答。

這就是刑事部的用意嗎？讓落合拿著一張破紙去主持記者會，這手法跟赤間警務部長一模一樣，什麼都不知道就無從洩密了。

「這記者會開不成的。」

數百名記者保證暴跳如雷，荒木田明知如此，還故意派落合去送死。搞不好這起案子有不能被媒體知道的壞消息，荒木田才派一個傀儡上台以免露餡。不對，這推測真的合理嗎？「刑事部自導自演」的可能性被推翻了，松岡也嚴正表明刑事部沒有把這件案子當成C女的惡作劇，更沒有用來抵制長官視察。而就三上所知，案子本身也沒有經不起調查的地方。是不是荒木田握有祕密情資，連松岡也被瞞在鼓裡呢？

難不成——

這純粹是謹慎起見的策略？警察廳還沒有宣布中止視察，等報導協定締結後，媒體引起的紛擾就會沉靜下來。荒木田要持續對警察廳發出「危險」的訊號，就有可能利用落合來發揮騷動師的效果。

或者……

三上在腦海裡持續推敲。

不過，三上想不出其他的可能性，已經沒有疑慮刺激他敏感的神經了。並不是荒木田的行為毫無可疑之處，而是刑事部的應對措施沒有「刻意操弄案情」之處。三上心頭有一塊疙瘩，他不斷思考各種可能性，完全是出於一種無法言喻的不安。

這些推測純屬雞蛋裡挑骨頭，缺乏根據和具體事證。也許刑事部的公關態度有問題，但三上不得不承認，他們處理這起案子的手法並無瑕疵。不僅有考慮到目崎歌澄自導自演的可能性，也沒有任何輕忽或懈怠之處。搜查一課課長親自前往G署指揮，召集了精通強制犯罪的刑警，安排一些看起來不像警察的女警，跟其他單位也保持密切合作。饒是如此，三上還是放不下心中的憂慮。明天被害人家屬就要交付贖金了，案情和搜查必定會有很大的進展。奇怪的是，三上始終少了一股激情。有什麼地方不對勁，那種說不清的討厭感覺，就好像坐在缺了一隻腳的椅子上。

三上不會說這是刑警的直覺，公關的思維也沒有幫他找到新的觀點。然而，三上還是忍不住懷疑，這起案子背後不單純。

「我說得很清楚了——」

諏訪剛才在接聽電話，是週刊雜誌或八卦小報打來的吧。諏訪一再重申，沒有加入記者俱樂部的媒體不得參加記者會。

情報已經洩漏了。

三上拿出手機打給藏前，電話一下就打通了。

「啊，公關長好，您辛苦了。」

想不到藏前的聲音還挺有精神的。

「你也辛苦啦——現場來了多少人？」

「噢，已經超過兩百人了。」

「沒出什麼亂子吧？」

「記者們搶位子有點小口角，其他沒什麼大問題。」

「你告訴現場的記者，風聲已經走漏了，叫他們謹慎一點。再來，要嚴格管制出入，絕對不能叫外賣。」

「明白了，我會用廣播告訴所有人。」

三上看著牆上時鐘，已經九點半了。

「那就麻煩你了，我很快就過去。」

三上掛斷電話，正要打給美雲。這時諏訪也講完電話了，他似乎聽到三上剛才在講什麼。

「您說到外賣我才想起來，這裡有吃的，您去現場前先吃一點吧。」

在擺放茶水的櫃子上，有用保鮮膜封起來的一盤炒飯。其實保鮮膜上都是水蒸氣，三上也看不出裡面是什麼，聽說是美雲叫的外送。美雲在那樣混亂的場合中，還有心思顧慮其他成員的晚飯，看來是不需要擔心了。美雲有做好她該做的事情。

從地下道前往縣府的西廳舍要花五分鐘，用跑的兩分鐘就能到。三上決定吃完一半的炒飯再過去，炒飯吃起來又濕又涼，但飢餓的胃部還是很歡迎食物的到來。

「公關長，您要去二樓露個面嗎？」

「晚點吧。」

「那邊也被記者鬧得亂七八糟，連赤間部長都被釘得滿頭包呢。」

「上面有提到視察的事情嗎？」

「還沒有，照這個情況也來不了吧？」

「是啊。」

「話說回來，這時機也太巧了。」

語畢，諏訪伸手拿起桌上的電話，電話又開始響了。

諏訪說綁票案發生的時機很巧，這是非常自然的感想，並非別有深意。不過，三上還是停下了手中的湯匙。六四視察的前一天發生了模仿六四的案子，這就是疑慮的來源嗎？

「公關長——」

諏訪按住通話口說：

「是石井課長打來的，他說長官官房通知，明天的長官視察取消了。」

67

三上爬著樓梯，心中卻在想二渡的事情。

這是二渡在本部執勤以來，第一次沒完成上級交代的任務吧。他敗給了綁票案這個不可抗力的因素，不，應該在更早的階段就注定失敗了。他用「幸田報告」威脅刑事部，到頭來也是雷聲大雨點小。三上的感想是，二渡一反低調四處招搖的作風，只帶給刑事部不必要的刺激，而且沒得到多大的成果就打了退堂鼓。不管怎麼說，總算不必再面對二渡的緊迫盯人了。現在三上可以專心工作，不必擔心被自己人扯後腿。

警務部長室很昏暗，天花板的日光燈都關掉了，窗簾、沙發、地毯都染上了壁燈的橙色光芒。

「我們對外宣稱部長已經下班回去了。」

最先開口的是石井，他也被記者折騰得夠嗆，臉上的皺紋盡顯疲態，大概跟昏暗的照明也有關係吧。

至於赤間——他穿著鞋子躺在沙發上，四肢疲軟無力，眼神空洞呆滯。赤間對三上的來訪不感興趣，三上也懶得理會赤間。

「長官視察不是延期對吧？」

三上向石井確認這一點。

「上面的說暫時取消，實際上就是中止了，但他們也沒明講。」

石井的口吻聽起來像失望，又有那麼點安心的感覺。三上想起白天的時候，他告訴石井有綁票案發生，石井的第一個反應也是先關心長官能否前來視察。

「報導協定沒問題吧？」

「應該有辦法談成。」

「那就好。真受不了那些記者，逼我們公布被害者姓名有什麼用啊？叫他們去跟刑事部要名字，他們只顧著發火，還對我們破口大罵呢——總之，麻煩你聯絡那些新聞社囉。」

「明白了。我會告訴記者們長官視察取消了。」

三上講這段話時，已經從位子上站了起來。他對躺在沙發上的赤間默默行了一個禮，逕自往房門走去。

背後傳來赤間的聲音：

「這是刑事部幹的好事嗎？」

三上回頭，赤間茫然地凝視天花板。

看到赤間的樣子，三上心中只有一點冷冰冰的感想。

你現在何苦去煩惱東京的政局呢？有一個少女被綁架了，你女兒每天過得平平安安，就不能慶幸一點嗎？天下和國家很重要嗎？沒有人民安生的故鄉，又豈會有天下國家？赤間你也有故鄉吧？那裡也有警察，很多同伴在守護著人民的故鄉，你就不覺得驕傲嗎？你就不能抬頭挺胸地說，自己也是守護者的一分子嗎？你那點微不足道的野心，對鄉里有幫助嗎？夢想破滅了有什麼好悲嘆的？故鄉安然無恙，人們過得安全自在，這不就夠了嗎？

結果你竟然問我，這是不是刑事部幹的好事？

「不是。」

三上果斷回答：

「這是在外面囂張跋扈的惡徒幹的好事。」

68

整個會場，都被「東京」占據了。

晚上十點，三上來到西廳舍六樓的記者會會場。別的不說，光是場內的體感溫度就跟走廊不一樣。縣府最寬敞的室內空間擠得人山人海，裡面擺了大量的長桌和椅子，還有一整排攝影機，散落一地的器材線路還絆到三上的腳。在場內通道行進時，肯定會擦撞到其他人的肩膀、手肘、包包。四面八方的談話聲交錯，形成一種低周波的煩人噪音，充斥整個會場。

三上在正面的講台上，看到配戴「公關」臂章的藏前。他花了好幾分鐘才走到講台，上面有一張用來開記者會的長桌，桌子中間擺滿了各家新聞媒體的麥克風。

「明天長官不會來視察了。」

藏前的眼神一時有些茫然，想必他根本忘了這回事吧。

「啊……是這樣啊，長官視察取消了嗎。」

「跟這邊的記者說一下，沒法當面講的話就用手機聯絡。」

「這邊的記者……？」

「我們的記者啦。」

「啊、是，我明白了。」

藏前大概是看到記者的位置了，直接走下講台進入人群之中。

三上再次掃視會場，這是他第一次面對那麼多媒體，可能也是最後一次。講台下有一大堆攝影師，他們穿著輕便的服裝坐在地板上，用占地為王來形容還比較貼切。攝影師集團的後方則是記者待命的地方，一列列的長桌活像層巒疊嶂的景象，長桌後方也是萬頭攢動。不是每個記者的表情都很嚴肅，有人一臉驚奇，也有人興味索然，還有人惴惴不安，抑或充滿期待。底下有挑釁的眼神，有抑制不了說話衝動的嘴唇。看起來像資深記者的黑邊眼鏡仔雙手環胸，一副胸有成竹的樣子。身穿長大衣和圍巾的帥氣男子，可能是電視台的相關人員吧。有人在打哈欠，有人扯開嗓子講電話，有人在開玩笑。甚至有採訪團帶來背包、睡袋、簡易帳篷，打算長時間追蹤採訪。現場的女性也不少，有人青筋暴露對年輕男子發號施令，也有人歡慶老友重逢，發出很三八的笑聲。一名圓臉的女性應該是現場播報員，正拿著化妝盒重新上妝。每個人都是一臉傲慢，這些在全國各地追蹤大新聞的記者，身上充滿著自信和驕氣。這樣的人聚在一起，醞釀出一種把傲慢視為理所當然的氣息。

「我方的記者」被埋沒在這群人當中。要不是三上盯著藏前的背影，根本找不到俱樂部的記者。首先他看到了東洋的手嶋，手嶋把自己的名片遞給一個穿著羽絨夾克，頭髮梳成油頭的中年男子。中年男子應該是東京本社的王牌記者吧，手嶋的臉上掛著巴結的笑容。每日新聞的宇津木也在場，一臉凝重的表情。藏前上去打了聲招呼，宇津木才笑逐顏開。還有朝日新聞的高木圓，一個人在旁邊發愣，身旁都是同一家新聞社的同事，高木卻無法融入對話。讀賣新聞的笠井和全縣時報的山科也在場，看上去很不自在，一點也沒有案發地區的記者該有的氣概，所以很不顯眼，稍微分神就有可能看漏。

這景象說穿了也很簡單，現在支配這個記者會場的，是那一大批姓名不詳、來歷不明的陌生來客。警方要對那些外來分子說明綁票案，沒人知道那些外來分子的性格和立場，連他們過去說過哪些話、做過哪些事都不清楚。對那些「刑案禿鷹」來說，案子在哪裡發生一點也不重要，反正D縣警在他們眼中就是鄉下警察和鄉下公關，與符號無異。他們沒打算跟這裡的人混熟，也不認為有那個必要。講好聽叫萍水相逢，講難聽叫人在外地，囂張沒顧忌。這種賓客身分也不怕留下麻煩，他們會充分利用這樣的立場，肆無忌憚地大鬧一番。場內瀰漫著不講人情義理又現實的氣息。

三上納悶，這就是所謂的媒體嗎？這一路走來，他跟「自家記者」的距離太近，吃了不少苦頭；雙方的關係過於密切，連口頭上的對話都會牽動彼此，三上心心念念的，就是處理好彼此的關係。可如今，會場上只看得到東京的作風，三上開始懷念起他跟自家記者小打小鬧的時光。

身為一個公關長，三上實在不願去想落合課長主持這場記者會的景象，這擺明是讓落合召開記者會時，對著台下記者承認自己是傀儡。三上不敢想像接下來會是怎樣的地獄景象。

正好美雲出現在三上的視野中，美雲就在入口附近，三上遠遠就看到她的制服。

美雲也注意到三上，高高舉起一隻手向三上揮舞，猶如在人群中看到戀人般。三上沒看過美雲這麼開心，美雲讓每家新聞社遵守綁票案的報導規範，每一輛採訪車也都誘導至地下停車場。或許過去的美雲，也忘了怎麼歡笑吧。美雲想要過來找三上，卻擺脫不了一票記者。記者們看到她手臂上的公關臂章，紛紛上前攀談。就算沒有公關臂章，美雲的外貌也足以吸引一大群人圍觀。三上打美雲的手機號碼，美雲慌忙接起來電。

「辛苦了——妳做得很好。」

美雲還沒答話，臉上已然露出燦爛的笑容。

「您也辛苦了！」

「妳吃過了嗎？」

「咦？」

「炒飯啦。」

「啊！我、我正在減肥……」

「工作告一段落後，記得吃點東西。」

「是。請問您找我有事嗎？」

「妳去幫幫藏前吧。警察廳取消長官視察了，他在聯絡各家新聞社。」

「我知道了，請問主任在哪裡？」

「會場的中央，偏右邊的通道附近，妳打他手機吧。」

美雲撥打藏前的手機，藏前立刻有了反應。三上看到藏前接起電話，便走下講台。美雲帶給他的笑容，他也沒空回味了。現在長官中止視察，他要報告的對象可不只有記者。

（警察廳長官是我們警界的頂點，報章雜誌肯定會大肆報導，電視也會播報相關新聞，引起許多人的重視。）

三上走到會場的角落，那邊有一個用屏風圍起來的行政區域，空間不大，外頭標示「D縣警察本部．閒雜人等不得進入」。當中有五張摺疊椅，但一個人也沒有。

（長官來視察或許有機會獲得新的訊息啊。）

約定——三上曾把自己的話當成約定。這件事對雨宮也許很重要，而這樣的想法三上並沒有遺忘。

他打開手機，撥打雨宮芳男家的號碼。時間是晚上十點二十分。

電話響了好久都沒人接，已經響超過十次了。雨宮睡了嗎？偏偏這件事又不能等到明天早上再傳達。電話響了十二聲……十三聲……電話鈴每響一次，三上的胸口就跟著痛一次。

終於，電話有人接聽了。不過，接聽的人沒有答話，電話另一頭寂靜無聲。

三上鼓起勇氣開口：

「深夜打擾實在萬分抱歉，請問是雨宮先生嗎？」

「……我是。」

雨宮芳男的聲音很平靜。

「我是縣警的三上，前幾天有拜訪過您。」

「我知道，請問有什麼事？」

「請容我向您報告一下——本來我方明天要舉辦長官視察，但因為各種因素取消了。這麼晚才向您回報，實在非常抱歉。」

雨宮沉默了好久，真的好久好久。

「那麼……」

雨宮再次開口：

「不會有人來了，是嗎？」

三上想起了白髮蒼蒼的雨宮修剪完頭髮的模樣。雨宮失望了嗎？他是不是對長官視察的新聞效益有些許期待呢？

說不定——這對雨宮來說是個重要的約定。

三上慚愧地低下頭：

「真不知該如何向您道歉才好，我方臨時提出這樣的要求，還勞煩您接受訪問，結果現在又失信於您……」

又是一陣沉默。

雨宮的沉默就像無言的質詢，為何要取消視察呢？三上感到無地自容。

「……我明白了。」

三上聽著雨宮的答覆，頭又垂得更低了。

「不要緊吧？」

咦？

「您還好嗎？」

三上赫然想起，自己上次在雨宮翔子的牌位前哭泣。

「上次……真是讓您見笑了……」

「人生不是只有壞事，總會有好事的。」

雨宮的聲音好溫柔，三上似乎第一次聽到雨宮的真心。一個失去女兒的父親，犯人至今逍遙法外，為何能說出這麼溫柔的話來？

三上再次向雨宮道歉後趕緊掛斷電話，他按住自己的眼睛，緩和瀕臨潰堤的情緒。繼續跟雨宮聊下去，他一定會像上次一樣哭泣。

三上深呼吸一口氣，用拳頭捶打胸口兩三次，他還得再打一通電話。打之前他先乾咳幾聲清清嗓子，重複確認自己的聲音。

「你的聲音怎麼了？」

三上還是騙不過美那子的耳朵。

「沒有，我沒怎樣啊。」

「工作很辛苦嗎？」

美那子的這句口頭禪，聽在三上心裡，也比平時更有感觸。

「嗯，今晚是回不去了。妳睡覺前記得把門窗關好，還有——」

三上把力氣聚在丹田，決定說出松岡的請求：

「松岡參事官想找妳支援搜查行動。」

「找我……？什麼搜查行動？」

「綁票案。」

他的聲音很自然地變低了。

「明天的偽裝行動班需要人手。」

聽得出美那子倒吸了一口氣。

「參事官也說不勉強，全看妳的意思。」

「是誰……被綁架了？」

「十七歲的女高中生。」

「……」

「妳可以拒絕沒關係，參事官也不會介意。只不過——」

三上好想把松岡的話說出來，這是救人一命的善舉。不，他真正想傳達的是雨宮的話，人生不是只有壞事，總會有好事的。

「美那子。」

「……」

「美那子？」

「我願意去幫忙。」

三上抬頭看著上方，美那子下定決心的表情歷歷在目。美那子是被三上說動的，但這也沒什麼不好，至少美那子稍微往前走了。所以當他掛斷電話馬上又接到來電時，還沒看到來電顯示就已經先感到失望，他以為會是美那子打來反悔的。

「我是二渡。」

強烈的疑問閃現三上心頭，難不成二渡是刻意挑這個時機打來的？

「找我幹嘛？」

「有沒有我幫得上忙的地方？」

三上沒有答話，他想聽二渡接下來會說什麼。

「聽說有大案發生了，有我幫得上忙的地方就說吧。」

「沒你的事。」

講完這句話，三上的腦袋開始快速思考。

「你現在很閒嗎？」

「倒也沒有。」

「是嗎？」

三上心頭起了一陣火：

「情況不如你的預期是吧？」

「嗯？」

「承認吧，你沒一件事辦得好，一件都沒有。」

三上自認占了上風，二渡卻不以為意。

「確實有我失算的地方。」

失算？碰巧發生的綁票案毀了長官視察，二渡卻說那叫失算，不當一回事。

「你少自以為是了。你好意思說那叫失算？講得好像你連偶然發生的事，都有辦法算計一樣。」

「反正結果是好的。」

結果是好的？

有人從屏風外面探頭進來，是一臉焦急的諏訪。三上抬起一隻手，示意很快講完電話，同時對二渡說：

「這裡沒你的事，你乖乖打掃社辦吧。」

三上一收起手機，諏訪就開口：

「正式協定談成了，十一點整召開第一次記者會。」

漫長的一夜開始了。

會場的大門緊閉，窗簾也全部拉上，防止光源外漏。記者總共兩百六十九人，這是警務課確認的入場人數。

三上陪落合一起站上講台。

麥克風試音——麥克風試音——麥克風試音。無線麥克風的聲音有些許雜音，事先站到入口附近的藏前舉起一隻手，表示音量沒有問題，聲音連後方都聽得到。

「我是D縣警的公關長三上。」

三上話才一說出口，就被閃光燈亮得睜不開眼。最前方的攝影團隊一起按下閃光燈，彷彿他們也在測試攝影機的功能一樣。

三上深吸了一口氣：

「現在是十二月十一日晚上十一點。接下來將依照報導協定的規範，召開玄武市內綁架勒贖案的記者會。負責主持記者會的是搜查二課的落合警視，請各位多多配合，以利記者會順利進行。」

攝影團後方立刻有人大吼。喂！為什麼是二課課長主持啊！叫刑事部長出來！

喊話的是一個留著鬍子的男性，年約四十五歲。三上以前沒見過那個人，但秋川就站在旁邊。剛才跟手嶋交談的油頭男子也在場，那一區算是東洋新聞的地盤。

三上對落合說悄悄話，要他直接開始，不必理會記者抗議。二十七歲的高考組警視點了點頭，坐到長桌中央的位子上。落合梳著七三分的髮型，底下露出了寬額頭和知性的眼神，一副很誠懇的模樣，這幾乎是他唯一能仰仗的優點了。三上注意到落合的身體在發抖，擔任二課副手的糸川說過，落合這個人抗壓性不高，遇到事情很容易恐慌。

「我是落合，請各位多多指教。」

落合緊張到聲音都變調了，場內響起打開筆記本的聲音。一大群人做同一件事，就算是打開筆記本都會變得很有魄力。

落合看著自己手中的資料：

「關於這起案子的摘要，請各位參考之前發下去的摘要報告。案子本身還沒有進展，搜查也是一樣。初期搜查動用的警力大約六百名，已有五到七名搜查員進入被害者家中，我方正全力偵辦此案。」

落合抬起頭用表情告訴大家，該說的他都說完了。

全場寂靜無聲，所有人都用眼神質問落合，該不會就這樣結束了吧？站在講台邊的三上趕緊繞到落合身後，打算勸他把事件概要說得更清楚一點，可惜還是晚了一步。

「以上就是本次記者會的報告內容。」

落合已經從位子上站起來了。

「下次記者會將在午夜一點召開。」

開什麼玩笑啊！會場中只聽得到這句叫罵聲起此彼落，再也聽不到其他聲音。三上以為自己聽到地動山搖的聲音，暴怒的吼叫撼動整個會場，可怕的音量轟向講台。叫罵聲強勢又尖銳，幾乎令三上的皮膚隱隱生疼，而且一直沒有停下來。

落合坐回椅子上，嚇到腿都軟了，整張臉面無血色，大概連腦筋都是一片空白。三上偷偷對落合下指導棋，落合沒有反應，三上只好在他耳邊大吼，叫他把事件概要說詳細一點。落合雙手抖個不停，翻閱著事件摘要的報告，三上看到報告的內容也嚇傻了。摘要報告上什麼也沒寫，依舊是諏訪臨時趕出來的那份空洞內容。荒木田刑事部長真的太絕了，完全不給落合一點多餘的情報，落合是名副其實的傀儡。

三上握住無線麥克風，卻一句話也說不出口。現在說話只會弄巧成拙，陷入火上澆油的局面。乖乖忍受如沙塵暴一般猛烈的怒罵，算是他現在唯一的任務了。

台下有人舉手，是東洋的秋川。秋川看起來是要提供協助，而不是落井下石。三上似乎能聽到秋川的聲音——把麥克風交給我吧。

三上順從自己的直覺衝下講台，他穿過攝影團隊，以交棒的心情遞出麥克風。雙方四目相對，秋川的眼中閃爍著異樣的光芒。接下麥克風以後，秋川緊握麥克風，轉身背對三上，向群情激憤的記者喊話：

「我是東洋新聞的秋川，本月擔任D縣警記者俱樂部的幹事！」

秋川這句話重複說了三次，騷動才稍微平息下來。

「我能理解各位的憤怒！D縣警的公關政策有很大的問題，我們記者俱樂部也一再提出嚴厲的指正！」

三上背後冷汗直流，難道秋川要煽動那些暴怒的記者？他沒打算要幫忙嗎？

「這次記者會派二課課長主持，簡直荒唐！我們D縣警俱樂部會即刻提出抗議，讓刑事部長或一課課長來主持記者會！」

秋川的情緒也亢奮到了極點，平日壓抑的自傲氣息，幾乎就要爆發出來了。

「不過！就這樣放棄第一場記者會，無疑是在浪費寶貴的時間！因此，我以幹事的身分提出一個建議。請各位先冷靜下來，改用質詢對答的方式，多挖出一些綁票案的基礎資訊。不知各位意下如何？」

秋川的聲音在室內空間爆出回音。隔了一會，秋川身旁的鬍鬚男和油頭男，看在後輩努力的分上，很賞臉地拍拍手。場內其他記者也發出了零星的掌聲。

「那好！」

秋川回過身，直瞅著講台上的落合，表情活像缺氧一樣，充滿著一股急切的魄力。秋川展現的，不是自傲或行善助人的心態，而是在地記者俱樂部的矜持。可是現在情況不妙，不論秋川的用意為何，改用質詢對答的方式……

「二課課長！我就以幹事的身分提出幾個問題。等我問完了，麥克風會交給在場的其他新聞社，沒問題吧？」

三上找不到制止的理由，只能眼睜睜看著事情發生。

秋川鼓起肚皮，大聲問道：

「那請你回答警方對這件案子的看法。這件案子和十四年前翔子小妹妹的撕票案，特搜本部是如何看待兩者的關聯？」

「咦？關聯？」

落合的反應過於駑鈍。

「犯人打來的恐嚇電話，內容一模一樣不是嗎？我們先不論自導自演的可能，警方是否認為這兩起案子互有關連？」

「這個……目前還不好說。」

「意思是，警方還找不到證據，證明兩者有關囉？」

「應該是沒有關聯，但實情如何還不清楚。」

「那我再提幾個具體的問題——」

秋川高高舉起手中的摘要報告。

「這份報告實在過於草率籠統。請詳述一下，警方從被害人雙親口中得知的情報，例如被害人一家的資產狀況、雙親的職業等等。」

落合還傻傻地翻閱那份空空如也的報告。

「呃，關於這幾點目前還沒有報告呈上。」

場內又開始躁動了，鬍鬚男和油頭男也是滿臉不悅。

秋川也急了。看他的表情，顯然他也希望落合振作一點，好好回答問題。

「後來呢？犯人還有打恐嚇電話或是類似的動靜嗎？」

「這倒是沒有。」

「那請問犯人是在哪裡打那兩通恐嚇電話的？」

落合又低頭看報告，三上一顆心也涼了一半。萬一落合說出「縣內」這種荒唐的答案，講堂內會再次發出地動山搖的聲音。這個問題只能用尚未回報來搪塞，三上的雙手在胸前打了一個叉，落合卻只顧著看那份沒用的報告。三上死命祈禱，快點抬頭看我啊——

秋川緊張的呼吸聲，也被揚聲器放出來了：

「報告上只註明『縣內』，請問是縣內的哪裡？你們跟電信公司確認過了吧？」

這個問題可以說是在幫落合解套，但也有可能變成補刀。

落合抬起頭，一看就知道他也被逼急了：

「這我不清楚。」

那去找知道的人來主持記者會啊！場內有人憤怒咆嘯，整個會場的記者又激動了。無數的唇槍舌劍化為暴風吹向講台，誠懇的外貌在這時一點屁用也沒有，落合膽怯了。

其他記者也開始怒罵秋川，要他別再問了。旁邊的鬍鬚男一臉傻眼的表情，還責備秋川平常沒有好好教育那些警察。

「我再問一個問題就好！」

秋川沒有交出麥克風，脖子和耳朵都紅透了，渾身散發出一股悲壯的氣息。

「二課課長！這件案子是自導自演嗎？」

秋川同樣的問題吼了三次，場內其他記者已經不買帳了。大家罵他浪費時間，根本不是一個稱職的幹事，還有人叫他去找刑事部長過來。

「落合先生！這是很重要的問題，請你快點回答我。特搜本部是否真的把這件案子當成被害人自導自演？到底是還不是？」

「這、這我還不知道……」

「你不能說你不知道！你是代表特搜本部來這裡主持記者會的！快點回答我！這是目崎歌澄自導自演嗎？」

秋川奮力嘶吼，音量超出了人類的範疇，場內的人都安靜下來，每一雙耳朵都在等待落合的答覆。

落合的眼神游移不定，麥克風捕捉到他喃喃自語的聲音：

「目崎歌澄，誰啊……？」

秋川驚訝得瞪大雙眼，連眼皮都忘了眨。

三上抬頭看著天花板。

——天啊。

落合連被害人的名字都不曉得，他只知道摘要上的「C女」。

場內的抗議聲瞬間飆至頂點，所有記者暴跳如雷，高喊著要撕毀協定。唯獨秋川一句話都說不出口，握住麥克風的手疲軟下垂，身形也小了一圈，活像暴雨中的落湯雞。

70

三上等人逃回了縣警本部的大樓。

下一場記者會將在午夜一點召開，他們交代完這一點就腳底抹油了。三上和藏前一左一右護著落合，諏訪則在前方開道，帶領三上等人衝出會場。藏前的西裝口袋被抓破，諏訪的臂章也被扯下來。落合撫平滿頭亂髮，回到講堂的特搜本部。三上沒法進去，看門狗從兩個變成四個。待在第一線的搜查一課課長不可能回來，除非刑事部長親臨會場，否則情況沒有轉圜的餘地。不過，荒木田以「專注查案」為由龜縮不出。三上多次威脅御倉，記者們也用人海戰術群起圍攻，無奈還是連面談的機會都沒有。

最後，午夜一點的記者會同樣由落合主持。要不是特搜本部給出「被害人家族訊息」，落合也不敢登台。目崎正人的存款約有七百萬元，五十坪土地是承襲父母的遺產，蓋的新屋有二十年房貸要繳。目崎正人在市區內租借大樓的一樓，經營體育用品店，大約十年前還是高級進口車的銷售員。目崎睦子原本是富裕的農家長女，沒有工作經歷，部分贖金由睦子的娘家幫忙張羅。目崎歌澄的高中出席紀錄，上學期是十三天，下學期一天也沒去學校。九號晚上十點左右，穿著豹紋大衣離家後，就此音訊全無。

開場十分鐘靠這些資料還撐得下去，可是等資料唸完以後，講台上就只剩下一個草包。

記者的疑問，落合沒有一題答得好，而且死也不肯公布目崎一家的真名，堅持用A、B、C的匿名稱呼。

混亂的場面未曾停歇，場內無時無刻都充斥著叫罵聲。東洋的鬍鬚男和油頭逐漸掌握現場的主導權，他們無論如何都要揪出刑事部長，殊不知警方守勢竟如此嚴密。於是，二人決定把落合當成「信鴿」使喚。首先一個人提出疑問，落合答不出來，另一個人就要求落合跑去特搜本部問答案。快一點啦！還慢慢來咧！落合被趕出會場後，搭電梯前往一樓，在黑燈瞎火的地下道連滾帶爬，衝上階梯進入特搜本部。好不容易問到少得可憐的訊息，落合又得衝回記者會場。記者們當然不滿意，便叫落合再衝一次，落合又被打回電梯裡。三上每次都陪落合去特搜本部，向御倉說明落合的困境，要求荒木田出來主持記者會。到後來，三上揪住御倉的胸口，推著對方去撞牆。這一撞，也徹底失去了交涉的對象。

到了半夜三點，三上的擔憂成真，記者會持續開下去，中間都沒有休息。記者們使喚落合已經變成常態，三上要求鬍鬚男先把所有問題歸納好，再派落合去要答案，鬍鬚男卻不肯接受。這是拖出刑事部長的戰略，對他們來說，讓特搜本部看到落合氣空力盡的模樣是有意義的。事實上，落合的體力也耗得差不多了。只見落合眼神呆滯，雙腿虛浮無力，有時還會坐在電梯裡休息。三上搞不懂荒木田在想什麼，他甚至懷疑，荒木田是痛恨高考組才故意惡整落合，打狗給主人看，但——

確實有哪裡不對勁，刑事部要求和媒體締結報導協定，為何連一點情報都不願意提供？是不是有什麼隱情，才不得不這樣做？這樣的疑惑不是三上獨有，會場開始瀰漫著猜忌的氣息，記者們懷疑警方避重就輕之舉是在爭取時間。也許搜查已經有重大進展，也有可能是警方犯下了重大失誤，才利用報導協定，不，是濫用報導協定。還有記者認為，警方把各家新聞社的精銳部隊關起來，就可以肆無忌憚胡亂查案了，若真是如此，那可是前所未有的背叛行為。

半夜一點的記者會開到了凌晨四點半，落合一離開會場，場內到處有人喊著要撕毀報導協定。這樣的意見之所以沒有凝聚成共識，主要是多數記者仍然擔心，實際撕毀協定會造成混亂的局面。這麼多記者毫無顧忌地外出採訪，到底會引發什麼樣的下場？警察的公關應對好壞是一回事，綁票案的本質並沒有改變，沒人敢保證這真的是目崎歌澄自導自演。記者們的腦袋裡亮起了紅燈，他們也知道在缺乏警方情報輔助的情況下，隨便進行採訪可能會害死一個女高中生。這的確是恐嚇警方的一張王牌，但真的要撕毀協定並不容易。與其這樣，還不如一開始不動聲色，免得被警方看破手腳。如今記者陷入了兩難的局面，進退失據的記者怒火中燒，憤怒醞釀出一觸即發的火爆氣息。

時間就這麼耗到五點，落合也快要撐不下去了，強烈的疲勞命令身體睡覺休息，腦袋早已神智不清，美雲準備的熱毛巾和營養飲料起不了一絲作用。落合每次去特搜本部乞討情報，諏訪和藏前還得在一旁攙扶。問不到有用的訊息，回去又要面對炮陣般的辱罵。鬍鬚男和油頭還是毫不留情地使喚落合。三上聽到二人竊竊私語，他們說落合差不多要崩潰了，再加把勁繼續操他。秋川一直沒有出現，如果他還在就好了，三上是真心希望秋川在場。

現在局勢走入了死胡同，找不到突破的出口。D縣警沒有盡到協定的義務，理虧的無疑是警方這一邊。三上的理智很清楚，記者們要求刑事部長來主持記者會是天經地義的事。但他不忍心看到落合被玩個半死，滿腔怒火在胸中持續延燒。三上氣的不是那些媒體，而是自

64

己的無能為力。公關室沒有發揮該有的功能，別說要說服荒木田了，他們連要見荒木田一面都辦不到。三上唯一能為落合做的，就是把落合當成醉漢照料。

諏訪也不太說話了，他的沉默不完全是疲勞的關係，還有一部分是被東京媒體壓倒性的力量震懾。面對強橫的媒體，警方無能為力，這樣的衝擊破壞了他身為公關王牌的自信。藏前似乎也麻痺了，就像軟體動物一樣收回觸鬚，把自己關回辦事員無趣的外殼裡。美雲也看不見大局，只顧著擔心落合的身體狀況，忘了思考全面性的公關策略。每次落合被趕去特搜本部，美雲就在掌心用正字標記記下。看著掌中越來越多的危險記號，美雲害怕落合會暈死過去。

五點四十分，三上目送落合和諏訪離去後，獨自前往廁所。窗外的天空未見曙光，無力感令他疲憊不堪。不曉得美那子怎麼樣了？雨宮芳男呢？步美呢？三上自責，他沒有一件事情做得好。

離開廁所來到走廊，三上緊張得縮起脖子。在昏暗的電梯門口附近，有一片黑壓壓的人影在等他，大概有十幾二十個人。

走近一看才發現，原來是牛山、宇津木、須藤、釜田、梁瀨、笠井、山科、手嶋、角池、高木、掛井、木曾、林葉、富野、浪江……大夥都瞪著三上，秋川也在場，只不過在稍微遠一點的地方，無力地靠在牆上。

「你們D縣警是怎麼搞的？」

牛山率先開口，毫不隱藏他的不滿。其他記者也異口同聲地說，拜託D縣警振作一點，想個辦法好嗎？

三上隨口應和幾句，直接穿過那群記者。失望的心情在他心中蔓延，原來連你們都要責備我嗎？

「這誰受得了啊！」

山科也發怒了，手嶋還握緊雙拳。

「一直被壓著打，我們也很不甘心。」

三上停下腳步。你們也不甘心？被本社的記者掌握主導權，你們很不甘心？跟我說有屁用啊，剛才不是還很殷勤地交換名片？一直被壓著打的是我才對吧，哪輪得到你們。

「他們嘲諷D縣警無能，我們無法接受，這誰吞得下去啊。」

這句話是高木圓說的，三上這才驚覺，她的眼中噙著淚水。

原來啊……

這些記者不只是過客，他們也不是怨嘆自己淪為陪襯的配角。三上明白這種心情，人生中第一個勤務地點是非常特別的。新鮮人離開父母的庇護獨自生活，忙著學習工作方法，記下當地的店鋪和街道，自己張羅食衣住行，解決生活上的各種煩惱。這是每個人扎根茁壯的機會，第一個勤務地點才是自己真正誕生的地方，比故鄉更像故鄉。如今這塊鄉土被外人蹂躪，這才是他們憤憤不平的原因。

三上一言不發，往前直行。現在他想不到任何話來回應「自家記者」的心意。不過，一分熱情在他心中悄悄燃起，這件事他想告訴秋川。

秋川低著頭，神情憔悴不已。他勇敢地握住麥克風，卻搞了個灰頭土臉。他本想在最關鍵的舞台上大放異采，展現地方幹事的驕傲和責任感。想必他也是真心要幫公關室。

三上不停下腳步，拍了拍秋川的肩膀。

你很勇敢，接下來輪到我了。

情況突然有了轉機。

到了六點半，落合恢復元氣了。他回到會場的模樣，跟前往特搜本部時截然不同，表情多了幾分明朗。儘管腳步還是有些虛浮，但已經能自行登台，不必仰賴諏訪攙扶了。落合坐到椅子上，抬頭挺胸掃視會場。看來是問到了不錯的情報，不，也許是更好的結果。被害人身亡不會有那種表情，難不成是目崎歌澄平安現身了？還是犯人抓到了？若真是這樣，那就不用再遵守報導協定了，這個籠罩黑幕的詭異空間馬上就會消失。

三上站在攝影團隊旁邊，對部下使了個眼色，諏訪頷首表示明白。藏前和美雲也走了過來，神情忐忑不安，每個人的表情都希望這一切快點結束。

媒體也注意到了落合的變化，台下開始竊竊私語。在緊張和期待情緒交錯的氛圍中，記者們紛紛探出身子，不願漏聽任何一句話。攝影用的燈光全部開啟，攝影師擠在一起，按下快門。鬍鬚男握住麥克風，神情跟其他記者不同，雖不到失望的地步，卻也不樂見落合恢復精神。

「好，那你先交作業吧。無聲電話到底打了幾通？什麼時候打的？每一通幾秒？有沒有其他聲音？」

「這我們還不清楚。」

落合答話時臉上還掛著笑容，鬍鬚男也變臉了：

「是案情有重大發展嗎？你們找到目崎歌澄了？還是抓到犯人了？」

每個人都屏息以待。

「啊啊、不是不是，不是那樣。C女和犯人都還沒找到。」

「不然是怎樣啊？」

鬍鬚男加重語氣問話，落合仍然不改笑意。

「你們之前多次打聽恐嚇電話的訊息，我問到電話的訊號來源了。犯人是從玄武市內撥打電話的，兩次都是。」

這確實是重要的情報，但提出的時機不湊巧。記者們的期望被吊得半天高，落合的態度又帶給他們遐想，於是這情報聽在記者們的耳中，就變成了一文不值的爛情報。場內所有記者深吸一口氣，那一瞬間大家都在思考，要怎麼電死這個天兵。

鬍鬚男很清楚該怎麼做。

「電話從玄武市的哪個地方打的？」

「咦……？」

「不是可以追蹤到半徑三公里嗎？你連這都不知道喔。我們想聽到的，是正確又具體的情報啦。」

落合發出了詫異的聲音，整個人愣住了。

「重來一遍！」

旁邊的油頭發狠痛罵，猶如老師在命令學生的口氣。其他記者也跟著發動攻勢，期望落空的怒火化為更加刻薄的謾罵。你到底長大沒啊！學不會喔！你活著幹嘛！

落合的眼神呆滯，整張臉面無表情，顏面肌肉都鬆弛了，跟死人的表情沒啥兩樣。剛才他一定是跑去跟荒木田哭訴，求荒木田給他安撫記者的材料。費盡千辛萬苦終於問到犯人的通話地點，原以為會得到眾人的讚賞。

可如今——

「還慢慢來咧！跑起來啊！去拿記者會能用的情報過來啦！」

落合沒有起身，靜止不動的身體慢慢前傾，額頭直接撞在桌子上，形成雙臂撐開趴在桌上的動作。

看起來像在對眾人道歉。

「快叫救護車！」

美雲情急大叫，鬍鬚男以更強硬的語氣大罵：

「靠！不要理他！別以為這樣就能逃跑！」

美雲對著鬍鬚男張開手掌，上面畫有五、六個正字記號。

「他已經來回衝二十九趟了！連續開了七個半小時的記者會，完全都沒休息啊！」

鬍鬚男子也懶得搭理，鷹眼直盯著講台上的落合。

「我們也一樣啊！從東京趕來忙了七個半小時，眼皮也沒闔過。大夥擠在密閉空間裡，都快靜脈栓塞了啦。來回衝二十九趟？很好啊，有機會運動我們很羨慕咧。」一旁的油頭用手肘頂了一下鬍鬚男。油頭說，就讓他去醫院吧，這樣一來刑事部長或一課課長就會現身了。

鬍鬚男說，萬一警方又派了一個廢物過來怎麼辦？鬍鬚男回完嘴，視線又移回落合身上：

「想回家睡覺，就去求你們家部長啊！去跟刑事部長下跪道歉，求他來主持記者會！」

諏訪和藏前衝到落合身邊，美雲也拿著熱水瓶和毛巾趕過去。三人撐起落合疲軟無力的上半身，落合精疲力盡、失去意識了，口水還從嘴角流下來。

「喂！振作一點！你好歹也是高考菁英吧？這一關撐不過去，你以後就毀了。」

「夠了吧。」

三上開口了，這是他發自內心的抗議。鬍鬚男轉頭看著三上，一副沒聽清楚三上說什麼的表情。

「你們夠了吧！」

這一次，三上放聲大吼。

「這根本是在動私刑，你們夠了！」

「你好膽再講一次？」

鬍鬚男快步走近三上，把麥克風遞到三上面前。

「來啊，再講一次嘛。」

「你們是在動私刑，記者會到此為止，我方不會再派人了。」

數百名記者用力拍桌，氣得站了起來，整座講台的地板為之一震。講堂內充斥著憤怒的咆嘯，講台上的部下們都看傻眼了。落合也用癡呆的眼神看著三上，鬍鬚男高高舉起麥克風左右搖晃，表明他會處理三上。

會場終於靜下來。不對，那些記者還是念念有詞，只要三上回答稍有不慎，記者馬上會再群起圍攻。

「你說，我們動私刑是吧？」

鬍鬚男轉身面對三上，表情充滿挑釁的意味：

「你是公關長對吧？你有沒有搞清楚狀況啊？警方的幹部推了一個弱腳出來送死，一個連被害人姓名都不知道的二課課長，這才叫動私刑吧！」

三上對著講台大吼，帶落合去醫務室！美雲嚇得抖了一下。

「喂！青面獠牙的掛名公關長！你聽不懂人話啊！」

青面獠牙。三上知道鬍鬚男和油頭給他取了這麼一個綽號。

「你要中止記者會？意思是不打算履行報導協定的義務就對了？」

「下一場記者會在上午八點舉行，期間案子有任何動靜，我們會提供書面資料。」

「你的臉已經夠搞笑了，不要連講話也這麼搞笑好嗎！你們公關單位連案子有什麼動靜都不曉得，是要怎麼製作案情的書面資料啦！」

其他記者狂躁的音量化為巨錘轟來。就是說啊！胡說八道三小喔！立刻叫刑事部長死過來啦！

「警方的公關素質低劣我也習慣了，但低劣到這種地步還是頭一次見識啦。」

鬍鬚男是看著三上說這番話的。三上心想，這個人的眼神也太清澈了，是不是社會正義歌頌久了，就會有這種澄淨無暇的目光呢？

三上再次對台上的部下大吼，快點帶落合去醫務室！諏訪和藏前把落合架了起來。

「然後咧？接下來你打算怎麼做，青面獠牙的公關長？」

「怎樣？」

「你讓二課課長下去休息，是要找誰來代理？」

「我會找適合的人過來。」

「找刑事部長啦！現在答應我們，你會找刑事部長過來！」

沒錯！找刑事部長過來！別裝死！眾人附議的聲音像立體音效一樣環繞會場。叫刑事部長滾出來！有種就掛保證啊！

三上咬緊牙關，一句話也不說。

「你不答應，我們也很困擾，我們只是要求開一場普通的綁票案記者會，為什麼不肯派刑事部長出來主持？D縣警到底在隱瞞什麼？」

諏訪和藏前攙扶落合走下講台，一同穿越記者龐大的陣仗。三上把美雲叫來身旁，現在強行突破記者的陣仗似乎太過危險。落合低頭尋找落腳的空間，慢慢穿越記者的夾縫往出口前進。但他的鞋子幾乎沒踩到地面，沒有諏訪和藏前的攙扶，其實他一步也走不動。這情景恍如帶著傷兵衝過地雷區。

會場中有人厲聲大叫。給我等一下！不可以放他們離開啦！他們還沒答應叫部長來主持記者會耶！三上發出了咂嘴的聲音，這下踩到地雷了，一顆地雷瞬間引起連鎖爆破。你們休想離開！激動的記者大軍紛紛站了起來，阻擋落合前行的去路，還從左右兩旁壓了上來。快點掛保證啊！叫刑事部長過來！包圍落合的人牆越縮越小，諏訪和藏前的臉都綠了，三上背後的美雲也發出尖叫。

「敢動我們試看看！小心我以妨礙公務的罪名逮捕你們！」

三上搶下鬍鬚男的麥克風大吼，聽著自己巨大的音量在室內迴盪。

會場安靜下來，兩百六十九雙眼睛死盯著三上。

三上閉起眼睛，分不清是人聲還是爆音的嗡嗡聲持續撼動耳膜，油頭粗魯地搶回三上手中的麥克風。

「青面獠牙的，你囂張個屁啊！只有窮鄉僻壤的記者俱樂部，才會被長相兇惡的警察嚇到啦！」

鬍鬚男凝視三上，重新拿回麥克風。清澈的雙眼對自己的正義堅信不疑，自以為在對抗一切不公不義。

「告訴你，我們也忍很久了。你們說這起案子可能是未成年自導自演，我們也信了；你們的顧慮，我們也尊重了。連匿名的鬧劇我們都吞了，但忍耐是有極限的。」

鬍鬚男突然暴怒：

「媽的瞧不起人也要有個限度！D縣警召開的根本算不上記者會！你們濫用報導協定，在檯面上隱瞞所有情報，私下查案又肆無忌憚亂搞。這種荒唐行徑我們絕不縱容！現在所有媒體朋友一起來表決！」

鬍鬚男對著所有媒體，張開雙臂發表演說：

「首先，我們要向上級部會抗議這樣的異常狀況！要求刑事局派遣夠格的人才鎮守特搜本部，指揮監督D縣警的搜查和公關應對！各位沒意見吧！」

「等一下！」

三上開口叫停：

「今後我們會召開普通的記者會，不再隱瞞情報，這樣沒意見了吧！」

「現在講這個太晚了！你們就是連普通的記者會都辦不好，才會搞成這副鳥樣吧！」

「我知道！D縣警沒有履行義務，給我修正的時間，不多也沒關係。」

「你會找來刑事部長？」

「我叫一課課長過來。」

三上做出保證了，記者們的氣焰轉眼成空，他做了一個情急下該做的決定。一個絕對不該使用，而且實際上也沒得使用的萬能滅火器。

「下次記者會上午八點召開——就這樣。」

三上叫美雲跟緊，說完後邁步前行，心情堪比在萬軍中殺出一條血路。半路上，他推著落合的背部往前走。滅火器起了作用，但餘燼燒出的煙幕非比尋常。

一行人來到走廊，走近電梯門時，依然感覺到幾百雙銳眼盯著自己的背。

「……謝謝你。」

落合嘆了一口氣，向三上道謝。三上抱住落合的肩膀，落合的肩膀清瘦又單薄，就跟秋川一樣。

五人搭上電梯，等待電梯門關上，三上對諏訪說：

「我要再去一次G署。」

諏訪低著頭不講話，在場所有人心知肚明，在第一線指揮辦案的松岡，不可能跟三上回來開記者會的。

「不能什麼都不做，也許我帶不回參事官，但至少能提供一些搜查情報。」

諏訪沒有抬頭答話，他的心情三上也感同身受。帶回一課課長這句話是不能反悔的，但松岡絕不會來，該承擔指責的三上也不在場。如今諏訪失去了王牌公關的自信，又勢必得面對一個無能為力的殘酷局面。不過——

「還是得想個辦法才行，不能什麼都不做。」

三上又重複了一次，這是他說給自己聽的。

「您去吧。」

想不到落合先開口了：

「我……我還撐得下去，我會試著堅持到底的。」

三上握住落合的肩膀，緊緊握住。他不想帶給諏訪壓力，所以沒給落合什麼保證。是該做出決斷了，三上看著諏訪的側臉說道：

「諏訪。」

「……」

「警務課的二渡說要幫忙——我找他過來吧？」

抵達目的樓層的電子音響起，電梯也停了下來。門一打開，沒有一個人走出電梯。藏前和美雲凝視諏訪，他們用眼神告訴諏訪，自己絕對誓死追隨。

電梯門自動關上，諏訪在快要關門的時候，伸手按下開門鍵。

「不需要。對人事高幹示弱，以後就做不成公關長了。」

72

戶外陽光明媚。

三上在前往停車場的期間，暫時享受來到戶外的解放感。他讓自己沐浴在朝陽下，大口呼吸新鮮空氣，盡情伸展僵硬的四肢。香菸抽了，溫熱的罐裝咖啡也喝完了。他對著拉上窗簾的六樓窗戶舉起咖啡，活像在乾杯一樣，這麼做象徵他的覺悟。一想到被留在記者會現場的部下，三上在戶外享受到的解放感，全都變成了愧疚感，以及鞭策自己的動力。他不能對部下見死不救，也絕不會見死不救。

諏訪的表情三上一刻不敢或忘，那是一張無比黯淡，已經忘了如何歡笑的表情。然而，諏訪還是展現出他的氣魄。他說，對人事高幹示弱，以後就做不成公關長了。諏訪激勵自己發憤圖強，完成這個必要的儀式，他才能再回到那個充滿特權意識和虛偽正義的空間。

——我們還會一起歡笑的。

三上坐進駕駛座看了時鐘一眼，時間是七點二十二分，他決定在停車場內繞一圈。三上慢慢繞行停車場，尋找美那子駕駛的小客車。偽裝搜查班的集合時間是七點，答應來幫忙的美那子應該已經到了。三上找不到美那子的車子，只好用力踩下油門離開停車場。停車場不只這一個，美那子一定在。三上深信，她也同樣沐浴在耀眼的朝陽中。

縣道的車流量並不少。

三上也沒有搶快，他早就放棄了上午八點的記者會，連十點的記者會也拋諸腦後。決勝關鍵是十二點以後的記者會，十二點是準備贖金的期限，接下來案情會有重大進展。公關室的成敗只取決於一點，也就是三上能追蹤多少搜查進度？他能蒐集到多少最即時的情報提供給媒體？離開記者會的會場，三上反而看清自己真正該做的事情。

身在記者會場，三上認為每一刻都是緊要關頭。他自己也漏夜開了八小時的記者會，使盡吃奶的力氣面對一大票記者。可是，真正的難關根本還沒開始。落合來回衝刺二十九次，三名部下拚命輔助落合，這些純粹是案子白熱化之前的暖身運動罷了。接下來才是關鍵，等到案子正式有了進展，媒體才會認真工作，並且露出他們凶狠的獠牙。

話雖如此，關鍵時刻到來之前，媒體也不會讓他們好過。

（我……我還撐得下去。）

不知道落合還能撐多久，八點和十點的記者會，三上答應要帶來的一課課長不會出現。中午之前的這四個小時，落合得承受千夫所指。

（我會試著堅持到底的。）

落合堅持不下去的，一想到這裡，三上心中又是一陣酸楚。落合抗壓性不高，遇到事情很容易恐慌——平日跟落合相處的糸川，應該不會說出錯誤的人物評價。不過在三上眼中，落合已經是他無法見死不救的夥伴了。

偽裝成一般車輛的警用車，從三上的旁邊開過。銀色的車身不疾不徐地融入普通車輛的車陣當中。

三上叼著香菸點火。

（我叫一課課長過來。）

他給了一個不可能辦到的保證，既然辦不到，那就不該執著於這個約定作繭自縛。問題是，當著兩百六十九名記者的面立下約定，如果不履行的話，那些記者真的會要求警察廳介入調查行動。要阻止他們的唯一方法，就是要提供夠分量的情報，彌補一課課長沒來主持記者會的失約之舉。

刑事部在隱瞞某件事情，這是三上唯一有辦法見縫插針的機會。荒木田在特搜本部，松岡則在第一線查案，兩者對保密的看法有極大的落差。松岡明知三上會把目崎正人的名字告訴媒體，依舊公布了這一則訊息，荒木田卻始終以「A」稱呼被害人父親。媒體早就查出睦子和歌澄的身分，荒木田也不改「B女」和「C女」的稱呼。松岡同樣拒絕公布妻女姓名，但那是出於信念和顧慮，並不是在隱瞞情資。簡單說，荒木田為了保住某個祕密，才隱瞞所有的訊息，松岡只隱瞞該保住的祕密，這兩者有很大的差別。除了該保住的祕密以外，松岡願意提供情報。應該說，松岡不是一個會忽視報導協定的人，三上和松岡在廁所詳談過後，松岡也體諒三上現在的想法和立場。只要三上不堅持打探「該保住的祕密」，事情肯定會有轉圜的餘地。避開最關鍵的祕密固然可惜，但考慮到記者會現場的慘狀，也由不得三上挑三揀四了。三上要套出松岡願意提供的所有情報，如此一來，就有不下於「一課課長親臨」的情報了。不然，就算把松岡拖去記者會現場，該隱瞞的祕密松岡還是不會說出口。哪怕記者

64

的炮火再猛烈，松岡也只會說出目崎正人的名字，絕不會供出妻女的身分。松岡說過，人啊，有些話能講，有些話不能講——

一種近似疑問和不安的情緒，在三上的腦海中浮現。

真的只有這樣嗎？沒有其他的隱情了？刑事部把被害人一家大小的名字，當成「應該保住的祕密」，沒有其他用意了嗎？

不對，刑事部隱瞞的不可能是這種雞毛蒜皮的小事，而是跟案子或搜查核心有關的「某個」祕密。荒木田不惜得罪所有媒體，也要保住的祕密。這件案子的背後，隱藏著跟「幸田報告」一樣的重量級祕辛。至少三上本來是這麼想的，現在也沒改變自己的想法。

不過，這終究只是模糊的印象，沒有實際的根據。三上連那個祕辛的表象都掌握不到，這件案子模仿六四的犯案手法，也連帶影響到三上的判斷力。在六四視察的前一天偶然發生綁票大案，這樣的巧合就像厚重的密雲，持續吸收各種負面的想像，不斷在三上腦中降下臆測的豪雨。然而，任何一種猜測都不夠具體，唯一確切的事實，就是負責指揮查案的松岡沒有說出睦子和歌澄的名字。

隱瞞歌澄的名字倒沒什麼疑慮，用千篇一律的說明就能解釋這件事，她未成年，還有自導自演的可能。松岡對犯罪行為毫不留情，也不會顧念罪犯的年齡，所以在那個場合隱瞞歌澄的名字，也不是多奇怪的事情。

睦子的狀況就不一樣了。

為何松岡要隱瞞被害人母親的名字？

只因為她是柔弱的女人？女兒被誘拐了很可憐？還是養出一個不孝女值得同情？松岡會

有這樣的心態嗎？

三上並不滿意以上的推測。這些答案都不對嗎？那不然呢？難不成，松岡本來不打算說出任何人的名字，只是看在過去的部下苦苦哀求，才勉為其難說出目崎正人的名字？

不對。

（人啊，有些話能講，有些話不能講。）

目崎正人的名字可以說出口，他的妻女卻不行——這是做人基本的底線。

三上是越想越迷糊了。

那句話有特殊涵義嗎？還是三上多心了？如果真有特殊涵義……母親和女兒……這樣的組合不斷帶給三上負面的想像。

又有偽裝成民間車輛的警車開過三上旁邊，想來警方已在全縣布下天羅地網。幾個小時過後，就要上演交付贖金的追逐戲碼了，可能會演變成光天化日下的刑案騷動。

「喫茶葵」的招牌映入三上眼簾，這家店有提供早餐，已經在營業了。追逐又要從這裡開始嗎？三上探頭張望玻璃窗，尋找美那子的身影。這一次美那子也是安插在喫茶葵，坐在十四年前的那個位子嗎？

三上頓時心驚肉跳，他怕自己把美那子丟入了深不見底的黑洞。

接下來肯定會出什麼大事，三上沒有確切的根據，但沒有根據才容易造成恐懼。

（有句話是這麼說的：只有用卑劣的手段，才能讓卑劣的人幡然悔悟。）

現在，三上想起了松岡的這句話，心中毛骨悚然。他從沒聽過這樣的說法，應該是松岡自己的想法吧，也許是一種隱喻，指的正是「該隱藏的祕密」。

飛鳥的影子在擋風玻璃上一閃即逝。

號誌變成了綠燈，三上猛踩油門驅車前進。他去見松岡不只是要拯救公關室，更重要的是他現在有一股衝動，想要探究松岡的眼神中究竟藏有哪些想法。

73

寒風轉強了。

三上的視線前方停著一台四噸卡車，車身上畫著清涼飲料工廠的商標。

直到三年前，車上畫的是菸草公司的商標，更早之前則是食品加工廠的商標。六四凶案發生的隔年，警方獲得大筆預算，添購了這輛特殊搜查指揮車。不過，過了十三年從沒聽說這輛「電腦車」有出動過。

三上待在自己的車裡，車子停在G署五百公尺外的駕訓班停車場。他在市區內繞了三圈才找到指揮車輛，駕駛座上有一名刑警，副駕駛座也有一個人的手伸出窗外。銀色的「貨櫃」裡大概也有好幾名刑警。指揮車還沒發動引擎，但車底下配備的大型蓄電池，電力足以供應車上的空調，以及所有電子設備和儀器。

時間是上午十點五分，記者會已經開始了。不，八點的記者會一直開到現在沒停過吧。想太多也沒用，等待松岡就對了。一般來說，搜查一課課長都是待在特搜本部發號施令，松岡是天生的「獵人」，不會甘於當後方指揮。眼前有武器，松岡會直接拿起來用，既然有搜查車可用，松岡一定會跳上去指揮現場。因此，保持清醒是三上最重要的工作，他已經二十八個小時沒闔眼了，儘管他一點也不睏，但盯梢的經驗告訴他，這種狀況反而是最危險的。太久沒休息的人會不知不覺睡死，被嫌犯拍腦袋也醒不過來。松岡大約會在十點半到十一點搭上指揮車，在此之前三上不能睡著。

三上點了根菸，打開手機的同時仍用眼角餘光盯著指揮車。他打給已經離開警界的好友望月，電話一直打不通，只傳來現在不方便接聽電話的語音。是望月先打給三上，三上當時在開車不方便接聽。三上一到停車場立刻回撥，卻換望月沒接，可能出去配送花卉了吧。

三上猜想，或許二渡又跑去找望月，望月才會打電話來通報。現在聽到這個消息，也不影響三上的心緒了，他只是想打去問個明白罷了。長官視察的戰場已然消失，如今放眼望去盡是綁票案的戰場。

三上把香菸放進菸灰缸捻熄。

（警務課的二渡說要幫忙——我找他過來吧？）

當初三上講這句話，並不是在測試諏訪，而是考慮到那個情況真的需要幫手。今天換成二渡出席記者會，他會如何度過難關呢？三上是看到望月的來電後，才開始思考這個問題。之前在電梯裡，三上最先想到的幫手就是二渡，二渡有能力拯救諏訪和落合。

三上用力拍拍自己的臉頰，他被儀表板上的電子時鐘嚇到了，時間一眨眼就變成十點二十五分，手錶也顯示相同的時間。感覺就像硬生生少了一段時間一樣，三上很害怕自己下一次眨眼就會睡著。他趴在方向盤上觀察指揮車，順便安撫自己。不用擔心，指揮車還在同一個地方，沒有任何變化。就在他嘆了一口氣，靠回椅背上的時候——

松岡現身了。

駕訓班前面的馬路，來了三輛四門轎車。最前面那輛的後座，看得到松岡的側臉。來車繞到指揮車的後方，發出尖銳刺耳的煞車聲。

三上早已下車跑向松岡了，從第三輛車下來的刑警，轉身防範逐漸逼近的腳步聲。那個刑警叫會澤，會澤不動聲色地掀起西裝下襬，現出了底下的槍套。三上趕緊舉起雙手，以免對方拔槍，但他的腳步沒有停下。會澤發現來者是以前在特殊犯搜查組的上司，表情依舊嚴肅。會澤對後面下車的人說，有麻煩來了。

三上繞過指揮車的前方去找松岡，他都還沒看到那些刑警，就感受到他們緊迫盯人的眼神了。人數有七個、八個、九個……九名刑警圍住松岡，每個人的胸口或腰際上都佩戴著手槍，全都是名聲響亮的刑警。其中，強制犯搜查一組的緒方，還有特殊犯搜查組的峰岸，這兩個掛著班長頭銜的人，號稱是刑事部次世代的雙雄。他們全身散發強烈的氣場，無言地質問三上的來意。出乎意料的是，也只有這兩個人不失禮數，對三上行了注目禮。

松岡今天並不訝異三上的到來，他們昨晚才在G署的廁所碰頭，三上卻有一種經歷漫長旅行後，終於和老友重逢的心情。松岡的眼神沒有墮落，不用仔細觀察就知道，那是在專心查案的眼神。松岡的雙眼比平時小了一點，看起來有點畏光，但三上很清楚，松岡一到關鍵時刻，就會像金剛力士一樣怒目圓睜。

「唷，你何時改當跟蹤狂啦？」

松岡故意來個輕鬆的試探，降低周遭刑警的緊張感和戒心。三上跟他們不一樣，情緒依舊激昂，他還記得自己剛才舉起罐裝咖啡，對著記者會會場立誓的景象。

「請讓我搭上指揮車，做好公關長該做的工作。」

九名刑警聽得目瞪口呆。有這些精銳在場，三上省下了多餘的開場白，以免被當成是在搖尾乞憐。三上個人不在乎被看輕，只是考量到公關室的未來，絕不能讓這些心高氣傲的刑警看輕公關長一職。沒有時間耗下去了，想必松岡的時間也同樣緊迫。松岡馬上就要搭乘指揮車出動，因此三上打算一招決勝負。

松岡說話了：

「我要感謝你。今天早上，七尾有跟我聯絡。」

「咦？」

「你沒聽說嗎？美那子小姐有來幫忙。」

「啊……」

是嗎？美那子去幫忙了。

「好吧，上車。」

咦？

「狗仔不受控管的話，我們在前線也沒法好好查案，你就餵飽那些狗仔，讓他們安心睡午覺吧。」

其他刑警都嚇了一大跳，三上卻比他們更驚訝。他本來要說出替代方案的，如果搭不上松岡的指揮車，改搭追蹤班或迎擊班的車輛也好。

「參事官——」

64

緒方有話想說，最後還是沒有說出口。給松岡帶過的人都知道，緒方不是害怕參事官或課長的頭銜才安靜下來。松岡是刑事部的擎天支柱，大家對他的信賴和敬畏，才是壓下所有淺見和情緒性發言的關鍵。既然松岡同意三上隨行，就沒有人能改變這個決定。

「不過，你在車內獲得的情報，最少要先壓二十分鐘再回報。搜查和報導的進度，要有時間上的落差才行。」

三上還沒主動提出來，松岡就已經同意讓他把在車內獲得的情報傳回記者會。二十分鐘算是事務聯絡所需的時間，過去的綁票案很多都是隔三十分鐘或一個小時，才把情報回傳給媒體。

「明白了，我會遵守的。」

「你做好自己的工作吧，我們也會做好該做的事。」

松岡的言外之意是，你不要對搜查有意見。

三上激昂的情緒被松岡看透了，他確實很亢奮，但腦海裡沒有「狩獵」的想法。或許松岡以為，三上的刑警熱血在蠢蠢欲動吧。

鐵閘一拉開，開啟了卡車後方的貨櫃門。車內傳來一股臭味，有點像練完單槓以後，手上會沾到的味道。天花板的崁入式燈具透出橘色的光芒，亮度並不高。從外觀上很難想像車內如此狹窄，簡直跟電影裡的潛水艇通路差不多。左右兩邊的桌子占掉不少空間，上面擺放各類電子器材。固定在地板上的七張圓椅錯開排列，已經有兩名男子戴著耳機坐在圓椅上了。坐在固定式電話前的，是一個毛髮濃密的小胖子；另一個人身材清瘦，還有一張梳著中分頭的瓜子臉，看上去並不像刑警。他們坐在並排的電腦前面，職務可能跟過去的日吉浩一郎類似吧。

除了松岡以外，搭上指揮車的還有緒方、峰岸這兩名班長，以及臨時加入的三上。七張圓椅只坐了六個人，但車內空間不夠，一就座便碰到對方的手肘和膝蓋。

「關門了。」

緒方拉起左右兩邊的門把，貨櫃門有經過改造，可以直接從內部打開和上鎖。金屬碰撞聲響起，門也徹底關上。失去了戶外的景色和光源，內部的空氣也變得更加凝重。緊張感瞬間飆升，讓三上有種喘不過氣的感覺。車內有空調沒窗戶，外面的狀況全靠牆上的四台螢幕顯示。

峰岸握住無線麥克風說道：

「指揮車呼叫特搜本部。」

「這裡是特搜本部，請說。」

「回報無線電收訊強度，請說。」

「強度五，器材無異常，請說。」

「了解——參事官暨其他五人已上車，請說。」

「了解。」

「指揮車，撤線。」

左邊的螢幕畫面很混亂，外面的刑警連忙上車，逐一關上車門，那幾輛車分別是「迎擊六」「迎擊七」「迎擊八」。峰岸在測試無線電時，用的就是這些代號。這幾輛車是迎擊組，負責潛伏在犯人可能出沒的地區。這一次的綁票案模仿六四手法，按照罪犯側寫來推斷，警力應該安排在十四年前交付贖金的指定地點以及周邊區域，包括連接各指定場所的路線。另外還不能忘了，昨天犯人打恐嚇電話的發訊區域。

三上想到這一點後，飛快拿出記事本。

「參事官，請問犯人是在玄武市內的哪個區域打電話的？」

三上離松岡很近，幾乎能感受到彼此的呼吸。

「第一次在常葉町內，第二次在接近須磨町和南木町的地方。」

「這幾個地點，大概是什麼樣的區域？」

「就是玄武車站的東西兩邊，西邊的常葉町是以拱廊商店街為主的繁華區，有一些小酒館和電影院之類的設施。東邊的須磨町和南木町更熱鬧一點，是尋歡作樂的鬧區，那裡有酒家、特種行業、賓館、電動間，總之應有盡有。」

松岡的答覆直接明瞭、毫無保留，三上差點就要忘記刑事部有所隱瞞了。

手錶顯示時間是十點三十八分，三上重看記事本的內容，松岡透露常葉町、須磨町、南木町這三個地方，犯人兩次都從車站附近打恐嚇電話。這是公關室渴望已久的具體情資，落合聽了肯定會歡欣鼓舞，有了這些訊息，諏訪也能抬頭挺胸面對媒體。情報「解禁」的時間是十點五十八分。三上死盯著牆上的時鐘，祈求秒針快點前進。記者會的二十分鐘跟這裡的二十分鐘不能相提並論，待在那種壓力破表的情況下，根本是度日如年。

三上起了一絲貪念，現在多問一個問題，就可以在十點五十八分一起回報了。

「請問兩千萬贖金已經準備好了嗎？」

緒方和峰岸忍不住翻了白眼。

「都準備好了，鈔票號碼都有掃描紀錄，還加了特殊的印記。」

「之後犯人還有其他動靜嗎？」

「沒有。」

「當初六四犯人指定的九家店鋪，有安排搜查人員嗎？」

「當然有。」

三上一時想問美那子的所在地點，卻打消了念頭——這不是現在該問的事情。

「雙子川的上游也是嗎？」

「一休釣客民宿和琴平橋附近也有派人把守。」

提問時間到此為止，卡車車身猛然一震，引擎啟動了。

「先到被害人的住家周邊。」

松岡下達命令，峰岸點了點頭，起身打開連接駕駛座的小窗口。他叫駕駛開車，前往被害人的住家附近。

車子開始緩緩移動，緒方用無線電聯絡特搜本部，通知指揮車出動的消息。特搜本部只回了一句收到，無線電的揚聲器就再也沒有聲音。那是專門用來處理綁票案的設備，其他通訊用途一律禁止。

指揮車開到馬路上，四台螢幕分別顯示前後左右的景象。三上之前有聽說，指揮車上搭載的器材每年都會更新，還追加了電腦和高畫質的影像播放螢幕。收音器材也有大幅升級，在車內用按鈕操作，即可接收四面八方的聲音。剩下的裝備是九台行動電話，就放在一張小桌子上，桌子周邊有防止手機掉落的邊框。每台手機上都有貼紙，貼紙上註記「特搜」「G

署」「自宅」「迎擊」「追蹤」「街頭」「店鋪」「特命」「鬼頭」等字樣，分成九台是要避免通話都集中在同一台手機上。「鬼頭」這名字是強制犯搜查二組的班長，應該就躲在目崎正人的車內，陪同目崎正人運送贖金。三上不解的是「特命」這兩個字，因為綁票案的搜查任務多半都屬於特殊命令搜查。

松岡先讓中分頭的瓜子臉坐到一旁，同時觀察兩台電腦的螢幕。一台螢幕顯示著玄武市內的地圖，另一台則顯示D市內的地圖。地圖上還有紅色和綠色的光點閃爍，可能是安排好的車輛和警力。大多數的光點都在D市，當然這和兩大城市的規模不同也有關係，但這樣的安排還是出乎三上意料之外。被害人住處和恐嚇電話的發話地點都在玄武市內，按常理推斷，在玄武市內採取初步行動的可能性較高。松岡也許是看在犯人模仿六四的手法，才做這樣的安排，只不過這也太冒險了。三上想問個明白，松岡卻在沉思，顯然也沒心情理會三上。

車子晃動了一下，想必懸吊系統的穩定性不太好，每次開過路面接縫或有高低落差的地方就會劇烈震動。

峰岸用手機跟「自宅班」成員聯絡，聽起來是在討論交付贖金的相關事宜。不消說，犯人從目崎歌澄的手機電話簿中，得知其父目崎正人的手機號碼。假如犯人真要模仿六四，不斷變更交付贖金的地點，那麼很有可能直接打給運送贖金的目崎正人，而不是各家店鋪。因此，目崎正人的手機會連接在無線電裝置上。

「播放監控設備。」

小胖子對峰岸報告完後，車內響起了自宅班的聲音。

「音量測試、音量測試、音量測試——被害人父親的手機已連接在裝置上。重複一次，被害人父親的手機已連接在裝置上。」

峰岸湊近手機的通話口，表示聽得很清楚。被害人住處的室內電話也做了相同的處置，只要一接到電話，指揮車內部也能即時收聽對話內容。時代不一樣了，十四年前三上在「追蹤一車」的副駕駛座通傳訊息，現在已經沒那個必要了。

對於時代的演變，三上既沒有惆悵的感覺，也沒有跟現在的刑警較勁的心情。跟一群真正的刑警待在一起，三上確實很在意他們的工作手腕和能力，但他並不認為自己在參與「狩獵」。時間才是他的對手，距離情報解禁還有六分鐘。

「就快到了。」

緒方指著螢幕的某個位置說道，畫面從「前方」轉移到「右側」。小型的兒童公園對面，有一棟隨處可見的雙層住宅，由木材和砂漿建成，那棟房子就是目崎一家的住處。

「知道了。」

松岡盯著螢幕答話：

「先記下房子和附近的地理位置就好。接下來，走縣道前往D市內。」

緒方點點頭，用麥克風對駕駛座傳達指令。

——連指揮車都要開到D市內？

三上相當訝異，負責指揮全軍的「大將」怎能離開玄武市呢？被害人一家在玄武市，犯人的發話地點也在玄武市，而且是在玄武車站的東西兩側。尤其東側有酒家、特種行業、賓館、電動間，是狐群狗黨聚集的地方。

三上發覺自己的聯想不夠周全。沒錯，聚集在鬧區的不光是為非作歹的匪類，還有不良少年和不良少女。對於目崎歌澄自導自演的說法，刑事部現在是怎麼看的？三上在意外的情況下深入調查核心，其他刑警卻從沒提到自導自演的問題，所以他也暫時忘了這件事。不過——

三上盯著牆上時鐘，離情報解禁還有兩分半。松岡離開電腦前面，面無表情地看著前方的螢幕。

「參事官。」

「嗯？怎樣？」

「刑事部有在尋找目崎歌澄嗎？」

松岡露出不愉快的表情，三上不明白松岡為何不滿。對了，松岡並沒有說出「歌澄」的名字，三上卻直接點破。

「請問，排除自導自演的可能性了嗎？」

這次三上省略了主詞。

「還沒排除。」

「那麼，有派人搜查鬧區嗎？」

「綁票還沒破案，也不可能大張旗鼓找人。」

松岡難得會用這種模稜兩可的說法。不管是刑警或公安，以低調的方式大肆進行搜索，不正是現代警察善用的人海戰術嗎？

「那她們平常在何處逗留呢？」

「不曉得。」

「兩通電話都是在玩樂區域打的，那些區域也是不良少女容易聚集的地方。假設這次綁票案是被害人自導自演，現在依然逗留在玄武市內的可能性很高，不是嗎？」

「三上先生。」

緒方開口，要三上別再問下去了。峰岸也雙手環胸，表示不滿。

三上對他們點頭致意，但他非問個明白不可。

「為什麼要前往D市呢？」

「你管好自己的工作。」

松岡不耐煩地打斷三上，順便抬起下巴，要三上注視牆上的時鐘。秒針通過「十二」這個數字，已經十點五十八分了。

三上吃了一驚，時間這麼剛好到底是巧合，還是松岡精準計算了二十分鐘？

「失禮了。」

三上在搖晃的車身中，踩著踉蹌的步伐走到最後面，小胖子的背部擋到他的去路。他趕緊拿出手機，撥打諏訪的電話號碼，同時拱起身子護住手機，以免其他聲音影響通話。

諏訪遲遲沒有接電話，好不容易等到電話打通，手機傳來的可怕音量重擊三上的耳膜，轉眼間一顆心又被拖回了記者會場。記者們破口大罵的音量實在太誇張，三上反射性地拿開手機。諏訪的聲音斷斷續續，聽不清楚在說什麼。三上想像諏訪穿越人海前往走廊的模樣，不久後電話就被掛斷了。他立刻重新撥打，諏訪卻沒有接。沒辦法，只好等諏訪找到方便講電話的地方回撥了。

過了五分鐘，三上握在掌中的手機才發出震動。

「不好意思，剛才我真的動彈不得。」

三上找不到話慰勞，諏訪已經換了一個地方講電話，幸好三上有聽到剛才那通電話的誇張音量，否則他一定會覺得諏訪找的地方太吵。

「很辛苦吧？」

三上勉強說了這句話，才發現自己講了美那子的口頭禪。或許，美那子長久以來也是抱著同樣的心情吧。想替自己關心的人分憂，卻只能在一旁乾著急，又沒有其他的話可講，於是就養成了這句口頭禪。

根據諏訪的說法，落合總算撐下來了。後來落合在醫務室睡了一會，體力恢復不少，諏訪還很佩服地說，其實落合這個人還滿有韌性的。不過，記者會的狀況更加惡化了。一課課長沒有出席八點的記者會，媒體徹底抓狂，直接要求警察廳派遣刑事局幹部到場。警察廳拒絕了媒體的要求，理由跟中止視察一樣，高層不願意派幹部前往險地。況且，警察廳也沒有適當的理由介入。D縣警刑事部的公關應對不佳，但在搜查上沒有任何不妥。

「被警察廳拒絕也讓那些媒體很不爽，記者們都快氣瘋了。落合課長來回衝刺的次數也超過五十趟，特搜本部還是不願意提供有用的情報。」

聽完諏訪的說明，三上打開記事本。

「我目前在搜查指揮車上，一有消息我會全部告訴你。先說我現有的情報，你方便抄筆記嗎？」

三上轉達松岡告知的情報，包括犯人打電話的地點，贖金的準備措施，搜查人員的配置狀況等等。諏訪在抄寫情報的過程中，答話的聲音也越來越開朗。一整晚都被記者壓著打，快要崩潰的諏訪總算多了點元氣。三上也想聽聽藏前和美雲的聲音，便詢問諏訪那兩個人情況如何。諏訪說不用擔心，那兩個人比他還堅強。最後諏訪還說，記者會的事交給他們來煩惱就好，他們已經習慣那種環境了。諏訪說出這段話時還有一點鼻音。好一段時間三上都說不出話來，那種情況怎麼可能習慣呢？誰都無法習慣的。三上低頭看著記事本的文字，這一丁點情報撐不了多久，還要繼續提供更多的情報，讓那些記者再也吃不下為止，不然那個飢餓地獄永遠不會結束。

「諏訪——喂、諏訪。」

三上本想叮嚀諏訪，要他們輪流休息十五到三十分鐘，就在他要開口的時候。

「被害人住處接到電話！」

指揮車內有了動靜，三上一時搞不清發生什麼事。

「播放監控設備！」

小胖子伸出毛茸茸的手操作按鈕。

三上愣住了，這通電話是犯人打來的嗎？時間也太早了吧，現在才十一點十三分，距離備妥贖金的期限還有大約五十分鐘。緒方和峰岸站在小胖子身後，剛好擋住松岡的身影。

牆上的揚聲器發出了不太清晰的電子音，是來電答鈴的聲音，聲音響了一次……兩次……

中分頭的瓜子臉拿下耳機，回過頭來說：

「來電號碼，是目崎歌澄的手機！」

果真是犯人打來的，所有人都屏住氣息靜止不動。

來電答鈴響了三次……四次……喀擦，電話被接起來了。

「喂……喂，我是目崎，喂……」

接聽電話的人聲音很膽怯，大概是目崎正人吧。

「喂，請問聽得到嗎？喂……」

「錢準備好了嗎？」

三上全身起了雞皮疙瘩，不像人類的變聲嗓音震懾了車內所有人。

「準、準備好了。是的，都準備好了。求您讓我聽聽歌澄的聲音好嗎？拜、拜託了，讓我聽一下女兒的——」

「現在立刻帶著贖金和手機離開家，十一點五十分以前來到D市葵町的喫茶葵。」

果不其然，犯人指定的地點是喫茶葵，看來當真要模仿六四了。

「遵命，十一點五十分對吧，喫茶葵對吧？那是一家咖啡廳嗎？啊！我知道，那一家店我知道，我看過那家店的看板。就在路邊的書店旁邊對吧？我馬上趕去，錢我會帶去，求求您讓我聽一下歌澄的聲音——」

嘟、嘟、嘟、嘟。

電話掛斷了，現場沒人有動作。

因為松岡還在閉目沉思，看起來像在冥想。

「公關長，出什麼事了？」

三上剛才放下手臂，掌中的手機卻發出了諏訪的聲音。三上聽到聲音回過神來，趕緊把手機貼回耳朵旁邊。

「剛才那是什麼狀況？到底發生什麼事了？」

三上差點就要告訴諏訪，案情有進展了。照理說講了也沒關係，只要諏訪憋在心裡二十分鐘就行了，但——

萬一松岡叫三上滾下車，一切就完蛋了。

三上看了時鐘，十一點十六分。

「二十分鐘後我再打給你，你先休息一下。」

74

「全速前進。」

緒方打開小窗口，對駕駛座傳達指令。

引擎奮力咆嘯，車速暴起陡升，指揮車再過不久就會到達D市。車內充斥大量的資訊，緒方和峰岸分別使用無線電和手機，跟特搜本部還有移動中的搜查車輛對話。

「找科搜研分析電話的背景聲音，動作快。」

「不要心急！在釐清犯人的發話地點前，迎擊班原地待命，不准妄動。」

「被害人父親的聲音聽起來不太妙。告訴他，接犯人的電話之前一定要先停車，以免發生意外。」

這兩人不愧是下一個世代的希望。他們明白對方的想法，還會揣摩松岡的意思，下達確切的指示。過濾訊息的手腕也十分洗鍊，沒有瑕疵可言。最重要的是這兩人的默契也不差，經常確認彼此的情報，工作不會有互相重疊的地方。三上彷彿在狹窄的指揮車中，見識到強大的雙頭龍。不過，「車外」就不是這麼回事了。特搜本部、G署、搜查車輛的無線電通訊毫無章法，亂成一團。理由很簡單，突如其來的電話擾亂了警方的盤算，或許這才是犯人提早來電的用意，也可能是計畫發生了不可控制的因素。

「所有號誌改成綠燈。」

這是松岡下達的第一道具體指示，把所有號誌改成綠燈，讓車子順利通行。

交付贖金是拖不得的。犯人掛斷電話後，目崎正人十一點十五分就飛奔出門，他只有三十五分鐘的時間抵達指定地點。平常車流量少的時候，開往D市葵町要四十分鐘，車流量多的時候則要一個小時以上。指揮車的電腦有顯示交通管制中心的道路情報，每一條縣道都是「交通量略多」，但還不到塞車的地步。中分頭的瓜子臉計算目崎正人可能會遲到十二到十三分鐘，松岡便下達全線綠燈的命令。號誌機材的操作已經事先準備好了，各路段的路口都有交通課的職員穿著東電的工作服，他們用無線電確認目崎正人的車子接近後，低調地打開號誌燈的控制箱，以手動的方式調成「綠燈」。等目崎正人的車子一通過，就馬上調回自動。警方用這種近似傳話遊戲的方式改變號誌，才沒有造成交通大亂。

「追一聯絡指揮車！」

「這裡是指揮車，請說。」

「桑原路口轉綠燈，被害人父親已通過！」

指揮車兩分鐘前就通過桑原路口，離這裡大概三個路口的距離。目崎正人和指揮車的距離正在拉近，這一帶是雙線道，目崎正人很快就會追上來。

「指揮車，收到。」

三上的記事本始終沒有闔上，一有訊息他就把內容和時間抄寫下來，還會寫上二十分鐘以後的解禁時間。「被害人父親通過桑原路口」這則訊息，在十一點五十一分才能提供給那些記者，等到那時候目崎正人早已抵達喫茶葵了。然而，記者們連目崎正人已經離開家都還不曉得，還有五分鐘「接獲恐嚇電話」的情報才會解禁。三上很心急，他從沒想過二十分鐘竟如此漫長。

車子進入D市，四周建築物也越來越高。

「手機的發話地點查出來了！」

方才聯絡電信公司的小胖子，回報查詢的結果。

「在湯淺基地台的涵蓋範圍——包括玄武市湯淺町和旭町周邊！」

又是玄武市內。

三上抄著筆記，低吟沉思。犯人命令目崎正人前往D市，自己卻留在玄武市內，到底有何打算呢？警方開放全線綠燈讓目崎正人通行，犯人不可能比目崎正人更快抵達葵町。走縣道的話會碰到兩次車牌辨識掃描系統，難道犯人要直接前往最終的贖金交付地點，壓根就不想前往D市嗎？或者，喫茶葵附近有安插犯人的眼線？

這個推論缺乏說服力，假設的成分居多。不管有沒有共犯，道理都是一樣。兩次恐嚇電話都是從玄武市撥打，明明手機可以在任何地方使用，犯人隔了一夜還是沒有移動到其他地方。為什麼？手機的發話地點被警方鎖定，搜索範圍將更加精確，犯人就不覺得危險嗎？倘若是目崎歌澄自導自演，那確實感受不到威脅，她跟父親的關係不好，看到父親心急如焚的樣子，說不定還會哈哈大笑。反正騙錢本來就不是目的，純粹是惡作劇罷了。

這推論也不對。

犯人不是女性，三上一聽到犯人變聲的嗓音，直覺認定對方是男性。他不是靠聲音來判斷性別，犯人的口氣看似粗暴，實則冷靜沉穩，同時夾帶著威脅性和自制力，一個十七歲的少女學不來的。如果這起案子真是目崎歌澄自導自演，那就意味著她結識了男性共犯，而且對方極具犯罪經驗。

「請讓我看一下。」

三上越過松岡的肩膀，觀看電腦螢幕，上面有湯淺町和旭町的周邊地圖。松岡叫中分頭的瓜子臉放大圖片，湯淺町主要是住宅區，比較令人訝異的是旭町。昨天第二次發話地點在南木町，旭町就緊連著南木町。旭町沒有尋歡作樂的場所，但也是相當熱鬧的地方。主要幹道旁邊有大型的超市和家電量販店，另外還有保齡球場、大賣場、連鎖的男裝和男鞋量販店等商家。

全都是吃喝玩樂的地方，把這三個發話地點放在一起思考，實在想不出自導自演以外的可能性。當然，另一種可能是犯人故意藏身鬧區，躲在車站周邊隨時都能遠走高飛。按照現階段的訊息，無法推測到底是自導自演，還是真正的綁票案件。

「參事官——目崎正人的車子趕上來了。」

緒方指著後方螢幕報告現況。一輛開在中線附近的白色轎車，大約在後方五十公尺處。駕駛的臉部圖像太小，看不清楚長相。

「開往右側車道。」

峰岸用麥克風對駕駛下達指示，隔了一拍，車子慢慢往中線方向移動。三上很快就想通這麼做的理由，被擋住去路的目崎正人，得往左側車道移動，越過這一台「卡車」才行。到時候，指揮車就能看到駕駛座上的目崎正人情況如何。所有人盯著左邊的螢幕，白色的轎車開到指揮車旁邊，一轉眼就超過去了，但——

三上清楚看到了目崎正人的側臉。

目崎正人的身體前傾，幾乎趴在方向盤上，整張臉也快貼上擋風玻璃，看得出急欲前行的焦急心情。兩眼死命瞪著遠處的某一點，還露出呲牙咧嘴的模樣。那是一種烈焰般的可怕神情，和雨宮芳男心如死灰的樣子完全相反。

三上渾身發抖，彷彿見識到綁票案殘酷的本質。目崎正人化為一團火焰，火速趕往犯人指定的地點喫茶葵。

「參事官。」

松岡依舊盯著螢幕，「追一」和「追二」也越過了指揮車。監視器捕捉到車上的人行了一個似有若無的注目禮。

「請問我老婆在喫茶葵嗎？」

「不。」

「那她在哪裡？」

「我不能跟你說。」

「追一聯絡指揮車！」

「為什麼呢？」

「這裡是指揮車，請說。」

「她在執行特殊命令。」

三上嚇了一跳，美那子在執行特殊搜查任務？

「這裡是片山町三丁目路口，號誌綠燈！被害人父親通過！」

「指揮車，收到。」

「請問是什麼特殊命令？」

「不能告訴你。」

「我是她丈夫，也不能知情嗎？」

「沒錯。」

「應該沒有危險吧？」

「沒有危險。」

三上有點後悔和松岡攀談。

三上說出「歌澄」的名字以後，松岡的態度就頗為冷淡。不，也不光是對三上冷淡，松岡對其他人也是愛理不理。除了下令「全線綠燈」以外，就再也沒下達過其他像樣的指示了。大部分的時間都在閉目沉思，甚至還散發出一股陰鬱的氣息，三上開始擔心松岡是不是身體不舒服。

三上低頭看錶，這才注意到已經十一點三十五分了。考量到小胖子擋路所耗的時間，他現在就得去車子的最後面。三上連忙越過擋路的小胖子，順便打開手機，等液晶螢幕上顯示三十六分，立刻按下快速撥號打給諏訪。諏訪也在等三上的電話，馬上就接通了。

記者會場同樣吵鬧，但至少還有辦法對話。

「目崎家接到第三通恐嚇電話了。」

三上一口氣說完這段話。

「這、這是真的嗎？什麼時候的事！」

「二十分鐘前接到的。嗯？不對，先等一下。啊！對了！是十一點十三分！」

三上確認記事本上的數字，頓時氣到血壓上升。他責怪自己的愚蠢，從接到電話的那一刻算起，不就可以早兩分鐘打電話了嗎？

「公關長？公關長——」

「抱歉！我現在回報內容，你拿紙筆抄下。」

「麻煩您了！」

三上唸出恐嚇電話的內容，犯人以偽裝的聲音，命令被害人父親拿著贖金和手機離家，務必在十一點五十分以前趕到喫茶葵。

「十一點五十分？就剩沒多久啦！現在已經三十七分了！」

「沒錯。」

「是目崎正人親自趕去對吧？」

「對，他十一點十五分離開家的。」

64

「那他目前在哪裡？已經進入D市了嗎？」

三上一時語塞：

「我得遵守二十分鐘的約定，不能告訴你。」

「二十分鐘的約定？什麼意思？」

「資訊上要有時間差，不答應這個條件不能坐上指揮車。」

「啊啊，原來是這麼一回事……咦？所以我也是保密的對象之一囉？」

「被害人父親的手機接到來電！」

小胖子回報狀況。

「是目崎歌澄的手機號碼！播放監控設備！」

「公關長——」

「我要掛電話了，撐住。」

犯人打了第四通電話，車內響起來電答鈴的聲音，電話立刻接通了。

「是！請問有何吩咐！」

目崎的嗓音幾近哀號。

「在片山町三丁目的路口右轉，開到環狀道路上。」

這段話讓眾人為之一驚，指揮車才剛開過三丁目的路口，目崎的車子早就離那裡有一段距離了。

「三丁目！咦咦！我、我、我已經開過頭了！」

電話另一端沉默了一段時間。

「立刻迴轉。」

「迴轉是嗎？好！我馬上！」

這是故意擾亂警方搜查的策略嗎？

犯人讓警方以為這是模仿六四的犯案手法，偏偏到了這一步才換成原創的計謀。或者，犯人那邊遇到了突發狀況，不得不臨時改變犯案計畫？總之，警方下達「全線綠燈」的指示是犯人始料未及的。犯人聽到目崎已經開過路口，想必也大吃一驚，所以才會稍微沉默一段時間。

「緊急通報！緊急通報！追一聯絡指揮車！被害人父親迴轉了！我們這就追上去！」

「不准追！追一在下個路口右轉再右轉，然後左轉開上環狀道路。追二連續三次左轉，再開上環狀道路！」

語畢，緒方看著松岡說道：

「參事官，我們這邊該怎麼做？」

「跟著追一就好。」

「明白了。」

緒方用麥克風通知駕駛，一旁的峰岸則拿起標有「鬼頭」的手機聯絡。小胖子以靈活的動作，連接監控器材的線路。

「試著讓被害人父親冷靜下來。」

「目前沒辦法。」

回話的人躲在目崎正人的汽車後座，用布蓋住身體，只能壓低音量說話：

「手機還沒有掛斷，我不可能跟他講話。」

「車速如何？」

「請等一下——呃，八十公里。不對、將近八十五公里了。」

「用警棒戳他，動作盡量輕柔一點。」

「迴轉了嗎？」

犯人變聲的嗓音打斷了警方的對話。

「迴轉了！直接開進環狀道路就行了嗎？」

「沒錯，在剛才的三丁目路口左轉。」

「被害人父親要過來了！」

瓜子臉放聲大叫，前方螢幕顯示白色汽車從對向車道疾馳而來。目崎正人拿著手機緊貼在耳朵旁邊，指揮車和白色汽車錯身而過。目崎正人的上半身激烈晃動，就像小孩子不太會踩三輪車，邊踩邊發脾氣的模樣。

「指揮車聯絡D市內的迎擊班！迎一留下，剩下二、三、四、五號車的防線向前推進！喂，緒方，再這樣下去目崎會出意外的。」

「解除全線綠燈指令！重複一次，解除全線綠燈指令！他本來是進口車銷售員，照理說駕駛技術不會太差。」

「我不是這個意思！把防線布在環狀道路沒有意義，應該安排在南方三公里處！而且，目崎單手開車的時速已經八十五公里了。」

「指揮車，收到！嗯，速度最好在七十公里以下，先派兩台車擋住他吧。」

三上也有種坐不住的感覺，緒方和峰岸背對背站在一起，好像坐著會妨礙他們工作一樣。這是維持重心的有效方法，指揮車轉換車道和右轉的時候，車內的人身體左右搖晃。底盤傳來的震動也很劇烈，或許是路面不平的關係吧。

「已和電信公司取得聯絡！現在犯人通話中的訊號發送地點跟剛才一樣！來自湯淺基地台的範圍！涵蓋玄武市湯淺町和旭町周邊！」

犯人沒有移動。不對，說不定犯人有移動，只是沒有離開那個區域。

「沒辦法精確鎖定犯人的所在位置嗎？」

三上忍不住小聲詢問瓜子臉。

「啊，沒辦法。除非增加基地台，或是使用GPS手機。」

「GPS手機？」

「啊啊，就是搭載衛星定位功能的機種。去年 KDDI 發售的好東西，可惜普及率不高就是了。」

瓜子臉在解說的時候，暫時遺忘了工作的緊張感。他有一雙討喜的眼睛，睫毛很長。

三上吁了一口氣，總覺得自己被當成了客人。事實上，三上也的確是客人，只不過同意他上車的松岡，沒打算熱情招待這位客人。三上沒有坐墊可用，而是坐在一張狀似香菇的堅硬板凳上，被迫欣賞緒方和峰岸高超的工作本領。雖然不到無地自容的地步，但待起來並不怎麼愉快。不對，有機會坐上指揮車已經是萬幸了，已經是萬幸了——

這時指揮車猛烈一震，三上的意識也瞬間驚醒，一時分不清楚自己身在何方。剛才他差點睡著，好在路面的落差把他搖醒。真是太可怕了，這裡可是搜查綁票案的第一線，而且還是「地下刑事部長」坐鎮的最高指揮系統。連在這種地方，睡魔都會抓準機會趁虛而入。其實三上心有不甘，才把坐上指揮車的「幸運」當成是一種幸福，而這種幸福的感覺昇華成陶醉感，試圖剝奪他的意識。

三上用力捏自己的大腿內側，力道大到幾乎要放聲大叫。

「科搜研來電！目崎家接到的恐嚇電話經過簡易分析——確認有若干的回音，可能是在浴室、沒有家具的套房、鋼筋水泥製的公共設施，或是商業設施的廁所！」

廁所……三上想起昨晚聽到的腳步聲，腦海中浮現旭町的地圖，那一帶的幹道周邊有各種大型店鋪。

總之先把資料抄下來，三上打開記事本，竟發出了驚呼聲。他忘了寫下犯人命令目崎開上環狀道路的時間，當時他正在跟諏訪講電話。對了，諏訪有說那時候是三十七分，犯人是在那之後下達命令的。三上在旁邊寫下「三十七」，連同犯人的指示內容，全都鉅細靡遺地記錄下來。

三上寫字的力道過猛，筆尖不小心戳破紙張，一顆心焦躁難耐。他甚至反問自己，都這種危急時刻了，我到底在這裡做什麼？

「追一聯絡指揮車！前方發現被害人父親！正在環狀道路往西行進！」

「指揮車，收到！速度大概多少？」

「呃，八十三到八十四公里左右。」

「太快了，你們和追二先開到他前面，保持一段距離，讓他速度降到七十以下。」

「追一，收到！」

「追二，收到！」

「麻煩你們了，指揮車撤線！」

「啊啊——啊啊——啊啊！」

目崎開始發出詭異的尖叫聲，犯人一言不發，卻也沒掛斷電話。

「求您行行好！把歌澄還給我吧！求您了！」

除了可憐以外找不到其他的形容方式，小胖子調低音量，眼神顯得有些難過。

「我該去哪裡才好？請您快點告訴我，讓我見到女兒！求您了。」

沒錯，犯人究竟要帶目崎去哪裡？

瓜子臉正在操作電腦地圖，地圖上的喫茶葵還沒有完全消失。弧形的環狀道路一路朝北，大約在四公里處和國道交會。到磯貝路口左轉，南下開往D市的中心地帶，就會抵達葵町了。把那一段路程，當成和六四相反的路線就好。南下過程中，會依序經過勝利麻將館、四季果飲茶店，最後抵達六四的起點喫茶葵。可是，比起走縣道前往葵町，這條路線繞了一大圈遠路。況且，從主要幹道前往另一條主要幹道，也不可能甩開警方的追蹤車輛。犯人刻意讓目崎迴轉開往環狀道路，目的地應該是D縣西部的工業地帶。或者，犯人打算讓目崎在磯貝路口右轉，然後開上國道右轉，在市道左轉後走縣道北上，這一條就是六四的主要路線。跟十四年前一樣，是通往根雪山的道路。車子會開過蜿蜒的狹窄山道……行經琴平橋……還有那一座水銀燈……

三上搖搖頭，看樣子專注力也到極限了。現在侵擾他意識的不只是睡意，還有突如其來的激烈情緒和倦怠感，以及過度融入情境的不理性，一切來得又快又急。混亂的思緒又想到了另外一件事，三上不自覺得地叫道：已經十一點五十一分了！「目崎正人通過桑原路口」的情報禁令解除！

三上連忙打開手機，操作到一半卻停了下來。不對，現在回傳桑原路口的訊息，根本沒有意義。目崎的車子後來迴轉，目前在環狀道路上行進。回報目崎走縣道前往葵町的訊息有何意義可言？這是錯誤誘導，也是惡劣的玩笑。算了吧，桑原路口的訊息不回報了，等「環狀道路」和「迴轉」的禁令解除，再打電話給諏訪就好。更何況，單純回報被害人父親通過路口，這有什麼情報價值？

不對……等一下……

錯了，這種觀念錯了，不能擅自決定情報的價值。價值是由「外面」決定的，三上已經學到這一點了，不是只有搜查才叫一切，這裡不是宇宙的中心。「外面」的時間是靜止的，對記者來說目崎才剛離開家門，車子連一公尺都沒跑。三上必須讓記者的時間動起來，也只有他才辦得到。

三上拋開猶豫，打電話給諏訪。

轉達完目崎正人通過桑原路口的訊息後，三上說時間一到他會立刻回報下一則訊息，交代完就掛斷電話了。諏訪在掛電話之前表示，總算開成一場像樣的記者會。這一丁點成就感帶給三上不小的勇氣。沒錯，三上並不是一個普通的客人，他要觀察這個「家」裡發生的大小事，回報給外面的世界。

75

「追一聯絡指揮車！被害人父親車速七十二公里，再五百公尺就到國道交會地點！」
追蹤班成功降低目崎的車速後，退居到後方。
「指揮車，收到。追蹤班各就各位，做好隨時左轉或右轉的準備。」
「還沒開到國道嗎？」
犯人的聲音衝擊眾人的耳膜，變聲過的嗓音不管說什麼，都會撼動聆聽者的大腦。
「就快到了！直走是嗎？還是要轉彎？」
指揮車內瀰漫著緊張的氣氛，犯人會下達哪種指示？
「右轉。」
這代表犯人要目崎北上，西部工業地帶的可能性消失了，果然是要按照六四的路線走。
「跟電信公司聯繫上了！犯人撥打電話的區域，同樣在湯淺基地台的範圍內！」
——所以，犯人不只一個？
如果犯人打算模仿六四手法，在根雪山周邊收取贖金，那肯定是有共犯幫忙。玄武市到根雪山沒有路況良好的直通道路，走顛簸的村道和林道當然也到得了，但現在從玄武市出發也趕不上了。目崎的車子就快開進國道以高速北上，犯人不可能先抵達根雪山周圍。

「湯淺基地台周邊，有直升機起降坪嗎？」

三上請教瓜子臉，這一次對方用工作時的嚴肅神情，給了一個否定的答案。

換句話說，共犯已在最終交付贖金的地點等待。問題是在哪個地點？要推測出確切地點並不容易。犯人提起了喫茶葵，卻跳過了前面三家店鋪，三上甚至搞不清楚犯人是否在模仿六四。十四年前，犯人命令雨宮到琴平橋上，把裝滿贖金的行李箱投到河川裡，並在龍之穴撈起行李箱。這一次，犯人用的卻是比六四更加離奇的手法，一點也不實際，感覺像是憑空杜撰的。會有這樣的疑慮，代表這次的案子極有可能是自導自演吧。

「追一聯絡指揮車！被害人父親在國道路口右轉，往北行進！」

「我已經轉彎了！接下來該怎麼做才好？繼續直走嗎？」

「你對這一帶很熟嗎？」

「沒、沒有，我對這一帶不熟……」

「繼續直走，晚點再給你指示。」

「請告訴我該去哪裡！」

「動作快點，你沒多少時間了。」

「遵、遵命！」

「追一聯絡指揮車！被害人父親的車速又上升了！八十公里……八十五公里……九十公里！」

「請把歌澄還給我！我什麼事都願意做，求您把女兒還給我啊！」

「想要女兒，就乖乖遵從指示——」

這時，專心聆聽對話的所有警方人員全都愣住了。犯人說出「乖乖遵從」這幾個字的聲音開始變調，到最後的「指示」，已經很接近真正的聲音。那是男性的嗓音，犯人果然是男性。

用來變聲的氦氣已經吸完，犯人掛斷了電話。

「鬼頭！趁現在安撫目崎，讓他把車速降下來。切記，千萬別抬頭！」

「收到！」

「快叫科搜研分析犯人的聲音！」

「明白！」

三上站穩腳步抵抗車身搖晃。就算車子沒有搖晃，他也必須用這種方式，強行壓抑那股貫穿全身的驚恐。

最後的氦氣勉強隱匿了犯人真正的聲音，犯人的嗓音沒有完全曝露出來。但——

三上似乎聽到了六四真凶的聲音，當年沒有一個刑警聽過的聲音。講話沒有口音，聲音略微沙啞，大概是三十到四十多歲的男性嗓音。

三上並不認為六四的真凶刻意重現過去的犯案手法，實際聽到「犯人的聲音」，並不表示這兩件案子有直接的關聯，但兩者之間確有共通之處。這不是單純的模仿，兩種不同的聲音和不同的罪案，有著難分難斷的因緣。這才是三上最真實的感受。

「已經要求科搜研分析聲音了！正好，長時間通話的分析結果出爐，通話沒有回音。再加上目崎的車輛運轉聲過大，分析不出電話中的背景音！」

「目崎先生！請你冷靜一點！把車速放慢！」

通訊設備傳來鬼頭安撫目崎的聲音，還有目崎驚慌失措的尖叫聲。我該怎麼辦才好！要去哪裡找我女兒啊！

「目崎先生！目崎先生！請先停車！我們停下來等電話吧！」

「被害人父親的手機接獲來電！」

來了，所有人注視著揚聲器。

「是目崎歌澄的電話號碼！」

第五通恐嚇電話，時間十一點五十六分。

「就這樣……直……直……走。」

在場眾人無不心驚，犯人的聲音聽起來很痛苦，那是男子故意掐住自己氣管的說話聲。氦氣已經用完了，只好用自己的手緊緊掐住喉嚨。大家一聽到犯人的聲音，就想像到犯人用自殘的方式變聲的模樣。

不過，更驚人的還在後頭。

「到石田……町……的路口……再開一公里……前往……左手邊的……純喫茶……櫻桃。」

犯人略過前面幾個地點，重新導回六四的路線。這一次犯人直接命令目崎，前往六四的第四家店鋪純喫茶櫻桃。

「通過號誌再開一公里是吧！純喫茶櫻桃對嗎？我一定到！」

犯人要繞回六四的路線嗎？接下來，車子會開到純喫茶櫻桃，等於是從D市進入八杉市。那家店的一公里外有個路口，右轉再開一段路就會到雙愛美容院。下一個號誌左轉則會開入縣道，再次北上。沿途會經過鄉野蔬菜直銷所、大里燒之店、宮坂民藝品，最後才是一休釣客民宿。

「動作……快。想見到……活著的女兒……就動作快。」

「啊啊啊啊啊！」

三上聽著目崎悲痛的哀號，打開自己的手機，他注意到現在是十一點五十七分。電話撥通以後，他迅速把現有情報說了一遍。首先犯人命令目崎開上環狀道路，接著又下達迴轉的指示，目崎正人在縣道回轉，前往環狀道路——情報開示到此為止。

三上察覺到有人在觀察自己。

原來是松岡的視線，松岡依舊保持著專注查案的眼神。三上看不出松岡的情緒，不曉得松岡是在確認他有沒有遵守約定，還是在同情他的際遇？

也許松岡真的不舒服吧，看到松岡閉起眼睛，三上是真的這樣想。搜查指示全都交給緒方和峰岸處理，那兩個人確實有本事，能力好到令三上嫉妒。然而，車內沒有瀰漫「狩獵」的氣息。車上的人細心地追查這起綁票案，但松岡始終沉默不語，以至於那些刑警身上沒有那種非抓到凶手不可的氣魄。

難道松岡還是把這起案子，當成目崎歌澄自導自演嗎？萬一這時候傳來「被害人死亡」的訊息，不曉得松岡會做何反應。

有人的手錶響起了嗶嗶聲，車內所有人都明白那是正午的報時聲。小胖子轉過身來，愣愣地張開嘴巴，一雙眼珠也瞪得很大。三上才剛想到不吉利的結果，因此小胖子的反應令他捏了把冷汗。不料——

「G署來電！已確認目崎歌澄人身安全！在玄武市內找到目崎歌澄了！」

車身過彎傾斜，指揮車也開入國道了。

眼下的發展不知該用出乎意料，還是意料之中來形容，車內的氣氛也不像這任何一種。因為松岡提醒眾人，先等待更詳細的回報。好一段時間都沒有無線電交流，緒方和峰岸也沒什麼反應，跟剛才幹練的舉止判若兩人。

「有詳細回報了！」

瓜子臉摘下耳機，大聲說出結果：

「目崎歌澄已受到輔導管束，並不是警方主動找到她。目崎歌澄在玄武市旭町的平價商店『Strike』扒竊三件化妝品！店家通報旭町西派出所的巡查長，由巡查長前往輔導管束！經過質詢以後，得知少女正是目崎歌澄！目崎歌澄供稱，手機在昨天凌晨失竊，可能是被偷走。昨夜她睡在民歌餐廳前面，一覺醒來就發現手機不見了！」

扒竊、輔導管束、行動電話失竊……

三上深深嘆了一口氣。

事件的全貌就跟剖開的西瓜一樣，全都攤在陽光下了。這次的案件既非自導自演，也非真正的綁票案，而是利用少女「行蹤成謎」所布下的贖金詐騙計畫。

犯人利用目崎歌澄不常回家這一點，事先偷走她的手機，再撥打恐嚇電話給她的父母，讓他們以為自己的女兒被綁架。另一方面，犯人跟蹤目崎歌澄，確認她的行蹤。萬一她跑到派出所報失手機，或是回到家裡，那麼這一場犯罪計畫勢必得終止。犯人尾隨四處遊玩的目崎歌澄，才會一直待在車站周邊的繁華區。

而犯人擔心的狀況，在今天早上以出乎意料的方式發生了。目崎歌澄在旭町的平價商店扒竊商品，犯人也親眼所見。店內的員工可能也注意到了，所以犯人只好提早執行計畫。犯人衝到店內的廁所，確認沒有其他客人進入後，拿出包包裡的氦氣猛吸，打電話到目崎歌澄的家中。總之，犯人決定賭一把，強行實施計畫奪取贖金。

果不其然，店員舉發目崎歌澄扒竊的事實，目崎歌澄被帶到店內的辦公室質問。犯人見狀便命令目崎正人略過其中幾家店鋪，也就是放棄模仿六四路線，不以喫茶葵為交付贖金的起點，直接讓目崎正人從環狀道路前往國道。計畫變更以後，犯人回到車上下達指示，車子就停在平價商店的停車場。這也是電話不再有回音的原故，變聲後的嗓音不能被其他人聽到，犯人只好躲在車子裡。而且，犯人還有一個不得不躲在停車場的理由。

犯人必須在車內監視商店的入口，店家一旦報案，警察就會趕來。犯人一方面心急，一方面也期待目崎歌澄撒謊狡辯。一個經常翹家的不良少女，不可能輕易承認自己扒竊。她一定會裝傻、假哭、矢口否認，即使店員拿出物證，她也會說自己有購買的打算，只是不小心忘了結帳。只要目崎歌澄保持緘默，沒人會知道她的身分。存有她個人資訊的手機不見了，她也不是會帶學生證的好學生。犯人對目崎正人下達指示，同時監視店鋪的入口，祈禱目崎歌澄不要太快招供。事實上，目崎歌澄也撐了一段時間，害她父親多跑了十幾公里的路。之後，派出所的警察抵達平價商店，犯人依舊沒有捨棄希望。搞不好目崎歌澄死都不肯說出姓名，店家才不得已報警，警察也不太會認真審訊扒竊小案。目崎歌澄的身分被揭穿只是時間的問題，但就算沒有指揮車上的情報延遲規範，情報傳遞的處理工作也需要一定的時間。犯人賭的就是這一縷希望，因此才會繼續執行計畫，想要趕在情報傳遞之前一決勝負。這才是犯人強迫目崎正人加快速度的真正原因，最後交付贖金的地點，大概也不會太遠。問題是——

一切都結束了，犯人沒有真的綁架少女，也沒有動手殺人，這一點倒是值得稱讚，可是引起的騷動太大了。

「追一聯絡指揮車！被害人父親通過石田町路口！再五百公尺就要抵達純喫茶櫻桃了！」

三上打開手機，正打算聯絡諏訪時，有人叫他等一下。

開口的人正是松岡，松岡凝視著三上問道：

「你要打給誰？」

「我要解除報導協定。」

「遵守我們訂下的規矩。」

「規矩已經不適用了。」

「這是你能決定的嗎？」

「案子已經結束了。」

「還沒有結束。」

松岡是指搜查尚未結束嗎?的確,但三上搭車的時候,要他專注本務的人也是松岡。

三上起身回話:

「這關係到警方和媒體的信用問題。用來保護被害人的協定,不能為了搜查一直拖延下去。」

「如果警方發現目崎歌澄的屍體,那確實如你所言。不過,晚二十分鐘回報被害人平安無事,也不影響結果,被害人不會因此變成屍體。」

天啊,三上簡直不敢相信,這番話出自松岡之口。

車內響起緊急煞車的聲音,是牆上的揚聲器發出來的。

「我趕到了!是純喫茶櫻桃沒錯吧?那我該怎麼做,進去店裡嗎?」

「繼……續開。」

「咦?」

「立刻……前進。否則……你女兒……小命不保。」

「啊、啊啊啊啊!」

「那目崎歌澄的父母呢?」

三上指著揚聲器問道:

「你們要讓那對父母苦等二十分鐘嗎?」

「別讓那對父母空歡喜一場。」

「咦?」

「那個扒竊少女自稱目崎歌澄，但還不確定是本人。」

「狡辯！」

「追一聯絡指揮車！被害人父親拚命加速！車速太快了！」

三上看了緒方和峰岸一眼：

「喂，你們沒意見嗎？萬一出車禍怎麼辦？你們不是很擔心嗎？」

二人沒有正視三上，臉上也沒有愧疚的神情。

「原來是這樣，你們只是要一個活餌來引誘犯人，所以不能讓他死，沒錯吧！」

「我、我該往哪裡走啊！」

「別管……這麼多……快點……開。」

「你們這群蠢才！要等到犯人完全上鉤才肯行動嗎？沒人這樣查案的，浮標有動靜就應該收網了！現在被害人沒有生命危險，先抓住那個吸氦氣的王八蛋啊！在駕訓班分頭行動的迎擊班呢？叫他們去平價商店的停車場啊！犯人就躲在車裡，用手掐住喉嚨在講電話！趕快把那傢伙拖出來，逼問他共犯在哪裡！」

「求您告訴我吧！我該去哪裡才好？」

「繼續……直走……三公里。」

「直走？」

「路邊……有一家美容院……雙愛美容院。十分鐘以內……沒到……等著……替你女兒收屍。」

「別、別啊！」

「快點打電話聯絡鬼頭！告訴目崎正人他的女兒平安無事！快點讓他脫離煎熬！」

「被害人父親的手機，接獲來電插播！號碼是——」

小胖子大聲喊出新的情資：

「是被害人母親，目崎睦子的手機打來的！播放監控設備！」

三上暗自叫好，雙拳緊握胸前。沒錯，就該這樣。目崎睦子打電話給自己的丈夫，要告訴他女兒平安無事。

嘟嚕嚕……嘟嚕嚕……嘟嚕嚕……

目崎正人沒接電話。為什麼不接？他應該有聽到插播的聲音啊。

三上猛然一驚，這才想起目崎正人無法接電話的理由。犯人還在通話中，目崎正人不可能接聽插播。

難怪犯人一直沒有掛斷電話，犯人早就料到這個可能性，所以不讓目崎睦子聯絡自己的丈夫。

三上咬緊牙關把心一橫，抓起桌上那一支標有「鬼頭」的行動電話。他操作來電履歷按下通話鍵，準備跟鬼頭通話。

松岡的臉龐出現在三上面前，還用力抓住他的手腕。松岡怒目圓睜，眉毛以驚人的角度往上吊，底下的肌肉也高高隆起。

三上被銳利的眼神震懾，但該說的事情他不得不說！

「這是卑劣的搜查行動！」

「輪不到你來管。」

「追一聯絡指揮車！被害人父親，在宇佐見的十字路口右轉！」

三上的手掌被強悍的力道往下壓，他試著反抗卻徒勞無功。鬼頭在電話的另一端，不斷詢問來電者有何指示。三上的手掌被壓到大腿旁邊，鬼頭的聲音離三上越來越遠。緒方扳開三上的手指，峰岸搶回他手中的行動電話。強烈的屈辱和無力感，逼得三上雙腿癱軟，直接跪倒在地。

「你們不懂嗎！」

三上發出心靈的吶喊：

「失去女兒的時間是度日如年啊，每分每秒有多漫長，你們不懂嗎？當父母的都希望女兒早點回家，看到女兒平安無事，用這雙手抱抱她！就算只早個一分鐘，甚至是一秒鐘也好。你們連這點都不懂嗎？你們幹刑警卻連這點人心都不懂嗎！」

車內沒有人說話，只聽得到車子行進的聲音。四個監控畫面分別顯示藍色屋頂很鮮明的住宅區，以及冬季茶紅色的田園風景。

松岡抬頭仰望上方。

過了一會，松岡低頭看了三上一眼。他轉身背對三上，將雙手插進褲子的口袋裡，三上沒料到松岡會有此反應。

「我們不是在調查目崎歌澄被綁的案子。」

咦……？

松岡的雙手伸出口袋，接著又再次插進去，插得比剛才更深。

「你帶來的情報成了重要的啟示，現在這台指揮車，正在指揮六四的搜查行動。」

那一瞬間，三上只覺得腦袋上有一大片疑雲罩頂。

三上的反應很狼狽，照理說他應該驚訝，但又不曉得該對哪件事感到驚訝。

——這是在搜查六四？我的情報是重要啟示？

三上察覺鞋子旁邊有東西在震動，原來是忘記關上的手機發出低沉的震動，慢慢移動到他的腳邊。三上想起來了，他剛才打算聯絡諏訪，後來……

他撿起手機站起來，一接起電話就聽到對方說：

「不好意思啊，一直沒空接電話。」

是老友望月打來的。

「喂，到底發生什麼事啊？」

「你指什麼？」

「昨天深夜，松岡參事官打給我。他問我最近家裡有沒有接到無聲電話，我根本不清楚是怎麼一回事，就老實告訴他沒接到，結果他就掛斷電話了。松岡參事官親自打來，好奇是難免的嘛，你知道什麼消息嗎？」

三上不知道。

他沒有一件事想得明白。

掛斷電話後，三上坐回椅子。這一坐下去，那一大片疑雲從頭上滑落，掉到他的腳邊消失了。

那是一種茅塞頓開的感覺。

他看清了解謎的關鍵。

松岡打電話問望月，最近有沒有接到無聲電話。

原因是三上帶來的情報……對了，三上之前造訪松岡的官舍時，對郁江夫人說出無聲電話的事情。事後他才知道，松岡的老家也有接到無聲電話，村串瑞希家也一樣。郁江夫人和瑞希都很擔心美那子，二人透過電話交流時，談到美雲老家也有接到無聲電話。每個家庭都是「最近」才接到的，美那子很在意無聲電話，因此也知道每個家庭接到電話的日期。首先是松岡的老家接到，再來依序是三上家、美雲老家、村串瑞希家。三上還知道一點，目崎家在這件案子發生前，也有接到幾次無聲電話。說不定，打到老人銘川亮次家中的也是同樣的無聲電話。

三上已經想通了，實際說出無聲電話的順序後，他發現那是一連串的事件，就好像看到五星連珠的天象一樣。

松、三、美、村、銘、目（日文發音分別為ま〔MA〕、み〔MI〕、み〔MI〕、む〔MU〕、め〔ME〕、め〔ME〕）。

發音全都是日文的「MA」行，沒有「MO」的「MA」行。

三上抬起頭看著峰岸（峰的開頭發音為み〔MI〕）。

「最近，你老家或親戚有接到無聲電話嗎？」

峰岸用眼睛回答，有。

三上再看看小胖子：

「你叫什麼名字？」

「我、我叫白鳥（白的開頭發音為は〔HA〕）。」

三上忍不住噴笑，那是皮笑肉不笑的表情。他收起笑容後，對瓜子臉說：

「你呢？」

「我叫森田（森的開頭發音為も〔MO〕）。」

「你家有接到無聲電話嗎？」

「沒有。」

「參事官有問你同樣的問題嗎？」

「這……」

「我問了。」

松岡代為回答，像是要徹底斬斷三上的最後一絲希望，不要讓他有多餘的痛苦。

三上的腦海中，浮現出一根泛黑的手指。

天啊。

原來那不是步美的電話。

接受了這個真相以後，三上總算看清事件的全貌了。當他終於認清自己一直不願意接受的現實，心中莫大的悲痛換來了一個無可動搖的真相。

三上握緊雙拳，用力壓在額頭上。

原來……

是這麼一回事啊。

三上在心中默念日文五十音，一直唸到「ま」（MA）行的「め」（ME）。

想不到……

想不到竟然有這樣的事。

D縣人口多達一百八十二萬人，總計五十八萬戶。

那些無聲電話，全是出自同一個人的手筆，沒有其他的幫手。從日文的「あ（A）」行開始，持續不停地撥打，到了最近總算打到「ま」（MA）行。

這種行為是從什麼時候開始的？三年前？五年前？還是更早之前？日復一日，不分白天中午晚上，不斷翻著厚厚的電話簿，按下電話號碼的按鈕。按到指甲碎裂、皮膚龜裂滲血，整根食指泛黑發紫，仍然不肯停下來，就只為了聆聽「電話中的聲音」，找出十四年前那個電話中的「犯人」。

案發當時，雨宮芳男信誓旦旦地表示，只要聽到犯人的聲音他一定認得出來。他期待過警方的調查結果，卻受到無情的背叛，還得知警方隱瞞真相的醜陋事實。凶案發生八年後，太太敏子中風病倒，雨宮想必就是在那個時候，利用照顧敏子的閒暇時間，開始撥打無聲電話。或許，他是要趁敏子還活著的時候，靠自己的耳朵找出犯人。人的聲音會隨著老化而改變，但雨宮有自信認出犯人的嗓音。犯人講話沒有口音，聲音略微沙啞，大約是三十到四十多歲的男性。不對，那是脅迫者的聲音，那聲音在雨宮家和其他九家店鋪中，對著雨宮的耳朵和心靈，注入了一輩子的痛苦。

三上簡直無法想像那要耗費多大的心力，那可是昭和六十三年的電話簿。當年把名字登在電話簿上還沒有太大的風險，更何況還是地方的電話簿。那一本「D縣中部．東部」的電話簿，總共刊載了D市和另外三個市的個人電話號碼，厚度非常嚇人。姓名按照日文五十音排序，最前面的是相川（AIKAWA）、相澤（AIZAWA）、青木（AOKI）、青田

（AOTA）、青柳（AOYANAGI）、青山（AOYAMA）……中間還有佐藤（SATOU）、鈴木（SUZUKI）、高橋（TAKAHASHI）、田中（TANAKA）這些常見的姓氏。而且，每一戶只打一通電話可能不夠。不、大部分只打一通電話根本不夠。如果接聽的是女性，那就要重複打到男性接聽為止；即便是男性接聽電話，太年輕或太老的人有可能是跟中年人同居，還要再打幾次確認。也有那種打再多次都沒人接的號碼吧，然而雨宮並沒有放棄，敏子去世後他也沒放棄。三上猜想，雨宮是懷著各種念頭撥打電話的吧。也許是復仇心，還有身為父親的義務，以及對妻女的供養。皇天不負苦心人，總算讓他找到了十四年前的那個聲音。

「啊，我看到看板了！」

目崎的聲音撼動揚聲器。

「是雙愛美容院對吧？是這裡沒錯吧？」

目崎正人四十九歲，有著中年人的嗓音，講話也沒有口音。目崎正人從今天早上就一直激動大叫，三上也不知道他本來的聲音沙不沙啞。正確來說，沒有一個刑警知道犯人是什麼聲音，因為十四年前沒有一個刑警聽過。

昨晚，松岡命令手下徹底查證，「MA」行的縣民到底有沒有接到無聲電話。凡姓氏開頭第一個字屬於「MA」行的刑警，都要打電話回老家向親戚確認。剩下的人要打給「MA」行的親朋好友確認。大部分人都住在官舍，電話也沒刊在電話簿上，沒人聽說過無聲電話的傳聞，因此對這個命令都感到訝異。一大早，松岡收到一大堆「有接到無聲電話」的報告，沒接到的報告數量也不少，沒接到無聲電話的姓氏都集中在「MO」，好比茂木（MOGI）、望月（MOCHIDUKI）、森（MORI）、森川（MORIKAWA）、森下

（MORISHITA）、森田（MORITA）……

「追一聯絡指揮車！被害人父親就快抵達指定地點！」

「指揮車收到！停車場有空位嗎？」

「似乎還有一兩台車的空位！」

松岡專心聆聽揚聲器的對話，表情十分凝重。他敢斷言這是在調查六四懸案，想必在坐上指揮車之前，就已經確認過「MA」行以外的姓氏了。

「MA」行的姓氏是最近才打的，大家多少還有印象，也比較容易被提起，所以這一次才會有無聲電話的「傳聞」。不過松岡為人謹慎，他很清楚只看「MA」行的風險，萬一有神經病專門對「MA」行的姓氏惡作劇，那目崎正人就不會是六四的犯人。是故，「HA」行的後段和「YA」行的前段，松岡也確認過了。他收集了堀田（HORITA）、堀（HORI）、本田（HONNDA）等姓氏的數據，確認這些姓氏和「MA」行的關聯性，查出「YA」行沒有接到無聲電話的跡象，於是才得出結論。這一連串的無聲電話，是以「ME」總結。

三上長年擔任刑警查案，自然也很清楚，D縣沒有「RE」開頭的姓氏，「HE」和「ME」開頭的姓氏也很少。除非像「銘川」（MEIGAWA）那種外地搬來的，否則在地的「ME」姓氏只有「目崎」（MEZAKI）一家。

「到了！我現在趕到了！請給我下一個指示！我該怎麼做才好？進去裡面嗎？」

「追一，通過店鋪前方！」

「請快點告訴我！我該怎麼做才好！」

「把行李箱……拿下車。」

三上閉起眼睛聆聽犯人的聲音。

那是幸田一樹。

三上不是靠聲音認出來的，但他很確定那是幸田。偷竊目崎歌澄的手機，在鬧區跟蹤目崎歌澄，這些事情雨宮是辦不到的。雨宮家的客廳掛著信件袋，裡面有幸田的書信。柿沼說過，每到翔子小妹妹的忌日，幸田一定會去掃墓祭拜。想必幸田對雨宮懺悔，還說出了「幸田報告」的祕密，替警方的卑劣行無致歉。離開警界後，幸田也持續和雨宮聯絡，希望有機會盡到棉薄之力。那個過於潔癖的正義之士，經過了這麼多年，還是一再表明自己願意提供協助的心意。

「追二，通過店鋪前方！被害人父親把行李箱拿下車了！」

幸田這麼做不只是出於良心的苛責，六四徹底毀了幸田的人生，撇開雨宮夫妻不說，幸田是這世上最痛恨六四真凶的人。雨宮也深知這一點，才對幸田坦承心跡。於是幸田甩開柿沼的監視，行蹤成謎。他放棄了下跪得來的工作，放棄了一家人好不容易得到的安穩生活，抱著壯烈成仁的心情和六四「殉葬」，陪雨宮一起墮入歧路。幸田要讓目崎正人品嘗雨宮經歷過的地獄，好讓那個卑劣的惡徒幡然悔悟。幸田利用虛假的死亡威脅，凌遲目崎正人罪孽深重的靈魂。

不過——

最後他們打算怎麼做？

雨宮想要的是什麼？託付給幸田的又是什麼？

在駕訓班分頭行動的「迎六」「迎七」「迎八」早已布下防線。幸田明知如此，依舊沒有掛斷電話。

「錢要拿去哪裡才好？」

「店鋪……後面……有一塊空地。」

「空地？啊啊，我看到了！拿去那邊就行了嗎？」

「動作快。」

車子向右迴轉，指揮車也開往雙愛美容院。緒方手中握著標有「店鋪」的手機，小胖子則忙著接續線路。

「吉川，回報狀況。」

「——收到。被害人父親拖著行李箱，急忙前往店鋪旁邊的小巷。」

回報的聲音壓得很低。

「看得到小巷的另一邊嗎？」

「——那裡是一塊空地，但有擺放舊輪胎、冰箱、洗衣機等各種廢棄物品。可能是回收業者暫時放置的地點吧。被害人父親抵達空地，手機貼在耳朵旁邊，不斷張望四周。」

「我到了！我到空地了，接下來該怎麼做？」

「有看到……鐵桶……對吧？」

「咦？有、有看到，有看到！」

「拿出……行李箱的……錢，丟到……鐵桶……裡面。」

「放、放進這裡？鐵桶裡？」

「你……有時間……質疑我？」

「我照做我照做！錢放進去，歌澄就會平安回來了對吧？您就會放過歌澄吧？」

「動作……快。」

「——被害人父親移動了。他正在打開行李箱，把鈔票丟進鐵桶裡。」

峰岸彎下腰，看著電腦上顯示的周邊地圖。他對松岡說前方有路繞得過去，接著打開小窗口對駕駛下達指示：

「在便利商店的轉角左轉，然後在下一個十字路口右轉。」

「過得去嗎？」

「路面夠寬。」

「錢都放進去了！全部放進鐵桶了！」

「注視……腳邊。」

「咦？」

「有看到……鐵罐吧。」

「啊，有、有看到。」

「裡面……有火柴和油……點火……燒錢。」

三上倒吸了一口氣，緒方和峰岸異口同聲大叫。喂、真的假的！

「點火？把錢都燒掉？」

「動手。」

「這，可是……我把錢燒掉，那歌澄呢？您真的會把歌澄還我嗎？」

「你想……害死她？」

「我、我燒！請等一下，我馬上燒！」

「──被害人父親，好像……把寶特瓶的液體潑到鐵桶裡。啊！啊啊！他點火了！錢燒起來了！」

燒錢的黑煙猶如狼煙，指揮車的監控設備也放出了黑煙冉冉飄升的畫面。

「您的指示我照辦了，錢我都燒掉了，現在正在燒。已經可以了吧？您要我做的我全都做到了！請把歌澄還給我吧！歌澄在哪裡？求求您告訴我吧！我女兒在哪裡啊！」

「罐子，下……」

「罐、罐子……」

嘟、嘟、嘟、嘟。

「犯人掛斷電話了！」

「──被害人父親拿起鐵罐，觀察下面……啊，他撿起了一張紙，是小紙片，有點類似長方形的便條。他一直盯著那張紙，啊！他跪下去了！整個人趴在地上，額頭貼著地面，雙手伸到面前，紙張被捏在掌心裡。被害人父親嚎啕大哭，不斷哭喊女兒的名字。」

犯人「宣告」歌澄死亡，這就是雨宮要傳達的訊息嗎？讓真凶也嚐嚐小孩被殺的滋味，永遠活在痛苦之中。

「被害人父親的手機接到來電！號碼是被害人的母親──切換監控設備。」

「終於打通了！老公，你人在哪裡？小澄她平安無事啦！根本沒有怎麼樣！」

「真……真的嗎？」

「是真的！這不是什麼綁架案，小澄她沒被綁架。她不曉得發生了什麼事，也沒受到任何傷害。總之太好了！真是太好了！」

「她沒被綁架……？」

「對啊！她好著呢！雖然她現在……不太想講話……不過你不用擔心，她好好的。啊啊、真是太好了！老公啊，你快點回來吧。」

「……」

「老公？你怎麼了？老公……」

「轉接吉川刑警回報！」

「被害人父親打開紙張觀看，是剛才那一張紙，他的注意力全放在那一張紙上，一動也不動，完全沒有動作。」

指揮車上的人也看得到空地，前方螢幕顯示周邊影像。有美容師站在雙愛美容院的後門，大概是被突如其來的異狀嚇到才衝出來的，還有捲著髮捲的客人，一臉訝異地從後面的窗戶探頭出來。附近商家和民宅的人也都跑出來，大家都聽到目崎正人痛哭的聲音。每個人的視線和行進的方向，都集中在那個黑煙飄升的鐵桶上，目崎正人則盤坐在一旁。

「畫面放大。」

「收到！」

右邊的監視器移往目崎正人的方向，螢幕上的影像越來越大，占滿了整個畫面。監視器拍到目崎正人的正面，目崎正人稍微低著頭，眼睛凝視著地面的某個點。一個剛走過地獄和天堂的人，表現得也太冷靜了。他的太陽穴一帶在顫動，有點像痙攣的反應。不對，左右兩邊的太陽穴都在動，下顎也在上下移動。

「靠，他把紙吃下去了！」

峰岸驚慌大叫：

「那王八竟然把紙吃了！」

「等一下！你看！」

緒方指著監控畫面，紙張還在目崎正人手上。不對，吉川說那是類似長方形的便條，但目崎正人手上的紙張更加細長，有點像籤紙。目崎正人果然把紙吃下去了，而且是把紙撕成左右兩半，吃掉其中一半。可惜現在發現已經太遲了，下顎的動作從上下咀嚼變成左右咀嚼，臼齒把紙張磨成了紙漿。

「吉川，你看到了嗎！」

「我、我沒看到他撕毀紙張。他剛才用手摀住臉，我以為他在摸自己的下巴……」

換句話說，目崎正人是偷偷吃下紙張的。他帶著一大票警察來到這裡，當然也知道有刑警在監視自己。等這一切結束後，警察一定會要他交出紙張，所以他故意留了半張。剩下不能被看到的則吃進肚子裡。吃下肚的那一半，應該有雨宮留下的訊息。

目崎正人的臉上失去了所有表情，太陽穴和下顎的動作也停下來。緊接著，他的喉結上下移動，眾人彷彿聽到了吞嚥的聲音。

「幹！」

緒方敲打螢幕的外緣，峰岸也一拳打在牆壁上。畫面的右半邊變成模糊的淡茶色，前來圍觀的群眾擋到了監視器。左邊也一樣，淡藍色的模糊影像擋住了視野。目崎正人的身影也跟著變小，最後完全看不到了。

「這就結束了？」

峰岸張開雙手問道：

「為什麼不乾脆狠一點呢？他們明明辦得到吧。只要用目崎歌澄的性命，威脅目崎正人坦承犯案就行了。」

「確實，下手太輕了。」

緒方重重地嘆了一口氣：

「他們威脅目崎正人，讓他跑了一大段路，結果只報了兩千萬被奪的仇。儘管半路上有套到目崎正人的話，但那樣的證據太薄弱，紙張也被吃掉了。為什麼不直接在電話中提起過去的案子呢？那樣保證會有確切的反應。」

緒方和峰岸的對話，玷汙了三上心中某種重要的東西，就在他要發火的時候。

「你們還奢求什麼？」

松岡反倒先開口了，他盯著緒方和峰岸說道：

「雨宮芳男告訴我們犯人是誰了，剩下的就是我們的工作。雨宮是靠電話中的聲音追查出凶手的，無論他寫下哪種訊息，都無法成為逮捕目崎正人的關鍵證據。雨宮讓目崎正人吞下並非物證的東西，你們反而應該讚賞他才對。記住了，那是目崎正人不打自招，代表目崎正人是那種沒有物證也會招供的人。」

緒方和峰岸跟菜鳥刑警一樣，立正聆聽松岡的訓示。

白鳥也兀自點頭，森田重振心神，縮小監控設備的顯示範圍。大量的圍觀群眾包圍了整片空地。

三上看不到目崎正人，只看得到一縷白色的輕煙。外面的風勢驟停，燃燒的煙霧筆直地向上飄升。為什麼要命令目崎正人燒錢呢？三上不認為那是要報兩千萬被奪之仇，而是雨宮發出的另一則訊息。雨宮透過那一縷輕煙，向天上的妻女表明自己的心意。身為一個父親和丈夫，能做的他都做了。

「撤退！」

松岡握住無線麥克風發號施令：

「用避免媒體騷擾的名義，拿下目崎正人，護送到D中央署！」

三上同意松岡的說法。沒錯，剩下的是他們的工作了。他懷著一種跟刑警分道揚鑣的心情打開手機，按下快速撥號鍵。

「我是諏訪！」

「已確認目崎歌澄平安無事——立刻解除報導協定！」

除了電話亭的燈光，四周再無光源。

三上請計程車停在坡道上，自己下車前往親水公園。沿路是平緩的下坡道，耳邊還聽得到溪水潺潺的聲音，時間才快傍晚六點，天色暗得連雙腳都要看不到了。公園內的水銀燈都關掉了，這一帶只看得到電話亭的日光燈。

三上離開搜查指揮車回到本部，已經是下午三點的事了。縣府的西廳舍六樓，也不再是什麼詭異的空間。會場人去樓空，只留下一片混亂狼藉，空無一人的會場彷彿經濟恐慌時期的華爾街，或是太空人凱旋歸來後，遊行活動結束的景象。報導協定一解除，所有的記者就鳥獸散了。得知目崎歌澄平安無事，有半數的記者回到東京，剩下的記者則前往玄武市的目崎家，還有雙愛美容院的後方空地。

記者會也改成每三個小時開一次，四點趕來參加記者會的記者不到五十人。落合的臉龐也恢復了常人該有的血色，報導協定既然已經解除，警方就沒義務即時提供調查訊息。可以給的情報當然會盡量給，唯獨目崎正人被「收容」在中央署的事實沒說，目崎睦子和目崎歌澄的所在地也一樣。松岡親自去見那對母女，提供她們真正的保護，連同小女兒一起安置在隔壁縣的共濟會養護設施。人啊，有些話能講，有些話不能講。三上終於明白這句話的意思。目崎正人若被逮捕，目崎睦子和目崎歌澄就會變成殺人犯的妻女。松岡顧及這對母女未來的人生，才不願說出她們的名字。

諏訪和美雲一直勸三上回家休息，好好睡一覺，他們說自己有輪流補眠，要三上不必擔心。講著講著，藏前還幫三上叫了計程車。在搭車回家的途中，三上一時想來公園看看，就叫司機開來這裡了。雨宮芳男的住宅沒開燈，車子也不在，不知他人在何方？那時候……目崎正人燒掉贖金時，雨宮芳男人在哪裡？

三上推開電話亭的門，電話亭的外觀很老舊，門卻一聲不響地打開了。淡綠色的電話看上去又破又舊，數字鍵上沾滿黑色的汙垢，但指尖按壓的地方透出銀色的金屬材質，甚至還發出淡淡的光澤。不斷被使用的公共電話，就會有這樣的外觀吧。

三上深深嘆了一口氣。

雨宮就是在這裡撥打無聲電話，打去三上家的電話也是在這裡打的。十一月四日晚上八點過後，最先接聽電話的是「女人」，下一通是九點半撥打，同樣是「女人」接聽的。到了快午夜十二點，第三次終於換「男人」接聽。雨宮專心聆聽聲音，最後掛斷電話，劃掉電話簿上的「三上守之」。當年的電話簿，上面登記的是父親的名字。再過一年半載，三上搬到官舍去住的話，也許就接不到那通電話了。

雨宮也曾經在自家撥打過無聲電話吧。他應該也知道現在有來電顯示的服務，只是獨居人士不太清楚詳細資訊，也不曉得如何隱藏來電顯示，只好改用公共電話撥打。說不定改用公共電話還有其他理由。這是離雨宮家最近的公園，也有不少遊樂器材。翔子還小的時候，一家人也常來這裡玩吧。六四凶案發生後，警方沒找到翔子被抓走的地點，於是這座公園就成了其他父母忌諱的地方。諷刺的是，這反而讓雨宮得以不分晝夜長時間使用公共電話，又不用忌憚旁人的目光。

沒錯，就是這個地方。

三上閉起眼睛仔細聆聽四周的聲音。好安靜，電話亭中一點聲音也沒有。雨宮打到三上家那一天則不一樣，那一天傍晚D縣北部下起了冬季罕見的豪大雨，各地都有土石坍方的災情傳出。河川的水流量大增，滾滾激流朝下游湧進。三上當初聽到的不是都會的雜音，也不是汽車行進的聲音。雨宮在河川旁的親水公園撥打電話，換句話說，三上聽到的「有強弱差異的連續聲響」，正是水流的聲音。

（是步美嗎？是步美對吧？）

那時候，三上對著一言不發的對象喊話：

（步美！妳在哪裡？快點回來！妳什麼都不用怕，馬上回來就對了！拜託妳快回來！）

所以，雨宮明白三上在佛壇前落淚的原因。

（不要緊吧？）

昨天，雨宮在電話中慰問三上，而且還用溫柔的聲音告訴他。

（人生不是只有壞事，總會有好事的。）

雨宮究竟去哪裡了？

三上不禁懷疑，事情會發展到這個地步也許是自己害的。

一個禮拜前，三上造訪雨宮家，目崎家接到無聲電話大約是十天前的事。當時雨宮已經循聲找到六四的「真凶」了，他肯定很猶豫該不該告訴警察。不，這樣重大的訊息隱忍三天不說，足見雨宮對警方的不信任。整整十四年，每個前來拜會的刑警都保證會抓到犯人，但每個都失信了。數十萬名警察束手無策，讓這齣悲劇逐漸被淡忘，雨宮卻憑一人之力找到凶手。反正死的不是自家小孩，警方也不會認真查案，雨宮大概是這樣想的吧。警方隱瞞了錄音失誤的事實，一個七歲少女遭到綁架撕票，整個組織竟然沆瀣一氣，隱瞞第三通恐嚇電話以求自保。如此腐敗的警察，哪裡值得託付？就算他指出目崎正人是真凶，警方也不會相信他十四年前的聽力和記憶力吧。縱使警察願意相信好了，被害人家屬親自找到犯人也會讓警方沒面子。沒準警方還會嫌他多管閒事，不肯認真查案吧。反正隨便調查敷衍一下，用一句「你聽錯了」來結案就好。問題是，雨宮自己找到犯人也無濟於事，直接登門逼問目崎正人，光是聲音相似這一點也不足以讓對方認罪。三上前去拜訪雨宮的時候，他正好在煩惱這些問題吧。

雨宮想必一下就認出三上的聲音了，在他聽過的眾多聲音中，三上的聲音應該讓他印象特別深刻。而且，三上遞出的名片有「MI」開頭的姓氏，這個姓氏雨宮才剛打沒多久，因此他很確定，三上就是在電話中大喊女兒名字的人。女兒離家出走，做父親的非常擔心女兒的安危，那麼彼此就有心意相通的可能。失去女兒的父母有多麼心如刀割，也許眼前這個警察是少數能夠理解的。如果，當初三上提起的是別的話題，雨宮很有可能會坦承他找到犯人的事情。

不過……

那次三上說了什麼呢？三上想起當天的對話就痛心疾首。他拜託雨宮接受長官慰問，強迫雨宮接受警方的作秀宣傳。而且還欺騙雨宮，長官視察的新聞可以換來更多的線報。雨宮也死心了吧，警察完全沒有長進，過了十四個年頭，仍然沒有重視過被害人，甚至還想利用家屬的悲傷來壯大組織。

（承蒙各位的好意，我心領就好，不必特地勞煩長官前來了。）

這就是引爆點。三上深信那一次的對話，讓雨宮的心態徹底轉變。

雨宮決定用自己的方法報復目崎正人，他找到幸田商量這件事，兩個受盡警察欺凌的人共同安排這一次的計畫。報復的對象不只是目崎正人，他們也細心安排了一齣報復戲碼送給警方，特地選在長官視察當天「起義」，帶給警方最重大的打擊。利用目崎歌澄離家的犯罪計畫充滿不確定性，因此「綁票」只好在前一天執行。換言之，犯案時間並非偶然，在六四視察的前一天發生模仿六四的綁票案，逼得警察廳中止長官視察，這既不是刑事部的憤怒反擊所致，也不是不可抗力的因素，而是雨宮和幸田激烈的報復手段。

三上等於間接推了雨宮一把，透露長官視察的日程資訊，無疑給了雨宮「最適合犯案的日期」。理髮是雨宮下定決心的證明，昨晚那句溫言慰問，不只是對三上說的，同時也是對他自己說的。人生不是只有壞事，總會有好事的。不過——

他們終究做了一件不該做的事情。

雨宮和幸田不得不受到懲處，尤其雨宮的罪孽特別深重。惡行就是惡行，沒有「正義的惡行」這種說法。不管有何種理由，雨宮都「綁架」了別人的女兒，還以性命相脅要求被害人家屬支付贖金。雨宮的行為造成目崎睦子極大的痛苦，當初翔子被綁架時，他明明親眼見到敏子承擔了多大的痛苦。敏子祈求女兒平安無事的心情，雨宮最能感同身受，無奈他還是墮入了歧路，甚至踐踏一個無辜母親的真心，來滿足自己復仇的欲望。

雨宮自己也很清楚，所以才沒有回來，或許他已經——

三上的思緒，被汽車的喇叭聲打斷。

聲音來自坡道上。

那是縣警本部常用的私人計程車，司機當然不會懷疑三上的身分，也不怕拿不到錢。可是，三上整整三十六個小時沒睡，氣色實在太差了。或許司機看他愁眉苦臉，擔心他去投水自盡吧。三上遠遠就看到司機下車察看，他從電話亭探出半個身子，向司機抬起一隻手，請對方再多等一段時間。

三上關上電話亭的門，拿出手機調出松岡的電話號碼。他有一股莫名的衝動，想用眼前的公共電話打給松岡。嗶、啵、啵、叭，撥號聲聽起來令人懷念。松岡沒接電話，電話轉接到語音信箱。敏感時刻用公共電話撥打無聲電話可不是鬧著玩的，三上便留下語音訊息，表明晚點會再聯絡。

三上直覺認定松岡會回撥電話，他有話要告訴松岡，也有問題想問個明白。

幸田怎麼樣了？

松岡不可能放過幸田，幸田犯下竊盜、脅迫、恐嚇，罪狀多不勝數。可是，三上待在指揮車的那段時間，絲毫沒聽到關於幸田的無線電訊息，松岡也沒下達相關的指示。迎擊班沒抓到幸田嗎？還是刻意放他一馬？

按照常理推斷，松岡和幸田有互通訊息。至少幸田在採取行動前，有用匿名的方式告知計畫，否則有些狀況無法說明。松岡沒有看過雨宮泛黑的手指，中間缺了一個聯想的要素，為何松岡有辦法把「MA」行的無聲電話和這次的案子串聯在一起？

三上轉念一想，搖了搖頭。

現在思考整件事的開端已經沒意義了，目崎正人是不是六四真凶，這才是關鍵所在。松岡似乎確信目崎正人是真凶，但光靠雨宮的「聽力」無法立案，更不可能被判有罪。除非警方掌握具體事證，迫使目崎正人認罪，否則目崎正人永遠是「受警察保護的被害人父親」。

假設目崎正人是六四真凶，那他開車離家以後，這一路上都沒有露出破綻。當然，目崎正人是真的擔心女兒安危，在那種狀況下也很難露出破綻。不過，案子接近尾聲的時候，目崎正人的銅牆鐵壁瓦解了。他急著回覆幸田的指示，不小心露出了馬腳。目崎正人在國道北上途中，還有行經純喫茶櫻桃都曾和幸田通話。緒方說，幸田有套到目崎正人的話，指的就是那一段對話。

（求您告訴我吧！我該去哪裡才好？）

（繼續……直走……三公里。）

（直走？）

（路邊……有一家美容院……雙愛美容院。十分鐘以內……沒到……等著……替你女兒收屍。）

三上事後重聽錄音，才搞懂這是怎麼一回事。確實，幸田給目崎正人下了一個圈套。不，目崎正人開上國道後，幸田就問他是否熟悉這一帶的環境？目崎正人回答，他對這一帶並不熟悉。身為六四真凶的目崎正人，不敢說出自己對六四路線很熟。幸田成功套到這句話以後，再命令他直走三公里。目崎正人不假思索，直接反問幸田為何要直走？因為他非常清楚，要前往雙愛美容院得在一公里外的路口右轉。況且，幸田當時還沒指定要去雙愛美容院。也就是說，目崎正人在接獲指示前，就已經知道下一個目的地是哪裡了，這就是他露出的破綻。

對目崎正人來說，開往路口的那一公里，是他人生中最漫長的時光吧。幸田命令他前往雙愛美容院，卻又要他直走。那在路口到底該不該轉彎？轉與不轉都是可怕的抉擇。後座躺了一個刑警，通話內容也都被警方監聽。警方也許還沒有懷疑他是六四真凶，但在路口轉彎的話，警方就會發現他事先知道雙愛美容院的位置。那直走呢？也不行。萬一沒去幸田指定的雙愛美容院，女兒將性命不保。幸田說了，十分鐘以內沒到，你就等著替女兒收屍。目崎正人本來差點反問，真的要直走嗎？偏偏這話一說出口，等於承認自己就是六四的真凶。經過一番腦力激盪後，目崎正人選擇右轉，保住自己的女兒。

不過，最後關頭還有一個最重大的試煉等著目崎正人，就是那一張「便條」。

警方萬萬沒想到，目崎正人交出的是有原子筆字跡的那一半紙片。紙片上只有一行橫書的文字，三上看了膽戰心驚。

「女兒在狹小的棺木中。」

目崎正人在鐵罐下方發現這張字條時，當場跪下來放聲大哭，哭得悲痛欲絕。他以為犯人是在宣告目崎歌澄已死，隨後目崎睦子來電，通知他女兒平安無事。目崎正人重看一次上面的訊息，這才注意到紙上寫的不是「棺木」，而是「狹小的棺木」。他終於領悟，那一行文字指的不是「歌澄」，而是「雨宮翔子」。

當目崎家接到恐嚇電話，目崎正人就知道犯人是在模仿自己的犯案手法。從那時候起，他的心中就已經懷疑犯人和「雨宮翔子」的關聯了。可是，被害人家屬再怎麼復仇心切，專業的警察組織調查了十四年都沒破案，外行人怎麼可能找到六四真凶呢？目崎正人應該也有想過，這或許只是偶然。他應該就是這樣持續說服自己，來壓抑內心的恐懼感吧。

可是，看到那句「狹小的棺木」他就明白了，徹底明白了。那是雨宮翔子的親人寫下的訊息。

明知如此，目崎正人還是交出了那一半的紙片，那他究竟吃了什麼？

這一點就不得而知了，便條是從文字的上方撕開的。如果便條上的字句都是橫書，那目崎正人吃下的就是便條的上半部，正確來說，是五行橫線的其中兩條。剩下的訊息寫在下半部，占了三行橫線的空間。

照理說，上半部應該是寫「收信人」才對，三上猜測是「致目崎正人」。不、便條一定會被警方收走，雨宮肯定想揭穿殺害女兒的真凶。目崎正人的聲音和十四年前的凶手相似，這是雨宮唯一能提供的線索。因此，雨宮很有可能直接寫下這一條訊息。「致講話沒有口音、聲音略嫌沙啞的目崎正人」。

這段話算不上證據，但目崎正人做賊心虛，真的吃下肚了。

目崎正人絞盡腦汁，在警方要求交出便條的前提下，想著怎麼做對自己最有利。不交便條，警方絕對會深入調查，並且懷疑他跟別人結怨，卻故意知情不報。然而，他也沒辦法直接交出便條，寫給收信人的那一段話，會揭穿他六四真凶的身分。追訴期只剩下一年多了，目崎正人決定吃掉上半部，交出下半部。也就是吃掉自己有「加害人」嫌疑的那一部分，只留下「被害人」的那一部分，讓警方看到自己的女兒被犯人威脅。那一句「狹小的棺木」不會有太大的問題，畢竟女兒對父母來說永遠都是小巧可愛。

於是，目崎正人偷偷撕開便條，放進嘴裡吃了下去。

當他選擇那樣做，就已經不是一個擔心女兒安危的父親了。而是一個綁架殺害七歲小女孩的狂徒，而且當年他自己就有三歲的女兒。

一開始刑警問他，為何要吃掉便條？上面寫了些什麼？目崎正人回答自己啥也沒吃。後來警方播放監視畫面，還說要找牙科專家鑑定，他才改口自己前一晚沒吃東西，所以可能是無意識間吃掉的。此外他還堅稱，便條上只寫了那一句話，這一點他記得很清楚。

松岡接獲的審訊報告，也輾轉傳入三上的耳中，目崎正人的狡詐令他大為光火。也難怪緒方和峰岸會那麼不甘心，為何雨宮不讓幸田下狠手呢？時間明明足夠，在恐嚇時持續釋出六四訊息，一步一步逼迫目崎正人認罪就得了。他們甚至可以威脅目崎正人，不認罪就要殺死歌澄。幸田以前也是當刑警的，再怎麼不濟，好歹也能套出接近自白的反應才對。

偏偏，幸田沒那麼做，雨宮也沒讓他那樣做。

結果誠如松岡所言，雨宮芳男只點出了六四的嫌疑犯，僅此而已。幸田在目崎正人前往雙愛美容院的途中套話，目崎正人真要裝傻也不是辦不到。他可以說，自己臨時想起前往美容院的路線，才選擇在路口轉彎，或是以前有看過店家的看板。他甚至可以說，自己當時心慌意亂，不記得有沒有轉彎。目崎正人只要裝傻，審訊官也拿他沒轍。

為什麼復仇計畫不執行到底呢？三上越想越惋惜，越想越覺得應該是雨宮故意收手。雨宮故意只點出「嫌疑犯」，剩下的舉證和逮捕都交給警方處理。

這稱得上報復嗎？

三上又聽到汽車喇叭的聲音，音量比剛才還要大。三上再一次抬起手，表明自己馬上就回去。

就在這時候，他的腦海中浮現出紅色的指揮棒。

以及，幸田穿著保全制服，在超市停車場誘導來車的模樣。

雨宮或許是看在幸田的分上，才選擇收手的吧。

碩大的警察組織中，只有幸田沒背叛雨宮。當年擔任「自宅班」成員的幸田，不眠不休地努力查案。幸田無法容忍組織為惡，勇敢挺身相抗，還丟掉了刑警的工作。饒是如此，他依舊支持著雨宮，不改初衷。經過這一次的事件，也證明了他的關懷是一片丹心。一個本來就被打入社會底層的人，為了幫助他人不惜成為犯罪者。不難想像幸田出獄以後，要花多大的心力和家人重新來過。然而，幸田沒有拒絕雨宮，他擔下了執行犯罪計畫的責任。雨宮深受感動，原來警察當中也有這樣的好人。

幸田策畫這一次的罪行，內心卻十分痛苦。沒錯，幸田肯定很痛苦。這是一個徹底貶抑警方的計畫，D縣警耗費十四年光陰都沒有抓到真凶，這個計畫卻要橫空來一記當頭棒喝，點出懸案的真凶是誰。倘若幸田真的讓目崎正人坦承犯行，結果又會如何呢？緒方和峰岸會拍手叫好嗎？幸田想起過往的同伴，深陷在苦惱的情緒之中。他願意教訓D縣警，但羞辱以前的同伴令他痛苦難耐。D縣警逼迫幸田辭職，對他棄若敝屣，可是他發現自己終究無法痛恨過往的歸宿。老巢再腐敗，終究還是自己的老巢，離開警界的刑警，內心的某一部分也還是刑警。要不是幸田始終以刑警自居，六四懸案和雨宮一家也不會常駐他的心頭。這大概是幸田心中僅存的驕傲吧。

雨宮不願看到幸田如此痛苦，才決定手下留情。

三上離開電話亭。

刑警是全世界最輕鬆的工作。幸田聽到這句話會做何感想呢？

刑案不斷測試著人性。三上踏穩每一步，在黑暗中前行。

78

計程車的計費表累計了不少金額，冬季雪胎在路面上發出了刺耳的聲音。然而，跟顛簸的指揮車相比，搭乘的感覺還是舒適無比。

「客人您冷不冷啊？」

司機隨口問了一句，三上的手機正好發出震動，是松岡打來的。三上先請司機打開收音機才接起電話。

「你也學人家打無聲電話啊？」

「不好意思，附近剛好有公共電話。」

「嗯？你在聽相聲嗎？」

「我人在計程車上。」

「有話直說吧。」

三上請司機調高廣播的音量，順便用手遮住通話口。

「請問目崎情況如何了？」

「仍由我們看管，明天就會放他離開。」

三上點點頭，目崎正人想離開的話，警方也不能留他。

「他說了些什麼？」

「他只說，希望警方盡快抓到犯人。」

真難纏。

「要先抓雨宮也不是不行，可以用雨宮的供述來打擊目崎吧？」

「這我沒想過，我打算先釐清目崎這十四年的經歷，再用大量的間接證據淹死他。」

三上也認同松岡的方法。

「過去有一樁進口轎車的案子，可能和目崎的犯案動機有關，也許有參考價值。」

「說來聽聽。」

「那是十一、十二年前的事了——」

昨天，三上在講堂的大門前看到蘆田兇悍的眼神，想起了蘆田曾經向他討教偵辦詐欺案的方法。當年，有個販賣高級進口轎車的汽車業務員上吊自殺，業務員的妻子說，丈夫把價值一千六百萬元的德國名車，開到暴力組織的事務所交車。對方也把錢匯進公司戶頭了，還指定下午一點交車，業務員便不疑有他，把車開過去。一個理著小平頭的年輕組員，在事務所前面等待交車。年輕的組員表示，老大有事外出，由他代為蓋章領車。業務員拿到蓋好章的交車證明文件，就回到公司了。不料到了傍晚六點，事務所的老大打電話來，指責業務員沒有按時交車。業務員嚇得面色鐵青，連忙解釋車子有交給組裡的年輕人，還說明交車的對象長什麼樣子。老大卻說事務所裡沒有理著小平頭的年輕人，業務員也知道老大在說謊，無奈對方是惹不起的黑道，也就不敢吭聲。老大的名字叫「荻原」，證明文件上蓋的印章卻是同字不同音的姓氏，業務員一下背上了一千六百萬的債務。暴力組織刻意等到傍晚六點才打電話，那也是他們慣用的伎倆。整整五小時的空檔，車子早就運到日本海或太平洋了。搞不好車子已被解體，或是磨掉識別編號放到貨船上了。三上建議蘆田去抓那個小平頭，蘆田卻聳肩回答，負責領車的是關西方面的黑道組織，要找人恐怕有難度。

「這訊息不錯，我會查看看六四發生前，有沒有類似的案例。」

「另外，還有一個關於電話的消息——」

六四案發當時手機尚未普及，但車用行動電話已經很普遍了。目崎正人過去擔任汽車銷售員，或許可以弄到沒安裝的車用行動電話。
「我對科技的玩意也不是很熟，如果電話、電池、天線可以帶著走，那六四的犯人就能事先埋伏在龍之穴附近，打電話到一休釣客民宿了。」
「意思是，犯人有能力單獨犯案。」
「是的。」
「車用電話我有派人查了，還有呢？」
「目崎開的體育用品店，有什麼河川競技用品嗎？」
「沒有販賣橡皮艇和泛舟小艇，烤肉用品倒是挺齊全的——還有呢？」
三上深吸一口氣問道：
「可否容我請教一個問題？」
「真的只有一個問題？」
「咦？」
「我很忙，問題不只一個你要明講。」
「那麼……我問兩個問題就好。」
「說吧。」
「雨宮和幸田還活著嗎？」
三上的言外之意是，警方有沒有抓到他們？若否，有沒有掌握他們的行蹤？
「還活著。」
松岡直接給了一個肯定的答覆，但——

「他們賭上自己的人生幹下這樁大事，在看到結果之前不會瞑目的。」

松岡的回答讓三上頗為訝異。

「要放著不管嗎？」

「不用擔心，等我們逮捕目崎，他們就會出來自首了。」

「可是……」

「他們用威脅警方的手段明志，我們應該先破六四，否則那是在羞辱他們的決心。」

這算是惺惺相惜嗎？真的只有這樣嗎？

第二個問題，三上已經想好了。

「這一次的案子，參事官是如何看透當中的玄機？」

三上非問個明白不可。松岡得知「MA」行的無聲電話，但他沒有透過雨宮，又是如何聯想到六四上頭的？松岡有料到可能發生的狀況，才派出指揮車親上前線。假如，幸田事先有透露情報，這就不是松岡料事如神，而是他事先知道狀況，從旁「觀察」整起案件。不，為了偵破六四懸案，松岡甚至有和雨宮、幸田「共謀」的嫌疑。

「昨天我去目崎家，看到那傢伙的表情。」

松岡給了一個出人意料的答覆。

「目崎的表情嗎？」

松岡輕笑道：

「我啊，跟每一個陌生人碰面，都會用眼神問他們——你是不是六四的真凶？」

「啊……」

「當然，我從來沒觀察到肯定的反應。不過，比起綁架自己女兒的犯人，目崎更害怕我們這些警察。」

三上終於吐出了憋在胸中的氣。

這十四年來，松岡把每一個遇到的人，都當成懸案的真凶懷疑。換言之，松岡查案的心態一刻也沒有鬆懈下來。就連女兒被綁架的被害人父親，他也毫不留情地審視對方。目崎正人的年齡和真凶相符，聲音也略微沙啞。綁票案的被害人家屬多少都會有一些慌亂之處，但撇開這點不說，目崎正人的舉動還是相當可疑。松岡觀察到對方害怕刑警的眼神，只有六四的真凶，才會受到相同的手法報復。松岡做出了這個假設，從結論往回推導整件案子的起點，猜到「MA」行的連續無聲電話和這起案子的關聯。

原來是這麼一回事。

「目崎接到第一通恐嚇電話，隔了一段時間才報案對吧？」

「二十五分鐘。」

而且，幸田沒有威脅目崎正人不准報案，照理說目崎正人沒什麼好猶豫的。沒想到，目崎正人隔了二十五分鐘才報案。當睦子告訴他女兒遭到綁架，目崎正人的反應是什麼？他同時身為父親和狂徒，肯定嚇破膽了吧。幸田要是威脅他不准報警，他還會找警察嗎？

「自己最害怕的警察浩浩蕩蕩跑來家裡，目崎嚇都快嚇死了吧。」

最要命的是，松岡出現在目崎正人面前，還用眼神質問他是不是六四真凶。目崎正人的肢體語言，恐怕在松岡面前露出了馬腳。

「幫我跟美那子小姐道謝吧。」

「啊、是，內人有幫上忙嗎？」

「那當然。」

「請問她負責的任務是什麼？」

「特殊命令。」

「瞧我又忘了。」

松岡似乎又笑了。

「不，沒關係，我就告訴你吧。那時候美那子就在你附近。」

「咦……？」

「六四發生時，曾在喫茶葵擔任偽裝搜查班的成員，中途都派往雙愛美容院了，因為他們有見過雨宮芳男。」

「這、這麼說來。」

「沒錯，雨宮就混在圍觀群眾之中看著目崎。」

原來，雨宮也有到現場。

「美那子小姐最先發現雨宮，你搭追二回本部沒多久，她就打電話聯絡我了。」

「是這樣啊……那雨宮現在如何了？」

「有確認他到場就夠了，暫時還沒他的事。」

松岡說自己很忙，講起話來卻十分健談。看來六四懸案有機會偵破，他才特別亢奮吧。還是說，他利用對話壓抑自身的恐懼？三上想問清楚，他要知道松岡的覺悟，而這也跟公關職務大有關聯。

64

「參事官──即便六四偵破，搜查一課也得不到祝福。」

松岡聽懂了三上的意思。

「你都知道了？」

「我知道幸田報告的內容。」

「是嗎？原來你知道了。」

偵破六四懸案是一把雙刃劍，警方逮到目崎正人後，一旦目崎正人坦承犯案經過，雨宮家接到三通恐嚇電話的事實就會曝光。D縣警隱匿十四年的炸彈，將在榮耀的破案記者會上轟然爆破。

沉思的時間過後，松岡靜靜地說道：

「以前，有個人說過。」

當刑警的人都知道，松岡指的是以前的刑事部長尾坂部道夫。

「無需掛懷，去揭穿真凶的祕密吧。」

三上對這句話深表認同。

松岡也曾經煩惱過，他得知了刑事部的祕密，對自家人充滿憤怒和幻滅的情緒，最後跑去見退休的尾坂部。尾坂部告訴松岡，警方隱瞞錄音失誤這件事，也可以當成逮捕真凶的殺手鐧。

雨宮翔子的屍體被找到以後，報導協定就解除了。十四年前警方有遵守協定，在記者會現場公布詳細的案發經過，跟這次不一樣。所有的情報都被媒體公開了，唯獨隱匿的第三通恐嚇電話沒有見報。嫌犯若在偵訊過程中不小心講到這件事，那就等於曝露了「真凶才知道的祕密」。尾坂部勸戒松岡，要他專心想著破案就好，至於那個祕密會不會毀掉刑事部並不重要，能用的東西都要拿來用，絕對要偵破六四懸案。

松岡也接受了尾坂部的建議，把刑事部的炸彈當成自己的炸彈扛下來。從那一刻起，松岡就成了「檯面下的刑事部長」。

荒木田做不到這一點，他從昨天就悄無聲息，連一丁點存在感都沒有。當松岡告知這是在調查六四懸案時，荒木田就刻意保持低調。八任部長聯手隱瞞的炸彈，極有可能在他這一任炸開。新年一過荒木田就要卸任了，新的職缺也定下來了，所以他選擇陣前逃亡，將搜查指揮的權力丟給松岡，舉行記者會的責任也推給落合。荒木田決定當一個不沾鍋，逃到爆炸的範圍之外。歸根究柢，他就是沒種一個人扛下祕密，才會把部長限定的最高機密透露給松岡知情，這種人根本不該當刑事部長。

「對了，緒方和峰岸受到不小的打擊喔。」

「怎麼說呢？」

「因為你罵他們蠢材啊，罵得很有魄力呢。」

「請代我向他們道歉，他們真的非常優秀。」

「是啊。」

「唯一美中不足的是，他們的識別度不夠高啊。」

「嗯？」

「閉起眼睛聽他們對話，根本分不清誰是誰。」

松岡聽了哈哈大笑。笑完以後，他對三上說：

「三上──回來跟我一起做事吧。」

一股暖流注入三上心房。

三上正襟危坐，暗自下了一個決心。

「等時候到了，請務必給我這個機會同行。」

79

三上回到家，家裡的電燈是開著的。

他習慣性瞄一下外面，看看有沒有外賣的餐具，注意力卻被某樣東西吸引。圍牆邊有一小塊稱不上庭院的地方，開了白色的花朵。他對植物並不熟悉，但天寒地凍的十二月還開花，委實令人驚訝。花朵低頭綻放，開在離地面很近的位置。花瓣閉合有點像小孩輕握的拳頭，或許是還沒有盛開的關係吧。

美那子出來迎接三上，表情倒也跟平常一樣。三上不敢直接告訴美那子，他們接到的不是步美的無聲電話。

三上拜託美那子煮一碗麵，自己到廚房的椅子坐下來。時間是七點二十分，記者會已經開始了。他的身體跟鉛塊一樣沉重，睡意沒有特別濃，但前額葉有腫脹的感覺。

「外面開的是什麼花啊？」

「啊，你沒說我都忘了，外面的花開了呢。」

美那子一邊做飯一邊答話。

「那到底是什麼花啊？」

「是聖誕玫瑰，公公去世前種的。這幾年都沒開花，生命力還挺強的呢。」

美那子看上去精神不錯，可能是到戶外曬太陽透氣，或是助人為善的關係吧。

「聽說妳有找到雨宮啊？」

「啊，不過……」

三上苦笑道：

「不要緊啦，回到家命令就解除了。」

「是這樣嗎？」

「對啊。雨宮先生看起來怎麼樣？」

美那子把麵端來，坐到三上面前的椅子。

「老了許多，但沒有昏瞶的感覺。」

三上拿起筷子享用拉麵。

「他一動也不動，滿臉怒容盯著那個男人。」

「死瞪著不放對吧。」

「嗯，看起來是那樣，不過……」

美那子遙想當時的情景：

「過了一會，他抬頭仰望天空，不再看那個人了。」

「仰望天空？」

「鐵桶有黑煙往上飄，他抬頭看著煙霧。」

是嗎？雨宮仰望冉冉飄升的輕煙……

「我啊，和雨宮先生對到眼了。」

三上停下手中筷子。

「真的嗎？」

「嗯，後來我也跟著凝視煙霧，我一低下頭就發現雨宮先生在看我。我們看著對方，他有稍微對我點頭致意。」

「他有對妳點頭致意？」

「在我看來是那樣，照理說他不可能記得我是誰。十四年前他衝進店裡，一下子就飛奔出去了，根本不可能注意到我。」

「然後呢？」

「我也跟雨宮先生點頭致意，這件事我有回報參事官。我說自己沒幫上什麼忙，真是不好意思，參事官說沒關係，他已經聽到了想知道的事情。」

三上嘆了一口氣，那時候圍觀群眾的注意力都放在目崎正人身上。只有雨宮和美那子在仰望輕煙。

「妳有看到那個人燒掉鈔票的過程嗎？」

「咦？那是燒掉鈔票的煙霧？」

「贖金都被燒掉了。」

「我不懂，這是怎麼回事？」

「那個人就是六四的真凶。」

美那子倒吸了一口氣。

「那個人是真凶？可是，他哭得很傷心呢。」

「他在竊笑。」

三上又拿起筷子吃麵，他每吃一口麵條，美那子就問他一個問題，夫妻倆的對話也變得斷斷續續、不得要領。三上必須說出雨宮找到真凶的經過，否則有講跟沒講一樣。要坦白就得趁現在了，三上擔心自己入睡以後，就再也沒有勇氣告訴美那子真相。

「妳聽我說。」

三上把碗放到一旁，碗裡還留了一點麵條。美那子的手掌和臉頰，都在伸手可及的距離之內，三上確認彼此處於這樣的距離。

「雨宮先生是循聲找到犯人的。」

三上先用這句話當開場白，之後一五一十地慢慢解釋前因後果。尤其十一月四日的無聲電話解釋得更是詳盡，包括家裡接到三通電話的理由也都說了。美那子摀住胸口聆聽，沒有說話也沒反問任何問題，更沒有歇斯底里或落淚哭泣。

「我明白了。」

美那子只說了這麼一句話，聲音聽起來很平靜。她的表情落寞，顯然對真相感到失望，但依舊端正地坐在椅子上，沒有失魂落魄的頹喪模樣。她也不是在忍耐什麼，或拒絕接受事實，要說她已經有了心理準備也不對。美那子本來很堅持那是女兒的電話，現在聽完真相以後，卻沒有表現出該有的反應。她的視線停留在三上的胸前，眼中殘留的不是絕望的荒蕪，而是靜謐的風景。她在凝視著毫無雜念的世界，那是一種豁達的眼神。

三上心想，這或許是美那子有信念的原故。少了無聲電話這一個虛無縹緲的希望，也不足以動搖她的信念。

「美那子。」

「……」

「美那子啊。」

「放心，步美一定被保護得很好。」

被保護得很好……

原來，美那子是這樣想的。

（也許步美真正需要的不是我們，而是另有其人。）

那一天，在伸手不見五指的寢室內，美那子是這樣說的。

（一定就在我們不知道的地方吧，一個願意接受步美最真實的樣貌，不會對她有過多奢求的人。一個願意默默守護她，不會要求她改變的人。那個人的身邊才是步美的歸宿，步美在那裡才能自在活下去。）

三上當時以為，美那子已經放棄了，已經疲於等待和思考了。現在他有不一樣的想法，美那子當時談的，其實是步美的「生存條件」。

步美身上幾乎沒錢，也不敢跟人交談，她害怕自己的臉被看到，更害怕被嘲笑。沒有貴人伸出援手的話，步美不可能活下去。沒有遇到貴人，步美不會有生存的希望。必須有一個

「貴人」供她吃住，不會過問她的姓名和家庭，也不會把她交給警察和公家機關，而且還願意耐心等她打開心房，否則步美現在不可能還有心跳和呼吸，也不可能用自己的眼睛凝望這個世界——這就是美那子的想法和結論。

所以，美那子才選擇放手，只求步美還活著就好，不當她的女兒也沒關係。那一天美那子在黑暗中，是這樣說服自己的。

（那個人不是我們，所以步美才選擇離開。）

三上很自然地閉上眼睛。

是啊，美那子並沒有放棄，也沒有逃避現實。她勇敢正視女兒的生死，尋找步美可能還活著的必要條件，並且創造出一個滿足那些條件的「貴人」。美那子在心中打造了一個女兒絕不會死亡的世界，甚至不惜消除自己這個母親，只求女兒活下去就好。

三上則是選擇逃避，他不斷拒絕擺在眼前的現實，直到最後才逼不得已接受。社會上的常識和刑警的經驗限制了他的眼界，他也沒有變成一個瘋狂尋找女兒的父親。

三上明知那不是女兒的電話，卻又假裝否認。美那子努力說服自己相信希望，還拚命證明那三通電話和其他無聲電話不一樣。三上害怕事與願違的結果，故意選擇視而不見。直到今天，他才死心接受意料中的現實，接受那不是步美打來的現實。感覺所有的外在因素都在打擊他的希望，他還細數女兒有多少死亡的可能。

當然，三上也跟美那子一樣，思考過女兒「在外生存的條件」，也想過「貴人」的存在。不過，他不相信世上有那種大好人。會無條件收留少女的，肯定是別有居心的罪犯。三上不願去想那麼痛苦的事情，他為了自己的心靈安穩，抹去了女兒能夠生存的可能性。

三上在不知不覺間，慢慢做好心理準備。他這才明白，原來自己已經不相信女兒還活著這件事了。

他伸手摸摸左耳。

怎麼沒有暈眩的感覺呢？頻繁發作的暈眩竟然沒再發作了？是因為放棄了，沒有必要逃避了，乖乖對現實低頭了，理智和感情終於保持均衡的關係？

還有這一張臉孔，聯繫著父女的這一張臉孔，三上也忘得一乾二淨了。先前在記者會上被東洋的記者嘲笑長相，三上一點感覺也沒有。那時候一大批記者也跟著竊笑，三上的心靈卻毫無反應，他沒有想起步美，更沒有放任心靈馳騁天際。

三上自問，難道我真的斷絕自己和女兒的聯繫了？

爸爸！這一次換爸爸躲起來！換步美來找你！來，再玩一次喔！

不可能，我才沒有放棄，怎麼可能放棄呢。

好想見步美，真的好想見她。希望她還活著，她一定還活著，不可能死掉的。步美就快回來了，她已經離家很近了。沒錯，她會帶著「貴人」一起回來。

「老公……」

三上用雙掌摀住顏面，咬緊牙關忍住情緒波動。他用力按壓自己的雙眼，死也不願讓淚水流出眼眶。

美那子伸手撫摸三上的臉頰。

這本來是他該做的事情才對，他本該撫摸美那子的臉，用大拇指抹去美那子的淚痕，說出他年輕時曾經表達過的關懷。

妳不要緊吧？

「不用擔心，老公。步美她一定過得很好。」

美那子輕撫著三上的手腕。

就是這個人了，三上的「貴人」就是美那子。其實他早就知道了，很久以前就知道了，只是故意假裝沒發現，裝久了就真的麻木了。三上為自己的愚蠢懊悔不已，他對工作的事情看得很透澈，卻完全不了解自己的妻子，這還稱得上人生嗎？

三上決定相信美那子創造出來的世界觀，相信女兒活在那個「有貴人相助」的世界。

「你累了，去躺一下吧。」

美那子用量體溫的手勢，輕輕按著三上的額頭，感覺就像母親摸頭一樣。三上頓時感到害臊，他用手指挑出眼珠裡的淚水，站起來說道：

「得澆點水才行。」

「咦？」

「外面的迷迭香啊。」

「你是說聖誕玫瑰？」

「就是那個。」

「現在？」

「喔，不是，明天或後天吧。每天澆點水比較好嘛。」

「這就不一定了，畢竟是冬天。」

「花沒有枯死，當然要澆點水啊。」

「也對。」

「再去多買一些回來種妳看怎樣？例如紅色或藍色的，看起來也熱鬧點。」

「你怎麼突然想到啊？」

美那子笑了，三上也越說越起勁：

「等這陣子事情處理完，我們去找望月買花吧。望月妳還記得吧？」

「他辭掉警察工作，回老家種花對吧？」

「他真的很厲害，蓋了好多巨大的溫室，裡面種那不曉得什麼花——」

三上想不起花的名字。

「總之我們一起去吧，買妳喜歡的來種。」

花的話題告一段落，三上看了時鐘一眼，時間是八點半，記者會也該開完了。

「我去打個電話。」

「工作還是很辛苦嗎？」

三上看著美那子，美那子擔心地皺起眉頭。

他下定決心，要從這一刻重新來過。他凝視著美那子的眼睛答道：

「沒有，不辛苦，我從來就不覺得辛苦。」

三上到客廳拿起電話，打到公關室。他的心境澄明，也多了幾分雀躍。

「您好，這裡是公關室。」

是諏訪接的電話。

「請問公關長在嗎？」

「別、別挖苦我啦，公關長！您還沒休息嗎？」

「七點的記者會，情況如何啊？」

「記者要求我們公布目崎一家的安置地點，很頭疼啊。」

「那不是我們的工作。二課課長怎麼樣了？」

「非常有精神，我終於知道他那麼拚命的原因了，他想在美雲面前表現啦。」

美雲在電話的另一端生氣抗議，叫諏訪不要亂講話。

三上笑了，他下達幾個指示後掛斷電話，改撥打日吉浩一郎家的電話。

日吉的母親接起電話，三上拜託她像上次一樣，把電話子機帶到二樓。等待的時間感覺好漫長，三上似乎聽到父親的戰友在號哭，因此他提振心神，防止睡意侵襲。

父親曾說過，多做好事，總會有好報的。

爸，其實不是那樣的。

你種的花開了，那是什麼花啊？

美那子拿著澆花器在澆花，含蓄的花蕊綻放開來。有紅色、藍色、黃色。圍牆邊明明缺乏日照，但只有那一塊地方璀璨明亮。電話響了，沒關係，我去接就好。不要緊，我去接就好……

「……」

三上聽到窸窸窣窣的聲音，猛一回神，日吉把電話子機拿進房裡了。

「我是三上。我就不加敬稱了，省得麻煩。」

「日吉，你聽好。殺害翔子小妹妹的犯人找到了。」

「……」

「怎麼樣，很吃驚對吧。報紙和電視暫時不會有消息，但警方已經掌握犯人了，我有親眼見到犯人。一個叫森田的傢伙跟你很像，他也看到了，還有一個叫白鳥的也看到了。那個叫白鳥的小胖子，你看到他一定會想笑。大家都知道犯人長什麼樣了。」

「……」

「雨宮先生也看到了，等了整整十四年，終於看到犯人長什麼樣子了。我想，他也算是給了自己一個交代，對當年的調查人員他應該也是心懷感激的。」

「……」

「你有在聽嗎？還是你已經睏了？我也很睏啊，再陪我聊十分鐘吧。再過十分鐘，我就要破紀錄了，連續三十九個小時沒睡覺，就快要打破我二十五歲時的最高紀錄了。」

「……」

「今後我也會抽空打給你，反正你也閒閒沒事吧？我也一樣。幹不成刑警，晚上多的是時間啊。」

轉眼間，一個禮拜就過去了。

現在記者會一天只開兩次，這是一起極為特殊的案件，犯人謊稱綁架被害人，卻逼迫被害人家屬燒掉贖金，犯案動機完全不明。整件案子少了最關鍵的綁票罪行，失去媒體關注也是必然的結果，還願意來參加記者會的都是「自家的記者」。不，已經不能用「自家」這麼親密的稱呼了，秋川故態復萌，其他記者也恢復原先的攻擊性和執拗。每次記者會開完，一大票記者就會來公關室抱怨。

「人是你們警方藏匿的吧？不然怎麼找老半天都找不到？」

「找不到是你們沒本事，別怪到我們頭上啊。」

「那給我們更多被害人的資訊啊。這件案子警方和媒體有締結協定，你們有義務公開事件的全貌吧。」

「協定已經解除了，搜查機密無可奉告。」

目崎正人一家在D縣北部的小鎮租了一棟房子，體育用品店則交給別人經營，原本的房子也要賣掉了。與其說他們被警方保護，不如說被警方監視更為貼切。警方連續幾天以聽取被害人證詞的名義傳喚目崎正人，可惜目前為止沒有太大的收穫。偵辦的刑警還給目崎取了一個綽號叫「正經人」，這綽號不是從他的名字聯想來的，而是目崎本人很會說一些冠冕堂皇的道理，偵辦的刑警為之氣結，才取了這樣一個綽號。

目崎正人的錄音也被拿來檢測，十四年前犯人利用九家店鋪的電話，對雨宮下達指示。警方找來那九家店鋪的店主和員工，另外還有雨宮醃漬廠的辦事員吉田素子。吉田素子沒有接受傳喚，她目前在綜合醫院的戒護病房療養，那家醫院主要治療精神疾病，院長不同意吉田素子出院協助警方。另外還有兩個人下落不明，實際有聽到錄音的總共七個人，回答聲音和犯人相似的共有五人，剩下三人表示，那應該就是犯人的聲音。剩下二人聽完錄音，一人回答不記得犯人的聲音，另一人認為目崎的聲音不像犯人。這一次測試結果還算不錯，但誠如松岡所言，這些只是大量間接證據的其中一項罷了。警方缺乏有力的物證鎖定犯人，要將「正經人」送上法庭，還得花上一段時間。

「所以你的意思是，讓八卦雜誌或自由記者參加記者會比較好囉？」

這一次那些記者找上了諏訪。

「還不是你們仗著俱樂部成員的身分，胡亂揮霍既得的權益，採訪功力才會日漸退化。乾脆讓大家都來參加記者會，接收同樣的訊息，再來比較採訪功力啊。如果八卦雜誌先找到目崎一家，那你們也可以重新檢討採訪的技巧嘛。」

「笑話！那些傢伙想拿獨家還得靠我們好嗎？況且，你講得好像都是我們的錯一樣，可話說回來，是你們上面的瞧不起人，始終不把媒體當一回事，也不肯提供堪用的情報，我們的前輩才會拚老命，在公家機關內部爭到一席之地。這可不是什麼唾手可得的權益喔。」

「你也別拿前輩的功績說嘴，前輩了不起，那你們呢？你們根本把記者室當成聊天打屁的地方，整天只會叫警方提供訊息，鸚鵡都比你們強多了。」

諏訪經過這次洗禮，也不怕得罪那些記者了。過去那種順勢而為的習慣和取巧的性情已不復見，性情也變得剛毅許多。

記者們也有了微妙的變化。起初那些記者行事變得更為激進，還學東京的大牌記者大放厥詞，大概是經歷過「大場面」後，情緒還沒冷靜下來吧。可是，多少感覺得出來他們懂得「分寸」，攻擊不留情面，但也不希望雙方決裂。抗爭過後也願意握手言和，逐漸展現出虛懷若谷的一面。

只不過——

未來才是真正考驗雙方關係的時候。

前天，三上把公關室成員叫到地下的小型會議室，告訴他們這次事件的全貌，當然也有叮嚀他們不可對外聲張。包括這次綁票案和六四懸案的關聯，還有刑事部隱匿案情不報的祕密也全都說了。三上甚至告訴他們，目崎正人被逮捕的那一天，D縣警和媒體的關係將徹底死去。他希望諏訪等人好好思考，未來要如何重塑D縣警和媒體的關係。

這個祕密對諏訪來說猶如晴天霹靂。匿名問題好不容易解決，這一次的綁票大案他也親上火線奮勇一搏。連續幾場挑戰帶給他很大的自信，眼看著一切才正要起步，未來又得面對如此困境，他的震驚難以言喻。可是，三上並不擔心，光看諏訪最近應付記者的方法，就知道他已經做好心理準備了。總有一天，諏訪會當上公關長，一個小小的公關人員，終於憑著自己的意志覺醒了。

藏前聽完祕密則是一臉悲痛，當三上講到無聲電話的時候，藏前表現得非常失落。三上拍拍他的肩膀安慰他，打到銘川亮次家的無聲電話，不見得是雨宮打的。三上也希望那一通電話，是故鄉的親朋好友打給銘川的。

美雲滿臉通紅地發表見解：

「這一次我終於明白了。警察和媒體是互不相融的關係，就跟水和油一樣。不過，兩者放在一起用力攪拌，至少中間的部分不會完全區分開來。不斷累積那種互有交集的部分，我想才是最重要的。」

「妳說的攪拌是指什麼？」

「未來雙方的關係死去，媒體對我們不屑一顧，我們也該主動接觸對方，努力不懈地敲打緊閉的大門。」

之後，美雲說要去醫院治療喉嚨痛的症狀。諏訪偷看她的藥包，才發現原來她是得了膀胱炎。美雲接連參加記者會，沒時間去上廁所，委實令人同情，三上也頗為擔心。可是，藏前的感想把三上逗笑了。藏前說，他以為這世上只有美雲和高倉健不會說謊。

藏前和美雲坐在一起打電腦，這一起案子發生後，公關室也多了一台電腦。赤間說未來每個人都會有一台電腦，說不定那樣的時代已經到來了吧。

「我去一下上面。」

語畢，三上起身準備離開。諏訪正和記者吵得火熱，轉頭看了三上一眼。他問三上，您要去二樓？還是去五樓？

三上回答，不，是更上面。

頂樓寒風呼嘯。

三上低頭看錶，約好的下午兩點已過了幾分鐘，二渡還沒有現身。

二渡不打算來嗎？那也間接證實了三上的推測。

真正的「騷動師」其實是二渡。

所有事情結束後，三上有了多餘的時間思考，這是他反覆推敲得出來的結論。

警察廳企圖「沒收」刑事部長的職缺。最先透露這則訊息給荒木田的，正是前往警察廳任職的前島，只有在警察廳任職的前島，才有機會得知這條訊息。關於這件事情，過內本部長和赤間警務部長，沒有下達特殊命令給二渡，二渡卻有出人意料的舉動。前島也許是念在同期的情誼，才把這則消息告訴二渡，這樣想是最合理的推測。

前島是血統純正的刑警，他會期待二渡做些什麼呢？不消說，肯定是希望二渡阻止警察廳的企圖。小塚長官即將挾帶雷霆萬鈞的「旨意」，前來D縣視察，前島要的就是破壞這一次的視察行動。了解這一點的話，就能看出二渡這一串不可解的動作，是在發揮「騷動師」的作用。平日低調行事的警務課調查官，私下掌握人事大權的警務部王牌，竟公然造訪刑警的住處，四處散播恐懼。這種舉動猶如連續縱火狂，不斷點燃刑事部對警務部的恨火。用意是煽動刑事部，逼他們群起反叛。事實上，被逼急的刑事部也採取了激烈的反擊措施，不但拉下鐵幕阻絕外界接觸，還不惜利用媒體揭穿警務部的醜聞，甚至做出脫序的抗議行動，在警察廳投下爆料炸彈。假如沒有發生那一起「綁票案」，長官視察當天，不曉得刑事部會做出什麼事？

二渡安排的「騷動」不僅止於此，公關領域也在他的算計內。要把D縣化為達拉斯，光靠刑事部的反叛還不夠，因此他採用了兩面作戰的手法。那時候公關已經亂成一團，匿名問題鬧得不可開交，記者還吵著要抵制長官視察的記者會。二渡要做的，就是把促成記者會的勢力排除掉。而這個勢力就是公關室，擔任公關長的三上首當其衝，成了二渡下手的目標。三上和二渡雖在同一個棋盤上，但兩人平常一年見不到幾次面，這陣子二渡頻繁出現在三上面前，恐怕不是偶然。二渡刻意製造露臉的機會，刺激三上的神經。等三上得知警察廳的企圖，對警察廳的怒火飆到最高點時，二渡再直接刺激三上滿腔的刑警熱血。

二渡說過──

（你不就是一個好例子嗎？）（在旁人眼中，簡直就是最稱頭的祕書課職員呢。）

每個人都認定二渡跟警察廳是一夥的，二渡利用了這個錯誤認知。在二渡的眼中，三上是一個「披著警務外皮的刑警」。就算三上暫時屈居祕書課的公關長一職，他相信三上最終一定會幫助刑事部，放任記者抵制長官視察的記者會，讓D縣化為危險的達拉斯。話雖如此，二渡刺激三上的手段還是太不留情面了，或許那就是他的做事方法吧。不過，有必要用那麼激烈的措辭嗎？當三上指出二渡的缺失時，二渡也不肯認輸。三上成功阻止記者的抵制行動，這件事出乎二渡意料，但他只用一句話帶過。

（我確實有失算之處。）

二渡想要保住刑事部，正確來說，他要保住的是D縣警。對此，三上不願表示讚賞，也不想跟他道謝。三上只覺得，那是警務課調查官該做的工作。

（反正結果是好的。）

二渡最後是這麼說的。陰謀詭計橫行的鬥爭戲碼，最後一幕全被「綁票案」搶了風采。好在，仍舊達成了「結果尚佳」的最終目標。從這個結果往回推算，即可發現前島在這整件事的起點上微笑揮手、推波助瀾。

三上已經不生氣了，所有感情互相消融後，早已沒有任何波動。問題是——

還有一個懸而未解的謎團，那就是二渡的「武器」究竟從何而來？他是從哪裡得知幸田報告的？不是前島告訴他的。這個祕辛只有八任刑事部長和松岡知情，是刑事部密而不宣的最高機密。漆原、幸田、柿沼、日吉這四名「自宅班」成員，也不可能打聽出任何消息。那到底是誰告訴他的？

硬要舉一個名字的話——

三上抬起頭，先看看錶，二渡遲到二十三分鐘了。之後再一次抬頭，才看到一道苗條的身影逆風走來。

「社辦打掃完了嗎？」

三上順著風勢，送上這句事先準備好的招呼。

二渡在三公尺外停下腳步，揚起一隻手輕撫刻著故鄉方位的柱子。這裡平常沒人會上來看風景，但水泥製的圓柱上方，有刻下縣內各市鎮和村落的方位。

「還沒呢，藏污納垢的傢伙太多了。」

看二渡的表情，他已經在關注下一個問題了。

「找我幹嘛？」

「遲到不找藉口的啊？」

「反正你早晚會知道。」

「也是。」

三上主動走近二渡，同樣一隻手放在石柱上。風勢強勁，二渡稍微別過臉。

硬要舉一個名字的話，透露幸田報告給二渡知情的人，應該是尾坂部道夫。三上親眼看到二渡去拜會尾坂部道夫，那兩個人乍看之下毫無交集，實則有一個共通點。二渡在不久的將來，會坐上刑事部長的位置。兩任部長跨越時空的交會，就是透露祕辛的關鍵時刻。

三上沒有向二渡確認這個疑問，反正問了他也不會講，這也不是三上找他來的理由。

「明年春天的人事異動，已經開始安排了嗎？」

二渡沒有反應，近乎完美的裝聾作啞。一聽到「人事」這兩個字就會自動關上心房，二渡已經養成這種習慣了吧。

「這一次你害我折騰得夠嗆啊。」

「聽不懂你在說什麼。」

二渡抬起頭，三上凝視他的雙眼，只看到一雙黑白分明的眼睛，沒有黑暗的氣息。

「你把我耍得團團轉不是？」

「有嗎？」

「欠我的要還啊。」

「我沒欠任何人，別人也沒欠我。」

「以前我借過你電車票錢。」

「我還了。」

「我是說大家一起去看巨人二軍比賽那次。」

「那一次我隔天就還了。」

「明年春天都安排好了嗎？」

三上省略主詞，二渡也聽明白了，他淡淡地笑道：

「明年，松井的打擊率比較重要吧？」

三上笑了：

「哈！我還以為你喜歡的是鈴木一朗。」

這次換二渡笑了，他本來打算說點什麼，最後卻選擇沉默以對。

「聽說紐約很冷呢。」

二渡沒有回話。

兩人的對話到此為止，明明身旁有對方相伴，卻又好像自己一個人。二渡似乎稍微抬起下巴瞇起眼睛，看上去很享受風勢吹拂，也可能是遭遇新的問題，正在思考解決方案吧。

這種人在組織裡才有辦法一直贏下去。獨自扛下所有祕密的人，才有本事生存到最後。會把自己和別人的祕密說出來的人，注定失敗，而且說得越多輸得越多。跟二渡在一起，總是帶給三上這種感覺。不過——

他們都還留在這裡，二渡的手掌依舊放在石柱上，一副若有所思的模樣。三上低頭望向二渡的下盤，二渡穿著一雙很乾淨的鞋。鞋子本身不新，但黑色皮革打理得很光亮，閃耀著冬日微薄的光芒。

「二渡，你沒欠我，就當是我欠你吧。」

深邃的五官轉過來面對三上，似乎就在等三上開口。

「不要調我去其他單位，不管赤間說什麼，都別調我離開公關室。」

六四的搜查會拖上好一陣子，一定會超過人事異動的期限，但該來的終究躲不掉。D縣警將要付出十四年前的代價，被所有媒體視為眼中釘。三上要親自迎接那一刻，以公關長的身分陪伴松岡參事官，一起踏上萬劫不復的記者會現場。

二渡已經轉身離去了，沒有留下隻字片語或表情變化，全身上下只有西裝的衣襟被風勢吹動而已。

苗條的背影消失在逃生梯出入口。目送二渡離去後，三上也邁步離開頂樓。二人的鞋子同樣打理得很光亮，彼此的堅持和重擔大概也不相上下。

三上抬起一隻手護住眉眼，舉頭仰望天空。

雪花隨風飄落。

風中的柔白，讓三上想起最近看到的聖誕玫瑰。

Eurasian Publishing Group
圓神出版事業機構
用心與你對話・網野無限寬廣
圓神出版社
Eurasian Press
www.booklife.com.tw reader@mail.eurasian.com.tw
小說緣廊 021

64【全球盛讚推崇，橫山秀夫經典鉅作】

作　　者／橫山秀夫
譯　　者／葉廷昭
發 行 人／簡志忠
出 版 者／圓神出版社有限公司
地　　址／臺北市南京東路四段50號6樓之1
電　　話／（02）2579-6600・2579-8800・2570-3939
傳　　真／（02）2579-0338・2577-3220・2570-3636
總 編 輯／陳秋月
書系主編／李宛蓁
責任編輯／胡靜佳
校　　對／胡靜佳・李宛蓁
美術編輯／蔡惠如
行銷企畫／林雅雯・陳禹伶
印務統籌／劉鳳剛・高榮祥
監　　印／高榮祥
排　　版／莊寶鈴
經 銷 商／叩應股份有限公司
郵撥帳號／18707239
法律顧問／圓神出版事業機構法律顧問　蕭雄淋律師
印　　刷／祥峰印刷廠
2021年4月　初版
2021年4月　3刷

定價 570 元　ISBN 978-986-133-755-5

來自北邊的柔和光線不是穿射進來，也不是灑落下來，而是彷彿有些顧慮似的包覆著房間。和東邊窗戶的明快、南邊窗戶的暖和大異其趣。北光，像是開悟般寂靜……

——《北光》

國家圖書館出版品預行編目資料

64【全球盛讚推崇，橫山秀夫經典鉅作】/ 橫山秀夫著；葉廷昭譯. -- 初版. -- 臺北市 : 圓神出版社有限公司, 2021.04

704 面；14.8×20.8公分 --（小說緣廊；21）

ISBN 978-986-133-755-5（平裝）

861.57　　110000990